Marjorie Buckingham

Jennifer
Deborah
Dorothea

Sammelband

Marjorie Buckingham

SAMMELBAND

Jennifer

Deborah

Dorothea

SCHULTE & GERTH

Die britischen Originalausgaben erschienen in
folgenden Verlagen:
(Jennifer) In all these things, Oliphants Ltd., London
(Deborah) Many waters, Oliphants Ltd., London
(Dorothea) Broad is the way, Marshall, Morgan & Scott,
London

Aus dem Englischen von Joachim Hoene (Jennifer, Deborah)
und Anita Marx (Dorothea)

Best.-Nr. 815 622
ISBN 3-89490-622-8
1. Auflage des Sammelbandes 1999
Umschlaggestaltung: Michael Wenserit
Foto: Mauritius
Satz: graphoprint KG, Wetzlar
Druck und Verarbeitung: Ebner Ulm
Printed in Germany

Marjorie Buckingham: JENNIFER

MARJORIE BUCKINGHAM

Jennifer

1

„Bis bald, Mutti, ich muß jetzt gehen." Jennifer nahm ihre Handschuhe und ihre Handtasche und blieb einen Augenblick in der Tür stehen. „Ich muß mich um sieben mit Doreen treffen."

Frau Deane legte ihren Wandteppich hin und wandte sich ihrer achtzehnjährigen Tochter zu, die in diesem Augenblick ungeduldig mit dem Fuß an die Wohnzimmertür stieß. „Ein reizendes Mädchen", dachte sie in mütterlichem Stolz.

Ja, Jennifer sah wirklich sehr hübsch aus in ihrem gutsitzenden Tweedmantel, während das helle Seidenkopftuch, das sie lässig um ihr dunkles Lockenhaar gebunden hatte, die feinen Konturen ihres Gesichtes besonders klar betonte.

„Komm nicht so spät nach Hause, Jennifer", sagte sie laut, „du bist in letzter Zeit sehr oft recht spät gewesen — und dazu ist heute Sonntag."

Jennifer warf den Kopf hoch. „Und seit wann machst du dir etwas aus dem Sonntag? " entgegnete sie schlagfertig „Es ist ein Wunder, daß du nicht wieder anfängst, zur Kirche zu gehen."

Anton Deane legte das Buch, in dem er gelesen hatte, beiseite und langte nach einem Holzscheit. „Na ja, junge Dame", mahnte er, „du brauchst dich nicht so aufzuspielen. Deine Mutter hat ganz recht: du bist schon zu viele Abende bis spät ausgewesen. Wenn du nicht achtgibst, werde ich dir den Ball im nächsten Monat streichen."

„Ach nein", lachte Jennifer trotzig, „ich möchte doch sehen, ob ihr oder sonst irgendwer mich aufhalten kann! Ich lebe nur noch für diesen Ball. Und es sind noch drei

Wochen! Na ja", fügte sie lebhaft hinzu, „ich muß jetzt weg. Erwartet mich, wenn ich wieder da bin. Wiedersehen."

Sie warf ihnen eine Kußhand zu, und wenig später hörten sie die Haustür hinter ihr zuschlagen.

„Hm", Anton Deane machte es sich in seinem Sessel wieder bequem und stützte seine Füße auf das Gitter vor dem offenen Kamin, „das Mächen wird langsam ein Problem für uns, Julia."

„Es wird schon noch alles gut mit ihr werden, mein Lieber", sagte seine Frau beschwichtigend. „Sie ist doch noch so jung und möchte ihr Leben genießen. Sie hat später noch Zeit genug, um sich häuslich niederzulassen."

Herr Deane schien von dieser Feststellung nicht sonderlich beeindruckt. „Wo geht sie eigentlich heute abend hin? " wolte er wissen.

„Ach, ich denke, da ist eine Party, die einer der Jungens gibt. Einer aus ihrem Bekanntenkreis, weißt du."

„Nun, sie täte besser daran, zu einer anständigen Zeit nach Hause zu kommen, sonst wird es Ärger geben", murmelte er, mehr zu sich selbst, als er sah, daß Julia sich wieder ganz ihrer Näharbeit zuwandte.

Anton Deane war ein merkwürdiger Mann. Er pflegte nicht viel zu sagen, und es war schwierig, zu erfahren, was er wirklich dachte. Seine Kollegen kannten ihn als einen erfolgreichen Geschäftsmann, der rücksichtslos seinen Vorteil zu wahren wußte; seine Familie kannte ihn als einen ruhigen, aber pflichtbewußten Gatten und Vater. Er sorgte großzügig für ihr äußeres Wohl, doch gelegentlich zeigte er eine unerwartete Besorgnis über ihr Benehmen und ihre Lebensweise; es schien, als verberge sich hinter seinem verschlossenen Äußeren die leise Ahnung, daß sich seine Pflicht gegenüber der Familie nicht in der Sorge für ein gutes Heim, gute Kleider, gute Erziehung und freizügiges Taschengeld erschöpfte.

Aber Julia war sehr zufrieden. Sie hatte ein schönes Heim; sie konnte sich elegante Kleidung leisten, und jetzt, da ihre Kinder heranwuchsen, hatte sie viel Zeit für gesellschaftliche Verpflichtungen. Sie war wirklich eine stolze Mutter. Rodger, der Älteste, folgte den Spuren seines Vaters und war mit seinen einundzwanzig Jahren ein vielversprechender junger Buchhalter. Philip, der Jüngste, war erst sechzehn, aber er hatte so viele Schulfreunde, daß sie ihn selten sah, außer zu den Mahlzeiten. Und dann Jennifer! Julia setzte große Hoffnungen auf Jennifer. Sie war fest entschlossen, sie in die besten Kreise einzuführen. Jennifer war ein reizendes Mädchen und allseits sehr beliebt. Eines Tages würde sie sich gut verheiraten — mit einem, der standesgemäß gut zu ihr paßte — und Julia hatte schon Pläne, die sich als sehr weitreichend erweisen sollten. Der große Ball in drei Wochen stand bevor! Alles, was Rang und Namen hat, würde dort vertreten sein, und sicherlich sollte nicht Julia Deane daran schuld sein, wenn ihre Tochter nicht alle Sympathien im Sturm eroberte! Und Jennifer . . .

Jennifer eilte die Straße hinab zu der Ecke, an der sie sich mit Doreen Jackson verabredet hatte. Es war schon sieben Uhr durch, und sie haßte es, unpünktlich zu sein.

Doreen kam gerade die Straße herunter. „Nicht so eilig, Jenn!" rief sie. „Die Jungens sind noch gar nicht hier." Als Doreen ihre Freundin eingeholt hatte, fuhr sie fort: „Es scheint so, als seien sie uns entwischt."

Doreen und Jennifer waren schon seit ihrer gemeinsamen Schulzeit befreundet. Eigentlich gleichaltrig, sah Doreen mit ihrem blonden Haar und dem auffälligen Make-up um Jahre älter aus, und sie übernahm gewöhnlich die Führung, wenn es galt, ein neues gesellschaftliches Abenteuer zu wagen.

„Puh, ist das ein kalter Abend!" Jennifer schlug gegen den rauhen Wind ihren Mantelkragen hoch. „Nicht länger als zehn Minuten bleibe ich hier frierend stehen!"

„Sie können ja noch kommen", sagte Doreen hoffnungsvoll, „ich weiß es — komm, wir warten hier — da stehen wir nicht so im Wind." Sie stellten sich dicht beieinander in den Eingang einer kleinen wettergeschützten Vorhalle, die nicht weit von der Straßenecke entfernt war. Die inneren Türen waren geschlossen, aber der Klang von Musik war deutlich zu hören.

„Klingt so, als sollten wir hier beim Warten Unterhaltung bekommen“, bemerkte Jennifer trocken, „hör mal!“

„Vielleicht ist es Gemeinschaftssingen“, meinte Doreen heiter, „wenn sie nicht bald kommen, könnten wir ja hineingehen.“

„Warum eigentlich nicht“, unterbrach sie eine angenehme, freundliche Stimme, „drinnen ist es nämlich wärmer!“ Sie waren so völlig überrascht durch das Erscheinen eines jungen Mannes mit einem Gesangbuch in der Hand, daß sie gar keine Worte fanden, um Einwände zu erheben; sie ließen sich durch die grünen Türen hineinführen und fanden sich auf der hintersten Bank im Saal einer Missionsgemeinde wieder.

„Wir sind jetzt richtig drin“, flüsterte Doreen, „es ist eine Kirche.“

Es war so etwas wie ein Gottesdienst, zweifellos. Jennifer reizte es zum Lachen. Was würden die zu Hause wohl sagen, wenn sie sie hier sehen könnten? Hier war nichts von der reichen, prunkvollen Kathedrale, an die sie sich aus Kindheitstagen erinnerte, aber über dem Podest war in großen, deutlichen Lettern zu lesen „CHRISTUS STARB FÜR UNS“.

Der Saal war nahezu besetzt, meistens junge Leute, wie Jennifer bei einem kurzen Blick in die Runde bemerkte.

Vorne erhob sich gerade ein Mann; offensichtlich wollte er eine Predigt halten. Seine suchenden Augen glitten in einem Augenblick über seine Zuhörer, und Jennifer fühlte plötzlich, daß sein fester Blick auf sie gerichtet war. In dem Augenblick kam ihr die Gewißheit, daß alles, was er jetzt sagen würde, für sie persönlich bestimmt war.

„Wir könnten geradesogut hierbleiben“, flüsterte sie ihrer Begleiterin zu. Da begann der Mann vorn auch schon zu sprechen.

„Ich habe nicht die Absicht, euch heute abend eine Predigt zu halten, Freunde“, begann er in einer schlichten, ernsten Art, die Jennifer sofort ergriff und sie zu aufmerksamem Zuhören zwang, „ich möchte nur einige Minuten lang über einige der herrlichsten Worte in der Bibel zu euch sprechen. Der Apostel Johannes hat sie vor vielen, vielen Jahren geschrieben, aber sie sind heute genauso wahr wie damals: ‚Wir lieben ihn, weil er uns zuerst geliebt hat‘. Und heute abend möchte ich diese Worte zu meinem ganz persönlichen Zeugnis machen und euch sagen: Ich liebe ihn, weil er mich zuerst geliebt hat.“

Jennifer hörte wie gebannt zu, wie er kurz die Geschichte seines früheren Lebens erzählte; wie er sich immer weiter von Gott entfernt hatte und in ein selbstsüchtiges Trachten geriet. Dann hatte er eines Tages in einer ähnlichen Versammlung wie dieser hier erfahren, daß er trotz aller seiner Sünden von dem Herrn Jesus Christus, dem Sohn Gottes, geliebt wurde. Aus Liebe habe Jesus sich selbst am Kreuz auf Golgatha für die Sünden des jungen Mannes dahingegeben.

Jennifer vergaß alle Verabredungen für diesen Abend, ja, sie vergaß auch das Mädchen neben sich, so hörte sie diesem Mann zu, der den wahren Sinn des Kreuzes zu erklären versuchte.

Natürlich hatte sie von Christus gehört — sie glaubte sogar, daß er auf Erden gelebt hatte und von denen, die ihn haßten, hingerichtet wurde. Aber niemals hatte sie bisher gehört, daß er bei seiner Kreuzigung die Sünde der Welt auf sich nahm,und daß er tatsächlich sein Leben dahingab, um die Welt zu retten, weil er die Welt liebte . . . weil er diesen Mann liebte, der da vorn sprach . . . diese Leute, die in dieser Halle saßen . . . weil er sie, Jennifer Deane, liebte!

„Nun frage ich euch: Liebt ihr ihn? “ fuhr der Prediger fort. „Selbst wenn ihr auf diese Frage mit Nein antworten müßtet, ändert das nichts an der Tatsache, daß er euch liebt und daß er auch eurer Sünden wegen ans Kreuz ging. Bisher habt ihr für die Freuden der Sünde gelebt; ihr habt ihm in seiner Liebe und Barmherzigkeit den Rücken gekehrt. Vielleicht habt ihr es wirklich nicht besser gewußt und es bisher niemals erfahren, daß der Herr Jesus euch so sehr geliebt hat."

Jennifer mußte hart schlucken. Das war die Wahrheit, was er gesagt hatte, jedes Wort. Sie hatte sich manchmal gefragt, was sie wohl tun würde, wenn sie Gott Auge in Auge begegnen müßte, aber sie hatte es im betäubenden Wirbel der Vergnügungen zu vergessen gesucht. Sie war bis zu ihrer Schulentlassung regelmäßig zur Kirche und Sonntagsschule gegangen, aber niemals hatte sie etwas Derartiges gehört. Dies war für sie etwas völlig Neues.

Und während der Prediger versuchte, das Leiden des Heilandes am Kreuz, das makellose Lamm Gottes, „zur Sünde gemacht", um eine sündige Welt zu erlösen, seinen Hörern bildhaft deutlich zu machen, wurden Jennifer die Augen geöffnet. Sie sah sich entblößt von all ihrem Glanz, den sie bei Menschen genoß, als ein durch und durch schuldiger Mensch im Angesichte Gottes. Dort am Kreuz streckten sich zwei Arme nach ihr aus, um sie zu retten. Jennifer verlor jeden Sinn für Zeit und Raum; ihr Herz pochte rasend und die Gedanken jagten sich in ihrem Hirn.

Der Prediger war zum Schluß gekommen, und eine junge Frau stand auf, um zu singen. Jennifer hatte noch nie eine Stimme gehört, die sie so tief angerührt hätte, und diese Worte — diese Worte:

„Da war einer, der wollte für mich sterben,
daß ich Unwürdiger sollte Leben erben,
den Pfad des Kreuzes wollte er beschreiten,
alle Schulden meines Lebens zu begleichen."

Die Versammlung war zu Ende. Der Prediger ging zum Ausgang, um den Leuten beim Hinausgehen noch die Hand zu geben.

„Komm schon, Jennifer", sagte Doreen ungeduldig, „daß wir nur bald hier rauskommen!"

Jennifer erhob sich und folgte ihrer Freundin in dem Strom der Menge, die sich langsam zur Tür hin bewegte.

„Guten Abend." Der Prediger nahm ihre Hand und drückte sie freundlich. „Sie sind fremd hier? "

Seine leuchtenden Augen schauten sie durchdringend an. Ihr Blick wurde unsicher.

„J-ja", stammelte sie, „aber Sie müssen gewußt haben, daß ich heute hierherkomme; denn alles, was Sie in Ihrer Predigt sagten, war auf mich gemünzt."

Er zog sie beiseite. „Ich wußte nicht, daß Sie kommen", sagte er schlicht, aber bestimmt, „der Herr aber wußte es; er gab mir diese Botschaft für Sie. Der Herr hat heute abend zu Ihnen geredet. Sagen Sie, haben Sie ihn als Ihren Heiland angenommen? "

Jennifer schaute blaß und gequält zu ihm auf und begegnete seinen forschenden Augen.

„Das ist mir alles so neu", sagte sie unsicher. „Ich habe es vorher nie gehört. Ich wußte nie, daß Jesus für mich starb. Ich möchte wissen — ich möchte Sie fragen, ob Sie eine Bibel für mich hätten, so daß ich das alles für mich selbst noch einmal lesen kann? Natürlich haben wir zu Hause irgendwo eine", fügte sie hastig hinzu, „aber ich glaube, ich weiß nicht, wo ich sie finden könnte."

Er lächelte, als er ein Neues Testament, mit einer besonderen Aufschrift versehen, vom Bücherregal nahm. „Dieses hier können Sie gern haben. Die Verse, die Sie suchen, sind alle besonders gekennzeichnet. Wenn Sie über all diese Fragen irgendwann einmal mit mir sprechen wollen, würde ich mich freuen, Ihnen helfen zu dürfen. Ich heiße Ransome, Pastor Ransome."

„Danke", sagte Jennifer und griff hastig nach dem Buch.

„Morgen abend findet hier wieder eine Versammlung statt, wenn Ihnen daran liegt, zu kommen", fuhr er fort. „Ich werde für Sie beten. Leben Sie wohl. Gute Nacht, und Gott segne Sie!"

„Ich danke Ihnen!" sagte Jennifer noch einmal.

Draußen auf der Straße, eilte sie zu Doreen hinüber, die ungeduldig am Bordstein stand. „Komm doch endlich, Jennifer", sagte sie schroff. „Diese Bude geht mir auf die

Nerven. Was in aller Welt hast du dort noch zu tun gehabt? “

„O, ich habe ihn um eine Bibel gebeten, daß ich das alles noch einmal für mich lesen kann. Doreen, war es nicht wunderbar, was er uns heute abend gesagt hat? “

Doreen zuckte mit den Schultern. „Das hat mich nicht getroffen“ sagte sie leichthin. „Komm, wir trinken ein Glas Malzmilch und vergessen das alles. Und wenn ich diese Jungens das nächste Mal sehe — “

Sie gingen in die Milchbar und Doreen bestellte. Aber Jennifer machte keinen Versuch, ihr Glas auch nur anzurühren; so sehr war sie in ihr aufgeblättertes Testament vertieft.

„Doreen, hier ist es — schau her!“ rief sie plötzlich aus. „Hier steht es schwarz auf weiß: ‚Christus Jesus kam in die Welt, Sünder zu retten, unter denen ich der erste bin.‘ Doreen, das gilt mir!“

Doreen stellte ihr Glas hin und schaute ihre Freundin fragend an. Auf deren Gesicht lag ein Glanz, den sie noch nie gesehen hatte, und ihre Stimme klang ungewohnt heftig. Doreen war plötzlich beunruhigt.

„Jennifer, du denkst doch nicht ernstlich daran, fromm zu werden? “ fragte sie bestürzt.

Nach einer Pause antwortete Jennifer. „Nein, Doreen“, sagte sie langsam, „es ist mehr als das. Es geht darum, daß ich Jesus Christus als meinen Retter annehme.“

„Jennifer, sei doch nicht dumm!“ rief die andere erregt. „Das kannst du doch nicht machen. Was werden die Leute sagen? Was werden deine Freunde von dir denken? Und was werden deine Eltern sagen? Wenn du wirklich tust, was dieser Prediger da sagt, wirst du noch eine richtige alte ‚Betschwester‘ werden. Ein Mädchen wie du kann doch gar nicht leben ohne Tanz und Parties und andere schöne Dinge!“

Jennifer stand auf und sah der anderen offen ins Gesicht.

„Ja“, sagte sie ruhig, „bisher meinte ich auch immer, ich

könnte ohne meine Vergnügungen nicht leben, aber das scheint mir jetzt gar nicht wesentlich zu sein. Doreen, ich habe es mir gründlich überlegt. Ich werde jetzt heimgehen.“

Doreen sah, daß hier jeder Einwand zwecklos war; verärgert begleitete sie ihre Freundin an die Tür.

„Vielleicht ist es das beste, was du tun kannst“, wagte sie noch zu äußern, „schlaf erst mal drüber, morgen läßt es sich wahrscheinlich vernünftiger mit dir reden.“

Schweigend gingen sie zur Haltestelle.

„Ich warte noch, bis deine Bahn kommt, Doreen“, begann Jennifer. aber ihre Begleiterin schnitt ihr mit einer ungeduldigen Handbewegung das Wort ab.

„Laß mich in Ruhe“ sagte sie kühl, „geh lieber nach Hause und lies deine Bibel.“

Jennifer zuckte unter dieser spöttischen Bemerkung zusammen, aber im Augenblick hatte sie keine Antwort darauf. Ihr Herz war zu voll. Ein unangenehmes Schweigen stand zwischen ihnen.

„Na schön“, sagte sie schließlich, „gute Nacht!“ Sie wandte sich rasch um und eilte nach Hause.

2

Als Jennifer die Pforte öffnete, bemerkte sie, daß das Licht im Wohnzimmer noch brannte. Die Familie mußte noch auf sein. Aber natürlich, es war noch früh — etwas nach neun Uhr. Rodger und Philip waren wohl zu Hause und unterhielten sich mit ihren Freunden. Sie fühlte sich nicht imstande, ihnen gerade jetzt zu begegnen. Allein wollte sie sein. Vielleicht konnte sie leise hinaufgehen, ohne gesehen zu werden; denn niemand würde sie jetzt erwarten. Sie öffnete leise die Haustür und trat in den Flur. Die Tür zum Wohnzimmer stand offen; nun wußte sie, daß sie die Ihrigen nun doch begrüßen mußte; denn es war unmöglich, die Treppe ungesehen zu erreichen.

„Wer ist da? " hörte sie ihren Vater rufen.

‚Ach, ich bin es nur", antwortete Jennifer und kam näher. Alle waren da — Rodger und seine Freundin, Philip und einer von seinen Klassenkameraden, und Vater und Mutter.

„Jennifer, was ist denn los? " rief Frau Deane erstaunt. „Fehlt dir etwas? "

Jennifer versuchte zu lachen. „Ach was, natürlich nichts. Du hast doch selbst gesagt, ich sollte früh zurück sein, nicht wahr, Mutter? "

Frau Deane lehnte sich in die Polster zurück. „Na ja, aber — "

„Wohl zuviel für dich, Mutti? " meinte Rodger, in einem Tonfall, der dem seines Vaters sehr ähnlich war. Er drehte sich in der gönnerhaften Art des „großen Bruders", die Jennifer immer in Wut brachte, zu ihr um. „Was ist denn passiert, Schwesterlein? Wolltest du heute ein braves, kleines Mädchen sein — oder ist die Party ins Wasser gefallen?“ Bei diesen Worten zwinkerte er dem Mädchen, das neben ihm auf dem Sofa saß, bedeutungsvoll zu.

Jennifer merkte, wie sie rot wurde. „Ach nein“ — sie suchte einen gleichgültigen Tonfall zu heucheln —, „es hat überhaupt keine Party stattgefunden.“

„Wo bist du denn dann gewesen?“ fragte ihr Vater neugierig dazwischen.

Jennifer ging hinüber zum Kamin und wärmte ihre Hände am offenen Feuer; sie wollte es sich gut überlegen, ehe sie zu antworten versuchte. Sie sah, wie Claire Neilson hinter der vorgehaltenen Hand Rodger eine Bemerkung zuflüsterte, während die Eltern vielsagende Blicke tauschten. Philip und Peter Thompson erwarteten mit jungenhafter Begeisterung das lustige Schauspiel, das nun folgen würde.

„Nun, um ehrlich zu sein, ich bin in der Kirche gewesen.“ Jennifer wandte sich um und blickte sie bei diesen Worten fest an.

„Kirche?“

Das Wort kam unwillkürlich von allen, die im Zimmer waren, als wollten sie es nicht glauben, während Rodger lauthals lachte.

„Hoffentlich hast du auch für mich gebetet, meine Liebe“, sagte er in gespielter Demut.

„Nein, ich habe noch nicht einmal an dich gedacht, Rodger“, antwortete sie ruhig, „ich war zu sehr damit beschäftigt, für mich selbst zu beten.“ Es lag etwas Ungewöhnliches in ihrem Tonfall; darum richteten sich jetzt wieder alle Blicke mit besonderem Interesse auf sie. Philip, der Jüngste, brach als erster das Schweigen.

„Das Gebetbuch hast du dir wohl als Andenken mitgenommen“, sagte er erheitert und wies dabei auf das Buch in ihrer Hand.

Jennifer hielt es hoch, daß es alle sehen konnten.

„Es ist eine Bibel, ein Neues Testament“, erklärte sie. „Ich habe es bekommen, um einiges für mich nachzulesen. Ihr könnt euch gar nicht denken, was da alles drinsteht. Bis heute abend habe ich es auch nicht gewußt." Sie fing an zu blättern. „Ich muß euch das mal vorlesen — "

„Jennifer!" fuhr schneidend Anton Deane dazwischen. „Bringe das Buch raus; und laß dich nie wieder damit sehen!"

Jennifer stockte der Atem. „Aber Vater, warum denn? Sicher ist doch nichts Schlimmes dabei, die Bibel zu lesen!" Sie hatte zwar Ablehnung erwartet, aber nicht so jäh und gewaltig.

Die Augen ihres Vaters wurden schmal. „Du wirst bitte sofort tun, was ich dir gesagt habe", sagte er kurz und bestimmt.

Jennifer nahm das Buch wieder an sich. „Gut, dann gehe ich in mein Zimmer und lese", sagte sie. „Ich kann doch wohl in meinem Zimmer tun, was ich will? "

Er kniff die Lippen zu einem schmalen Strich zusammen.

„Wenn ich jemals das Buch hier irgendwo zu Gesicht bekomme, werde ich es ins Feuer werfen!" sagte er zornig. „Du nimmst dir viel heraus, Jennifer! Du solltest wohl lieber schlafengehen, damit man morgen wieder vernünftiger mit dir reden kann."

Frau Deane blickte die beiden besorgt an. Schon immer hatte sie den Tag gefürchtet, da Jennifer und ihr Vater aneinandergeraten würden, weil jeder seinen Willen durchsetzen wollte. Beide waren sie sehr willensstark, und Jennifer würde es nie verwinden, hinausgeschickt zu werden. Aber jetzt schien sie irgendwie anders zu sein. Sie blickte nicht trotzig wie früher.

„Schon gut, Vater", sagte sie ruhig, und auf ihrem Gesicht stand ein Ausdruck der Erleichterung. „Ich gehe wirklich gern. Gute Nacht miteinander."

Im nächsten Augenblick war Jennifer fort, aber die Gesellschaft im Wohnzimmer schien sich überhaupt nicht wohlzufühlen, nachdem sie gegangen war. Wenig später verabschiedeten sich die Besucher, und schließlich gingen alle zur Ruhe.

Kaum hatte Jennifer ihr Zimmer erreicht und die Tür hinter sich geschlossen, setzte sie sich auf die Bettkante, um in dem Neuen Testament zu lesen. Welch eine Erleichterung, endlich allen aus dem Weg zu sein! Langsam und nachdenklich blätterte sie Seite um Seite um, getrieben von einer unsichtbaren Macht, die sie selbst nicht verstehen konnte. Ihr Blick schien auf diejenigen Verse auf jeder Seite gezogen zu werden, die besonders gekennzeichnet waren. Jennifer hatte auch früher schon die Bibel gelesen, aber niemals hatte sie diese Verse bemerkt oder wenigstens niemals ihr wahre Bedeutung erkannt. Sogar jetzt fiel es Jennifer schwer, den tiefen Sinn mancher Stelle zu erfassen. „Denn so sehr hat Gott die Welt geliebt, daß er seinen eingeborenen Sohn gab, damit alle, die an ihn glauben, nicht verloren werden, sondern das ewige Leben haben. Denn Gott hat seinen Sohn nicht gesandt in die Welt, daß er die Welt richte, sondern daß die Welt durch ihn gerettet werde." — „Wer an den Sohn glaubt, der hat das ewige Leben, wer dem Sohn nicht glaubt, wird das Leben nicht sehen, sondern der Zorn Gottes bleibt auf ihm."

Der Zorn Gottes . . . sie wußte: das war etwas, was sie verdient hatte, . . . dem sie nicht entkommen konnte . . . Aber, was hatte der Prediger gesagt? Der Herr Jesus Christus hatte den Zorn und das Gericht Gottes am Kreuz getragen, so daß sie frei ausgehen konnte.

Jennifer blätterte zurück und begann vom Anfang zu lesen, von Jesu Geburt, seinem Leben, seinem Leiden und seinem Tod. Natürlich war sie mit dieser Geschichte vertraut, aber sie hatte nun einen neuen Sinn für sie bekommen. Beim Lesen sah sie Jesus deutlich vor sich, verraten, gefangengenommen, zu Unrecht angeklagt, verspottet, geschlagen. Jennifer sah Jesus, nicht als einen guten Menschen, der in die Hände seiner Feinde gefallen war, sondern als den Sohn Gottes, der freiwillig sein Leben dahingab, weil er verlorene und schuldige Menschen liebte! Und als sie von dem Urteil gegen ihn las — „des Todes schuldig"

—, wußte sie es: Er hatte ihren Platz eingenommen. Er war ohne Sünde — sie aber war des Todes schuldig . . . Ach, wie konnte Jesus Jennifer so lieben!

Noch einmal sah Jennifer den kleinen Saal der Missionsgemeinde vor sich, wo sie diese wunderbare Geschichte gehört hatte. Jede Einzelheit des Gottesdienstes stand deutlich vor ihrem Bewußtsein. Sie hörte wieder Pastor Ransomes drängende Frage: „Haben Sie ihn schon als Ihren Heiland angenommen?“ Und sie wußte: diese Frage muß entschieden werden, ein für allemal, noch heute abend. Dem Anspruch Jesu Christi auf ihr Leben mußte sie mit einem klaren Ja oder Nein begegnen — in dieser Nacht noch!

Das Buch entglitt ihren zitternden Fingern. Sie wollte ja sagen. Warum zögerte sie dann? Es schien ein folgenschwerer Schritt zu sein. Sie stellte sich vor Augen, was ein solcher Schritt für sie bedeuten würde. Wenn sie Jesus Christus als ihren Heiland annahm, so mußte sie alles, was bisher ihr Lebensinhalt war, aufgeben. Wenn sie ihn jedoch zurückwies, so lehnte sie damit ihre einzige Hoffnung auf ewiges Leben ab.

Jennifer stand vor der größten Entscheidung, die jemals ein Mensch zu treffen hat, eine Entscheidung, deren Ergebnis ewiges Leben oder Tod ist. Tränen stiegen ihr in die Augen, und ihr Herz schlug wie wild. Nur einen kleinen Augenblick zögerte sie noch, dann fiel sie neben ihrem Bett auf die Knie.

„Ach, Herr Jesus“ — mühsam brachte sie die Worte hervor —, „ich habe gesündigt — ich bin eine Sünderin — und ich weiß, daß du gestorben bist, um mich zu retten. Ich erkenne dich nun als meinen Heiland an. O Herr, nimm mich, wie ich bin, und reinige mich von meiner Sünde.“

Eine ganze Zeit lag sie schluchzend auf den Knien; ihr rebellisches Herz, das von der Liebe des Gekreuzigten angerührt worden war, kämpfte noch einen letzten Kampf, aber unsichtbar an ihrer Seite stand der Eine, der gekommen ist, zu suchen und zu retten, was verloren ist. Er barg auch dieses verlorene Schaf, das er gesucht hatte, in seinen Armen, und es herrschte wieder Freude bei den Engeln Gottes über einen Sünder, der zu Gott heimgekehrt war.

Der Kampf war entschieden. Der Aufruhr in ihrem Herzen legte sich. Ein Friede, den sie vorher nie gekannt hatte, durchströmte sie . . .

Jennifer schlief gut, nachdem sie schließlich in ihr Bett gefunden hatte, aber sie wurde mit dem Licht des neuen Tages wach. Nein, es war kein Traum — es war Wirklichkeit! Mit einem Satz war sie aus dem Bett und trat ans Fenster, um den neuen Tag zu begrüßen. Sie hätte am liebsten vor Freude laut gesungen. Niemals hatte sie den Garten so herrlich gesehen: die Bäume über und über mit Blüten beladen, der frische Tau auf den Gräsern, ja, sogar die Vögel schienen süßer zu singen als sonst.

Sie griff nach dem Neuen Testament. War es Zufall, daß sie gerade die Seite aufschlug, wo die Worte standen „Ist jemand in Christus, so ist er eine neue Kreatur; das Alte ist vergangen, siehe, es ist alles neu geworden“?

Jennifer strahlte. Sie mußte etwas tun, um ihrer neugefundenen Freude Ausdruck zu geben, aber was? „Vater wird nicht wünschen, daß ich darüber rede“, dachte sie, „vielleicht kann ich es ihnen auf andere Weise zeigen . . . “ Sie könnte ihnen eine Tasse Tee ans Bett bringen. Rasch zog sie sich an und ging hinunter in die Küche. Der Wecker klingelte gewöhnlich um sieben, also hatte sie noch fast zwanzig Minuten Zeit.

Jennifers Gesicht war sehenswert, als sie ihr Tablett hinauftrug; sie hatte ein frisches Tuch aufgelegt, und darauf zwei Tassen und die Teekanne mit dem heißen Tee. Zweimal klopfte sie an die Schlafzimmertür. „Herein“, hörte sie eine verschlafene Stimme.

„Einen schönen guten Morgen!“ rief sie ihren Eltern fröhlich zu. „Hier habe ich eine Überraschung für euch. Setzt euch auf und trinkt eine Tasse Tee.“

Anton und Julia Deane setzten sich gleichzeitig im Bett auf und rieben sich die Augen, als wollten sie sich vergewissern, daß das, was sie sahen, keine Einbildung, sondern Wirklichkeit war.

„Jennifer, wie lieb von dir!“ Frau Deane lächelte sie dankbar an.

„Nun, wenn dies das Ergebnis deines Kirchenbesuches ist“, meinte Anton mit einem schiefen Lächeln, „solltest du meinetwegen jede Woche gehen.“

„Ja, Vater, das habe ich auch vor.“ Sie ging zum Fenster hinüber und zog die Rolläden hoch. „Seht, ist es nicht ein herrlicher Morgen?“

„Du bist sehr fröhlich heute morgen, Jennifer“, sagte die Mutter mit leisem Argwohn; denn sie erinnerte sich noch lebhaft an die Szene im Wohnzimmer am vergangenen Abend.

Jennifer kam herüber und ließ sich auf der Bettkante nieder. „Hört mal, ihr beide“, begann sie eifrig, „ich bin heute morgen ein anderer Mensch als sonst. Ich habe etwas gefunden, jemanden — für den ich leben will.“

Ihre Mutter wandte ihr einen wissenden Blick zu. „Jennifer“, rief sie, „ich glaube tatsächlich, du hast dich verliebt!“ Jennifer lächelte. „Nun ja, Mutter, es ist schon so, nur nicht in dem Sinne, wie du es meinst.“

Julia Deane schüttelte den Kopf. „Wenn du nur nicht so in Rätseln reden würdest, meine Liebe“, seufzte sie etwas ungeduldig.

Jennifer blickte von einem zum anderen. Ihre Mutter war neugierig; ihr Vater zeigte offenes Mißfallen. Jennifer fühlte instinktiv: Ihr Vater wußte genau, was sie sagen wollte.

Sie versuchte zu sprechen, aber ihr schien ein Kloß im Hals zu stecken, der ihre Worte nicht herauslassen wollte. Wie konnte sie sich ihnen jemals verständlich machen?

„Es hat wirklich alles erst gestern abend angefangen, als wir zum Gottesdienst in den Saal gingen“, begann sie unsicher. „Ich — ich wußte bis dahin nicht, daß Gott mich liebt — uns alle — so sehr liebt. Und dann, als ich das alles las, wie der Herr Jesus Christus litt und starb, um mich zu retten, ach, ich weiß selbst nicht, wie es kam, aber ich habe ihn als meinen Heiland anerkannt und ihm mein Leben übergeben. Das ist alles."

Sie blickte ihre Eltern mit leuchtenden Augen an, aber keiner sagte ein Wort. Ein bedeutungsvolles Schweigen! Ihre Mutter war offensichtlich bestürzt, aber ihr Vater blickte sie kühl, ja feindselig an. Jennifer stand auf; hier konnte sie nichts mehr sagen. So nahm sie die Tassen und verließ leise das Zimmer.

„Anton, was in aller Welt redet sie da?" wollte Julia wissen, als sie ihre Sprache wiederfand.

„Ach, sie ist von einer verrückten Idee besessen", murmelte er. „Sie wird darüber hinwegkommen, Julia."

„Das will ich hoffen", erwiderte sie sichtlich besorgt.

„Im Geschäft werden sie es ihr schon bald austreiben", fügte er hinzu, „warten wir es ab!"

3

An diesem Morgen kam Jennifer früh ins Geschäft. Der Fahrstuhlführer, Joe, wie sie ihn nannten, war sichtlich überrascht. Er hatte sich so daran gewöhnt, daß Punkt neun Uhr Fräulein Deane keuchend und ganz außer Atem in den Fahrstuhl gestürzt kam, um noch die fünfte Etage zu erreichen, daß er kaum seinen Augen traute, als sie am Montagmorgen halb neun Uhr vor ihm stand.

„Nanu, Sie sind aber früh heute, Fräulein Deane", bemerkte er humorvoll. „Sie sind doch wohl keine Schlafwandlerin?"

Jennifer lachte. „Nun, Joe", wehrte sie ab, „ich brauche es Ihnen nicht unter die Nase zu reiben, aber ich meine, es war für mich an der Zeit, ein neues Leben zu beginnen, nicht wahr?"

Er blickte sie scharf an, als die Tür sich schloß und der Fahrstuhl sich in Bewegung setzte. Von allen Mädchen, die in dem Haus arbeiteten, meinte er Jennifer Deane am besten zu kennen. Er wußte, sie kam immer so an, daß sie nur noch wenige Sekunden Zeit hatte, aber wenn sie beide zusammentrafen, hatte sie immer ein heiteres Wort für ihn. Und die anderen Mädchen in ihrer Abteilung unterhielten sich immer über Jennifer, so daß er immer einige Bruchstücke ihres Gespräches mit aufschnappte, obwohl er selten seinen Polsterschemel im Fahrstuhl verließ.

Er hielt sie für eines der beliebtesten Mädchen am Platz.

„Nun", begann er nachdenklich, als der Fahrstuhl zum Halten kam, „ich meine, es schadet keinem von uns, ab und zu ein neues Leben zu beginnen — und ich schätze, Sie haben es bereits getan." Bei diesen Worten blickte er ihr prüfend ins Gesicht, als versuche er, darin etwas zu entdecken, daß er nicht näher bestimmen konnte.

„Sie haben es beinahe erraten“, gab sie zu, als sie in den Gang hinaustrat, „aber ich sage Ihnen, Joe, es ist nicht nur so ein neuer Anfang, sondern ich habe ein völlig neues Leben begonnen.“

Joe schüttelte den Kopf, als sich ihre Schritte entfernten. „Ich konnte die Frauen noch nie verstehen“, murmelte er bei sich selbst, „aber ich glaube, mit ihr ist wirklich etwas geschehen.“

Jennifer war heute morgen die erste in Zimmer 526. Fünf andere arbeiteten noch in ihrer Abteilung, drei Mädchen in ihrem Alter, Linda, Dawn und Rita, dann Fräulein Rundle, ihre Vorgesetzte, und die kleine Rose Wilson, die Jüngste, gerade von der Schule gekommen, und erst ein paar Monate hier. In der Regel ging es in Zimmer 526 friedlich zu. Keiner war übertrieben fleißig; es blieb viel Zeit, ausgiebig über private Dinge zu schwatzen. Besonders am Montagmorgen wurde bis zur Frühstücks-Teepause nicht viel getan, weil es so viel über das zu erzählen gab, was die einzelnen am Wochenende erlebt hatten.

Jennifer hatte alles noch einmal überdenken müssen. Sie erinnerte sich, daß sie am Sonnabend eine Arbeit als fertig beiseitegelegt hatte, aber sie war nicht besonders gut geraten, so beschloß sie, das Schriftstück noch einmal mit der Maschine abzuschreiben, bevor es ins Hauptbüro befördert wurde. Sie setzte sich an ihre Maschine und war ganz in ihre Arbeit vertieft, als die anderen hereinkamen.

„Du lieber Himmel, Jennifer!“ Dawn Anderson rang nach Luft, als sie die Tür öffnete, gefolgt von Linda Turner. „Du an der Arbeit — und das fünf vor neun!“

Linda sank auf einen Stuhl. „Das ist zuviel für mich“, sagte sie schwach.

Jennifer blickte auf. „Ich glaube wohl, daß es euch ein wenig schockiert“, lächelte sie, „aber laßt euch nicht beunruhigen. Ich möchte diesen Bericht nur noch einmal ins Reine schreiben; er ist am Sonnabend in der Eile sehr schlecht und fehlerhaft geworden.“

Sie schauten sich verblüfft an, als Jennifer auf ihrer Maschine weiterschrieb. Wenige Minuten später war auch der Rest der Zimmer-Belegschaft eingetroffen, und Jennifer stand im Mittelpunkt neuer Angriffe ihrer erstaunten Kolleginnen, die ihre spöttischen Bemerkungen über sie machten.

Sogar die Jüngste konnte es sich nicht verkneifen, ihr lächelnd eins auszuwischen. „Machen Sie Überstunden, Fräulein Deane? “ Es klang ziemlich skeptisch.

„Ja, Rose, das ist jetzt geschafft; jetzt kann ich mit dieser Arbeit zufrieden sein!“ Bei diesen Worten nahm Jennifer das letzte Blatt aus der Maschine.

„Das ist heute das erste Mal, daß Sie sich aus Ihrer Arbeit ein Gewissen machen“, bemerkte Fräulein Rundle.

„Jenn, das laß man lieber bleiben“, sagte Rita Johnson gedehnt, als sie sich an ihren Schreibtisch setzte, „du wirst uns allen noch Schwierigkeiten machen.“

„Ach, reg dich nicht auf, Rita“, warf Dawn dazwischen, „wie ich Jennifer kenne, wird das nicht lange dauern; sie wird sicher nicht jeden Tag alles doppelt schreiben.“

„Nun, ihr kennt mich ja sehr gut“, gab Jennifer verwirrt zu, „aber ich werde euch alle überraschen — ich bin jetzt genau in der richtigen Stimmung, zu arbeiten.“

Aber alle anderen hatten offensichtlich keine Lust dazu. Sie schauten alle fragend zu Jennifer hinüber, als warteten sie auf eine Erklärung für ihr ungewöhnliches Benehmen. Das sah ihr doch sonst gar nicht ähnlich, sich am Montagmorgen nach Arbeit zu fühlen!

„Was ist denn mit dir übers Wochenende passiert, Jenn? “

Das war die Frage, der man nicht ausweichen konnte! Jennifer fühlte sich plötzlich elend und leer. Am liebsten wollte sie ihnen über ihr Erlebnis in der vergangenen Nacht nichts sagen. Niemals hatte sie über religiöse Dinge gesprochen, und es würde ziemlich schwer zu erklären sein. Und, davon abgesehen, es würde die anderen auch kaum interessieren.

„Wie ist denn die Party gewesen?" — „Was ist geschehen? War etwas Besonderes los?"

Jennifer fühlte sich dieser Lage nicht gewachsen! Sie wußte ja selbst kaum, was mit ihr geschehen war; wieviel weniger konnte sie es dann anderen klarmachen. Sie bat Jesus im stillen um Kraft; gleich kam eine große, innere Ruhe über sie, über die sie selbst erstaunt war. Sie lehnte sich in ihrem Stuhl zurück und blickte sie alle frei an.

„Ich will euch die ganze Geschichte von Anfang an erzählen", begann sie. „Die jungen Männer sind uns gestern abend entwischt, darum waren wir auf keiner Party; stattdessen gerieten Doreen und ich zufällig in einen Saal, in dem gerade ein Gottesdienst stattfand, eine Missionskirche, wie sie es nennen. Jedenfalls hörte ich dort einiges, was mir zu denken gab."

„Ich nehme an, man hat dich dort bekehrt, Jenn, stimmt's?" In Ritas Stimme schwang leiser Spott.

Jennifer blickte auf. Keiner sagte etwas, nur waren aller Augen auf ihr Gesicht gerichtet, das mit einem Mal sehr ernst wurde.

„Ganz recht, Rita", sagte sie bestimmt. „Ich bin an diesem Morgen ein anderer Mensch. Ich weiß selbst nicht, wie ich es euch erklären soll — es ist alles noch so neu — aber gestern abend, als ich von dem Gottesdienst nach Hause kam, habe ich das alles in der Bibel noch einmal nachgelesen, und ich habe nun Jesus Christus als meinen Heiland angenommen. So, jetzt wißt ihr's."

Jetzt war es endlich heraus. Jennifers Augen leuchteten, als sie in die Runde blickte; der Ausdruck auf ihrem Gesicht schien den anderen die Sprache zu verschlagen. Eine Zeitlang blieb es still im Raum.

„Jennifer", rief schließlich Linda aus, „du sagst und tust wirklich die unmöglichsten Dinge. Du willst uns doch nicht etwa erzählen, daß du eine fromme Jungfer werden willst?"

Jennifer lächelte. „Vielleicht hast du recht — aber ich werde dabei sehr glücklich werden, Linda."

„Religion mag ja manchmal ganz gut sein", erklärte Fräulein Rundle, „aber man braucht sich deswegen doch nicht gleich verrückt zu machen. Es würde Ihnen gewiß nicht schaden, ein wenig öfter zur Kirche zu gehen, aber wenn es anfängt, ins private Leben einzugreifen, nun, das geht dann doch wohl zu weit!"

„Ist die Bibel nicht voller Widersprüche? " Dawn pflegte sich jedesmal mit diesen Worten zu verteidigen, wenn das Gespräch auf religiöse Fragen kam.

„Ich weiß es wirklich selbst nicht", gab Jennifer zu. „Ich habe noch nicht genug darüber gelesen, um das sagen zu können. Aber ich werde es lesen und es euch dann sagen."

„Ich habe gar keine Zeit, zur Kirche zu gehen; außerdem sind mir zu viele Heuchler dabei", sagte Linda verächtlich, „darum gehe ich lieber erst gar nicht hin!"

Nun mischte sich auch die kleine Rose ins Gespräch: „Was ich schon immer sage: Wie kann man beweisen, daß es Gott überhaupt gibt? "

„Das hast du eben gut gesagt, Kleine!" äußerte Rita anerkennend. „Alle diese Fragen und Probleme um Gott und Religion sind mir zu kompliziert. Ich führe ein anständiges Leben; freilich genieße ich auch die Freuden, die das Leben bietet, aber ich werde auch immer etwas Gutes tun und einem armen Schlucker aus der Patsche helfen, wenn ich Gelegenheit dazu habe. Mehr kann doch von einem nicht verlangt werden!"

Jennifer hätte jetzt gern so gut in ihrem Neuen Testament Bescheid gewußt wie Pastor Ransome, aber im Augenblick fiel ihr nur ein einziger Vers ein.

„Rita, ich habe auch erst gestern abend entdeckt, daß nicht dein Tun darüber entscheidet, ob du selig wirst", sagte sie ernst. „Wir sind alle schuldig vor Gott, und Jesus Christus kam in die Welt, um die Sünder selig zu machen — so steht es in der Bibel."

„Nun fangen Sie hier bloß nicht an, eine Predigt zu halten — die ist hier fehl am Platz", erwiderte Fräulein

Rundle, „wenn wir eine hören wollen, dann können wir ja zu Ihrer Missionskirche gehen.“

„Ich wünschte, es wäre so“, sagte Jennifer eifrig. „Heute abend ist wieder eine Versammlung. Ich gehe hin, wenn eine von euch mitgehen möchte? “

Aber keine nahm ihre Einladung an; so ging sie allein. Nur wenige Menschen waren zu der Versammlung gekommen. Pastor Ransome stand an der Tür, als hätte er sie schon erwartet. Er erkannte Jennifer wieder und streckte ihr die Hand hin.

„Ich freue mich, Sie zu sehen“, sagte er sofort. „Ich wußte, daß Sie kommen.“

„Herr Ransome, ich muß Ihnen etwas Wunderbares erzählen!“ Dabei strahlte Jennifer über das ganze Gesicht.

„Gott sei Dank!“ Er zog sie beiseite und lud sie ein, etwas abseits von dem Kreis der anderen Platz zu nehmen. „Sie werden mir gar nichts zu erzählen brauchen, es steht ja alles auf Ihrem Gesicht geschrieben. Aber ich möchte es dennoch von Ihnen hören.“

Wieviel leichter fiel es ihr, mit diesem Mann zu sprechen, als mit ihren Eltern oder den Mädchen an ihrem Arbeitsplatz. Als Jennifer offen all das aussprach, was ihr nun so lieb geworden war, erfuhr sie zum ersten Mal, wie alle Glaubenden durch das Band der Liebe Christi auf geheimnisvolle Weise miteinander verbunden sind.

Sie erzählte ihm alles, wie es gestern abend gewesen war, als sie nach Hause kam; wie wunderbarer Friede in ihr Herz einzog, als sie sich ganz dem Herrn Jesus Christus auslieferte und welche Erfahrungen sie am ersten Tag nach ihrer Bekehrung gemacht hatte.

„Ich habe mich sehr geschämt, als ich meinen Kolleginnen nicht antworten konnte“, bekannte sie. „Sie drangen mit so vielen Argumenten auf mich ein, und ich hatte nicht genug Bibelkenntnisse, um ihnen treffend antworten zu können.“

Der Prediger lächelte freundlich. „Natürlich konnten Sie das nicht“, versuchte er sie zu ermutigen, „Sie haben doch eben erst den Anfang mit Christus gemacht. Jetzt müssen Sie im Glauben aufgebaut werden; Sie brauchen geistliche Nahrung, um in der Gnade Gottes und seiner Erkenntnis zu wachsen: dann werden Sie den anderen besser Zeugnis geben können. Heute abend haben wir unser Bibelstudium; jeden Mittwochabend kommen wir zum Gebet zusammen. Beides könnte Ihnen sehr hilfreich sein, wenn Sie dazu kommen können."

„Sicher will ich." Jennifers Antwort kam ohne Zögern.

Pastor Ransome stellte sie der Gruppe von Christen vor, die auch gekommen waren, und Jennifer fühlte sich gleich wie zu Hause. Es war ihr, als hätte sie diese Menschen schon seit Jahren gekannt.

Die Zeit ging zu rasch vorbei. Man gab ihr eine vollständige Bibel. Sie war zwar nicht so erfahren wie die anderen, mit ihr umzugehen, aber da man ihr etwas dabei half, konnte sie doch beim Aufschlagen der verschiedenen Bibelstellen mithalten. Sie hörte eifrig zu, wie der Prediger das Bibelwort auslegte. „Unser Erbe in Christus" lautete sein Thema, das er dem ersten Kapitel des Epheserbriefes entnommen hatte.

Er sprach von der Erlösung durch das Blut Christi, indem er zunächst von den vielen verschiedenen Formen und Arten der Erlösung ausging, von denen das Alte Testament spricht; dann von der Vergebung der Sünden, die dadurch möglich wurde, daß Jesus, „der keine Sünde kannte, für uns zur Sünde wurde"; von dem ungewöhnlichen Reichtum seiner Gnade — Gnade, die nach seiner Verheißung für jede Not ausreicht; von der Kraft, die in der menschlichen Schwachheit zur Vollendung kommt.

Jennifer war tief bewegt. Es wurde ihr bewußt, wie wenig sie bis jetzt von der Erlösung, die ihr durch Gott geschenkt worden war, wußte. Sie fühlte ein großes Verlangen, mehr über ihren großen Retter Jesus zu erfahren.

„Erzählen Sie mir doch noch mehr", bat sie, als die Stunde zu Ende war. „Ich möchte noch mehr darüber hören!"

4

Mit der ihr eigenen Gründlichkeit begann Jennifer nun ihr neues Leben. Ihr Eifer und ihre Begeisterung ließen keinen Raum für andere Dinge; all ihre früheren Interessen und Verpflichtungen waren vergessen. Sie war nur noch von dem einen Wunsch beseelt, das Wort Gottes besser kennenzulernen.

Sie hatte in jener Woche drei Versammlungen besucht und war dann jedesmal bis spät in die Nacht in ihrem Zimmer aufgeblieben, um das Gehörte nachzuschlagen und sich bestätigen zu lassen. Das alles nahm sie völlig in Anspruch und strengte sie sehr an; Jennifer machte die Entdeckung, daß ihr Geist zwar willig war, aber das Fleisch oft schwach; und damit mußte man nüchtern rechnen.

Bei der Arbeit ging auch nicht alles so leicht. Vor ihrer Lebenswende hatte sie an ihrer Umwelt nichts Falsches entdecken können, jetzt aber gab es Dinge, die sie bekümmerten, verwirrten und störten. Einige der Mädchen bedienten sich einer Sprechweise, die sie selbst früher als lustig angesehen hatte, aber jetzt schien ihr dies fast unerträglich. Manche Kolleginnen taten ihre Arbeit derart flüchtig und oberflächlich, daß es der Firma gegenüber nicht treulich gehandelt war. Dies bekümmerte und ärgerte Jennifer, obgleich sie bis vor kurzem noch selbst in derselben Sache schuldig geworden war.

Dann entdeckte sie bei sich so viel Unentschlossenheit in Dingen, die sie früher ohne Zögern getan hätte. Pastor Ransome hatte ihr den Rat gegeben, der sicherste Weg sei immer: „Im Zweifel etwas lieber nicht tun.“ Das war alles schön und gut, soweit es ihr eigenes Handeln betraf, denn so konnte sie durch manche Gefahren und Versuchungen einen geraden Kurs steuern. Aber ihren Mitarbeiterinnen gegenüber war diese Handlungsweise durchaus nicht befriedigend, denn sie wollten natürlich immer genau wissen, warum sie sich so entschied.

Was die Sache noch schlimmer machte, war, daß sich alle an den Wetten für den Großen Preis von Melbourne beteiligten, und Jennifers Name wurde selbstverständlich mit auf die Wettliste gesetzt; nur mit großer Mühe konnte sie erreichen, daß er wieder gestrichen wurde, nachdem sie selbst mit sich zu Rate gegangen war, ob sie hierbei teilnehmen sollte oder nicht. Diese Entscheidung führte natürlich zu heftigen Angriffen und Diskussionen.

„Was soll denn daran schlecht sein?" erwiderten sie schließlich. „Alle machen doch mit!"

Und Jennifer blieb keine andere Erwiderung darauf als: „Ich bin eine Christin, und deshalb kann ich's nicht mitmachen."

Ach, hätte sie mehr sagen können! Aber die anderen waren ihr schon zahlenmäßig hoffnungslos überlegen und brachten die schwerwiegendsten Argumente herbei.

Außerdem war Jennifer so sehr damit beschäftigt, sich selbst immer wieder im Blick auf das zu prüfen, was sie dürfe und was nicht, daß sie kaum Zeit fand, über das Thema selbst nachzudenken. Alle schienen ängstlich darauf bedacht zu sein, sie etwas tun zu lassen, was sie eigentlich nicht tun dürfte.

Die Welt ist sehr wankelmütig, wie Jennifer sehr bald entdecken mußte. Heute behandelt sie dich, als wärest du ihr Abgott, und morgen schon wie einen Feind. Lebst du nach einer bescheidenen Norm des Lebens, wird sie dich verurteilen; versuchst du aber, eine höhere Lebensnorm anzustreben, wird sie alles tun, um dich zu entmutigen.

Ein entschlossener Zug in ihrem Wesen jedoch half Jennifer, „darüber hinwegzukommen". Sie machte sich nichts daraus, ihre Beliebtheit bei den anderen eingebüßt zu haben. Es bekümmerte sie nicht, daß die anderen ihr einheizten und ihre bissige Kritik an ihr ausließen. Aber

Jennifer war ja immer noch ein Mensch; darum konnte diese Spannung, der sie dauernd ausgesetzt war, nicht ohne Wirkung auf sie bleiben.

Wenn Jennifer nach Hause kam, erging es ihr gewöhnlich auch nicht besser. Vielleicht war es auch nur ihre Müdigkeit nach den schweren Anforderungen des Tages, die an sie gestellt wurden; aber sie fand, daß ihre Familienangehörigen sie abends reizten und schikanierten. Wenn sie sich auch hoch und heilig vorgenommen hatte, ruhig und gelassen zu bleiben, so endete es meistens doch damit, daß sie „hochging", wie sie es nannten. Jennifer fühlte sich wegen dieser heftigen Ausbrüche sehr beschämt. Heute abend auf dem Weg nach Hause war ihr Kinn vorgeschoben und ihre Fäuste geballt, um es bildhaft zu sagen: Sie war fest entschlossen, ihre Gefühle und ihr Temperament unter Kontrolle zu behalten, komme, was da wolle!

Im Verlauf dieses Tages hatte es nicht viel gegeben, das sie den Ihren berichten konnte. Das machte ihr Sorge. Sie konnte sie nicht ins Vertrauen ziehen darüber, wie man sie ständig im Geschäft belästigte und quälte, so daß sie es dann oft für das Klügste hielt, gar nichts zu erzählen.

„Ich weiß wirklich nicht, was seit einiger Zeit in dich gefahren ist", stellte ihre Mutter verärgert fest, als die ganze Familie beim Essen saß. „Ich kann kein vernünftiges Wort mehr aus dir herausbringen."

„Mutter, das ist aber nicht nett von dir, so was zu sagen!" wehrte Jennifer ab. „Ich habe doch wirklich versucht . . . "

„ . . . uns allen eine kalte Dusche zu verpassen", brummte Philip, indem er in seinen Pudding einhieb, „du gehst mir auf die Nerven mit deinem ewigen Singen und Beten!"

„Wenn du dich durchaus unglücklich machen willst, ist das ja deine eigene Angelegenheit", bemerkte Rodger in dem Bewußtsein, mit seinen 21 Jahren schon viel Lebenserfahrung zu haben, „aber ich gäbe etwas darum, wenn ich erfahren könnte, warum du uns alle mit unglücklich machen willst."

„Aber ihr versteht mich nicht“, begann Jennifer wieder, „ich bin ja gar nicht unglücklich — ich bin sehr glücklich.“

Aber obwohl sie es gar nicht wollte, klangen diese Worte doch wenig überzeugend, und so brachen die anderen in höhnisches Gelächter aus.

„Nun, wenn du so etwas ‚glücklich sein‘ nennst — dann bin ich es schon lange!“ kicherte Philip.

„Ach was“, fuhr Rodger in seiner aufreizenden Art fort, „du und deine Kirche! Heute hat mir jemand von einem Mann erzählt, der in eine der größten Kirchen der Stadt geht — einem größeren Gauner kannst du überhaupt nicht mehr begegnen.“

Das war zuviel! Jennifer hielt den Atem an, und ihre Wangen färbten sich dunkelrot. „Was weißt du schon über die Kirche? “ entgegnete sie aufbrausend. „Ihr seid mir gerade die Richtigen — selbst nicht zur Kirche gehen wollen, aber über die anderen herziehen, die es tun!“

„Ist das die Art, wie gute Christen ihr Temperament in Zaum halten? So was hab ich gern!“ bemerkte Rodger sarkastisch. „Ein gutes Vorbild für arme Sünder, wie ich einer bin!“

Jennifers Augen füllten sich mit Tränen des Zorns und der Scham. Wieder hatte sie versagt, und ausgerechnet, wo sie so sehr versucht hatte, ruhig zu bleiben. Welch ein armseliges Zeugnis gab sie für ihren Herrn! Mußte das immer so weitergehen, mit einer Niederlage nach der anderen? War dies der Lohn all ihrer ehrlichen Bemühungen?

„Es tut mir leid!“ Jennifer schluckte nur mühsam die Tränen hinunter.

„Jetzt müßte dich mal dein Missionar sehen“, bemerkte Frau Deane scheinheilig. „Ich glaube, du bist so fromm, wenn du dorthin gehst, daß sie denken, du könntest nicht bis drei zählen. Die sollten dich mal zu Hause erleben!“

„Alle hacken sie auf mir herum“, versuchte Jennifer abzuwehren.

Anton Deane, der sich bis jetzt ganz seinem Essen gewidmet hatte, hob den Kopf und blickte sie alle scharf und drohend an. „Jetzt habe ich aber genug von diesem Streiten über religiöse Fragen!“ sagte er barsch. „Ich möchte davon nichts mehr hören! Hast du mich verstanden, Jennifer? “

Jennifer atmete schwer. „Jetzt reicht's mir aber! Soll ich etwa schuld sein? Ich habe nicht damit angefangen!“

„Du bist schuld daran!“ Anton Deane legte seinen Serviettenring hörbar auf den Tisch, als wolle er damit seinen Worten größeren Nachdruck verleihen. „Wir hatten Ruhe und Frieden hier, bis du heimkamst, den Kopf voller dummer Gedanken. Je eher du das alles wieder vergißt, desto besser für uns alle!“

Gerade in dem Augenblick klingelte das Telefon. Frau Deane sprang auf, um abzuheben. „Wenn es wieder eine von deinen Freundinnen ist, Jennifer, die anruft und wissen will, warum du nicht mit ihnen ausgehst, muß ich aber lachen!“ rief sie über die Schulter zurück, als sie die Doppeltür zur Diele öffnete. Am Tisch waren alle in gespannter Erwartung.

„Es ist Doreen“, verkündigte Frau Julia einen Augenblick später, „vielleicht kann sie dir wieder Vernunft beibringen.“

Jennifer erhob sich schweigend und ging in die Diele. Sie traute sich selbst nicht zu, jetzt zu reden.

„Ich meine, wir sollten eine Zeitungsannonce aufgeben“, sagte Rodger eben, „dann wird es jeder wissen: ‚Gebetsversammlungen rangieren vor Parties.‘“ Das Lachen verstummte sogleich wieder; Jennifer wußte, jetzt waren alle gespannt darauf, wie ihr Gespräch enden würde.

„Ja, Doreen — bin selbst am Apparat. Morgen abend? Nein, ich gehe nicht hin. Nein, ich will nicht! Außerdem bin ich ja schon drei Abende nicht dagewesen. Nein, ich bleib zu Hause Gut, wir gehen zusammen essen, nächste Woche einmal. Ja, ich möchte gern mit dir einmal alles bereden. Mach's gut, bis dann!“

Jennifer legte den Hörer auf die Gabel zurück und blieb einen Augenblick unentschlossen im Türrahmen stehen. Sie fühlte sich plötzlich schwach und voller Furcht. Sie konnte eben jetzt nicht wieder ihrer Familie unter die Augen treten; sie hatte genug durchgemacht. Sie wußte: wenn sie wieder hineinging, würde sie wieder ihre Beherrschung verlieren oder in Tränen ausbrechen — oder beides. Ging sie nicht zurück, würden sie sagen, daß sie eingeschnappt sei, oder meinen, sie gäbe sich geschlagen . . .

Aber Jennifer wußte ja selbst, daß sie geschlagen war! Wieder einmal waren alle ihre guten Vorsätze völlig zunichte geworden! Sie hatte sich angestrengt wie noch nie zuvor, um sich selbst zu beherrschen, aber sie war dabei gescheitert, elend gescheitert . . .

Jennifer drehte sich plötzlich auf dem Absatz herum und rannte durch die Diele und die Halle die Treppe hinauf in ihr Zimmer. Sie schloß die Tür fest hinter sich zu, warf sich auf ihr Bett und begann herzzerbrechend zu schluchzen. Was hatte man nun davon, schien ihr jemand einzuflüstern, was nützte das alles?

Sehr gut wußte sie, was sie tun sollte, aber sie war so machtlos, es wirklich zu tun. Auf diese Weise konnte man im Leben nicht glücklich werden. Früher war sie besser dran gewesen — zumindest hatte es keinen inneren Kampf darum gegeben. Aber hier war es ein lang andauernder Kampf, und sie zog jedesmal den kürzeren. So konnte es bei ihr nicht weitergehen.

Aber Jennifer konnte sich jetzt auch nicht zum Gebet aufraffen. Es erschien ihr sinnlos, jetzt dem Herrn Jesus zu sagen, daß es ihr leid täte, und ihn um Vergebung zu bitten — und dann wahrscheinlich hinzugehen und dasselbe doch wieder zu tun. Sie schämte sich zu sehr, ihm immer wieder mit derselben Geschichte zu kommen; dennoch hatte sie die dunkle Ahnung, daß er doch alles über sie wußte. Welch eine erbärmliche Zeugin war sie für Jesus, und sie hatte doch so Wunderbares und Großes vorgehabt!

Jennifer wußte nicht, wie lange sie so dagelegen hatte, aber allmählich legte sich der Sturm in ihrem Innern. Doch dann hörte sie eine Stimme zu sich reden, gleichsam aus der Stille ihres erschöpften Herzens heraus, eine Stimme, die ihr Dinge einflüsterte, die sie in große Unruhe versetzte.

So fühlte sie sich nicht nur geschlagen und tief enttäuscht, sondern geriet in tiefe Verzweiflung. Wie konnte sie schließlich überhaupt sicher sein, daß sie gerettet war? Wenn sie wirklich eine Christin wäre, müßte sie sicher ganz anders empfinden als jetzt! Vielleicht war alles doch nur eine Selbsttäuschung.

Und sie solle doch einmal an all das denken, was sie im Begriff sei, aufzugeben, fuhr die Stimme fort. Lohnte es sich darum? All die guten Freunde, die sie verlor — all die guten Gelegenheiten, die sie nun verpassen würde? Vielleicht hatte sie alles doch ein wenig überstürzt — sie hätte die Kosten vorher überschlagen sollen! Natürlich war es nicht zu spät, jetzt noch umzukehren, versuchte ihr die Stimme flüsternd einzureden. Schließlich hatte sie wirklich verleugnet ...

Jennifer setzte sich im Bett auf und griff nach ihrer Bibel. Ja, gewiß hatte sie ihren Herrn verleugnet, wie sie sich heute daneben benommen hatte, aber — war sie die einzige, die ihn verleugnet hatte? Nein, nein, das konnte nicht sein. Irgendwo in der Bibel stand doch eine Geschichte; von einem, der den Herrn verleugnet hatte — ah, jetzt erinnerte sie sich. Petrus war es gewesen. Das mußte sie lesen! Fieberhaft blätterte sie, bis sie an die Stelle im 22. Kapitel des Lukasevangeliums kam. Ja, Petrus hatte seinen Herrn verleugnet, Petrus war auch in Wut geraten ... „und der Herr wandte sich um und blickte Petrus an — und Petrus gedachte an die Worte Jesu ... und ging hinaus und weinte bitterlich.“

Nachdenklich klappte Jennifer das Buch zu. „Der Herr blickte Petrus an ...“ Was stand in dem Blick geschrieben? Sie hätte es gern gewußt! War es ein Blick voller Verachtung — Zorn — Enttäuschung? Es mußte unendliche Liebe und Güte in diesem Blick des Heilandes gewesen sein, die das Herz des Petrus in solcher Weise anrührte!

Gedemütigt durch ihr Versagen, erschöpft von ihrem

Kampf mit sich selbst, wandte sie ihren Blick nach oben, einen neuen Funken von Glauben im Herzen, und blickte ihrem Heiland voll ins Gesicht. Und sie fand, daß er noch derselbe war. Er wußte um alles — er verstand sie — er war auch bereit, ihr zu vergeben. Jennifer kniete vor ihrem Bett nieder und bekannte Jesus alles im Gebet. Schließlich stand sie in der Gewißheit auf, daß ihre Schuld vergeben sei; denn „wenn wir unsere Sünden bekennen, so ist er treu und gerecht, daß er uns die Sünde vergibt und reinigt uns von aller Untugend".

In dem Augenblick wurde Jennifer bewußt, daß Jesus ihr mehr bot als Vergebung für ihre Sünde und Niederlage. Er stand unsichtbar neben ihr, bereit, ihr Macht über die Sünde zu geben, Sieg in der Versuchung und die Freude, daß er bei jedem Schritt ihres Weges bei ihr ist. So mußte das wirkliche Christenleben sein, immer mit ihm zu gehen! Wenn sie nur wüßte wie sie zu solch einem gesegneten Leben käme!

Pastor Ransome würde ihr helfen können — sie würde ihn anrufen und morgen abend zu ihm gehen.

5

Jennifer ging über den gepflegten Weg eines kleinen Vorgartens auf ein Haus zu, das etwas erhöht von der Straße in einer Reihe anderer Häuser stand, und klingelte. Es war schon fast dunkel geworden, aber sie sah, daß der Garten hübsch und gepflegt war. Auch das kleine Häuschen war von der Straße her schmuck anzusehen. Frau Ransome öffnete, eine freundliche mütterliche Frau, ihr leicht ergrautes Haar lose im Nacken zusammengehalten.

„Jennifer, sind Sie es?“ Sie öffnete die Tür so weit sie konnte. „Ich nehme an, Sie möchten meinen Mann sprechen. Kommen Sie nur herein!“

Jennifer trat in den Flur. „Ich vermute, er hat zu tun“, begann sie zögernd, „aber ich wollte ihn aufsuchen in einer Angelegenheit, die mir arg zusetzt.“

Frau Ransome lächelte. „Er ist niemals so sehr beschäftigt, daß er nicht Zeit hätte, zu helfen, wo Not ist“, sagte sie beruhigend. „Da kommt er ja schon!“

Pastor Ransome kam ihr mit ausgestreckter Hand entgegen.

„Die Stimme kam mir so bekannt vor“, sagte er warm. „Kommen Sie nur in mein Arbeitszimmer.“

Er geleitete sie in ein kleines, schlicht eingerichtetes Zimmer und wies ihr einen bequemen Stuhl dicht am Feuer an, das hell in dem offenen Kamin brannte. Nichts war hier besonders reich und üppig, bemerkte Jennifer auf den ersten Blick, aber der ganze Raum strahlte eine eigentümliche Wärme aus, die aber nicht von dem Feuer herkam. Jennifer fühlte sich gleich um vieles leichter. Der Pastor nahm seine Bibel vom Kaminsims und rückte sich einen Stuhl von der anderen Seite des Feuers heran.

„Nun, Jennifer, was bedrückt Sie?“ war seine freundliche Frage, während seine klaren Augen forschend auf ihrem recht blassen Gesicht ruhten.

Jennifer hatte ihm viel zu erzählen. Sie schilderte ihm die Schwierigkeiten, mit denen sie im Geschäft zu tun hatte, seitdem sie Christus angenommen hatte. Dann sprach sie über die Art und Weise, wie zu Hause sich alle gegen sie stellten und wie sie trotz all ihrer guten Vorsätze immer wieder am Ende in die Auseinandersetzung geriet, weil sie in gereizter Stimmung war. Dadurch blieb ihr Zeugnis für den Herrn wirkungslos.

„Ich fühlte mich gestern abend so jämmerlich elend“, bekannte sie ihm. „Ich weiß, es war schrecklich dumm von mir, aber ich habe mich tatsächlich gefragt, ob es sich überhaupt lohnt, daß man versucht, ein Christ zu sein; und ich hätte gern gewußt, ob ich überhaupt gerettet bin!“

Er nickte verständnisvoll. „Der Teufel redet immer so mit uns, wenn wir am Boden liegen. Aber denken Sie zuallererst daran, daß Sie nicht versuchen, ein Christ zu sein, sondern Sie sind es, weil Sie in Christus sind und weil Sie ihm Ihr Leben übergeben haben. Ihr Gerettetsein vor Gott hängt nicht von Ihren Gefühlen oder sonst etwas anderem ab, was Sie tun. Nein, es hängt vielmehr von dem vollbrachten Werk des Christus ab; darum können Sie dessen so sicher und gewiß sein. Hören Sie!“

Er blätterte in seiner Bibel, bis er an den zweiten Timotheusbrief kam. „Hier stehen die wunderbaren Worte ‚Wenn wir nicht glauben‘ — das heißt, wenn wir untreu sind —, ‚so bleibt Er doch treu, denn Er kann sich selbst nicht verleugnen‘.“

Jennifers Züge hellten sich auf. „Den Vers muß ich mir anstreichen“, sagte sie eifrig, indem sie ihren Stift hervorholte. „Aber, bitte, sagen Sie mir, was soll ich tun, wenn ich weiß, was ich eigentlich tun müßte, und es auch will, und es dann irgendwie doch nicht kann. Ich weiß, es klingt sehr töricht, wenn ich es so sage, aber Sie können sich nicht vorstellen, wie sehr ich mich anstrenge und doch immer wieder scheitern muß."

Pastor Ransome lächelte ihr ermutigend zu. „Sie werden froh sein, wenn ich Ihnen jetzt sage, daß Sie nicht die einzige sind, der es so ergangen ist. Wir werden einige Verse aus Römer 7 lesen, und Sie werden sehen, daß der Apostel Paulus selbst einmal in solch einer unglücklichen Lage war.

Sie schlugen Römer 7 auf, und Jennifer war erstaunt, daß dieses Kapitel genau ihre eigene Erfahrung wiedergab. Hätte Jennifer ihr eigenes Tagebuch geschrieben, hätte sie die Sache kaum wortgetreuer beschreiben können. „Denn das Gute, das ich will, das tue ich nicht; aber das Böse, das ich nicht wollte, das tue ich . . . " Wie sehr konnte sie ihm nachfühlen, wenn er ausrief: „Ich elender Mensch! Wer wird mich erlösen? "

„Sagen Sie mir, wie wurde er mit alledem fertig? "

„Den Schlüssel dazu gibt er uns im letzten Vers dieses Kapitels: ‚Ich danke Gott durch Jesus Christus, unseren Herrn.' Und das Zeichen des Sieges erlangt er im nächsten Kapitel, wo er erklärt: ‚Wer will uns scheiden von der Liebe Christi? Trübsal oder Angst, oder Verfolgung, oder Hunger, oder Blöße oder Gefahr oder Schwert? Ja, in dem allen überwinden wir weit durch den, der uns geliebt hat. "

Als Pastor Ransome diese Verse gelesen hatte, hielt er die aufgeschlagene Bibel in seiner Hand, ohne ein Wort zu sagen. Er blickte still in die Flammen, aber Jennifer erkannte an seinem Gesichtsausdruck, daß er nicht nach den sichtbaren Dingen blickte, die das menschliche Auge sehen kann, sondern nach den unsichtbaren, die ewig sind. Sie wagte nicht, dieses Schweigen zu brechen. Die Gottesworte klangen noch in ihren Ohren nach.

„Verfolgung — Gefahr — Angst", begann Pastor Ransome schließlich wieder in seiner bedächtigen Art, als wollte er das Gewicht jedes dieser Worte noch einmal hervorheben. „Sollte eines von diesen uns von Christus trennen? Nein!" Er konnte bei diesen Worten die sieghafte Freude in seiner Stimme nicht verbergen. „In all diesen Dingen überwinden wir weit. Das ist nicht nur ein bloßer

Sieg — sondern wir sind mehr als Sieger, wohlgemerkt!"

„Warum muß ich dann aber so oft unterliegen?" rief Jennifer verzweifelt.

„Ja, das ist die Frage, die jedem Christen schwer zu schaffen macht. Wie können wir mehr als Sieger sein? Hier steht es: Wir sind mehr als Sieger ‚durch ihn, der uns geliebt hat'. Unser Herr ist es, der uns Sieg gibt, Jennifer", fügte er schlicht hinzu, „ich sage Ihnen geradeheraus, daß ich selbst die Wahrheit dieser Worte tausendfach erprobt habe. Ich lebe nun schon viele Jahre im Glauben an den Herrn Jesus und habe auch meinen Anteil an Problemen, Versuchungen und Enttäuschungen gehabt; aber ich preise seinen Namen, weil er mir in all diesem den Sieg gegeben hat. Auch Sie werden manche Versuchungen durchstehen müssen, aber denken Sie immer daran, daß auch Ihnen diese Verheißung gilt ‚in all diesen Dingen überwinden wir weit durch den, der uns geliebt hat'."

„Aber wie kommt dieser Sieg?" Jennifers Augen waren gespannt auf ihn gerichtet.

„Nicht dadurch, daß Sie kämpfen und dauernd gegen sich selbst angehen, sondern daß Sie diesen Kampf dem Herrn überlassen, daß er die Schlacht für Sie gewinnt. Das Geheimnis dabei ist, ganz nah bei ihm, ja in ihm zu bleiben."

Jennifer schüttelte den Kopf. Pastor Ransome sprach mit solcher Zuversicht und Gewißheit, aber ihr Geist tappte noch im Dunkeln. Nur ganz schwach konnte sie die Bedeutung solcher Worte ahnen.

„Nun, lassen Sie es mich noch etwas anders erklären", fuhr er fort. „Als Sie den Herrn Jesus als Ihren Heiland annahmen, wurden Sie wiedergeboren, aber dieses neue Leben in Ihnen beschwört nun einen Kampf mit dem alten, sündigen Leben herauf. Aber Sie müssen diesen Kampf nicht allein durchfechten, weil der Feind Ihnen zu stark ist. Alles, was Sie zu tun haben, ist: Reichen Sie dieses Problem an Jesus weiter und trauen Sie ihm zu, daß er für Sie kämpft und Ihnen den Sieg gibt."

„Ach so, Sie meinen also . . . “ Jetzt begann es Jennifer endlich zu dämmern. „Sie meinen also, daß er alles unter seine Kontrolle bekommt? “

„Wenn Sie es ihm überlassen“, antwortete er rasch. „Der Heilige Geist ist in Ihr Herz gekommen, um dort zu wohnen, seit Sie an Christus glauben; aber es hängt sehr viel davon ab, ob Sie ihn nur so wie einen Gast behandeln oder ihm die völlige Herrschaft über Ihr Leben einräumen. Sehen Sie, es ist ein großer Unterschied, ob Sie die Zügel Ihres Lebens selbst fest in der Hand behalten oder ob Sie Jesus zu Hilfe rufen, wenn Sie in Not kommen, und ihn Ihr Leben gestalten und lenken lassen. Dann können Sie sagen: ‚Nicht ich, sondern Christus lebt in mir‘ “

„Wenn Sie es so ausdrücken, klingt es sehr leicht“, sagte Jennifer nachdenklich. „Nach alledem, glaube ich, kann der Herr ein gut Teil mehr tragen als ich.“

„Selbstverständlich, er kann's. Er ist so geduldig und kann soviel ertragen. Er wird allen Spott und Tadel, den Ihnen die Welt ins Gesicht schleudern mag, auf sich nehmen und für Sie tragen.“

Jennifer lächelte. „Dann glaube ich, daß er auch mit Rodgers Sticheleien fertig wird, die mich immer ganz krank machen.“

„Es gibt nichts, was ihm zu schwer ist“, sagte Pastor Ransome. „Aber verstehen Sie mich nicht falsch. Das Heil Ihrer Seele steht hier nicht in Frage — das wurde ein für allemal am Kreuz des Heilands entschieden. Jesus rettet Sie, wenn Sie ihn als Ihren Retter anerkennen, aber bewahren kann er Sie nur, wenn Sie sich in jedem Augenblick ihm übergeben und ihm Ihr Vertrauen schenken. Wenn es dann zu neuem Kampf kommt, sagen Sie ihm nur: ‚Herr, dies ist dein Kampf, du kannst mir Sieg verleihen!‘ “

„Ich will es versuchen“, sagte Jennifer leise.

„Dann wollen wir unsere Abmachung im Gebet besiegeln“, sagte der Pastor.

Beide knieten sie am Kamin nieder: sie betete zögernd und zaghaft, um ihr Herz, ihre Gedanken und ihren Willen der völligen Herrschaft Jesu auszuliefern; er aber empfahl sie in seinem Gebet seinem Herrn, der allein vor dem Fall bewahren und uns untadelig vor den Thron des himmlischen Vaters stellen kann.

In den darauffolgenden Jahren sollte sich Jennifer noch oft voll Dankbarkeit und Freude an jenen Abend erinnern. Durch all die vielen und wechselhaften Szenen ihres Lebens, die ihren Weg überschatteten, sollte sie dieses Versprechen immer und immer wieder erneuern. Aber Gott hat in seiner Weisheit und Vorsehung die Zukunft vor unseren Augen verborgen; so konnte Jennifer sich mit der Gegenwart freuen und die Zukunft ganz ihm überlassen.

Frau Ransome brachte ein Tablett mit heißem Kaffee und Toastbrot.

Der Pastor hatte sich nun dem 6. Kapitel des Römerbriefes zugewandt, und sie sprachen miteinander über die Taufe der Glaubenden, wie es bei Paulus zu lesen ist: „Darum sind wir mit ihm begraben durch die Taufe in den Tod, damit wir, gleichwie Christus von den Toten auferstanden ist durch die Herrlichkeit des Vaters, so auch in einem neuen Leben wandeln."

Jennifer sah nun den Weg, den sie im Gehorsam gehen sollte, klar vor sich und wollte um keinen Preis Zeit verlieren. Sie war bereit, gleich beim nächsten Taufgottesdienst, der auf den kommenden Sonntagabend festgelegt worden war, dabei zu sein.

„Sie sollten Ihre Mutter bitten, daß sie zu dieser Versammlung mitkommt", schlug Frau Ransome vor.

„Meine Mutter", entfuhr es Jennifer, „ich fürchte, Sie kennen meine Mutter nicht."

„Zu diesem besonderen Anlaß kommt sie vielleicht doch", wandte der Pastor ein. „Sie könnten sie auf jeden Fall fragen; wir werden dafür beten und alles in des Herrn Hand legen."

Zu Jennifers großem Erstaunen hatte ihre Mutter nicht viel dagegen einzuwenden, als Jennifer mit diesem Vorschlag an sie herantrat.

„Nun gut“ gab sie, wenn auch etwas unwillig, zu, „ich kann ja ruhig einmal hingehen und sehen, was es mit all diesem Getue auf sich hat. Was hast du vor? “

Jennifer war beinahe außer sich vor Freude, aber sie war sich darüber im klaren, daß man in dieser Situation besonders sorgfältig vorgehen mußte. So machte sie erst gar keinen Versuch, ihre Gefühle zu verbergen.

„Ach, das wirst du schon selbst sehen können, Mutter“, antwortete sie geheimnisvoll.

Am Sonntag klappte im Hause Deane alles so, als ob es vorbereitet wäre Rodger und Philip gingen beide auswärts essen. Ihr Vater bekam einen unerwarteten Anruf, der ihn nötigte, in geschäftlichen Dingen am Nachmittag nach Geelong zu fahren. So blieben Jennifer und ihre Mutter allein daheim. Jennifer bereitete ein besonders delikates Mittagessen, das sie in dem sonnigen Alkoven des Eßzimmers auftrug.

Später räumte sie den Tisch ab und besorgte den Abwasch, während ihre Mutter sich eine Weile ihrer sorgfältigen Toilette widmete. So war Julia Deane in denkbar bester Stimmung, als sie sich mit ihrer Tochter zusammen auf den Weg zur Missionskirche machte.

Dort angekommen, machte sie kein Hehl daraus, daß ihr die schlichte Bauart und einfache Ausstattung des Raumes mißfiel. Aber der Gedanke, daß sie wohl die bestangezogene Frau in dieser Versammlung sei, entschädigte Frau Deane ein wenig dafür.

Jennifer stellte ihre Mutter Frau Ransome vor, die sich um sie kümmerte, während Jennifer sich zurückzog, um die nötigen Vorbereitungen zu ihrer Taufe zu treffen.

Jennifer erinnerte sich später nicht mehr an alle Einzelheiten jenes Gottesdienstes, aber das Bewußtsein der Nähe und Gegenwart ihres Herrn würde sie nie vergessen. In ihrem Herzen hatte sie die Gewißheit, daß er immer da sein würde. Manchmal könnte sie vielleicht in ihrer Kurzsichtigkeit auf der Suche nach ihm im Dunkeln umhertappen; aber sie würde es immer wissen, daß er bei ihr sei, daß er sie fände, selbst dann, wenn sie ihn nicht finden könnte.

Man sagte Jennifer hernach, daß sie mit strahlendem Gesicht das Bekenntnis ihres Glaubens an Jesus Christus als ihren persönlichen Heiland gesprochen habe. Dann hatte die Gemeinde ein Lied gesungen, dessen Worte wie ein Siegel waren:

„Begraben mit Christus, erwecket mit ihm,
was bleibt mir da noch zu tun?
Nur keinen Kampf mehr und eigenes Mühn,
nur leben, Jesus zum Ruhm."

Jennifer wußte, daß in dem Wasser selbst keine besondere Wirkung lag, aber sie wußte auch, daß sie in einer geheimnisvollen Weise durch diesen schlichten Akt des Gehorsams, die Taufe an sich geschehen zu lassen, mit dem gekreuzigten und auferweckten Herrn eins geworden war. Hinfort würde sie stets mit ihm leben.

6

Die Reaktion der Mutter auf den Gottesdienst ließ nicht lange auf sich warten.

„Also wirklich, Jennifer“, begann sie ungeduldig, als sie auf dem Heimweg waren, „ich weiß nicht, was dieser ganze Wirbel eigentlich soll. Und wo du dich jetzt erfolgreich vor aller Öffentlichkeit lächerlich gemacht hast, hoffe ich sehr, daß du dich allmählich beruhigst und wieder ein normales Leben führst.“

„Es war sehr lieb von dir, daß du mitgekommen bist“, wagte Jennifer zu äußern. Sie versuchte alles, was zu einem Streit führen könnte, zu vermeiden.

„Ja“, Julia Deane wandte sich ihrer Tochter zu, „ich ging zur Kirche, um dir einen Gefallen zu tun — nun wirst du auch mir einen Gefallen tun.“

„Ja, warum nicht, Mutter? “ kam die etwas verblüffte Antwort. „Was denn? “

„Du wirst es gleich hören!“ Siegesgewiß klang ihre Stimme:„Du kommst am Sonnabend mit mir auf den Ball!“

Jennifer stockte der Atem. Der Ball! Natürlich, den hatte sie ja ganz vergessen!

„Aber, Mutter“, wehrte sie ab, „ich kann doch nicht gehen — jetzt.“

„Du kannst nicht? “ Frau Deane schüttelte den Kopf. „Du meinst wohl, du willst nicht? “

Jennifer gab keine Antwort.

„Ich will ja nicht sagen, daß ich besser in der Bibel Bescheid wüßte als manche Leute“, fuhr Julia fort, „aber ich meine, da steht doch irgend etwas davon, daß Kinder ihren Eltern gehorchen sollen. Schließlich bin ich deine Mutter. Ich bestehe darauf, daß du hingehst!“

„Aber Mutter“, wehrte Jennifer ab, „ich möchte wirklich nicht! Es würde mir gar keine Freude machen. Um ehrlich zu sein: ich hatte den Ball völlig vergessen.“

„Was für ein Unsinn! Bis dir diese deine Religion in den Kopf stieg, hast du überhaupt von nichts anderem geredet. Ich weiß nicht, was seitdem in dich gefahren ist. Du enttäuschst mich sehr, Jennifer!“

„Ach, du verstehst mich nicht, Mutter!“ Jennifer versuchte verzweifelt, es ihrer Mutter zu erklären. „Alles hat sich geändert, seit ich zu Christus kam. All diese Dinge können mich jetzt nicht mehr reizen.“

„Es ist ein Wunder, daß du nicht deine Sachen nimmst und ganz in die Kirche umziehst“, war die zornige Antwort. „Du gehst schon oft genug dahin, du meine Güte! Du hast wirklich bisher viel Freiheit genossen, meine Liebe, und es ist an der Zeit, daß du einmal etwas mir zu Gefallen tust. Ich bestehe darauf, daß du auf den Ball gehst — und außerdem erfordert es auch unsere gesellschaftliche Stellung, daß du dabei bist!“

Mittlerweile hatten sie das Haus erreicht, und Frau Deane blickte ihrer Tochter besorgt ins Gesicht, als sie die Haustür öffnete. Jennifer gab keine Antwort, und Julia hätte gern gewußt, welche Gedanken ihr durch den Kopf gingen. Sie konnte sich nicht denken, daß Jennifer ihr die Stirn bieten würde. Sie schien nachdenklich, aber keineswegs verwirrt oder ängstlich.

Frau Deane, die ihre Tochter die letzten Wochen sehr genau beobachtet hatte, empfand über Jennifers wachsendes Interesse an der Kirche steigende Besorgnis, aber sie hatte sich klugerweise entschlossen, den rechten Zeitpunkt abzuwarten. Sie fühlte es instinktiv: wenn sie Jennifer nur dazu brächte, jetzt auf den Ball zu gehen, würde sich das Problem von selbst lösen, und wenn Jennifer wieder einmal eine Kostprobe von dem gesellschaftlichen Leben bekommen könnte, an dem sie sich früher immer so freute, dann würden seine Verlockungen sich als stärker erweisen als ihre neuen Bindungen. Dessen war sie sicher.

„Und ich habe es so eingerichtet, daß ich dich an dem Abend einigen sehr einflußreichen Leuten vorstellen kann“, fuhr sie fort. „Jennifer, du weißt, daß ich große Pläne mit dir habe. Und gestern habe ich gehört, daß auch die Lyntons auf dem Ball sein werden. Ist das nicht toll?“

„Ja.“ Jennifer war mit ihren Gedanken weit fort. Sie hörte zwar das eifrige Reden ihrer Mutter, aber ihr Geist wandte sich Dingen zu, die größer und wichtiger waren; so schenkte sie den Worten ihrer Mutter wenig Beachtung.

„Sie sind eine sehr nette Familie — ziemlich wohlhabend, glaube ich. Und sie sagen, John ist so ein netter, junger Mann. Er hat eben seine Militärdienstzeit bei der Luftwaffe beendet — drei Jahre ist er in Island drüben gewesen.“

„Wirklich?“ Jennifer kostete es Überwindung, jetzt ihre Aufmerksamkeit wieder der Mutter zuzuwenden. Immer noch waren ihre Gedanken bei der Missionskirche und dem Lied, das sie im Gottesdienst gesungen hatten:

„Mein Jesus, dich lieb ich, ich weiß, du bist mein;
für dich tausch' all' Freuden der Sünde ich ein . . .“

Frau Deane sah ein, daß jetzt wenig Aussicht bestand, Jennifers Interesse zu wecken; sie ging nach oben, um sich umzuziehen. Jennifer bereitete indessen das Abendbrot und etwas Heißes zum Trinken. Die Mahlzeit verlief ziemlich schweigsam, da jede von ihnen ihren eigenen Gedanken nachzuhängen schien. Es ging schon auf zehn Uhr zu, als Jennifer sich anschickte, schlafen zu gehen; aber Julia nahm ihre Handarbeit vor und machte es sich auf dem Sofa bequem.

„Geh du ruhig schlafen“, sagte sie freundlich, „ich bleibe noch auf, bis Vater kommt — ich denke, er müßte bald hier sein. Und die Jungen sind ja auch noch nicht da.“

Jennifer wünschte „gute Nacht“ und zog sich in das Heiligtum ihrer eigenen vier Wände zurück. Sie wollte allein sein, um alles noch einmal zu überdenken.

Seltsam, so sagte sie sich, daß sie den Ball vergessen hatte, während er doch noch vor wenigen Wochen das größte Ereignis in ihrem Leben zu sein schien. Seltsam, daß sie alle Lust an eben der Sache verloren haben sollte, die einst ihr ganzes Interesse in Anspruch nahm. Jennifer hatte auch nicht den leisesten Zweifel über ihre Haltung zu dieser Sache. Sie kannte das Treiben dieser Welt gut genug, um sich darüber klar zu sein, daß es Orte gibt, wo die Christen nicht hingehen können, ohne ihr Zeugnis für Christus aufs Spiel zu setzen.

Ihr Entschluß stand fest: Sie ging nicht auf den Ball. Aber der Krach mit ihrer Mutter — damit wurde es dann ernst! In der Vergangenheit hatte sie ein gutes Maß an Freiheit genossen, indem sie geschickt die Eltern gegeneinander ausspielte War der eine gegen sie, brachte sie es gewöhnlich fertig, den anderen auf ihre Seite zu bekommen; das bedeutete: sie setzte schließlich stets das durch, was sie wollte.

In diesem Falle aber, das wußte sie genau, würden sich beide gegen sie einig sein. Und wenn sie ihnen trotzdem widerstand . . . Jennifer holte tief Luft. Sie war sicher, daß sie diesmal recht hatte. „Wer Vater oder Mutter mehr liebt als mich, der ist meiner nicht wert . . . “ Diese Worte, die sie gerade an diesem Morgen in ihrer stillen Zeit in der Bibel gelesen hatte, kamen ihr jetzt in den Sinn.

Ja, wenn es darauf ankam, zwischen Christus und ihrem Elternhaus zu wählen, dann wußte sie, was sie tun würde. Auch wenn dies den völligen Abschied von Elternhaus und Familie bedeuten sollte, sie würde Christus an die erste Stelle setzen!

Je mehr dieser Gedanke sich bei ihr festsetzte, desto besser gefiel er ihr. Sie sah sich schon mit dem Koffer aus dem Hause gehen und dem Elternhaus und der Familie Lebewohl sagen — vielleicht für immer. Sie sah sich schon zu der Zahl jener Tapferen gezählt, die alles verlassen hatten, um Christus zu folgen, und sie fühlte, daß sie damit einen wahrhaft edlen Schritt ins Auge faßte.

Vielleicht würde sie auch gerade dann den Herrn noch besser bezeugen können, wenn sie aller Hindernisse zu

Hause enthoben war. Sie könnte vielleicht sogar eine Mietwohnung bei einer christlichen Familie bekommen, wo man jeden Abend die Bibel las und mit der ganzen Familie betete ...

Sie schaute sich im Zimmer um und berechnete sich schon im Geist, was sie alles mitnehmen würde. Die Seidenmatten auf dem Frisiertisch hatte sie selbst gearbeitet, und die kleine Kristallvase, die Doreen ihr geschenkt hatte.

Aber sie würde ihren kleinen Nachttisch und ihre Bücherregale vermissen, ja, sie würde viele Dinge vermissen. Niemals war sie bisher von zu Hause weggewesen, außer an Sonntagen, und es würde einen ziemlichen Bruch in ihrem Leben geben; aber es blieb ihr keine andere Wahl.

Auf jeden Fall wollte Jennifer alles noch mit Pastor Ransome besprechen, ehe sie den endgültigen Schritt unternahm, obwohl sie jetzt schon sicher war, er würde ihr voll zustimmen.

Am anderen Tag bemühte sich Jennifer sehr, alles zu vermeiden, was im Umgang mit der Mutter eine Krise herbeiführen könnte.

Als sie am Abend zur Bibelstunde ging, hatten sich daher keine weiteren Verwicklungen ergeben. Jennifer hatte die Bibelstunden so liebgewonnen wie die Gottesdienste an den Sonntagen. Es war ihr eine Freude, über der aufgeschlagenen Bibel zu sitzen und zu hören, wie ihre wunderbaren Wahrheiten erklärt wurden. Sie meinte, gar nicht genug davon bekommen zu können.

Das Bibelstudium befaßte sich jetzt mit dem 5. Kapitel des Epheserbriefes. Bezeichnenderweise stellte Pastor Ransome an diesem Abend nur Vers 11 heraus: „Habt keine Gemeinschaft mit den unfruchtbaren Werken der Finsternis."

Mit klaren und ernsten Worten wies er darauf hin, wie das Licht keine Gemeinschaft mit der Finsternis haben kann. Ebenso kann der Glaubende, der wiedergeboren ist, keine wirkliche Gemeinschaft mit der Welt haben, die den Herrn der Herrlichkeit gekreuzigt hat. Der Christ muß so leben, wie es seiner hohen Berufung in Jesus Christus entspricht, und all seine Neigungen den göttlichen Dingen zuwenden.

Jennifers Herz schlug schneller, als sie dies hörte; und als er sie auf 2. Korinther 6 verwies, strich sie sich den Vers, den er vorlas, doppelt an: „Darum gehet aus von ihnen und sondert euch ab, spricht der Herr, und rühret kein Unreines an . . . “ Ja, sie hatte recht, sagte sie sich.

Nach der Versammlung sprach sie den Pastor an, der ihr aufmerksam zuhörte. „So fürchte ich, ich werde wohl mein Haus und meine Eltern verlassen müssen, wenn ich Christus folgen will“, schloß sie endlich. Entschlossenheit lag in diesen Worten.

Pastor Ransome machte ein ernstes und nachdenkliches Gesicht. „In einem gewissen Sinn hat Ihre Mutter schon recht. Die Bibel sagt wirklich, du sollst deinen Vater und deine Mutter ehren.“

Jennifer blickte ihn mit weit aufgerissenen Augen an. „Was, Sie meinen doch nicht etwa, daß ich auf den Ball gehen soll? “

Er schüttelte den Kopf. „Sicher nicht. Aber ich meine, Sie sollten auf keinen Fall Ihr Elternhaus verlassen.“

Sie wehrte sich dagegen, in echte Ratlosigkeit gestürzt: „Aber ich habe doch gestern noch eine Stelle gelesen, wo der Herr sagt, wir müssen ihn höherstellen als sogar Vater und Mutter.“

„Das stimmt schon, aber dieser Vers bedeutet nicht, daß Sie Ihren Pflichten davonlaufen können. Es passiert schon manchmal — glücklicherweise nicht zu oft —, daß Christen gezwungen werden, sich zwischen Christus und ihrer Heimat entscheiden zu müssen, aber vor eine solche Wahl sind Sie nicht gestellt worden. Sie sind nicht aufgefordert worden, Christus ganz zu entsagen, nicht wahr? “

„Nein, das nicht“, mußte sie zugeben, „aber man hat etwas von mir verlangt, das ihm keine Ehre machen würde.“

„Sie haben die Freiheit, nein zu sagen, wenn Sie bereit

sind, die Strafe für den Ungehorsam auf sich zu nehmen.“

Sie erwiderte seinen festen Blick, ohne dabei unsicher zu werden, aber sie sagte nichts.

„Ich kann mir auch nicht denken, daß man Sie auffordern wird, das Haus zu verlassen, wenn Sie in dieser Sache den Gehorsam verweigern, aber man könnte Ihnen eine härtere Strafe auferlegen, derart, daß es Ihr gesamtes Leben erheblich erschweren würde.“

Jennifer schwieg, in tiefe Gedanken versunken.

„Ich glaube sicher, daß Sie recht haben“, sagte sie endlich. „Es wäre leichter, das Elternhaus zu verlassen, als zu bleiben und die Strafe durchzuhalten. Daran hatte ich bisher noch nicht gedacht.“

„Und dann ist da noch etwas“, fuhr er fort, „wenn Sie von zu Hause weggingen, wer würde dann dasein und den Herrn bezeugen? Wer würde den anderen den Weg zum Glauben an Jesus Christus zeigen? “

„Niemand!“ Jennifer schüttelte den Kopf. „Aber auch so kann ich nicht viel tun.“

„Aber der Herr kann viel durch Sie wirken“, fügte er rasch hinzu. „Er macht keine Fehler. Er hat Sie dort hingestellt, weil er Sie dort braucht. Er sagt uns nicht, daß der Weg leicht sein wird, aber wir haben immer das Wort von Römer 8, Vers 37.“

Sie lächelte. „In alledem überwinden wir weit durch den, der uns geliebt hat“, zitierte sie, ruhige Gewißheit in der Stimme. „Ich denke, an diese Verheißung muß ich mich immer wieder einmal erinnern!“

„Da ist ein kleines Wort in diesem Vers, das Sie sich bitte merken wollen. Es heißt „in alledem“; das heißt: mitten in all diesen Dingen. Sie wollten ihnen entfliehen, nicht wahr? Sehen Sie, der Sieg wird uns nicht versprochen, wenn wir versuchen, den Schwierigkeiten aus dem Wege zu gehen. Wir „überwinden weit“ gerade dort, wo wir uns befinden.“

„Ja, das sehe ich ein“, sagte sie tapfer. „Und vielen Dank auch für Ihren guten Rat. Ich wollte Ihnen auch noch einmal sagen, daß das, was Sie heute abend beim Bibelstudium über das abgesonderte Leben gesagt haben, mir sehr viel geholfen hat. Wenn ich an die Jahre denke, die ich nutzlos vertan habe, muß ich mich sehr schämen."

Es war, als zöge einen Augenblick lang ein Schatten über sein Gesicht, und seine Stimme war sehr freundlich, als er weitersprach. „Ja, das kann ich sehr gut verstehen. Jeder Christ, dem ich begegne, hat einen Punkt in seinem Leben, den er sehr bedauert, nämlich den, daß er in seinem Leben nicht schon früher zum Heiland kam. Aber Sie sind noch jung, und ich bin sicher, der Herr hat noch viel Arbeit für Sie — wenn Sie ihm nicht davonlaufen", fügte er mit einem merkwürdigen Lächeln hinzu.

Sie erwiderte sein Lächeln und streckte ihm die Hand hin. „Ich will tapfer darauf zugehen, mit Gottes Hilfe" sagte sie schlicht. „Gute Nacht."

Er ging mit zur Tür und legte ihr eine Hand ermutigend auf die Schulter. „Wir werden weiter für Sie beten, und der Herr wird mit Ihnen sein. Er hat gesagt: ‚Ich will dich nicht verlassen noch versäumen.' Gute Nacht!"

Jennifer ging den ihr nun schon vertrauten Weg von der Missionskirche nach Hause. Es war eine wundervolle Nacht. In ihrem Kopf hämmerte es, da war die kühle Nachtluft die rechte Erfrischung. Der Mond war über den Dächern aufgegangen, eine volle, runde Lichtscheibe, die einen sanften Silberschimmer auf die stillen Straßen warf.

Jennifer blickte auf. Eine klare Nacht, aber am östlichen Himmel waren keine Sterne zu sehen, denn das helle Mondlicht hatte sie völlig überschattet. So war es auch im Leben, überlegte sie. Schwächere Lichter verblaßten, wenn das Licht des Lebens aufstrahlte, und sie wußte es, in der festen Gewißheit des Glaubens: sie würde niemals im Finstern wandeln . . .

Zu Hause angekommen, fand sie ihre Eltern noch am offenen Kamin sitzen.

Philip beendete eben seine Schulaufgaben; Rodger war ausgegangen.

„Du kommst reichlich spät heute abend", brummte ihr Vater, als sie ins Zimmer trat. „Wie steht es mit meiner Tasse Kaffee?"

„In zehn Minuten sollst du sie haben", sagte Jennifer heiter. Und getreu ihrem Versprechen brachte sie das Tablett in erstaunlich kurzer Zeit an.

„Das nenne ich schnelle Arbeit", sagte Philip voller Anerkennung.

Mit einem selbstzufriedenen Lächeln blickte Frau Deane zu ihrem Jüngsten hinüber. „Du wirst am Samstag abend allein zu Hause bleiben müssen, Philip. Jennifer geht mit uns auf den Ball."

Jennifer hielt die Luft an und setzte die Kaffeekanne ab.

Drei Augenpaare waren auf sie gerichtet. Ohne Angst blickte sie ihnen entgegen.

„Es tut mir leid, Mutter", sagte sie ruhig, „aber ich gehe nicht mit auf den Ball."

Julia Deane straffte sich. „So willst du mir also trotzen?" Bei diesen Worten wurden ihre Lippen schmal.

Jennifer schaute blaß, aber entschlossen drein, als sie dem feindseligen Blick ihrer Mutter begegnete. „Es tut mir leid, Mutter, aber in diesem Fall werde ich dir den Gehorsam verweigern müssen", sagte sie bestimmt.

Frau Deane drehte sich heftig herum. „Wenn du nicht mit auf den Ball gehen willst, dann wirst du auch nicht mehr zu der Kirche gehen. Von jetzt an verbiete ich dir, auch nur in die Nähe dieser Kirche zu gehen. Anton, habe ich damit nicht recht?" schloß sie und wandte sich dabei an ihren Mann.

„Recht hast du", entgegnete er mit selbstgefälligem Lächeln.

Wie betäubt schaute Jennifer von einem zum anderen. Sie öffnete ihren Mund, aber brachte kein Wort über die Lippen. Also auf diese Weise versuchten sie, ihr beizukommen — sie verboten ihr, zu den Versammlungen zu gehen, die sie so sehr liebte. Eine schlimmere Strafe hätten sie sich nicht ausdenken können. Sie hofften natürlich, sie würde lieber einwilligen, auf den Ball mitzugehen, als ihrer Verbindungen zur Kirche beraubt zu werden. Als sie den ersten Schock überwunden hatte, fühlte Jennifer einen tiefen Frieden im Herzen, den auch dieser schwere Schlag nicht hatte trüben können. Mochten sie ihr nur den Umgang und die Gemeinschaft mit ihren christlichen Freunden nehmen — sie hatte einen noch größeren Freund; ihr Verhältnis zu ihm zu beeinträchtigen, hatten sie keine Macht. Dieses Gefühl der Sicherheit gab ihr das innere Gleichgewicht und ihre Haltung zurück.

„Nun?“ Die Stimme der Mutter klang fordernd, ungeduldig.

„Was hast du dazu zu sagen?“

Philip setzte seine Tasse auf dem Lateinbuch ab und machte es sich in seinem Stuhl bequem, um die weitere Entwicklung abzuwarten. Das hier versprach aufregend zu werden — er hatte lebhafte Wortgefechte gern. Anton Deane tat einen kräftigen Zug an seiner Pfeife.

Jennifer setzte ihre Tasse auch ab und rückte mit ihrem Sitzkissen näher ans Feuer heran. „Ich nehme an, dazu ist nichts weiteres zu sagen“, antwortete sie ruhig. „Vater, möchtest du noch ein wenig Kaffee?“

Frau Deane vergaß das Kaffeetrinken, nur mühsam unterdrückte sie ihren Unwillen. Ihre Hand, die die Tasse hielt, zitterte derart, daß der Inhalt beinahe auf ihr Kleid überschwappte.

„Denke an dein Kleid, Mutter“, warnte Jennifer. „Deine Tasse schwappt über.“

Vorsichtshalber setzte Frau Deane die Tasse auf dem niedrigen Hocker aus Ebenholz ab, der in ihrer Reichweite stand.

„Soll das etwa heißen, Jennifer, daß du dich immer noch weigerst, mit auf den Ball zu gehen?“ rief sie zornig.

„Ja, natürlich, Mutter, siehst du das nicht ein? Ich würde Christus Schande bereiten, wenn ich an einen solchen Ort ginge. Es tut mir leid, daß ich dir den Gehorsam verweigern muß, aber — aber ich bin auch ganz darauf vorbereitet, die Strafe auf mich zu nehmen."

Frau Deane war sprachlos. Mindestens hatte sie jetzt einen Auftritt mit vielen Tränen erwartet. Sie fühlte, daß sie den kürzeren gezogen hatte. Hilflos schaute sie zu ihrem Mann hinüber, Anton aber schien mit eigenen Gedanken zu sehr beschäftigt und stocherte mit einem Streichholz in seiner Pfeife herum.

„Nun, wenn es so steht, kleines Fräulein", begann er und blickte sie dabei aus den Augenwinkeln an, „sehe ich mich gezwungen, dein Taschengeld etwas zu kürzen. Du brauchst ja bei weitem nicht mehr so viel, wenn du den Verkehr mit all deinen alten Freunden aufgibst und dich von ihnen lossagst."

Das Wort traf Jennifer empfindlich. „Nein, das stimmt nicht", sagte sie mühsam. Ihr Vater hatte ihr immer ein großzügiges Taschengeld neben ihrem selbstverdienten Geld gegeben, so daß sie bisher noch nie erfahren hatte, was es hieß, knapp bei Kasse zu sein.

„Und wenn ich es dir wirklich gäbe", fuhr er beharrlich fort, als wolle er sie aus der Fassung bringen, „ich nehme an, daß du es dann an irgendeine von diesen Missionsgesellschaften schickst, die dauernd um Geld betteln. Ich sehe nicht ein, warum ich die mit Geld versorgen soll, für die ich nichts übrighabe."

„Natürlich, das brauchst du auch nicht." Jennifer versuchte zu lächeln. „Ich denke, die kommen auch ganz gut ohne deine Hilfe aus."

Der Ausdruck in seinem Gesicht änderte sich plötzlich. Anton Deane drehte sich heftig auf seinem Stuhl herum. Seine Augen schimmerten wie blanker Stahl.

„Du hast jetzt gut reden", entfuhr es ihm zornig, „aber warte nur ab! Die Leute habe ich gern, die von der Fürsorge des Herrn reden, um euch Honig um den Bart zu schmieren. Aber es ist schon etwas anderes, wenn ein anderer den Geldbeutel verwaltet, ja? Ohne Geld kannst du in dieser Welt nicht viel machen, und ich habe Geld!"

Bei diesen Worten ließ er die losen Geldstücke in seiner

Tasche klimpern. In fassungslosem Staunen starrte Jennifer den Vater an — noch nie hatte sie solch heftige Worte von ihm gehört.

Ihre Blicke trafen sich, und als ob ihm bewußt würde, daß er zu weit gegangen war, wurde sein Blick etwas unsicher, und er bückte sich verwirrt nach der Abendzeitung, die auf den Boden gefallen war.

Durch diesen unerwarteten Beistand von seiten ihres sonst schweigsamen Gatten ermutigt, nahm Julia die Gelegenheit wahr, die Sache, über die hier gesprochen wurde, noch ein wenig weiterzuführen. „Ach ja", seufzte sie, „du wirst deine Eltern auch nicht ewig haben, und wenn du so weitermachst, wirst du niemals einen Mann bekommen. Keiner der jungen Männer in unserem Bekanntenkreis wird dich mehr anschauen, wenn du so weitermachst, Jennifer. Und wenn du nicht auf den Ball gehst, wirst du das Abendgespräch sein. Alle werden sie über dich reden! Wirklich, du weißt gar nicht, was ich empfinde — du undankbares Mädchen! Du wirst mir noch das Herz brechen." Dabei brach sie in eine Flut von Tränen aus.

Jennifer ging zur Mutter hinüber und legte ihr einen Arm um die Schulter. „Nun, Mutter, du nimmst alles viel zu tragisch", sagte sie tröstend. „Du brauchst dir um mich keine Sorgen zu machen — und um das, was die Leute reden, auch nicht."

Aber Frau Deane wollte sich nicht trösten lassen, und Philip, der Tränen nicht ausstehen konnte, stand gähnend auf, um schlafen zu gehen. Es sah nicht so aus, als gäbe es jetzt noch hitzige Debatten. Diese Runde hatte offensichtlich Jennifer gewonnen. Sonderbares Mädchen! . . . So sagte er „gute Nacht" und ging zu Bett, sehr verwundert .

Es war sehr spät, als es im Hause still wurde und auch Jennifer sich in ihr stilles Zimmer zurückziehen konnte. Plötzlich wurde ihr bewußt, wie müde sie war; mit wankenden Schritten ging sie durchs Zimmer und warf sich auf ihr Bett.

Konnte es wahr sein?, fragte sie sich. Nicht mehr die wunderbare Gemeinschaft mit den anderen beim Abendmahl! Nicht mehr die Anregung, die sie immer bei den Bibelstunden empfing! Nicht mehr die Freude beim Bibelstudium und den Gebetsversammlungen! — Das war der Preis, den sie für ihre Treue zu Christus zu zahlen hatte.

Als ihr die ganze Tragweite dieser Situation langsam klar wurde, begann es ihr gewiß zu werden, einen wie großen Teil ihres Lebens diese Dinge bereits ausmachten und bestimmten. Wieviel ärmer würde sie sein ohne die Gemeinschaft mit den guten Freunden, die sie in der Kirche dort erlebte; wie sehr würde sie die klaren, schlichten biblischen Botschaften von Pastor Ransome vermissen! Was blieb ihr denn überhaupt noch, fragte sie sich verzweifelt.

Als sie aber ihr Neues Testament aufschlug, las sie Worte, die genau in ihre Situation paßten:

> „Denn ich bin gewiß, daß weder Tod noch Leben,
> weder Engel noch Fürstentümer noch Gewalten,
> weder Gegenwärtiges noch Zukünftiges, weder
> Hohes noch Tiefes noch keine andere Kreatur
> kann uns scheiden von der Liebe Gottes, die
> in Christus Jesus ist, unserem Herrn."

Ja, sie hatte ja noch Jesus! Nichts konnte sie von ihm trennen, der sie immer noch liebte und sich selbst für sie gab. Schon lag sie vor ihm auf den Knien.

„Lieber Herr", betete sie, „ich glaube, daß du mir auch in dieser Versuchung mehr als Sieg schenken kannst. Dies ist dein Kampf, darum kannst du auch den Sieg geben."

7

Jennifer hatte beschlossen, sich wieder einmal mit Doreen zu treffen. Sie hatte ihre alte Freundin immer noch gerne; aber seit jener denkwürdigen Nacht, als sie sich beide in die Missionskirche verlaufen hatten, hatte sie Doreen kaum noch gesehen.

Sie hatte ihr aber versprochen, daß sie gemeinsam essen gehen wollten; das wollte sie halten. So bestellte sie einen Tisch im Christlichen Club.

Als Jennifer Doreen anrief, schien die alte Freundin recht froh über die Verabredung zu sein. Sie hatte ihre alte Gefährtin bei manchem fröhlichen Unternehmen sehr vermißt und hatte ihr sehr viel von den Unternehmungen der „Gruppe" zu berichten.

Nebenbei könnte sie vielleicht Jennifer überreden, mit auf den Ball zu gehen, und ihr die sonderbaren Gedanken aus dem Kopf schlagen helfen. Es war undenkbar, daß ein Mädchen wie Jennifer sich derart in religiösen Dingen engagierte.

Aber Doreen entdeckte bald, daß sie nicht alles nach ihrer eigenen Weise steuern konnte. Jennifer schien verändert. Sicher würde sie die Initiative ergreifen.

„Hallo, Doreen", rief sie begeistert, als sie ihre Freundin unter den Arkaden begrüßte, „ich freue mich so, dich zu sehen. Ich habe dir so viel zu erzählen."

„Ich auch", erwiderte Doreen fröhlich, „nachdem ich dich in letzter Zeit so selten zu Gesicht bekommen habe, mußte ich annehmen, daß du in einem Kloster verschwunden seist."

„Ach, Doreen, es sind wunderbare Dinge geschehen; ich muß dir alles erzählen."

„Sag mal, wo bringst du mich eigentlich hin? “ Doreen schaute sich argwöhnisch um, als sie aus dem Lift ausstiegen.

„Es ist ein guter Platz, wo wir miteinander reden können. Ich habe hier einen Tisch bestellt, wo wir sicher ungestört bleiben.“

Jennifer führte sie zu einem kleinen Tisch ganz hinten in einer Ecke.

„Hm.“ Doreen schien etwas im Zweifel zu sein. Ihr fiel wieder der Abend ein, den sie in einem Gottesdienst in der Kirche verbracht hatten, als sie auf dem Wege zu einer Party waren; und jetzt hatte sie ein ganz ähnliches Gefühl.

„Hat dies alles hier mit der Kirche etwas zu tun? “

Jennifer lachte. „Sei doch nicht albern, Doreen. Ich habe dich zum Essen eingeladen. Setze dich und tu so, als wenn du zu Hause bist. Was möchtest du bestellen? “

Doreen nahm die Karte, während ihre Augen immer noch ungeduldig im Speiseraum umherblickten, und warf sie dann ungeduldig beiseite.

„Ich überlasse es dir, altes Mädchen. Rauchen ist wohl verboten in dieser verschlafenen Bude, vermute ich richtig? “ Sie kramte in ihrer Handtasche.

„Du wirst wohl warten müssen, bis du wieder draußen bist, wenn du rauchen willst, Doreen.“

„Was ist das hier für ein Ort!“ rief sie voller Abscheu. „Wie kannst du von mir erwarten, daß ich mich an dem Essen freue, wenn ich noch nicht einmal ein paar Zigaretten dabei rauchen darf? Du weißt doch, wie ich bin.“

„Ja, Doreen, das weiß ich; deshalb habe ich dich ja auch hierher eingeladen.“

Jennifer warf einen prüfenden Blick auf ihre Freundin. Sie hatte dunkle Ringe unter den Augen, und trotz ihres reichhaltigen Make-up war ihre Haut rauh und blaß.

„Du siehst aus, als wenn du dir in letzter Zeit etwas zuviel zugemutet hast.“

„Und wenn es wirklich so ist? Alle machen es doch“, verteidigte sich Doreen.

Ohne es zu wollen, begann Jennifer Doreen mit den Mädchen zu vergleichen, die sie dort in der Missionskirche getroffen hatte, Mädchen mit hellen, frischen Gesichtern und glänzenden Augen — Mädchen, gegen die Doreen wie eine billige, bunte Puppe aussah. Aber war dieses künstliche, bezaubernde Äußere alles an Doreen Jackson . . .

„Doreen", sagte sie plötzlich, „du vergeudest dein Leben an diese Dinge — und es ist doch nichts drin enthalten, nicht wahr?"

„Ach Gott, ich weiß nicht. Es ist alles ganz schön und gut, solange es eben dauert — der Katzenjammer danach, das ist das Schlimme. Na ja", fügte sie rasch hinzu, „dir hat das alles ja auch lange genug gut gefallen, nicht wahr? Ich habe die Zeit erlebt, wo du es darin mit uns allen aufnehmen konntest. Aber ich glaube, so etwas erlauben sie dir nicht in deiner Missionskirche."

Jennifer errötete. „Ich will diese Dinge jetzt gar nicht mehr, Doreen. Seit Christus in mein Leben trat, ist alles anders geworden. Und mir ist jetzt auch klar, welchen ungeheuren Schaden ich mir damit zufügte. Doreen, wenn du mit alledem nicht Schluß machst . . . "

„Ach, laß das doch", platzte die andere ungeduldig heraus, „ich bin nicht hierhergekommen, um eine Predigt zu hören. Essen wir doch!"

„Aber ich wollte, daß du heute einmal ernst bist, Doreen", erklärte Jennifer, während sie weiteraßen.

Doreen schwenkte ihre Gabel durch die Luft. „Es tut mir leid, wenn ich dich enttäuschen muß, altes Mädchen, aber ich fürchte, ich kann nicht ernst sein, bis der Ball am Samstagabend stattgefunden hat. Du weißt, daß es eine ganz große Sache wird. Was hältst du davon?"

„Nein", sagte Jennifer fest, „ich gehe nicht hin."

Ihre Freundin lehnte sich vertraulich über den Tisch zu ihr hin. „Nun hör doch mal, Jennifer, sei nicht dumm. Du solltest doch dabeisein. Du wirst all deine Chancen verpassen, wenn du es nicht tust. Weißt du, daß John Lynton auch hinkommt?"

„Ja, ich glaube schon." Jennifers Antwort klang nicht gerade begeistert.

„Die Mädchen behaupten alle, er sei ein richtiger Herzensbrecher", seufzte Doreen. „Ich gäbe etwas darum, wenn ich ihn kennenlernen könnte. Sein Vater ist ein großer Liebhaber des Pferdesports, steinreich, weißt du. Um alles in der Welt, ich würde das nicht versäumen!"

„Nein, Doreen, ich will nicht hingehen. So etwas sagt mir einfach nicht mehr zu."

Ihre Worte klangen so entschlossen und bestimmt, daß Doreen zu begreifen begann: hier war die Lage hoffnungslos. Daß jemand das Leben ohne den endlosen Reigen der Zerstreuungen erträglich finden konnte, ging an sich schon über ihren Horizont; aber diese Veränderung bei Jennifer machte sie zutiefst betroffen.

Jennifer wollte nicht so weitermachen, das war offensichtlich. Es war ihr Ernst. Die Aussicht darauf, ihr all das ausreden zu können, schien Doreen in weite Fernen gerückt.

Mit heimlichem Ärger sah sie, daß Jennifer auch ohne die gewohnten künstlichen Hilfsmittel immer noch sehr hübsch aussah. Gegenüber Jennifers strahlendem Lächeln kam sie sich reichlich erschöpft vor.

„Na ja, dann mach es so, wie du es für richtig hältst", gab sie schließlich zu und unterstrich dieses Wort durch eine Bewegung der Hand. „Wenn ich so darüber nachdenke, weiß ich wirklich nicht, warum ich es dir einzureden versuche. Ich würde mir keine Hoffnung auf meinen Freund mehr machen, wenn er dich jetzt sähe."

Jennifer lächelte. „Mach dir nichts draus, Doreen. Ich will nicht versuchen, dir Konkurrenz zu machen. Aber eins muß ich dir noch sagen, wo du einmal hier bist."

„Ja, sag's schon."

Jennifers Augen waren auf ihre Freundin gerichtet, und sie sprach leise und eindringlich ernst. „Doreen, ich wollte dir sagen, daß ich in großer Sorge um dich bin — in Sorge um deine Seele."

Doreen blickte erstaunt. „Nett von dir, Jennifer“, sagte sie mit gekünsteltem Lachen, „aber ich würde mir an deiner Stelle nichts daraus machen. Ich würde auf mich selbst achten.“

Aber Jennifer blickte ruhig und ernst, als sie antwortete: „Dies ist etwas, das du nicht für dich allein fertigbringst, Doreen. Du kannst deine eigene Seele nicht retten. Nur der Herr Jesus Christus kann das.“

Doreen spielte mit einem Stück Brot. In den meisten Situationen konnte sie sich behaupten, aber es machte sie unsicher, wenn Jennifer sie so ansah.

„Nun, Jennifer“, begann sie schließlich, um das peinliche Schweigen zu brechen, „wenn mir früher jemand erzählt hätte, daß aus dir einmal ein Bibel-Fanatiker wird, ich hätte es nicht geglaubt.“

Jennifer streckte ihrer Freundin die Hand entgegen und drückte sie leidenschaftlich.

„Doreen, wenn du nur wüßtest, wie glücklich ich bin. Darüber wollte ich heute mit dir sprechen. Du weißt, wir sind lange Zeit Freundinnen gewesen. Vieles haben wir gemeinsam erlebt, und ich möchte so gern auch meine Freude mit dir teilen. Ich wünsche, daß du den Herrn Jesus als deinen Heiland auch kennenlernst.“

„Ich bin schon in Ordnung“, wehrte Doreen ab, „mach dir um mich keine Gedanken.“ Aber sie war sehr verlegen.

Jennifer öffnete ihre Handtasche und nahm ein kleines, in braunes Leder gebundenes Büchlein mit Goldschnitt und goldener Aufschrift heraus. „Doreen“, begann sie zögernd, „es gibt noch so vieles, was ich dir sagen möchte, aber ich weiß nicht, wie ich es dir sagen soll. Dieses kleine Buch drückt es so viel besser aus, als ich es jemals könnte. Es ist ein Neues Testament. Willst du es als ein Geschenk von mir annehmen?“ Bei diesen Worten hielt sie es ihr hin.

„O ja, vielen Dank.“ Etwas unsicher nahm Doreen das Buch entgegen, fand aber bald ihre Fassung wieder. „Man kann ja wohl schwerlich ein Geschenk zurückweisen, weißt du — aber ich kann dir nicht versprechen, daß ich es auch lesen werde.“ Dabei ließ sie die Seiten des Buches gedankenlos durch die Finger gleiten.

„Siehst du, es ist ein besonderes Testament“, fuhr Jennifer fort. „Hier vorn sagt es dir, wie du ein Christ werden kannst, und zeigt dir, wo du die besonderen Bibelverse dazu findest. Zuallererst mußt du zu Christus kommen und ihn als deinen Retter annehmen, dann bekommst du durch den Glauben das Geschenk des ewigen Lebens, und wenn du deine Sünden bekennst, sind sie dir alle vergeben. Hier steht es, hier, siehst du: ‚Das Blut Jesu Christi macht uns rein von aller Sünde.‘ Am Schluß des Buches steht eine Formel zu Entscheidung für Christus; alles, was du zu tun hast . . . “

„Schon gut!“ Doreen klappte das Buch zu. „Ich habe nun genug davon gehört, vielen Dank. Hör jetzt gut zu, Jennifer“, fuhr sie mit Entschiedenheit fort, „wenn du dich so zum Narren machen willst, dann kannst du es ja für dich tun. Aber du sollst nicht denken, daß du mich da auch mit hineinziehen kannst.“

„Aber, Doreen, bitte, hör mich doch an“, bat Jennifer. „Es ist ernst – siehst du das nicht ein? ”

Doreen schüttelte den Kopf. „Ich will mich weiter amüsieren. Schließlich ist man ja nur einmal jung. Es mag ja schön und gut sein, religiös zu werden, wenn man einmal alt ist. Dann habe ich dazu noch genügend Zeit.“

„Aber es könnte zu spät sein – – – “

„Ich nehme das Wagnis auf mich“, sagte Doreen unbekümmert, aber ihre Stimme klang unnatürlich hoch und gezwungen. „Du gehst deiner Wege, und ich die meinen. Ach, du liebe Zeit, es ist ja schon fast ein Uhr. Wir sollten schon lange fort sein.“

Schweigend gingen sie zum Fahrstuhl hinüber, und wenige Augenblicke später befanden sie sich wieder im Getriebe und in der Hetze der belebten Straße.

„Auf Wiedersehen, Doreen.“

„Mach’s gut“, sagte Doreen gleichgültig, drehte sich auf dem Absatz um und war bald in der Menge verschwunden.

8

Der Ball war vorüber, jedenfalls soweit es das Ereignis selbst betraf. An dem Mißfallen, das ihre Mutter so deutlich zur Schau trug, und an der Kühle ihres Benehmens ihr gegenüber konnte Jennifer deutlich sehen, daß das letzte Wort darüber noch nicht gesprochen war. Und es war tatsächlich so. In den Gesprächen war der Ball das Hauptthema. Die Folge davon war, daß ihre Beziehungen gespannt wurden.

Frau Deane erinnerte sich noch genau daran, welche Kleider die bekannten Persönlichkeiten an dem Abend getragen hatten, und gab Jennifer begeisterte Schilderungen davon.

„Und jeder sagte: ‚Wo ist Jennifer? ', bis ich tatsächlich vor Scham rot wurde", erklärte sie.

„Das ist religiöser Wahnsinn, das sagen alle; wirklich, Jennifer, ich hätte nie gedacht, daß es einmal mir dir so weit kommt."

Jennifer lachte. „Ach, Mutter, du nimmst die Dinge wirklich zu ernst. Aber ich bin sicher, du siehst lieber, daß ich mich für die Kirche interessiere, als daß ich so weitermachen würde wie früher. Du sagtest doch immer, ich ginge zuviel aus, weißt du noch? "

„Jennifer, du bringst mich zur Verzweiflung", rief ihre Mutter. „Sicher habe ich das gesagt, als du jeden Abend in der Woche ausgingst, aber dabei geht es doch darum, daß einer weiß, wo er die Grenze zieht. Wie Frau Lynton sagte, es ist richtig, wenn du den goldenen Mittelweg gehst — was sind das doch für nette Leute. Und John ist so ein netter Junge. Ich sage dir, war der beliebt bei den Mädchen! Du hast eine gute Gelegenheit versäumt, Jennifer, und es geschieht dir ganz recht! Er schien ganz scharf auf Doreen zu sein.“

„Ja, Doreen wird in jeder Hinsicht zufrieden sein“, antwortete Jennifer fröhlich. „Hör mal, Mutter, ich werde heute vormittag das Mittagessen kochen, denn ich kann ja doch nicht zur Kirche gehen; du kannst derweilen etwas tun, was dir gefällt.“

Aber Frau Deane begrüßte diese Ankündigung nicht mit der Freude, die man von ihr hätte erwarten können; statt dessen blickte sie noch finsterer drein.

Sie schnaubte zornig: „Ich sollte auch so denken. Einige Leute machen sich ein schönes Leben, indem sie sonntags dreimal zur Kirche gehen und den anderen alle Arbeit überlassen.“

Tatsächlich sah Julia Deane dadurch, daß ihre Tochter jetzt so viel guten Willen zeigte, ihre Pläne durchkreuzt. Daß Jennifer zu Hause bleiben mußte und nicht zur Kirche gehen durfte, sollte eine empfindliche Strafe dafür sein, daß sie sich trotzig geweigert hatte, auf den Ball zu gehen; aber sie konnte keine rechte Genugtuung über diese Bestrafung empfinden, wenn Jennifer diese mit fröhlicher Gelassenheit und lächelnd auf sich nahm. Das schien mehr als bloßes Theater zu sein.

„Ich glaube wirklich, sie freut sich noch darüber“, sagte Julia ihrem Mann im Vertrauen. „Nun frage ich dich, was kann man mit solch einem Mädchen machen? “

„Sie versucht nur, dich zum Narren zu halten, Julia“, sagte er ungehalten, „das wird sie nicht lange durchhalten.“

Aber den ganzen Tag hindurch änderte sich Jennifers Stimmung nicht, sehr zum Verdruß ihrer Familie, die alles tat, was in ihrer Macht stand, um sie aus der Fassung zu bringen. Was sie jedoch nicht wissen konnten, war, daß Jennifer in der Frische des frühen Morgens mit ihrem Herrn stille Zwiesprache gehalten hatte. Bei ihm suchte sie die Kraft, die sie brauchen würde, um allen Anforderungen des Tages begegnen zu können.

Es war der erste Sonntag seit ihrer Bekehrung, daß sie den Gottesdiensten ferngeblieben war, und sie fühlte sich merkwürdig fehl am Platz.

Jennifer erkannte aber, daß diese drastische Beschränkung ihrer Freiheiten eine seltene Gelegenheit war, für ihren Herrn Zeugnis zu geben. Wenn sie ihrer Familie die sieghafte Macht Christi vor Augen führen könnte, indem sie trotz des niederschmetternden Verbotes den Sieg behielt, würde man schließlich doch erkennen, daß ihre Religion nicht wertlos sei.

Konnte Jesus das bewirken? Jennifer ließ auch nicht den geringsten Zweifel darüber in sich hochkommen. Sie wußte, daß sie es selbst nicht fertigbrachte, aber etwas tief in ihrem Inneren sagte ihr mit großer Gewißheit, daß „Er treu ist, der es verheißen hat". Sie konnte gar nicht anders, als ihrem Herrn Jesus den Tag anzubefehlen, in dem Vertrauen des schwachen Glaubens, der seine zitternde Hand in die Dunkelheit ausstreckt, um dort eine andere Hand zu ergreifen, die helfen und festhalten kann . . .

Immer wieder las sie das 8. Kapitel des Römerbriefes durch und entschloß sich schließlich, vorsichtshalber vom Vers 28 an die Stelle auswendig zu lernen, wo es heißt: „Wir wissen, daß denen, die Gott lieben, alle Dinge zum Besten dienen",bis zum Ende des Kapitels. Sie kam sich dabei wie ein Soldat vor, der sich gut zum Kampf rüstet. Immer und immer wieder, wenn eine Krise nahe schien, dröhnten ihr die Worte durch den Kopf: „In alledem überwinden wir weit durch den, der uns geliebt hat."

Und in seinem Namen errang sie den Sieg.

Philip schien ruhiger als sonst. Er „büffelte" für seine Prüfungen, denen, wenigstens in gewissem Grade, sein ungewöhnlicher Ernst zuzuschreiben war.

Dafür war Rodger in Hochform.

„Na na", begann er in einem Tonfall, der darauf zielte, den Unwillen seiner Schwester herauszufordern, „Jennifer hat sich wie ein ungezogenes kleines Mädchen aufgeführt. Will wohl nicht tun, was Mutti ihr sagt, was? Belehren sie dich nicht in deiner Missionskirche darüber, daß du ein liebes, folgsames kleines Mädchen sein sollst?"

„Nein", sagte sie mit entwaffnendem Lächeln, „aber sie sollten große Brüder darüber belehren, wie sie ihre kleinen Schwestern behandeln sollen — wenn dich das interessieren sollte."

„Jetzt reicht mir's aber, so eine Frechheit, Kleine!"

Und er gab ihr einen leichten Schlag unters Kinn, der ihm sonst wohl einen ziemlich deftigen Gegenschlag eingebracht hätte.

Aber Jennifer machte diesmal keinen Versuch, es ihm heimzuzahlen.

„Spaß beiseite, Rodger, ich wünschte, du würdest manchmal hingehen. Schließlich bist du auch alt genug, selbst zu entscheiden, was du tust, nicht wahr?"

Rodger warf sich in die Brust und reckte sich zu seiner vollen Größe hoch. Ein netter Bursche, dachte Jennifer. Wenn man von seiner schrecklichen Eitelkeit absah, auch ein ganz guter Charakter. Aber Rodger hatte mit dem geschäftlichen Scharfsinn seines Vaters auch etwas von dem Standesbewußtsein seiner Mutter geerbt, und dies ergab eine nicht gerade glückliche Verbindung. Er kam sich in seinen eigenen Augen so groß vor, daß er nie fähig gewesen war, jemand anderen zu sehen — außer vielleicht Cläre Neilson. Dessen war Jennifer sicher. Aber er beachtete sie nur deshalb, weil sie ihm schmeichelte und seiner Überheblichkeit immer neue Nahrung gab. Rodger und Cläre waren schon ein paar Jahre miteinander befreundet, und es galt so gut wie sicher, daß sie sich öffentlich verloben würden, wenn sie erst 21 wäre; aber da sie fast ein ganzes Jahr jünger als Rodger war, war es offiziell noch nicht so weit.

„Ich bin froh, daß du dir über meine Lage im klaren bist", sagte er wichtigtuerisch. „Ich bin gewiß alt genug, um zu tun, was ich will — und ich möchte auch nicht irgendwelche Vorschläge von so einem kleinen Mädchen, wie du es bist, hören. Nein danke, ich will mich von deiner

Kirche fernhalten. Ich will gar kein Christ sein — es ist schlimm genug, daß ich mit einem von diesen Spezies zusammenleben muß."

Sogar Rodger merkte selbst, welch großes Unrecht er ihr mit dieser Bemerkung zufügte, aber es vergnügte ihn, seine Schwester in „Rage" zu sehen, und er wußte genau, wie er mit ihr umzugehen hatte, oder meinte es wenigstens zu wissen.

Aber dies war etwas Neues! Keine Spur von Gereiztheit, nur ein kurzes, gespanntes Schweigen, das schließlich von Jennifers ruhiger, fester Stimme gebrochen wurde: „Es tut mir sehr leid, Rodger. Ich weiß, daß ich nicht ein sehr gutes Vorbild dafür bin, wie ein Christ eigentlich sein sollte. Wenn ich aber etwas tue, was ich nach deiner Meinung lieber nicht tun sollte, so sag es mir bitte; vielleicht kann ich es dann in Ordnung bringen. Wirst du das tun? "

Rodger war verdutzt. Er hatte nichts zu sagen — es gab nichts, was er da sagen konnte. Er schaute dem Mädchen vor ihm ins Gesicht, begegnete dem festen Blick ihrer blauen Augen und wußte, daß sie ihm ebenbürtig war. Mit Schrecken machte er sich klar, daß seine Schwester nicht mehr das „kleine, dumme Mädchen" war, für das er sie bisher immer verächtlich gehalten hatte; sie war dabei, erwachsen zu werden. Sie hatte die Haltung und das Benehmen einer jungen Dame, und etwas Bestimmtes in ihrem Gesichtsausdruck nötigte ihm Respekt ab.

„Ach — äh — ich — — " begann er. „Wann gibt's eigentlich Mittag? "

„Um halb eins."

Jennifer wandte ihre Aufmerksamkeit wieder den Töpfen und Pfannen auf dem Herd zu und seufzte erleichtert auf, als er sich auf dem Absatz umdrehte und zur Tür ging.

Herr Deane hatte wenig zu sagen. Nachdem er neulich wegen der Geldangelegenheit so unerwartet heftig gegen Jennifer gewesen war, schien er jetzt besonders darauf bedacht zu sein, ihr aus dem Wege zu gehen. Jennifer dachte, er empfände ein Gefühl des Unbehagens, aber sie führte es auf die Tatsache zurück, daß er vielleicht gar nicht glücklich darüber war, ihr Taschengeld eingeschränkt zu haben.

Sie erwartete nicht, daß er das, was er gesagt hatte, zurücknehmen würde, aber selbst wenn er es ihr wieder anbot: Jennifer war fest entschlossen, es dann nicht anzunehmen. Sie hatte sich ernsthaft überlegt, wie sie es nun mit ihrem Geld halten sollte. Eines Nachmittags, als sie keine Verpflichtungen im Haushalt mehr hatte, die ihre Aufmerksamkeit in Anspruch nahmen, zog sie sich in ihr Zimmer zurück und ging daran, in Ruhe das Problem ihrer Finanzen zu überdenken. Glücklicherweise hatten sie im Bibelkurs letzte Woche über die Frage diskutiert „Wie man in rechter Weise mit dem Geld umgeht". Und Jennifer hatte mit großem Interesse zugehört, wie die einzelnen ihren Standpunkt in der Sache darlegten. Sie erfuhr dabei, daß die alten Hebräer, lange Zeit vor Christus, immer ein Zehntel ihres Besitzes als Opfer für den Herrn beiseite gelegt hatten, und daß der Christ eine Pflicht hat, einen gewissen Anteil seines Verdienstes jede Woche „beiseite zu legen, in dem Maße, wie ihn der Herr mit irdischen Gütern gesegnet hat" Aber wieviel? Das war die Frage, die Jennifer jetzt für sich entscheiden mußte.

Ein Zehntel? Würde sie ein Zehntel geben? Es erschien ihr so armselig und schäbig, verglichen mit dem, was sie vom Herrn empfangen hatte. Vielleicht die Hälfte? Vielleicht — Plötzlich nahm sie ihren Stift und schrieb quer über die Seite ihres Notizbuches wenige Worte eines Liedes, das sie liebgewonnen hatte und das unbewußt ihre Gedanken beherrscht hatte, seit sie dieses Geldproblem überdachte und zu lösen suchte:

„Mein Silber und mein Gold sei dein,
nicht einen Heller b'halt ich ein . . ."

Ja, alles sollte dem Herrn gehören, jeder einzelne Pfennig. Wenn sie ihm die völlige Führung ihres Lebens übergab, konnte sie schließlich nicht gut das Recht für sich behalten, mit ihrem Geld nach eigenem Ermessen umzugehen. Sie beschloß, ein Zehntel in einem besonderen Behälter beiseite zu legen und dieses Geld für bestimmte christliche Arbeit zu gebrauchen; aber auch das übrige gehörte alles dem Herrn, und sie würde es nur so ausgeben, wie er sie leitete.

Mit einem Lächeln mußte sie eben daran denken, daß er das versprochen hatte, für Nahrung und Kleidung zu sorgen, wenn sie ihm den ersten Platz einräumte. So bestand also keine Gefahr, daß sie jemals an diesen lebenswichtigen Dingen Mangel leiden würde.

Der Abend verging langsam. Die Familie wollte Radio hören, darum gab es keine Gelegenheit zum Gespräch.

Philip warf schließlich seine Bücher beiseite und hörte der letzten Szene des Hörspiels zu, das ihn immer mit unwiderstehlicher Macht anzog.

Jennifer versuchte, sich auf das Buch zu konzentrieren, das sie gerade las. Sie gab es aber schließlich auf und ging hinaus, um das Abendbrot vorzubereiten. Es war ein langer Tag gewesen, und sie würde froh sein, ihnen allen eine Zeitlang aus dem Weg zu sein. Außerdem merkte sie, daß sie müde wurde.

„Ich glaube, ich gehe schon schlafen“, kündigte sie nach dem Abendessen an. „Oder vielleicht gehe ich lieber und schaue nach, ob Schnecken an den kleinen Pflänzchen sind, die Vater neulich erst gepflanzt hat. Wo ist die Taschenlampe? “

Philip sprang auf. „Ich gehe mit, Jenn“, sagte er eifrig, „ich hab meine Taschenlampe hier — da ist sie schon.“

Jennifer versuchte nicht, ihre Überraschung zu verbergen, als sie beide in den Garten hinausgingen. Es war eine ruhige, klare Nacht. Die frische, kalte Nachtluft trug ihnen den schwachen Duft von Rosen zu, und irgendwo nahe der Hecke begann eine Grille leise zu zirpen.

„Ist das nicht eine wunderschöne Nacht? “ Jennifer meinte, etwas sagen zu müssen, aber Philip schien ihr nicht zuzuhören.

„Ich sage dir, Jenn“, platzte er plötzlich heraus, „ich meine, du hast es heute ziemlich schwer gehabt. Du mußt den Gottesdienst sehr vermißt haben.“

„Ach, Philip“, antwortete sie, „du kannst dir gar nicht denken, wie sehr ich das alles entbehrt habe.“

„Ich habe dich heute beobachtet, und ich muß schon sagen, du hast das großartig durchgestanden. Ich weiß gar nicht, wie du das fertiggebracht hast.“

Jennifers Herz hüpfte vor Freude. Welche Gelegenheit! „Philip“, sagte sie schlicht, „ich hätte es nie tun können ohne die Kraft Christi. Er ist heute den ganzen Tag bei mir gewesen, und das hat mich stark gemacht, siehst du.“

Philip fing an, die Blütenblätter einer verblühten Rose abzuzupfen, um seine Verlegenheit zu überdecken.

„Wenn es so ist“, begann er wieder, ziemlich verlegen und unsicher, „wie würde es dann sein, wenn ein Bursche wie ich die Dinge auch so sehen könnte wie du, aber — ach, ich weiß es nicht!“

Jennifer blickte zum sternenübersäten Himmel auf. Aber das Gebet, das jetzt aus ihrem Herzen aufstieg, brauchte keinen so weiten Weg. Ihr Herr, der Gebete hört und auch erhört, war nicht so weit weg . . . er war näher als die eigene Haut.

„Sprich weiter“, sagte sie leise.

Er machte eine weit ausholende Bewegung mit dem Arm, als wolle er damit nicht nur den Garten, sondern alles, was im samtenen Mantel der Nacht beschlossen lag, umfassen.

„Wenn du all diese Dinge siehst, dann weißt du, daß es einen Gott geben muß, aber ich sehe nicht ein, wie er an mir interessiert sein kann. Wir haben in der Schule Physik gelernt und — es bringt einen zum Fragen. Wenn du an die Atombomben denkst und an all das andere, es gibt wirklich nicht viel, wofür es sich zu leben lohnt. Die Zivilisation könnte in den nächsten zehn Jahren restlos weggefegt werden — und es sieht nicht so aus, als ob Gott sich darum kümmert.“

„Natürlich kümmert er sich darum, Philip.“ Die ruhige Gewißheit in ihrer Stimme beeindruckte ihn. „Ich weiß es, er kümmert sich drum. Er will nicht, daß einer zugrunde geht - - “

„Hallo, was macht ihr beide denn hier draußen? “ Sie waren so in ihr Gespräch vertieft, daß sie Rodger nicht kommen hörten, bis er das Tor öffnete und sie mit seinem Gruß aufschreckte.

„Ach — wir, wir sehen nur, ob Schnecken da sind, weiter nichts“, sagte Philip hastig. „Komm, Jenn.“

9

Die Nachricht von Jennifers Bekehrung hatte sich im Geschäft wie ein Lauffeuer verbreitet. Alle wußten es, und jeder schien davon zu reden, vom Direktor bis zum jüngsten Laufburschen in der Firma, der mit jedem, der das Risiko auf sich nehmen wollte, „zehn zu eins" wetten wollte, daß Fräulein Deane noch vor Weihnachten wieder „umgeworfen" würde.

„Sie gehört nicht zu den religiös Veranlagten", hörte man mehr als einmal sagen. Aber niemand schien darin so ganz sicher zu sein. Tatsache war, daß alle miteinander ein plötzliches Interesse an Jennifers Wohlergehen zeigten und sich die größte Mühe gaben, ihr den Irrtum ihres Weges klarzumachen. Sie nannten ihr alle Fehler, die sie in der Kirche finden würde, obwohl die meisten davon in einem Gottesdienst niemals vorgekommen waren.

Sie sagten ihr, sie „werfe ihr Leben weg", und doch taten gerade sie ebendasselbe mit ihrem eigenen Leben. Sie sagten ihr, sie sei schwach und leicht beeinflußbar, aber sie schien mehr Mut und Entschlossenheit zu zeigen als alle anderen miteinander.

Als solche Spitzen nicht den gewünschten Erfolg zeigten, wurden sie aggressiver, und es ergaben sich hin und wieder ziemlich hitzige Wortgefechte.

Die Atmosphäre in Zimmer 526 war ziemlich geladen. Jennifer war an der Reihe, das Telefon zu bedienen.

„Wenn der Abteilungsleiter anruft, sagen Sie ruhig, ich sei nicht da", sagte Fräulein Rundle barsch. „Ich bekomme meine Zeichnungen sonst nie fertig."

„Aber das kann ich doch nicht sagen, wenn Sie hier sind", protestierte Jennifer.

„Warum denn nicht?“ Fräulein Rundle hob jäh ihren Kopf und vergaß dabei prompt die Zeichnungen, die sie schon durchdacht hatte.

„Weil es nicht die Wahrheit ist“, sagte Jennifer ruhig.

Fräulein Rundle verlor ihren Füllhalter aus der erhobenen Hand, daß er aufrecht im Teppich steckenblieb.

„Bei meiner Seligkeit“, keuchte sie, „da könnte ja jemand denken, ich hätte Ihnen befohlen, ein Verbrechen zu begehen. Das ist doch gar keine richtige Unwahrheit. Es ist nur eine Notlüge — und Notlügen tun niemandem weh.“

Jennifer schüttelte den Kopf. „Richtige Lüge oder nur Notlüge — das sind doch alles Lügen, Fräulein Rundle“, wiederholte sie. „Ich fürchte, ich kann weder für Sie noch für jemand anders eine Unwahrheit sagen.“

Die Jüngste im Raum schaute mit offenem Mund zu. Das war ihr neu.

Einige Sekunden lang schien Fräulein Rundle nach Worten zu ringen, aber plötzlich rief von der anderen Seite des Raumes jemand plötzlich laut.

„Jennifer, du machst dich lächerlich.“ Lindas Stimme klang feindselig.

„Keine Lüge sagen können?“ sagte Rita gedehnt. „Sie will wohl ein zweiter George Washington werden, Leute.“

Sie kicherten belustigt, aber Fräulein Rundle verstand hierin keinen Spaß. „Noch nie in meinem ganzen Leben bin ich so beleidigt worden“, schäumte sie zornig. „Das sieht ja gerade so aus, als ob ich ein Verbrechen begangen hätte. Ich bin genau so gut wie Sie, Jennifer Deane, und wenn ich eines nicht ausstehen kann, dann ist es sicher das ‚Besser-sein-wollen-als-die-anderen‘. Wenn Sie nichts Schlimmeres tun, als eine kleine Notlüge zu gebrauchen, dann sind Sie immer noch in Ordnung. Wenn Sie es so empfinden, dann verschwinden Sie vom Telefon, die kleine Rose kann die Anrufe beantworten. Sie kann es ihm dann sagen.“ Diese letzten Worte klangen wie ein Befehl.

Aber Jennifer rührte sich nicht. Sie empfand eine gewisse Verantwortung, wenn sie an die Jüngste im Büro dachte. Schließlich waren alle anderen alt genug, um für sich selbst zu entscheiden, aber Rose war noch sehr jung.

„Ich finde es auch nicht fair, so etwas von Rose zu verlangen“, sagte sie ruhig.

Bevor noch Fräulein Rundle antworten konnte, klingelte das Telefon. Aller Augen waren auf Jennifer gerichtet, die Luft war spannungsgeladen. Sie nahm den Hörer ab: „Zimmer 526.“

Es war der Abteilungsleiter — alle im Raum erkannten seine Stimme. Die ganze Unterhaltung war für alle deutlich zu hören. „Ach, Fräulein Deane, sind Sie's? Gerade Sie wollte ich sprechen. Könnten Sie mal herunterkommen und einige Stenogramme für mich aufnehmen? Ich bin gerade so sehr mit Arbeit eingedeckt. Sagen Sie Fräulein Rundle, ich wäre froh, wenn sie Sie mal entbehren könnte. Vielen Dank!“

Nach dem, was vorgefallen war, hatte Fräulein Rundle nichts einzuwenden. Jennifer nahm ihren Block und begab sich hinunter zum Büro des Abteilungsleiters.

Thomas Marksman lehnte sich in seinen Stuhl zurück, die Hände hinter dem Kopf verschränkt. Er lächelte ihr freundlich entgegen.

„Guten Morgen, Fräulein Deane, bitte, nehmen Sie doch Platz.“ Er holte ein Päckchen Zigaretten hervor und streckte es ihr hin.

„Nein danke, ich rauche nicht.“ Jennifers Gesicht war ernst. Herr Marksman lachte. „Natürlich nicht. Ich habe von Ihnen gehört, junges Fräulein. Sie haben den Mitarbeitern Gesprächsstoff gegeben. Was ist es eigentlich damit? “

Jennifer blickte ziemlich verwirrt. Es machte ihr nichts aus, sich mit den Kollegen oben mutig auseinanderzusetzen, aber eine Diskussion mit einem Vorgesetzten war etwas anderes.

„Nun“, begann sie ziemlich nervös, „ich weiß gar nicht, warum jeder daran soviel Interesse zeigt. Es ist doch nur — daß ich vor nicht so langer Zeit Christin geworden bin und die Dinge nun anders liegen, das ist alles.“

Thomas Marksman zündete sich eine Zigarette an und warf das Streichholz in den Papierkorb.

„Ich verstehe“, nickte er, und seine Stimme nahm einen väterlichen Tonfall an. „Aber Sie werden darüber hinwegkommen, meine Liebe. Als ich in Ihrem Alter war, war ich genauso, ob Sie es glauben oder nicht. Ich habe damals sogar ein bißchen gepredigt. So etwas würden Sie nicht von mir denken, nicht wahr? “

Jennifer mußte es zugeben.

„Ich habe auch noch eine Bibel dort drüben stehen.“ Er wies auf den Bücherschrank in der Ecke des Raumes. „Und gelegentlich lese ich auch noch darin. Es ist gute Lektüre, wissen Sie.“

„Ich liebe meine Bibel.“ Jennifer begann, Vertrauen zu fassen.

„Natürlich kann man nicht alles glauben, was drinsteht“, fuhr er fort. „Schließlich wurde es nur von Menschen geschrieben, und Fehler machen wir alle. Sehen Sie, ich bin bereit, zuzugeben, daß viel Gutes in dem alten Buch steht, aber das Alte Testament ist nur eine Sammlung von Volkstum und Fabeln.“

Jennifer wurde es unbehaglich. Sie wußte, daß dies nicht stimmte, aber sie wußte nicht, was sie darauf sagen sollte.

„Und was das Neue Testament betrifft“, fuhr er fort, „ich habe mich nie sehr an den Apostel Paulus gehalten. Ich glaube nicht unbedingt alles.“

Jennifer blickte ihn erstaunt an.

„Aber wie können Sie wissen, welche Teile der Bibel zu glauben und welche nicht zu glauben sind? “ kam ihre unschuldige Frage.

„Ach“, sagte er leichthin, „das entscheide ich selbst. Zum Beispiel glaube ich die Geschichte von Jona und dem Fisch nicht. Armer, alter Jona!“ Er kicherte in sich hinein.

Jona — dieser Name klang Jennifer vertraut. Sie hatte heute morgen noch gelesen, was der Herr Jesus über Jona selbst gesagt hatte, in Matthäus 12.

„Wirklich, Herr Marksman, Sie überraschen mich sehr“,

sagte sie rasch. „Christus selber glaubte die Geschichte mit Jona, nicht wahr? Und ich glaube nicht, daß er einen Fehler machen würde, Sie etwa?"

Herr Marksman machte ein Gesicht, als wäre ihm der Wind aus den Segeln genommen; und plötzlich schien er sich daran zu erinnern, daß er einen Berg von unerledigten Briefen hatte, die seine Aufmerksamkeit erforderten.

„Ehrlich gesagt, in dieser Weise habe ich darüber noch nicht nachgedacht", gab er zu. „Vielleicht sollten wir uns jetzt doch wieder mit den Briefen hier befassen. Dieser eine muß . . ."

Den ganzen Tag mußte Jennifer sehr viel darüber nachdenken, was im Büro des Abteilungsleiters geschehen war. Angenommen — nur angenommen, er hätte recht. Angenommen, die Bibel wäre ein Fabelbuch. Angenommen, die Männer, die sie geschrieben hatten, hätten Fehler gemacht . . . Jennifer wußte, rein gefühlsmäßig, daß diese Frage lebenswichtig war. Wenn sie nicht alles glauben konnte, was in der Bibel stand, dann würde ihr der feste Boden unter den Füßen wegrutschen.

Wie gern wäre sie jetzt zu Pastor Ransome gegangen und hätte seinen Rat in dieser Frage eingeholt. Aber ihre Eltern hatten ihren Besuchen in der Kirche ein Ende gesetzt, so war sie gezwungen, mehr oder weniger auf eigenen Füßen zu stehen.

Die Bibel selbst mußte doch eine Antwort auf ein solches Problem geben können. An diesem Abend, als Jennifer ihre Bibel nahm, um nach ihrer Gewohnheit ein Kapitel vor dem Schlafengehen zu lesen, betete sie kurz und eindringlich um rechte Führung. Und weil der Herr verheißen hat, denen reichlich zu geben, die ihn um Weisheit bitten, ist es nicht verwunderlich, daß Jennifer gerade die richtige Seite aufschlug. Im zweiten Timotheusbrief des Paulus fiel ihr Blick auf den Vers: „Alle Schrift, von Gott eingegeben . . ."

„Alle Schrift!" Sie sagte es noch einmal, voller Freude. „Ja, damit ist die Frage erledigt. Alles in der Bibel ist geschrieben durch Gottes Eingebung — ich wußte, daß es so sein muß." Sie nahm ihren Stift und kreiste dieses kleine Wort ‚alle' dick ein — ein so kleines, und doch so wichtiges Wort, so voller Bedeutung.

Aber sie fühlte, daß sie noch mehr Gründe für ihren Glauben brauchte, für den Fall, daß sie wieder in eine ähnliche Diskussion verwickelt werden sollte. So entschloß sie sich, an Pastor Ransome zu schreiben. Sie fühlte sich frei, dies zu tun, weil ihre Mutter ihr nur verboten hatte, zu den Versammlungen zu gehen.

Es wurde ein langer Brief. Es gab so vieles zu sagen. Gleich am Anfang des Briefes bat sie um Auskunft und erzählte ihm dann im weiteren Verlauf, wie sie am ersten Sonntag, an dem sie gezwungen worden war, zu Hause zu bleiben, herausgefunden hatte, daß die Gnade des Herrn für sie ausreicht.

„Wir überwinden weit", schrieb sie. „Ich kann es kaum fassen, wie gütig der Herr zu mir ist. Ich habe tatsächlich die Wahrheit von Römer 8 erfahren, und ich werde niemals mehr an Jesus zweifeln können. Er gab mir nicht nur Sieg über Rodger und seine Neckereien, sondern mein jüngerer Bruder Philip schien beeindruckt zu sein und war tatsächlich bereit, mit mir über geistliche Dinge zu sprechen. Ich kann Ihnen nicht sagen, wie glücklich ich heute abend bin, trotz allem, was versucht wurde, um mich zurückzuwerfen. Würden Sie den Gebetskreis bitten, besonders an Philip zu denken? Ich bin sicher, daß der Herr mit ihm redet."

Jennifer war gar nicht überrascht, mit der nächsten Post einen langen Antwortbrief von Pastor Ransome zu erhalten. Er war immer so hilfsbereit zu ihr gewesen, daß sie wußte, sie konnte in jeder Notlage mit ihm rechnen.

„Ich an Ihrer Stelle", so hatte er geschrieben, „würde versuchen, solche Auseinandersetzungen zu vermeiden, bis Sie selbst noch fester in Ihrem Glauben geworden sind. Schließlich ist die größte Waffe, die wir zu jeder Zeit gebrauchen können, das Wort Gottes selbst, und Sie müssen Ihre Heilige Schrift durch und durch kennen. Ich möchte

Ihnen noch einmal versichern, daß Sie sich felsenfest auf jedes Wort in der Heiligen Schrift verlassen können. Die Bibel wurde von heiligen Gottesmenschen geschrieben, mit der Eingebung und dem Beistand des Heiligen Geistes Gottes, so daß wir ganz gewiß sein können, daß sie keine Fehler enthält. Natürlich sind beim Übersetzen vom Urtext in unsere Sprache einige Fehler unterlaufen, aber wir sind heute in der glücklichen Lage, eine Ausgabe der Heiligen Schrift zu besitzen, die nahezu perfekt übersetzt ist. Die besten Wissenschaftler haben dazu ihr Bestes getan. Ich schicke Ihnen ein kleines Heftchen mit dem Titel „Warum wir glauben, daß die Bibel wahr ist“, von dem ich annehme, daß es Ihr Interesse finden wird. Es versucht zu beweisen, daß die Bibel Gottes Wort ist, von ihrer inneren und äußeren Klarheit her. Die Ergebnisse, die die Altertumswissenschaft zutage gefördert hat, sind allein schon ausreichender Beweis für jeden, der ernstlich nach der Wahrheit sucht . . .

Es ist mir eine Freude, zu hören, daß Sie in Ihrem Leben daheim durch die Gnade unseres Herrn Jesus Christus siegreich waren, und ich bin zuversichtlich, daß Sie noch herrlichere Siege erfahren werden. Wir haben Sie in unseren Versammlungen vermißt, aber wir beten weiter für Sie, daß der Herr Sie unserer Gemeinschaft wieder zuführen möge, wann es ihm gefällt. Inzwischen werden auch Sie erfahren, daß seine Gnade ausreicht. Denken Sie immer daran: ‚denen, die Gott lieben, müssen alle Dinge zum Besten dienen‘ und ‚in dem allen überwinden wir weit durch den, der uns geliebt hat‘.“

10

Jeden Freitag um die Mittagszeit versammelte sich eine kleine Schar Unentwegter in den Grünanlagen bei der St.-Pauls-Kathedrale und hielt eine Versammlung im Freien ab. Es waren nicht sehr viele, aber ihr Zeugnis hinterließ einen Eindruck bei den Scharen von Menschen, die an den Anlagen vorüberfluteten.

Viele Leute blieben einen Augenblick stehen, um dem Wort, das klar und laut gepredigt wurde, zuzuhören. Noch viel mehr wurden in ihren Herzen von den schlichten Evangelisationsliedern, die gesungen wurden, berührt.

Seit Jennifer der Kirchenbesuch gesperrt worden war, hatte sie sich mit ganzem Einsatz in dieses Unternehmen gestürzt und wurde auch bald als eine der festen Mitarbeiterinnen angesehen.

Diese Menschen arbeiteten ganz unabhängig. Sie hatten mit der Missionskirche nichts zu tun. Daher war Jennifer mit gutem Gewissen dabei. Sie war froh, mit dieser tapferen, kleinen Christenschar Verbindung bekommen zu haben, obgleich sie es manchmal empfand, daß ihr Dienst eine recht unbedeutende Rolle spielte. Niemals versuchte sie, öffentlich zu reden – sie hätte sich in dem brandenden Lärm des vorbeifließenden Verkehrs ohnehin kein Gehör verschaffen können, aber eines konnte sie tun, und sie tat es treu Woche für Woche. Sie stand am Rande des Kreises und verteilte Traktate an die Passanten.

Es war keine aufsehenerregende Arbeit, aber Jennifer nahm sie ernst und betete für jedes Traktat, das sie verteilte. Erst die Ewigkeit kann den Wert eines solchen stillen Dienstes ermessen.

Jennifer hatte viel Freude an ihrem kleinen Dienst. Es

war interessant zu sehen, wie verschieden die Leute reagierten, wenn sie sagte: „Ach, entschuldigen Sie, würden Sie dieses kleine Traktat wohl mitnehmen?“ Manche gingen weiter, als hätten sie es gar nicht gehört, manche fegten das Papier mit einer verächtlichen Handbewegung beiseite, andere nahmen es, schauten einmal kurz darauf und steckten es dann achtlos in die Tasche. Aber da waren auch einige, die es dankbar annahmen. Um ganz sicher zu gehen, blieben einige auch stehen und lasen es auf der Stelle durch; aber das taten nur sehr wenige.

Heute schien die Straße weniger belebt als sonst, vielleicht weil der Wind scharf blies und es sehr nach Regen aussah. Ein junger Mann kam auf sie zu, den Kopf wegen des starken Windes vornübergebeugt. Jennifer stellte sich ihm in den Weg.

„Verzeihen Sie,“ begann sie mit einem Lächeln, „würde es Ihnen etwas ausmachen, dieses Traktat zu lesen?“

Der Fremde blieb in plötzlichem Erstaunen stehen.

„Oh, warum nicht? Natürlich!“ Er streckte seine Hand aus und nahm das im Winde flatternde Stück Papier; dabei sah er sie mit einem raschen Blick an. „Um welche große Idee geht es denn?“ fragte er neugierig, aber seine Augen lächelten ihr dabei freundlich zu.

Jennifer erwiderte sein Lächeln. Sie sah ihm gern ins Gesicht. Er hatte einen freien und offenen Blick.

„Wir sind hier, um für den Herrn Jesus Christus zu zeugen. Und wenn Sie einen Augenblick stehenbleiben und hören, was der Redner gerade sagt —“

Er lachte. „Ich dachte, so etwas hört man nur in der Kirche am Sonntag. Hören Sie“, sagte er ganz unerwartet, „ich würde Sie gern kennenlernen. Gestatten Sie, daß ich mich vorstelle. Mein Name ist Lynton — John Lynton.“

John Lynton? Wo hatte sie diesen Namen schon gehört? Er klang ihr irgendwie vertraut. Ja, ihre Mutter und Doreen — das war doch der Name des jungen Mannes, von dem sie so viel sprachen.

„Oh!“ Sie versuchte, ungezwungen zu wirken. „Nein —

ich vermute nicht — er konnte mir nicht . . . " Sie versprach sich in hilfloser Verwirrung.

„Was ist denn los? " Er lachte gutgelaunt. „Kennen Sie mich? "

„Ich denke nicht, aber . . . "

„Sie könnten einen kleinen Schock bekommen, wenn Sie mich kennen würden", sagte er leichthin, indem er sein Zigarettenetui aus der Hosentasche zog. „Stört es Sie, wenn ich rauche? "

Jennifer warf ihm einen kurzen, abschätzenden Blick zu. Er war groß und gut gewachsen, breite Schultern und kräftige Glieder; aber sein blasses Aussehen und die vom vielen Rauchen braungefärbten Finger sprachen ihre eigene Sprache. Zweifellos war er ein starker Raucher.

„Mir wäre es schon lieber, Sie würden es nicht tun", sagte sie, und ihre Blicke trafen sich.

Vielleicht bemerkte er den leisen Tadel in ihren Augen, oder vielleicht war er es nicht gewohnt, daß man ihm widersprach — jedenfalls steckte er die silberne Dose mit einem Anflug von Verlegenheit wieder in die Tasche.

„Sicher, wenn es Sie stört. Aber, was sagten Sie eben? Sie kennen mich? "

„Nicht genau", erklärte sie, „aber ich meine, daß meine Freundin Ihren Namen erwähnte. Doreen Jackson — sie ist Ihre Freundin, nicht wahr? "

„Doreen Jackson? " Jetzt blickte er erstaunt drein. „Was, Sie kennen Doreen? "

Jennifer lächelte etwas wehmütig. „Sie war meine beste Freundin — früher einmal."

„Ich wollte eben sagen, daß Doreen kaum zu Ihnen paßt — als Typ", fuhr er fort, indem er Jennifer von oben bis unten mit einem kritischen Blick musterte. „Doreen ist gerade gut genug, um sich einen Abend lang mit ihr gut zu unterhalten und die Zeit zu vertreiben — aber ich bin nicht näher mit ihr befreundet", fügte er hastig hinzu. „Es gibt viele von der Art hier — aber ich bin noch nie einem solchen Mädchen wie Ihnen begegnet."

Jennifer drehte ihr Taschentuch in den Händen zu einem festen Knoten zusammen, während sie hin und her überlegte, was sie sagen sollte. Sie wünschte sich, sie hätte weniger befangen sein können; aber in seiner Stimme war eine Aufrichtigkeit zu spüren, die sie ziemlich aus der Fassung brachte, während sie es nicht fertigbringen konnte, dem durchdringenden, forschenden Blick seiner dunklen Augen zu begegnen.

„Ich habe nichts beabsichtigt, als ich das sagte", fuhr er hastig fort, „ich hoffe, Sie werden mir das verzeihen. Aber trotzdem — etwas ist an Ihnen so ganz anders, ich weiß nicht genau zu sagen, was."

Jennifer blickte auf.

„Können Sie es erraten?" fragte sie mit einem Blick, der das Strahlen ihres Herzens zu offenbaren schien. „Hören Sie, dieses Lied da wird es Ihnen verraten."

Die Gruppe im Freien sang gerade :

„Welch wunderbare Wandlung
ist in mein Leben gekommen,
seit Jesus im Herzen mir wohnt,
Licht strahlt in mir,
das ich lang' nicht bekommen,
jetzt Jesus im Herzen mir wohnt."

John Lynton hörte achtungsvoll zu. Das Lied war zu Ende, es folgte ein kurzes Gebet, und die Gruppe junger Leute begann sich zu zerstreuen.

„Ich muß jetzt aber gehen", sagte Jennifer, „ich muß um zwei Uhr wieder im Geschäft sein. Ich hoffe, Sie werden das Traktat lesen, das ich Ihnen gab. Ich denke, es könnte Sie auch interessieren."

Ziemlich gedankenverloren hatte er mit dem Blatt Papier in seiner Hand gespielt, jetzt faltete er es entschlossen zusammen und steckte es ein.

„Ja, ich werde es lesen — ich verspreche es Ihnen", sagte er bereitwillig. „Welchen Weg gehen Sie jetzt? Darf ich die Freude haben —"

Er stand neben ihr, während er das sagte, und bevor

Jennifer noch begreifen konnte, was geschehen war, wurde sie von ihm in Richtung der Collins-Straße begleitet.

„Wissen Sie", sagte er freundschaftlich, „ich kann gar nicht recht höflich zu Ihnen sein, weil Sie mir Ihren Namen nicht genannt haben. Ich habe Ihnen doch gesagt, wie ich heiße, nicht wahr? "

Sie lachten beide. „Sie fragten mich ja auch nicht danach, und ich hielt es nicht für so wichtig. Ich bin Jennifer — Jennifer Deane."

„Das klingt ja vertraut. Ach ja, ich traf Ihren Vater und Ihre Mutter auf einem Ball, es ist noch nicht allzulange her. Sie waren nicht da? "

„Nein." Mehr sagte sie nicht. Es war keine Zeit, jetzt eine lange Diskussion darüber anzufangen.

„Nun gut, dann können wir uns jetzt als alte Bekannte betrachten, nicht wahr? Wollen wir uns doch beim Vornamen nennen. Jennifer und John. ich hasse es, so sehr förmlich zu sein."

„In der Tat, sehr förmlich sind Sie nicht", entgegnete Jennifer rasch. „Hier muß ich mich jetzt verabschieden."

Sie waren neben einem großen Geschäftshochhaus stehengeblieben, aber John schien noch nicht viel davon zu halten, sich schon zu verabschieden.

„Wann kann ich dich wiedersehen? " fragte er plötzlich.

Jennifer blickte auf ihre Uhr. Es war schon fast zwei Uhr. „Ich werde in der nächsten Woche bestimmt wieder bei der Versammlung dort in den Anlagen sein", sagte sie ausweichend. „Auf Wiedersehen!"

Und im nächsten Augenblick stand John Lynton allein auf der Straße.

Den Rest des Nachmittags beschäftigte sich Jennifer in Gedanken hauptsächlich mit ihrer neuen Bekanntschaft, und sie versuchte, das Wenige, was sie über ihn wußte, zu einem vollständigen Bild zusammenzusetzen.

Ihre Mutter hatte Familie Lynton auf dem Ball getroffen und sie gefiel ihr; freilich gefielen ihr immer solche, die Geld oder eine gute Stellung in der Gesellschaft hatten.

John war bei der Luftwaffe gewesen. Dann mußte er etwa 22 Jahre alt sein; und er war beliebt bei den Mädchen. Kein Wunder, dachte sie. Er war ziemlich hübsch mit seiner feinen, hohen Stirn, seinen gutgeschnittenen Gesichtszügen und dem gepflegten Haar. Und diese braunen Augen ... Jennifer konnte ihren festen, forschenden Blick immer noch auf sich ruhen fühlen. Seine Augen waren so ausdrucksvoll, daß sie beinahe sprechen konnten.

Jennifer beschloß, keinem in der Familie von dieser Begegnung zu erzählen, weil sie fürchtete, dadurch eine Diskussion heraufzubeschwören. Wie es auch sei, sagte sie sich, es war sehr unwahrscheinlich, daß sie John Lynton jemals wiedersehen würde — wahrscheinlich würde er sie morgen schon vergessen haben. Er würde kein Mädchen als Freundin haben wollen, die evangelistische Traktate auf den Straßen verteilte.

Und doch war etwas an John Lyntons Benehmen und Erscheinung, das sie beeindruckt hatte. Sie hatte das unbestimmte Gefühl, daß sein Leben für bessere Dinge bestimmt sein könnte; und unter denen, die Jennifer in ihrem täglichen Gebet fürbittend vor Gott brachte, wenn sie stille Zwiesprache mit ihrem Herrn hielt, bekam nun auch John Lynton seinen Platz — nicht nur an dem einen Tag, an dem sie ihm begegnet war, sondern an vielen Tagen, die darauf folgten.

11

„Jenn, bist du noch wach? “

Jennifer hob rasch den Kopf, als sie das Flüstern hörte. Sie saß noch auf der Bettkante und las in ihrer Bibel.

„Ach so, Philip, du bist es“, rief sie überrascht. „Komm doch herein!“

Ein zerzauster Kopf spähte vorsichtig um die Tür, und dann wurde der sechzehnjährige Philip, im Morgenrock und Pantoffeln, sichtbar. Er machte eine unmögliche Figur, als er so durch das Zimmer ging und sich am Fußende des Bettes hinsetzte.

„Schau mal her, Jennifer“, begann er, „ich habe in diesem Neuen Testament gelesen, das du mir gegeben hast, aber ich kann das alles nicht verstehen.“ Dabei nahm er das kleine Testament aus der Tasche, das seine Schwester ihm neulich nach dem kurzen Gespräch gegeben hatte.

Jennifer hatte sich in ihrem Leben als Christ noch nie vorher so unzulänglich gefühlt. Gerade dies war es, worum sie gebetet hatte, aber wie sie nun ihren Bruder nach dem Licht tasten sah, das denen, die glauben, ewiges Leben bedeutet, war sie so hilflos. Und doch wußte sie, daß hinter all ihrer Unzulänglichkeit die Allmacht Gottes stand.

„Was kannst du nicht verstehen? “ fragte sie besorgt.

„Ach, alles“, rief der Junge aus, „warum sollte uns Gott überhaupt so lieben? “

Er blickte seine Schwester fragend an, als könne sie die Antwort auf die Frage parat haben, die Menschen und Engeln immer schon ein Rätsel gewesen ist .

Jennifer schüttelte den Kopf. „Ich weiß es nicht, Philip“, bekannte sie. „Ich glaube nicht, daß irgendeiner darauf antworten kann. Aber du weißt, daß die Bibel sagt: ‚Während wir noch Sünder waren, starb Christus für uns.' Philip, ist das nicht wunderbar? "

Er blickte sie weiter unverwandt an. „Jennifer, ist das wirklich wahr, daß Christus starb — für mich? "

„Natürlich, so ist es", sagte sie leise und ergriff in einer plötzlichen Regung seine Hand. „Wer auch immer an ihn glaubt, wird nicht verlorengehen, sondern ewiges Leben haben, und das schließt dich und mich ein."

Lange Zeit sagte Philip kein Wort. In Erinnerung an den Kampf in ihrem eigenen Herzen, als sie derselben Entscheidung gegenüberstand, sehnte sich Jennifer danach, ihm zu helfen. Aber sie konnte nichts tun. Dies war eine Angelegenheit zwischen ihm persönlich und seinem Gott.

„Möchtest du ihn nicht bei seinem Wort nehmen, Philip? " wagte sie schließlich zu sagen.

„Das ist alles sehr gut für dich", sagte er kurz und sprang auf seine Füße, „aber ich werde diese Sache noch einmal gründlich zu überdenken haben. Wenn ich mich für Christus einsetze, was werden die zu Hause dann sagen? Sieh nur den Kampf, den du gehabt hast. Und dann alle meine Schulkameraden — meinst du, ich möchte mich vor ihnen zum Narren machen? "

Jennifer nickte. Sie konnte ihn ja so gut verstehen!

„Hör zu, Philip", sagte sie plötzlich und holte dabei ein Buch aus dem Regal, „ich habe hier ein Buch, das du bestimmt gern lesen wirst. Es heißt ‚C. T. Studd: Kricketspieler und Pioniermissionar'."

„Worum geht's dabei? " fragte Philip neugierig, als sie es vom Regal nahm.

„Es ist die Geschichte eines Mannes, der Christus annahm, während er noch Student an der Universität war. Er bekam dann den Ruf, Missionar zu werden. Es ist eine aufregende Geschichte."

„Gut. Ich glaube, ich werde es mal lesen." Philip nahm das Buch ziemlich unschlüssig. „Ich werde dir dann sagen, was ich darüber denke."

„Ja, tu's nur. Und noch etwas, Philip. Warum gehst du nicht mal zu der Missionskirche und besprichst diese Dinge mit Pastor Ransome? Ich bin sicher, daß er dir helfen könnte."

„Hm, gar keine schlechte Idee", gab er nachdenklich zu, während er zur Tür ging, „jetzt sollte ich dich aber doch lieber ins Bett lassen. Gute Nacht, Schwesterherz, und vielen Dank!"

Jennifer empfand, zu wenig getan zu haben, aber sie konnte immerhin weiter treu für Philip beten. Und wie ernsthaft betete sie, daß er doch dem Leiten des Heiligen Geistes nachgeben und sein Leben dem Heiland übergeben möchte. Aber als der Sonntag wieder herankam, konnte sie an seinem Gesichtsausdruck sehen, daß es noch keine Entscheidung gegeben hatte.

Zu Hause ging auch alles seinen gewöhnlichen Gang. Philip ging nach dem Tee weg. Niemand schien daran Anstoß zu nehmen, niemand fragte, wo er hinging. Plötzlich überkam Jennifer das Gefühl, wie ungerecht es sei, daß sie im Hause festgehalten wurde wie ein kleines Kind. Einen Augenblick lang hätte sie am liebsten laut aufbegehrt. Wie lange noch mußte sie dies ertragen? Wie lange konnte sie es überhaupt noch ertragen?

Sie spülte gerade das Teegeschirr, als es an der Haustür klingelte. Das hatte immer eine Atmosphäre gespannter Erwartung zur Folge, besonders dann, wenn keine Besucher angekündigt waren.

„Ich gehe schon hin", rief Frau Deane vom Wohnzimmer herüber, „aber ich habe nicht die blasseste Ahnung, wer das sein könnte", sagte sie mehr zu sich selbst.

Sie öffnete ziemlich vorsichtig und sah die Gestalt eines jungen Mannes im Vorflur, groß und breitschultrig, aber sie konnte sein Gesicht nicht deutlich erkennen.

„Guten Abend", sagte eine freundliche Stimme. „Frau Deane? "

„Ja." Julias Unruhe wuchs.

„Sie erinnern sich wohl nicht an mich? "

Julia sah etwas näher hin und stieß dann einen überraschten Schrei aus, da sie ihn erkannte.

„Großer Gott! Es ist John Lynton — alle Wetter!"

„Genau!" sagte der junge Mann heiter. „Sie haben ein gutes Personengedächtnis, Frau Deane."

„Wirklich? " sagte Frau Julia schwach. „Aber was — ich wollte sagen, kommen Sie doch erst einmal herein."

Bei diesen Worten hielt sie ihm die Tür auf. Sie konnte es noch immer kaum glauben, was sie mit eigenen Augen sah, als der unerwartete Besucher eintrat, John Lynton! Was konnte er von ihnen wollen? Sie war ihm bisher nur einmal begegnet, auf dem Ball des Bürgermeisters .

„Ich muß mich entschuldigen, daß ich Sie hier so überfalle", sagte er lächelnd, „aber ich komme wirklich nur her, um zu sehen, ob Jennifer zu Hause ist."

„Jennifer? " Auf Julias Gesicht stand deutliches Erstaunen. „Aber Sie kennen doch Jennifer noch gar nicht!"

„O doch! Hat sie es Ihnen nicht erzählt? Wir trafen uns neulich und machten uns gegenseitig bekannt. Ich dachte, Jennifer würde heute abend zur Kirche gehen, und hätte gern gewußt, ob es Ihnen viel ausmacht, wenn ich sie dahin begleite. Hätten Sie was dagegen? "

Julia wollte etwas sagen, aber sie fand keine Worte. Es war zu lächerlich — sie mußte träumen! John Lynton will Jennifer zur Kirche bringen. Jennifer selbst aber, als sie die Stimmen hörte, war in die Halle gekommen.

„John", sagte sie atemlos, „wie bist du hierhergekommen? " Jennifer war nicht weniger erstaunt als ihre Mutter.

John lachte. „Ach, das war leicht. Ich war sicher, du würdest heute abend zur Kirche gehen, und dachte, du würdest mir gestatten, dich zu begleiten."

Es mußte doch wahr sein , sagte sich Julia. Die beiden waren sich offenbar nicht fremd.

„Jennifer, auf mein Wort", protestierte sie schwach, „du bist eine ganz Schlimme. Du hast mir nie erzählt — "

„Bitte, schelten Sie Jennifer deswegen nicht", warf John rasch dazwischen, „sie hat wohl nicht daran gedacht, zu erwähnen, daß wir uns kennengelernt haben. Und sie wußte sicher nicht, daß ich heute abend hierherkomme — mir selbst ist erst vor einer halben Stunde der Gedanke gekommen. Du willst doch zur Kirche gehen, Jennifer, nehme ich an? "

Dabei sah er, ohne es zu wollen, auf ihre Schürze.

Jennifer lächelte. „Sie sollten lieber Mutter fragen — sie hat mich neuerdings nicht gehen lassen."

Frau Deane sah recht unglücklich aus.

„Du warst selbst daran schuld, Jennifer. Das hier ist etwas ganz anderes. Es ist sehr nett von John, daß er sich anbietet, dich zur Kirche zu begleiten; und es wäre sicher sehr unhöflich von dir, wenn du dies Anerbieten zurückweist."

„Mutter!" Jennifer rang nach Luft, sie konnte es einfach nicht glauben. „Du meinst — ich kann zur Kirche gehen? "

„Natürlich, mein Liebes", sagte Frau Deane freundlich.

„Jetzt eil dich aber, sonst kommst du noch zu spät."

Jennifer brauchte keine zweite Aufforderung dazu. In ihrem Eifer, die Schürze rasch abzubinden, verknotete sie die Schürzenbänder so hoffnungslos, daß John ritterlich einspringen mußte, um ihr zu helfen.

„Danke", sagte sie mit einem Lächeln. „Es dauert nicht lange."

Sie hastete die Treppe hinauf, immer zwei Stufen auf einmal nehmend und erreichte ihr Zimmer. Rasch nahm sie Hut und Mantel aus dem Schrank. Sie war frei, wieder einmal zu ihren Versammlungen zu gehen! Wie gnädig war der Herr zu ihr gewesen, mußte sie denken. Gerade als sie fühlte, daß sie es so nicht länger aushalten konnte, hatte er ihr Befreiung geschenkt. Die Verheißung stimmte, daß er nicht zulassen wird, daß seine Kinder versucht werden oder auf die Probe gestellt über das hinaus, was sie ertragen können.

Wenige Minuten später war sie fertig zum Gehen; aber bevor sie das Zimmer verließ, kniete sie neben ihrem Bett nieder und dankte in einem kurzen Gebet ihrem Herrn.

Als sie dann im Flur stand und ihre Handschuhe überzog, strahlte ihr Gesicht. Sogar ihre Mutter hatte ihre Freude und Genugtuung daran, wie gut sie aussah.

„Komm, Jennifer", sagte John ungeduldig, „gehen wir."

Er trat einen Schritt auf sie zu, und sie errötete, als sie die unverhohlene Bewunderung in seinen Augen las.

„Ja", sagte Frau Deane, „ihr werdet euch beeilen müssen; es ist schon sieben Uhr durch." Mit einem Lächeln, das heitere Befriedigung verriet, schloß sie die Tür hinter den beiden.

12

Jennifer war es, als könnten ihre Füße sie nicht rasch genug zu der Missionskirche tragen, aber als sie erst einmal das Haus verlassen hatten, nahm John ihren Arm und versuchte, sie damit etwas zurückzuhalten.

„Nun mal langsam, nur eine Minute, Jennifer“, wehrte er ab, „es ist nicht nötig, daß wir uns derart abhetzen. Um ehrlich zu sein, ich bin gar nicht so scharf darauf, zur Kirche zu gehen, obwohl ich mit dir gehen will, natürlich! — Ich dachte, wir könnten ein wenig plaudern.“

„O ja, wir können beim Gehen miteinander reden.“ Jennifer zügelte ihren Schritt ein wenig. „Aber ich möchte doch nicht zu spät hinkommen — denk dir, ich bin eine Ewigkeit nicht mehr zur Kirche gewesen.“

Er blickte sie fragend an: „Ich hoffe, ich habe nicht ins Fettnäpfchen getreten, daß ich heute abend gekommen bin“, begann er. „Ich dachte, du würdest sicherlich heute abend zur Kirche gehen. Ich konnte ja nicht ahnen – “

Ihr Lächeln beruhigte ihn. „Du hast mir einen großen Gefallen erwiesen, daß du heute abend gekommen bist; ich glaube, der Herr selbst muß dich dahergeschickt haben.“

„Nun, das klingt alles sehr interessant“, sagte er neugierig. „Ich würde das alles gern genau erfahren.“

Irgendwie schien es ihr sehr leicht, mit John zu reden. In wenigen kurzen Sätzen erzählte sie ihm, warum sie sich geweigert hatte, mit auf den Ball zu gehen, und welche Beschränkungen man ihr demzufolge auferlegt hatte.

„Darum konnte ich nicht zu den Versammlungen gehen, und ich habe sie sehr vermißt. Darum bin ich so froh, daß du heute abend kamst. Mutter wagte einfach nicht nein zu sagen, als du sie fragtest. Es war direkt spaßig.“

John runzelte verwirrt seine Stirn. „Du sagst, du hast die Versammlungen in der Kirche entbehrt, Jennifer, und warum soll ich das dir nicht glauben. Aber hör mal — du kannst mir doch nicht erzählen, daß du nicht andere Dinge mehr vermißt hast. Ich kann mir nicht vorstellen, daß ein Mädchen wie du alles aufgibt und sich in einer Menge von alten Graubärten und alten Jungfern vergräbt, in einer Gebetsversammlung oder dergleichen. Gehst du denn nicht gelegentlich zum Tanzen?"

„Nein", gab sie mit Überzeugung zur Antwort, „aber das ist etwas, was du möglicherweise gar nicht verstehen kannst, es sei denn, daß du Christus wirklich kennst. Von ihm her wird alles anders. Ich kann es nicht recht erklären, aber wenn er in dein Leben tritt, bist du irgendwie ein anderer Mensch — die Bibel nennt das ‚wiedergeboren werden'."

Er beobachtete sie genau, während sie sprach. Ihre Augen leuchteten und ihr Gesicht glühte, aber sie war von dem Gegenstand ihres Gespräches so in Anspruch genommen, daß ihr sein persönliches Interesse nicht auffiel. Das war das Geheimnis ihres Liebreizes, sagte er sich. Die meisten Mädchen, denen er begegnet war, kleideten sich, redeten und benahmen sich so, daß sie die Aufmerksamkeit auf sich lenkten, und das fand ein Mann auf die Dauer langweilig. Aber sie war anders. Sie konnte sich selbst völlig vergessen bei dem Versuch, die Aufmerksamkeit auf einen anderen zu lenken. Obgleich es für ihn ein neues Erlebnis war, den Namen Gottes und Christus in einer so innigen, persönlichen Ausdrucksweise zu hören, konnte er nicht anders, als ihr für ihre Überzeugung seine Hochachtung zu zollen.

„Ich fürchte, du redest ein wenig über meinen Kopf hinweg", wandte er schließlich ein. „Wir werden ein andermal noch mehr darüber sprechen müssen. Aber ich bin schrecklich froh, daß ich dich kennengelernt habe, Jennifer. Du bist so ganz anders als alle anderen Mädchen, denen ich bisher begegnet bin."

Sie lachte, um ihre Verlegenheit zu verbergen. „Du wirst viele solcher Mädchen wie mich in der Missionskirche sehen — und auch junge Männer. Es sind meistens junge Leute, die dahingehen — ich bin sicher, es wird dir gefallen. — Aber ich rede ja hier die ganze Zeit", fügte sie entschuldigend hinzu, „du solltest mir lieber etwas von dir erzählen, John."

Er zuckte die Schultern. „Ach, ich bin nicht so versessen darauf, über mich selbst zu sprechen — da gibt es auch gar nicht so viel zu erzählen. Ich scheine nicht mehr fähig zu sein, mich häuslich niederzulassen, seit ich meinen Abschied bei der Luftwaffe genommen habe. Ich war drei Jahre im Norden — in Niederländisch-Indien und den umliegenden Inseln."

„Und hat es dir dort gefallen? "

„Gefallen? " wiederholte er grimmig. „Das ist wohl kaum der richtige Ausdruck. Ich will nicht sagen, daß es gerade schlecht war, aber wir sind in manch unangenehme Gegenden gekommen. Die Eingeborenen waren sehr gut zu uns. Ich habe auch einen guten Teil ihrer Sprache erlernt, während ich dort war."

„Warst du verwundet? " wagte sie zu fragen.

„Nein, das einzige, was ich hatte, war eine geringfügige Augenstörung, aber ich nehme an, es war die grelle Sonne. Ist jetzt alles wieder klar . Aber ich hatte großes Glück", fügte er nachdenklich hinzu. „Eines Tages warf ein japanisches Flugzeug eine Bombe, die mitten in unsere Gruppe fiel. Meine beiden Kameraden wurden in Stücke zerrissen, und ich bekam nicht mehr als eine kleine Schramme ab. Bemerkenswerter Umstand — ich weiß selbst nicht, wie ich davongekommen bin. Glück muß der Mensch haben — das ist es."

Jennifer blickte ihn nachdenklich an. „Denkst du das wirklich? " fragte sie. „Hätte es nicht auch die Hand Gottes gewesen sein können? Vielleicht hat er dir das Leben aus einem besonderen Grunde erhalten."

Er lachte lauthals.

„Nein, Jennifer, da bist du im Irrtum. Ich glaube nicht, daß Gott soviel Zeit für mich hat. Na ja, ich hatte ja auch nie allzuviel Zeit für ihn, was das betrifft. Schau doch nicht so bestürzt — ich bin kein Heide! Aber im Krieg bekommt man manch schlimme Dinge zu sehen, und die bringen einen auch nicht näher zu Gott. Du scheinst ja viel über diese Dinge zu wissen", fügte er plötzlich hinzu, „sag mal, warum läßt Gott überhaupt Kriege zu? "

Jennifer dachte nach. Es war eine schwere Frage für sie, da sie auf diesem Gebiet so wenig Erfahrung hatte.

„Ich nehme an", sagte sie schließlich, „daß wir letzten Endes die Kriege selbst verursachen. Wenn alle Menschen überall den Herrn Jesus Christus annehmen würden, würde Friede sein, meinst du nicht auch? "

John schien nicht geneigt, diese Seite des Problems weiter zu erörtern, und machte den Versuch, das Thema zu wechseln; aber inzwischen hatten sie die Missionskirche erreicht,und Jennifers Freude kannte keine Grenzen.

„Da sind wir", rief sie und deutete auf den schlichten Bau mit Eingang zur Straße hin. „Dies ist der Ort, wo ich Christus fand — oder, vielleicht sollte ich lieber sagen, der Ort, wo Christus mich gefunden hat. John, ich bin sicher, auch du wirst ihn liebgewinnen."

„Hm." Das klang recht zweifelnd, aber John folgte ihr rasch, als sie die Stufen zur Eingangshalle emporeilte.

Eine Menge von Erinnerungen überkamen Jennifer in kürzerer Zeit, als man es erzählen kann. Sie erinnerte sich an jenen Abend, als sie zum ersten Mal diese Schwelle betreten hatte, zusammen mit Doreen — war es Zufall? Nein, jetzt wußte sie, es war die Gnade und Güte Gottes, die sie hierhergebracht hatte, damit sie an dem wunderbaren Heil teilhaben sollte, das durch Jesus Christus erworben wurde.

Sie konnte drinnen Pastor Ransomes vertraute Stimme hören; er betete.

Ein junger Mann trat ihnen entgegen, ein Gesangbuch in der Hand, der gleiche junge Mann, der damals eingeladen hatte, als sie vor der Tür gestanden hatten.

„Jennifer, Sie sind wieder da", rief er mit unterdrückter Stimme. „Wieder bei uns hier — dem Herrn sei Dank!"

Jennifer schüttelte ihm warm die Hand. „Ja, wunderbar, wie der Herr für uns sorgt", sagte sie eifrig. „Hier ist mein Freund — John Lynton."

Der junge Mann mit dem Gesangbuch bot ihm einen herzlichen Willkomm. „Sie hätten keinen besseren Abend treffen können; der heutige Gottesdienst ist speziell für junge Männer", erklärte er. „Ich bin sicher, diese Versammlung wird Ihnen Freude machen."

John legte sich darauf nicht fest. Er fühlte sich ziemlich verwirrt. Als er den Gedanken gefaßt hatte, mit Jennifer zur Kirche zu gehen, hatte er nicht damit gerechnet, daß er persönlich mit solch einer überschäumenden Begeisterung begrüßt würde. Tatsächlich hatte er im stillen sogar die Hoffnung gehegt, Jennifer den Gottesdienst überhaupt ausreden zu können, so daß sie den Abend gemeinsam hätten verbringen können. Aber er hatte diesen Gedanken schnell verworfen, als er sie sah.

„Der Saal ist praktisch voll", fuhr der freundliche junge Pförtner fort, „aber ich denke, hier neben der Tür ist gerade noch ein Platz. Jetzt können wir hinein."

Das Gebet war beendet. Er öffnete die Tür einen Spalt, gerade so weit, daß sie hindurchkonnten, und Jennifer und John schlüpften leise hinein und setzten sich auf die letzte Bank.

Jennifer beugte ihr Haupt in stiller Andacht. Der Herr war an diesem Ort, sie wußte es.

John blickte neugierig umher. Ja, es stimmte, was der Bursche draußen gesagt hatte — hier war alles voll, und es schienen meist junge Leute zu sein. Er hatte gemeint, zur Kirche gehen sei nur ein Zeitvertreib für die alten Leute, aber offensichtlich gingen auch junge Menschen, wenigstens manchmal.

John schaute auf seine Uhr. Es war schon weit über sieben Uhr. Sie hatten einen beträchtlichen Teil des

Gottesdienstes schon verpaßt, und selbst wenn der Pastor eine halbe Stunde oder gar noch länger reden würde, würde wahrscheinlich schon vor halb neun alles vorbei sein.

So ließ sich John auf seinem Platz nieder, der seiner Ansicht nach etwas zu hart und unbequem war. Dann fing er an, über die Vorzüge des Mädchens, das da neben ihm saß, nachzusinnen. Wie seltsam, daß er von all den Mädchen, die er bisher getroffen hatte und die ihm in ihrem Geschmack und ihren Interessen so ähnlich waren, sich ausgerechnet zu diesem Mädchen hingezogen fühlte! Sie, die tatsächlich in ihren Freuden und Lebensinteressen so himmelweit von ihm entfernt war wie der Osten vom Westen. Obwohl er aber an ihrem religiösen Verhalten absolut keinen Anteil hatte, fand er doch helle Freude an ihrer Begleitung. Es gab sicher kein anderes Mädchen, der zuliebe er bereit gewesen wäre, die Qual eines Gottesdienstes in der Kirche auf sich zu nehmen, nur, um eine Stunde lang bei ihr zu sein. Es gab allerdings tatsächlich kein anderes Mädchen in seinem Bekanntenkreis, der zuliebe ein solcher Schritt notwendig gewesen wäre. Er hätte gern gewußt, wie Jennifer ihm gegenüber empfand.

Wenn die Zeit nicht gewesen wäre, hätte Jennifer völlig vergessen, daß John Lynton bei ihr war. Ihr Herz jubelte, wieder einmal in der Gemeinschaft von Christen zu sein, und ihr hungriges Herz saugte jedes Wort des Gottesdienstes in sich hinein.

Als sich Pastor Ransome erhob, um zu sprechen, immer noch mit derselben Überzeugung, immer noch mit derselben Dringlichkeit in seiner Botschaft, wie an jenem Abend, als sie zum ersten Mal seiner Botschaft zuhörte, ließ sie keinen Blick von ihm.

Sein Predigttext war dem zweiten Buch Samuel entnommen, es war die Frage, die der König David stellte, als er an seinen Sohn Absalom dachte: „Geht es auch meinem Sohn Absalom gut?“ Er deutete mit wenigen Worten den historischen Zusammenhang des Textes an und ging dann daran, diese Frage in seiner gewohnten offenen Art auf seine

Hörer anzuwenden.

„Geht es dem jungen Manne gut? “ fragte er mit herausfordernder Offenheit. „Geht es dem jungen Mädchen gut? Denn wir müssen diesen dringenden Anruf den jungen Mädchen ebenso zumuten wie den jungen Männern — geht es dem jungen Mann heute gut, der versucht, sein Leben bloß aus der eigenen Kraft zu bewältigen? Geht es dem jungen Mann gut, der alle Schwierigkeiten, Versuchungen und Fallgruben des Lebens bewältigt ohne irgendeine Macht, die höher ist als er selbst, daß sie ihn führt und lenkt? Sie kennen die Antwort geradeso gut wie ich. Sie haben viele gesehen, die in ihrem Leben Schiffbruch erlitten haben. Vielleicht sind Sie selbst schon oft gescheitert. Lassen Sie mich Ihnen sagen: Kein junger Mann und kein junges Mädchen ist sicher, wenn sie dem Leben ohne Jesus Christus gegenübertreten. Ist in Ihrem Leben alles gut? Geht es Ihrer Seele gut? Sie können sich selbst betrügen, indem Sie denken, daß Sie vollkommen sicher in diesem Leben sind, aber was kommt dann? “

Dann fuhr er fort: „Ich glaube, niemand ist hier in dieser Versammlung heute abend, der es wagen würde, zu behaupten, daß er ohne Sünde ist. Das Wort Gottes sagt uns, daß der Sold der Sünde der Tod ist. Sind Sie sicher — sicher vor dem Zorn Gottes, der auf die ungehorsamen Kinder fallen muß? Sicher vor dem Urteil, das Gott in seiner Gerechtigkeit über Sünde und Bosheit verhängen muß? Männer und Frauen haben versucht, Zufluchtsorte für ihre Seele zu finden, aber es ist keine Sicherheit in ihren eigenen guten Werken und ihrer Anständigkeit, keine Sicherheit in der bloßen Zugehörigkeit zu einer Religion. Sicherheit für ihre Seele gibt es nur in Jesus Christus. Er ist unsere Zuflucht, weil er den Zorn und das Urteil Gottes für uns getragen hat, und wenn wir in Christus sind, dann sind wir sicher und gerettet.“

Er ließ seine Blicke über die Versammlung schweifen, als suche er in dem Meer von Gesichtern vor ihm jene, denen diese Botschaft in besonderer Weise galt.

„Junger Mann!“ rief er. „Sind Sie gerettet? Oder sind Sie noch in Ihren Sünden? Haben Sie Ihre Zuflucht zu dem sühnenden Blut des Herrn Jesus Christus genommen, das für Sie am Kreuz von Golgatha vergossen wurde? Nehmen Sie Jesus Christus an, und seien Sie sicher für Zeit und Ewigkeit! Wollen Sie ihn nicht jetzt annehmen? Ist jemand in diesem Raum heute abend, der sagen will:

‚Du bist meine Zuflucht, ach, nimm mich an
mach rein mich von Schuld und vom Sündenwahn . . . ‘

Sie können es sich nicht leisten, dies aufzuschieben. Wer will jetzt kommen?“

Ein junger Mann mitten im Saal sprang auf.

„Ich will es!“ sagte er, mit einer Stimme, die die ganze Gemeinde wie unter einem elektrischen Schlag zusammenfahren ließ.

Jennifer beugte sich nach vorn, ihre Augen weit geöffnet. In ihrem Gesicht mischten sich Staunen und Freude.

„O John“, flüsterte sie, „das ist mein kleiner Bruder — es ist Philip.“

13

Die Versammlung ging zu Ende, und die Leute begannen hinauszuströmen. Jennifer versuchte, sich einen Weg nach vorn zu bahnen, wo Philip stand, aber sie wurde ständig aufgehalten von solchen, die sie kannten und ihre Freude darüber zum Ausdruck bringen wollten, sie wieder in der Versammlung zu sehen. John hatte Mühe, ihr zu folgen. Jennifer war so aufgeregt, daß sie meistens vergaß, ihn vorzustellen, und er schien ziemlich verwirrt von den vielen Menschen um ihn herum.

„O Philip!" Schließlich hatte sie doch ihren Bruder erreicht und schlang in einem plötzlichen Überschwang der Freude ihre Arme um ihn. „Ich bin ja so froh!"

Philip blickte entgeistert. Seine Schwester war die letzte, die er hier erwartet hatte. „Jennifer, was machst du denn hier? Ich dachte — " Er blickte erstaunt von einem zum anderen.

„Hier, das ist John", begann Jennifer zu erklären. „Er kam bei uns vorbei, um mich heute abend zur Kirche zu bringen. Darum durfte ich gehen. Ich bin sehr froh, daß ich hier war, Philip."

Er blickte ihr gerade ins Gesicht. „Ich mußte es tun", sagte er leise, und seine Stimme klang heute anders, irgendwie entschlossen und zielbewußt.

Jennifer nickte. Sie verstand ihn sehr gut, und Philip wußte das; da waren keine weiteren Worte notwendig.

„Gehst du gleich mit uns jetzt heim? "

„Vielen Dank, Jenn, aber ich werde noch hierbleiben und mit Pastor Ransome sprechen. Es wird wahrscheinlich spät werden, bis ich komme."

„Nun, dann gehen wir jetzt wohl", schlug sie vor. „Ich

habe Mutter versprochen, daß ich John noch zum Abendbrot mitbringe, ich nehme an, daß sie auf uns wartet. Wir sehen uns dann später noch, Philip!"

Sie erreichten schließlich die Straße, und die kühle Nachtluft brachte Jennifer mit einem Schlag in die Wirklichkeit zurück. Als John ihren Arm nahm, wurde ihr plötzlich wieder voll bewußt, daß er da war. Sie war so mit Philip beschäftigt gewesen, daß sie kaum an John gedacht hatte.

„Ich hoffe, du denkst nicht, daß ich mich heute abend daneben benommen habe, John", begann sie. „Aber es war eine solche Überraschung, Philip dort zu sehen, und es ist so wunderbar, daran zu denken, daß er nun auch Christus persönlich angenommen hat. Sag mal, John, was hältst du von der Predigt?"

John blickte sie ziemlich unsicher an. „Willst du, daß ich ehrlich — oder höflich sein soll?" sagte er mit einem freundlichen Lächeln.

„Beides, wenn das geht", sagte Jennifer und lachte. „Ich möchte gar zu gern wissen, was du denkst. Sei ganz frei!"

„Ich kann nicht leugnen, daß der Bursche reden kann, aber meiner Meinung nach macht er viel Wirbel um nichts."

„Ach John, wie kannst du nur so etwas sagen?" wehrte Jennifer ab. „Ist es nicht wichtig, zu wissen, wo einer steht, von Gott aus gesehen? Kümmert es dich gar nicht, wo du deine Ewigkeit zubringen wirst?"

„Ich vermute, schon", gab er zu, „aber schließlich gibt es doch nicht viel, was man dafür tun kann. Ein einigermaßen anständiges Leben auf dieser Welt, und für das Zukünftige dann das Beste hoffen. Das ist meine Lebenseinstellung."

„Aber du denkst doch nicht etwa, daß das Beste, was du tun kannst, vor Gott gut genug sein wird, nicht wahr?" fragte sie freimütig. „Die Bibel sagt, daß wir nicht gerettet werden ‚durch die Werke der Gerechtigkeit, die wir getan haben'. John, wenn du deine Rettung vor Gott von deinen eigenen anständigen und guten Taten abhängig machst, stehst du nicht auf sehr sicherem Grund."

Er lachte. „Mach dir um mich keine Sorgen — es wird schon alles gut gehen. Ich schätze, wenn ich dem guten alten Petrus einmal freundlich zunicke, wird er mich schon mit durch die himmlischen Perlentore schlüpfen lassen, und wenn er es nicht tut — na ja", fügte er scherzhaft hinzu, „dann werde ich es mindestens auch schön warm haben unten an dem anderen Ort."

Aber Jennifer lachte nicht mit. „Ach mach doch um diese Dinge keine dummen Scherze!" sagte sie ernst. „Das sieht mir zu sehr danach aus, als lache man Gott gerade ins Gesicht."

„Es tut mir leid, Jennifer", sagte er, wieder ernst geworden. „Ich wollte deine Gefühle gewiß nicht verletzen. Aber, ehrlich gestanden, ich kann wirklich nicht einsehen, daß ich mir um irgend etwas Sorgen machen müßte. Meine Eltern sind gut kirchlich, tatsächlich. Ich bin immer regelmäßig zur Kirche gegangen, bis ich dann zum Militär kam. Aufs ganze gesehen, denke ich, ganz richtig gehandelt zu haben, wenn man so den Schlamassel sieht, den einige Kameraden aus ihrem Leben gemacht haben. Ich erhebe nicht den Anspruch, fehlerlos zu sein; aber ich kann jedem anständigen Menschen offen ins Gesicht sehen."

Jennifer verschlug es die Sprache. Ganz offensichtlich hatte er kein Empfinden für persönliche Schuld. Sie selbst fühlte sich so unwürdig vor Gottes Augen, daß sie sich wunderte, wie einer mit seiner eigenen Anständigkeit prahlen konnte. Wenn freilich kein Empfinden für Sünde da war, wie konnte dann eine Hinwendung zum Heiland erfolgen? In ihrem Herzen betete sie darum, John möchte zu der Einsicht geführt werden, seine wirkliche Lage vor Gott zu erkennen.

„Der Gedanke, daß du ein Sünder bist, scheint dir nicht zu kommen", bemerkte sie nach einer Pause.

„Nun, jedenfalls nicht so schlimm, wie es Pastor Ransome behauptet", sagte er beschwichtigend. „Aber höre, Jennifer, darüber wollen wir jetzt nicht streiten. Ich bin gern bereit, mit dir zur Kirche zu gehen, wenn du es willst. Könnten wir auf dieser Basis nicht Freunde sein?"

Sein Gesicht war dem ihren sehr nahe, Jennifer versuchte, vor ihm zurückzuweichen.

„Ich fürchte, es geht nicht, John", sagte sie nachdenklich. „Sieh, unsere Interessen sind völlig verschieden. Ich würde die Dinge, die du gern tust, nicht wollen; und das, was ich tue, würde dir wieder nicht gefallen."

„Da bin ich unbesorgt", sagte er rasch. „Ich werde immer alles tun, was du willst. Ich bin wirklich nicht so scharf auf Parties und Tanzen, aber wenn einer nichts Besseres zu tun hat, vertreibt es ihm die Zeit. Wenn du es gern wissen willst — ich will wirklich nichts als nur dich", fügte er in seiner freimütigen Art hinzu.

Jennifer errötete, ohne daß sie es wollte. „Nun, wenn du es so sagst — " Sie hatten mittlerweile das Haus erreicht, und Jennifer blieb einen Augenblick an der Pforte stehen.

„Wenn es dir nichts ausmacht, John, sage bitte drinnen nichts über Philip. Ich denke, er möchte es lieber selbst erzählen."

John war gern einverstanden. Als sie hereinkamen, hatte Frau Deane schon die Abendmahlzeit bereitet und den Kaffee gekocht, und das erste Mal, soweit sie zurückdenken konnte, setzte sich Jennifer aufs Sofa, während ihre Mutter die Tassen herumreichte. Jennifer bot mehrmals ihre Hilfe an, wurde aber entschieden zurückgewiesen.

Frau Julia schien heute abend ungewöhnlich lebhaft. „Und wie denken Sie über den Gottesdienst, Herr Lynton? " fragte sie ziemlich besorgt.

Er lächelte. „Das beim ersten Mal gleich zu sagen, ist schwierig, Frau Deane. Ich werde noch öfter mit Jennifer hingehen müssen, bevor ich in der Lage bin, eine Meinung darüber zu äußern."

Julia strahlte. Ihre Befürchtungen waren beschwichtigt. Jennifer schien ihn mit all ihren merkwürdigen religiösen Vorstellungen nicht erschreckt zu haben. „Wissen Sie, ich muß einmal Ihre Mutter zum Nachmittagstee einladen“, sagte sie freundlich. „Ich habe das schon immer vorgehabt. Ich werde sie diese Woche einmal anrufen.“

„Möchten Sie rauchen? “ Anton Deane hielt John sein Zigarettenetui hin. Er war ein Mann, der nicht viel Worte machte, aber wenn er einem Gast eine Zigarette anbot, war das ein sicheres Zeichen dafür, daß er anerkannt war.

„Danke, Herr Deane.“ John nahm eine Zigarette, aber, wie Jennifer mit Zufriedenheit bemerkte, machte er keine Anstalten, sie anzustecken. Und tatsächlich, als er sich fast eine Stunde später verabschieden wollte, hatte er sie immer noch in der Hand.

Jennifer fühlte sich sehr müde; darum entschuldigte sie sich bald und ging auf ihr Zimmer. Wenig später hörte sie Philip kommen. Er blieb nicht lange im Wohnzimmer, denn nur wenige Minuten später schon hörte sie seinen Schritt auf der Treppe und danach ein leises Klopfen an ihrer Tür.

Auf ihr leises „Herein“ wurde die Tür geöffnet, und Philip trat ein.

„Macht es dir etwas, wenn wir noch ein wenig miteinander reden? “ Er setzte sich auf seinen Lieblingsplatz, an das Fußende ihres Bettes. „Mir ist jetzt noch nicht nach Schlafengehen zumute.“

„Nichts, was ich lieber täte“, sagte Jennifer eifrig. „O Philip, ich kann es noch kaum glauben, daß es wahr ist!“

Aber es war wirklich wahr. Der Ausdruck auf Philips Gesicht ließ allen Zweifel schwinden. Nach einem kurzen Schweigen begann Philip zu reden, ruhig und überzeugend, und seine Worte rührten Jennifers Herz.

„Es ist sonderbar, Jenn, aber die Predigt heute abend muß mir gegolten haben. Ich kann dir nicht sagen, wie ich mich fühlte, als ich zu der Versammlung ging. Tatsächlich, ich hatte Angst. Ich wußte, daß ich Gott eines Tages gegenüberstehen müsse, und ich war nicht darauf vorbereitet. Dann überkam mich ein schrecklicher Gedanke — angenommen, ich müßte heute nacht noch Gott gegenüberstehen? Ich brauchte keinen Pfarrer, um mir zu sagen — ich wußte es selbst ohne jeden Zweifel, daß meine Seele zur Hölle gefahren wäre, wenn ich heute nacht gestorben wäre."

Ohne daß er es wollte, krampften sich seine Hände bei diesen Worten ineinander, als er sich die Heftigkeit dieses geistlichen Kampfes ins Gedächtnis zurückrief.

„Ich erinnerte mich daran, was du von der Missionskirche gesagt hattest, und ging dorthin mit der Absicht, Sicherheit für meine Seele zu finden. Und ich fand sie", sagte er schlicht. „Während Pastor Ransome zu uns sprach, sah ich Christus so deutlich, wie ich dich jetzt vor mir sehe, und ich hörte so deutlich, wie er mich rief, wie ich dich jetzt hören kann. Dann kam mir zum Bewußtsein, daß ich nichts mehr zu fürchten hätte, wenn ich ihm vertraute, daß er tatsächlich schon meinen Platz als Sünder eingenommen hat, als er am Kreuz starb, um mich zu retten. So nahm ich ihn als meinen Heiland an."

Jennifers Augen glänzten von Tränen. „Philip, wenn du wüßtest, wie sehr ich darum gebetet habe!" sagte sie tief bewegt.

Er nickte. „Jennifer, du bist ein prima Kerl. Ich kann dir nie genug danken, Schwesterherz. Es ist lustig, aber heute abend scheint sich die ganze Welt verändert zu haben. Ich nehme an, das bin nur ich selbst, aber alles ist anders! Jetzt habe ich etwas, für das ich leben kann, Jennifer — du wirst es niemals erraten!"

„Nun? " sagte sie voller Erwartung.

Er lehnte seinen Kopf gegen den Bettpfosten und schwieg einen Augenblick, bevor er die Antwort gab. „Ich werde Missionar werden", sagte er entschlossen.

„Missionar? " Jennifer blickte ihn vor Staunen mit offenem Munde an. „Aber Philip, wie kannst du das wissen? "

Einen Augenblick lang hatte es den Anschein, als hätte er ihre Frage überhört. Jennifer blickte ihn scharf an. Das hier war ein anderer Philip als der kleine Bruder, den sie immer gekannt hatte; er hatte seine jungenhafte, schwankende Art verloren; es schien fast, als wäre er erwachsen geworden. Sein Gesicht war blaß und entschlossen, aber in seinen Augen lag ein Ausdruck, als sei er in Gedanken weit weg, als blicke er durch die Wände des kleinen Zimmers, in dem sie saßen, hindurch, in die grenzenlosen Bereiche der unsichtbaren Welt.

„Ja", sagte er schließlich, „ich nehme an, es war das Buch, das du mir zu lesen gabst, welches mich zuerst auf den Gedanken gebracht hat. C. T. Studd war ein prachtvoller Mann, ohne Zweifel."

„Er hatte einen großen Glauben."

„Ja. Ich liebe die Stelle, wo er sagt: ‚Wenn Jesus Christus wirklich Gott ist und für mich starb, dann kann kein Opfer groß genug für mich sein, es ihm darzubringen.' Diese Worte haben mich tief beeindruckt. Und heute abend, als ich erkannte, daß er für mich starb, und ich ihn als meinen Heiland annahm, hörte ich ihn zu mir sagen: ‚Willst du nicht gehen und anderen davon sagen?' Ich sagte: ‚Ja, Herr.' Was hätte ich sonst sagen können?"

Jennifers Gesicht glühte. „Wie wunderbar ist es, Philip, daß er dich so gerufen hat. Wo willst du hingehen?" Er schüttelte den Kopf. „Er hat mir nichts gesagt, wohin ich gehen soll — aber der Ort ist auch nicht von Bedeutung. Ich würde überall hingehen — mit ihm."

Seine Worte waren mehr als bloßes Prahlen. Hier sprach einer voll Vertrauen, der den ersten großen Schritt des Glaubens getan hat und seine Füße auf dem unerschütterlichen Felsen der Treue Gottes stehen sieht.

„Ich habe mit Pastor Ransome darüber gesprochen und mich entschieden, was ich zu tun habe. Ich werde Medizin studieren und als Missionsarzt nach draußen gehen."

„Das wird lange dauern und außerdem viel Geld kosten", sagte Jennifer zweifelnd.

„Das weiß ich, aber ich werde hart arbeiten. Es gibt Stipendien, wie du weißt. Ich habe in diesem Schuljahr meine Zeit wirklich nutzlos vertan, aber das werde ich wieder aufholen."

„Philip, du bist ein Prachtkerl“, sagte Jennifer in ehrlicher Bewunderung. „Du bist mir schon einen Schritt voraus; du weißt, ich habe so emsig versucht, hier zu Hause in meinem Glauben durchzuhalten, daß ich noch nicht einmal an die armen Heiden in anderen Ländern gedacht habe. Du beschämst mich da sehr.“

„Du brauchst nicht so zu empfinden, Jenn“, sagte er rasch. „Du hast hier auch eine wunderbare Aufgabe. Siehst du, wenn du nicht gewesen wärest, hätte ich Christus überhaupt nie kennengelernt. Vielleicht ist es Gottes Art, auf diese Weise zu handeln. Ich nehme an, daß er uns nicht alle an demselben Platz einsetzen will.“

„Vielleicht hast du recht“, sagte sie nachdenklich. Als sie ihren Bruder so ansah, mußte sie sich fragen, welche Versuchungen und Schwierigkeiten ihm die Zukunft wohl bringen würde, wenn er diesem Ruf gehorsam bleiben wollte Sie mußte an die Familie denken, die wohl noch unten im Wohnzimmer war. Ihr Vater hatte große Pläne mit Philip, sie wußte es.

„Hast du schon — — ?“ Sie wagte die Frage nicht zu Ende auszusprechen.

„Nein“, sagte er, als habe er ihre Gedanken erraten. „Ich habe Mutter und Vater noch nichts gesagt — ich werde es ihnen morgen sagen. Ich wollte mich nicht davor drücken, Jennifer, aber heute abend war mir nicht nach einem Wortgefecht zumute. Ich dachte, ich sollte den heutigen Abend bei dir beschließen. Ich möchte diesen Abend immer in guter Erinnerung behalten — gerade so.“

„Ich meine, das ist ein guter Gedanke, Philip. Ich möchte mich auch immer daran erinnern“, sagte sie sanft. „Aber ich möchte dir noch sagen: Was du auch immer durchzustehen hast, was du im Römer 8 Vers 37 findest, das wird dich niemals im Stich lassen.“

„Was steht da?“ forschte er.

„In alledem überwinden wir weit durch den, der uns geliebt hat“, zitierte sie, und die Gewißheit der Überzeugung, mit der sie das sagte, prägte ihm diese Worte tief ins

Gedächtnis und ins Herz hinein.

„Ich werde daran denken“, sagte er langsam.

Jennifer erhob sich. „Philip“, begann sie etwas befangen, „ich dachte, nun — vielleicht könnten wir zusammen beten, ehe du gehst. Es ist viel, wofür wir Jesus zu danken haben, findest du nicht auch?“

Er stand an ihrer Seite und nahm ihre Hand. „Das würde ich herzlich gern tun“, sagte er mit belegter Stimme.

So knieten sie beide am Bett nieder, und der Heilige Geist, der für die Kinder Gottes eintritt, nahm ihre stammelnden Gebete und übermittelte sie zum Thron Gottes. Heute abend war alles gut. Und morgen? Auf unerklärliche Weise wußten sie beide, daß die Gnade, die heute abend rettete, ausreichte, um sie auch morgen zu bewahren; und in diesem Glauben waren sie zufrieden.

14

„Vater, ich möchte nachher gern ein Wort mit dir reden, wenn deine Zeit es erlaubt."

Bei diesen Worten faltete Philip seine Serviette zusammen und blickte über den Tisch zu seinem Vater hinüber, der eben seine zweite Tasse Kaffee in behaglicher Zufriedenheit umrührte.

„Recht so, mein Junge", kam die ermutigende Antwort, „dann schieß' mal gleich los, wenn du magst."

Anton Deane hatte sich wirklich sehr stark mit der Zukunft seines Jüngsten beschäftigt und wollte in dieser Sache gern mit ihm „ins reine kommen".

Philips Zeugnis am Ende des Jahres war nicht so gut ausgefallen wie es sein Vater erhofft hatte. Er war wohl überall mitgekommen, das stimmte schon, aber es schien die Meinung der Lehrer, daß er noch viel bessere Arbeit leisten konnte, und Anton Deane wollte seinem Jungen beizubringen versuchen, wie wichtig es ist, sich seinen Studien ganz zu widmen, wenn man das gesteckte Ziel erreichen wollte. Und Anton Deane war guter Zuversicht, daß Philip es schaffen würde.

Vielleicht war ein Körnchen Wahrheit in der scherzhaften Bemerkung, die seine Mutter öfters zu machen pflegte, daß Philip der „Junge mit den großen Vorzügen" war, jedenfalls soweit es seinen Vater betraf. Das heißt nicht, daß der Vater nicht auch sehr stolz auf Rodger gewesen wäre; denn dieser junge Mann hatte sich in seiner Stellung als Buchhalter ausgezeichnet bewährt. Aber der Vater spürte, daß sein erstgeborener Sohn und Erbe dem unvermeidlichen Sturz zusteuerte, der der Überheblichkeit und Selbsttäuschung auf dem Fuße folgen muß; und als

Rodger gar zu anmaßend und herrisch wurde, ertappte er sich bei dem Wunsch, der große Krach möchte bald kommen.

Philip war anders. Dieser Junge, das wußte der Vater, hatte überdurchschnittliche Fähigkeiten und verfügte über genug Willenskraft und verbissene Ausdauer, um es in der Welt zu etwas zu bringen. Vater Deane hatte ehrgeizige Pläne mit Philip . . .

„Ich denke, es wäre besser, wir könnten unter vier Augen reden", unterbrach der Junge seine Überlegungen. „Es sind einige Dinge dabei, die ich allein mit dir klären möchte."

„Geheime Sitzung?" warf Rodger ein, immer darauf bedacht, auch ein Wort mitzureden; seitdem er seine Schwester nicht mehr foppen konnte, weil sie nicht darauf ansprach, hatte er seinen jüngeren Bruder als lockende Beute gefunden. „Wir Schuljungen machen es gern dramatisch, nicht wahr?"

Philip gab keine Antwort.

„Nana", warf seine Mutter ziemlich scharf ein, „ich hoffe, du hast etwas mehr zu sagen, als es jetzt scheint, da wir alle beieinander sind. Während der ganzen Mahlzeit hast du kaum zwei Worte herausgebracht, Philip! Du solltest besser auf dich achten, sonst wirst du noch, ehe du dich versiehst, zu einem mürrischen alten Mann."

Jennifer fühlte sich schon versucht, Philip zur Verteidigung beizuspringen, überlegte es sich dann aber doch anders. Sicher würde er seine Kämpfe lieber allein ausfechten, das fühlte sie sicher, und er hatte im Augenblick schon genug auf dem Herzen, auch ohne in einen ohnehin fruchtlosen Wortstreit verwickelt zu werden. Sie wechselte darum taktvoll das Thema.

„Mutter, ich wollte dir sagen, daß John mich heute im Geschäft angerufen hat. Er sagt, er will um halb acht bei mir vorbeikommen, um mich zur Bibelstunde zu bringen. Das ist dir doch wohl recht?"

„Natürlich, Jennifer", sagte die Mutter zustimmend,

„John ist ein netter Junge, und wenn du mich fragst, ich meine, er ist richtig scharf auf dich, meine Liebe, da hast du mein Wort drauf! Ich hoffe nur, du weißt auch, wie du mit ihm umzugehen hast. Gib ihm nicht zuviel Religion ein – sonst machst du ihn noch krank, weißt du."

Jennifer lächelte. „Mach dir keine Sorgen, Mutter. Wir verstehen einander sehr gut. Jetzt sollte ich aber schnell mit dem Geschirrspülen beginnen, sonst ist er hier, noch ehe ich damit fertig bin."

Gesagt, getan! Sie stand vom Tisch auf und begann, das Geschirr abzuräumen. Dabei eilte sie sich sichtlich.

„Wir werden dann mal in mein Zimmer gehen, mein Sohn, wenn es dir recht ist", schlug Anton vor, „wenn du etwas auf dem Herzen hast, könnten wir es jetzt gleich erledigen."

Philip stand auf und folgte seinem Vater zur Tür. Er wandte sich leicht zu Jennifer um, und einen Augenblick lang trafen sich ihre Augen in einem kurzen, verständnisvollen Blick. Er wußte, Jennifer würde jetzt für ihn beten. Der Vater ging ihm zu seinem Studierzimmer voran, und Philip folgte ihm, indem er die Tür hinter sich schloß. Anton machte es sich in seinem beliebten Drehsessel bequem und sah seinen Jungen neugierig an. „Nun? "

Philip ließ sich auf der Lehne des gegenüberliegenden Sessels nieder, wobei ihm eine Spur von Nervosität anzumerken war.

„Ich habe dir einige Dinge zu sagen, Vater", begann er, „und ich kann ebensogut gleich damit anfangen. Ich war gestern Abend in der Kirche – in der Missionskirche, in die Jennifer immer geht –,und da ist etwas geschehen."

„Hm", unterbrach ihn Anton argwöhnisch, „du willst doch hoffentlich damit nicht sagen, daß es ihnen gelungen ist, dich irgendwie ‚hereinzulegen'? "

Philip schüttelte den Kopf. „Nein, das ist es nicht", sagte er ruhig; Tatsache ist, daß ich schon eine ganze Zeit darüber nachgedacht habe und gestern abend dann die Dinge zu einer Entscheidung brachte. Vater, ich möchte dir sagen, daß ich gestern abend bei der Versammlung für Christus Stellung bezogen habe."

„Was?" Anton Deane sprang fast von seinem Stuhl hoch. „Philip, du mußt übergeschnappt sein! Ich denke, du bist von Sinnen!"

„Nein, Vater. Ich empfinde es als das Sinnvollste, was ich jemals getan habe."

Anton warf den Kopf in den Nacken und lachte krampfhaft. „Gut, sprechen wir über die spaßige Neuigkeit", entgegnete er mit beißendem Spott. „Wenn ich mir dich vorstelle, — daß du dich an dem weibischen Spiel beteiligst, zur Kirche zu gehen. Ich werde dir einen Damenhut und ein Gesäßpolster besorgen müssen. Ich dachte, du würdest dich mehr wie ein Mann benehmen", fügte er voller Verachtung hinzu.

Der Junge errötete, von des Vaters Worten bis ins Innerste getroffen. „Du weißt ja gar nicht, was es heißt, sich für Christus zu entscheiden, sonst würdest du so etwas nicht sagen", sagte er rasch. „Das ist nichts für Feiglinge."

Vielleicht hielt Anton Deane etwas in dem festen, entschlossenen Ausdruck auf dem Gesicht seines Sohnes zurück, denn es vergingen mehrere Augenblicke, bis er wieder das Wort nahm. „Und was gedenkst du nun zu tun?" wollte er schließlich wissen. „Zur Kirche gehen, und für den Rest deines Lebens fromme Lieder singen, nehme ich an, und dann darauf warten, ‚im Himmel das gefundene Fressen zu finden, wenn du stirbst', was?"

„Natürlich nicht!" Philip blickte seinem Vater fest ins Auge. „Das ist es, was ich dir sagen wollte, Vater. Ich möchte Missionar werden."

„Waaas? — —" Anton Deane, eben dabei, sich eine Zigarette anzuzünden, saß wie versteinert da, bis er sich an dem Streichholz den Finger verbrannte und es mit einem unterdrückten Fluch wegwarf. „Sag das noch mal!"

„Ich werde Missionar", wiederholte Philip ruhig. „Christus hat mich zu diesem Dienst berufen, und ich muß gehorsam sein."

Die Augen des Vaters wurden schmal, und auf seinem Gesicht stand ein häßlicher Ausdruck. ,,Noch so ein irregeleiteter Narr", begann er verächtlich, ,,der meint, die Worte ,Gehet hin in alle Welt und predigt das Evangelium aller Kreatur' gälten für unsere Zeit und Generation."

Jetzt war es Philip, der überrascht aussah. ,,Du scheinst ja auch etwas über die Bibel zu wissen", sagte er rasch.

,,Und wenn es so ist? " sagte sein Vater vorsichtig und fuhr dann in plötzlichem Zorn, alle Vorsicht außer acht lassend, fort: ,,Es wird dich vielleicht mächtig überraschen, zu erfahren, daß ich, als ich in deinem Alter war, mehr in der Bibel Bescheid wußte, als du wahrscheinlich in den nächsten zehn Jahren lernen kannst. Und ich weiß immer noch so viel, daß ich dir jedes Argument zu Brei schlagen kann."

,,Dann glaubst du wohl gar nicht daran? " fragte Philip, indem er ihn forschend anblickte.

,,Natürlich nicht! Das alles habe ich schon vor Jahren aufgegeben", antwortete er mit großer Entschlossenheit. ,,Da steckt nichts drin für einen Mann, der es in der Welt zu etwas bringen will. Das wirst du selbst auch früher oder später feststellen."

Es folgte ein kurzes Schweigen. Philip schaute seinen Vater jetzt mit anderen Augen an. Noch nie hatte er ihn derart reden hören; er hätte nicht im Traum daran gedacht, daß ihm die Bibel vertraut war. Was hatte er alle die Jahre hinter seiner mürrischen und einsilbigen Art verborgen!

,,Ich bin in der Welt weitergekommen, seit ich die Religion aufgab", fuhr er fort, als wolle er sich jetzt vor seinem Jungen selbst rechtfertigen. ,,Ich habe alles erreicht, was ich brauche — und habe dabei kein schlechtes Geschäft gemacht!"

,,Und du hast diese deine Entscheidung niemals bereut? " Philips Augen suchten die Antwort auf Vaters Gesicht abzulesen.

,,Nein — warum sollte ich? " wehrte Anton Deane ab; dann aber versuchte er, wieder zum Angriff überzugehen und fuhr fort: „Was schlägst du nun vor, was mit deinem hirnverbrannten Plan geschehen soll?"

„Ja, Vater, ich habe fest vor, Medizin zu studieren, um dann als Missionsarzt hinauszugehen."

Sein Vater schürzte verächtlich die Lippen. „Ich nehme an, du weißt, daß es Geld kostet, sich als Arzt ausbilden zu lassen. Und ich nehme weiter an, du erwartest von mir, daß ich dir das alles bezahle?"

Philip schüttelte den Kopf. „Nein", kam seine entschlossene Antwort, „ich bitte dich nicht, mir zu helfen. Ich werde schon selbst für mich aufkommen und es schaffen."

„Wie denn?"

„Es gibt Stipendien."

Anton schnaubte verächtlich. „Hm. Na, wenn man nach deinem letzten Zeugnis urteilt, dann wirst du ein bißchen härter und fleißiger arbeiten müssen, junger Mann."

Philip mußte sich auf die Lippe beißen. „Ich weiß, ich habe mich in diesem Jahr in der Schule nicht so gut gehalten, wie ich es eigentlich müßte, Vater", gab er zu, „das tut mir leid. Aber alles ist jetzt anders. Ich habe etwas, wofür ich arbeiten kann, und mit Gottes Hilfe werde ich es auch tun."

Durch den dichten Zigarettenqualm, den Anton Deane ausstieß, warf er seinem Sohn einen forschenden Blick zu. Etwas in der Stimme seines Jungen beeindruckte ihn. Um seinen Mund lag ein Zug der Entschlossenheit, der auch den letzten Zweifel darüber schwinden ließ, daß dieses neue Ziel, das ihn vorwärtstrieb, nur aus einem flüchtigen Gefühl des Augenblicks erwuchs. Der Vater konnte sehen, daß er mit dem, was er da gesagt hatte, bei dem Jungen keinen Eindruck gemacht hatte. Darum hielt er es für das Klügste, jetzt seine Taktik zu ändern.

„Nun hör mir mal gut zu, mein Junge", begann er. Er strengte sich sehr an, dabei ruhig und gefaßt zu erscheinen. „Ich habe wirklich dagegen nichts einzuwenden, daß du Medizin studieren willst; im Gegenteil, ich würde sehr stolz sein, wenn mein Sohn sein Namensschild ‚Dr. med. Philip

Deane' in der Collins-Straße anbringen würde. Ich glaube, du hast es dir auch fest vorgenommen, es zu tun. Nun, wollen wir vernünftig darüber reden. Ich bin gern bereit, dir alle entstehenden Kosten zu bezahlen. Ich werde dir durch dein ganzes Studium durchhelfen und sehen, daß du genug Geld hast, dir auch noch etwas auf die Seite zu legen. Nur eine Bedingung stelle ich dir: du mußt mir versprechen, daß du niemals in den Dienst der Mission gehen wirst."

Philips Antwort kam ohne Zögern. „Für das alles danke ich dir sehr, Vater, aber du verstehst mich nicht. Weil ich dazu berufen wurde, Missionar zu werden, darum will ich Arzt werden, siehst du."

„Dann wirst du keinen Pfennig von meinem Geld erhalten", sagte der Vater schroff. „Ich bin mit dir fertig."

Philip stand auf. „Dann ist hier wohl nichts weiteres mehr zu sagen, nehme ich an. Wir wissen nun genau, woran wir miteinander sind."

Anton Deane schaute seinen Sohn Philip an, wie er so dastand, jung, hochgewachsen und aufrecht — ein Junge, auf den man stolz sein konnte, sagte er zu sich selbst — ein Junge, der es weit bringen würde. Sie hatten sich immer gut verstanden, er und Philip, aber jetzt stand eine tiefe Kluft zwischen ihnen. Plötzlich schien es, als lägen alle seine kühnsten Hoffnungen und ehrgeizigen Pläne zerschmettert vor seinen Füßen. Plötzlich ließ er die Schultern hängen, müde und niedergeschlagen stützte er seinen Kopf in die Hände.

„Ich glaube nicht, daß dein Vater dir noch irgend etwas bedeutet", sagte er müde.

Etwas in seines Vaters Stimme traf Philips Herz. Wie eine Maske war Gleichgültigkeit und Verachtung von seinem Vater abgefallen. Der da vor ihm saß, war ein gebrochener, enttäuschter Mann. In diesem Augenblick wurde Philip klar, wie eng das Lebensinteresse seines Vaters mit seiner eigenen Zukunft verknüpft war — hatte er überhaupt das Recht, ihn derart zu enttäuschen? Einen

Augenblick lang schwankte er. Er konnte Widerstand, Spott und auch Strafe ertragen — alles, nur nicht den Vater in einer solchen Verfassung vor sich sehen. Jung wie er war, so stand er doch in den nächsten bedeutsamen Augenblicken einer Lebensentscheidung gegenüber, die ihm die Schweißtropfen auf die Stirn trieb und sich seine Hände ineinanderkrampfen ließ, daß das Weiße an den Knöcheln sichtbar wurde. Wofür würde er sich entscheiden — die Wünsche seines Vaters oder die Befehle Christi? Wenn er in späteren Jahren auf jenen denkwürdigen Abend zurückblickte, konnte er niemals genau sagen, wodurch Gott ihm den Sieg gab, aber er konnte den gewissen Gedanken nicht loswerden, daß Jennifer nicht weit entfernt auf ihren Knien lag und für ihn betete, daß sein Glaube nicht aufhören möchte.

„Vater", sagte er ernst, „ich habe von Christus meine Weisungen bekommen und muß gehorsam sein. Auch du würdest es für charakterlos halten, wenn ich etwas anderes tun würde, nicht wahr?"

Anton Deane gab keine Antwort. Philip zögerte noch einen Augenblick, dann drehte er sich um und verließ den Raum. Er schloß die Tür hinter sich. Anton Deane blieb allein . . .

„Jennifer", gestand Philip seiner Schwester später im Vertrauen, „wir müssen für Vater beten. Ich denke, er könnte früher einmal den Herrn liebgehabt haben. Natürlich jetzt im Augenblick nicht mehr, aber ich kann mir nicht denken, daß er wirklich glücklich bei alledem ist. Wäre es nicht wunderbar, wenn er auch dazu käme, Christus als seinen Heiland kennenzulernen?"

„O Philip", rief Jennifer voll Eifer, „wir wollen beten und immer wieder darum beten, bis der Herr es für richtig hält, unsere Bitten zu erhören. Er wird ja nicht gerade leicht dafür zu gewinnen sein, aber bei Gott ist nichts unmöglich."

„Das glaube ich auch!" sagte Philip mit Überzeugung.

„Und noch etwas, Philip" — Jennifers Stimme sank zu

einem Flüstern herab, „willst du auch für John beten? Er ist ein schrecklich netter Junge — und ich mag ihn doch so sehr. Das einzige ist nur, daß er kein Christ ist, und er scheint auch nicht zu merken, daß er Christus nötig hat."

Philip nickte verstehend. „Ich dachte mir schon, daß dir das eine Menge bedeuten könnte", gab er zur Antwort. „Du kannst dich ganz auf mich verlassen, Schwesterherz. Wir werden uns gegenseitig versprechen, füreinander zu beten."

Und das taten sie auch .

15

„Hallo, Doreen! Guten Tag!“ Jennifer ging eben die Collins-Straße hinunter auf ihrem Weg ins Geschäft, als sie plötzlich ihrer alten Freundin Auge in Auge gegenüberstand.

„Wie freue ich mich, dich zu sehen!“

„Nein, das ist zuviel.“ Doreen musterte sie kalt.

Jennifer fühlte sich durch diese unmißverständliche Feindseligkeit unwillkürlich abgestoßen.

„Aber Doreen“, wehrte sie sich, „was habe ich denn getan? “

„Ich frage mich, wie du die Stirn haben kannst, mir gegenüberzutreten“, fuhr die andere mit wachsender Entrüstung fort. „Aber so macht ihr Christen es ja alle! Ich bin restlos erledigt, das sage ich dir!“

„Doreen“, sagte Jennifer scharf, „erkläre dich bitte deutlicher. Ich habe nicht die leiseste Ahnung, wovon du überhaupt redest.“

„Nein — wirklich nicht? Die Sorte mag ich — fällt einem Mädchen in den Rücken und nimmt ihr den besten Freund weg; und dann tut sie so, als wüßte sie von nichts.“

Jennifer lachte lauthals. „Doreen, sei doch nicht so albern. Du machst dich ja lächerlich. Ich habe dir doch deinen Freund nicht weggenommen — ich nehme an, du meinst John? “

„Natürlich, wer soll es denn sonst sein? Das habe ich von dir am allerwenigsten erwartet, aber das zeigt eben wieder, daß man auch dem besten Freund nicht trauen kann. Ich konnte so gut mit ihm auskommen, bis du dazwischengekommen bist.“

Jennifer hätte ihr erzählen können, wie John wirklich

über sie dachte, unterließ es aber doch lieber. Stattdessen versuchte sie, die Situation klarzustellen, soweit es sie selbst betraf.

„Wirklich, Doreen“, wehrte sie sich, „ich hatte nichts damit zu tun. Ich begegnete ihm nur zufällig, eben nur so, würdest du sagen, und wenn er lieber mit mir in die Kirche geht, anstatt mit dir auf Cocktail-Parties, so kann ich doch nichts dafür.“

Doreens Augen wurden schmal. „Eines Tages wirst du es mit ihm zu weit treiben“, sagte sie warnend, „und wenn er von der Kirche zuviel bekommen hat, werde ich ihn als Reaktion darauf wiederbekommen. Wer zuletzt lacht, lacht am besten, denke dran.“ Stolz warf sie bei diesen Worten ihren Kopf in den Nacken, drehte sich um und war schon in der Menge verschwunden.

Jennifer stand völlig entgeistert da. Diese kleine Begebenheit war für sie wie ein Blitz aus heiterem Himmel gekommen. Sie hatte auch nicht im entferntesten daran gedacht, daß Doreen so über diese Dinge denken könnte.

Die Uhr am Postamt schlug neun. Plötzlich wurde Jennifer klar, daß sie sich verspätet hatte. Irgendwer würde sicher nach ihr verlangen, wenn sie gerade nicht da war. Davon abgesehen, hatte sie es sowieso nicht gerne, zu spät zu kommen.

Fräulein Rundles Begrüßung war sehr kurz, als sie oben ankam. „Der ‚geschäftsführende Direktor‘ hat nach Ihnen gerufen. Sie sollten lieber sofort hinuntergehen. Sie können ihn unmöglich warten lassen.“

Jennifers Herz setzte einen Schlag lang aus. Was konnte der ‚geschäftsführende Direktor‘ zu so früher Morgenstunde von ihr wollen? Sie legte Hut und Mantel ab, so schnell sie konnte, und schaute sich dann nach einem Stenoblock um.

„Will er, daß ich Stenogramm bei ihm aufnehme? “ fragte sie ziemlich nervös.

Es war immer eine Nervenprobe, in das Direktionsbüro geschickt zu werden, um Briefe oder Berichte für den Geschäftsführer oder einen der Direktoren im Stenogramm aufzunehmen. Merkwürdig genug, daß Jennifer in den letzten paar Monaten hierbei viel öfter dranzukommen schien als ihr eigentlich zustand.

Jennifer machte es schon nichts mehr aus, in Herrn Marksmans Büro hinunterzugehen — sie hatte sich schon ganz gut an ihn gewöhnt. Oft unterhielten sie sich in freundschaftlicher Weise über die Bibel, und Jennifer hatte selbst ihre Freude daran. Offensichtlich hatte auch Herr Marksman nichts dagegen, da er immer selbst von diesem Thema anfing.

Wenn einen dagegen der „geschäftsführende Direktor" kommen ließ, so war das etwas ganz anderes. Niemand ging sonst durch die Glastür, an der

ANDREAS S. MURRAY
GESCHÄFTSFÜHRENDER DIREKTOR

zu lesen war, wenn nicht ein ganz besonderer Grund hierfür vorlag.

„Ich habe nicht die leiseste Ahnung, was er wohl von Ihnen will", entgegnete Fräulein Rundle. „Aber Sie sollten gleich hinuntergehen, dann werden Sie ja sehen. Es sind schon fünf Minuten vergangen, seit er anrief, und Herr Murray ist es nicht gewöhnt, daß man ihn warten läßt."

Jennifer vertrödelte wirklich keine Minute. Schon wenige Minuten später stand sie, ganz außer Atem vor dem Büro des „geschäftsführenden Direktors" und klopfte etwas scheu an die Tür.

„Herein!"

Sie öffnete die Tür und ging hinein. Es war ein großer Raum mit getäfelten Wänden, von denen die Bilder der Direktoren aus früheren Zeiten feierlich-würdig herabschauten. Andreas Murray, in dessen Händen die ganze Organisation und Leitung eines blühenden und ständig größer werdenden Unternehmens lag, saß hinter einem wuchtigen Schreibtisch am äußersten Ende des Zimmers. Bei ihrem Eintreten blickte er auf.

„Setzen Sie sich", sagte er kurz und wies ihr durch ein

kurzes Kopfnicken einen Stuhl an, der direkt vor ihm stand.

Jennifer folgte seinem Wink, aber es schien ihr ein endlos langer Weg von der Tür bis zum Schreibtisch zu sein, und sie kam sich sehr unbedeutend vor, wie sie durch den Raum schritt. Sein fester, forschender Blick machte sie sehr unsicher, und sie spielte nervös mit ihren Fingern.

„Sie brauchen sich keine Sorgen zu machen", begann er mit einem leisen Lächeln.

Jennifer entspannte sich etwas. „Ich muß mich entschuldigen, daß ich Sie so lange warten ließ, Herr Direktor", stotterte sie, „aber leider bin ich heute morgen etwas spät gekommen."

„Spät? " Er zog seine Augenbrauen hoch. „Das ist ziemlich ungewöhnlich bei Ihnen, würde ich meinen."

„Ich versuche immer, pünktlich zu sein", sagte sie unsicher.

Herr Murray legte seinen Füllfederhalter hin und faltete die Hände, indem er sich beim Sprechen etwas nach vorn neigte.

„Nun, Fräulein Deane", begann er, „ich möchte Ihnen sagen, daß ich nun schon längere Zeit sehr gute Berichte über Sie und Ihre Arbeit bekommen habe. Sie sind in jüngster Zeit öfter im Direktionsbüro hier unten gewesen, und ohne Zweifel werden Sie sich schon gefragt haben: Warum wohl? Aber wir haben einen bestimmten Plan mit Ihnen. Wir haben Sie genau beobachtet, und Sie haben sich als sehr zuverlässig und verantwortungsbewußt erwiesen, und Ihre Arbeit ist von beachtlichem Niveau. Und was ich besonders gern höre, ist, daß Sie immer willig sind, auch noch etwas obendrein zu tun — Sie schauen nicht ständig auf die Uhr."

„Ich danke Ihnen, Herr Direktor." Jennifer stieg vor Freude und Überraschung das Blut ins Gesicht.

„Ich höre auch", fuhr er mit sonderbarem Lächeln fort, „daß Sie nicht immer so gefügig sind, wie Sie es heute morgen scheinen. Ich glaube, daß Sie in bestimmten Dingen eine eigene Meinung haben und daß Sie es notfalls mit der ganzen Belegschaft aufnehmen würden, um eine Grundsatzfrage mit einer Hand durchzufechten."

Jennifer nahm das schelmische Zwinkern seiner Augen wahr und erwiderte sein Lächeln. Schließlich war er doch nicht so unnahbar, wie es von ihm hieß.

„Es scheint, als werde ich zuweilen in Streitgespräche verwickelt", gab sie zu, „aber ich denke, sie wissen jetzt alle, welchen Standpunkt ich einnehme."

„Wohlgemerkt", fuhr er fort, „ich glaube, daß Geschäft Geschäft ist und Religion etwas für sich ist, und ich versuche nicht, beides miteinander zu vermengen. Ich zolle aber jedem aufrichtige Bewunderung, der Überzeugungen hat und sich nicht scheut, sie auch mutig zu vertreten. Und weil wir gerade einmal bei diesem Thema sind, Fräulein Deane, ich möchte so sagen: Wenn Ihre Religion in irgendeiner Weise etwas damit zu tun hat, wie Sie jetzt mit Ihrer Arbeit Fortschritte machen, dann gebe ich Ihnen den Rat — bleiben Sie nur dabei!"

„Ich werde es bestimmt tun", sagte sie.

„Sagen Sie — wie alt sind Sie eigentlich? "

„In ein paar Wochen werde ich neunzehn."

Er hielt einen Augenblick inne. Ein nettes Mädchen, sehr attraktiv, dachte er, eine, die sicher viele Freunde hat.

„Sie denken doch wohl nicht daran, gerade jetzt zu heiraten, hoffe ich."

„Ach nein, Herr Direktor", gab sie rasch zur Antwort; aber gerade bei diesen Worten sah sie im Geist das Gesicht John Lyntons vor sich. Es war absurd, sagte sie sich, gerade jetzt an John zu denken .

„So werden Sie während der nächsten Jahre nichts Überstürztes tun in Sachen Heirat", bemerkte er trocken. „Wenn wir Mädchen als Sekretärinnen einstellen, möchten wir wenigstens das Gefühl haben, daß sie auch eine annehmbare Zeit bei uns bleiben werden."

Jennifer stockte der Atem. Sicher sollte . . .

„Sie werden sicher gehört haben, daß meine Privatsekretärin Ende nächsten Monats ausscheidet, um zu heiraten, und bei der Sitzung des Aufsichtsrates gestern abend wurde beschlossen, Ihnen diese Stellung anzubieten, Fräulein Deane."

„Oh!" Sie rang nach Worten. „Aber meinen Sie, daß ich auch gut genug für diesen Posten bin? "

„Wir haben volles Vertrauen zu Ihnen, Fräulein Deane", sagte er entschlossen. „Natürlich sind Sie noch ziemlich jung, und das bedeutet, daß man Ihnen einen großen Teil Verantwortung auflädt, aber wir sind auf dieses Wagnis gut vorbereitet. Und — das brauche ich wohl nicht noch dazu zu sagen — wir würden Sie gut bezahlen. Was halten Sie selbst von diesem Vorschlag? "

„Wirklich — ich weiß nicht, was ich sagen soll", gestand sie. „Sehen Sie, Herr Direktor, ich bin so völlig überrascht. Ich hatte keine Ahnung — "

„Natürlich möchten wir Sie nicht zu einer übereilten Entscheidung drängen", sagte er freundlich. „Sie können sich Zeit nehmen, das Ganze zu überdenken. Aber ich würde gern Ihre Stellungnahme dazu wissen — würde Ihnen diese Stellung zusagen? "

„O ja, sehr gern würde ich zusagen", sagte sie eifrig; „aber — kann ich Ihnen morgen meine Antwort geben? " Jennifer hatte gelernt, daß es weise war, erst Weisung im Gebet zu suchen, bevor man eine wichtige Entscheidung traf.

„Kommen Sie nur, wenn Sie soweit sind, Fräulein Deane." Er erhob sich und streckte ihr die Hand hin. „Ich möchte Ihnen danken für den prächtigen Dienst, den Sie für die Firma bisher geleistet haben, und möchte Ihnen sagen, daß ich persönlich sehr glücklich wäre, wenn Sie sich entschließen würden, die Stellung anzunehmen."

„Vielen Dank, Herr Direktor."

Jennifer verließ das Zimmer mit klopfendem Herzen. Sie hatte versucht, in der täglichen Arbeit, die ihr zufiel, treu zu sein, aber niemand wußte es besser als sie selbst, wie weit sie hinter der Norm eines vollkommenen Lebens in Jesus Christus zurückgeblieben war, die ihr immer vorschwebte. Wieviele Gelegenheiten zum Zeugnis hatte sie nicht wahrgenommen und ausgenutzt, und wie oft hatte sie in schwachen und unbewachten Augenblicken ihrem Herrn Schande gemacht.

Aber welche Freude, zu wissen, daß der Herr sie trotz ihrer Schwachheiten hatte gebrauchen können; daß sie in bescheidenem Maße ihren Heiland denen empfohlen hatte, die ihn nicht kannten; und das nur, weil sie es unternommen hatte, ihre Arbeit treu zu tun. Vielleicht sollte sie deshalb in eine höhere Stellung aufsteigen, weil sie in den Augen ihres Meisters treu im Kleinen erfunden wurde, so daß er sich anschickte, ihr größere Verantwortung anzuvertrauen. So betete Jennifer demütigen und dankbaren Herzens darum, daß ihr die Gnade gegeben würde, so weiterzumachen.

Die Nachricht von Jennifer Deanes Berufung verbreitete sich rasch durch den ganzen Betrieb. Viele gratulierten ihr und wünschten ihr alles Gute. Alle schienen der Meinung zu sein, daß sie ein „netter Kerl" war und es auch verdiente.

Aber jene, die täglich mit Jennifer umgingen, nahmen diese Neuigkeit mit gemischten Gefühlen auf. Wenn sie erst einmal ihren neuen Dienst aufnahm, so würde das bedeuten, daß sie während der Arbeitsstunden nur sehr wenig von Jennifer zu sehen bekämen; und sie bedauerten diesen Umstand mit so echtem Entsetzen, daß Jennifer selbst überrascht war. Sie hatte gedacht, alle wären froh, sie endlich loszuwerden.

Ja, sogar der Fahrstuhlführer sah ein wenig niedergeschlagen aus. „Ich werde Sie beim Hinauf- und Hinabfahren vermissen, Fräulein Deane", gestand er. „Und ich nehme nicht an, daß ich nun das kleine Blättchen noch in jeder Woche bekommen werde, das Sie mir immer gegeben haben."

„O, ich denke, es wird noch etwas Zeit bleiben, um mit

Ihnen einige Worte zu wechseln, Joe", versicherte sie ihm; „und ich werde Ihnen sicher auch weiter jede Woche Ihr Blättchen geben. Ich bin froh, daß Sie Interesse daran haben."

Jeden Freitagnachmittag pflegte Jennifer dem Fahrstuhlführer ein Evangeliumstraktat zu geben, das er anfangs ziemlich skeptisch genommen hatte, nun aber mit Freuden entgegenzunehmen schien.

„Es stehen in diesen Blättern einige gute Dinge", erklärte er. „Für einen Mann, wie ich einer bin, ist es ein richtiger Hoffnungsstrahl. Sie werden mich wahrscheinlich noch bekehren, bevor Sie hier bei uns aufhören."

„Das hoffe ich auch", sagte sie in einer Herzlichkeit, die ihn beeindruckte.

Auch in Zimmer 526 gab es bestürzte Gesichter, als bekannt wurde, daß Jennifer ausziehen würde. „Wir werden uns ohne dich sicher ganz verloren vorkommen, Jennifer", erklärte Linda Turner. „Du hast uns alle munter gehalten. Wir werden nichts mehr zu diskutieren haben, wenn du weg bist."

„Und ich werde dich auch sehr vermissen, altes Haus", sagte Rita gedehnt. „Ich schätze, du hast mehr von meiner Arbeit für mich erledigt, als ich selbst getan habe. Du hast mich ganz verdorben."

„Hm", warf Fräulein Rundle scharf dazwischen, „ich denke, das trifft auf euch alle zu. Jennifer ist wohl die einzige unter euch, die wirklich arbeitet. Ich fürchte, ihr werdet alle ganz neu anfangen müssen." „Ich stimme Ihnen nicht in allem zu, Fräulein Deane", fügte sie noch hinzu, indem sie sich Jennifer mit einem leisen Lächeln zuwandte — das war das Äußerste, wenn sie jemals auftaute —, „aber ich möchte sagen, Sie haben sich als gute Arbeiterin entpuppt, und ich denke, Sie werden vorwärtskommen."

„Es ist nett von Ihnen, daß Sie das sagen, Fräulein Rundle", sagte Jennifer höflich.

„Und wie soll ich weiterkommen ohne deine ermunternden Worte, die du mir immer sagtest, Jennifer?" mischte sich nun auch Dawn Anderson ins Gespräch — und eine Spur echter Betroffenheit schwang in ihrem scherzenden Ton mit —, „das einzige Mal, daß ich jemals eine Predigt höre, ist immer, wenn du mir eine hältst."

„Du müßtest mal mit mir in eine Versammlung mitkommen, Dawn", schlug Jennifer ihr vor.

„Das könnte ich sogar einmal tun", sagte die andere, völlig unerwartet.

Rose Wilson, die immer noch „die Kleine" genannt wurde, schien ungewöhnlich nachdenklich, aber mit ihren Gedanken war sie gar nicht bei ihrer Arbeit. Sie folgte Jennifer mit den Augen, wohin sie auch ging, und als Jennifer in den Tresorraum gehen mußte, um dort ein dickes Bündel Akten einzuordnen, fiel Rose plötzlich ein, daß sie dort auch nach einigen Karten suchen mußte. Sie folgte Jennifer in den Raum, und als die schwere Tür hinter ihnen ins Schloß fiel, schien sie ziemlich verlegen.

„Kann ich dir helfen, Rose?" Jennifer blickte dem jungen Mädchen ins Gesicht und bemerkte betroffen, daß Tränen in ihren Augen standen. „Was ist dir?"

„Ach, Fräulein Deane", brach es aus ihr heraus, „ich bin so unglücklich, daß Sie weggehen. Sie sind immer so gut zu mir gewesen. Ich weiß nicht, wie es ohne Sie mit mir weitergehen soll."

„Aber ich gehe doch gar nicht ganz fort, Rose."

„Nein, das nicht, aber ich werde nicht mehr mit Ihnen zusammen arbeiten. Natürlich wissen Sie das gar nicht, aber die anderen sind so anders, wenn Sie da sind — sie scheinen irgendwie Achtung vor Ihnen zu haben. Sie — Sie sind einfach wunderbar!"

Jennifer legte ihren Arm um sie. „Rose, Liebes, es ist wirklich nichts an mir, das wunderbar wäre — das solltest du doch wissen. Du erinnerst dich doch, wie ich war, als du hier anfingst."

„Ja, aber jetzt sind Sie verändert."

„Ich bin nur deshalb anders geworden, Rose, weil ich den Herrn Jesus Christus als meinen Heiland kennengelernt habe. Er ist es, der so wunderbar ist."

Die Kleine lächelte wehmütig durch ihre Tränen hindurch. „Ich wünsche oft, ich hätte eine solche religiöse Überzeugung wie Sie, Fräulein Deane."

Jennifer erkannte ihre Gelegenheit. „Du willst doch sagen", sagte sie sanft, „du wünschst dir, Jesus Christus auch als deinen Heiland kennenzulernen? "

Sie nickte. „Ja, aber dazu bin ich viel zu schlecht — "

Jennifer umarmte sie herzlich „Du brauchst nicht erst zu warten, bis du ‚gut genug' bist. Alles, was du tun mußt, ist, daß du zu ihm kommst. Jesus wird dich so annehmen, wie du bist, meine Liebe. Du brauchst nur zu sagen: ‚Herr Jesus, ich glaube, daß du für mich gestorben bist' und ihm dein Herz geben."

Das Mädchen schüttelte den Kopf. „Da ist noch eine Sache, die mich davor zurückhält", sagte sie zögernd. „Wenn ich mein Leben Christus übergäbe, würden sie alle so viel von mir erwarten — und vielleicht könnte ich diese Erwartungen gar nicht erfüllen."

„Darüber habe ich mir auch schon einmal Sorgen gemacht, Rose", beruhigte sie Jennifer, „aber ich weiß jetzt, daß der Herr Jesus uns nicht nur retten kann, sondern ebenso mächtig ist, uns vor dem Fall zu bewahren. Ich habe es erfahren! Ach, Rose, möchtest du ihn jetzt nicht annehmen? "

Rose Wilson hob ihr tränenüberströmtes Gesicht zu Jennifer empor. „Ja, wenn er mich nehmen will, dann will ich auch", flüsterte sie.

16

Jennifer hatte sich verliebt. Sie war nicht ganz sicher, wann es genau begonnen hatte, die Gewißheit darüber war ihr eben erst gekommen. Wahrscheinlich fing alles in dem Augenblick an, als sie sich zum ersten Mal mit John bekanntmachte, indem sie ihm ein Evangeliumstraktat draußen bei der Kathedrale gab.

Sie kannte ihn nun schon ein ganzes Jahr, und während dieser Zeit hatte sie zu ihm aufgeschaut wie zu einem guten Freund, nichts weiter. Sicher, sie hatte manchmal in seinen Augen einen Ausdruck bemerkt, der ein etwas tieferes Gefühl verriet. Zuweilen benahm er sich so zärtlich, wie man es von einem, der nur guter Kamerad sein wollte, nicht erwarten würde, aber Jennifer hatte mit Absicht davon keine Notiz genommen. Sie hatte ihn gern wie einen Freund und wollte diese Freundschaft nicht durch falsche Romantik und Gefühlsseligkeit verderben.

Mit der Geduld und Beharrlichkeit, welche das Kennzeichen echter Liebe sind, war John entschlossen, solange zu warten, bis er in Jennifers Herz eine Resonanz entdecken würde, die seine Gefühle erwiderte. John teilte alle ihre Interessen. Er ging zu allen Versammlungen mit, die sie besuchen wollte, und hatte Freude daran, weil sie bei ihm war. Ihm wäre es mit Jennifer zusammen überall recht gewesen. Er mochte dieselben Leute, die sie gern hatte, und fand Gefallen daran, die Dinge zu tun, die ihr Freude machten. Ohne große Anstrengung gab er das Rauchen auf, nicht weil er selbst darin etwas Schlimmes sah, sondern weil er wußte, daß es Jennifer zuwider war.

Sie führten lange Gespräche und diskutierten über viele Dinge, und er mußte zugeben, daß in neun von zehn Fällen

Jennifer als Siegerin daraus hervorging.

Sie schlugen sich mit der Frage des Trinkens herum, und John, der, solange er sich erinnern konnte, nur mäßig Alkohol genossen hatte, mußte schließlich zugeben, daß selbst in dieser „ehrbar-harmlosen“ Gewohnheit, wie er es nannte, die Gefahr der Versklavung und Sünde lag. Und wieder um Jennifers willen gab er auch dies auf.

Das Problem des Wettens, Toto, Lotto und jeden Glücksspiels gab ihnen Stoff für manches ernste Gespräch. Johns Vater war ein bekannter Rennstallbesitzer, und John fühlte sich verpflichtet, die Haupteinnahmequelle seiner Familie vor Jennifer zu rechtfertigen. Aber auf einige Argumente, die sie vorbrachte, wußte er keine Antwort. Als Jennifer rundheraus erklärte, sie würde keinen Pfennig mehr anrühren, der aus diesen Kanälen käme, sagte John nichts darauf; aber am Ende der Woche wurden seine beiden Vollblut-Rennpferde zum Verkauf angeboten, sehr zum Mißfallen seiner Familie und der ehemaligen Freunde.

„Es steckt eine Methode in meinen verrückten Einfällen“, war sein einziger Kommentar dazu.

Jennifer wollte gern eine Klasse in der Sonntagsschule übernehmen. Anfangs wehrte er sich dagegen, weil er fühlte, diese Arbeit mit ihr nicht teilen zu können. Aber als sie ihm sehr ernst erklärte, dies sei eine prächtige Gelegenheit, den Kleinen „den Weg des Lebens“ zu lehren, wie sie sich ausdrückte, und sie würde sich vor der Verantwortung drücken, wenn sie ihre Dienste nicht anböte, blieb ihm keine andere Wahl: er war einverstanden.

Er nahm sie auch mit zu seinen Angehörigen, aber Jennifer fühlte sich in dem imposanten Haus der Lyntons fehl am Platz. Das lag nicht an dem Komfort und Luxus, an den sie selbst gewöhnt war. Sondern der wahre Grund lag darin, daß die Lyntons sich mit Dingen befaßten, die in ihrem Leben überhaupt keinen Raum hatten. Die Zimmer waren voll von Pokalen und Siegertrophäen und Ehrenschilden, die Johns Vater auf der Rennbahn gewonnen hatte. Immer waren da Leute, die sich über Rennen und

Wetten unterhielten, und Jennifer fand es ziemlich schwierig, sich an den Gesprächen zu beteiligen.

Als einziger Sohn war John das „Ein und Alles“ seiner Eltern, und Jennifer fühlte, daß seine Mutter gegen sie eingestellt war, weil sie den Sohn von seinen alten Gewohnheiten und seiner ganzen Lebensweise abzubringen schien.

„Das hat nichts mit dir zu tun“, versuchte John sie zu beruhigen, wenn sie ihm ihre Befürchtungen gestand. „Ich bin ganz glücklich, und das ist mir die Hauptsache. Aber ich möchte dich nicht öfter mit nach Hause nehmen, wenn du es lieber nicht willst.“

Jennifer schätzte seine rücksichtsvolle Art sehr. Tatsächlich war sie noch nie mit einem jungen Mann ausgegangen, der höflicher und aufmerksamer gewesen wäre. John war ein Kavalier durch und durch, in jeder Beziehung. Je besser Jennifer ihn kennenlernte, desto mehr achtete und bewunderte sie ihn wegen seiner Aufrichtigkeit, Offenheit und absoluten Ehrlichkeit. Sie konnte ihm in jeder Lage voll vertrauen, das fühlte sie. Lange Abende brachten sie bei Jennifer zu Hause zu, und sie fand Gefallen an seiner Gesellschaft. Er war belesen, liebte Musik und war ein guter Gesprächspartner. Manche frohe und gewinnbringende Stunde verbrachten sie zusammen.

John war immer gern bereit, mit ihr über die Bibel und geistliche Dinge zu diskutieren. Aber wie sehr Jennifer auch argumentierte, ihm alles klarzumachen und ihn zu überzeugen versuchte: in einem Punkt blieb er hart und unnachgiebig, nämlich, daß er es nicht nötig habe, sich zu bekehren.

„Wirklich, Jennifer, ich kann es nicht einsehen“, erklärte er. „Es wäre doch etwas anderes, wenn ich wirklich ‚ganz unten läge‘ – dann könnte ich schon froh sein, wenn einer daherkommt und sagt, man würde meine Sünden abwaschen und mir ein reines Hemd geben –, aber ich habe nichts getan, dessen ich mich schämen müßte. Ich glaube irgendwie an Gott und an Christus. Man hat mich zur Kirche und zur Sonntagsschule geschickt, seit ich laufen konnte. Ich könnte dir sogar noch die Zehn Gebote aufsagen — möchtest du sie mal von mir hören? “

„Aber John — kannst du nicht einsehen, daß du nur dann ewiges Leben haben kannst, wenn du den Herrn Jesus Christus als deinen ganz persönlichen Heiland annimmst? “ Jennifer versuchte es ihm wieder klarzumachen, vielleicht zum zwanzigsten Mal. „Nur der Glaube an die Tatsache, daß Christus gelebt hat und gestorben ist, ja sogar daß er auferstanden ist, kann dich nicht vor Gott retten, wenn du nicht diese Tatsache in dein eigenes Herz hineinnimmst und sie auf dein Leben anwendest. Ach, John, ich wünschte so sehr, du würdest das endlich einsehen!“

Er lachte, während er spielend mit seinen Fingern durch eine Strähne ihres Haares fuhr, die sich aus der Rolle gelöst hatte, die sie im Nacken trug.

„Ich wünschte, du könntest sehen, wie nett du aussiehst, wenn du so redest, Jennifer“, sagte er, ohne auf das einzugehen, was sie eben gesagt hatte.

Aber sie stieß mit einer ungeduldigen Bewegung seine Hand zur Seite.

„Ich kann nicht begreifen, warum du immer dann einen Scherz machen mußt, wenn ich versuche, ernst zu sein“, wehrte sie ab.

Aber es war ihr unmöglich, John ernstlich böse zu sein. Wenn das Gespräch in dieses Stadium kam, wechselte er taktvoll das Thema, so daß sie sich bald mit anderen Fragen befaßten, in denen sie sich einig werden konnten.

Jennifer und Philip hatten nicht vergessen, daß sie sich versprochen hatten, füreinander zu beten. Philips religiöse Haltung war nicht so „überschwenglich“, aber während der Monate, die auf seine Bekehrung folgten, widmete er sich seinen Schularbeiten mit einem Feuereifer, der die Familie in Staunen setzte, und er schien auf dem besten Wege zu sein, sich das begehrte Stipendium zu verschaffen, das ihm seine medizinische Ausbildung ermöglichen sollte.

Peter Thompson, Philips alter Schulfreund, besuchte ihn gelegentlich, und sie lernten gemeinsam.

Jeden Abend machten es sich Jennifer und Philip zur Gewohnheit, in der Stille von Jennifers Zimmer gemeinsam zu beten. Diese Zeit der Gemeinschaft wurde für beide sehr wertvoll.

Eines Abends, als Philip und Peter wieder gemeinsam gelernt hatten, überraschte Philip seine Schwester mit dem Vorschlag, daß sein Freund sich ihnen gern im Gebet anschließen würde.

„Natürlich, warum nicht?“ sagte Jennifer sofort. Aber auf ihrem Gesicht stand deutlich ihre Überraschung zu lesen.

Peter erlaubte sich selbst, eine Erklärung dazu zu geben. „So etwas passiert eben, wenn dein Freund ein Christ wird“, sagte er mit einem verlegenen Grinsen. „Philip hat nichts weiter getan, als daß er mir von seinem wunderbaren Heiland erzählte, seitdem er sich bekehrt hat – ich wußte es, daß er mich bald herumkriegen würde.“

„Wir werden wahrscheinlich zusammen Medizin studieren“, fügte Philip hinzu, „nur wird Peter nicht selbst für sich zu sorgen haben. Seine Eltern sind selbst Christen und werden ihn unterstützen.“

„Ja, ich bin sehr glücklich dran“, stimmte Peter zu, „es ist schon ein Unterschied, wenn man von daheim Hilfe bekommt, vielleicht werde ich später mal Philip helfend unter die Arme greifen können – man kann nie wissen.“

Jennifer fehlten die Worte; so froh war sie darüber, daß Philip seinen Freund zum Herrn hatte führen können. Er war erfolgreicher als sie es mit Doreen und John gewesen war, mußte sie denken.

Beide, Jennifer und Philip, beteten weiter treu und ernsthaft für ihren Vater und für John ganz besonders, aber bisher war ihr Herzenswunsch noch nicht erfüllt worden. Philip machte sich, schon von Natur aus, mehr Gedanken um seinen Vater als um John, und eines Tages schlug er Jennifer vor, sie sollten doch etwas unternehmen.

„Er ist nicht glücklich, Jennifer“, sagte er mit bekümmertem Gesicht. „Ich habe versucht, etwas aus ihm herauszubekommen, aber er möchte überhaupt nicht ein Wort mit mir reden. Ich denke, es wurmt ihn immer noch, daß ich Missionar werden will. Ich dachte schon, vielleicht wirst du etwas tun können."

Jennifer holte ein neues Päckchen Traktate hervor, die sie eben gekauft hatte. „Ja, Philip, du hast ganz recht", gab sie zu, „ich habe schon für Vater gebetet, aber ich bin so sehr damit beschäftigt, John bekehren zu wollen, daß ich noch nichts Wirkliches im Blick auf ihn getan habe. Vielleicht könnte eines von diesen Traktaten uns die Tür bei ihm öffnen helfen."

„Was sind es für welche? "

Sie blätterten sie gemeinsam durch und entschieden sich dann für ein bescheidenes kleines Traktat, auf dessen Vorderseite die fesselnden Worte zu lesen waren: „Was hülfe es dem Menschen, wenn er die ganze Welt gewönne, und nähme doch Schaden an seiner Seele? "

„Das könnte ihn ansprechen", meinte Philip, „weil er ein Geschäftsmann ist, und er sprach zu mir über das Thema, wie man im Leben ein gutes Geschäft macht."

Jennifer dachte einen Augenblick nach. „Ich weiß, was ich tun werde. Ich werde es ihm in das Buch schieben, das er sich aus der Bücherei ausgeliehen hat, und wenn er sich hinsetzt, um sich beim Lesen ein wenig zu entspannen, wird er es finden. Er würde sich wohl nicht die Mühe machen, es zu lesen, wenn ich es ihm direkt geben würde. Natürlich werde ich es ihm später sagen."

So gelangte das kleine Blättchen unauffällig zwischen die Seiten des Buches, das sich Anton Deane aus der Bücherei entliehen hatte.

John natürlich war gefeit gegen Traktate und jede andere Form von Annäherung, die Jennifer sich ausdenken konnte. Anfangs hatte sie sich nicht viel daraus gemacht, weil sie viele Interessen mit John gemeinsam hatte, und ihre Freude an geistlichen Dingen teilte sie mit denen, die mit ihr im Glauben an den Herrn Jesus eins waren.

Jetzt lagen die Dinge aber doch anders. Jennifer wurde

sich plötzlich darüber klar, daß John ihr mehr bedeutete als alle anderen Freunde und daß sie wirklich mit ihm vollkommen glücklich sein konnte, mit ihm ganz allein. Er nahm rasch die Veränderung in ihrer Haltung wahr, und er erwiderte dies damit, daß er sich ganz dafür einsetzte, damit sie sich treffen und aneinander freuen konnten, ohne daß Außenseiter sich einmischten, wie er es nannte.

Während Jennifer glücklich darüber war, mischte sich unter diese Freude das leise Unbehagen, daß sie vielleicht doch nicht das Richtige tat. Immerhin war John kein Christ, und sie konnte mit ihm die Freude im Herrn und die Dinge, die sie tief im Herzen bewegten, nicht teilen. Er verstand sie nicht. Dies war das einzige, was sie voneinander trennte, und für Jennifer war es ein wirkliches Hindernis, aber sie versuchte sich einzureden, daß schließlich doch alles gut werden würde; deshalb betete sie noch ernsthafter darum.

Eines Abends hatte John mit Jennifers Eltern ein Gespräch unter vier Augen, und für Jennifer war es nicht schwer, das Thema dieses Gespräches zu erraten. Ihre Mutter wirkte überaus munter und aufgeregt. Selbst die Tatsache, daß Rodger seine Verlobung mit Claire Nelson angezeigt hatte, hatte ihre Mutter nicht in solche Aufregung versetzen können.

„Ich nehme an, sie werden ihre Verlobung an Jennifers zwanzigstem Geburtstag bekanntgeben", hörte sie zufällig die Mutter dem Vater zuflüstern, während sie sorgfältig mit ihrer Sticknadel in einem hauchdünnen Seidenstoff hantierte, der „etwas ganz Besonderes war", wie sie sich ausdrückte.

Jennifer war aufs höchste beunruhigt. Sie wußte, daß es über kurz oder lang so kommen mußte, aber sie war nicht darauf vorbereitet, schon jetzt eine Antwort zu geben. Sie hatte gehofft, John werde zuvor Christus als seinen Heiland annehmen, aber er schien jetzt weiter als je davon entfernt zu sein, sich als Sünder vor dem Angesicht Gottes zu erkennen.

Und doch — und doch, würde es wirklich so von Bedeutung sein, fragte sie sich. Immerhin hatte er in vielem eine Wandlung durchgemacht, seit er sie kannte, und sein Leben war wirklich vorbildlich, jedenfalls soweit man moralische Maßstäbe anlegte. Er ging ja auch immer mit ihr zur Kirche. Sie konnte sogar dann glücklich mit ihm sein, wenn er Christus nicht angenommen hätte, sagte sie sich; und in der Tat: sie wußte in ihrem Herzen, daß sie niemals wirklich glücklich sein könnte ohne ihn.

In dem ehrlichen Versuch, klare Weisung in dieser lebenswichtigen Frage zu bekommen, las sie immer wieder den zweiten Korintherbrief durch: „Ziehet nicht am fremden Joch mit den Ungläubigen. Denn was hat die Gerechtigkeit zu schaffen mit der Ungerechtigkeit? Was hat das Licht für Gemeinschaft mit der Finsternis?"

Das waren harte Worte, und jedesmal beim Lesen gingen sie ihr wie ein Schwert durch die Seele.

Aber — damit konnte doch John nicht gemeint sein, sagte sie sich. Sicher war es doch die Hand des Herrn gewesen, die sie beide zusammengeführt hatte; sicher hatte er es so geordnet, daß der eine den anderen haben sollte, damit ihr Leben zur Erfüllung kam; sicher würde er keine Fehler machen ... Vielleicht wurden ihre Gebete um seine Bekehrung eher erhört, wenn sie sich einander versprochen hätten ...

Am nächsten Abend kamen sie beide von der Gebetsversammlung nach Hause. Jennifer verspürte eine starke innere Unruhe. Sie hatte das bestimmte Gefühl, daß John ihr jetzt die Frage vorlegen werde, nach der sie sich einerseits so sehr sehnte, und die sie doch in ihrem Herzen fürchtete.

„Jennifer", begann er, „laß uns jetzt noch nicht gleich heimgehen. Es ist eine so wunderschöne Nacht, gerade recht für einen kleinen Spaziergang; und ich habe etwas auf dem Herzen, das ich dir sagen möchte."

Jennifer stockte der Atem. Plötzlich verspürte sie den unwiderstehlichen Drang davonzulaufen.

„Ach John, bitte nicht heute abend", wehrte sie ab.

„Ich — ich bin so arg müde. Ein andermal dann."

Er zog sie näher an sich heran, und als er ihr in die Augen blickte, wußte sie ohne den geringsten Zweifel, was er ihr sagen wollte. Ja, er war schon dabei, es ihr zu sagen, obgleich er es noch nicht in Worte gefaßt hatte.

„Jennifer", sagte er scharf, „du mußt wissen, was ich dir sagen will, und jedesmal, wenn ich es versuche, schickst du mich mit nichtssagenden Ausreden weg."

„Tue ich das wirklich? " fragte sie unsicher und versuchte, sich von ihm loszumachen, jedoch vergeblich. „Es tut mir leid, aber ich fühle mich heute abend dem nicht mehr gewachsen."

„Wann soll es dann sein? " drängte er. „Morgen abend? "

Jennifer dachte blitzschnell nach. Zuvor mußte sie Pastor Ransome sprechen; er würde ihr raten können, was sie tun mußte.

„Nicht morgen, John — sondern lieber am Freitag, und ich verspreche dir, mir dann alles anzuhören, was du mir sagen mußt."

„Gut", sagte er entschlossen, „also dann am Freitag!"

17

„Nun, Jennifer, was bedrückt Sie? “

Pastor Ransomes freundliche Augen blickten prüfend in Jennifers blasses Gesicht. Jennifer ließ sich mit einem Seufzer der Erleichterung in den Sessel zurückfallen. Es war ein langer Tag gewesen, voller Sorgen, und sie empfand es als einen Trost, nun bei jemandem zu sein, dem sie ihr ganzes Herz ausschütten konnte. Pastor Ransome war immer der gleiche, so mitfühlend, so verstehend.

Wie lebhaft stand ihr die Erinnerung vor Augen, als sie das erste Mal seinen Rat gesucht hatte. Das waren die Tage gewesen, als sie die ersten zaghaften und zitternden Schritte auf dem Weg des Christenlebens getan hatte. Sie hatte sich davor gefürchtet, was die Welt wohl sagen und tun würde. Rodgers Spötteleien waren ihr als das schwerste Kreuz erschienen, das ihr jemals aufgebürdet werden konnte. Jetzt lächelte sie in der Erinnerung an jene Dinge, die damals wie ein hoher Berg vor ihr gestanden waren, und die doch völlig bedeutungslos wurden vor dem gewaltigen Problem, das ihr jetzt wie eine schwere Zentnerlast auf dem Herzen lag.

Sie spürte, daß seine Augen auf sie gerichtet waren; mit einem entschlossenen Ruck wandte sie sich ihm zu und begegnete seinem Blick.

„Ich möchte mit Ihnen über John sprechen“, sagte sie frei heraus.

Er nickte. „Ja, sprechen Sie nur weiter.“

„Ich — ich nehme an, Sie erraten schon, was ich Ihnen sagen will? “

Es war ein bittender Ton in ihrer Stimme, als hoffe sie, er würde die Situation für sie zusammenfassen und ihr so die Verlegenheit ersparen, ihre tiefsten Gefühle in Worte zu fassen.

„Sie fühlen sich sicher besser, wenn Sie selbst es mir sagen", sagte er ermutigend.

„Nun gut!" Jennifer raffte sich auf, diese schwere Prüfung durchzustehen. „Aber ich weiß kaum, wo ich anfangen soll. John und ich sind schon eine ganze Zeit befreundet, wie Sie wissen — und jetzt sind wir mehr als befreundet. Ich denke, er ist schon eine ganze Weile in mich verliebt — aber es war mir nicht klar gewesen, ob auch ich in ihn verliebt bin — bis vor kurzem."

Sie wurde rot, als sie nun zum ersten Mal ihre Liebe zugab, die sie am Anfang sogar sich selbst gegenüber zu leugnen versucht hatte.

Er wartete, bis sie fähig war, weiterzusprechen. „Er hat vor kurzem mehrfach versucht, ernsthaft mit mir darüber zu reden, aber ich habe ihn immer wieder auf später vertröstet, aber jetzt kann ich es nicht länger: morgen abend will ich ihn anhören; so habe ich es versprochen. Ich weiß — ich weiß genau, daß er mich fragen wird, ob ich seine Frau werden will."

Der Pastor gab keine Erwiderung, und nach einer Pause fuhr sie fort: „Ich weiß überhaupt nicht, was ich jetzt machen soll, weil John kein Christ ist — noch nicht. Und ich würde gern einmal hören, wie Sie darüber denken."

Er wandte sich ihr mit ernstem Gesicht zu.

„Das überrascht mich nicht, Jennifer", begann er, „schon einige Zeit mache ich mir um Sie und John Gedanken. Tatsächlich hatte ich vor einigen Wochen Sie im Sinn, als ich über den Text predigte: ‚Können zwei zusammengehen, ohne daß sie sich einig sind?' Erinnern Sie sich noch daran?"

Natürlich erinnerte sie sich; sie erinnerte sich nur zu gut. Sie hatte immer wieder versucht, das alles seitdem zu vergessen, aber die Logik seiner Worte hatte sie immer wieder verfolgt.

Er griff nach seiner Bibel. „Soll ich Ihnen sagen, was

Gottes Wort dazu sagt? "

Sie schüttelte den Kopf. ,,Das ist nicht nötig", sagte sie müde, ,,ich habe es selbst schon gelesen, so oft, bis ich die Worte auswendig wußte. ,Ziehet nicht am fremden Joch mit den Ungläubigen. Denn was hat die Gerechtigkeit zu schaffen mit der Ungerechtigkeit? Was hat das Licht für Gemeinschaft mit der Finsternis? Oder was für ein Teil hat der Gläubige mit dem Ungläubigen? '"

,,Sie wissen es, das ist sicher." Er blickte sie fragend an. ,,Wissen Sie auch, was das bedeutet? "

„Ja, ich denke schon." Sie erwiderte fest seinen forschenden Blick.

,,Es bedeutet", sagte er entschlossen, daß es Ihnen als Kind Gottes freisteht, zu heiraten, wen Sie wollen, nur im Herrn muß es sein."

,,Herr Ransome!" Ängstlich beugte sie sich vor. ,,Das ist es, wo Sie mir helfen können. Sagen Sie mir, daß diese Worte auf uns keine Anwendung finden."

Er schwieg.

,,Immerhin würden Sie John doch nicht als ungläubig bezeichnen, nicht wahr? " fuhr sie unbeirrt fort.

,,Er ist nicht gläubig, nicht wahr? " fragte er mit peinlicher Offenheit zurück.

,,N-nein", gab sie widerstrebend zu, „aber er kommt mit mir zur Kirche."

,,Ja, natürlich, aber daß er in die Kirche geht, dadurch wird er niemals gerettet, nicht wahr? "

,,Nein", gab sie ein wenig ungeduldig zur Antwort, „aber er hat sich in vielem geändert, seit ich ihn kennengelernt habe. Er hat das Trinken und das Rauchen aufgegeben — und viele andere Dinge, von denen er weiß, daß ich sie nicht mag."

Der Pastor blickte immer noch ernst. „Ja", sagte er nachdenklich, in einem Tonfall, der nicht wirklich für ihre Ohren bestimmt war. ,,Erneuert, aber nicht wiedergeboren!"

Innerlich aufgeschreckt, blickte sie auf. ,,Sie wollen mir

doch nicht etwa damit sagen, daß ich ihn aufgeben soll? "

Er schwieg einen Augenblick, ehe er ihr die Antwort gab. „Ich hatte gehofft, daß es niemals dazu käme, Jennifer. Wir haben darum gebetet, daß John den Herrn Jesus Christus als seinen Heiland annehmen möchte — "

„Ich auch!" unterbrach ihn Jennifer. „Sie wissen gar nicht, wieviel ich um Johns Bekehrung gebetet habe. Warum erhört Gott alle diese Gebete nicht? "

„Es gibt kein Gebet, das nicht erhört würde, mein Kind."

Er sprach mit ruhiger Überzeugung.

„Was meinen Sie? " Jennifer blickte ihn verwirrt an.

„Das ist so", fuhr er fort. „Wenn meine Kinder mich um etwas bitten und ich sehe, daß es zu ihrem Besten ist, dann sage ich auf der Stelle ‚ja'. Wenn es etwas ist, was sie nicht haben sollten, bin ich gezwungen, ‚nein' zu sagen. Manchmal dagegen muß ich auch sagen: ‚Jetzt noch nicht; ihr müßt noch ein wenig warten.' Aber in keinem Fall können sie sagen, daß ich sie nicht erhört habe. Sehen Sie das nicht ein? "

„Dann wollen Sie mir damit also sagen, daß Gott meine Gebete erhört hat? "

„Gottes Antworten mögen ‚ja' oder ‚nein' oder ‚Warte noch' lauten; aber er gibt immer eine Antwort. Er hat zu Ihren Gebeten nicht ‚ja' gesagt, Jennifer, und wenn er es nicht tut", er sprach deutlich und dennoch liebevoll, „haben Sie von der Heiligen Schrift her kein Recht, einer Heirat mit diesem Mann Ihre Zustimmung zu geben."

Sie blickte leidenschaftlich bittend zu ihm auf. „Aber ich werde ihn dann gewinnen, wenn wir verheiratet sind!" schrie sie verzweifelt. „Wirklich, ich will es."

Er schüttelte traurig den Kopf. „Wieviele christliche junge Frauen haben mir das schon gesagt, aber es geht nicht gut auf diese Weise. Nein, Jennifer. Wenn Sie ihn nicht für den Herrn gewinnen, bevor Sie heiraten, verlassen Sie sich fest darauf: hernach wird das niemals mehr möglich sein!"

„Es ist leicht, so zu reden, wenn man einen Christen geheiratet hat", entgegnete sie ungewöhnlich erregt.

„Ja", stimmte er zu, „aber selbst dann, wenn Mann und Frau in Christus eins sind, geht das Leben zu zweit nicht immer so glatt vonstatten. Die Tage, da man umeinander wirbt, unterscheiden sich so sehr vom Leben in der Ehe. Denn es ist ein Unterschied, ob man den geliebten Menschen nur hin und wieder in Abständen sieht, wenn es gerade gelegen ist, oder ob man mit ihm Tag für Tag zusammenlebt, ein ganzes Leben. Verantwortung kommt auf Sie zu, Schwierigkeiten erheben sich, unausweichlich kommt es auch zu Meinungsverschiedenheiten. Ich sage Ihnen ganz offen, meine Liebe, in unserer Ehe hat es Zeiten gegeben, die zur Katastrophe hätten führen können, wenn wir nicht gemeinsam hätten beten können, um unsere Probleme vor dem Herrn auszubreiten."

„Aber bei uns wird das ganz anders sein", wehrte sie ab.

Er seufzte. Erfahrung hatte ihn gelehrt, wie schwierig es war, mit jungen Leuten vernünftig über Liebe zu reden.

„Lassen Sie mich Ihnen erklären, was eine christliche Ehe wirklich bedeutet", sagte er schließlich. „Darüber lesen wir im 5. Kapitel des Epheserbriefes. So wie Christus das Haupt der Kirche ist, so ist der Mann das Haupt seiner Frau. Der Frau ist es von Gott auferlegt, daß sie ihrem Mann untertan ist wie dem Herrn Jesus Christus, und der Mann soll seine Frau so lieben wie Christus seine Gemeinde. Können Sie da nicht einsehen, daß eine solche Beziehung unmöglich ist, wenn der Ehemann nichts von der Liebe Christi weiß? "

Sie schwieg. Es war ihr, als griffe eine eiskalte Hand nach ihrem Herzen.

„Als Christin sind Sie daran gebunden, dem Herrn zu dienen; wenn Sie einen Mann heiraten, der Christus als sein Haupt anerkennt, würden Sie immer noch dem Herrn dienen, auch wenn Sie Ihrem Mann untertan sind. Aber als John Lyntons Frau würden Sie sich einem Manne unterordnen müssen, der unseren Herrn und Heiland abgelehnt hat. Sehen Sie, so würden Sie dann für den Rest Ihres Lebens versuchen müssen, zwei Herren zu dienen, und das kann nicht sein! Einer von beiden müßte notgedrungen aufgegeben werden.“

Jennifer stieß einen halbunterdrückten Seufzer aus, aber sie unternahm keinen Versuch, dem zu widersprechen, was er eben gesagt hatte.

„Und dann ist da noch etwas, was in Betracht gezogen werden muß“, führte er schonungslos diesen Punkt noch weiter aus. „Wie ist das mit den Kindern, die Sie einmal haben werden? Sie würden sie erziehen wollen in der Zucht und Ermahnung zum Herrn; aber wie könnten Sie ihnen Ehrfurcht vor dem beibringen, dem ihr Vater keine Ehre erweist? “

„Aber ich liebe ihn doch — ich liebe ihn!“ rief sie kläglich. „Ich könnte ohne ihn nicht leben!“

Die Qual in ihrer Stimme schnitt dem Seelsorger tief ins Herz, aber er mußte für seine Aufgabe stark bleiben als einer, der nur zu gut weiß, welche Pflicht ihm Gott auferlegt hat.

„Jennifer“, sagte er traurig, und seine Stimme zitterte vor innerer Bewegung, „Sie werden ohne John Lynton leben müssen — oder ohne den Segen Gottes. Beides können Sie nicht haben.“

Jennifers aufgestaute Gefühle machten sich in einem Strom von Tränen Luft.

„Können Sie nicht — mir etwas anderes sagen? “ flehte sie ihn schließlich an.

„Ich wünschte, ich könnte das.“ Seine Stimme klang belegt, sein Gesicht war angespannt, als könne er ihren inneren Kampf mehr nachfühlen, als sie ahnen konnte.

„Ich kann ihn nicht aufgeben! Ich will ihn nicht aufgeben!“ Sie hob ihr tränenüberströmtes Gesicht zu ihm empor, eine Spur des alten Trotzes stand darauf zu lesen. „Das ist zuviel verlangt!“

Ein langes Schweigen folgte, in dem nur ihr herzzerbrechendes Weinen zu hören war, aber als sich der Sturm ihrer Gefühle endlich legte, nahm der Pastor wieder das Wort.

„Zuviel verlangt?" sagte er sehr nachdenklich. „Unser Herr hätte das sagen können, nicht wahr, als das Kreuz vor ihm stand. Aber er tat es nicht — er zahlte den Preis!"

Jennifer saß schweigend da — was hätte sie auch darauf sagen können?

„Mir bliebe nichts mehr, wenn ich ihn aufgäbe", rief sie schließlich aus. Die Leidenschaft, mit der sie dies sagte, griff ihm ans Herz.

Der Pastor nahm ihre Hand. „Alle Verheißungen Gottes würden Ihnen noch gehören", war seine rasche Antwort.

„Welche Verheißungen denn?" Eine Spur von Bitterkeit schwang in ihrer Stimme mit.

„Ich möchte Sie nur an die eine erinnern — die kostbare Verheißung unseres Herrn selbst: ‚Ich will euch nicht ohne Trost alleinlassen; ich will zu euch kommen.' Und dann bleibt uns immer noch unser Vers ‚In alledem überwinden wir weit' — "

„Nein, in diesem nicht", sagte sie verzweifelt. „Aber ich habe Ihnen nun genug von Ihrer Zeit weggenommen, Herr Ransome. Ich werde jetzt gehen." Sie stand auf. „Vielen Dank, daß Sie — daß Sie versucht haben, mir zu helfen."

„Sollten wir nicht noch zusammen beten, ehe Sie gehen?"

Einen Augenblick war sie unschlüssig, dann schüttelte sie den Kopf. „Ich — ich kann jetzt nicht beten. Mir ist jetzt nicht danach zumute. Ich werde das alles erst einmal durchdenken müssen."

Er machte ihr keinen Vorwurf, sondern geleitete sie in seiner immer freundlichen Art hinaus bis ans Gartentor.

„Gute Nacht", sagte er und drückte ganz besonders warm ihre Hand. „Ich werde für Sie beten. Treffen Sie keine überstürzte Entscheidung — es steht zuviel auf dem Spiel! Nur denken Sie daran, liebes kleines Mädchen, Sie werden niemals wirkliches Glück auf dem Weg des Ungehorsams finden!"

Sie erwiderte den Druck seiner Hand, konnte es aber nicht über sich bringen, noch etwas zu sagen. Schon hatte sich das Tor hinter ihr geschlossen, und sie hörte nur noch das Echo ihrer Schritte auf der nächtlich-stillen Straße.

Pastor Ransome und seine Frau konnten in dieser Nacht nicht schlafen. Sie knieten nieder im gemeinsamen Gebet, bis das graue Licht der Dämmerung einen neuen Tag ankündigte. Sie beteten vor dem Thron der Gnade für ihr Kind im Glauben . . .

Es war dunkel, ja sehr dunkel, als Jennifer nach Hause ging. Heiße Tränen verdüsterten ihren Blick, so daß sie ihren Weg mehr fühlen mußte als sehen konnte.

Jeder Schritt schien ihr durch seinen Rhythmus ins Ohr zu hämmern: „Gib ihn auf — gib ihn auf", bis es ihr wie mit glühenden Nadeln ins Gehirn drang. Ihn aufgeben? Konnte sie das? Niemals, solange sie ihn so sehr liebte wie jetzt!

Sicher würde ihre gegenseitige Liebe genügen. Eine Ehe konnte unmöglich scheitern, wenn zwei Menschen sich so sehr liebten wie sie. Wie oft hatte sie Johns Liebe in seinen Augen lesen können. Aber — sollte sie es wagen, sich auf das unbekannte Meer der Ehe hinauszubegeben ohne den Segen Gottes? Konnte sie es wagen, ein Haus zu bauen, auf dem das Wohlgefallen und der Segen Gottes nicht ruhen konnte? Sie zitterte bei dem Gedanken.

Schließlich gelangte sie nach Hause. Das Haus lag im Dunkeln. Ihre Eltern waren ins Theater gegangen, Philip war in der Vorlesung und Rodger, so nahm sie an, war mit Claire ausgegangen. Sie ging hinein und stellte die Tassen für das Abendessen zurecht. Dann hinterließ sie auf einem Zettel die kurze Nachricht „Bin schon zu Bett" und ging nach oben, mit Füßen, schwer wie Blei.

Jennifer ging zu Bett, konnte aber nicht schlafen. Später kamen auch die anderen von der Familie, und nach und nach wurde es ruhig im Hause; aber sie konnte keinen Schlaf finden. In jeder Ecke des Zimmers schien sie Johns Gesicht zu erblicken.

Es konnte keine andere Liebe in ihrem Leben geben, das wußte sie. Niemals würde sie einen anderen Mann so lieben wie John Lynton. Wenn sie ihn aufgab, würde sie damit ihre einzige Chance auf irdisches Glück opfern — den Mann, das Heim, die Kinder, alles Dinge, auf die sie als Frau von Geburt an ein Recht hatte.

Aber — der schreckliche Zweifel verfolgte sie auch immer noch: Konnte sie wirklich glücklich sein, auch mit John, wenn sie die Weisung Gottes mißachtete, nur um ihn zu heiraten? Warum, o warum wurde von ihr nur eine solch schwere Entscheidung verlangt?

In jener Nacht durchlebte Jennifer ihr Gethsemane, durch lange, dunkle Stunden hindurch, die sich endlos bis zum Morgen hinzogen.

Allein? Nein! Der eine, der selbst in allen Punkten versucht wurde, gleichwie wir, ist seinen Kindern in der Stunde der Versuchung niemals fern. Die Wolke, die sich drohend über dem Horizont ihres Lebens zusammengeballt hatte, ließ sie in unheimlicher Finsternis umhertappen.

Aber durch das Dunkel streckte sich ihr eine Hand entgegen, die Hand, die einst ausgestreckt war, um sie zu retten, die Hand, die stark genug war, sie in ihrem mächtigen Griff zu halten.

Eine Stimme sprach zu ihr, eine bittende Stimme, die sanft auf sie einredete, bis die Worte endlich in ihr erstarrtes Bewußtsein eindrangen: „Ich habe dich erlöst; du bist mein." Sie merkte auf. Die Worte kamen wie Balsam in ihren erschöpften Geist. Die tiefe Dunkelheit ihres Kummers hatte für einen Augenblick Jesus ihren Blicken entzogen, aber er hatte sie gefunden . . .

Jennifer schlüpfte aus dem Bett und kniete nieder. In der Stille der Nacht schüttete sie unter Schluchzen noch einmal alles, was sie bewegte, vor ihrem Herrn Jesus Christus aus.

Als sie sich schließlich wieder erhob, war alle Bitterkeit aus ihrem Herzen gewichen, und ihr Geist war ruhig. Sie ging zum Fenster und zog den Vorhang auf. Das kalte, graue Licht des frühen Morgens brach eben über der noch schlafenden Welt an. Langsam wuchsen die ihr vertrauten Gegenstände aus der grauen Dämmerung hervor — der alte Birnbaum mit seinen knorrigen, krummen Ästen, der moosbedeckte, gewundene Weg, die grobgezimmerte Bank neben dem kleinen Teich, der mit Wasserlilien bedeckt war. Dann begann ein Vogel mit zaghaftem Zwitschern den neuen Morgen zu begrüßen.

Jennifer blickte nach oben. Ein einziger Stern stand noch am Himmel — der Morgenstern — und wie sie so hinschaute, schien wieder die Stimme zu ihr zu sprechen . . . „Ich bin der helle Morgenstern, der Anfang und das Ende, der erste und der letzte . . .“ Ihr Herz gab Antwort. Ja, er war der erste, der Heiland, der sie schon geliebt hatte, bevor sie etwas von seiner Liebe wußte, bevor sie überhaupt John Lynton kennenlernte. Er war der Sohn Gottes, der die Herrlichkeit Gottes verließ, um zu leiden und zu sterben, damit sie erlöst würde, weil er sie liebte — so sehr liebte. Wie stark war ihre Liebe zu ihm? Wie ihre irdischen Freundschaftsbande? Oder noch mehr?

Sie neigte das Haupt. Er war der erste — er mußte auch bei ihr der letzte bleiben. Und alles, was dazwischen lag, konnte sie mit ihm verlassen.

18

Anton Deane machte es sich in seinem Armsessel bequem. Ein schwerer Tag lag hinter ihm — mit ziemlichen Enttäuschungen — und er empfand die Notwendigkeit, sich jetzt ein wenig zu entspannen. Er hatte das Haus ganz für sich. Seine Frau war ausgegangen, um bei einem Bridge-Abend mitzuwirken; das bedeutete, daß sie erst spät heimkommen würde — ja, wenn Frauen zusammenwaren, dann wußten sie nie, wann es genug war, überlegte er sich.

Die jungen Leute waren auch weggegangen. Er war sich nicht ganz sicher, wohin sie gegangen waren, und er kümmerte sich nicht viel darum; sie waren selbst alt genug, um auf sich aufzupassen .

So langte er nach dem Buch, das er sich von der Bücherei geholt hatte. Geschäftliche Dinge lasteten immer noch schwer auf ihm und beschäftigten seine Gedanken. Eine Fehlspekulation hatte ihm heute viel Sorgen gemacht. Es gab nichts Besseres als einen spannenden Kriminalroman, um die Gedanken von der Wirklichkeit abzulenken . . .

Anton las gern Kriminalromane. Er bildete sich etwas darauf ein, daß er all diese komplizierten Handlungen durchschauen konnte, und seine Vermutungen zum Ende der Geschichte waren meist ziemlich richtig.

Wo war er das letzte Mal stehengeblieben? Er zündete sich seine Pfeife an und begann zu blättern. Ach ja, hier war es — eben hatten sie den Detektiv mit einer Kugel im Kopf gefunden . . .

Als er die letzte Seite rasch umblätterte, blieb sein Blick auf etwas haften, das bestimmt nicht zu dieser Geschichte gehören konnte. Ein kleines Blättchen war zwischen die Seiten geschoben worden, und darauf las er erstaunt:

„Was hülfe es dem Menschen, wenn er die ganze Welt gewönne, und nähme doch Schaden an seiner Seele?"

Anton Deane erbleichte.

„Verflucht!" murmelte er.

„Was?" Er griff danach, sah, daß es ein christliches Traktat war, und zerknüllte es zornig zwischen seinen Fingern. Jemand mußte das hier hineingelegt haben ... „Was hülfe es dem Menschen, wenn er die ganze Welt gewönne — ?"

In einem plötzlichen Wutanfall warf er das zerknüllte Papier auf den Boden. Aber die Worte standen immer noch vor ihm, als wären sie mit feurigen Buchstaben geschrieben — „Was hülfe es dem Menschen — ?"

Verdammt — irgend jemand hatte ihm einen Streich gespielt. Aber wer? Jennifer ... aber ja, natürlich, es mußte Jennifer sein. Sie war in letzter Zeit sehr ruhig gewesen; er hätte erraten müssen, daß sie irgend etwas gegen ihn im Schilde führte. Aber das wollte er sich nun doch nicht gefallen lassen — warum auch? Sie konnte ihre Religion bei sich behalten. Er hatte ihr viel Freiheit gelassen — wirklich, zuviel Freiheit, aber er wollte nicht, daß sie sich in sein Privatleben einmischte.

„Was hülfe es dem Menschen — ?" Die Worte ließen ihn nicht los. Plötzlich warf er das Buch beiseite und sprang auf. Er würde dieser Sache ein Ende machen, ein für allemal, sagte er sich.

Kaum wissend, was er tat, aber mit einem finsteren Gesicht, das nichts Gutes ahnen ließ, verließ er das Zimmer und stürmte die Treppe hinauf. Vor Jennifers Zimmer blieb er stehen, klopfte kurz und herrisch an und stieß dann die Tür weit auf. Aber das Zimmer war leer. Natürlich, sagte er sich, er hätte es doch wissen müssen, sie war weggegangen. Zweifellos mit John Lynton. Aber wenn sie heimkam ...

Anton Deane blieb zögernd stehen und blickte sich im Zimmer um. Da lag Jennifers Neues Testament auf dem Frisiertisch. Er hatte schon vor langer Zeit damit gedroht, es ihr zu zerreißen. Angenommen, sie käme heute abend heim und fände es, in kleine Fetzen zerrissen auf dem Boden –

Mit wuchtigen Schritten ging er durch den Raum und griff nach dem Buch. Aber als seine Hände es schon faßten, um es zu vernichten, hielt ihn doch irgend etwas zurück. Es war ihm, als hörte er eine Stimme zu sich sprechen, so deutlich, daß er sich mit einem Ruck umwandte, erstaunt, daß er doch allein im Raum stand. „Was hülfe es dir, Anton Deane, wenn du die ganze Welt gewönnest, und nähmest doch Schaden an deiner Seele?"

Mit einem Schlag war sein großer Zorn und seine Überheblichkeit verflogen. Er zitterte am ganzen Körper, als er, das Neue Testament noch in der Hand, sich langsam aus dem Zimmer zurückzog und die Treppe hinunter in sein Zimmer ging.

Mechanisch ging er zu dem Stuhl, den er vorhin verlassen hatte, und setzte sich wieder. Aber der Kriminalroman lag unbeachtet noch dort, wo er ihn ärgerlich beiseitegeworfen hatte, während ihn das verhängnisvolle Blatt Papier auf dem Fußboden vorwurfsvoll ansah. „Was hülfe es dem Menschen, wenn er die ganze Welt gewönne, und nähme doch Schaden an seiner Seele – ?"

Wie einer, der sich im Trancezustand befindet, begann er, in dem Neuen Testament zu blättern, als suche er etwas Bestimmtes. Matthäus – Markus – Kapitel 7 – Kapitel 8 – ja, hier stand es – im 36. Vers. Merkwürdig, daß er so genau wissen konnte, wo es zu finden war. Merkwürdig, daß diese Worte, die er am liebsten gar nicht beachtet hätte, ihn so außerordentlich fesselten. Minutenlang saß er so da und starrte auf das bedruckte Papier vor ihm.

Die Uhr im Flur schlug die volle Stunde. Immer noch saß er regungslos da. Bald mußte die Familie zurückkommen – wenigstens einige –, aber Anton Deane schien jeglichen Sinn für Zeit verloren zu haben, wie er so dasaß, Auge in Auge der Ewigkeit gegenüber, die ihm diese Frage vorlegte . . . „Was hülfe es dem Menschen, wenn er die ganze Welt gewönne, und nähme doch Schaden an seiner

Seele? Denn was kann der Mensch geben, damit er seine Seele wieder löse?"

Jennifer kam an dem Abend später als gewöhnlich. Für diesen Abend hatte sie John versprochen, ihn anzuhören. Obgleich sie sich nicht ganz wohl zu fühlen schien, schien er keine Lust zu haben, schon gleich auf dem schnellsten Weg nach Hause zu gehen. „Es ist ein wunderschöner Abend, Jennifer — gehen wir doch noch ein wenig die Prachtstraße entlang." Und an dem lebhaften Ton seiner Stimme erkannte Jennifer, daß der Augenblick, dem sie so lange aus dem Wege zu gehen versucht hatte, nun doch gekommen war.

Sie zitterte, als er ihren Arm nahm. „Aber, John — "

„Kein ‚Aber', Liebste", entgegnete er rasch, „jetzt ist es soweit — du hast mir versprochen, mich heute abend anzuhören. Und da ist etwas, was ich dir sagen möchte — ja, was ich dir sagen muß — "

Sie waren allein. Sie fühlte seinen schnellen Atem ganz dicht und warm an ihrer Wange, und ihr Herz schlug rascher; aber sie beherrschte sich. „Jennifer, ich liebe dich — ich habe dich vom ersten Augenblick an geliebt, als ich dich gesehen habe — "

„Nein, John, nein!"

Mit einem Ruck machte sie sich aus seiner Umarmung los und stand ihm gegenüber. Ihr Gesicht war leichenblaß und ihre Lippen zitterten.

„Sag das nicht — bitte nicht!"

Und sie bedeckte das Gesicht mit den Händen.

„Aber, Liebste, warum denn nicht?" Wieder war er an ihrer Seite und legte zärtlich einen Arm um sie. „Du liebst mich doch auch, nicht wahr? Du kannst es doch nicht leugnen. Jennifer, schau mich an — "

Wie gezwungen blickte sie auf, um seinem leidenschaftlichen Blick zu begegnen. Diese Augen! Würde sie jemals das Feuer vergessen können, das darin brannte?

„Ja", sagte sie, und ihre Stimme war nur mehr ein Flüstern, „aber, ach John, du verstehst das nicht — das ist es nicht allein — "

„Wir lieben uns gegenseitig; das allein zählt doch nur, Liebste!" Er zog sie näher an sich. „Ich habe dich immer geliebt, und ich werde dich immer lieben. Was auch kommen mag, nie werde ich aufhören, dich zu lieben — "

Mit einem schmerzhaften Schrei schnitt sie ihm das Wort ab. „Hör auf, John, hör auf. Ich ertrage es nicht, das noch länger mit anzuhören — o, ich hätte es nie so weit kommen lassen dürfen!"

Aber er beachtete ihre Proteste nicht. „Jennifer, wir beide sind füreinander geschaffen. Ich möchte dich heiraten, möchte dich zu meiner Frau machen — "

„Nein, John." Ihre Stimme klang jetzt fest, obgleich ihr das Herz weh tat und sie in ihrem Inneren eine dumpfe Leere empfand. „Es kann nicht sein — ich habe schon die ganze Zeit gewußt, daß es niemals etwas werden kann, aber — aber ich habe immer noch die Hoffnung gehabt, daß die Dinge sich ändern würden."

„Ändern? " Unwillkürlich trat er einen Schritt zurück. „Jennifer, was meinst du damit? "

„John." Sie mußte einen Anlauf nehmen, um das zu sagen.

„Ich habe schon immer versucht, es dir begreiflich zu machen, aber jedesmal, wenn ich mit dir darüber sprechen will — über geistliche Dinge — "

Er lachte und nahm ihre Hand. „Liebling, du machst dir doch etwa nicht immer noch Sorgen um meine Seele? Was willst du denn; ich bin doch zu allen Versammlungen mit dir mitgegangen — ich werde sogar in die Kirche eintreten, wenn dich das glücklich macht."

Aber sie schüttelte den Kopf. „Du verstehst mich nicht, John; es geht um mehr! Wir — wir könnten niemals zusammen glücklich sein, solange — solange ich eine Liebe in meinem Herzen trage, die du nicht mit mir teilen kannst. Ich kann dich nicht heiraten — das würde mit einer Katastrophe enden."

„Niemals, Jennifer — niemals!" rief er leidenschaftlich.

„Ich gebe dir mein Wort, daß ich immer dein Glück über alles andere stellen werde. Ich werde mich nie in deinen Glauben einmischen — "

Wieder schüttelte sie den Kopf. „Nein, John", sagte sie müde, „das würde niemals genügen. Siehst du, als Mann und Frau müßten wir in allen Dingen eins sein, und du kannst an der tiefsten Erfahrung meines Herzens nicht teilhaben. Wir könnten niemals glücklich zusammen sein."

„Aber warum — warum? " war seine ungeduldige und fordernde Frage. „Welchen Unterschied würde das denn machen? "

Sie preßte ihre Hände zusammen. „Den größten Unterschied, den es überhaupt in der Welt gibt, John. Wir würden viele Dinge gemeinsam tun. Aber wenn ich die Bibel lesen wollte — ich müßte es allein tun — wenn ich beten wollte, würdest du dich mir nicht anschließen — wenn ich über den Herrn Jesus Christus reden wollte — "

„Ach, Jennifer, sei doch nicht dumm!" Er trat einen Schritt auf sie zu, sie aber schob ihn zurück. „Das sind doch alles nur Belanglosigkeiten — die tun nichts, überhaupt nichts zur Sache!"

Jennifer stand in einer sonderbar erstarrten Ruhe vor ihm. Ja, sie tat genau das Richtige . Welch anderen Beweis brauchte sie noch, als die Worte, die er eben selbst ausgesprochen hatte. Die göttlichen Dinge bedeuteten ihm nichts.

„Aber der Herr Jesus Christus bedeutet mir alles, John", sagte sie ruhig, „und wenn er nicht denselben Platz in deinem Herzen innehat, könnten wir niemals glücklich zusammen sein — niemals!"

John Lynton stieg die Zornesröte ins Gesicht. „Ich nehme an, dieser verwünschte Pastor hat dich dazu angestiftet!" rief er erregt.

„Nein, John", gab sie rasch zur Antwort. „Ich habe natürlich diese Angelegenheit mit ihm durchgesprochen — aber dies ist meine eigene, freie Entscheidung."

Der zornige Ausdruck auf John Lyntons Gesicht verwandelte sich augenblicklich in tiefe Verzweiflung ... Niemals war sie ihm so begehrenswert erschienen wie jetzt — und noch niemals war sie ihm so unerreichbar fern gewesen. Wenn er sie jetzt verlor ...

„Jennifer", rief er leidenschaftlich, „behandle mich doch nicht so schlecht! Ich liebe dich — ich kann ohne dich nicht leben. Du wirst unser beider Leben zugrunde richten, wenn du so weitermachst."

Äußerlich wirkte sie ruhig und gefaßt, aber in Wirklichkeit brach ihr fast das Herz. Sie wußte, daß sie mit dem Standpunkt, den sie hier einnahm, sich selbst aller Hoffnungen auf irdisches Glück beraubte. Sie verletzte ihn tief — den Mann, den sie liebte —, und sie verweigerte ihm das, auf das er so sehr gewartet hatte, daß es einmal ihm gehören sollte ...

Sie erhob ihr Herz zum Himmel in stummem Flehen. Sie hatte in den langen, dunklen Stunden jener Nacht ihren Kampf durchgefochten und gewonnen — allein mit dem Herrn. Aber John — wenn er sie doch nur verstehen könnte! Wenn doch nur ein kleiner Strahl geistlichen Lichtes auf seine Seele fallen würde!

„Ach John", rief sie, „kannst du das nicht einsehen?"

„Liebste!" Wieder war er an ihrer Seite, der feurig und doch so zärtlich Liebende. „Das alles ist doch nicht nötig. Laß uns doch all unsere Verschiedenheiten vergessen und nur glücklich zusammen sein. Wir können glücklich sein — wir müssen glücklich sein — du und ich."

„Nein, John." Sie blickte ihm fest in die Augen, und ihre Stimme verriet nicht die leiseste Spur einer Unsicherheit. „Wenn ich dich heiraten würde, würde ich dem Gebot Gottes ungehorsam sein —"

In seinen Augen loderte der Zorn — der Zorn eines besiegten und enttäuschten Mannes. „Wie du auch immer über religiöse Dinge reden magst", rief er bitter, „aber so darf man einen Mann nicht behandeln!"

Jennifer zuckte unter seinem Wort zusammen. Ja, er sollte nur eher schon so gesprochen haben — dies war der

Preis dafür, daß sie es so lange hinausgezögert hatte .

„John", sagte sie ernst, „glaube mir, wenn ich sage, daß dies das Schlimmste und Schwerste ist, was ich jemals tun mußte."

Und obwohl sie sich große Mühe gab, ihre Beherrschung nicht zu verlieren, zitterten ihre Lippen, und ihre Stimme drohte zu brechen.

Augenblicklich bereute er wieder, was er eben gesagt hatte. „Jennifer, vergib mir — ich hätte das eben nicht sagen dürfen, aber der Gedanke, dich zu verlieren, ist mehr, als ich ertragen kann. Ich weiß, ich bin deiner nicht wert", fuhr er etwas leiser fort, „aber wenn du mich heiratest, Jennifer, wirst du mich zu einem besseren Menschen machen."

„Nein, John, wenn du Christus als deinen Heiland nicht annimmst, kann daraus nie etwas werden."

Sie gingen schweigend nebeneinander her.

Es dünkte ihnen eine Ewigkeit, bis sie Jennifers Haus erreichten, aber in Wirklichkeit waren es nur einige Minuten. Sie wollte ihm sagen, er möchte sie doch das letzte Stück Weg allein gehen lassen, aber sie brachte es nicht über sich, noch ein Wort zu sagen. Und sicher hätte er ihr dann auch gar nicht zugehört . . .

Als sie dann endlich das Gartentor erreichten, raffte sie sich zur endgültigen Absage auf. „Leb wohl, John", sagte sie; es klang, als wäre das gar nicht ihre Stimme.

„Jennifer, das ist doch nicht dein Ernst — das kann doch nicht dein Ernst sein", rief er mit heiserer Stimme und griff nach ihrer Hand, sie aber öffnete schnell das Tor und schlüpfte hinein.

Totenblaß stand sie da und blickte ihm noch einmal ins Gesicht — eine kleine, unscheinbare Gestalt im Schein der Straßenlaterne, die ihren Lichtschein auf den Gartenweg warf.

„Es ist alles gesagt zwischen uns, dem ist kein Wort mehr hinzuzufügen", wiederholte sie, wobei sie von ihm einen Schritt zurücktrat.

„Nur das eine noch“, rief er wie von Sinnen, „wenn du mich so ablehnst, dann werde ich zum Teufel gehen!“

Die Worte trafen sie schmerzlich wie ein Messerstich.

„So darfst du doch nicht reden, John“, rief sie unwillkürlich.

„Aber ich will es so!“ Einen Augenblick lang war es ihr, als müsse er jetzt die Schranke überspringen, die sie absichtlich dazwischengesetzt hatte, und an ihre Seite kommen; aber er legte nur seine Hand auf den Torpfosten und hielt inne.

„Jennifer, kannst du mir gar keine Hoffnung machen? “ bat er sie flehend.

Aber sie schüttelte den Kopf. „Alles, was ich sagen konnte, habe ich dir gesagt, John. Leb wohl!“

Ohne daß sie ihm noch einen Blick oder ein Wort zuzuwenden wagte, wandte sie sich mit einem Ruck um und ging schnell den Gartenweg entlang auf das Haus zu, die Augen blind vor Tränen, die sie nun nicht mehr länger zurückhalten konnte.

Jennifer hatte das unbestimmte Gefühl, daß John immer noch dort stand und ihr einen Augenblick lang nachblickte. Dann hörte sie, wie er davonging, mit langsamen, zögernden Schritten. Sie weinte herzzerbrechend.

So stand sie da und beobachtete ihn durch die Rosensträucher hindurch, eine einsame Gestalt, die auf der breiten Straße davonging — immer weiter von ihr fort. Wohin würde ihn dieser Weg führen? Er hatte gesagt, er würde zum Teufel gehen .

Ein unsagbarer Kummer erfüllte ihr Herz, ein Kummer, der so abgrundtief war, daß sie dafür keine Tränen mehr hatte.

Sie verspürte ein unbezähmbares Verlangen, ihm nachzulaufen, ihn zurückzurufen, aber sie wußte, das konnte nicht sein! Niemals konnten sie zusammen wandern, denn ihre Füße standen auf zwei verschiedenen Wegen, zwischen denen sich eine tiefe Kluft befand. Sie hatte den schmalen Weg gewählt, der aufwärts führte, zu Gott hin; und obwohl ihr das Herz dabei weh tat, wußte sie doch, daß sie ihn gehen würde, ohne John Lynton an ihrer Seite zu haben. Sie wußte, es war ein Weg, den noch nie jemand allein gehen mußte. Er aber hatte den breiten Weg erwählt, der in die Finsternis hinabführte — zum Verderben — zur Hölle — zum Teufel . . .

In der Liebe zu ihm, die in ihrem Herzen aufschrie, sah sie ihn jetzt in einem neuen Licht — sah ihn als Sünder, der einer Ewigkeit ohne Christus entgegeneilte, sah ihn als einen, der absichtlich Gottes Liebe und Barmherzigkeit zurückgewiesen hatte.

Über den großen Sturm hinweg, der in ihrem Herzen tobte, formte sich ein großer Wunsch zu Worten. Sie griff nach der vertrauten Bank im Garten und fiel auf die Knie in ihrer Seelenangst.

„O Gott", rief sie laut, „rette ihn — rette seine Seele. Du kannst auch die Allerfernsten retten — dann — irgendwie — irgendwann — rette John, um Jesu willen!"

19

Als sie dann endlich wieder aufstand, wurde ihr auf einmal bewußt, daß sie fror; so entschloß sie sich, ins Haus zu gehen. Langsam und unendlich müde und schleppend ging sie auf das Haus zu.

Sie würde das ganze Haus für sich allein haben, ging es ihr durch den Sinn; alle anderen waren sicher ausgegangen. Aber nein, da sah sie, daß im Studierzimmer des Vaters Licht brannte, als sie dicht an dem Fenster vorbeiging. Offensichtlich war er zu Hause, mit einer Arbeit beschäftigt. Sie riß sich zusammen. Sie würde nicht daran vorbeikommen, einige Worte mit ihm zu wechseln, wenn sie hineinging, und er brauchte nicht zu erfahren, daß irgend etwas nicht stimmte . . .

Jennifer benutzte den vorderen Eingang und ging leise durch die Vorhalle auf sein Arbeitszimmer zu. Zu ihrer Überraschung fand sie die Tür weit offen und ihren Vater allein im Zimmer sitzen. Unschlüssig blieb sie auf der Schwelle stehen. Aber ihr Vater mußte ihre Schritte gehört haben; denn er wandte ihr schnell sein Gesicht zu — und sie rang nach Luft, als sie bemerkte, wie er aussah: sein Gesicht aschgrau, die Wangen eingefallen; er selbst völlig verstört, wie einer, der eben etwas Furchtbares durchgemacht hat.

„Vater", rief sie in großer innerer Unruhe, indem sie ins Zimmer trat. „Was ist dir denn? Bist du krank?"

Als Antwort zeigte er mit zitternder Hand auf das zerknüllte Stückchen Papier, das auf dem Fußboden lag. „Ist das — deins?" wollte er wissen; seine Stimme klang spröde — wie zersprungenes Glas.

Jennifer fühlte eine große Leere in ihrem Gehirn. Was konnte er meinen? Halb verlegen, halb erschrocken ging sie hinüber zu der Stelle, bückte sich und hob es vom Boden auf — und dann erinnerte sie sich plötzlich wieder. Das Traktat — ihr Vater mußte das Traktat gefunden haben. Sie und Philip hatten es miteinander ausgedacht — vor langer Zeit.

„Sag mir, gehört es dir?" war seine erneute Frage.

Jennifer richtete sich auf. Es würde sinnlos sein, Philip hier mit hineinzuziehen; und es hatte ja auch tatsächlich ihr gehört — sie hatte es selbst in Vaters Buch geschoben.

„Ja", brachte sie mühsam hervor, „es gehört mir."

Jetzt war ihr alles gleich, was auch kommen würde. Müde und erschöpft wartete sie darauf, daß ihr Vater jetzt wütend über sie herfallen würde, um sie zu tadeln; aber es blieb bei einem gespannten Schweigen.

Sie wartete weiter — aber es geschah nichts. Sie empfand keine Furcht und Besorgnis mehr. Es schien jetzt völlig gleichgültig zu sein, was ihr Vater tat oder sagte — nichts war mehr von Bedeutung, sagte sie sich, seitdem sie John aus ihrem Leben verbannt hatte . . .

„Jennifer"— Anton versuchte mühsam, sich aus seinem Stuhl zu erheben, fiel aber wieder zitternd zurück —, „hast du dieses Blatt da hineingelegt, damit ich es lesen sollte?"

„Ja, Vater", sagte sie, immer noch mit großer Mühe.

Er strich sich mit seiner kalten Hand über die Stirn, als er ihr seine Augen zuwandte, um ihrem Blick zu begegnen.

„Warum denn — warum hast du das getan?"

Etwas im Ton seiner Stimme ließ ihren matten Geist wieder hellwach werden. Warum fragte er sie — in dieser Weise? Irgend etwas war mit ihm geschehen. Er war so anders . . .

Jennifer schaute das zerknüllte Papier in ihrer Hand an. Konnte es sein, daß der Herr ihren Vater durch die schlichte Botschaft dieses kleinen Zettels angesprochen hatte? Sie hatten darum gebetet . . .

Jennifer holte tief Luft. Das Leben war schließlich doch nicht leer und sinnlos. Es würde nie sinnlos sein, solange sie die Gelegenheit hatte, jemanden auf den Herrn und Heiland hinzuweisen, der so viel für sie getan hatte .

„Vater!" rief sie; sie ging zu ihm und legte ihm leicht eine Hand auf die Schulter. „Ich habe es da hineingelegt — weil ich mir um deine Seele Gedanken machte."

Anton Deane gab keine Antwort. Er barg das Gesicht in den Händen und blieb so regungslos sitzen.

„Vater", fuhr sie fort, indem sie still für ihn betete, „ich wollte dich nur daran erinnern, daß Geld nicht das einzige im Leben ist — daß aller Wohlstand in der Welt gar nichts zählt, wenn — wenn man dabei seine Seele verliert — "

„Für mich ist es zu spät, daß du mir das sagst!" unterbrach er sie mit einer müden, hoffnungslosen Geste.

„Zu spät? " gab das Mädchen rasch zur Antwort. „Ach was, natürlich ist es nicht zu spät, Vater! O, du hast in der Bibel gelesen!" fügte sie lebhaft hinzu, als sie das vor ihm aufgeschlagene Testament erblickte.

Anton blickte auf. Auf seinem Gesicht stand ein schiefes Lächeln. „Ja, es ist deins — ich war gerade im Begriff, es zu zerreißen, aber stattdessen habe ich darin gelesen — "

Jennifers Herz tat einen Freudensprung. „Und — und an welcher Stelle hast du gelesen, Vater? " fragte sie zaghaft.

„Hier natürlich!" Mit zitterndem Finger wies er auf die Worte, die ihn plötzlich so gefesselt hatten: „Was hülfe es dem Menschen, wenn er die ganze Welt gewönne, und nähme doch Schaden an seiner Seele? Oder was kann ein Mensch geben, daß er seine Seele wieder löse? "

Jennifer war bemüht, ihre Überraschung nicht zu zeigen, aber offensichtlich blieb es ihrem Vater doch nicht verborgen, wie sehr sie erstaunt war.

„Du möchtest sicher gern wissen, wie es kommt, daß ich diese Stelle so gut kenne? " nahm er ihr die Frage aus dem Mund. „Du wirst nicht mehr erstaunt sein, wenn ich dir sage, daß ich in den ersten zehn Jahren meiner geschäftlichen Laufbahn dieses Wort jeden Tag vor Augen hatte."

„Wirklich?“ Jennifer war begierig, mehr zu erfahren.

Anton schien mit seinen Gedanken weit entfernt zu sein. „Ja — das bringt mich einen sehr weiten Weg zurück — bis in die Zeit, wo ich noch ein junger Bursche war. Ich wuchs auf dem Lande auf, kam aber nach meiner Schulentlassung in die Stadt, um dort eine Arbeit zu finden; und der Mann, der mich aufnahm, war sehr gut zu mir. Er war ein vornehmer Mann, ein ganzer Christ — der feinste und anständigste Mensch, dem ich je begegnet bin. Wenn überhaupt jemand, so lebte er seinen Glauben aus.“

„Ich nehme an, er kannte diese Stelle?“

Ein harter und starrer Zug trat auf sein Gesicht. „Ja, er hatte dieses Bibelwort eingerahmt in seinem Büro hängen. Er pflegte dazu zu sagen, er hätte es dort als eine Warnung angebracht, jemals ein übles Geschäft zu machen — und, bei Gott, ich wünschte, ich hätte mich danach gerichtet!“

„Warum, Vater?“ Die Stimme des Mädchens war zu einem Flüstern herabgesunken. „Hast du etwa ein übles Geschäft gemacht?“

Er nickte. „Ja — ich habe meine Seele um das Geld verkauft — und es war ein übles Geschäft, Jennifer — ein scheußliches Geschäft!“

Jennifer legte liebevoll ihren Arm sacht um seinen Hals. „Vater, es ist auch jetzt noch nicht zu spät, noch ein besseres Geschäft zu machen —“

Aber zornig stieß er ihre Hand zur Seite. „Natürlich ist es längst zu spät. Du weißt ja gar nicht, was du sagst —“

Nur mit großer Mühe erhob er sich, und seine Augen blickten hoffnungslos und verzweifelt, als er vor ihr stand. „Du weißt nicht, was ich getan habe!“

Neue Furcht überkam sie, aber sie blieb ruhig. „Es spielt keine Rolle, was du getan hast, Vater“, behauptete sie zuversichtlich, „Gott hat versprochen, daß er alle unsere Sünden austilgen will und nimmermehr an sie gedenken, wenn wir im Namen des Herrn Jesus Christus zu ihm kommen.“

Eine ganze Weile schritt Anton Deane schweigend im

Zimmer auf und ab. „Du kennst die Geschichte nicht, Jennifer“, sagte er schließlich.

„Willst du sie mir nicht erzählen, Vater?“ Ihre Stimme klang sanft und bittend.

Einen Augenblick zögerte er, dann unterbrach er sein ruheloses Hin- und Herschreiten. „Gut“, sagte er, als habe er sich plötzlich dazu entschlossen, „ich werde sie dir erzählen — aber es ist eine lange Geschichte.“

Jennifer wartete in quälender Spannung.

„Jener Mann, für den ich arbeitete“, begann er, „war sehr gut zu mir — er wurde mein bester Freund. Ich mußte mir ein möbliertes Zimmer nehmen, als ich in die Stadt kam, aber er nahm mich zu Hause bei sich auf und behandelte mich, als wäre ich sein eigener Sohn. Er hatte nur die eine Tochter, und wir waren gute Freunde. Ich glaube, er hoffte, daß sie und ich schließlich heiraten würden, aber es gab nie etwas Derartiges zwischen uns. Es gab nur ein einziges Mädchen, das ich begehrte — das war deine Mutter.“

„Und was geschah dann?“

„Seine Tochter verliebte sich in einen jungen Mann, der bei der Luftwaffe diente — ein netter Bursche. Es war während des Ersten Weltkrieges, und bald, nachdem sie beide geheiratet hatten, mußte er fort. Sie hatte einen Sohn — den kleinen Bill — aber er hat seinen Vater nie mehr gesehen. Er wurde über Frankreich als vermißt gemeldet und kehrte nie zurück. Es war ein furchtbarer Schlag. Sie ertrug es sehr tapfer, aber der alte Mann kam nicht darüber hinweg. Wenig später starb er — der kleine Bill war damals gerade vier Jahre alt — so blieb sie ganz allein mit ihrem kleinen Sohn zurück. Das Geschäft war durch den Krieg in Mitleidenschaft gezogen worden, aber er hinterließ alles, was er noch besaß, ihr und dem Jungen. Mich machte er zum Alleinvollstrecker seines Testaments.“

Er hielt einen Moment inne, während Jennifer atemlos darauf wartete, daß er weitersprach.

„An seinen letzten Willen waren keine Bedingungen geknüpft — siehst du, er schenkte mir sein volles Vertrauen.

Es war eine nette kleine Summe; ich wußte, daß er sie gern für die beiden gewinnbringend anlegen wollte, und ich hatte auch die feste Absicht, es zu tun — aber es war eine große Versuchung für einen Buchhalter, der schwer um seine Existenz zu kämpfen hatte. Ich brauchte Geld. Ich liebte deine Mutter, und ich wußte, sie würde mich niemals heiraten, wenn ich ihr nicht das angenehme Leben verschaffen konnte, das sie vorher immer geführt hatte. Wohlgemerkt — ich möchte sie hier vor dir nicht bloßstellen — ich habe es ganz allein getan. Sie wußte nichts davon — weiß bis zum heutigen Tage nichts von dieser Sache. Ich erzählte ihr damals, der alte Mann hätte mir ein Vermächtnis hinterlassen."

„Dann — dann hast du das Geld für dich ausgegeben?" Jennifer begann langsam zu begreifen.

Er lächelte bitter. „Das ist noch sehr gelinde ausgedrückt — man nennt es ‚Unterschlagung'. Ich sagte seiner Tochter, ich hätte das Geld für sie angelegt, und sie glaubte mir auch. Sie dachte nie im Traume daran, daß ich unehrlich sein könnte. Sie meinte, sie könnte mir Vertrauen schenken."

„Aber hat sie es dann nicht entdeckt?"

„Nein, ich zahlte ihr eine kleine monatliche Summe, die nach ihrer Vermutung als Gewinn aus der Kapitalanlage kam, solange sie lebte; aber sie überlebte ihren Vater nur um zwölf Monate. Ich nahm das Geld — ihr Geld! — an mich und baute mir dieses Haus; ich gründete mein eigenes Geschäft. Dann, als sie starb, schien es, daß mir alles in die Hände gespielt wurde."

„Aber der Junge war doch noch da. Was wurde denn mit ihm?"

„Ich schickte ihn auf ein Internat im Ausland. Er dachte, ich wäre sehr gut zu ihm; denn ich ließ ihn glauben, daß er mittellos und unversorgt zurückgeblieben sei, nachdem seine Mutter gestorben war. Auch als er größer wurde, hat er mir nie Fragen gestellt — auch er dachte, er könne mir vertrauen. Er war ein feiner Kerl — der junge Bill. Er erinnerte mich stark an seinen Großvater, obgleich er seinem Vater ähnelte in der Liebe zu Flugzeugen — er war so scharf auf das Fliegen."

„Und wo ist er jetzt?" Jennifer war tief ergriffen von der Geschichte ihres Vaters.

„Er rückte im letzten Krieg mit der Luftwaffe aus und kehrte nie zurück. Er ist bei einem Einsatz gleich zu Anfang des Krieges gefallen. Wenn er zurückgekommen wäre, wäre er wahrscheinlich als Flugzeugführer in irgendeine entlegene Missionsstation gegangen — er war ein Christ und an einer derartigen Arbeit sehr interessiert. Aber er hat das nicht mehr erlebt."

Anton Deane holte tief Atem. „Erst damals begann ich, mich wirklich frei zu fühlen. Ich hatte bis dahin immer in der Furcht gelebt, daß mein Betrug doch noch entdeckt würde. Nach dem Tode des jungen Bill sagte ich mir, daß ich nun sicher sei. Nur mit meinem Gewissen hatte ich immer noch zu rechnen. Ich weiß, daß man nicht einfach Unrecht tun kann und dann schnell darüber hinwegkommt. Du kannst die Welt für dumm verkaufen — aber Gott hältst du nicht zum Narren."

„Nein", sagte Jennifer. Etwas Besseres fiel ihr im Augenblick nicht ein.

Verschwommen begann in ihr die Erkenntnis aufzudämmern, welch ungeheure Tragweite die Geschichte hatte, die sie da eben hörte. Ihr Vater hatte einen, der ihm etwas anvertraut hatte, schmählich hintergangen — in den Augen des Gesetzes war er ein Verbrecher.

Und sie — ja, alles, was sie von ihrem Vater bekommen hatte, sogar das Haus, in welchem sie lebte, war unter Vorspiegelung falscher Tatsachen in ihren Besitz gelangt. Auf nichts von alledem hatte sie ein Recht . . .

„Sage mir, was du willst, Jennifer — ich habe es verdient." Anton Deane stand vor ihr, den Kopf in tiefer Scham gebeugt.

Das Mädchen empfand tiefes Mitleid mit ihm. „Es ist — nicht an mir, dich zu verurteilen, Vater — oder dich zu beschämen“, sagte sie mit zitternder Stimme.

„Nein“, ächzte er verzweifelt, „mein eigenes Gewissen verdammt mich genug — Gott allein weiß es! Und dann werde ich mit ihm abzurechnen haben — eines Tages.“

Jennifer nahm rasch ihre Gelegenheit wahr. „Gott wird jetzt mit dir abrechnen — in Gnade — ‚wenn du ihm das zuläßt. Höre auf sein Wort: ‚So kommt nun, und laßt uns miteinander rechten, spricht der Herr. Wenn eure Sünde gleich blutrot wäre, soll sie doch schneeweiß werden.‘ “

Er brachte sie mit einem lauten Ruf zum Schweigen. „Es hat keinen Zweck, Jennifer — es ist zu spät dafür. Ich kann jetzt nichts mehr daran ändern — es sind schon zuviele Menschen dahinein verwickelt.“

Jennifer blickte den Vater scharf an. „Ist dir bekannt, ob der junge Bill verheiratet war? “

„Ja; aber ich weiß nichts von seiner Frau. Er hat, glaube ich, ein englisches Mädchen geheiratet.“

„Hör zu, Vater“, fuhr sie lebhaft fort, „warum könntest du sie nicht auffinden, um ihr das Geld zurückzuzahlen? Dann würde dein Gewissen wieder rein sein.“

Er schüttelte den Kopf. „Daran habe ich auch schon gedacht, und ich weiß, dies ist das einzige, was ich tun kann, wenn ich jemals diesen Schandfleck auf meiner Seele austilgen soll. Aber ich kann es mir nicht leisten — ich habe dafür das Geld nicht. In letzter Zeit ist das Geschäft nicht so gut gelaufen.“

Jennifer blickte sich im Zimmer um. „Wir könnten immerhin einige Sachen verkaufen“, schlug sie vor.

Er hob den Blick und schaute sie lange an. „Jennifer“, sagte er kurz, „weißt du, daß ich dann dieses Haus verkaufen müßte — dieses Geschäft — alles? “

Das Mädchen erwiderte seinen Blick, ohne zu zucken. „Warum tust es es dann nicht, Vater? Es würde sich schon lohnen, nicht wahr? “

„Nein — nein, ich kann nicht!“ Er wandte sich um und ging ans Fenster, um ihrem Blick auszuweichen.

„Ich muß an meine Familie denken — an deine Mutter —

an dich, an die Jungen. Es würde eine solche Schande vor der Öffentlichkeit sein. Nein — um euretwillen werde ich diesen entsetzlichen Betrug weiterbestehen lassen müssen."

Jennifer stand von ihrem Stuhl auf und ging zu ihm hinüber. „Vater", bat sie flehentlich, „frage nicht nach den anderen. Gott will, daß du diese Sache in Ordnung bringst — und du mußt es tun!"

„Ich kann nicht — ich kann es nicht durchstehen! Ich bin jetzt auch zu feige dazu!"

Sie ergriff seinen Arm. „Mit der Hilfe Gottes kannst du es", drang sie in ihn.

Heftig wandte er sich ihr zu. „Es ist ziemlich leicht, so zu reden, Jennifer — aber denke doch, was dies bedeuten würde. Wie würde es zunächst einmal dich treffen? Was meinst du wohl, was John dazu sagt?"

Ihre Augen verdunkelten sich einen Augenblick lang und ihre Lippen zitterten. „Du brauchst dir um John keine Sorgen zu machen", brachte sie mühsam hervor. „Es kann ihn nicht treffen — jetzt nicht mehr."

„Warum?" Anton vergaß für einen Augenblick seine eigenen Probleme, um herauszufinden, warum seine Tochter auf einmal so aufgeregt dreinschaute.

Jennifer versuchte, ihrer Stimme Festigkeit zu geben. „Weil wir — heute abend Schluß miteinander gemacht haben."

„Schluß gemacht?" Vor Erstaunen blieb Anton die Luft weg.

„Aber warum denn?"

Jennifer wurde rot. „Wir alle haben irgendwann eine Wahl zu treffen, denke ich."

Bei diesen Worten schlug sie den Blick zu Boden. „Für mich war es die Wahl zwischen der Liebe Christi — und der Liebe von John. Und — ich habe mich für Christus entschieden. Das ist alles." Sie lächelte ihm unter Tränen zu. „Meinst du, daß ich damit ein übles Geschäft gemacht habe?"

Als Antwort nahm er ihre Hand in die seine und drückte

sie mit beiden Händen. „Nein“, sagte er heiser, „nein — “

Ein kurzes Schweigen folgte, dann nahm ihr Vater wieder das Wort. Anscheinend rang er immer noch um die rechte Entscheidung. „Jennifer, wenn ich wirklich die Dinge in Ordnung bringen wollte, so muß ich doch immer an deine Mutter denken — dieser Schock und die Schande würden sie töten — “

Er fuhr hoch, als er das Geräusch eines Schlüssels in der Haustür hörte. „Horch — da kommt sie schon“, rief er und versuchte, seine Haltung wiederzufinden.

20

Jennifer blickte zur Tür. „Ich werde dann wohl lieber zu Bett gehen", sagte sie unsicher. „Es ist besser, wenn ich meine Neuigkeit bis morgen für mich behalte."

„Mag sein", stimmte Anton zu. Er hatte eben noch Zeit, das Testament hinter einem Kissen verschwinden zu lassen, als seine Frau auch schon in der Tür erschien, vor Aufregung ganz rot im Gesicht.

„O Anton", begann sie atemlos, „das war ein wunderbarer Abend für mich! Und ich habe sogar etwas Geld beim Kartenspiel gewonnen. Ich muß heute abend viel Glück gehabt haben."

„Ich hoffe es, Julia", sagte ihr Gatte nüchtern.

Wäre sie weniger in Gedanken an den für sie so „gewinnbringenden" Abend vertieft gewesen, hätte Julia seine gezwungene Art sofort bemerken müssen. Sie kam aber in das Zimmer herein, ohne auch nur ihre Tochter zu sehen, die nur wenige Schritte von ihr entfernt stand.

„Alle haben heute abend mein Kleid bewundert", fuhr sie unbeirrt fort, „aber dieser alte Pelzmantel nimmt ihm wieder alle Wirkung." Dabei warf sie das anstößige Kleidungsstück mit gespielter Verachtung auf den Stuhl.

Anton schien sichtlich nervös und unruhig zu sein. Er hoffte, daß sie das Kissen nicht hochnehmen würde, wenn sie ging, um ihren Mantel zurückzuholen.

Julia deutete sein Schweigen auf ihre Weise. Sie ging zu ihm hin und legte ihm scherzhaft die Hand auf die Schulter.

„Na na, du alter Griesgram", sagte sie schmeichelnd, „du wirst doch nicht wollen, daß deine Frau schäbig angezogen aussieht, nicht wahr? Gerade in der letzten Woche sah ich einige sehr hübsche Pelzmäntel in der Stadt — nanu, Anton", brach sie mitten im Satz ab, als sie ihm das erste Mal voll ins Gesicht sah, „was ist dir denn? Bist du krank? Du siehst elend aus!"

„Ach, du brauchst überhaupt nicht soviel Aufhebens darum zu machen." Ungeduldig schob er ihre Hand weg. „Ich fühle mich ausgezeichnet."

„Du hast in letzter Zeit zu hart gearbeitet, das macht mir etwas Sorge", gab sie energisch zurück. „Du wirst noch einen gesundheitlichen Zusammenbruch erleben, wenn du so weitermachst."

Jennifer ging leise auf die Tür zu. „Gute Nacht, Mutter — gute Nacht, Vater. Ich gehe jetzt schlafen."

Beim Klang ihrer Stimme drehte sich Julia plötzlich zu ihrer Tochter um. „Du liebe Güte, Jennifer, hast du mich aber erschreckt!" rief sie aus. „Ich habe ja gar nicht gewußt, daß du auch hier bist. Aber, sag mir mal, wie ist es dir denn heute abend ergangen? Bist du mit ihm ein Stückchen weitergekommen?"

Jennifer wich ihrem gespannten Blick aus. „Ich werde dir das alles morgen erzählen, Mutter", sagte sie ausweichend. „Ich bin jetzt sehr müde und möchte lieber gleich ins Bett gehen."

„Na, dann gut." Julia gähnte. „Ich meine, es wäre für uns alle Zeit, schlafen zu gehen. Komm, mein Lieber." Sie wandte sich ihrem Mann zu. „Du solltest auch gleich mitgehen."

„Nein, laß mich noch allein", sagte er kurz. „Ich habe noch ein großes Problem zu lösen, ehe ich schlafen gehe."

Julia sah sich neugierig in seinem Zimmer um, konnte aber nichts von dem entdecken, was sonst immer auf eine arbeitsreiche Nacht hindeutete. Der Schreibtisch war aufgeräumt, und die Bücherregale unberührt.

„Dann wird es wohl Zeit, daß du bald anfängst", bemerkte sie trocken, „findest du nicht auch?"

„Äh — ja, natürlich, meine Liebe." Anton ging hinüber zum Schreibtisch und machte sich emsig an der Schublade zu schaffen, um seine Verwirrung zu verbergen.

Julia erhob sich. „Ich bin wirklich der Meinung, daß du zu viel tust, Anton, aber ich bin nicht gewillt, meinen Schönheitsschlaf zu versäumen und mich mit dir herumzustreiten. Ich nehme an, du gehst deinen eigenen Weg, aber, was auch daraus wird, ich habe dich gewarnt, vergiß das nicht!"

Anton sah ihr nach, wie sie aus dem Zimmer ging, eine stattliche und anmutige Gestalt; dann wandte er sich wieder ganz seinem Problem zu . . .

Jennifer war müde, konnte aber dennoch nicht schlafen — die Ereignisse dieses Abends standen ihr noch allzu lebhaft vor Augen: John — ihr Vater — ihre Mutter — ihr Zuhause — das Geld — das Geschäft. All das ging in ihrem Kopf wild und wirr durcheinander.

John — es war schwerlich anzunehmen, daß er anrufen oder vorbeikommen würde, um sie morgen wiederzusehen. Vielleicht würde er es tun. Aber nein, das würde er doch nicht tun. Sie kannte ihn nur zu gut. Wenn sie ihn schon zurückholen wollte, mußte sie selbst zu ihm gehen. Das aber würde sie nicht tun. Die unsichtbare Mauer, die heute abend zwischen ihnen gestanden hatte, würde immer da sein, wenn nicht — ja, wenn nicht . . .

Jennifer hörte auf, sich unruhig im Bett hin und herzuwälzen und vergrub ihr Gesicht in den Kissen. Ein Gebet stieg aus ihrem Herzen auf, eine Bitte, für die ihre Lippen keine Worte fanden. Sie hatte früher schon für ihn gebetet, so viele Male — aber sie hatte es mindestens ebensoviel für sich selbst wie für ihn getan. Sie hatte ihn bekehren wollen, damit ihr Herzenswunsch in Erfüllung ging: daß es ihr erspart bliebe, ihn aufgeben zu müssen. Aber jetzt waren keine selbstsüchtigen Beweggründe mehr in ihrem Herzen. Sie hatte ihren Anspruch auf ihn aufgegeben, aber tief in ihrem Inneren verspürte sie eine unaussprechliche Sehnsucht, daß er doch gerettet werden möchte.

Schwerer noch als das Empfinden, einen schweren, persönlichen Verlust erlitten zu haben, wog ihr die furchtbare

Gewißheit, daß John — John mit seinem aufrechten Charakter und seinen ehrlichen und herzlichen Gefühlen — vor Gott schon als ein Verdammter dastand, weil er sich weigerte, an den Namen des eingeborenen Sohnes Gottes zu glauben. Was nützten ihm alle seine guten Taten vor der fleckenlosen Reinheit und Heiligkeit Gottes? Ach, daß er doch endlich von seiner Sünde überzeugt würde — daß er vor dem Kreuz Christi in Demut und Reue auf die Knie fallen würde. Das lag wie eine schwere Zentnerlast auf ihrem Herzen.

Während sie noch betete, kam ihr in den Sinn, daß zur gleichen Zeit unten im Studierzimmer ein schwerer Kampf ausgetragen wurde. Ihr Vater stand der größten Krise seines Lebens gegenüber; und sie betete, Gott möge ihm die Überzeugung und den Mut dazu schenken, das große Unrecht seines Lebens wiedergutzumachen.

Wußte sie wirklich, worum sie da bat? Überhaupt nicht; denn wie konnte sie in die Zukunft sehen? Sie hatte die dumpfe Ahnung, daß es wahrscheinlich den Verlust all der Dinge bedeuten würde, auf die sie bisher ein natürliches Recht zu haben meinte. Es würde vielleicht bedeuten, daß ihr mit einem Schlag alles weggenommen würde, was ihr vertraut war, und sie in einen Lebensbereich versetzt würde, der ihr fremdartig und neu war, ja, vor dem sie Angst hatte.

In diesem Augenblick fühlte sich Jennifer verzweifelt einsam. Menschlich gesprochen gab es niemand, in den sie ihr Vertrauen setzen, dem sie sich anvertrauen konnte. Sie wäre gern zu Philip gegangen, um ihm davon zu sagen, aber ihr Vater hatte ihr ganz im Vertrauen etwas gesagt, was sie nie einem Dritten preisgeben konnte. Philip würde schon früh genug davon erfahren . . .

Ihre Hand glitt tastend durch die Finsternis, als suche sie nach etwas, an das sie sich klammern konnte, um vor der Lawine, die so plötzlich über sie hereinbrach, sicher zu sein. Ihre Finger schlossen sich um ein Buch — es war ihre Bibel. In einem plötzlichen Gefühl großer Erleichterung hielt sie es fest. Hier war etwas, das ihr niemals entgleiten würde.

In diesem Buch lagen all die ungeheuren Reichtümer der Gnade Gottes beschlossen, die Tiefen, die zu ergründen sie kaum erst begonnen hatte. Durch die Seiten dieses gedruckten Gotteswortes erschien das Wort des fleischgewordenen Gottes, des Gottessohnes und Heilands — Jesus Christus, „derselbe gestern, heute und in Ewigkeit".

Es würde große Veränderungen geben — bestimmt! Aber bei ihm gab es „keine Veränderung noch Wechsel zwischen Licht und Finsternis". Was auch immer auf sie zukam, sie war geborgen — bei ihm!

Beim Frühstück am anderen Morgen ging es recht schweigsam zu. Anton sah aus, als wäre er überhaupt nicht ins Bett gekommen, Julia litt unter den Folgeerscheinungen ihres so „wunderbaren" Abends, und Jennifer konnte nichts denken oder sagen, was von allgemeinem Interesse gewesen wäre, darum aß sie schweigend ihr Obst und ihr Röstbrot; nur ab und zu blickte sie ängstlich zu ihrem Vater hinüber.

Philip spürte instinktiv, daß etwas in der Luft lag. So folgte er willig den stummen Zeichen, die Jennifer ihm gab, und sagte nicht mehr als dringend notwendig war.

Rodger tat am Frühstückstisch überhaupt niemals den Mund auf — er lehnte immer die Morgenzeitung gegen die Zuckerdose und informierte sich über die neuesten Nachrichten, bis er plötzlich auf die Uhr sah, seinen Stuhl hastig beiseiteschob und aus dem Haus eilte, um seinen Zug noch zu schaffen, der ihm ärgerlicherweise oft gern vor der Nase davonfuhr.

„Ich habe geschäftlich in der Stadt zu tun, Julia", sagte Anton kurz, als sie vom Tisch aufstanden. „Voraussichtlich werde ich nicht allzulange fort sein. Ich werde zeitig zum Mittagessen zurück sein."

Julia blickte auf die Uhr. „Es muß sich um eine sehr wichtige Sache handeln, daß du um diese Zeit schon aus dem Hause mußt", sagte sie argwöhnisch.

„Ich werde dir alles erzählen, wenn ich zurück bin.“ Bei diesen Worten wandte Anton seinen Blick von ihr ab und verließ mit einem knappen Gruß das Zimmer.

Es war Sonnabend früh, der Tag, an dem Jennifer wechselweise dienstfrei hatte. Sobald die anderen das Haus verlassen hatten, machte sie sich daran, das Geschirr abzuwaschen und, wie üblich, im Hause aufzuräumen. Sie war mit diesen kleinen Arbeiten noch nicht zu Ende, als ihrer Mutter wieder einfiel, was gestern abend gewesen war.

„Augenblick mal“, dachte sie laut nach — „da war doch noch etwas — ach ja, Jennifer, richtig, du wolltest mir doch noch erzählen, was gestern abend war. Was hatte John dir zu sagen? “ Sie war ganz gespannte Erwartung.

Jennifer wischte eben im Wohnzimmer Staub und hielt einen Augenblick inne, das Staubtuch in der Hand. „Da gibt es nicht viel drüber zu sagen, Mutter“, sagte sie ruhig.

„Warum? “ war die ungeduldige Frage. „Was meinst du damit? Du hast doch nicht etwa eine Auseinandersetzung mit ihm gehabt, oder doch? “

Jennifer schüttelte den Kopf. „Das kann man eigentlich nicht direkt sagen, aber ich möchte ihn nicht mehr sehen. Wir haben uns für immer getrennt.“

„Getrennt? “ Julia fand keine Worte. „Aber Jennifer, mach doch keine Witze — er will dich doch heiraten.“

„Er wollte es.“ Jennifers Atem ging rascher. „Aber ich — ich mußte nein sagen, und darum ist jetzt alles vorbei.“

„Alles vorbei!“ Julia sank rücklings in den Sessel, der gerade neben ihr stand. „Jennifer, hast du ihm etwa einen Korb gegeben? “

„Ja, Mutter, ich mußte.“

„Aber — warum denn bloß? “ Julia war noch ganz verwirrt, konnte es nicht fassen.

„Nun, Mutter, das ist so: John ist ein netter Junge; aber wir werden uns in der Frage der Religion nicht einig, und auf dem Weg könnten wir niemals glücklich sein.“

Frau Deane richtete sich kerzengerade in ihrem Sessel

auf. „Was? Du willst damit sagen, daß du deinen Glauben über den Heiratsantrag von John Lynton stellst? Jennifer, du mußt verrückt sein! Er kommt aus guter Familie, er könnte dir ein behagliches Zuhause bieten, und er liebt dich. Ich weiß nicht, was du sonst noch willst."

Das Mädchen schüttelte den Kopf. „Es ist mehr als das, Mutter", brachte sie mühsam hervor.

Julia begann einzusehen, daß hier tatsächlich kein Mißverständnis vorlag. „Ich weiß wirklich nicht, was ich jetzt mit dir machen soll, Jennifer", rief sie zornig. „Das ist ja eine schöne Bescherung. Was soll ich denn meinen Freunden sagen? Sie warten doch alle darauf, daß ihr beide bald heiraten werdet, und sie werden mich mit Fragen bestürmen, was denn eigentlich los ist."

Jennifer seufzte. „Wirklich, Mutter, ich wünschte, du würdest dir nicht so viel daraus machen, was andere Leute denken — "

„Es würde dir nicht schaden, wenn du dich ein bißchen mehr darum bekümmern würdest", gab Julia zurück. „Aber, meine liebe Jennifer, das kann doch wirklich nicht dein Ernst sein, nicht wahr? " schloß sie ängstlich.

„Doch, Mutter, es ist mein Ernst", sagte Jennifer traurig; „John ist kein Christ, und darum — kann ich ihn nicht heiraten."

Julia brauchte ihrer Tochter nur ins Gesicht zu sehen, um die Gewißheit zu haben, daß weitere Argumente sinnlos wären; so brach sie in Tränen aus.

„Jennifer, du wirst mir noch das Herz brechen!" schluchzte sie, ganz außer sich. „Es gibt doch Dutzende von Mädchen, die — die für eine solche Gelegenheit alles hergeben würden, und du — du stößt ihn einfach weg." Sie wischte sich über die Augen. „Du hast es verdient, eine alte Jungfer zu sein — und du wirst es auch werden, wenn du so weitermachst. O, das ist zuviel! Ich kann es nicht ertragen!"

Einen Augenblick lang stand Jennifer hilflos daneben, dann wandte sie sich um und ging zum Fenster hinüber.

Hier konnte sie nichts machen. Es war nutzlos, mit der Mutter ein vernünftiges Gespräch führen zu wollen, solange sie in diesem Zustand war. Sie würde solange warten müssen, bis sie sich ein wenig beruhigt hatte.

Aber Julia war untröstlich und schluchzte weiter, bis sie an den schweren Schritten im Flur merkte, daß ihr Mann zurückgekommen war. Sie hob ihr tränenüberströmtes Gesicht, als er das Zimmer betrat.

„Julia!“ rief er, indem er dicht vor ihr stehenblieb. „Was — ist denn? “

„Anton“, keuchte sie unter Tränen, „es ist wegen Jennifer. Was meinst du? Sie — sie hat Johns Heiratsantrag abgelehnt. Ach, Liebster, das werde ich nie verwinden!“

Jennifers Blick traf sich mit dem ihres Vaters, aber sie sagte nichts. Anton ging hinüber zu dem Stuhl, auf dem seine Frau saß. „Beruhige dich, Julia“, sagte er leise, und in der Art, wie er das sagte, war eine ungewollte Zartheit zu spüren. „Schließlich ist das eine Entscheidung, die Jennifer für sich zu treffen hat, und sie muß das tun, was sie für das Richtige hält.“

„Was? “ Julias Hysterie geriet durch das merkwürdige Benehmen ihres Gatten ins Stocken. „Du bist auch noch auf ihrer Seite? “

Anton zuckte die Schultern. „Nun, wenn du es so auslegen willst, hast du recht, Julia. Und ich meine, daß sie vielleicht sehr klug — “

Jennifer hielt die Luft an. Unter gewöhnlichen Umständen hätte sie niemals erwartet, von ihres Vaters Seite Hilfestellung zu bekommen .

Julia brach wieder in Tränen aus. „Alle seid ihr gegen mich“, schluchzte sie. „Keiner kümmert sich um meine Gefühle.“

Anton beugte sich zu ihr herab und nahm ihre Hand. „Julia“, sagte er feierlich, „es tut mir leid, aber ich fürchte, auch ich muß dich jetzt aus der Fassung bringen. Da ist etwas, das ich dir gestehen muß — “

„Gestehen? “ wiederholte sie schwach. Sie mußte wohl

träumen. Was konnte Anton ihr zu gestehen haben? Aber da sprach er schon wieder .

„Erinnerst du dich noch, Julia? Bevor wir heirateten, erzählte ich dir, daß mir ein Vermächtnis hinterlassen worden war. Ich baute das Geschäft mit diesem Geld auf; dann planten und bauten wir gemeinsam dieses Haus. Weißt du noch? “

Julia nickte. Warum ging er jetzt auf all das ein? Das war doch schon fünfundzwanzig Jahre her . . . Unbemerkt schlüpfte Jennifer leise aus dem Zimmer.

„Was ich dir damals erzählte, war eine Lüge, Julia. Ich habe dich getäuscht und andere betrogen, die mir lange Zeit vertraut haben. Es war nicht mein Geld — ich hatte kein Anrecht darauf.“

„Anton!“ Julias entsetzter Aufschrei ließ ihn zusammenzucken, aber er faßte sich wieder, um die Geschichte zu Ende zu erzählen.

„Mein ganzes Leben ist eine Heuchelei gewesen — ein einziger Betrug. Alles, was ich mein eigen nannte — alles, was ich dir und den Kindern gab, habe ich unter Vorspiegelung falscher Tatsachen erworben. Aber jetzt ist alles aus!“

Julia stockte der Atem. „Dann bist du entdeckt — ? “

Er senkte den Kopf. „Gott hat mich entdeckt, Julia. In der letzten Zeit ist mir nicht alles so besonders gut geraten, Julia. Es ist nicht gut. Wir können nicht etwas Böses tun und dann einfach ungestraft davonkommen. Ich habe nie Frieden in meinem Herzen gefunden, bis ich mich entschlossen habe, die Dinge in Ordnung zu bringen.“

„Du meinst, du willst es alles zurückzahlen? “

„Ja, Julia. Aber, um es zurückzahlen zu können, werde ich dieses Haus — das Geschäft — und alles verkaufen müssen.“

„Dann kannst du es nicht, Anton!“ Julia hatte jetzt wieder einen klaren Kopf. „Wir wären ruiniert — und was würden die Leute sagen? “

Anton schob entschlossen sein Kinn vor. „Julia“, sagte er wieder, „es tut mir leid, — mehr als du dir denken kannst —, daß ich dir das antun muß, aber ich habe nun lange genug Unrecht begangen. Ich muß jetzt tun, was recht ist — ganz gleich, was es mich kostet."

Julias Lippen begannen zu zittern. Allmählich wurde ihr erst die volle Bedeutung dieser Worte, die sie eben gehört hatte, klar bewußt, denn es betraf ihre eigene Zukunft. Es war charakteristisch für diese Frau, daß sie immer nur an sich dachte. Es kam ihr kein Gedanke an den furchtbaren inneren Kampf, den Anton durchgestanden haben mußte, bis er zu der unwiderruflichen Entscheidung gelangt war. Sie dachte auch nicht im entferntesten an den lang andauernden Betrug, an dem sie, ohne es zu wissen, teilgehabt hatte. Ihr einziger Gedanke galt sich selbst. Wie würde es ihr ergehen, wenn Anton das tat, was er sagte? Wenn er alles verkaufte, was würde dann aus ihr werden? "

„Anton — du wirst mich völlig mittellos lassen!" jammerte sie.

Er legte seine Hand auf ihre Schulter. „Julia, Liebes", sagte er heiser, „wir haben doch noch uns beide — wenn du mir vergeben kannst."

Aber sie schien ihn gar nicht zu hören. Julia Deanes Welt war zusammengebrochen. All das, wofür sie gelebt hatte — Geld, Vergnügen, soziale Stellung —, war wie ein Dampf dahingeschwunden. Sie hatte nichts — gar nichts mehr. Nur die Aussicht auf ein von Armut betroffenes Leben und das Gespött derer, die sie einmal ihre Freunde genannt hatte.

„Julia!"

Aber Antons Stimme schien ihr aus weiter Ferne zu kommen.

Mühsam erhob sie sich. Das Zimmer schien wie ein Schiff auf den Wellen zu schwanken, und das Gesicht ihres Mannes war verschwommen und undeutlich. Dann stolperte sie und fiel hin. Anton versuchte sie noch aufzuhalten, aber er kam zu spät; denn bis er an ihre Seite geeilt war, lag sie schon am Boden, ein in sich zusammengesunkenes, gefühlloses Häuflein Mensch.

21

Tagelang schwebte Julia Deane zwischen Leben und Tod. Der Arzt sagte, sie habe einen Schlaganfall erlitten und wiegte sehr ernst sein Haupt, als Anton sich erkundigte, ob denn Aussichten auf Genesung bestünden. Es würde sehr lange dauern, sagte er, wenn überhaupt eine Aussicht darauf bestünde. Tatsächlich schien es mehr als wahrscheinlich zu sein, daß sie für den Rest ihres Lebens gesundheitlich ruiniert sei.

Anton Deane hörte sich dieses Urteil schweigend an, und in den Tagen, die darauf folgten, beobachtete ihn Jennifer voller Besorgnis. Zeitweise schien es so, als sei die Last, die auf ihm lag, schwerer, als er ertragen konnte; und nur die ernsten Gebete seines Sohnes und der Tochter hielten ihn in den dunkelsten Stunden aufrecht, daß er nicht unter seiner Last zusammenbrechen mußte.

„Jennifer", flüsterte Philip erschrocken, als er die Neuigkeit hörte, „wir wußten nicht, was wir taten, als wir um Vaters Bekehrung gebetet haben, nicht wahr? "

„Nein, wirklich nicht, Philip", sagte seine Schwester mitfühlend, „ich denke, das ist auch gut so, gerade so, wie wir ja auch nicht sehen können, was vor uns liegt — wir könnten es sonst wohl nicht durchstehen, wenn wir es vorher wüßten."

Philip zeigte in diesen kritischen Tagen seinem Vater gegenüber eine rührende Anhänglichkeit. Er ließ ihn nicht aus den Augen. Soweit es seine Zeit zuließ, legte er seine Lehrbücher beiseite und nahm seinen Platz an der Seite des Vaters ein. Bis in die Nächte hinein arbeitete er mit ihm über Kapitalanlagen und Rückzahlungen, Kalkulationen und Zinssätze, bis ihm der Kopf weh tat.

Zuerst blieb Anton für sich allein. Er hatte dem Jungen die Geschichte erzählt — in kurzen Worten, aber ohne sich selbst auch nur etwas von der Schande zu ersparen, die er jetzt offen anerkannte; und dann war er mit hängenden Schultern und gesenktem Kopf davongegangen. Aber Philip spürte ihn auf .

„Vater“, sagte er ziemlich unbeholfen, „nimm das alles doch nicht so schwer. Ich bin stolz auf dich. Ehrlich, ich bin es wirklich.“

Sein Vater lächelte grimmig. „Da gibt es nichts, daß du stolz auf mich sein kannst, mein Sohn.“

„Doch, ich bin stolz auf dich“, widersprach der Junge. „Ich schätze, du beweist Mut.“

„Nein.“ Der Ältere schüttelte den Kopf. „Ich bin ein Feigling, mein Junge. Wenn Gottes Gnade mich nicht dazu gebracht hätte — ich hätte es nie getan.“

Philip fiel der Tag ein, an dem er zum ersten Mal mit seinem Vater über geistliche Dinge gesprochen hatte — er mußte an den Zorn und die Verachtung denken, die er ihm entgegengeschleudert hatte, als er ihm seinen Entschluß mitteilte, Jesus Christus nachzufolgen. Sein Vater hatte sicher eine tiefgreifende Wandlung durchgemacht . . .

Rodger aber verging fast vor Verachtung, bitter in seinem furchtbaren Zorn. „Mein Vater!“ schaubte er. „Ein gemeiner Betrüger! Wie kannst du erwarten, daß einer wie ich darüber hinwegkommen soll? “

In seinem verletzten Stolz war er zornig aus dem Hause gelaufen.

Blaß und sehr still lag Julia Deane oben in ihrem rosa Schlafzimmer. Die ungewöhnliche Geschäftigkeit in den unteren Räumen des Hauses kam ihr gar nicht zum Bewußtsein.

Große und barsche Männer kamen und gingen, stampften mit rastlosen Füßen über die dicken, weichen Teppiche. Wände wurden der Bilder beraubt, Kommoden und Schränke unsanft entleert, alles gekennzeichnet und beschriftet. Jemand brachte über dem Eingangstor ein großspuriges Holzschild an mit der Aufschrift

„Zu versteigern".

Die Nachbarn begannen erst unter vorgehaltener Hand zu flüstern. Dann wurde das heimliche Reden allmählich immer lauter und dreister.

Von alledem konnte Julia nichts hören.

„Stell dir vor — die mit ihrem Vornehm-tun und ihren guten Umgangsformen!" schnaubten ihre früheren Freundinnen. „Das wird sie ganz schön ‚ducken'."

„Na ja, da sieht man wieder einmal, du weißt nie, woran du wirklich mit jemand bist", stellten die Kartenspieler fest, als sie mit sichtlichem Behagen das Schicksal ihrer früher so energischen Mitspielerin erörterten.

Aber Julia hörte immer noch nichts von alledem. Anton und Jennifer hielten es nicht für klug, sie länger im Hause zu lassen, und mit Hilfe des Arztes trafen sie alle Vorbereitungen, sie in eine Privatklinik einzuweisen, mindestens solange, bis der Verkauf abgeschlossen war. Behutsam fuhr der Krankenwagen mit seiner Patientin durch die Straßen — Straßen, die von der Nachricht widerhallten, daß Anton Deanes Geschäft pleite gegangen war.

Julia erfuhr von alledem nichts. Mindestens eine Zeitlang wurde ihr diese bittere Demütigung erspart.

Als Julia Deane schließlich ihre Umgebung wieder wahrnahm, war ihr Geist verwirrt, und sie schien überhaupt keine Erinnerung an das Vergangene mehr zu haben. Sie war schwach und hilflos wie ein kleines Kind.

Sie würde wohl durchkommen, sagte jetzt der Arzt. Ihr Geist würde auch wieder klarer werden, aber er konnte nicht sagen, ob sie jemals wieder würde laufen können.

Seit ihre Mutter krank war, war Jennifer nicht mehr in ihrem Geschäft gewesen. Ihr Vater hatte außerhalb pausenlos Geschäftliches zu erledigen. Im Hause gab es soviel zu tun, daß ihr keine andere Wahl blieb. Als das alles vorbei war, kam ihr die Erinnerung an jene Tage wie ein Alptraum vor. Ihr blieb aber einfach gar keine Zeit, an ihre eigenen Angelegenheiten zu denken, die im Augenblick ganz in den

Hintergrund traten.

Erst als alles für den Verkauf vorbereitet war und ihre Mutter die Krise überstanden hatte, konnte Jennifer wieder an ihre eigene Zukunft denken.

Es war offensichtlich, daß ihre Mutter jemanden brauchen würde, der sie betreute. Dafür jemanden einzustellen, stand natürlich außer Frage . . .

Jennifer mußte einmal mit ihrem Vater über das alles sprechen. Er hatte in letzter Zeit so müde und bekümmert ausgesehen, daß sie sich ernstlich Sorgen um ihn machte.

„Nun, Vater, ich meine, wir haben jetzt alles geregelt, nicht wahr? " äußerte sie, als sie neben Philip auf einer der Kisten in der Küche saß.

Das Haus lag ruhig da, nur in den oberen Räumen hörte man es rumoren. „Was ist das? " wollte Anton wissen und lauschte nach oben.

„Ach, Rodger ist es nur", sagte Jennifer heiter. „Ich denke, er räumt seine Sachen zusammen. Aber sag mal, Vater, haben die Anwälte eigentlich irgend etwas herausfinden können? "

„Ja." Anton nickte hoffnungsvoll. „Es steht als sicher fest, daß der junge Bill, als er in England war, geheiratet hat. Sie können aber seine Frau nicht aufspüren. Wenn er lebte, würde er sie sicher nach Australien zurückgebracht haben."

Er seufzte. „Aber, wo sie auch ist, ich muß sie finden und ihr das Geld zurückgeben. Ich werde nicht ruhen, bis es soweit ist."

„Und du wirst den ganzen Betrag aufbringen können, Vater? " war Jennifers Frage.

„Es wird gerade so reichen, wenn alles verkauft ist, denke ich. Aber wir werden nichts mehr haben, Jennifer — nicht einmal ein Dach über dem Kopf."

Jennifer lächelte tapfer. „Pastor Ransome versucht, Zimmer für uns zu finden. Er ist sicher, etwas in Erfahrung zu bringen."

„Und dann ist da noch deine Mutter", fuhr Anton

düster fort. „Sie wird jemand brauchen, der sie betreut, und ich werde es wohl nicht tun können."

„Natürlich kannst du das nicht", erwiderte Jennifer mit einem liebevollen Lächeln. „Ich habe auch schon darüber nachgedacht. Ich werde meine berufliche Arbeit überhaupt aufgeben und zu Hause bleiben, um für den Haushalt zu sorgen. Ich verstehe zwar nicht viel davon, aber ich denke, daß ich's bald lernen werde. Dann könnte ich mir vielleicht eine Arbeit für daheim besorgen, wenn wir etwas mehr Geld brauchen."

Anton blickte dankbar zu ihr auf. „Du bist ein gutes Mädchen, Jennifer", sagte er heiser. „Ach, ich weiß nicht, wie das alles noch einmal enden soll!"

Jennifer sprang von der Kiste auf und ging zu ihm hinüber, indem sie ihm die Hand auf die Schulter legte. „Wirklich, Vater, du mußt nicht so sehr bekümmert sein", sagte sie sanft.

Anton barg sein Gesicht in den Händen. „Habe ich nicht Grund genug, bekümmert zu sein — nachdem ich uns alle in diese Notlage gebracht habe? Ich habe euch allen eine schwere Last aufgelegt."

„Aber du darfst dir jetzt keine Vorwürfe mehr machen, Vater", mahnte sie.

„Doch, Jennifer — doch!" Er rang verzweifelt die Hände.

„O, was bin ich für ein Narr gewesen — ein Narr — "

Er schwieg, während Jennifer und Philip mitfühlende Blicke über den gebeugten Kopf ihres Vaters tauschten.

Philip war noch nie dankbarer gewesen als jetzt, daß er seine Schwester bei sich hatte. Er fühlte sich hilflos, aber Jennifer würde schon die rechte Antwort wissen .

„Mein lieber Vater!" Sie legte ihren Arm um seinen Nacken. „Das ist jetzt alles vorbei. Du hast bereut — du hast dich von deiner Sünde abgekehrt und versuchst jetzt, das Unrecht, das du den Leuten angetan hast, auf Heller und Pfennig wieder gutzumachen. Mehr kannst du doch nicht tun."

„Nein, mehr kann ich nicht tun — das ist wahr!“ rief er hoffnungslos verzweifelt aus. „Niemals kann ich den Schandfleck meiner Schuld von meiner Seele tilgen — niemals!“

„Aber Gott kann es, weißt du — und er wird es auch, wenn du den Herrn Jesus als persönlichen Heiland in dein Herz aufnimmst.“ Ihr Gesicht war jetzt ganz nahe an dem seinen. „Das Blut Jesu Christi, des Sohnes Gottes, macht uns rein von aller Sünde.“

Anton Deane sagte kein Wort, nur ein tiefer Seufzer entrang sich seiner Brust.

„Vater“, kam leise und eindringlich die Stimme des Mädchens, „du hast uns deine Sünde bekannt — der Welt auch —, aber hast du sie auch schon vor Gott bekannt? Hast du ihn im Namen des Herrn Jesus Christus um Vergebung gebeten? Hier ist seine Verheißung: Und wenn eure Sünde gleich blutrot ist, soll sie doch schneeweiß werden; und wenn sie gleich ist wie Scharlach, soll sie doch wie Wolle werden.“

Immer noch sagte Anton kein Wort, und Jennifer und Philip beteten still für ihn. Dann brach er mit einem Schluchzen, das seinen ganzen Körper erschütterte, zu Boden und weinte wie ein Kind . . .

Da sie Schritte auf der Treppe hörte, eilte Jennifer in den Flur und sah sich plötzlich Rodger gegenüberstehen. Er war fertig angezogen, Mantel über dem Arm und den Hut in der Hand.

„Ich gehe jetzt weg“, verkündete er und nahm bei diesen Worten seinen großen Koffer vom Boden auf.

Jennifer schaute ihn an. Sein sonst so hübsches Gesicht blickte hart und entschlossen, und sie wußte darum auch sofort, was er meinte.

„Wohin? “ fragte sie zaghaft.

„Oh, nur weg von hier, dessen kannst du sicher sein — an einen Ort, wo man den Namen Deane nicht kennt. Ich habe eben meinen Stolz, wenn auch die übrige Familie ihn anscheinend verloren hat.“

Jennifer trat ihm einen Schritt näher. „Ach, Rodger, nicht doch so überstürzt", bat sie. „Diese Dinge sind bald vergessen. Abgesehen davon, trifft dich ja nichts von der Schande. Es besteht gar kein Grund dafür, daß du weggehen müßtest."

Er zuckte die Schultern. „Es gibt keinen Grund, warum ich hierbleiben sollte — besonders jetzt, da Claire mir einen Korb gegeben hat."

„Ach!" Jennifer stockte der Atem. „Du willst doch damit nicht sagen, daß Claire eure Verlobung gelöst hat? "

„Natürlich. Und ich möchte sie auch nicht bloßstellen. Sie würde mich auch gar nicht heiraten wollen mit einer Familie, die öffentlich in Verruf steht."

Jennifer schüttelte den Kopf. „Sie kann nicht viel von dir halten, Rodger, wenn sie das tut", sagte sie gedehnt.

„Das mußt ausgerechnet du sagen", konterte er rasch, „du hast einem anständigen Burschen den Laufpaß gegeben und hattest dazu noch viel weniger Grund als ich."

Jennifer fühlte, wie ihr das Blut zu Kopfe stieg. „Das war etwas anderes. Das verstehst du nicht."

„Ich weiß schon", fuhr Rodger hitzig fort, „ihr mit eurem komischen Glaubensfanatismus hier — je eher ich euch verlasse, desto besser für mich. Was soll man über einen Narren viel reden — ich habe Vater mehr gesunden Menschenverstand zugetraut. Er hatte es nicht nötig, so weit zu gehen. Er hätte auf dem alten Weg weitergehen können, und niemand wäre dahintergekommen."

Sie warf den Kopf zurück. „Er hat jetzt genau das Richtige getan", sagte sie entschieden, „und Gott wird ihn dafür segnen."

Rodger schnalzte mit den Fingern. „Nun gut. Spare dir diese Reden für den Rest der Familie. Ich bin nicht gekommen, um mir eine Predigt anzuhören. Ich kam, um Lebewohl zu sagen."

„Aber du willst doch sicher nicht gehen, solange Mutter noch so krank ist? "

„Arme Mutti!" In seiner Stimme schwang etwas Mitleid,

zu dem er sich herabließ. „Ich muß sie wirklich aufrichtig bedauern, aber es ist sicher nicht meine Schuld, und ich kann auch nichts weiter für sie tun, wenn ich hierbleibe. Es wird lange dauern, bis sie wieder auf dem Posten ist. Aber wenn sie sich erholt, werde ich sie wahrscheinlich zu mir holen. Sie wird sich nicht damit zufriedengeben, in irgendeinem schäbigen, alten Hinterzimmer zu wohnen, selbst wenn ihr euch damit abfindet."

„Und wo willst du hin?" Es fiel Jennifer schwer, diese Frage auszusprechen.

„Ich habe mich um eine Stellung im Verwaltungsdienst beworben. Man hat mir für zwölf Monate einen Posten in Neuguinea angeboten. Ich weiß noch nicht sicher, was ich dann tun werde. Aber ganz sicher werde ich nicht hierher zurückkommen. Mit dieser Familie bin ich fertig."

Er wandte sich um und wollte in die Vorhalle zurückgehen. „Mach's gut, Jennifer", rief er ihr über die Schulter hinweg zu. „Und ich kann auch nicht versprechen, ob ich euch mal schreibe."

„Rodger!" Sie lief ihm nach und klammerte sich an seinen Arm. „Rodger, du hast Vater noch gar nicht Lebewohl gesagt!"

Aber er schüttelte sie zornig ab. „Das ist für mich verlorene Zeit, wenn ich noch einmal nach ihm sehe — ich muß jetzt weg!"

„Aber Rodger!" bat sie. „Er ist doch eben hier. Ich rufe ihn herbei, wenn du willst."

„Nein! Kümmere du dich nur um deine eigenen Dinge. Das hier hat nichts mit dir zu tun. Ich habe nicht die Absicht, mit ihm auch nur noch ein Wort zu reden. Ich habe es dir gesagt — ich bin fertig mit dieser Familie."

„Bitte, Rodger!" Wieder war sie an seiner Seite. „Du kannst doch so nicht davongehen — du wirst ihm damit das Herz brechen!"

Der junge Mann lachte bitter. „Ich bin nicht der Ansicht, daß er von mir noch irgendwelche Beachtung verdient."

Er hatte jetzt die Tür geöffnet, und Jennifer machte noch einen letzten, verzweifelten Versuch, ihn umzustimmen.

„Oh, Rodger!“ rief sie, wobei ihre Stimme in einem Schluchzen brach. „Willst du ihm nicht vergeben? Schließlich ist er doch gut zu dir gewesen.“

„Ist er das wirklich . . . ?“ höhnte er unter zynischem Lächeln. „Ich fürchte, ich kann es jetzt im Augenblick nicht einsehen. Na dann — leb wohl; du kannst ihm ja sagen, daß ich fort bin.“

„Du könntest eines Tages selbst noch Vergebung brauchen und begehren!“ rief sie ihm noch nach.

Sie mußte das einfach noch sagen. Aber sie wußte nicht, ob er es noch hörte, denn die Tür war krachend hinter ihm ins Schloß gefallen.

22

Jennifer machte die Runde im Geschäft, um sich von ihren Freunden und Arbeitskollegen zu verabschieden. Dabei war ihr etwas traurig zumute. Trotz der vielen Gelegenheiten, da sie gezwungen waren, sich dahin zu einigen, daß sie verschiedener Meinung waren, war Jennifer doch glücklich unter ihnen gewesen. Es würde ihr fremdartig vorkommen, wenn sie ohne die tägliche angenehme Arbeit leben mußte, an die sie sich so gewöhnt hatte. Sie war bei der Firma gewesen, seitdem sie die Schule verlassen hatte, und hing sehr an ihrem Arbeitsplatz.

Auf Einladung des „geschäftsführenden Direktors" sprach sie eines Nachmittags bei ihm besonders vor, um die guten Wünsche der Firma entgegenzunehmen. Andreas Murray zeigte echte Anteilnahme, als sie ihm auf seine sehr beharrlichen Fragen die Mißgeschicke ihrer Familie schilderte.

„Und besteht nicht die geringste Aussicht darauf, daß Sie einmal wieder zu uns zurückkommen können, Fräulein Deane? "

Jennifer schüttelte den Kopf. „Ich fürchte, nein, Herr Direktor. Meine Mutter muß Ende dieser Woche aus dem Krankenhaus nach Hause kommen, und sie wird jemanden brauchen, der sich dauernd um sie kümmert."

„Hm. So stehen die Dinge also? "

„Ja. Sie wird wahrscheinlich nie mehr gehen können." Und ohne es zu wollen, zitterten ihre Lippen dabei.

„Das tut mir leid." Er schwieg einen Augenblick. „Sie werden große Verantwortung zu tragen haben, Fräulein Deane. Wie steht es finanziell? "

„Och, wir werden schon ganz gut zurechtkommen,

vielen Dank“, beeilte sie sich zu versichern. „Mein Vater hat eine Arbeit bekommen können. Man muß eben lernen, auch mit weniger zu leben.“

Er lächelte, was er sonst nicht oft tat. „Leichter gesagt als getan, fürchte ich. Sie werden es hart finden.“

„Ja, anfangs wird es nicht so ganz leicht sein“, gab sie zu, „aber wir werden es schon schaffen. Sobald meine Mutter wieder mehr Kraft hat, könnte ich vielleicht eine Arbeit finden, die ich in wenigen Stunden am Tage daheim erledigen kann. Das würde uns schon helfen.“

Seine scharfen, grauen Augen ruhten prüfend auf ihr. In den zwölf Monaten, in denen sie als seine Sekretärin bei ihm gearbeitet hatte, hatte er beobachtet, wie sie zur Frau erblüht war, aber immer noch schien sie zu jung und unerfahren, um eine solch ungewisse Zukunft zu bewältigen.

„Sie sind wirklich sehr tapfer“, bemerkte er.

Jennifer schloß einen Augenblick die Augen, um eine Träne zurückzuhalten. „Nicht so sehr“, sagte sie mit zitternder Stimme, „ich könnte es — allein jedenfalls — niemals bestehen.“

Er sah aus, als beruhigte ihn diese Antwort. „Dann steht Ihnen jemand zur Seite? “

„Ja, natürlich“, sagte sie rasch. „Der Herr Jesus ist bei mir. Er verläßt uns nicht. Aber vielleicht verstehen Sie das nicht“, beeilte sie sich hinzuzufügen.

„Vielleicht nicht“, antwortete er langsam und blickte sie dabei unverwandt an, „aber mindestens klingt das so, als seien Sie sich dessen sehr sicher.“

„Ja, das bin ich auch.“ In ihrer Stimme war eine Festigkeit zu spüren, die ihn zu der Überzeugung brachte, daß ihre Worte nicht ein scheinheiliges Gerede waren. Sie sprach aus der Überzeugung, die aus persönlicher Erfahrung entspringt.

„Gegen eine solche religiöse Überzeugung würde ich nichts einzuwenden haben“, begann er nachdenklich.

Nach einer kurzen Pause fuhr er fort: „Der Aufsichtsrat möchte seine Hochschätzung für Ihren treuen Dienst zum

Ausdruck bringen, Fräulein Deane, und Ihnen etwas überreichen, was Sie an Ihre glückliche Verbindung mit unserer Firma erinnern soll; darum bittet er Sie, dieses äußere Zeichen seines aufrichtigen Dankes mit besten Wünschen für Ihre Zukunft annehmen zu wollen."

Bei diesen Worten stellte er einen kleinen schwarzen Kasten auf den Schreibtisch und gab ihr durch ein Nicken zu verstehen, sie sollte ihn nehmen.

Jennifer öffnete den Kasten mit zitternden Händen. Es war eine Reiseschreibmaschine. „Oh", rief sie erstaunt, „etwas Derartiges habe ich nicht erwartet."

„Wir dachten, es könnte Ihnen nützlich sein."

„O ja, sicher kann ich sie gut brauchen. Wenn nötig, kann ich mir jetzt immer Schreibarbeiten besorgen. Wirklich, ich weiß nicht, wie ich Ihnen danken soll."

„Ach, lassen Sie nur", sagte er herzlich. „Aber ich möchte Ihnen auch noch sagen, wie sehr ich all das zu schätzen weiß und dankbar anerkenne, was Sie getan haben, seit Sie meine Sekretärin wurden, Fräulein Deane. Sie haben sich nicht geschont."

„Es war mir eine Freude, Herr Direktor."

„Ich weiß noch nicht, wie ich Ihre Stelle hier wieder neu besetzen soll", sagte er nachdenklich. „Oben arbeitet ein vielversprechendes kleines Mädchen, nur ist sie noch ziemlich jung — Rose Wilson. Ich denke, sie hat sich an Ihnen ein Beispiel genommen." Er lächelte.

Jennifer wurde rot. Sie erinnerte sich an den Tag, als Rose unter Tränen ihr Leben Christus übergeben hatte, wie sie beide dort zusammen im Tresorraum hinter einer schützenden Mauer von Karteikarten und Aktenordnern miteinander gesprochen hatten.

„Ich bin sicher, sie wird an ihrer Arbeit sehr viel Interesse haben", bemerkte sie.

„Nun, wir werden sehen." Er streckte ihr die Hand hin. „Leben Sie wohl, Fräulein Deane. Und wenn Sie jemals Hilfe brauchen sollten, zögern Sie nicht, bei uns vorzusprechen. Es wird uns ein Vergnügen sein."

„Ich danke Ihnen“, gab Jennifer zur Antwort. „Leben Sie wohl.“

„Ich denke, die Leute oben würden Sie auch gern noch einmal sehen“, rief er ihr nach, als sie schon an der Tür war.

„Sie sollten sie auch besuchen, wenn Sie schon einmal hier sind.“

„Ja, das tue ich gern. Und noch einmal vielen Dank!“

Sie schloß die Tür hinter sich und ging auf den Fahrstuhl zu. Joe war zum Frühstück gegangen, aber sie wollte ihn auch noch einmal sehen, ehe sie wegging.

So ging sie zu Fuß nach oben und betrat mit gemischten Gefühlen den Flur im fünften Stock. Hier war es, wo sie so lange Zeit als Lehrling gearbeitet hatte. In diesem Raum hatte sie zum ersten Mal zaghaft bekannt, daß sie Jesus Christus als ihren Herrn angenommen hatte. Ihre Kolleginnen waren sehr kritische Zuhörer gewesen. Es schien schon so unendlich lange her. So vieles war in den Jahren, die seitdem so schnell vergangen waren, geschehen.

Die Neuigkeit über Anton Deanes finanziellen Zusammenbruch hatte sich sehr rasch in der Geschäftswelt verbreitet. Auch hier im Geschäft wußte längst jeder davon. Manch einer zog bedeutsam die Augenbrauen hoch und schüttelte den Kopf, als man über die erregenden Einzelheiten diskutierte.

In Jennifers Gegenwart hielt man sich jedoch zurück und nahm taktvoll Rücksicht auf sie. Welches Mißgeschick ihre Familie auch getroffen haben mochte; nichts konnte ihr die Wertschätzung der anderen rauben, die sie sich durch ihren aufrechten Charakter und ihr Verhalten in den Jahren erworben hatte, als sie noch bei ihnen arbeitete.

Alle hatten Jennifer gern, aber sie hatten wenig Gelegenheit, es ihr zu zeigen. Es war wirklich unmöglich, Jennifer zu bemitleiden. Wenn auch immer der Name ihres Vaters fiel, behauptete sie, stolz auf ihn zu sein, und sie brachte das mit solcher Überzeugung heraus, daß sie alle ganz verwirrt waren.

„Wenn ich erst eine erfahrene und gute Köchin bin, werde ich euch alle mal zum Essen einladen“, erklärte sie mit ihrem ansteckenden Lachen.

„Na, Jennifer, altes Haus“, sagte Rita gedehnt, „ich kann nur sagen, du wirst deine freundlichen Worte nur noch an die leeren Wände richten, wenn du nur noch zwischen Herd und Küchenausguß deine Tätigkeit ausübst.“

Jennifer lachte. „Danke, Rita; aber sicher wird es so schlimm nicht werden, wie du sagst.“

„Du wirst es zweifellos schaffen, Jennifer.“ In Dawn Andersons Stimme klang echte Bewunderung mit. „Wenn ich daran denke, wie du früher immer warst — das geht über meinen Horizont.“

„Das bin nicht ich, Dawn“, widersprach Jennifer. „Jesus hat das alles für mich getan — das ist alles.“

„Fangen Sie jetzt nicht davon an, Jennifer“, warf Fräulein Rundle wie üblich dazwischen, „wir bekommen schon genug von der Art durch Rose zu hören. Sie müssen sie darin recht gut geschult haben — seit Sie uns verlassen haben, redet sie von nichts anderem mehr.“

Rose Wilson, das einstige Lehrmädchen, wechselte einen vielsagenden Blick mit Jennifer und lächelte.

Jennifer freute sich von Herzen, sie so ruhig und vertrauensvoll zu sehen, und zu wissen, daß sie so tapfer als Zeugin für den Herrn Jesus eingestanden war.

„Es ist genauso gekommen, wie Sie mir gesagt haben, Fräulein Deane“, bekannte sie, als sie Jennifer zum Fahrstuhl begleitete. „Seitdem ich Christus mein Herz übergab, ist er mir ein wunderbarer Freund geworden.“

„Wir können ihm immer vertrauen — in allem, Rose.“ Dabei drückte Jennifer ihr fest und herzlich die Hand.

Rose blickte sie fragend an. „Fräulein Deane — seitdem ich von all Ihrem — Mißgeschick hörte, habe ich mich manchmal gefragt, ob — ob — “

Jennifer nickte. Sie hatte verstanden, was Rose sagen wollte. „Sie brauchen sich keine Gedanken zu machen, Rose. Jesus wird mit jeder Not fertig. Ich habe schon früher mit ihm Erfahrungen gemacht und erlebe auch jetzt wieder, wie er zu seinem Wort steht. Auch in all diesen Dingen gibt er uns mehr als Sieg — "

Die Fahrstuhltür öffnete sich, und Joe wurde sichtbar. „Na, Fräulein Deane, man sagt mir, dies wäre nun der Abschied."

Jennifer winkte Rose noch einmal zum Abschied zu und stieg ein.

„Ja, Joe", bekannte sie, „und ich werde Sie alle miteinander sehr vermissen."

„Es wird hier alles anders sein, wenn Sie nicht mehr da sind", sagte er und schüttelte dabei seinen ergrauten Kopf. „Nicht viele von euch jungen Leuten beachten einen alten Burschen wie mich, und ich habe Ihre freundliche Art immer dankbar zu schätzen gewußt, Fräulein Deane."

„Sie wissen, aus welchem Grunde ich hier aufhören muß, Joe? " Jennifer blickte ihn voll an.

„Ja, ich weiß es", sagte er nüchtern, „und ich denke ernsthaft darüber nach. Vergangenen Sonntag ging ich zur Kirche."

„Gut. Wollen Sie es nicht auch in Zukunft tun? "

„Ja, junges Fräulein, das werde ich." Er drückte ihr warm und herzlich die Hand. „Auf Wiedersehen!"

„Auf Wiedersehen."

So ließ Jennifer Deane ihre berufliche Laufbahn hinter sich, um ihre neue Aufgabe zu übernehmen: in einer kleinen Mietwohnung in der Prospektstraße Nr. 84 den Haushalt zu führen . . .

Wo diese enge kleine Straße, gesäumt von Reihen schlichter und eintöniger Häuser, ihren Namen her hatte, wußte niemand; denn es war eine unansehnliche Allee, und selbst von den oberen Fenstern des Hauses Nr. 84 aus gab es keinen einladenden Rundblick. Ringsum nichts als rohe Eisendächer ohne Farbe, düstere Schornsteine und schäbige Höfe. Dazwischen hier und da ein kleiner Flecken Garten eingestreut, der sich mühsam gegen die grauen Mauern ringsum behauptete.

Früher war Haus Nr. 84 einmal eine vornehme Privatwohnung gewesen, aber als Mietshaus sah es nun grau und unansehnlich aus. Die schmale Veranda lag zur Straße hinaus, und die Haustür, die Tag und Nacht offenstand, gab den Blick auf die verwaschenen und ausgeblichenen Tapeten im Flur frei.

Pastor Ransome hatte sich entschuldigt, keine bessere Unterkunft für sie besorgen zu können, aber nachdem sie nach dem Verkauf des Hauses kein Dach über dem Kopf mehr hatten, hätten Jennifer und ihr Vater dankbar jede Wohnung genommen, die man ihnen bot.

Philip hatte sich entschlossen, sein Studium vorerst aufzugeben und sich eine Arbeit zu besorgen, um etwas zum Unterhalt der Familie beizutragen, und alle Überredungskünste von seiten des Vaters oder der Schwester konnten ihn von diesem Entschluß nicht abbringen.

Aber als Peters Eltern ihn einluden, bis zur Beendigung seines Studiums als Gast bei ihnen zu wohnen, und es auch klar wurde, daß die Mietwohnung zu eng war, um auch ihm Platz zu bieten, wurde Philip gezwungen, seinen Plan doch zu ändern.

„Der Herr hat durch das freundliche Anerbieten von Herrn und Frau Thompson den Weg für dich geebnet", sagte Jennifer entschlossen.

„Ja, Jenn, ich glaube, du hast recht", gab er zu. „Es sieht so aus, als müßte ich euch im Stich lassen, aber ich werde ebensogut alles tun, um euch zu helfen. Ihr könnt auf mich zählen."

So ergab es sich, daß Jennifer mit ihrem Vater allein in die Prospektstraße umzog, während Frau Deanes Genesung im Krankenhaus nur langsam Fortschritte machte.

Aus dem Erlös des verkauften Hauses hatten sie genug Geld zurückbehalten, um ihre drei Zimmer schlicht ausstatten zu können. Jennifer gab dem Ganzen ein echt weibliches Gepräge, so daß es wirklich wie daheim aussah. Sie brachte einige von den Ornamenten und Photographien an, die ihre Mutter auf dem alten Kaminsims im Wohnzimmer

immer so geschätzt hatte.

Für ihr eigenes Zimmer behielt sie die Seidendeckchen, die sie selbst für sich gestickt hatte und die jahrelang auf ihrer Kommode gelegen hatten. Dazu kam die kleine Kristallvase, ein Geschenk von Doreen, und zwei ihrer Lieblingsbilder. Es tat gut, die altvertrauten Gegenstände inmitten der fremdartigen, neuen Umgebung zu sehen.

Jennifer versuchte, das Zimmer der Mutter möglichst genauso auszugestalten wie ihr Schlafzimmer im alten Hause, aber es war wegen des Platzmangels sehr schwierig. Trotzdem brachte sie soviel wie möglich von den rosa Gegenständen des mütterlichen Schlafzimmers in den neuen Raum hinein.

Als sie schließlich mit allem fertig war, überblickte sie ihre vollbrachte Arbeit mit einer gewissen Genugtuung. Es sah wirklich alles sehr hübsch und freundlich aus, und die Blumentöpfe auf dem Fensterbrett erweckten den Anschein, als befände sich gleich hinter der Fensterscheibe ein Garten.

In der Prospektstraße verbreitete sich die Neuigkeit, die neuen Mieter in der Nr. 84 seien ziemlich „feine Pinkel", aber Anton Deane lächelte nur grimmig, als Jennifer ihm diese Nachricht überbrachte.

„Sie würden bestimmt nicht so von uns denken, wenn sie sehen könnten, wie wir versuchen, unseren Haushaltsplan auszubalancieren", bemerkte er, als er seinen ersten Wochenlohn auf den Tisch zählte.

„Das habe ich auch schon gedacht", bemerkte Jennifer lachend. „Nun, Vater, was wollen wir damit machen? "

„Jennifer" — sein Gesicht war ernst —, „ich hoffe, du bist einverstanden — ich denke, du wirst mir zustimmen. Bevor wir etwas von diesem Geld anrühren, möchte ich einen Betrag für den Herrn beiseitelegen. Einst habe ich Gott beraubt, aber das werde ich nie wieder tun."

„Vater!" Jennifer schlang die Arme um seinen Hals. „Ich hoffte, daß du das sagen würdest. Ein Zehntel wollen wir für den Herrn beiseitelegen."

„Und wir werden ihn fragen, was wir mit dem übrigen tun sollen", fügte er mit einem Ernst hinzu, der ihr das Herz warm werden ließ.

„Gibt es irgendwelche Neuigkeiten über die junge Kriegerwitwe?"

„Ja. Man hat die Tatsache als sicher in Erfahrung gebracht, daß Bills junge Frau einen Sohn hatte, auch daß sie vor ein paar Jahren umgezogen seien, aber man hat noch keine Spur von ihr. Ich wünschte, man hätte sie gefunden. Sie hat wahrscheinlich schwer um ihre Existenz zu kämpfen, und das Geld, das ich ihrem Mann weggenommen habe, würde ihr wahrscheinlich sehr zustatten kommen."

„Vater", sagte Jennifer nachdenklich, „hast du den Gedanken schon einmal erwogen, daß sie gerichtlich gegen dich vorgehen könnte, wenn sie von der Geschichte erfährt?"

Er nickte bedächtig. „Ja, das weiß ich, aber ich muß sie finden. Ich muß zurückerstatten, was ich unrechtmäßig an mich nahm. Es gibt keinen anderen Weg, es wiedergutzumachen. Natürlich wird es deine Mutter nicht verstehen — "

„Wir werden für sie beten", sagte Jennifer eifrig. „Ach, wäre das nicht wunderbar, wenn wir alle im Glauben an Jesus Christus eins würden?"

„Ich glaube, eines Tages werden wir es wirklich sein." Antons Antwort klang unerwartet zuversichtlich. „Aber bis dahin kann es noch recht schwer sein — ganz besonders für dich."

Und es kam Schweres auf sie zu. Als Julia Deane aus dem Krankenhaus in die Mietwohnung in der Prospektstraße kam, beklagte sie sich bitter. „Wer hätte gedacht, daß es jemals so weit mit uns kommt!" sagte sie weinend, als sie sich unter Tränen mit Verachtung in ihrem neuen Quartier umsah.

Sie brachten Frau Julia in ihrem rosa Schlafzimmer zu Bett, und mehrere Wochen lang wich Jennifer kaum von ihrer Seite. Ihre Mutter war noch viel zu schwach, um etwas selbst tun zu können, und trug von sich aus auch nichts dazu bei, um ihre Kraft wiederzuerlangen. Dafür war sie überaus anspruchsvoll.

Jennifer war bemüht, ihr jeden Wunsch von den Augen abzulesen, aber sobald sie ihr einmal den Rücken kehrte, rief Julia sie auch schon wegen irgendeiner anderen Sache zurück, und wenn sie nicht sofort bedient wurde, wurde sie unruhig und verdrießlich. Jennifer versuchte, geduldig zu sein, aber bald begann ihr die dauernde Anspannung zuzusetzen, und sie ertappte sich dabei, daß sie müde und reizbar wurde. Sie war sicher, daß sie im Laufe eines Tages kilometerlange Wege zurücklegen mußte, und abends, wenn der Vater von der Arbeit kam, war sie völlig erschöpft.

„Wie lange werde ich das noch durchhalten?“ fragte sie sich.

Das Rufen ihrer Mutter drang auch in ihre stille Zeit ein. So konnte sie noch nicht einmal die eine Stunde am Tag zum Gebet und zum Lesen der Bibel für sich haben. Und doch spürte sie, daß sie dies jetzt mehr als irgend sonst brauchte ...

In einem jener seltenen Augenblicke, da ihre Mutter eingeschlafen war, setzte sie sich an den Küchentisch, um Bohnen zu schneiden. Alles war still um sie her. Es war eine solche Erleichterung, einmal nicht das ständige Rufen aus dem Schlafzimmer hören zu müssen! Selbst die Geräusche von den übrigen Mietern im Hause schienen gedämpft und weit weg zu sein.

Jennifer legte das Messer hin und lehnte sich zurück. Jetzt, da sie weniger Zeit hatte, in ihrer Bibel zu lesen, sagte sie sich während des Tages Texte auswendig her, Verse, die sie früher einmal, als sie noch Muße dazu gefunden hatte, auswendig gelernt und liebgewonnen hatte. „Seid still und erkennt, daß ich Gott bin ...“ Diese Worte schienen ihr jetzt einen neuen Sinn und große Kraft zu haben. „Seid still ...“ Aber es war doch so wenig Zeit, um still zu sein ... Wie konnte sie still sein, wenn es so viel zu tun gab, wenn ihr so viel Zeit und Kraft abverlangt wurde? „Seid still und erkennt, daß ich Gott bin . . . " Jetzt konnte sie still sein.

Sie warf sich über den Küchentisch. Die Last schien für ihre jungen Schultern zu schwer. Aber gerade jetzt war der, der alle Lasten trägt, sehr nahe . . . Jennifer hielt nur mit Mühe ihr Schluchzen zurück. Aber jetzt hörte sie, wie er ihrem bekümmerten Herzen sanft zusprach. Sie hatte versucht, alles selbst zu tragen — er aber konnte unermeßlich viel mehr tragen als sie. Das hatte sie in der Vergangenheit erfahren.

Sie erinnerte sich jetzt, wie sie vor langer Zeit mit Pastor Ransome in seinem Studierzimmer gekniet und zum ersten Mal alles dem Herrn im Gebet gesagt hatte. Welch wunderbare Erfahrung hatte sie damals mit Jesus gemacht! War seine Gnade und Macht schon ausgeschöpft? Waren die Sorgen des Haushaltes und die Versuchungen und Anfechtungen eines Krankenzimmers zu groß für Jesus? Nein, nein — tausendmal nein!

„O Herr", flüsterte sie, „in all diesen Dingen — trage du es für mich. Nimm mich hin — nimm alles."

In dem Augenblick wußte Jennifer, daß der Friede in ihr Herz einzog, der höher ist als alle Vernunft: der Friede, den die Welt nicht geben und auch nicht zerstören kann.

23

Langsam wurde es besser mit Julia Deane. Ihre Forderungen waren nicht mehr so herrisch, ihre Klagen und Beschwerden nicht mehr so häufig zu hören, und sie zeigte auch allmählich ein Interesse an ihrer Umwelt.

Zuerst war sie nur voll bitterer Kritik über ihr neues Zuhause — soweit sie es vom Bett aus übersehen konnte —, aber allmählich verschwand ihr Groll, und sie begann, sich ins Unvermeidliche zu fügen. Sie schien nun beschlossen zu haben, sich mit den Gegebenheiten abzufinden.

Ihre linke Körperhälfte blieb weiterhin gelähmt. So blieb Frau Deane ans Bett gefesselt, aber Jennifer setzte sie mit Hilfe von Kissen soweit zurecht, daß sie mit weniger Beschwerden die Zeitung lesen konnte. Die Tageszeitungen schienen das einzige zu sein, was sie interessierte. Mit leidenschaftlichem Eifer stürzte sie sich auf die Nachrichten, die über das gesellschaftliche Leben berichteten. Dabei schien es, als könne sie einfach nicht begreifen, daß sie von diesen Kreisen der Gesellschaft nun völlig abgeschnitten war.

Wenn Frau Deane so in ihrem kleinen, rosa Schlafzimmer dalag, schien es leicht für sie, sich vorzustellen, daß sie immer noch auf dem Lebensniveau lebte, an das sie immer gewöhnt war. Sie konnte es sich immer noch ausmalen, bewunderter Mittelpunkt in einem Kreis gesellschaftlich hochstehender Menschen zu sein.

Die schrillen Rufe der Kinder, die unten auf dem Straßenpflaster spielten, oder die scharfen Scheltworte der anderen Mieter im Hause brachten Julia aber sehr rasch in die rauhe Wirklichkeit zurück. Dann beklagte sie ihr Schicksal unter vielen Tränen.

Aber das Leben zeigte Julia auch wieder angenehmere Seiten. Sie war zur Zeit ohne Schmerzen, obgleich sie noch sehr hilflos war. Ihr war auch wonnevoll bewußt, daß sich alles um sie drehte. Für eine Frau wie Julia Deane gab es nichts Angenehmeres, als andere um sich zu haben, die ihr von Kopf bis Fuß ihre Aufwartung machten, ihre kleinen, launischen Einfälle beachtet und ihre Wünsche erfüllt zu sehen.

Dazu kam die augenscheinliche Wandlung im Betragen ihres Gatten. Es war Julia immer wieder ein Rätsel, was diese Wandlung wohl herbeigeführt haben mochte — sie wußte nur, daß er jetzt ganz anders als früher war. Er zeigte Zärtlichkeit und aufopfernde Liebe, die sie in ihre Brautzeit zurückversetzte.

Liebe Aufmerksamkeiten hatte sie während ihrer Ehe wenig kennengelernt. Anton war immer nüchtern und sachlich gewesen, so versessen auf Geschäft und Geldverdienen. Sie hatte sich niemals darüber beklagt, weil er ihr immer genug Geld gegeben hatte, daß sie sich alle gesellschaftlichen Wünsche erfüllen konnte. Sie war immer der Meinung gewesen, das wäre alles, was das Leben zu bieten hat. Jetzt aber entdeckte sie eine ganz neue Freude an seiner Gesellschaft. An den Abenden saß er bei ihr und ließ sie an allen Dingen Anteil nehmen, die er den Tag über erlebt hatte. Manchmal gab es nicht so viel zu erzählen und zu besprechen, aber er saß dann ebenso bei ihr, und sie freute sich daran, ihn nahe bei sich zu haben. Seine Kraft erschien ihr so tröstlich in all ihrer Schwachheit. Eines Abends zog er ein kleines Büchlein aus der Tasche, ein Neues Testament.

„Julia“, begann er ganz unerwartet, „dürfte ich dir einmal ein Kapitel aus der Bibel vorlesen?“

Noch nie hatte er mit ihr bisher über Religion gesprochen. Doch, so merkwürdig es schien, sie war von seiner Frage überhaupt nicht überrascht.

„Ja, gern, wenn du willst, Liebster“, war ihre Antwort.

So wurde das erste Glied in der Kette geschmiedet, die

sie schließlich alle in der Liebe zu Christus zusammenbinden sollte ...

Da Jennifer nun nicht mehr so häufig im Krankenzimmer gebraucht wurde, fand sie auch Zeit, täglich mehrere Stunden Schreibarbeiten auszuführen, die ihr ein bescheidenes Einkommen sicherten. Ihr Vater bestand darauf, sie solle das Geld für sich behalten.

Ihr erstes Interesse in der neuen Umgebung galt dem Wunsch, herauszufinden, wo hier in der Nähe ein Ort für den Gottesdienst war. Eine kleine Kirche in der Nähe der Prospektstraße war ganz einladend für sie.

Von dem Augenblick an, da sie das erste Mal hineinging, wußte Jennifer, daß sie hier eine zweite geistliche Heimat gefunden hatte. Das Band der Gemeinschaft zwischen denen, die den Herrn liebhaben, bedeutete ihr viel, und ihr nüchternes, lebendiges Zeugnis für das Evangelium gab auch ihr wieder neuen Auftrieb. Im Besuch der Gottesdienste wechselte sie sich Sonntag für Sonntag mit ihrem Vater ab, weil sie Frau Julia in der Wohnung nicht alleinlassen wollten.

Jennifers Freude an diesen Versammlungen hatte freilich ein leichter Anflug Sehnsucht nach der Missionskirche, die sie so lange besucht hatte, getrübt. Die Erinnerung an die Hoffnungen und Ängste, die sie durchgemacht, die Freuden und Sorgen, die sie erfahren hatte, überfielen sie mit Macht, als sie in Richtung Prospektstraße — allein — heimging. Es hätte alles so ganz anders verlaufen können ...

Als sie an einem Sonntagmorgen vom Gottesdienst heimkam, hörte sie Schritte hinter sich.

„Entschuldigen Sie", hörte sie eine freundliche Stimme sagen, „ich denke, ich habe den gleichen Weg wie Sie. Dann könnten wir ebensogut miteinander gehen."

Ein Mädchen mit fröhlichem Gesicht und funkelnden Augen holte sie ein. Jennifer erinnerte sich, dieses Mädchen in den Versammlungen auch schon gesehen zu haben.

„Warum nicht? Natürlich, ich würde mich freuen",

sagte Jennifer. „Ich wohne in der Prospektstraße Nr. 84.“

„Ach ja, ich habe von Ihnen gehört — Sie müssen Fräulein Deane sein.“

„Jennifer — bitte“,bekam sie prompt zur Antwort.

„Danke, das hört sich freundschaftlich an“, sagte die andere anerkennend. „Ich heiße Mary — Mary Matthews. Ich habe irgendwie das Gefühl, daß wir gute Freundinnen werden. Ich wohne nicht weit von Ihnen entfernt.“

„Wirklich? Ich kann mich nicht erinnern, Sie dort herum schon einmal gesehen zu haben.“

„Nein, ich bin nicht oft zu Hause — ich bin Krankenschwester“, erklärte ihr die neue Freundin.

„Krankenschwester bist du? “ Jennifer zeigte großes Interesse. Sie konnte sich gar nichts anderes denken, als daß dieses frische junge Mädchen mit dem fröhlichen Gesicht ein Sonnenstrahl in der Abteilung eines Krankenhauses war.

„Nun, ich bin erst ein knappes Jahr dort“, fügte sie bescheiden hinzu, „ich habe noch einen langen Weg vor mir — aber dann werde ich eines Tages Missionarin sein.“

„Wie wunderbar“, rief Jennifer aus. „Weißt du, mein jüngster Bruder will auch Missionar werden. Er studiert Medizin. Ich wünschte, du würdest ihn einmal kennenlernen — ich bin sicher, für beide gäbe es viel gemeinsamen Gesprächsstoff.“

Mary Matthews lächelte. „Wir haben immer viel Gemeinsames mit den Menschen, die den Herrn Jesus lieben, nicht wahr? Weißt du, Jennifer, es kommt mir so vor, als würden wir uns schon jahrelang kennen.“

Jennifer hakte sich bei dem anderen Mädchen ein, glücklich, eine neue Freundin gefunden zu haben. „Ja, ich empfinde es genauso, Mary. Es ist fein, jemand zu treffen, mit dem man sich über den Herrn Jesus unterhalten kann.“

Marys Gesicht hellte sich auf. „Oh, ich könnte ständig über ihn sprechen. Er hat sich an mir als wunderbarer Heiland erwiesen — wenn du nur wüßtest, aus wieviel Not er mich errettet hat.“

Einen Augenblick huschte ein Schatten über ihr Gesicht, und sie senkte die Stimme zu einem Flüstern. „Meine Mutter und mein Vater verbringen mehr Zeit im Hotel als daheim, und da mußten wir eben selbst für uns sorgen. Ich wäre wohl — schließlich auf die Straße gegangen, wenn der Herr Jesus Christus mich nicht gefunden hätte. Nie kann ich ihm genug danken für das, was er für mich getan hat."

„Das können wir wohl alle sagen", stimmte ihr Jennifer bei; dabei kam ein heißes Gefühl der Dankbarkeit in ihrem eigenen Herzen hoch.

„Und er hat mich auch bewahrt", fuhr Mary fort, „als ich Christin geworden war, hatte ich zuerst Angst davor, in das alte Leben zurückzufallen — es standen so viele Versuchungen am Wege. Aber ich habe es erprobt, daß er einen vor dem Fall bewahren kann, wenn man ihm vertraut. Und das Schönste von allem ist, daß er mich berufen hat, ihm auf dem Missionsfeld zu dienen."

„Erzähl mir, wie es dazu kam!"

„Nun, das war so." Marys Gesicht glühte. „Nach meiner Bekehrung las ich nur wenige Bücher, meist über Menschen, die Gott gebraucht hat. Obwohl ich sie für sehr interessant hielt, schienen sie mir nie etwas Besonderes zu sagen. Dann las ich eines Tages über das Leben von Hudson Taylor, wie er nach seiner Bekehrung hörte, daß der Herr zu ihm sagte: ‚Gehe für mich nach China'; und irgendwie — ich kann es selbst nicht erklären — schienen diese Worte auf mich gemünzt zu sein. Ich konnte in dem Augenblick nicht weiterlesen, bis ich auf meine Knie fiel und sagte: ‚Herr, ich werde gehen.' Warum es gerade China sein soll, weiß ich nicht, aber der Herr weiß es, und ich will es ihm überlassen!"

Jennifer spürte eine große Sehnsucht in ihrem Herzen. Es muß wundervoll sein, dachte sie, auf solche Weise von Gott berufen zu werden. Aber eine solche Erfahrung hatte sie noch nie gemacht. Nur Schritt für Schritt zu folgen, wie sich der Weg vor ihr öffnete, das war ihr Los gewesen, und auch jetzt konnte sie nicht sehen, was hinter der nächsten

Wegbiegung war. Aber er hatte ihr verheißen, daß sie niemals allein gehen müßte ... Konnte sie mehr verlangen?

„Anfangs schien es völlig abwegig", fuhr Mary fort, „daß ein Mädchen wie ich sich zur Krankenschwester ausbilden läßt, um dann auf das Missionsfeld hinauszugehen! Meine ganze Familie und meine Freunde sagten mir, ich sei verrückt und ich würde das niemals durchhalten, aber ich habe mein ganzes Vertrauen in den Herrn gesetzt und es soweit auch noch nicht bedauert."

„Das wirst du auch niemals bereuen müssen, Mary." Jennifer war fest überzeugt von dem, was sie da eben sagte. „Er wird dich durchbringen."

Mary Matthews blickte ihrer Begleiterin ins Gesicht. Sie konnte an Jahren nicht viel älter sein als sie selbst, aber aus ihrer Stimme und dem Ausdruck ihres Gesichtes sprach ein Glaube, der erprobt und erfahren worden war. „Du scheinst es zu wissen, Jennifer", sagte sie nach einer Weile.

„Ja, Mary", sagte Jennifer leise, die Augen in die Ferne gerichtet, „ich weiß es bestimmt."

Mittlerweile hatten sie das Haus erreicht, in dem Jennifer wohnte, und sie blieb am Tor stehen. „Ich kenne zwar noch nicht viele in der Gemeinde, aber es ist sehr schön, daß ich dich getroffen habe, Mary. Ich bin auch so froh, daß du mich angesprochen hast."

„In der Kirche dort sind einige sehr nette Leute, Jennifer. Mit der Zeit wirst du alle kennenlernen. Ich muß dich der Frau Worthy vorstellen — du wirst sie liebgewinnen. Sie ist vor nicht allzulanger Zeit hergezogen. Sie hat ein sehr trauriges Leben hinter sich, aber ihr Glaube ist wunderbar."

„Ja", pflichtete ihr Jennifer bei, „es tut einem gut, solche Menschen kennenzulernen. Ich würde dich gern Philip vorstellen — er kommt recht oft nach Hause. Natürlich haben wir, solange Mutter so sehr krank war, nicht so gern Besuch empfangen; aber es scheint ihr jetzt schon ein wenig besser zu gehen, und bei dir — ist es sowieso etwas anderes."

Mary lachte. „Ich könnte mich sogar manchmal etwas nützlich machen, wenn die Patientin einmal nicht ganz bequem sitzt . . . “ Sie blickte Jennifer etwas zweifelnd an.

Jennifer lächelte ihr ermutigend zu. „Mach dir keine Sorgen — ich bin nur eine armselige Krankenpflegerin. Wir alle würden sehr dankbar sein, wenn du gelegentlich kurz vorbeikommen und nach Mutter sehen könntest, natürlich nur, wenn du auch Zeit hast.“

„Selbstverständlich werde ich das“, war Marys Antwort. „Ich werde morgen vorbeikommen und nach ihr sehen, bevor ich wieder zum Dienst gehe.“

Mary Matthews hielt Wort. Am anderen Morgen kam sie. Es war nur ein Besuch im Vorbeigehen, wie sie sagte, da sie um zwölf Uhr schon wieder im Krankenhaus sein mußte.

Jennifer unterbrach ihre Vorbereitungen zum Mittagessen, um eine Tasse Tee für sie zu machen. Mary aber bestand darauf, daß das nicht nötig sei.

„Ich kann oft für ein paar Minuten heraufkommen, wenn mein Weg mich hier vorbeiführt, Jennifer; nur möchte ich nicht, daß du dich verpflichtet fühlst, mir irgend etwas vorzusetzen. Wenn du es doch tust, habe ich das Gefühl, dir nur lästig zu sein.“

So blieb Jennifer nichts übrig, als ihrer neuen Freundin zuzustimmen.

Mary verbrachte die nächsten zehn Minuten bei Frau Deane. Sie schüttelte ihr die Kissen und die Bettdecke auf, stellte ihr eine frische Schale Stiefmütterchen ans Bett. Dann setzte sie sich zu ihr, um ihr geduldig und verständnisvoll zuzuhören, wie sie ihr alle Einzelheiten ihrer Krankheit schilderte. Dann wechselte sie einige muntere Worte mit der Kranken, sammelte ihre Sachen zusammen und war auch schon gegangen, nicht ohne versprochezu haben, bald wiederzukommen.

Julia liebte ihren Besuch. „Das Mädchen ist eine geborene Krankenschwester, Jennifer“, erklärte sie. „Ich fühle mich schon viel besser.“

„Ja, dessen bin ich sicher, Mutter.“ Jennifer freute sich,

daß Mary ihr so großen Eindruck gemacht hatte.

„Sie ist so fröhlich. Wir freuen uns schon, sie wiederzusehen. Ich glaube, der Postbote ist eben gekommen. Ich gehe mal schnell hinunter und sehe nach, ob Briefe für uns dabei sind.“

In wenigen Minuten war Jennifer wieder da, einen Briefumschlag in der Hand. „Für mich — von Philip“, verkündete sie.

„Oh.“ Ein enttäuschter Ausdruck stand auf dem Gesicht der Mutter. „Ich dachte, es könnte eine Nachricht von Rodger sein.“

Jennifer war heilfroh, daß die Mutter ihr Gesicht jetzt nicht sehen konnte.

„Ich nehme an, er wird sehr beschäftigt sein in — vielleicht schreibt er später einmal.“ Sie versuchte, ihren Worten ein wenig Hoffnung zu verleihen.

„Nun, was schreibt Philip denn? “ kam die ungeduldige Frage vom Bett her.

„Nur so.“ Es war nur ein kurzes Schreiben, und Jennifer überflog seinen Inhalt nur flüchtig.

„Mutter, ist das nicht wunderbar? Hör mal. Er schreibt: ‚Ich kann einige Tage nicht zu euch kommen, darum schreibe ich euch, weil ich euch unbedingt meine Neuigkeit mitteilen muß. Ich habe darum gebetet, der Herr möchte mir zeigen, wohin er mich senden will; in der letzten Nacht erhielt ich die Antwort. Er will, daß ich nach China gehe. Hast du gewußt, Jennifer, daß dort fast eine Million Menschen in jedem Monat sterben, ohne Christus zu kennen? Ich habe das Gefühl, nicht schnell genug hinkommen zu können, um ihnen die Botschaft vom Kreuz zu bringen.‘ “

Jennifer reichte ihrer Mutter den Brief hinüber, ihr Gesicht strahlte.

„Ist das nicht wunderbar, Mutter? “ sagte sie noch einmal.

Aber Frau Julia schüttelte den Kopf. „Ich kann mir nicht vorstellen, was daran wunderbar sein soll. Ich sehe auch nicht ein, warum er so weit fort will. Ist es nicht schlimm genug, daß ich Rodger in Neuguinea habe? Jetzt will Philip noch nach China gehen. Ich kann nur hoffen, daß er dran denkt, seiner Mutter gelegentlich einen Brief zu schreiben, wenn er hinausgeht — mehr kann ich dazu nicht sagen."

„Er wird es schon nicht vergessen, Mutter", sagte Jennifer zuversichtlich. „Aber das Schönste daran ist — Mary hat mir gestern abend gerade erst erzählt, daß sie den Ruf hat, als Missionarin nach China zu gehen. Ich sagte ihr, ich hätte sie gern einmal Philip vorgestellt. Aber ich hatte ja keine Ahnung, daß er uns schreibt, sein Weg führe ebenfalls nach China. Es ist wunderbar, wie sich die Dinge gestalten."

„Was du nicht sagst!" Julia zeigte auf einmal neues Interesse. „Mary geht nach China, sagtest du doch, nicht wahr? Das ist etwas anderes — " Und Philips Brief lag unbeachtet auf dem Bett, als Frau Deane wieder ihre eigenen phantasiereichen Bilder von der Zukunft zu weben begann.

Jennifer nahm ihre unterbrochene Arbeit in der Küche wieder auf, um das Essen zu richten.

Julia aber fuhr plötzlich aus ihren Träumen hoch und langte nach der Morgenzeitung. Sie hatte sie in ihrer Aufregung am Morgen nur flüchtig durchgelesen. Sie las die allgemeinen Nachrichten und schlug dann die Seite auf, wo gesellschaftliche Ereignisse zu lesen waren. Dort erschienen gewöhnlich die Namen von solchen, die sie kannte . . .

„Jennifer!"

Auf den plötzlichen Schrei hin, der aus dem Schlafzimmer kam, drehte sich Jennifer, die gerade am Herd hantierte, um und stürzte los.

„Jennifer, komm doch mal her!" rief die Mutter.

Sie eilte zur Tür und sah, wie ihre Mutter wild die Zeitung schwenkte.

„Nanu, Mutter, was ist denn los? " rief sie. „Schlimme Nachrichten? "

„Schlechte Nachrichten? Hier, lies selbst!" Und mit zitterndem Finger zeigte Julia auf die Spalte mit der Überschrift „Öffentliche Verlobungen".

Jennifer nahm das Blatt und überlas rasch die Spalte. Dann stand sie plötzlich wie versteinert, ihre Augen klebten förmlich an dem, was da gedruckt stand.

„Siehst du es nicht?" kreischte Julia.

Ob sie es sah? Natürlich sah sie es. Sie konnte sonst nichts anderes sehen. Da stand es, die ganze Welt konnte es lesen:

Hiermit wird die Verlobung von
Doreen, einziger Tochter von Herrn und Frau Jackson,
mit
John Lynton
bekanntgegeben.

24

Die Zeitung fiel Jennifer aus der Hand und flatterte zu Boden. Also John und Doreen hatten sich verlobt, um zu heiraten — ihr John wollte Doreen heiraten! Die Worte hallten ihr wie Hammerschläge im Ohr, aber ihr Geist wollte es nicht fassen.

Da mußte ein Irrtum vorliegen, sagte Jennifer sich. Das konnte nicht wahr sein. John hatte Doreen nie begehrt. Er hatte immer nur sie haben wollen — Jennifer.

Sie erinnerte sich an die Worte, die er ihr sagte, den Glanz in seinen Augen . „Jennifer, ich liebe dich — ich werde niemals aufhören, dich zu lieben — “.

Aber dann hatte sie ihn zurückgewiesen. Vielleicht lag ihm nichts mehr an ihr. Vielleicht liebte er jetzt wirklich Doreen . . .

„Dabei soll Doreen Jackson deine Freundin sein, Jennifer“, ereiferte sich ihre Mutter, „das beweist dir wieder einmal — du kannst niemandem trauen!“

„Aber ich — ich habe ihn doch abgewiesen“, sagte Jennifer unsicher. „Natürlich ist er jetzt ganz frei.“

„Nein, dieses gerissene ‚Flittchen‘ von einem Mädchen steckt nur dahinter!“ fuhr Julia fort. Sie war sehr erbost. „Ich habe sie nie gemocht.“

„Mutter“, wies Jennifer sie scharf zurecht, „so solltest du nicht reden. Du darfst Doreen nicht die Schuld geben.“

Aber während sie noch diese Worte sprach, erinnerte sich Jennifer an den Tag, als sie Doreen das letzte Mal getroffen hatte — an Doreens hochnäsiges und arrogantes Benehmen und ihre verletzenden Worte — „als Reaktion darauf werde ich ihn doch noch bekommen — wer zuletzt lacht, lacht am besten “.

Es sah alles danach aus, daß Doreen schließlich mit diesem Wort doch recht behielt. Sie würde John heiraten. Sie hatte ihn immer haben wollen, wie sie sagte. Aber würde sie ihn glücklich machen können?

Für den Rest dieses Tages ging Jennifer in einem Zustand dumpfer Betäubung umher — von quälenden Fragen verfolgt. Sie erinnerte sich an die Drohung, die John beim letzten Abschied ausgesprochen hatte — er würde zum Teufel gehen. Wohin würde ihn die Verbindung mit Doreen bringen? War dies der erste, unwiderrufliche Schritt in Richtung auf das Ziel, das er sich selbst gewählt hatte?

Jennifer wußte, wie Johns Leben mit Doreen aussehen würde — Cocktail-Parties, Nachtklubs, Pferderennen, Kartenspiel.

Plötzlich überkam Jennifer ein furchtbarer Zweifel. Hatte sie richtig gehandelt, als sie ihm die Ehe mit ihr versagte? Würde er nicht ein gutes, ordentliches Leben geführt haben, wenn sie seinen Antrag angenommen hätte? Wenn es wirklich so wäre, dann müßte sie sich alle Schuld geben, wenn er jetzt sein Leben zugrunde richtete. Der Gedanke daran erdrückte sie fast, bis der Glaube ihr half, allen Zweifel entschlossen hinter sich zu lassen.

Sie mußte richtig gehandelt haben — sie hatte das Rechte getan, denn sie konnte dafür Gottes Wort selbst zum Zeugen anrufen. Sein Wort konnte nicht lügen.

Wenn sie John auch geheiratet hätte — sie hätte ihn doch nicht retten können. Die einzige Macht, die ihn retten konnte, war die Macht Christi, die sein Herz ändern und ihn selbst erneuern konnte.

Hatte sie nicht darum gebetet? Betete sie nicht immer noch?

Aber jetzt lagen die Dinge anders. Wenn er Doreen wirklich die Ehe versprochen hatte, mußte sie jetzt auch für Doreen beten. Sie hatte früher schon einmal für Doreen gebetet, hatte ihr auch deutlich erklärt, welchen Anspruch Christus auf ihr Leben hatte. Doreen war aber allmählich in den Hintergrund getreten, als so viele andere Menschen und Ereignisse in ihr Leben getreten waren. Doch die Tatsache blieb bestehen, daß Doreen ebenso wie John einen Heiland brauchte und daß die beiden nun miteinander auf die ewige Verdammnis zugingen. Jennifer wußte, daß sie darum für die beiden beten mußte.

Für John rief sie ständig zu Gott, seit ihrer Trennung war kein Tag vergangen, an dem sie nicht für ihn gebetet hatte. Aber Doreen — konnte sie in gleicher Weise auch für sie beten? Doreen, die drauf und dran war, ihr gewaltsam den Platz wegzunehmen, der eigentlich der ihre gewesen sein sollte?

Natürlich, so sagte sie sich immer wieder, hatte sie John eine Absage gegeben; aber Doreen hatte diese Situation für sich ausgenutzt, um ihren eigenen Zielen näherzukommen. Solange sich John noch nicht gebunden hatte, bestand immer noch Hoffnung, wenn auch nur sehr entfernt, daß sie beide sich eines Tages auf einer gemeinsamen Ebene wieder begegnen und sich aussöhnen würden; aber wenn er Doreen zu seiner Frau machte . . .

Jennifer hatte in jener Nacht einen schweren Kampf durchzustehen, den sie vorher nie für möglich gehalten hätte. Bisher hatte sie alles ihrem Herrn ausgeliefert — sie hatte ihm alles überlassen — aber dies hier war etwas Neues. Dies war etwas, mit dem sie selbst fertigwerden wollte.

Wie gern wäre sie Doreen gegenübergetreten, um ihr einiges von dem zu sagen, was in ihrem Herzen brannte. Sie hätte ihr gern gesagt, daß John Doreen gar nicht liebt — daß er Doreen nie lieben würde — es gab so vieles, was Jennifer Doreen sagen wollte . . .

Wenn sie nun dies alles dem Herrn Jesus hinlegte, ihm überließ, diesen Kampf zu Ende zu führen, was würde er daraus machen? Nicht das, was sie gern wollte, das wußte sie. Diese kleine Sache wollte sie für sich behalten. Die großen Dinge hatte sie alle ihm überlassen — die Dinge von Bedeutung. Dies würde doch daran nichts ändern. Doch was sagte er?

„Will mir jemand nachfolgen, der verleugne sich selbst, und nehme sein Kreuz auf sich täglich, und folge mir nach.“

Tägliche Hingabe — danach fragte Jesus — er wollte die Kontrolle über all jene kleinen, unerwarteten Dinge haben, die es Tag für Tag gab. Und dazu gehörte auch, wie sie sich Doreen gegenüber verhielt. War es nicht merkwürdig, daß es Jennifer so schwer fiel, sich in einer so geringfügigen Sache dem Herrn Jesus hinzugeben? Sie hatte doch schon die größten Entscheidungen ihres Lebens Jesus überlassen.

Mitten in diesem inneren Kampf mußte Jennifer auf den Weg zurückblicken, den sie bisher in ihrem Leben gegangen war. Es war nicht leicht gewesen. Schatten und Sonnenschein hatten oft gewechselt, aber was hatte das Ganze erst lohnend gemacht? War es nicht die Tatsache, in jedem Augenblick zu wissen, daß Jesus dicht bei ihr war, die Gewißheit, daß sie Tag für Tag und Stunde um Stunde in seiner Liebe bewahrt wurde?

Was hatte ihr Pastor Ransome an jenem Abend in seinem Zimmer gesagt? „Er kann Sie nur bewahren, wenn Sie von einem Augenblick zum anderen sich ihm ausliefern.“

Jetzt konnte Jennifer den Sinn dieser Worte besser begreifen. Sie konnte zwar die Kontrolle über diese Angelegenheit in ihren Händen behalten und selbständig handeln, wenn sie wollte; aber sie wußte: wenn sie das tat, würde sie sich seine durchtragende und bewahrende Macht verscherzen. Und Jennifer wußte, daß dies ein zu hoher Preis dafür war. Sie war so völlig abhängig von seiner Kraft geworden, daß sie genau wußte, sie würde ohne ihn zu Fall kommen.

Indem sie sich ihre eigene Schwachheit eingestand, wurde ihr Stolz und Aufbegehren in den Staub gelegt. Etwas von Gottes großer Barmherzigkeit durchströmte sie, so daß sie ihm ihr ganzes Herz ausschütten konnte.

Dann betete sie innig für den Mann, den sie so sehr liebte, auch den Namen Doreen Jackson konnte sie dabei aussprechen, ohne eine Spur von Bitterkeit oder Groll zu empfinden. Und Jennifer erhob sich schließlich von ihrem Gebet mit der Gewißheit, daß Gott sie erhört hatte. Wie und wann es in Erfüllung gehen würde, wußte sie nicht; sie wollte auch nicht danach fragen; aber mit einer Gewißheit, die tiefer liegt als die Dinge, die man mit den Sinnen wahrnimmt, konnte sie sagen, daß die beiden, um deren Heil sie in jener Nacht gebetet hatte, eines Tages zur Schar der Erlösten sicher hinzukommen würden.

Julia war durch die Gemütsverfassung ihrer Tochter verblüfft. Sie hatte den niederschmetterndsten Schlag erlitten, der je einer jungen Frau zugefügt werden konnte. Julia mußte jedoch feststellen, daß Jennifer, nachdem der erste Schock vorüber war, sogar noch fröhlicher ihre Arbeit im Hause verrichtete als zuvor. Und Julia war scharfsinnig genug, um zu sehen, daß es echt war. Sie hatte im Bett sehr viel Zeit, über die Dinge nachzudenken.

Bald war Julia des Lesens müde, und sie fing an, sich an irgendeiner Handarbeit zu versuchen. Aber ihre linke Hand war doch noch sehr schwach, und es fiel ihr schwer, ihre Arbeit längere Zeit in der Hand zu halten. Als sie dann nichts mehr hatte, womit sie sich beschäftigen konnte, begann sie, der Reihe nach über vieles nachzudenken und sich ihr Bild zu machen.

Zuerst ging es um Jennifer. Jennifers religiöse Überzeugung hatte die Bewährungsprobe bestanden. Wenn sie an das eigensinnige, egoistische und vergnügungssüchtige Mädchen dachte, das ihre Tochter einst gewesen, fiel es ihr schwer, zu glauben, daß dieses Wesen ein und dieselbe Person sein sollte.

Und Philip — Philip hatte nie in seinem Leben so eifrig studiert wie seit dem Tage, da er anfing, emsig zur Kirche zu gehen.

Aber erst ihr Anton! Er war sehr tapfer gewesen. In ihrem Herzen bewunderte sie ihn für das, was er getan hatte; aber das hatte sie ihm nie gesagt. Damals, als er es tat, hätte sie es ihm nicht sagen können, und jetzt gab es dazu keine Gelegenheit, weil er diese Angelegenheit überhaupt nicht mit ihr besprach. Aber vielleicht würde sie es ihm eines Tages doch sagen.

Und die kleine Mary Matthews! Sie gehörte auch zu ihnen, hierher, und aus dem, was sich Julia zusammenreimen konnte, hatte sie einen sehr schweren Kampf gehabt. Vielleicht war schließlich doch etwas Lohnendes daran, Christ zu sein.

Manchmal hörte sie bei den Gesprächen zu, die sie miteinander führten, wenn sie meinten, sie wäre eingeschlafen. Aber das schien für Julia alles viel zu schwer verständlich zu sein. Sie hätten ebensogut in einer fremden Sprache miteinander reden können, so wenig konnte sie von alledem verstehen.

„Gerettet durch die Gnade“ — „gerechtfertigt durch den Glauben“ — „keine Verdammnis“ — das alles waren für Julia bloße Worte, die sie auch weiterhin völlig im Dunkeln ließen.

Natürlich konnte keiner von ihnen wissen, daß sie selbst nach dem Licht suchte, sonst hätten sie sich mit Freuden zu ihr gesetzt und versucht, ihr die Dinge zu zeigen, die sie nicht erkennen konnte.

Aber Julia war noch sehr im Zweifel über alles, was Religion hieß. Sie war diesen Dingen ihr ganzes bisheriges Leben lang sorgfältig aus dem Wege gegangen. So behielt sie auch jetzt ihre Fragen für sich.

Irgendwie schienen aber diese Dinge mehr und mehr auf sie zuzukommen und drohten auch sie ganz einzuhüllen in einer allumfassenden Umarmung . . .

„Mutter“, begann Jennifer eines Nachmittags, als sie bei Julia saß und Wäsche ausbesserte. „Ich möchte dich um einen Gefallen bitten.“

„Was denn? “ kam die etwas zweifelnde Frage.

„Sieh einmal“, fuhr Jennifer fort, „es gibt hier in unserer Straße so viele Kinder, die keinen ordentlichen Platz zum Spielen haben; niemand scheint sich darum zu kümmern, was aus ihnen wird. Ich sehe sie immer, wenn ich zu den Gottesdiensten gehe."

„Aber, was kannst du denn da tun? "

„Ich habe eine Idee — wenn es dir recht ist." Jennifer fing an, sich für diesen Gedanken zu begeistern. „Ich dachte daran, einige von ihnen an einem Nachmittag zu sammeln und hier herauf zu bringen, um ihnen eine ‚glückliche Stunde' zu gestalten, wenn es dir nicht zuviel wird."

„Und was hast du dir unter einer ‚glücklichen Stunde' konkret vorgestellt? " Julia schien noch im Zweifel zu sein.

„Ach, weißt du, das habe ich mir so gedacht: ich bringe ihnen ein paar schlichte Lieder bei, dann könnten wir irgendein Ratespiel oder etwas ähnliches miteinander machen, und zum Schluß erzähle ich ihnen eine biblische Geschichte."

„Aber sie können doch auch zur Sonntagsschule gehen, wenn sie Geschichten aus der Bibel hören wollen", wehrte Frau Deane ab.

„Das ist es ja gerade", erwiderte Jennifer schnell, „sie gehen nicht zur Sonntagsschule — die meisten von ihnen nicht. Aber sie kommen vielleicht ganz gern zu so etwas während der Woche."

„Na gut", seufzte Julia, die im Geist einen neuen Charakterzug ihrer Tochter zu ergründen suchte, den sie nicht verstehen konnte, „das geht über meinen Horizont, Jennifer. Ich dachte, du hättest gerade genug zu tun, auch ohne dir den Kopf über all die vielen kleinen Bengels in der Nachbarschaft zu zerbrechen. Aber wenn du es wirklich tun willst — ich will nicht diejenige sein, die dich davon abhält."

So begannen Jennifers „Fröhliche Stunden". Und es waren wirklich glückliche Stunden. Zuerst lud sie nur wenige Kinder ein, die sie bei ihren täglichen Besorgungen durch freundliches Grüßen kennengelernt hatte. Bald aber verbreitete sich diese Neuigkeit, und es dauerte gar nicht lange, da traf sich praktisch die gesamte Kinderschar der Prospektstraße im Haus Nr. 84.

Jennifer war über diese Reaktion selbst erstaunt. Alle Sorten von Kindern verschiedenen Alters strömten herein, von den ganz Kleinen mit ihren scheuen und schmutzigen Gesichtern bis zu den hochaufgeschossenen, stürmischen Zehnjährigen mit ihren Schulranzen auf dem Rücken, die Jennifer argwöhnisch von der Tür her musterten, entschlossen, sich durch keinen Trick „einfangen" zu lassen, und doch ängstlich darauf bedacht, daß ihnen nichts von alledem entging.

„Sagen Sie, Fräulein, was soll das alles heißen? " wollte einer von den stämmigen jungen Kerlchen wissen, die Hände tief in den Hosentaschen vergraben. „Warte doch erst mal ab", gab Jennifer schlagfertig zurück.

Damit war die Einladung angenommen.

Der Gedanke an diese Kinder ließ Jennifer keine Ruhe in ihrem Herzen. Irgendwie wirkten sie viel älter als sie es wirklich waren. Vielleicht deshalb, weil sie schon in so jungen Jahren ganz auf sich selbst gestellt waren, dachte sie. Einige von ihnen schienen überhaupt keine Kindheit gehabt zu haben, nach dem sorgenvollen Ausdruck auf ihren kleinen Gesichtern zu urteilen.

Natürlich gab es dabei auch Ausnahmen — die wenigen gutversorgten Kinder in ihren hübschen, sauberen Kleidern und mit ihren hellen, glücklichen Gesichtern. Die ließen aber den Gegensatz zu den anderen nur um so schmerzlicher hervortreten.

In der „Fröhlichen Stunde" gab es keine Unterschiede. Alle waren lebhaft beim Singen der Lieder bei der Sache, beteiligten sich begeistert bei den kleinen Wettbewerbsspielen und hörten mit großer Spannung zu, wenn die Geschichte erzählt wurde.

Jennifer entlieh sich in der Kirche etliches Lehrmaterial und ergänzte es durch eigenes, das sie aus dem Stegreif heraus entwickelte, aus allerhand Kleinigkeiten, die ihr gerade unter die Hand kamen.

Sie hatte gewiß keine Arbeitsmethoden, wie sie jemand anwendet, der darin ausgebildet ist, aber sie dienten doch dazu, die Wahrheit zu veranschaulichen, die sie diesen Kindern nahezubringen versuchte.

Dabei verlief freilich nicht immer alles so, wie es im Plan vorgesehen war, denn man konnte nie vorher sagen, was diese Kinder als Nächstes tun würden.

Eines Tages entwickelte sich eine hitzige Debatte, wie man in den Himmel kommt; es dauerte eine ganze Weile, bis Jennifer endlich auch zu Wort kam.

„Mama sagt, wenn ich ein gutes Mädchen bin und alle Brotkrusten aufesse, komm' ich in' Himmel", erklärte eine Sechsjährige mit Nachdruck.

Schallendes Gelächter war die Antwort.

„Puh", spottete einer von den größeren Jungen, „im Himmel essen sie doch gar keine Brotkrusten."

„Ich meine, man muß schrecklich brav sein, dann kommt man auch in den Himmel", bemerkte ein anderes kleines Mädchen mit braunen Augen und nachdenklichem Gesicht.

„Was sagst du uns da!" Einer von den kräftigen jungen Burschen lenkte die Aufmerksamkeit aller auf sich, denn er sprach sehr laut. „Mein Vati sagt, du bist schon in Ordnung, wenn du nicht fluchst und nicht lügst un' annerer Leute Sachen nich' klaust."

„Dann bist du aber draußen, Tommy", sagte einer von seinen Kameraden vorwurfsvoll, indem er sich ruckartig zu ihm umdrehte, „ich habe heute in der Schule gehört, wie du geflucht hast."

„Ich auch!"

„Aber Kinder, bitte!" Jennifer klopfte hart mit den Knöcheln der Hand gegen die Tür, bemüht, die Ordnung wiederherzustellen. „Hört mir doch mal zu — ich werde euch etwas über den Himmel erzählen. Es gibt nur einen Weg, um dort hinzukommen, und die meisten unter euch scheinen auf der falschen Spur zu sein."

Glücklicherweise hatte sie ein Stück gelbe Kreide in der Tasche und schrieb rasch auf die Rückseite der Wohnzimmertür die Buchstaben „J-E-S-U-S".

Aller Augen waren auf sie gerichtet. Sie schickte ein Stoßgebet um rechte Führung zum Himmel und fuhr dann fort: „Seht ihr, der Himmel ist ein Ort, den Gott für seine Kinder bereitet hat. In seinem Buch — der Bibel — sagt er uns, wie wir dahin kommen. Darum müssen wir, wenn wir in den Himmel kommen wollen, das tun, was die Bibel uns sagt. Und Gott hat eine Tür in den Himmel gemacht — gerade wie diese Tür hier — und wenn ihr nicht durch Gottes Tür hineingeht, könnt ihr überhaupt nicht hineinkommen. Seht, dies ist der Name, der auf Gottes Tür zu lesen ist — JESUS. Das heißt, der Herr Jesus selbst ist die Tür, und er ist auch der einzige Weg, auf dem jemand in den Himmel kommen kann. Jeder muß erst zu Jesus kommen. Er starb am Kreuz, damit er unsere Sünden wegnehmen und uns reine Herzen geben kann, damit wir gut genug sind, in den Himmel einzugehen und bei ihm zu leben.“

Es war eine ziemlich nüchterne, kleine Gesellschaft, die sich dann schließlich zerstreute und Jennifer mit ihrer Mutter allein ließ.

Jennifer ging mit Besorgnis in das Zimmer ihrer Mutter hinüber. Die Kinder hatten sich heute flegelhafter als sonst benommen, und Jennifer fragte sich, was wohl ihre Mutter dazu sagen würde.

Aber Julia saß lächelnd in ihrem Bett. „Ich habe so meine Freude daran gehabt, Jennifer“, erklärte sie. „Sie sind spaßig, nicht wahr? Was sie so für Ideen haben!“

Jennifer war sichtlich erleichtert. „Und ich dachte, sie könnten dir heute zu laut gewesen sein, Mutter. Sie waren heute sehr lebhaft.“

„Ach, das habe ich gar nicht so gemerkt. Ich war ganz interessiert an dem, was sie sagten — und auch an dem, was du gesagt hast. Es schien so leicht, dem zu folgen. Ich habe in der Weise noch nie darüber nachgedacht.“

Jennifer warf einen raschen Blick auf ihre Mutter. War es möglich, daß der Herr durch eine schlichte Botschaft, die an Kinder gerichtet war, ihr Herz erreicht hatte?

Aber Julia war, müde von den Aufregungen des Nachmittags, auf ihr Kissen zurückgesunken und hielt die Augen geschlossen.

Jennifer schlich eben auf den Zehenspitzen aus dem Zimmer, als sie jemand die Treppe heraufkommen hörte. Es war Mary.

„Jennifer", begann sie, noch ganz außer Atem, „ich kann nicht lange bleiben. Ich bin nur schnell mal hereingekommen, um dir von einem Mädchen etwas auszurichten, das in unserem Krankenhaus liegt."

„Oh", fragte Jennifer überrascht, „kennt sie mich? "

„Ja", fuhr Mary fort, „und sie möchte, daß du sie besuchst. Sie ist wirklich schwerkrank, darum hielt ich es für besser, sofort zu kommen und es dir zu sagen."

„Das ist sehr lieb von dir, Mary. Aber wer ist sie? " fügte sie neugierig hinzu.

Mary zögerte. „Sie wollte nicht, daß ich dir ihren Namen nenne. Sie äußerte die Befürchtung, daß du dann wohl nicht kommen würdest, wenn du ihren Namen weißt. Aber ich habe ihr schon gesagt, daß diese Befürchtung unbegründet ist."

„Sicher, ich werde bestimmt hingehen, Mary. Aber wie heißt sie nun? "

Mary blickte ihre Freundin fest an. „Doreen Jackson heißt sie."

25

„Doreen — Doreen soll im Krankenhaus sein?“ rief Jennifer ungläubig.

„Sie kann es doch nicht sein, Mary — das muß ein Irrtum sein.“

Aber Mary schüttelte den Kopf. „Nein, Jennifer, ich fürchte, es ist die Wahrheit“, sagte sie traurig. „Doreen ist krank — sogar sehr krank.“

„Nun, dann muß es aber sehr plötzlich gekommen sein“, wehrte sich Jennifer immer noch. „Als ich das letzte Mal von Doreen hörte, ging es ihr noch ganz gut.“

Mary machte ein ernstes Gesicht. „Es mag schon sein, daß ihr äußerlich nichts zu fehlen schien — aber die Tuberkulose ist eine von den Krankheiten, die sich nicht immer gleich nach außen hin zeigen — bis es dann zu spät ist.“

Jennifer stockte der Atem. „Mary — aber für Doreen ist es doch noch nicht zu spät, nicht wahr?“ Auf ihrem Gesicht erschien dabei ein Ausdruck von Schreck und Besorgnis zugleich.

Die andere antwortete nicht gleich. „Das zu sagen, bin ich nicht zuständig, meine Liebe“, sagte sie schließlich. „Aber ich an deiner Stelle würde keine Zeit verlieren, zu ihr zu gehen, um sie noch einmal zu sehen.“

„Ich werde heute abend noch hingehen“, stimmte Jennifer ihr bereitwillig zu. „Aber ich kann mir gar nicht denken, warum sie gerade mich sehen will.“

Mary hielt ihren Blick fest auf das Gesicht der Freundin gerichtet. „Sie scheint etwas auf dem Herzen zu haben, Jennifer — sie sagt, sie muß dich unbedingt sprechen.“

„Aber wie fand sie heraus, daß du mich kennst? Das möchte ich wissen.“

„Nun, das war so", fuhr Mary fort. „Sobald ich ihren Namen las, mußte ich an das denken, was du mir über John und Doreen erzählt hast. Und dann hatte ich es auch bald heraus, daß sie dieses Mädchen war. Darum wandte ich ihr mein besonderes Interesse zu. Ich konnte sehen, daß etwas sie sehr bedrückte, und versuchte, ihr zu helfen. Zuerst wollte sie nicht viel sagen, aber schließlich erzählte sie mir, sie habe den Wunsch, ein Mädchen wiederzusehen, das früher einmal ihre engste Freundin gewesen war; und als ich sie nach deren Namen fragte, war ich überhaupt nicht überrascht, als sie ‚Jennifer Deane' sagte."

Jennifer schien sehr nachdenklich. „Sonderbar, daß du ihr gerade so begegnet bist, Mary."

„Sonderbar?" Mary Matthews nahm die Hand ihrer Freundin und drückte sie herzlich. „Nein, meine Liebe. Ich glaube, daß es eine göttliche Fügung ist. Der Herr hat das so geführt. Doreen braucht Christus, Jennifer!"

„Ich weiß." Jennifers Stimme klang heiser. „Aber Mary, was kann ich ihr denn sagen? Ich bin so unsicher, wenn ich in ein Krankenhaus komme, weiß auch nicht richtig, wie ich mich am besten verhalte, besonders wenn es sich um eine Schwerkranke handelt."

„Du kannst ihr helfen — ich weiß es bestimmt. Und sie fühlte es ebenso, daß du es kannst. Es ist ihr nicht gestattet, Besuch zu empfangen. Aber sie hat besonders darum gebeten, daß man dich hineinläßt. Ich sagte ihr, daß du auch sicher kommen würdest."

„Natürlich, das werde ich auch — aber du mußt dann für mich beten, Mary." Tränen traten ihr in die Augen.

Mary legte ihren Arm um sie. „Mit mir kannst du rechnen, Jennifer", sagte sie beruhigend. „Und du kannst auch mit Jesus rechnen — er versagt niemals."

Jennifer lächelte ihr dankbar zu. „Danke dir, Liebe", brachte sie ziemlich zaghaft hervor. An Marys Glaube konnte sie sich immer ein Beispiel nehmen.

Es war noch früh am Abend, als Jennifer sich am gleichen Tag noch auf den Weg zum Krankenhaus machte. In ihrem Kopf jagten sich die Gedanken. Wenn es nur an ihr gelegen hätte, so würde sie alles getan haben, um diesem Besuch aus dem Wege zu gehen. Aber es lag nicht an ihr, dies zu entscheiden. Tief im Herzen wußte sie, daß Mary recht hatte — die Hand des Herrn war hier mit im Spiel.

Doreen Jackson lag vielleicht schon im Schatten der Ewigkeit. Angenommen, daß es nicht mehr besser mit ihr würde — angenommen, daß es nur noch wenige Tage waren, die ihr zum Leben blieben, was würde die Ewigkeit für sie bereithalten? Jennifer zitterte bei dem Gedanken. Was konnte sie ihrer einstigen Freundin sagen?

Jennifer erinnerte sich, wie sie einmal mit Doreen darüber gesprochen hatte, daß sie doch Christus als ihren Heiland annehmen müßte. Aber sie hatte nichts als Spott zur Antwort bekommen. Aber damals war Doreen gesund und stark gewesen. Vielleicht würde sie jetzt mehr Bereitschaft zum Zuhören zeigen . . .

Jennifer war sich ihrer eigenen Grenzen bewußt. Darum betete sie jetzt still, sie erhob ihr Herz zu Gott, daß er ihr beistehen und sie leiten möge.

Sie hatte nun das Krankenhaus erreicht und stieg mit wild pochendem Herzen die breiten Treppen hinauf.

Wer würde außer ihr noch da sein? Das hätte sie gern gewußt. Vielleicht Herr und Frau Jackson? — In früheren Zeiten hatte sie sich mit ihnen immer gut verstanden.

Oder John? Ihr Herz setzte einen Schlag lang aus. Sicher würde John da sein. Jennifer fühlte sich plötzlich krank vor lauter Sorgen. Sie konnte Doreen gegenübertreten, aber nicht John — nicht heute abend. Das wäre zuviel für sie.

„Hier entlang, bitte." Jennifer folgte einer Schwester, die ihr den Weg zu Doreens Privatstation wies.

Es war ein kleines Zimmer, das einzige Bett stand am Fenster. Die Lampe war abgedunkelt, und es schien ziemlich finster, als Jennifer den Raum betrat — so dunkel, daß sie die Gestalt, die am Bett saß, nicht deutlich erkennen konnte.

„Ach, Jennifer, wie froh bin ich, daß du gekommen bist!“ Es war die Mutter von Doreen, die beim Klang der Schritte rasch aufstand.

„Ich werde euch allein lassen — Doreen möchte dich unter vier Augen sprechen, denke ich“, fuhr Frau Jackson fort und zog sich rasch aus dem Zimmer zurück.

Allein gelassen mit der Kranken, ging Jennifer zum Bett hinüber.

„Doreen —“ begann sie, hielt dann aber kurz inne. Es war fast unglaublich, wie sehr sich das Mädchen verändert hatte. Alle äußere Schönheit war von ihr gewichen, und nur der Lippenstift auf ihren schmalen Lippen erinnerte noch an die ausgelassene Fröhlichkeit vergangener Tage. War dies wirklich Doreen Jackson — die Doreen, die sie gekannt hatte? Ihr Gesicht war schmal und eingefallen, während ihre Augen sich groß und brennend auf Jennifer richteten, als sie unter großer Anstrengung ihre Besucherin begrüßte.

„Jennifer — es ist lieb von dir, daß du gekommen bist.“

Sie sprach so leise, daß Jennifer sich dicht zu ihr herabneigen mußte, um ihre Worte zu verstehen.

„Möchtest du dich — nicht setzen?“

Jennifer nahm sich den Stuhl, auf den Doreen mit ihrer weißen, matten Hand gezeigt hatte.

„Oh, Doreen“, begann sie, „es tut mir ja so leid, daß es dir — so schlecht geht. Du mußt ganz schnell wieder gesund werden.“

Aber Doreen schüttelte den Kopf. „Ich werde nie wieder gesund, Jennifer.“

Mit großer Anstrengung richtete sie sich in ihren Kissen ein wenig auf, dabei erschien ein schwaches Rot auf ihren Wangen.

„Ich werde nicht mehr lange hier sein — deshalb hatte ich den Wunsch, dich noch einmal zu sehen. Ich bin — bin so froh, daß du gekommen bist.“

„Und ich freue mich, daß ich hier bei dir sein kann, Doreen.“

Jennifer meinte es ehrlich, die Furcht vor diesem Besuch hatte sie vollständig vergessen, als sie nun am Bett des Mädchens saß, das einst ihre beste Freundin gewesen war.

Niemand konnte leugnen, daß Doreen die Wahrheit gesagt hatte. Obwohl Jennifer in solchen Dingen keine Erfahrung hatte, konnte sie sehen, daß dieses einst so lebensfrohe, hübsche Mädchen schon an der Schwelle des Todes stand . . .

„Jennifer.“ Ihr Atem ging jetzt rascher, ihre Stimme schien ein wenig lauter. „Ich möchte dir etwas sagen — und ich — möchte dich um Vergebung bitten.“

Jennifer ergriff ihre Hand. „Aber Doreen, meine Liebe, da ist doch nichts zu vergeben“, wehrte sie ab.

Auf dem Gesicht der anderen malte sich ein leichtes Erstaunen aus. „Hast du nichts gehört — über die Sache mit John? “

„Du meinst — daß du mit John verlobt bist? Natürlich habe ich davon gehört.“ Jennifer sprach leise und beruhigend auf sie ein. „Aber du brauchst mich nicht zu bitten, dir das zu vergeben.“

„Aber Jennifer, du kennst ja die Geschichte gar nicht. John liebt mich nicht — er liebt dich. Schon immer, und auch in Zukunft.“

Sie sprach mit einer Eindringlichkeit, die ihr alle Kraft abzufordern schien, die sie noch besaß.

„Es brach ihm fast das Herz, als du ihn zurückgewiesen hast. Ich sah, daß meine Gelegenheit gekommen war. Ich hätte in ihn dringen können, daß er zu dir zurückkehrt — aber ich habe es nicht getan. Ich wollte ihn für mich haben. Er wollte mich nicht — aber ich redete ihm das ein. Ich brachte ihn dazu, daß er mich ausführte — zu allen möglichen Veranstaltungen, wo du nie hingegangen wärest, und brachte ihn so auf den alten Weg zurück. Eines Abends waren wir zum Tanzen gegangen und — ich denke, John hatte etwas zuviel getrunken. Da fragte er mich, ob ich ihn heiraten würde. Ich nahm ihn bei diesem Wort — und er war zu anständig, um es wieder zurückzunehmen.“

Erschöpft sank Doreen in die Kissen zurück, und es folgte ein längeres Schweigen. „Und wo ist er jetzt?“ fragte Jennifer schließlich.

„Diese Krankheit kam so völlig unerwartet — ich schien plötzlich zu zerbrechen. Und als ich wußte, worum es sich handelte, habe ich — ich ihn von seinem Wort entbunden. Er ist jetzt frei, um zu dir zurückzukommen, wenn du ihn haben willst.“

Jennifer schüttelte den Kopf. „Das — das ändert an der Sache nichts, Doreen“, sagte sie verhalten. „Ich kann ihn auch jetzt nicht heiraten.“

„Jennifer!“ Doreen stützte sich mit dem Ellbogen halb auf, und der flehentliche Ton ihrer Stimme rührte Jennifer ans Herz. „Jennifer, du mußt etwas tun — bitte. John richtet sein Leben zugrunde. Er trinkt und spielt, er geht in diese schrecklichen Spielhöllen und bringt dabei sein ganzes Geld durch. Er ist kaum noch nüchtern — oh, Jennifer, er wirft achtlos sein Leben weg, und das Furchtbarste daran ist die Tatsache — daß ich ihm dazu verholfen habe.“

Jennifer antwortete nicht. Dies war es, was sie schon immer gefürchtet hatte, aber als sie diese bittere Wahrheit mit ihren eigenen Ohren hörte, brach es ihr fast das Herz.

„Jennifer.“ Das Weitersprechen machte Doreen offenbar große Mühe. „Er ist auf dem Weg zur Hölle — ich weiß es — du weißt es auch. Ich liebe ihn, Jennifer, und ich möchte nicht, daß es ihm ebenso ergeht wie mir. Du liebst ihn auch — du mußt ihn retten.“

Jennifer schämte sich der Tränen nicht, die sie jetzt weinte.

„Ja, Doreen, ich liebe ihn, aber ich kann ihn nicht retten — kein Mensch auf Erden kann ihn retten.“

„Aber kann denn niemand etwas tun?“ schrie Doreen verzweifelt.

Jennifer hob ihr tränenüberströmtes Gesicht zu ihr auf. „Doch, liebe Doreen, es gibt jemand — der Herr Jesus Christus kann ihn retten, und dich auch.“

Doreen schüttelte den Kopf. „Für John könnte wohl noch Hoffnung bestehen, aber nicht für mich, Jennifer. Für mich ist es zu spät.“

„Nein, nein“, sagte Jennifer rasch, „es ist noch nicht zu spät, Doreen. Du kannst dich noch an ihn wenden, wenn du willst.“

Doreen vergrub ihr Gesicht in den Kissen. „Nein, Jennifer — ich hatte meine Gelegenheit dazu, aber ich habe sie verächtlich beiseitegeworfen. Ich hätte mit dir zusammen zu Christus kommen können — ich habe dieselbe Predigt gehört. Erinnerst du dich? “

„Ja, Doreen.“ Jennifer war so eifrig dabei, daß ihre Stimme zitterte. „Aber weißt du auch noch, was Pastor Ransome uns an jenem Abend sagte — ‚als wir noch Sünder waren, ist Christus für uns gestorben‘. Doreen, er ist auch für dich gestorben.“

Aber sie wollte sich nicht trösten lassen. „Auch an dem Tag, als du mir sagtest, ich müßte doch auch Christus annehmen — habe ich ihn wieder zurückgewiesen. Ich — ich wollte mir ein schönes Leben machen.“ Ihre Stimme brach im Weinen. „Ich — ich habe mir ein schönes Leben gemacht und es genossen, Jennifer, aber es hat mich schließlich — hierher gebracht!“

Jennifer schwieg; sie konnte jetzt nichts sagen. Wie noch nie zuvor, sah sie hier die Tragödie eines verpfuschten Lebens vor sich. Oh, wie anders hätte es verlaufen können . . .

„Ich bin ein Narr gewesen — ein Narr“, schluchzte Doreen. „Ich wollte alles haben, was die Welt mir bieten konnte, und jetzt habe ich nichts — weniger als nichts! All das, wofür ich gelebt habe — Tanzen, Parties und all das andere — das zählt jetzt überhaupt nicht mehr, Jennifer. Sie bedeuten dir alle nichts mehr, wenn du Auge in Auge dem — Tod gegenüberstehst.“

Jennifer mußte hart schlucken. „Nein, Doreen, da hast du ganz recht.“ Es fiel ihr nicht leicht, das zu sagen.

„Jennifer!“ Doreens kalte, feuchte Hand umklammerte

ihren Arm. „Ich muß jetzt sterben — das weiß ich bestimmt. Und ich habe Angst. Ach, Jennifer, hilf mir doch!“

In diesem Augenblick wurde Jennifer etwas von dem Schrecken einer Ewigkeit ohne Christus bewußt. Das würde sie niemals wieder vergessen können.

In ihr eigenes Herz aber strömte aufs neue die kostbare Gewißheit des Glaubens: „Und ob ich schon wanderte im finsteren Tal, fürchte ich kein Unglück, denn du bist bei mir!“ Gott sei Dank, sie würde jenes dunkle Tal niemals allein durchschreiten müssen, aber Doreen . . .

„Du brauchst keine Furcht zu haben, wenn du dein Vertrauen auf den Herrn Jesus Christus setzt, Doreen“, sagte sie leise und freundlich.

Aber Doreen schüttelte immer noch den Kopf. „Nein — ich habe ihn so oft zurückgewiesen, ich — ich kann nicht von ihm erwarten, daß er mich jetzt noch annimmt.“

Jennifer sank neben dem Bett in die Knie. „Doreen“, rief sie mit großem Ernst, „natürlich nimmt er dich an — niemals stößt er jemand zurück. ‚Wer zu mir kommt, den werde ich nicht hinausstoßen.‘ Das sagt uns sein Wort.“

Doreen schien jetzt ruhiger zu werden. „Ich glaube, so etwas ähnliches selbst auch schon einmal gelesen zu haben, in dem Testament, das du mir gegeben hast.“

Bei diesen Worten blickte sie auf. „Ich habe es immer noch, Jennifer.“

Jennifers Herz tat einen Freudensprung. „Du hast es gelesen, Doreen? “

„Ja, aber erst, seitdem ich hier bin. Es liegt unter meinem Kopfkissen. Könntest du es mir einmal hergeben? “

Jennifer zog das kleine Testament unter dem Kissen hervor; es war lange her, daß sie es ihrer Freundin gegeben hatte. Wie wundervoll müßte es sein, dachte sie, wenn der Same, den sie damals in großer Schwachheit auszustreuen versucht hatte, jetzt Frucht brächte zum ewigen Leben . . .

„Ach hätte ich doch schon früher darin zu lesen angefangen, Jennifer“, sagte Doreen wieder, „aber ich habe es so lange achtlos liegenlassen, daß ich jetzt wohl keine Kraft mehr habe, meinen Namen dort einzusetzen, selbst wenn ich es versuchte.“

Jennifer schöpfte neue Hoffnung. Doreen hatte in ihrem Testament gelesen, das war gut. Dazu hatte sie auch die besondere Inschrift auf der Innenseite gelesen. Sicherlich war der Herr auch ihr nachgegangen, sie zu suchen und zu finden.

Jennifer öffnete das Buch und begann auf der Innenseite des hinteren Deckels zu lesen: „Weil ich glaube, daß der Herr Jesus Christus für mich starb, nehme ich ihn jetzt als meinen Heiland an; ich bitte ihn, alle meine Sünden auszutilgen, ich will ihn, auch vor allen anderen, anerkennen und ihm Tag für Tag vertrauen — denn also hat Gott die Welt geliebt, daß er seinen eingeborenen Sohn gab, auf daß — Doreen!“

Sie hielt mit Lesen inne, um diese Worte besonders deutlich herauszustreichen und ihr klarzumachen.

„Du mußt nicht unbedingt deinen Namen in diese Zeile hineinschreiben. Sondern, wenn du in deinem Herzen sprechen kannst: ‚Doreen Jackson, die an ihn glaubt, soll nicht verlorengehen, sondern das ewige Leben haben‘, dann wird er dich retten, gerade so, wie du bist.“

Ein schwacher Hoffnungsschimmer glomm in Doreens Augen auf.

„Jennifer, ist das wahr — daß er mich annehmen würde — gerade jetzt — so wie ich bin?“

„Ja, liebe Doreen, er will es“, sagte Jennifer ernst; wieder kam ihr das große Wunder der unendlichen Liebe Gottes zu Bewußtsein, die einem hoffnungslosen, hilflosen Sünder das volle Heil anbietet.

„Weißt du auch, was geschah, als der Herr Jesus am Kreuz hing? Zwei Räuber wurden mit ihm gekreuzigt. Einem von ihnen wurde es bewußt, daß er ein Sünder ist; er wandte sich an Jesus, ehe er starb, und sagte: ‚Herr, gedenke an mich, wenn du in dein Reich kommst.‘ Und der Herr nahm ihn an — gerade so, wie er war. Und dann sagte er ihm: ‚Wahrlich, wahrlich, ich sage dir, heute wirst du mit mir im Paradiese sein.'“

Doreen standen die Tränen in den Augen. „Bitte — Jennifer — erzähle mir mehr davon.“

Und Jennifer begann ihr vorzulesen — die uralte Geschichte von dem einen, der ein Freund der Sünder war, der Sohn Gottes, der vom Mitleid ergriffen war über die, die in Not waren, der Heiland, der kam, um zu suchen und zu retten, was verloren ist.

Das Mädchen im Bett hörte schweigend zu, und über ihrem Gesicht breitete sich nach und nach der Ausdruck des Friedens und einer heiteren Ruhe aus. Die Zeichen der Furcht und Todesangst wichen von ihr; ihre Hand, die sich fiebernd um Jennifers Arm gekrallt hatte, lockerte ihren harten Griff. Schließlich hielt Jennifer im Lesen inne. „Doreen“, flüsterte sie, „glaubst du — glaubst du wirklich, daß er für dich starb?“

Über Doreen Jacksons bleiches Gesicht glitt ein Lächeln, ein Strahlen, wie aus einer anderen Welt. „Ja“, sagte sie schlicht, „ich glaube — ich glaube es.“

26

Mary Matthews war bei den Deanes praktisch ein Glied der Familie geworden. Wenn sie nur ein paar Stunden dienstfrei hatte, schaute sie bestimmt vorbei und konnte gewiß sein, daß man sie mit großer Herzlichkeit begrüßte.

Julia freute sich immer schon im voraus auf ihre Besuche; sie war immer so strahlend und fröhlich, genau der richtige Umgang für einen kranken Menschen.

Anton schien sich auch zu freuen, daß Mary gerne kam. Wenn er bei ihrem Besuch gerade daheim war, zeigte er stets Interesse an ihrem Leben und Treiben.

Philip besuchte seine Familie so oft, wie es seine wachsende Inanspruchnahme durch sein Studium zuließ. Er fand in Mary die Gesprächspartnerin, die er sich schon immer gewünscht hatte. Freilich trafen ihre Besuche nicht allzuoft zusammen, aber wenn es sich gerade so ergab, so hatten sie viel miteinander zu besprechen.

Natürlich war China ihr Hauptgesprächsthema, und wenn sie so miteinander über die ungeheure geistliche Not dieses riesigen Landes sprachen, wurden sie froh in der Gewißheit, daß sie beide von Gott berufen waren, ihm dort zu dienen.

Zwischen Mary und Jennifer reifte eine Freundschaft, die für sie beide eine Bereicherung und ein Segen für ihr Leben wurde. Dieses Band wurde im Laufe der Zeit immer fester und enger. Sie vertrauten sich gegenseitig ihre Freuden und Enttäuschungen an.

Sie beteten zusammen und machten gemeinsame Pläne und sprachen ohne Hemmungen über alles, was ihr Herz bewegte.

Mary zeigte reges Interesse an Jennifers „Fröhlichen

Stunden", und obgleich sie selten frei war, um ihr bei den Kindern zu helfen, war sie immer begierig, zu erfahren, wie alles gegangen war. Oft konnte Mary auch Kontakte mit neuen Menschen vermitteln, die in der Gegend wohnten.

Jennifer hingegen konnte sich nicht genug darüber wundern, wie weit Marys Interessen reichten und wie ihr Eifer und ihre Begeisterung kein Ende zu haben schienen. Sie war sicher, daß es wohl kaum eine Gruppe aktiver junger Christen gab, mit denen sie nicht in irgendeiner Weise in Verbindung stand.

„Ich kann es kaum erwarten, bis ich erst nach China ausreise, um Seelen für Jesus zu gewinnen", erklärte sie des öfteren, „ich muß hier schon anfangen, mich darin zu üben."

So war es auch Mary, die Jennifer über alle Einzelheiten der „Evangelisations-Kampagne" in Kenntnis setzte, die in dem Bezirk abgehalten werden sollte.

„Wir unternehmen oft einen solchen besonderen Versuch in unserer Kirche", erklärte sie. „Dazu kommen auch Mitarbeiter aus anderen Teilen der Stadt, die uns helfen. Auf diese Weise erreichen wir diesen ganzen Stadtteil."

„Wie macht ihr das? "

„Am Nachmittag haben wir eine besondere Gebetsversammlung, um Gott um seinen Segen für unser Unternehmen zu bitten. Dann gehen wir hinaus und halten eine Versammlung im Freien ab, unten bei dem großen Hotel. Danach teilen wir uns in Gruppen auf und versuchen, mit Leuten ins Gespräch zu kommen. Und zum Schluß laden wir Leute von den Straßen ein, in die Kirche zu einem Evangelisations-Gottesdienst zu kommen. Das Echo, das wir auf solche Einladung zum Evangelium bekommen, ist oftmals wirklich wunderbar."

„Aber dann kommen ja die verschiedensten Leute in die Versammlung", bemerkte Jennifer.

Diese Methode, den „Mann auf der Straße" zu erreichen, war Jennifer bisher völlig fremd.

„Ja, das gibt eine gemischte Gesellschaft", erwiderte

Mary begeistert. „Leute, die niemals eine Kirche von innen sehen — einige sind angetrunken. Aber du würdest staunen, wenn du sehen könntest, wie sie während der Versammlung nüchtern werden. Ich habe einmal einen Mann betrunken hereinkommen und später dann als fröhlichen Christen hinausgehen sehen."

„Ist das nicht wunderbar, was der Herr tun kann?"

„Ja, Jennifer, und du hast ja gar keine Vorstellung davon, bis du nicht mal zu einer der Versammlungen mitkommst. Du solltest nächsten Sonnabend hinkommen und es dir mal ansehen. — Übrigens, was ich dir noch sagen wollte", fügte sie plötzlich hinzu, „was meinst du, wer an dem Abend die Predigt hält?"

Jennifer schüttelte den Kopf. „Ich kann es unmöglich erraten."

„Dann werde ich's dir sagen — Pastor Ransome!"

„Pastor Ransome!" Jennifers Gesicht begann zu strahlen. „Mary, da muß ich einfach hingehen, um ihn wieder zu hören. Habe ich dir nicht schon erzählt, wie er mich durch eine Predigt zu Christus führte? Das werde ich nie vergessen. Er sprach über das Wort: ‚Wir lieben ihn, weil er uns zuerst geliebt hat!' Nie zuvor hatte ich diese Frohe Botschaft gehört — und er machte alles so deutlich und klar."

„Ja", pflichtete ihr Mary bei, „ich selbst habe ihn auch schon gehört. Er hat etwas Strahlendes, wenn er aufsteht, um zu predigen."

„Ja, das kann man wirklich so sagen, Mary. Ich werde am Nachmittag wohl nicht hingehen können, aber wenn ich mich beeile, dann werde ich zur Abendversammlung kommen."

„Gut. Ich bin froh, wenn du da bist, Jennifer. Aber wahrscheinlich wirst du nichts von mir sehen, bis alles zu Ende ist. Ich gehe zu der Versammlung, die im Freien abgehalten wird, und dann versuche ich noch jemand zu finden, der Christus braucht, und bringe ihn zum Gottesdienst mit."

Jennifer schaute ihre Freundin an. „Das werde ich zwar nicht tun können, Mary, aber ich werde für dich beten, wenn du da hingehst. Auf diese Weise arbeiten wir zusammen."

Und so machte sich Mary Matthews auf den Weg, gut gerüstet für den Kampf mit den Mächten der Finsternis . . .

Sie stand am Rande des Kreises, während die Zeugnisversammlung im Freien ihren Lauf nahm, und wartete auf eine gute Gelegenheit, ihre Traktate zu verteilen.

Die Zeit des Geschäftsschlusses rückte näher. Männer und Frauen begannen aus dem Hotel zu strömen. Viele von ihnen waren mehr oder weniger betrunken — junge Männer, die ihre beste Manneskraft dem Alkohol opferten, junge Frauen, die ihre Selbstkontrolle und ihr gutes Benehmen unter dem furchtbaren und zerstörenden Einfluß dieses Übels verloren, das in diesem sogenannten christlichen Land sein Unwesen treibt.

Manche waren mürrisch und teilnahmslos und widersetzten sich jedem Versuch, sich ihnen zu nähern und ihr Interesse zu wecken. Anderen fiel es ziemlich schwer, beim Gehen geraden Kurs zu halten, und sie waren froh, sich gegen eine Mauer oder einen Pfosten lehnen zu können, um sich wieder zurechtzufinden. Dabei hörten sie halbwegs den Liedern und der Predigt des Redners zu. Wieder andere benahmen sich lärmend und angriffslustig.

Eine große Menschenmenge hatte sich versammelt. Viele von den jungen Mitarbeitern, die die Leute persönlich zu erreichen versuchten, waren voll beschäftigt. Mary hatte bisher noch keine Gelegenheit entdeckt, auf die sie so sehr hoffte. Trotzdem konnte sie sich des bestimmten Gefühls nicht erwehren, daß in der Menschenmenge dort jemand stand, zu dem sie der Herr mit der rettenden Botschaft gesandt hatte.

Plötzlich gab es hinter ihr ein kurzes, scharfes Handgemenge. Laute, zornige Stimmen ertönten, man hörte das Geräusch von Schlägen; und dann taumelte ein Mann mit einer Wucht gegen ihren Rücken, daß es sie fast umwarf.

Nur mit Mühe konnte er das Gleichgewicht behalten und auf den Füßen bleiben.

Der Mann wandte sich Mary zu. Sein Mund war übel zugerichtet, sein Haar zerzaust und sein Mantel zerrissen. Dennoch hatte er etwas an sich, das von einer guten Erziehung und besseren Umgangsformen zeugte.

„Verzeihen Sie — bitte, ja?" begann er mit schwerer Zunge. „Hab' Sie nicht gesehen — hoffe, Sie haben sich nicht weh getan."

Mary musterte ihn mit einem kurzen Blick. Er war noch jung — zu jung noch, um seine Lebenskraft in dieser üblen Höhle zu vergeuden. Er hatte viel getrunken, aber sie wußte, daß er ein netter junger Mann gewesen sein mußte, als er noch nüchtern war. Und dann hatte sie plötzlich die Gewißheit: Dies war der Mann, zu dem sie gesandt war — die Gelegenheit, um die sie gebetet hatte.

„Danke", erwiderte sie rasch, „mir geht es gut, es fehlt mir nichts. Aber was ist mit Ihnen? Ich glaube gar, Sie sind verletzt."

Er stützte sich gegen den Pfosten. „Oh, machen Sie sich meinetwegen keine Sorgen — mir geht es schon gut", brachte er mühsam hervor.

„Nein", widersprach sie scharf, „Sie haben getrunken!"

Er blickte sie an, halb überrascht, halb beschämt. Er hatte hübsche Augen — wunderschöne braune Augen, bemerkte sie; aber jetzt waren sie verschwommen und blutunterlaufen.

„Und wenn schon", verteidigte er sich, „‚wir wollen essen, trinken und fröhlich sein, denn morgen sind wir tot' — das ist meine Devise."

Mary ergriff beherzt seinen Arm und führte ihn von der Menge weg. „Ja, aber Sie scheinen vergessen zu haben, daß nach dem Tod das Gericht kommt."

Sie sprach ernst und eindringlich.

„Gericht?" Er lachte unsicher. „Ich glaube nicht an so etwas. Man macht sich selbst seinen Himmel oder seine Hölle hier unten — nur darum geht es."

„Und Sie sind fest entschlossen, zur Hölle zu fahren?“

Er runzelte die Stirn. „Ach, das weiß ich nicht so genau.“

„Nun, dann möchte ich Ihnen mal was sagen.“ Ein warnender Klang in ihrer Stimme ließ ihn aufhorchen. „Wenn Sie in diesem Leben nicht die Hölle haben, dann aber bestimmt im nächsten, wenn Sie so weitermachen. Dem können Sie nicht entrinnen. Wissen Sie, die Bibel sagt, daß kein Säufer und Trunkenbold das Himmelreich erben wird, und im Jenseits wird es nur zwei Orte geben — Himmel und Hölle.“

„Aber ich glaube nicht an das, was die Bibel sagt.“ Er wies ihre Worte mit einer eindeutigen Geste ab.

Mary blickte ihn an. „Ob Sie es glauben oder ablehnen, ändert gar nichts an der Tatsache — es stimmt trotzdem. Eines Tages werden Sie erfahren, daß es stimmt, wenn Sie nämlich vor Gott stehen und die Bücher geöffnet werden und Ihr Name nicht im Buch des Lebens gefunden wird — dann aber wird es zu spät sein. Jetzt haben Sie Gelegenheit, Buße zu tun und sich an den Herrn Jesus zu wenden, daß er Sie rettet.“

Er gab keine Antwort, und sie fragte sich, wieviel er von dem eben Gesagten wohl begriffen hatte. Sie blickte ihn einige Male von der Seite her an, als sie die Straße entlanggingen. Er ging langsam, suchte zuweilen Halt an den Zäunen, an denen sie vorbeigingen; aber er schien schon fester auf den Beinen zu stehen als am Anfang. Vielleicht hatte die frische Luft eine ernüchternde Wirkung.

„Wo gehen wir eigentlich hin?“ Er blieb plötzlich stehen, und die Bestürzung auf seinem Gesicht wirkte fast erheiternd.

Sie lächelte. „Ich möchte Sie gern zu einer Versammlung mitnehmen — es ist gerade hier um die Ecke. Sie kommen doch mit, nicht wahr?“

„Na“, wehrte er sich schwach, „das sieht ja so aus, als müßte ich. Aber ich sehe ja aus wie ein Wrack!“

„Niemand wird das stören“, versicherte sie ihm, während sie ihren Weg zur Kirche fortsetzten . . .

Jennifer hatte an dem Abend den Tee früh fertig. So konnte sie rechtzeitig noch die Versammlung erreichen. Aber selbst dann fiel es ihr nicht leicht, von daheim wegzukommen.

Als sie schließlich die Kirche erreichte, hatte die Versammlung schon begonnen und alles war voll.

Sie fand ganz hinten noch einen freien Platz und blickte sich während des Gottesdienstes nach Mary um. Dort saß sie mittendrin, ziemlich weit vorn. Sie konnte ihr Gesicht nicht sehen, erkannte aber den kleinen blauen Hut. Sie mußte jemanden mitgebracht haben . . .

Pastor Ransome erhob sich zur Predigt. Er sah genauso aus, dachte Jennifer, wie an jenem Abend, da sie zum ersten Mal seiner Predigt zugehört hatte. Ein bißchen älter geworden, vielleicht — und doch sprach er mit noch mehr innerer Überzeugung und noch mehr Vollmacht? War das möglich?

„Freunde", begann er, „ich möchte zu Ihnen über ein sehr altmodisches Thema sprechen, das nicht mehr in unsere Zeit zu passen scheint. Aber habt Nachsicht mit mir. Ich möchte zu Ihnen über die Sünde sprechen — ja, über Sünde. Heutzutage hört man das Wort nicht mehr so oft, nicht wahr? Wir mögen den Klang dieses Wortes nicht, darum haben wir es fast aus unserem Wortschatz gestrichen. Aber Sünde bleibt dennoch Sünde, wir mögen es nennen, wie wir wollen. Der Fluch der Sünde lastet auf uns, seit unsere Voreltern Gott ungehorsam wurden, und wir stehen alle unter der Verdammnis; denn Gott sagt uns, daß wir alle gesündigt haben — keiner ist rechtschaffen — nein, kein einziger. Sehen Sie, darum sind Sie vor Gottes Augen ein Sünder. Glauben Sie das — oder würden Sie wagen, zu behaupten, Sie hätten noch nie gesündigt? "

Ein Schweigen fiel auf die Zuhörer, das man beinahe fühlen konnte. „Das erste, was Ihnen geboten wird, ist, den Herrn, Ihren Gott, von ganzem Herzen, von ganzer Seele und ganzer Kraft zu lieben. Haben Sie das getan? Oder haben Sie einer anderen Sache in Ihrem Leben vor Gott den ersten Platz eingeräumt — Geschäft, Vergnügen oder eigene, persönliche Wünsche? Dann haben Sie gesündigt, und der Sold der Sünde ist der Tod. Merken Sie sich meine Worte — Sie mögen ein junger oder ein alter Sünder sein, ein angesehener Sünder oder ein erbärmlicher, elender Sünder, Sie sind trotz allem immer noch ein Sünder — und vor Gott verloren. Vielleicht haben Sie erst einen Schritt nach unten getan, oder Sie mögen schon tief in Sünde und Laster gefallen sein — aber vor Gott gibt es diesen Unterschied nicht. Sie haben gesündigt und müssen unter den Urteilsspruch eines gerechten und heiligen Gottes kommen, wenn Sie nicht Buße tun."

Mary Matthews blickte den jungen Mann an ihrer Seite verstohlen an. Sie spürte, wie er sich straffte und seine Hand die Lehne des vorderen Sitzes umfaßte, und sie betete ...

„Aber die größte Sünde, die der Himmel Ihnen ankreiden kann", fuhr Pastor Ransome fort, „die schrecklichste Sünde, die Sie jemals begehen können, besteht darin, daß jemand das Angebot der Rettung zurückweist, das Gott durch das Opfer seines eigenen, lieben Sohnes am Kreuz von Golgatha Ihnen macht. Wissen Sie, was Ihre Sünde Gott kostete — Ihre und meine Sünde? In der Person des Herrn Jesus Christus ging er ans Kreuz und trug Ihre Sünden an seinem eigenen Leib. Er nahm die Strafe auf sich, die eigentlich Sie verdient hatten, und starb an Ihrer Stelle, damit Sie ewiges Leben bekommen sollten. Es gibt keinen anderen Weg. Und ich sage es noch einmal: Es gibt keinen anderen Weg. Es fand sich kein anderer Weg, der gut genug war, um den Preis der Sünde zu zahlen. Nur deshalb, weil der sündlose Gottessohn für Sie zur Sünde gemacht wurde, dürfen Sie sich vor Gott als gerecht bezeichnen. Wenn Sie ihn als Ihren persönlichen Heiland annehmen, dann sind Sie gerechtfertigt — freigesprochen — und von Gott angesehen, als hätten Sie nie gesündigt. Denken Sie daran! Konnte Gott Ihnen mehr anbieten? Weiter konnte er in seiner Liebe nicht gehen, und ich glaube, daß Sie heute abend von dieser Liebe erreicht worden sind. Was werden Sie damit anfangen? Werden Sie in Ihrer Sünde bleiben und verlorengehen — oder werden Sie sich ihm im Glauben zuwenden und die Freude der Sündenvergebung und das Geschenk des ewigen Lebens erfahren? Er ruft Sie, er bittet Sie. Wollen Sie nicht in Gegenwart dieser Zeugen vortreten, um Ihre Entscheidung kundzutun, daß Sie den Herrn Jesus Christus jetzt als Ihren persönlichen Retter annehmen wollen — solange Sie die Gelegenheit haben? "

Als der Prediger geendet hatte, erhob sich ein junger Mann und ging mit langsamen, aber entschlossenen Schritten durch den Mittelgang nach vorn. Und Jennifer sah, daß der Platz neben Mary Matthews leer war. Einen Augenblick lang sah sie die ganze Umgebung wie durch einen Nebelschleier, dann aber konnte sie auf einmal klar sehen. Sie brauchte dem jungen Mann nicht ins Gesicht zu sehen; sie wußte es jetzt auch so. Diese Gestalt hatte sie schon einmal gesehen. Sie kannte seinen Gang. Hatte sie ihm nicht in einer dunklen, denkwürdigen Nacht nachgeschaut, wie er mit den gleichen, gemessenen Schritten einen Weg entlanggegangen war, der ihr Herz mit tiefem Schmerz erfüllt hatte? Aber jetzt — war er zurückgekommen . . .

Wie aus weiter Ferne hörte sie wieder Pastor Ransome sprechen —

„Freunde", sagte er, und seine Stimme bebte, „viele Gebete haben heute abend Erhörung gefunden. Wir wollen uns jetzt erheben und miteinander das Lied singen ‚Lobt Gott, von dem all' Segnung kommt'!"

Die Gemeinde erhob sich. Nur eine konnte das gewaltige Danklied nicht mitsingen. Jennifer Deanes Herz war zu voll, als daß sie ihre Dankbarkeit in Worte fassen konnte.

Aber als Jennifer sah, wie Pastor Ransome John Lynton in die Sakristei führte, beugte sie still ihr Haupt. Das stumme Dankgebet, das aus ihrem Herzen kam, wurde von einer Welle himmlischer Freude getragen.

27

Jennifer faßte den Entschluß, jetzt gleich mit John zu reden. Was sie sagen würde, wußte sie noch nicht, aber sie fühlte, daß sie ihm sagen müsse, sie wisse von seiner Entscheidung — ihm sagen, daß sie froh war, selbst wenn sie ihn nie wiedersehen sollte. Schließlich war sie es ja gewesen, die ihn weggeschickt hatte, und jetzt . . .

Sie ging zum Haupteingang und wartete. Die Zeit schien ihr lang zu werden, bis sich endlich die Tür zur Sakristei öffnete und der junge Mann, auf den sie wartete, in der Tür erschien, mit Pastor Ransome im Hintergrund.

Die meisten Leute waren fortgegangen. Jennifer ging zum Mittelgang und legte ihre Hand auf seine Schulter.

„John!" rief sie. Er drehte sich augenblicklich um.

„Jennifer", brachte er mühsam hervor, und alle Farbe wich aus seinem Gesicht, als ihre Blicke sich trafen.

„Jennifer, du — "

„John, ich bin ja so froh", sagte sie schlicht.

Das war der Gipfel der Demütigung für John Lynton. Der Gedanke, daß Jennifer ihn in diesem Zustand sah — von allen Menschen ausgerechnet Jennifer!

Seine Gedanken eilten zurück in die Zeit, als er sie das letzte Mal gesehen hatte — jene unvergeßliche Nacht, als sie ihm in ein Schattenbild zerronnen zu sein schien.

John war damals fest entschlossen, sie zu vergessen, sie aus seinem Herzen und seinen Gedanken zu verbannen, aber wie sinnlos war dieser Entschluß gewesen!

Was er auch tat, wohin er auch ging, immer noch stand sie vor seinem inneren Auge. Ihre Anmut und Bescheidenheit waren eine dauernde Anklage gegen seinen Stolz und Eigenwillen.

Selbst im wilden Rausch entwürdigender Vergnügungen, die darauf folgten, konnte er nie ihr Gesicht vergessen.

Im Unterbewußtsein hatte er das Gefühl, als würde er ihr weh tun, wenn er sich selbst mißbrauchte und zugrunde richtete. Und er hatte sie auch verletzen wollen. Sie sollte genau wissen, daß sie ihn dazu getrieben hatte . . .

Dann hatte er sich mit Doreen Jackson verlobt. Aber selbst da war ihm immer noch die Erinnerung an ihr reines, liebliches Gesicht nachgegangen und hatte ihm das Leben zur Hölle gemacht. Jemand anders als Jennifer lieben? Nein, niemals . . .

Und jetzt war er frei, denn Doreen hatte ihn von seinem Versprechen entbunden.

Aber Jennifer war ihm jetzt in größere Fernen gerückt als je zuvor, obgleich sie doch so nahe bei ihm stand, daß er ihre Hand berühren konnte. Die Sünde, in die er sich verstrickt hatte, stand wie eine unübersteigbare Mauer zwischen ihnen. Jetzt, unter diesen Umständen — könnte er sie nie zurückgewinnen.

„Jennifer“, sagte er laut, „es tut mir leid — dich hier getroffen zu haben — in diesem Zustand, in dem ich mich befinde.“ Er ließ den Kopf hängen.

Bevor Jennifer noch antworten konnte, sah sie, wie Mary Matthews lächelnd und voller Eifer auf sie zukam.

„Jennifer, Liebes“, rief sie, und im nächsten Augenblick lagen sich die beiden Mädchen voll Freude in den Armen.

John starrte sie erstaunt an. Er hatte das Mädchen erkannt, das ihn hierher mitgenommen hatte zu der Versammlung — offensichtlich war sie Jennifers Freundin.

„Ihr scheint euch zu kennen“, bemerkte er ziemlich trocken, als sie sich aus ihrer Umarmung lösten.

„Ach John, es tut mir leid!“ Sie blickte lächelnd zu ihm auf. „Ich habe ja gar nicht daran gedacht, euch gegenseitig vorzustellen: dies ist meine beste Freundin — Mary Matthews.“

Mary streckte ihm lachend die Hand hin. „Wir kennen uns doch schon, nicht wahr, John? “

„Na, ich aber nicht!“ John blickte sie beide argwöhnisch an. „Ich glaube, ihr habt das untereinander ausgemacht.“

„Nein, das haben wir nicht!“ verwahrte sich Mary mit Nachdruck dagegen. „Aber ich glaube schon, daß es so gefügt wurde — durch eine höhere Hand als unsere. Wir hätten nie so etwas Wunderbares daraus machen können, selbst wenn wir uns alle Mühe dazu gegeben hätten, nicht wahr, Jennifer? “

„Nein, das hätten wir nicht fertiggebracht“, gab Jennifer zur Antwort.

John schien es immer noch nicht glauben zu können. „Sie haben wirklich keine Ahnung gehabt, wer ich war, als Sie mich heute abend ansprachen? “

Mary schüttelte den Kopf. „Ich habe nur eins gewußt, daß Jesus mich dorthin schickte, um jemanden unter die Predigt der ‚Frohen Botschaft‘ zu bringen, und es ergab sich so, daß Sie derjenige waren.“

„Gott sei Dank dafür!“ rief er leidenschaftlich.

Impulsiv ergriff Mary seine Hand. „Das sagen wir auch, John“, sagte sie ernst. Dann trat sie zur Seite. „Aber ich werde jetzt gehen. Ihr werdet sicher sehr vieles miteinander zu besprechen haben. Gute Nacht!“ Schnell drehte sie sich um und ging davon. So blieben die beiden allein zurück.

Ja, es gab so vieles, was sie sich sagen wollten; aber sie schauten einander ziemlich hilflos an, keiner wußte so recht, wie er anfangen sollte.

Schließlich war es John, der das Schweigen brach. „Ich werde dir nicht zu erzählen brauchen, wie ich hierhergekommen bin, Jennifer.“ Er schlug bei diesen Worten die Augen zu Boden. „Ich denke, du weißt es.“

„Ja“, gab sie zu. Ihr Atem ging rasch.

Plötzlich warf er seine Schultern zurück und richtete sich auf, ein Zeichen seiner alten Entschlossenheit. „Du solltest ruhig sagen, was du über mich denkst, Jennifer, ich habe es verdient“, sagte er ergeben.

Jennifer blickte auf, das Blut schoß ihr in die Wangen. „Es gibt nur eins, was ich dir jetzt sagen möchte, John.“

Sie zögerte. „Ich möchte dich nur wissen lassen, daß — daß meine Gebete für dich endlich erhört worden sind — heute abend.“

Er krampfte seine Hände ineinander. „Was? Du willst doch nicht sagen, daß du für mich gebetet hast?“

„Natürlich, John. Warum nicht?“

Er blickte bestürzt. „Dann hast du wohl gar nicht gehört —“

„Was gehört?“ entgegnete sie, obwohl sie sich schon denken konnte, was er sagen wollte.

„Daß ich mit Doreen Jackson verlobt war und sie heiraten wollte.“ Er beobachtete scharf ihr Gesicht, während er das sagte.

Jennifer nickte. „Ja, John, das habe ich gewußt. Doreen hat es mir selbst erzählt.“

Er blickte verwirrt. „Doreen hat es dir erzählt? Dann mußt du sie doch gesehen haben?“

„Ja, vor ein paar Wochen habe ich sie im Krankenhaus besucht. Du hast sie wohl in letzter Zeit nicht mehr gesehen?“

Er schüttelte den Kopf. „Nein, warum sollte ich? Geht es ihr inzwischen besser?“

Jennifers Gesicht wurde ernst, als sie sich an das hilflose Menschenkind erinnerte, das dort in seinem Bett im Krankenhaus lag. „Nein, John, sie ist sehr krank. Ich — ich glaube nicht, daß sie sich jemals wieder erholen wird.“

Ein Ausdruck äußerster Verzweiflung trat in seine Augen. „Und ich habe dazu beigetragen, daß es soweit mit ihr gekommen ist!“

Sein Jammer schnitt Jennifer ins Herz. „Vielleicht bist du doch gar nicht soviel schuld daran“, sagte sie, denn sie erinnerte sich daran, was Doreen ihr erzählt hatte, wie sie selbst ihr Teil zu diesem Zusammenbruch ihrer Gesundheit beigetragen hatte.

„Du bist sehr großmütig“, sagte er mit einem grimmigen Lächeln, „aber du weißt ja nicht, wie ich sie behandelt habe. Dies kann ich mir nie verzeihen.“

„Aber das gehört jetzt alles der Vergangenheit an. Wenn Gott dir vergeben hat — “

Er schwieg einen Augenblick. „Ja, das glaube ich schon — aber Doreen wird mir sicher nie verzeihen.“

Jennifer schüttelte den Kopf. „Doreen hat nichts gegen dich, John — wirklich, sie gibt sich selbst die Schuld für das, was sie getan hat. Sie hat auch für dich gebetet.“

„Aber — aber — “ Er blickte sie hilflos verwirrt an.

„John, Doreen hat Christus als ihren Heiland angenommen; und seit ihrer Bekehrung hat sie darum gebetet, daß du auch gerettet wirst.“

John Lynton konnte nichts mehr sagen. Er schwieg. Die Erlebnisse dieses Abends hatten ihm arg zugesetzt, aber diese Neuigkeit versetzte ihm den größten Schlag.

„Ich sollte wirklich hingehen und sie besuchen“, sagte er mehr zu sich selbst.

„Sie würde sich sicher freuen“, unterbrach ihn Jennifer rasch. „Aber warte damit bitte nicht mehr zu lange. Sie — sie wird es nicht mehr lange machen.“

Sein Gesicht, ohnehin schon sehr blaß, sah jetzt hager und eingefallen aus. „Morgen werde ich hingehen“, sagte er entschlossen, „und alles mit ihr in Ordnung bringen. Aber ich bin so ungeschickt, wenn ich mit kranken Menschen zu tun habe — “ Hilflos und flehend zugleich sah er zu ihr hinüber.

Jennifer lächelte verständnisvoll. Dieses Gefühl kannte sie auch .

„Doreen ist jetzt an mich gewöhnt, da — da denke ich — vielleicht — würde sie sich freuen, wenn — ich mit dir mitkomme.“ Ihre Worte kamen ziemlich zögernd, denn sie wollte bei alledem nicht mißverstanden werden, was sie dazu bewegte .

„Zusammen? “ Hoffnungsvoll schien er dieses Wort aufzunehmen.

„Das heißt, nur wenn du willst, daß ich mit dir gehe“, fügte sie rasch hinzu und wandte in plötzlicher Verlegenheit ihren Blick ab.

„Willst du, Jennifer?" wiederholte er. „Du weißt gar nicht, wie dankbar ich bin, wenn du mitkommst."

„Dann treffen wir uns also morgen nachmittag, John. Ich denke, je eher, desto besser."

„Ja." Sie hatten inzwischen den Saal verlassen und standen draußen.

John zögerte bei dem Gedanken, daß sie sich jetzt Gutenacht sagen mußten.

„Ich würde dir gern anbieten, dich nach Hause zu begleiten, aber ich kann es nicht gut — in der Verfassung hier." Er blickte an seinen Kleidern hinunter.

„Na ja", fügte er hinzu, als fiele ihm jetzt noch etwas anderes ein, „ihr wohnt wohl nicht mehr im alten Haus?"

„Nein. Es hat sich vieles verändert in unserer Familie." Sie versuchte, ihrer Stimme einen ungezwungenen Ton zu geben. „Ich vermute, du hast alles gehört, was mit Vater geschehen ist?"

„Ja, aber ich würde es nie zulassen, daß ich wegen solcher Vorkommnisse, die ich von anderen erfahre, mich selbst für besser halte", beeilte er sich, ihr zu versichern. „Ich kann es mir nicht leisten, auf andere mit Steinen zu werfen — es gibt nichts, dessen ich mich rühmen könnte."

Jennifer erinnerte sich, wie er früher immer gern mit seiner Anständigkeit prahlte, wie bereitwillig er sein Vertrauen immer auf seine eigenen, guten Taten gesetzt hatte, wenn es um das ewige Heil ging. Nun war sie tief beeindruckt, wie bescheiden und demütig er jetzt war. Sicherlich hatte er seinen Sinn geändert .

„Keiner von uns kann sich seiner selbst rühmen", sagte sie ernst. „In den Augen Gottes sind wir alle Sünder."

„Ja, und Christus starb für uns — das ist eins von den Worten, die Pastor Ransome mir heute abend gezeigt hat."

Sie sah sein Gesicht, als er das sagte, und wurde dabei von Herzen froh. Sie hätte nie gedacht, einmal ein solches Bekenntnis aus dem Munde John Lyntons zu hören . . .

Am nächsten Nachmittag, als sie beide das Krankenhaus erreichten, hatte Jennifer das Gefühl, daß ein drohendes

Unglück bevorstand. John hatte sein nettes, gepflegtes Äußere wiedererlangt.

Blaß und ernst war Johns Gesicht, als sie schweigend die Stufen der Krankenhaustreppe hinaufgingen. Viele Male war Jennifer hiergewesen, aber irgendwie fühlte sie, daß es diesmal der letzte Besuch bei ihrer Freundin sein werde . . .

Auf dem Flur trafen sie auf Doreens Eltern. Der gramgebeugte Vater versuchte seine Frau zu trösten, die sich in fassungslosem, untröstlichem Weinen an seine Schulter lehnte.

„Dem Himmel sei Dank, daß Sie gekommen sind", schluchzte Frau Jackson, „ich glaube, sie ist jetzt nicht mehr bei Besinnung, aber sie hat nach Ihnen verlangt."

„Wir mußten aus dem Zimmer gehen", versetzte Herr Jackson verdrießlich. „Es war zuviel für ihre Mutter. Aber Sie können hineingehen. Sie wird Sie wohl noch erkennen können."

John hielt ihr die Tür auf, so daß Jennifer hineinkonnte. Die Sonnenblende war so weit heruntergezogen, daß nur ein schmaler Streifen von der Nachmittagssonne den düsteren Raum durchdrang.

Auf Zehenspitzen traten sie an das Bett. Das Gesicht auf dem Kissen war wachsbleich.

Jennifer hörte, wie John schnell und stoßweise atmete.

„Doreen", flüsterte sie. Die geschlossenen Augenlider zuckten schwach. „Doreen, ich bin's, Jennifer — und John."

Augenblicklich schlug sie die Augen auf. Ein schwaches Lächeln breitete sich auf ihrem Gesicht aus; sie hatte die Freundin wiedererkannt.

„Du bist gekommen!" Ihre Worte waren kaum zu verstehen. „Darauf habe ich so sehr gewartet."

Jennifer trat etwas beiseite, um John näher an das Bett herantreten zu lassen.

„Doreen", begann er mit belegter Stimme, „kannst du mir vergeben? " Er nahm ihre schmale, weiße Hand.

„Nein, John, nicht doch!" Sie machte eine schwache,

kaum wahrnehmbare Bewegung. „Es gibt nichts — zu vergeben.“

„Aber ich habe dich so gemein behandelt.“

Mühsam versuchte sie, sich aufzurichten, und ihre Augen glänzten — ja strahlten. „Ich — ich habe es verdient, John.“

Ihre Stimme kam jetzt kräftiger. „Ich — ich habe geholfen, dich herunterzuziehen — und jetzt — tut es mir so leid.“

Er schüttelte den Kopf. „Nein, Doreen, du darfst dir nicht die Schuld geben für das, was ich gewesen bin — ich habe mir das alles selbst zuzuschreiben.“

Aber sie sprach weiter, als hätte sie seine Worte gar nicht gehört. „Siehst du, John — ich habe gedacht, das sei — das wahre Leben, bis — ich hierherkam — bis ich mein Vertrauen auf den Herrn Jesus Christus setzte. O John, er hat meine Seele errettet!“ Über ihrem Gesicht lag ein Glanz, der nicht von dieser Welt war .

John beugte sich näher über sie. „Doreen, auch ich vertraue jetzt ihm“, flüsterte er. „Und er hat auch mich gerettet.“ Doreen Jackson traten die Tränen in die Augen. „Erzähl mir noch — wie es dazu gekommen ist“, sagte sie sehnsüchtig.

In ruhigen und doch bewegenden Worten schilderte John Lynton ihr die Geschichte seiner Bekehrung — von seinem eigensinnigen Trotz und seinem Prahlen — wie er leichtsinnig in Sünde hineingeriet — von der Geduld und Langmut Gottes, der ihn trotz seiner bösen Art gesucht und gefunden hatte, und wie er demütig die große Liebe erkannte, die den Herrn Jesus dazu bewegte, für ihn am Kreuz zu sterben.

„Jennifer hatte recht“, sagte sie, nachdem er geendet hatte, und wandte ihren Kopf leicht in die Richtung, wo ihre Freundin bescheiden im Hintergrund stand. „Gott erhört Gebet.“

„Ja“, sagte er mit Inbrunst.

„John“, sagte sie, und ihr Atem ging hastig, „seitdem ich den Herrn kenne — habe ich für dich gebetet. Ich —

wollte nicht, daß du dein Leben sinnlos vertust — wie ich — weil ich dich liebe, weißt du."

Etwas in diesem schlichten Bekenntnis aus dem Munde der Sterbenden bewegte ihn tief. Er beugte sich zu ihr herab und küßte ihre feuchte, kalte Stirn, während für einen kurzen Augenblick noch einmal die Farbe in ihre blassen Wangen zurückkehrte.

„Ich danke dir, Doreen", sagte er heiser.

Es folgte ein langes Schweigen.

„Jennifer."

„Ja, Doreen? "

Augenblicklich trat Jennifer dicht an das Bett heran, um ihrer Aufforderung nachzukommen.

„Jennifer — es ist so finster."

Sie kniete neben ihr nieder und stellte fest, daß sich der Ausdruck auf dem Gesicht der Sterbenden völlig verändert hatte.

„Aber du fürchtest dich doch nicht, Liebes? " flüsterte sie.

„Nein — nein." Es fiel sehr schwer, ihre Worte noch zu verstehen. „Aber sag mir doch — sag mir doch noch einmal — "

Ihre Stimme verlor sich in Schweigen, aber Jennifer wußte schon, was sie noch einmal hören wollte. Nur eines konnte die Not einer solchen Stunde wenden . . .

Lange Zeit bewegte sich Jennifer nicht, während sie immer und immer wieder jene Gottesworte wiederholte, die für alle Zeiten gelten und dem Sünder Gewißheit und Trost geben, wenn die letzten Minuten auf der Uhr des Lebens ablaufen . „Und ob ich schon wanderte im finstern Tal, fürchte ich kein Unglück, denn du bist bei mir . . . Also hat Gott die Welt geliebt, daß er seinen eingeborenen Sohn gab, auf daß alle, die an ihn glauben, nicht verlorengehen, sondern das ewige Leben haben . . . Gott aber erweist seine Liebe gegen uns darin, daß Christus für uns gestorben ist, als wir noch Sünder waren . . . Wer den Sohn hat, der hat das ewige Leben und kommt nicht in das

Gericht, sondern er ist vom Tode zum Leben hindurchgedrungen ... " Und allmählich überzog ein stiller und wunderbarer Friede das Gesicht der Sterbenden.

Die Stunden des Nachmittags flossen dahin. Die Sonne sank im Westen. Der letzte Strahl der untergehenden Sonne huschte zaghaft über die Fensterscheibe, dann erstarb alles in der Dämmerung des Abends.

Im Zimmer wurde es dunkel, so dunkel, daß Jennifer nicht mehr sehen konnte, wie die Gestalt auf dem Bett kalt und still geworden war.

Wie aus weiter Ferne nahm Jennifer wahr, wie jemand ins Zimmer kam und die Vorhänge zuzog. Sie hörte das leidenschaftliche Weinen der Mutter, der vor Schmerz fast das Herz brach. Sie sah, wie John sie mit seinem jungen, starken Arm stützte.

Später erinnerte sie sich daran, wie er gesagt hatte, Doreen sei jetzt beim Herrn, und für den Christen gäbe es eine Hoffnung auch über das Grab hinaus. Aber seine Stimme schien von weither zu kommen. Plötzlich fühlte sie, wie er seine Arme um sie legte und sie mit sanfter Gewalt dazu brachte, aufzustehen. Sie wußte auch noch, daß sie beide geweint hatten, als er sie aus dem Zimmer führte.

Die scharfe, klare Luft, die ihnen draußen entgegenschlug, löste die Erstarrung, in der sie sich befanden. Plötzlich wurden sie sich wieder ihrer Umgebung bewußt.

Und da war es Jennifer, als müsse ihr das Herz brechen. Doreen — Doreen war tot. Das war das Ende des Weges, des Weges, den sie beide gemeinsam gegangen wären, wenn die Gnade Gottes nicht dazwischengetreten wäre.

Sie zitterte bei diesem Gedanken unwillkürlich.

„Jennifer, du frierst ja." John stand an ihrer Seite, ganz besorgt um sie.

„Nein, davon kommt es nicht, daß ich zittere", sagte sie. „Ich mußte nur gerade über etwas nachdenken."

„Woran dachtest du, Jennifer? " fragte er schließlich.

Aber diese Frage schien überflüssig zu sein.

Jennifer gab nicht gleich Antwort.

„Ich mußte an das alles denken, was hätte sein können", sagte sie zuletzt.

John war still. Irgend etwas ging durch den Kopf, etwas, was er vor langer Zeit gehört hatte und dessen Bedeutung ihm jetzt erst klarzuwerden begann. „Der Sold der Sünde ist Tod . . . "

Ja, Sünde und Tod gingen Hand in Hand; das sah er jetzt. Er würde sich nie mehr von ihrem Glanz blenden lassen und ihrem glitzerndem Zauber nicht mehr verfallen.

John Lynton war zu sich selbst gekommen — er war zu Gott gekommen — rechtzeitig, um sein Leben noch in den Dienst Christi zu stellen, der gestorben war, damit er leben könnte und mit der Zeit ihm wenigstens etwas von den vergeudeten Jahren zu erstatten . . .

28

Im Haus Nr. 84 herrschte große Freude, als Jennifer ankündigte, John werde am Abend zu Besuch kommen. Er hatte viel Mitgefühl gezeigt, als sie ihm von der Krankheit der Mutter erzählte. Gern wollte er ihr einen Besuch machen, daß Jennifer gar nicht anders konnte, als auf seinen Vorschlag einzugehen.

Mutter würde sich bestimmt freuen, aber Jennifer fühlte auch, daß Johns Besuch nicht nur ihrer Mutter gälte, sondern daß ihn noch etwas anderes in ihr Haus zog. So war sich Jennifer darüber im klaren, daß sie ihre Gefühle sehr unter Kontrolle behalten müßte, jedenfalls vorerst einmal.

Sie mußte sich zwar eingestehen, daß ihr John trotz allem, was er getan hatte, durchaus nicht gleichgültig war. Er bemühte sich taktvoll darum, das alte Verhältnis zurückzugewinnen. Aber Jennifer war durch die Kämpfe, die sie hatte durchmachen müssen, vorsichtig geworden. Jennifer wollte erst absolut sicher sein, daß nichts mehr zwischen ihnen stand, ehe sie seine Aufmerksamkeiten erwiderte und ihm neue Hoffnungen machte.

Zugegeben, John hatte öffentlich seine Verbindung mit Christus bekannt, und sie zweifelte nicht einen Augenblick, daß seine Bekehrung echt war. Trotzdem hatte Jennifer noch Bedenken. Wie würde er sich jetzt in bestimmten Situationen verhalten, in denen er sich entscheiden und bewähren mußte? Was würde seine Familie zu alledem sagen? War er darauf vorbereitet, wie er selbst sagte, Christus nachzufolgen um jeden Preis? Diese und noch viele andere Fragen stürmten auf Jennifer ein und beschäftigten ihre Gedanken, als sie die Treppe hinuntereilte, um die Haustür auf das Klingeln hin zu öffnen.

Für Julia war dieser Abend ein großes Erlebnis. Sie hatte ihre schönste Bettjacke mit dem Angorabesatz angezogen und darauf gesehen, daß ihre Hände sorgfältig und gründlich manikürt wurden, während Anton ihr beim Aufstecken des Haares half.

„Wie sehe ich aus?“ fragte sie besorgt, als sie die Stimmen vom Treppenhaus her schon hören konnte.

Anton beugte sich mit einem nachsichtigen Lächeln zu ihr hinab und gab ihr einen Kuß. Er wußte, daß sie heute abend ihre Rolle spielen wollte, um ihre Gäste glauben zu machen, ihr fehle nichts. Während der nächsten Stunden würde sie wieder die bezaubernde Gastgeberin von früher sein, nicht die Kranke, die in einer Mietwohnung lebte.

Philip und Mary waren auch da. Philip schien es immer so einzurichten, daß er bei seinen Besuchen in diesen Tagen mit Mary zusammentraf.

„Nur einer fehlt heute.“ Julia nahm ihr feines Spitzentaschentuch und wischte sich die Augen. „Mein lieber Rodger! Was mag er jetzt wohl tun?“

Aber Julia schien zur Zeit die einzige zu sein, die Zeit dazu fand, darüber nachzudenken, was der abwesende Sohn der Familie jetzt wohl eben treibe, der seit seiner Abreise vor nun fast sechs Monaten noch kein einziges Lebenszeichen geschickt hatte. Aber in der freudigen Erregung über den Besuch dieses besonderen Gastes vergaß auch Julia ihren fernen Sohn bald.

„Na, Frau Deane, wie geht es Ihnen?“ Die Tür öffnete sich, und herein kam ein großer, schlanker, junger Mann, der ihr mit ausgestreckter Hand entgegenging.

„Wie nett, daß ich Sie einmal wiedersehe, John.“

Julias Gesicht strahlte vor Freude, als sie ihm ihre Hand hinstreckte. Er war noch genau derselbe, stellte sie fest. Er sah ein wenig älter aus und schien auch ernster zu sein.

Sie hatten sich ja nicht gesehen, seit Jennifer seinen Heiratsantrag zurückgewiesen hatte . . .

Anton stand von seinem Stuhl auf. „Nun ja, John“, begann er etwas unbeholfen, „ich fürchte, seit wir uns das letzte Mal sahen, hat es etliche Veränderungen gegeben."

John lächelte, aber er schaute den älteren Mann bedeutungsvoll an, als er ihm die Hand hinstreckte. „Ja, Herr Deane", sagte er langsam, „es hat Veränderungen gegeben — auf beiden Seiten."

Anton blickte erleichtert. „Das stimmt", gab er zu.

John lachte. „Aber es sind Veränderungen zum Besseren, nicht, Herr Deane? "

Anton wollte antworten, aber da nahm Julia wieder das Wort. „Jennifer, vergiß nicht, ihm Mary vorzustellen — oder willst du etwa sagen, daß sie John schon kennt? "

„O ja, Frau Deane", fiel Mary nun rasch ein, „wir haben uns in der Kirche getroffen." Sie lächelte beruhigend zu John hinüber.

Die Mädchen hatten der Familie über Johns Bekehrung berichtet, waren sich aber darin einig gewesen, die näheren Einzelheiten darüber für sich zu behalten, um auf John Rücksicht zu nehmen. Er konnte ihnen erzählen, was er wollte, aber soweit es sie betraf, würde niemand etwas darüber erfahren.

„Wir haben Sie immer wie einen von unserer Familie betrachtet", plauderte Julia weiter. „Und da Sie uns jetzt wiedergefunden haben, müssen Sie öfter kommen."

„Vielen Dank, Frau Deane, das werde ich gern tun", sagte John herzlich.

„Nur Jennifer ist schuld daran, daß wir in letzter Zeit so wenig von Ihnen gesehen haben", fuhr sie fort, „aber ich freue mich jetzt, daß sie doch endlich Vernunft angenommen hat."

Jennifer errötete bei dieser unbedachten Bemerkung, aber John sprang sofort für sie in die Bresche. „Ich fürchte, Sie haben da einen falschen Eindruck gewonnen, Frau Deane. Jennifer ist die ganze Zeit im Recht gewesen. Ich bin jetzt endlich zu mir gekommen und habe Vernunft angenommen; so liegen die Dinge."

„An Ihnen war doch nie etwas verkehrt!" Julia sprach

mit einer Gewißheit, die beinahe erheiternd wirkte.

Nach einem kurzen Schweigen nahm John wieder ernst und nachdenklich das Wort. „Ja, genauso habe ich früher auch gedacht, aber am vergangenen Sonnabendabend ist mir klargeworden, daß ich ein Sünder bin, der Erlösung braucht, und da habe ich mich Jesus Christus zur Verfügung gestellt."

Julia sah ihn erstaunt an. Jennifer hatte ihr einiges über seine Bekehrung erzählt, es aber in dieser Weise aus seinem eigenen Munde zu hören, hatte sie nicht erwartet. „Wirklich, John, Sie überraschen mich", sagte sie und lehnte sich anmutig in ihre Kissen zurück.

„Wirklich? " Er schien durch diesen gezielten Hieb nicht im geringsten aus seiner Fassung gebracht zu sein. „Um ehrlich zu sein, ich bin selbst ziemlich überrascht über mich. Wenn ich daran denke, in welcher Weise ich von meinen alten, üblen Gewohnheiten freigeworden bin, so muß ich nur staunen, was Christus für mich getan hat."

Bei diesen seinen Worten wurde es Jennifer warm ums Herz. Sie wußte, daß es ihm nicht leicht fiel, das alles auszusprechen.

„Aber Ihre Mutter und Ihr Vater", bohrte Julia weiter, „was sagen sie denn zu alledem? "

„Oh, eine ganze Menge", wandte sich John jetzt an alle. „Zuerst dachten sie wohl, ich hätte völlig den Verstand verloren, aber sie mußten zumindest zugeben, daß ich nüchtern war. Es gab nur ganz wenige Dinge, die ich mit ihnen zu ordnen hatte."

„Natürlich, Sie sind doch der Partner Ihres Vaters, nicht wahr? " fragte Anton dazwischen.

„Ich war es." Er lachte, konnte damit aber nicht verbergen, daß ihn diese Entscheidung viel gekostet hatte. „Aber wir haben uns darüber nicht einigen können, darum haben sich jetzt unsere Wege getrennt."

„Das bedeutet dann also — " Anton blickte ihn fragend an. „ — daß ich, genau genommen, überhaupt keine Geldmittel mehr habe", gab John offen zu. „Sehen Sie, ich hatte schon all mein eigenes Geld verspielt, dazu auch noch einen Teil von dem meines Vaters. So will ich jetzt noch einmal ganz von vorn anfangen, aber diesmal anständig."

Nur mit großer Mühe konnte Jennifer ihre Freude zurückhalten. Das war es ja, was sie hören wollte, das zu hören sie kaum noch zu hoffen gewagt hatte. Offensichtlich brachte er alles in rechter Weise in Ordnung.

„Es erscheint mir ziemlich töricht, sich mit seinem Vater zu überwerfen, wenn er das ganze Geld hat", bemerkte Julia.

John blickte sie an. „Das Geld, das mein Vater besitzt, nimmt er aber doch aus Pferderennen, Wetten und anderen mehr als fragwürdigen Unternehmungen ein, Frau Deane, und darum kann ich als Christ auch nicht einen Pfennig davon anrühren."

Julia fiel erschöpft in ihre Kissen zurück. So etwas hatte sie kaum erwartet. Sein freimütiges Bekenntnis über seine Bekehrung hatte sie schon genug in Erstaunen gesetzt, aber dies — dies ging ihr doch zu weit. Das Vermögen seines Vaters aufzugeben, nur weil er Christ geworden war!

„Aber was werden Sie jetzt tun? " fragte sie ganz verwirrt.

John lachte. „Machen Sie sich keine Sorgen um mich, Frau Deane, ich werde schon nicht Hungers sterben. Ich habe schon eine gute Arbeit gefunden. Früher habe ich alle guten Gelegenheiten, die sich mir boten, verpaßt", fügte er reumütig hinzu, „aber das werde ich jetzt wieder gutmachen — mit Gottes Hilfe."

Für den Rest des Abends blieb Julia ziemlich schweigsam und nachdenklich. Es schien, als habe sie ihre Pflichten als Gastgeberin vergessen, wenn sie den anderen allen mit aufmerksamen Blicken folgte, wobei manchmal ein Ausdruck großer Sehnsucht in ihren Zügen sichtbar wurde. Sie schienen alle so glücklich . . . Und sie waren alle Christen — Anton, Jennifer, Philip und Mary, und nun auch John.

Jennifer nahm die erste Gelegenheit wahr, um wieder

Kontakt mit Pastor Ransome aufzunehmen und ihn um Rat zu fragen. Ihr war es deutlich bewußt geworden, daß Johns Interesse an ihr mit der Zeit durchaus nicht erloschen war.

Jennifer fand Pastor Ransome wie immer zu jedem Dienst bereit. Als sie dann wieder in demselben alten Stuhl Platz nahm, war es ihr, als sei sie erst gestern mit der schweren Last ihrer Liebe zu John hiergewesen, um das harte Nein zu hören, das alle ihre Hoffnungen auf Glück zu zerschmettern schien.

Aber jetzt war alles anders. Der Herr hatte ihre Gebete erhört, und John war gerettet. Ihr Herz jubelte, als ihr an seinem Benehmen und seiner Art zu leben mehr und mehr deutlich wurde, daß er in Christus wirklich ein neues Leben begonnen hatte. Trotzdem hatte sie das Verlangen, Pastor Ransome möchte ihr bestätigen, daß sie recht daran tat, Johns Werben nachzugeben.

„John ist wirklich wiedergeboren — davon bin ich überzeugt“, erklärte er ihr ohne Zögern. „Sein Leben ist ein lebendiges Zeugnis. Es hat den Anschein, als habe der Herr Sie beide wieder zusammengeführt.“

„Nur eins macht mir noch Gedanken“, sagte Jennifer etwas zweifelnd, „das habe ich mich selbst immer schon gefragt — die Frage nämlich, daß John zu trinken gewohnt war. Sehen Sie, er hat es früher schon einmal aufgegeben — und ist dann doch wieder rückfällig geworden, wie Sie wissen.“

Der Pastor lächelte ihr beruhigend zu. „Ich denke, Sie sehen jetzt, welch ein Unterschied es ist, ob einer nur aus eigener Kraft neu anfängt oder ob er wiedergeboren wird. Im ersten Fall hat er damals nur um Ihretwillen ein neues Leben angefangen; und sobald er den Eindruck hatte, Sie seien nicht mehr in seiner Nähe, fiel er natürlich in seine alte Lebensweise zurück.“

Sie nickte. Ja, das war wahr — nur zu wahr!

„Jetzt aber“, fuhr der Pastor fort, „hat der Herr ihm ein neues Herz gegeben — ein Herz, das nach solchen Dingen kein Verlangen mehr hat — und darum haben diese Dinge keine Macht mehr über ihn. Christus hat ihn frei gemacht, und er wird nie wieder fallen, wenn er sein ganzes Vertrauen auf den Heiland setzt.“

„Das habe ich mir selbst auch schon gedacht.“ Jennifer blickte ihn mit leuchtenden Augen an. „Aber ich wollte doch auch Ihre Meinung dazu noch einmal hören — um ganz sicher zu sein.“

Pastor Ransome erhob sich. „Meine liebe Jennifer“, sagte er in seiner freundlichen Art, „als Sie das letzte Mal hier waren, wollten Sie nicht beten. Erinnern Sie sich noch? “

„Ja“, sagte sie leise.

Wie aufsässig war sie damals gewesen. Wie unwürdig hatte sie sich gegenüber der großen Gnade, die Gott ihr erwiesen hatte, gezeigt.

„Sollen wir heute abend zusammen beten, ehe Sie gehen? “

„Bitte“, sagte sie ernst, „ich habe meinem Herrn für so vieles zu danken.“

Und auf dem alten Teppich vor dem Kamin knieten sie beide nieder, wie sie es in früheren Zeiten schon getan hatten.

Jennifer schüttete ihr übervolles Herz in einem schlichten Lob- und Dankgebet vor Gott aus.

Pastor Ransome übergab sie und den Mann, den sie liebte, dem einen, der in seiner Weisheit und Liebe ihre Schritte gelenkt hatte, und erflehte für das Leben dieser beiden jungen Menschen den Segen des Herrn im Blick auf ihre Zukunft . . .

„Jennifer“, begann John einige Wochen später, als sie abends allein waren, „ich wollte dir noch etwas sagen.“

„Ja“, sagte sie atemlos, indem sie sich daran erinnerte, daß sie diese Worte schon einmal aus seinem Munde gehört hatte .

„Jennifer, dasselbe habe ich dir früher schon einmal gesagt, aber ich fühle mich jetzt viel unwürdiger vor dir als damals.“ Seine Stimme bebte vor verhaltener, innerer Bewegung. „Wenn du mir diesmal wieder einen Korb gibst, dann habe ich es bestimmt auch verdient, aber das würde nichts an der Tatsache ändern können, daß ich dich liebe. Trotz allem, was zwischen uns getreten ist, habe ich nie eine andere geliebt als dich und werde es auch in Zukunft nie.“

Sie blickte ihn an. Dies war nicht der anmaßende, besitzfordernde John, den sie kannte. Er stand jetzt abseits, geschlagen und demütig, und wartete darauf, daß sie über ihn verfüge, wie sie wollte. Sie hatte ein tiefes Mitgefühl mit ihm.

„John“, sagte sie schlicht, „es gibt nichts, was zwischen uns steht — jetzt nicht mehr.“

Er zögerte noch. „Und was ist mit meiner Vergangenheit? “

„Das können wir jetzt vergessen — Gott selbst hat alles ausgetilgt. Nur noch die Zukunft zählt jetzt, nicht wahr, John? “

Sie wandte ihm voll ihr Gesicht zu, und es war das erste Mal, daß sie keinen Versuch machte, die Liebe zu ihm zu verbergen, die mächtig in ihrem Herzen aufwallte. Das Rot, das ihr in die Wangen schoß, ihre zitternden Lippen und der helle, frohe Glanz in ihren Augen sprachen eine deutliche Sprache.

„Jennifer!“ rief er, „ich danke Gott!“ Im nächsten Augenblick lagen sie sich in den Armen.

In diesem Augenblick, den sie voll auskostete, schien Jennifer jener Abend, an dem sie sich dazu zwingen mußte, John abzuweisen, nur noch ein häßlicher Traum zu sein. Die Tage, die dazwischenlagen, da ihr in ihrer Einsamkeit das Herz weh getan hatte, waren nur der dunkle Untergrund gewesen, auf dem nun das schöne Bild der zur Erfüllung gebrachten Liebe erstand.

„Jennifer — “

„Ja, John? “ Sie schaute ihm in die Augen, jene Augen, in denen so viel Liebe und Hingabe geschrieben stand.

„Gott ist sehr gütig zu uns gewesen, Liebes", sagte er leise. „Könnten wir ihm jetzt danken — wir beide gemeinsam? "

Sie gab ihm Antwort, indem sie ihm fest die Hand drückte. Dann knieten sie zusammen nieder vor dem einen, der ihnen beiden mehr bedeutete als der eine dem anderen.

In dem Augenblick wußten sie beide, daß die Wege, die er sie geführt hatte, die rechten Wege gewesen waren. Die Hand dessen, der seinen wunderbaren Plan auch über ihrem Leben ersann, hatte alles herrlich hinausgeführt . . .

29

Die Nachricht, daß sich die junge Dame von Haus Nummer 84 verlobt hatte, verbreitete sich wie ein Lauffeuer durch die ganze Prospektstraße. Jennifer brauchte nur ihren Kopf aus der Tür zu stecken, um von allen, die vorübergingen, warme und freundliche Glückwünsche zu bekommen.

Viele waren darunter, mit denen sie vorher noch nie gesprochen hatte. Trotzdem schienen sie über alles bestens informiert zu sein.

Jennifer konnte dies nur der Begeisterung ihrer kleinen Kinderfamilie der „Fröhlichen Stunden" zuschreiben, die diese Neuigkeit überall weitererzählte. Die Kinder waren ganz aufgeregt gewesen, als sie zum ersten Mal den Verlobungsring an ihrem Finger sahen. Jennifer fürchtete, daß trotz all ihrer Bemühungen, die Aufmerksamkeit der Kinder auf die Geschichte zu lenken, sich in den Köpfen der kleinen Schar nur ein Gedanke festsetzen könnte, — daß Fräulein Deane bald heiraten würde.

Besonders ein kleiner Junge, den anderen als Bill bekannt, der immer ein kleines Buch mit Flugzeugen bei sich trug, das er fest unter dem Arm geklemmt hielt, zeigte ein erstaunliches Interesse.

„Meine Mutti hat genau so einen Ring wie du", erklärte er freimütig.

„Wirklich, Bill? " Jennifer hielt ihre Hand ein wenig tiefer, damit der Kleine ihren Ring noch genauer betrachten konnte.

„Ja", behauptete er mit wachsendem Zutrauen, „sie behält ihn immer auf, weil sie ihn von meinem Vati hat."

„Wo ist denn dein Vati jetzt? " Irgend etwas im Ton seiner Stimme veranlaßte sie, ihm diese Frage zu stellen.

„Wie, das weißt du nicht?“ Mit seinen großen, blauen Augen blickte er in unschuldigem Erstaunen zu ihr auf. „Er ist eines Tages mit einem ganz riesig großen Flugzeug davongeflogen, und danach hat ihn niemand mehr gesehen, aber Mutti sagt, er ist in den Himmel gekommen,und wir werden ihn eines Tages wiedersehen.“

„Ja, kleiner Mann, Gott schenke euch das Wiedersehen.“

Jennifer verspürte ein Würgen im Hals, als sie ihm liebevoll über seinen wirren Blondschopf strich. Erkannte sie doch an diesem schlichten Kinderbekenntnis, wie hier eine Mutter tapfer versuchte, mit der Tragödie ihres Lebens fertigzuwerden, die so viele junge Frauen während der langen Kriegsjahre durchleiden mußten, und wie sie es ihrem Kind verständlich zu machen suchte, damit es begriff, warum sein Vater nicht jeden Abend nach Hause kam, wie die Väter anderer Kinder, die er kannte . . .

Jennifer fühlte, daß sie gern einmal die Mutter des kleinen Bill kennenlernen würde. Wenn sie so mit ihrem Kind reden konnte, mußte sie bestimmt eine gläubige Christin sein.

Auch im Kreis der Familie herrschte große Aufregung.

Die Nachricht wirkte auf Julia wie eine belebende Medizin. Sie durchstöberte sogleich ihren Handarbeitskorb und holte das zierliche Seidentüchlein hervor, dazu die feine Spitze, die sie vor längerer Zeit unter völlig anderen Umständen begonnen hatte.

„Ich fürchte, ich bin nicht mehr so geschickt wie früher“, sagte sie bedauernd. „Meine Hand wird so müde.“

„Ach, Mutter, ich brauche es auch jetzt gleich noch nicht“, beeilte sich Jennifer, sie zu beruhigen, „du kannst dir ruhig Zeit damit lassen.“

John war natürlich zuerst an Jennifers Eltern herangetreten, bevor sie ihre Verlobung öffentlich bekanntgaben.

„Ich habe euch schon einmal um eure Zustimmung gebeten“, begann er unsicher.

Julia strahlte. „Und wir geben sie dir jetzt wieder, John — mit Freuden.“

Aber der junge Mann ließ sich damit noch nicht ganz beruhigen. „Ich hätte es euch auch nicht verübeln können, wenn ihr es euch anders überlegt hättet", fuhr er fort und blickte bei diesen Worten Anton fest in die Augen.

„Nein, wirklich", sagte der ältere Mann schnell und streckte ihm die Hand hin. „Du bist uns jetzt noch herzlicher willkommen, als du es damals gewesen wärest."

„Ich danke Ihnen, Herr Deane." Aus Johns Worten sprach eine tiefe Dankbarkeit, als die beiden sich herzlich die Hände schüttelten.

John hatte vor Jennifers Vater nichts von seiner Geschichte verschwiegen, welcher seinerseits auch seine früheren Torheiten offen erzählt hatte, und daß er nur noch einen Wunsch habe: all das Unrecht, das er getan hatte, wieder gutzumachen. So trafen sich die beiden Männer auf gemeinsamer Ebene, diese beiden, die erst vor kurzem die rettende Macht der „Frohen Botschaft von Christus" in ihrem Leben erfahren hatten. Auch Philip und Mary brachten den beiden ihre Glückwünsche. Die Neuigkeit schien auch auf das Missionars-Freundespaar eine deutliche Wirkung auszuüben. Nachdem sie sich ein paar Worte zugeflüstert und bedeutsame Blicke getauscht hatten, sagte Philip, auch er habe etwas Wichtiges bekanntzugeben.

Es war nicht allzu schwer zu erraten, was er damit meinte; denn die Familie hatte schon einige Zeit so etwas geahnt, aber es wurde nichts gesagt, um der kleinen, feierlichen Rede Philips keinen Abbruch zu tun.

„Wir hatten wirklich vor, es noch ein Weilchen für uns zu behalten — obgleich ihr es sicher schon erraten könnt", begann er, indem er dem Mädchen an seiner Seite strahlend und zufrieden zulächelte. „Aber, seht — Mary und ich haben uns in den letzten Monaten ziemlich gut kennengelernt und — sie ist wirklich ein wunderbares Mädchen. Wir haben beide von Gott den Ruf, nach China zu gehen, und wir haben auch darüber gebetet. So haben wir uns entschlossen, wenn der Herr es will, eines Tages zusammen hinauszugehen — als Mann und Frau."

„Wie schön für euch beide", rief Jennifer und schaute die beiden mit tiefer Zuneigung an. Auch die anderen äußerten spontan ihre Freude.

„Natürlich haben wir nicht vor, schon jetzt irgend etwas darüber offiziell bekanntzugeben", fuhr Philip fort, „sondern wollen erst unsere Ausbildung beendigen — da haben wir beide noch einen langen Weg vor uns. Aber wir werden das Ziel fest im Auge behalten und wollen arbeiten, planen und warten."

Julia blickte etwas zweifelnd drein. „Da werdet ihr aber noch lange warten müssen", sagte sie und schüttelte den Kopf.

„Ja, Mutter", gab Philip zur Antwort, „aber es ist doch keine verlorene Zeit für uns. Wir werden an vielen Missionsveranstaltungen aktiv teilnehmen."

„Dann sicher auch an der großen Missions-Kundgebung, die auf den Plakaten an der Stadthalle angekündigt ist; vermute ich richtig? " warf John lachend dazwischen.

„Ja", gestand Mary unerwartet, „wir sind auch dabei!"

„Oh!" Jennifers Interesse war geweckt. „Was für eine Tagung ist das denn? "

„Es ist eine große, gemeinsame Missionsveranstaltung", fuhr Mary fort. „Wir sind in dem Festzug — "

„Dann wird es sicher gut werden", bemerkte Anton scherzend.

„Ich weiß nicht viel davon", wehrte Mary ab, „ich ziehe mich nur als Chinesenmädchen an, aber Philip hat ein paar Worte dabei zu sagen, und er macht seine Sache wirklich gut."

„Du solltest hingehen und ihn dir selbst anhören", schlug Julia vor und blickte dabei Jennifer an, „und dann könntest du uns hier erzählen, wie alles war."

„Das ist eine gute Idee, Frau Deane", rief John. „Wir werden dabeisein."

So kam es, daß Jennifer und John am folgenden Abend unter der Menschenmenge waren, die sich in der Stadthalle drängte. Bald waren sie in dem Bann dieser riesigen Versammlung. Der große Saal war voll besetzt.

Alle bekannten Missionsgesellschaften hatten sich an diesem großen Unternehmen beteiligt, um der christlichen Gemeinde die große Not in aller Welt vor Augen zu führen.

„DIE WELT – DAS GROSSE MISSIONSFELD“ lautete das Thema, und als nacheinander Vertreter der verschiedenen Länder nach vorn kamen, um in bewegten Gesten, in Worten und Liedern von der Not ihres Landes zu berichten, entfaltete sich das Ganze wie das große Bild auf einem Bilderbogen.

Die große Versammlung wurde beim Zuhören aufgeschreckt, als sie erfuhr, daß mehr als hundertfünfzig Jahre Missionsarbeit kaum einen Eindruck in der Heidenwelt hinterlassen hatte. Von den vier Enden der Erde riefen die Millionen verzweifelt um Hilfe, denen das Evangelium noch nicht gebracht worden war.

Afrika – Indien – China – Japan – Südamerika – nacheinander traten sie in das Rampenlicht, um durch ihren Aufruf die Zuhörer aufzurütteln. Als eine Gruppe nach der anderen wieder zurückgetreten war, stand die ganze Welt szenenhaft in einer eindrücklichen Schau sichtbar vor den Versammelten.

Es war schwer, Mary in der Gruppe der Mädchen zu erkennen, die in chinesische Gewänder gekleidet waren.

Philip konnte man nicht übersehen, der die christliche Jugend von heute darstellte. Er kehrte symbolisch den Annehmlichkeiten und Vorteilen des modernen Lebens den Rücken und wandte sich dem Ruf der christuslosen Millionen mit den Worten zu:

„Was höre ich da? Den Schrei von Seelen, die an fernen Gestaden zugrunde gehen; den Ruf derer, die in der Finsternis und im Schatten des Todes sitzen. Ich kann nicht länger behaglich dahinleben oder mir ein sorgloses, gemütliches Leben machen. Ich komme zu euch mit der Botschaft der Rettung – ich komme schon!“

„Er meint es wirklich so, wie er es sagt“, bemerkte John leise.

„Ja, das stimmt“, gab Jennifer flüsternd zur Antwort, die Augen unverwandt nach vorn auf die Szene gerichtet.

Die Darstellung schloß mit dem Aufruf des Stillen Ozeans — Australien hielt dabei die Fackel hoch, während ungezählte Millionen der Inseln vor seinen Türen blind danach tasteten: Java — Borneo — Malaysia — Timor — Neuguinea — sechsundachtzig Millionen, die in herzbewegendem Flehen ihre Augen der christlichen Kirche Australiens zuwandten.

Dann schallten durch die große Halle die Worte:

„Und ich hörte die Stimme des Herrn, der da sagte:'Wen soll ich senden, und wer will unser Bote sein?'“

Und sogleich erschien auf der Bühne eine stattliche Anzahl junger Christen — Ärzte, Krankenschwestern, Lehrer, Künstler, Wissenschaftler — die bereitwillig antworteten:

„Hier bin ich, sende mich!“

Eine Totenstille herrschte in der großen Halle.

Dieser Ruf war dringend, persönlich und direkt. In den feierlichen Augenblicken des Gebets und der Weihe, die darauf folgten, wurden vieler Herzen zu einer Antwort bewegt.

Jennifer blickte mit sehnsüchtigen Augen nach vorn. Andere waren gerufen worden — warum nicht auch sie und John. Bereitwillig und froh hätte sie ihr Leben mit John auf irgendeinem Missionsfeld verbracht. Sie wußte aber ganz genau, es war ihr eine innere Gewißheit, daß der Missionsdienst draußen nicht für sie bestimmt war — wenigstens jetzt noch nicht. Sie wurde daheim gebraucht. Ihre Mutter, so hilflos, was ihren äußeren Zustand betraf, und immer noch außerhalb des Reiches Gottes — ihre kleine Kinderschar bei den „Fröhlichen Stunden“, die so begierig zuhörte, wenn sie ihnen die Geschichten von Gottes großer Liebe erzählte. Ja, ihr Missionsfeld war zu Hause — jedenfalls jetzt noch. Wenn sie dem Herrn Jesus in den Pflichten, die ihr jetzt oblagen, treu diente, würde er sie vielleicht später einmal auf größeren Missionsfeldern einsetzen können . . .

Sie beugte ihr Haupt. „Herr, ich bin bereit", betete sie von Herzen. „Nimm mich hin und gebrauche mich — wo auch immer."

Und John — was war mit ihm? In diesem Augenblick war er entrückt in eine eigene Welt, weit weg von den vielen Menschen der Versammlung im Herzen der großen Stadt. Was er hier gesehen hatte, hatte seine Erinnerung aufgerührt.

Er sah sich wieder auf die Inseln zurückversetzt, wo er während der langen, bitteren Jahre des Krieges als Soldat gedient hatte. Er war wieder im heißen, dampfenden Dschungel, wo er verzweifelt um sein Leben gekämpft hatte — und dann schließlich gewonnen hatte. Er sah sich wieder von jenen dunkelhäutigen, liebenswerten, freundlichen Eingeborenen umringt, die sich seiner angenommen hatten, als er vor einem gnadenlosen, unerbittlichen Feind auf der Flucht war. Er kannte sie gut. Er war mit ihrem Land vertraut. Er verstand ihre Sprache . . .

Aber er sah diese Menschen jetzt mit anderen Augen. Er sah sie als ein unwissendes, vernachlässigtes Volk, die vor Verlangen fast vergingen, das Heil durch den Glauben an den Herrn Jesus Christus kennenzulernen . . . Merkwürdig, daß ihm das nicht schon eher aufgegangen war.

Warum wohl war es ihm vergönnt gewesen, heil und unbeschadet durch jene grauenhaften Jahre zu kommen, in denen viele ein unbekanntes Grab gefunden hatten? Wozu war wohl sein Leben erhalten geblieben, während andere zu seiner Seite in Stücke gerissen wurden? Warum wohl war er vor kurzem wie ein Brand aus dem Feuer gerissen worden, mitten heraus aus seiner verderblichen Jagd nach Glück und Genuß? Warum wohl, wenn nicht einzig zu dem Zweck, daß er der dringenden Forderung dieser Stunde nachgab!

John hob den Kopf, ja, er würde zu diesen umnachteten Menschen mit dem Evangelium gehen — er mußte es! Gottes Stimme selbst rief ihn, und er mußte gehorsam sein. Es war keine unbedachte, nur gefühlsmäßige Entscheidung, die John Lynton an diesem Abend traf. Es war, als habe sich eine gebieterische Hand auf seine Schulter gelegt, die ihn vorwärts schob und ihm Mut und Vertrauen gab.

John Lynton kannte die Gefahren, aber er fürchtete sie nicht. Er kannte die Schwierigkeiten, blieb aber dennoch unbeirrt. War ihm nicht mit dem Befehl, das Evangelium hinauszutragen, auch die Verheißung mitgegeben, daß der Herr immer bei ihm bleiben wollte?

„Siehe, ich bin bei euch alle Tage, bis an der Welt Ende . . . "

Was brauchte er sonst noch? — Konnte er um mehr bitten?

Die Veranstaltung war zu Ende, die große Versammlung setzte sich in Bewegung.

Aber als Jennifer und John ihren Weg durch die Menge nahmen und auf die verhältnismäßig stille Straße nach draußen gelangten, sprach keiner von ihnen ein Wort.

Als sie dann schließlich allein waren, brach Jennifer das Schweigen.

„John", hauchte sie, „war es nicht großartig? "

Sie spürte den festen Druck seiner Hand um ihren Arm.

„Jennifer, ich habe heute abend etwas gelernt", sagte er leise, aber bestimmt. „Jetzt weiß ich endlich, was der Herr mit mir und meinem Leben vorhat."

Heftig pochte ihr Herz. „Oh, John, du meinst — ? "

Er nickte. „Ja, Gott hat mich heute abend gerufen, Jennifer, und ich werde wieder auf die Inseln gehen — diesmal als Missionar."

„John!" Sie blickte zu ihm auf, ihm gerade ins Gesicht, und war froh — sehr froh.

„Ich — ich habe schon immer gewußt, daß der Herr Jesus noch etwas Besonderes mit dir vorhat." Sie sagte es in einem fast ehrfürchtigen Flüstern.

Er beugte sein Haupt. „Ich kann mir gar nicht denken, warum er mich ruft — ausgerechnet mich!" sagte er demütig. „Aber vielleicht gibt es etwas, was ich für ihn tun kann."

„Dessen bin ich sicher, John.“ Sie lächelte tapfer. „Du hast dein ganzes Leben noch vor dir.“

Etwas in ihrer Stimme veranlaßte ihn, sie rasch anzublicken. „Jennifer, du wirst doch mitkommen, nicht wahr? Wir werden uns beide ausbilden lassen und dann heiraten und zusammen ausreisen.“

Aber sie schüttelte den Kopf. „Nein, John, ich kann nicht — jetzt noch nicht. Ich würde es ja so gern tun, aber, siehst du, ich werde daheim gebraucht.“

John starrte sie an, verblüfft und verwirrt. Damit hatte er nicht gerechnet — er hatte es für selbstverständlich angesehen, daß sie beide gemeinsam den Dienst tun würden. „Jennifer“, rief er in plötzlicher Unruhe, „ich hatte nicht daran gedacht, ohne dich in den Dienst der Mission zu gehen!“

Jennifer war den Tränen nahe. „Ich — ich mußte das alles heute abend in der Versammlung durchstehen“, sagte sie unsicher.

„Solange meine Mutter mich braucht — solange der Herr mich daheim gebrauchen kann —, muß ich hierbleiben. Aber du mußt hinausgehen, wenn er dich braucht — nach draußen.“

„Gott segne dich dafür, Liebste“, sagte er entschlossen, als er sie in die Arme schloß. „Wenn wir uns auch trennen müssen, wird es doch nicht für lange Zeit sein. Vielleicht später dann — “

„Vielleicht“, flüsterte sie. Dann aber machte sie sich aus seiner Umarmung los und blickte ihm besorgt ins Gesicht.

„Aber John“, sagte sie, wobei sie sich zwang, ruhig zu sprechen, „wir müssen die Dinge durchstehen, angenommen — angenommen, ich werde niemals mit dir gehen können? “

„Jennifer — “ Ihm verschlug es die Sprache.

Nie war er ihrer Liebe gewisser gewesen als in diesem Augenblick. Einmal dachte er, sie verloren zu haben, aber jetzt war sie sein — sein, daß er sie lieben und für sie sorgen sollte. Ein Leben ohne sie, und sei es auch nur für eine kurze Zeit, würde fast unerträglich sein. Doch, wenn der Herr es so wollte, was konnte er dann tun?

In diesem Augenblick stand John Lynton, bleich und starr, der größten Krise seines Lebens Auge in Auge gegenüber: Auf der einen Seite lag sein irdisches Glück, die größte menschliche Bindung, die die Seele kennt; auf der anderen Seite aber der Ruf Gottes, die Hingabe des Lebens und all seiner Ziele an Gottes heiligen Willen . . .

„Jennifer", sagte er schließlich, „ich liebe dich — das weißt du. Aber, Liebste, wir haben doch gesagt, daß der Herr bei uns beiden immer an erster Stelle stehen sollte, nicht wahr? Er hat mich gerufen, und koste es, was es wolle, ich muß gehen — du verstehst mich doch? "

„Oh John." Sie hielt fast den Atem an, um ein Schluchzen zu unterdrücken, aber blickte ihn mit leuchtenden Augen an. „Wie froh bin ich, daß du das eben gesagt hast."

„Jennifer — mein ein und alles!" Froh und dankbar ließ sie sich von ihm in die Arme schließen. Welche Freude, sich von einem Menschen geliebt zu wissen, dem ihr Heiland alles in allem war! Welche Kraft gab es ihr, zu wissen, daß sie beide durch eine größere Liebe aneinandergebunden waren, die keine Macht der Welt trennen konnte.

Aber während sie sich noch an diesem Gedanken freute, wußte sie, daß sie noch einen Schritt weitergehen müsse, und ihr Herz beugte sich in das ihr auferlegte Los.

„John", sagte sie leise, „das, was heute abend geschehen ist, hat alles vollständig geändert — mindestens im Blick auf unser jetziges Verhältnis. Der Herr hat dich in eine Arbeit gerufen, die — ich vielleicht niemals mit dir teilen kann, und — wenn du mich deshalb von meinem Jawort zu dir entbinden willst — "

Er hielt ihre Hand fest. „Jennifer, du glaubst doch, daß der Herr uns beide zusammengeführt hat, nicht wahr? "

„Ja." Ihre Antwort kam ohne Zögern.

„Dann glaube ich es auch — und er macht niemals einen

Fehler, dessen bin ich ganz sicher. Wir können jetzt noch nicht übersehen, wie sein Plan verläuft, aber wir können ihm vertrauen, und ich bin auch bereit, zu warten — wenn du es bist."

Sie schaute froh und dankbar zu ihm auf. „Ja, John — du hast recht — wir können darauf warten, daß er handelt", antwortete sie schlicht.

Er hakte sie unter. „Es ist so sonderbar, Jennifer, aber wenn es auch so aussieht, als sollte ich Tausende von Meilen von dir weggehen, habe ich doch nicht das Empfinden, daß uns irgend etwas trennen kann. Weißt du, was ich meine? "

„Ja — wir sind beide in Christus, und nichts kann uns von ihm trennen."

„Genau das ist es. Was haben wir letzte Woche in der Kirche für eine Bibellese gehabt? ‚Wer will uns scheiden von der Liebe Christi — ?' "

Sie schmiegte sich dichter an ihn. „Und kennst du auch die Antwort darauf, John? "

„Ich denke, schon", sagte er langsam, „aber ich würde es gern aus deinem Munde hören, Liebste."

Mit fester, klarer Stimme, die ihre innere Überzeugung verriet, wiederholte sie die Worte, die sie so früh schon, am Anfang ihres Christenlebens, als wahr erprobt hatte, jene Worte, die sie in ihrer Tiefe und dem vollen Ausmaß ihrer Bedeutung noch erfahren sollte: „Denn ich bin gewiß, daß weder Tod noch Leben, weder Engel noch Fürstentümer noch Gewalten, weder Gegenwärtiges noch Zukünftiges, weder Hohes noch Tiefes, noch keine andere Kreatur mag uns scheiden von der Liebe Gottes, die in Christus Jesus ist, unserem Herrn."

„Welch ein Wort!" Er holte tief Luft. „Jennifer, es umfaßt alles, nicht wahr? "

„Ja, und dies andere Wort scheint ihm zur Seite zu gehen — ‚In alledem überwinden wir weit durch den, der uns geliebt hat'."

John blickte sehr nachdenklich. „Diesen Vers liebe ich

sehr“, sagte er. „Wo steht er geschrieben? “

Jennifer lächelte. „Römer acht, Vers siebenunddreißig. Das ist schon immer mein Vers gewesen, John — ich habe seine Wahrheit so oft schon erfahren!“

„Dein Vers? “ wiederholte er. „Dann wird es auch der meine sein. Wir wollen ihn zu unserem Wahlspruch machen.“

„O ja“, sagte sie eifrig, „wenn ich versucht bin, ungeduldig zu werden, will ich mir immer vorsagen ‚Römer acht, Vers siebenunddreißig‘ — “

„In alledem überwinden wir weit durch den, der uns geliebt hat.“ Langsam und mit Nachdruck wiederholte er die Worte.

„Ja, daran werde ich denken. Und ich werde wahrscheinlich oft Gelegenheit haben, die Wahrheit dieses Wortes zu erproben.“

Etwas in seiner Stimme ließ sie in einer Vorahnung kommender Ereignisse erschauern.

Er würde weggehen — sehr weit weg. Für sie war es ein unbekanntes Land, aber nicht für ihn. Er kannte es. Und er sprach davon, als wisse er, daß es dort Gefahren gäbe . . . Schwierigkeiten . . .

„John“, sagte sie ernst, „ich möchte, daß du mich alles wissen läßt, was geschieht — all deine Versuchungen und Schwierigkeiten — und wie du das alles empfindest. Es wird mir dann leichter sein, für dich zu beten, wenn ich darum weiß.“

„Ja, Liebes, ich werde deine Fürbitte brauchen. Ich will dir auch nichts vorenthalten.“

„Und wenn es schwer zu schreiben ist — oder du keine Zeit hast — “

„ — dann werde ich dir nur unseren Wahlspruch schicken — ‚Römer acht, siebenunddreißig‘, und dann weißt du's.“

So wurde ihr Pakt besiegelt.

30

Das Haus Nr. 84 lag schon im Dunkeln, als Jennifer die knarrende Haustür aufschloß und leise die Treppen hinaufging.

Als sie sich der Wohnung im Obergeschoß näherte, bemerkte sie, daß im rosa Schlafzimmer das Licht noch brannte. Ihre Mutter und ihr Vater mußten also noch wach sein.

„Wie ist es dir denn ergangen, Jennifer? “ rief der Vater aus dem Schlafzimmer, als er ihre Schritte hörte.

„Ja, komm doch herein und erzähle, wie alles war“, ließ sich jetzt auch die Mutter hören. „Hast du Philip gesehen? “

So ging Jennifer gleich hinein, ohne sich die Zeit zu nehmen, ihre Straßenkleidung abzulegen. Sie setzte sich ans Fußende des Bettes und begann zu erzählen, was sich an dem Abend alles ereignet hatte.

Julia brannte besonders darauf, zu erfahren, wie Philip mit seiner Rolle im Programm des Abends abgeschnitten hatte. Sie strahlte vor Freude, als Jennifer berichtete, er habe seine Sache sehr gut gemacht. Sie malte ihnen die ganze Aufführung in allen Einzelheiten vor Augen und erzählte ihnen genau von allem, was an dem Abend zur Sprache gekommen war.

Anton zeigte großes Interesse, zu erfahren, wie es in Wahrheit um die Welt in Beziehung auf das Christentum stand, während Julia offensichtlich mehr an den Personen interessiert war.

„Und was hat John von alledem gehalten? “ war ihre nächste Frage.

„Das wirst du wohl nicht erraten!“ Jennifer strahlte

über das ganze Gesicht. „John ist heute abend von Gott in die Missionsarbeit gerufen worden."

Die Bedeutsamkeit dieser Worte begriff Julia im Augenblick noch nicht, aber Anton stützte sich überrascht auf seinen Ellenbogen.

„Wohin? " wollte er wissen.

„Er wird wieder auf die Inseln gehen, wo er während des Krieges als Soldat diente. Er kennt das Land — und auch die Leute und die Sprache dort — "

„Und was wird mit dir, Jennifer? "

Das Mädchen gab nicht gleich Antwort. Sie dachte an das Gespräch, das erst vor wenigen Minuten zwischen ihr und John stattgefunden hatte, während Anton mit aufmerksamem Blick in ihrem Gesicht zu lesen versuchte. Wenn sie daran dachte, ebenfalls hinauszugehen . . .

„Ja, Jennifer, sag doch, was wirst du nun tun? " Julia war plötzlich klargeworden, daß diese Frage auch ihre eigene Zukunft sehr eng berührte, und ihr Gesicht verfinsterte sich. „Du wirst mich doch nicht etwa verlassen, um irgendwo bei wilden Völkerstämmen dein Leben zu verbringen, hoffe ich? "

Jennifer schüttelte den Kopf. „Nein, Mutter", sagte sie ruhig. „Ich will dich nicht verlassen — du brauchst dir deswegen keine Sorgen zu machen. Ich werde so lange bei dir bleiben, wie du mich brauchst."

Julia stieß einen Seufzer der Erleichterung aus. Das klang gar nicht so übel . . .

Aber Anton schien sich mit dieser Antwort noch nicht zufriedenzugeben. „John wird doch etwa nicht ohne dich hinausgehen wollen, Jennifer? " war seine gezielte Frage.

Jennifer holte tief Luft. Es war nicht leicht, so bald über diese Dinge zu reden. Sie hatte ja selbst kaum Zeit gehabt, sich über den vollen Umfang dessen klarzuwerden, was geschehen war.

„Sieh einmal, Vater" — sie versuchte, so ruhig wie möglich dabei zu bleiben —, „er kann gar nichts anderes tun. Der Herr hat ihn gerufen, und sein Wille steht obenan — auch noch vor unserer Verlobung und Hochzeit.“

„Dann wollt ihr also eure Heirat auf unbestimmte Zeit verschieben? “

Sie nickte. „Ja, wir sind uns beide darin eins geworden. Eines Tages, so hoffen wir, wird der Herr uns wieder zusammenführen, aber bis dahin hat John sein Arbeitsgebiet auf den Inseln, und ich meine Aufgabe hier; so werden wir eben warten müssen.“

Julia fing erst in diesem Augenblick an zu begreifen, was in diesem Wort, das Jennifer eben gesagt hatte, beschlossen lag; sie fuhr sich verwirrt mit der Hand über die Stirn, als versuche sie, endlich Klarheit in ihre Gedanken zu bekommen.

„Aber Jennifer“, wehrte sie ab, „willst du denn nicht heiraten, um mit John zusammen auf die Inseln hinauszugehen? “

Jennifers Lippen zitterten, aber sie hatte ihre Stimme fest in der Gewalt, als sie sagte: „Nicht, was ich selbst gern möchte, Mutter — sondern was der Herr Jesus Christus uns aufträgt zu tun, darauf kommt es allein an, siehst du, und wir sind beide darauf vorbereitet, unsere Zukunft ihm zu überlassen.“

„Und was gedenkt John nun wirklich zu tun, um seinem ‚Ruf‘ in die Mission zu folgen? “ Es war Anton, der diese praktische und konkrete Frage stellte. „Das ist mir alles noch ziemlich unklar.“

„Wir beabsichtigen, an einem Abend der nächsten Woche einmal bei Pastor Ransome vorzusprechen und mit ihm darüber zu reden — er wird ihm raten können, was er am besten tun soll. Er wird auf eine Bibelschule gehen müssen, um sich für diesen Dienst vorzubereiten. Das ist klar.“

„Dann wird er also eine Zeitlang noch nicht ausreisen? “ fragte Julia dazwischen.

„Nein, er kann nicht aufs Missionsfeld hinaus, bevor er nicht einen besonderen Bibelkurs dafür absolviert hat.

Aber er hat ja seinen ‚Diplomkaufmann‘, wie ihr wißt, und das wird ihm sehr zustatten kommen. Er beherrscht auch die Sprache der Eingeborenen sehr gut. Er war während des Krieges drei Jahre auf den Inseln, das wißt ihr ja.“

„Ja, ich glaube, der junge Mann hat noch eine große Zukunft vor sich“, bemerkte Anton leise.

Jennifer stand auf. „Ich denke, wir haben für heute abend genug geredet“, sagte sie mit einem besorgten Blick auf die Mutter. „Du siehst müde aus, meine Liebe. Ich werde dir noch einmal die Kissen aufschütteln, und dann kannst du schlafen.“

Aber Julia bekam in dieser Nacht nicht viel Schlaf. Bis in die frühen Morgenstunden lag sie schlaflos da und dachte nach . . .

Es war Jennifer, die sie in ihren Gedanken besonders beschäftigte. Jennifer war verliebt — das wußte sie, ohne auch nur einmal daran zu zweifeln. Sie war jung, und es lag in ihrer Hand, den Mann ihrer Liebe zu heiraten und ein langes, glückliches Leben an seiner Seite zu erwarten. Aber was tat sie stattdessen?

Sie verurteilte sich selbst zu einer langen Zeit der Trennung und Einsamkeit — und ließ ihn die Gefahren eines unbekannten Landes allein bestehen.

Und warum? Warum brachte sie dieses Opfer? Julia klangen Jennifers Worte noch in den Ohren: „Ich will dich nicht alleinlassen, Mutter — ich will solange bei dir bleiben, wie du mich brauchst . . . “

Ja, das war es, sagte sich Julia, und sie erschrak fast bei diesem Gedanken — Jennifer blieb zurück, um für sie zu sorgen. Sie also war es, die dem Glück ihrer Tochter im Wege stand, das doch ihr gutes Recht war. Jennifer würde bei John geblieben und mit ihm hinausgegangen sein, wenn ihre Mutter gesund und kräftig gewesen wäre — davon war Julia überzeugt.

Aber das Mädchen hatte durch nichts erkennen lassen, welches Opfer sie damit brachte. Sie hatte nicht einmal den wahren Grund ihrer Entscheidung genannt — das war so echt Jennifer! Sie hatte so wenig an sich selbst gedacht, war so aufopfernd. Aber Julia wußte es . . .

Ja, sie mußte es wissen. Sie war selbst einmal jung gewesen — und verliebt. Sie war es immer noch, Anton bedeutete ihr auch jetzt noch alles . . .

Nun versuchte sie, sich einmal selbst in Jennifers Lage zu versetzen. Würde sie, Julia, das getan haben, was Jennifer jetzt tat? Nein, in den stillen Nachtstunden war Julia Deane sich selbst gegenüber ganz ehrlich — dieses eine Mal. Sie hätte es nicht tun können. Sie hätte den Mann, den sie liebte, nicht aufgeben können, kein Mensch oder keine Macht der Erde hätte sie dazu bewegen können.

Und wenn sie wirklich durch einen Schicksalsschlag von ihm getrennt worden wäre, so wäre sie ganz bestimmt bitter geworden und hätte sich selbst bedauert, das mußte sie selbst eingestehen.

Es war wirklich so, sie hatte sich über viele Dinge geärgert. Aber Jennifer war ganz anders. Nichts schien sie zu verbittern, und dabei hatte sie doch vieles durchmachen müssen.

Aber auch Jennifer war ja nicht immer so gewesen, mußte Julia denken. Sie hatte eine innere Wandlung durchgemacht. Julia konnte sich noch gut an jene Tage erinnern, als Jennifer sich entschlossen hatte, ihren eigenen Weg zu gehen. Sie konnte sie jetzt noch sehen, wie sie an der alten Wohnzimmertür stand und auf die bloße Vermutung, daß ihr etwas versagt blieb, mit einem trotzigen Aufwerfen des Kopfes reagierte. Das war sicher nicht das gleiche Mädchen, das so unermüdlich und in aufopfernder Liebe ihre Mutter in den langen und beschwerlichen Monaten ihrer Krankheit gepflegt hatte.

Jennifer hatte sich gewandelt. Und was steckte dahinter?

Tief in ihrem Herzen wußte Julia es genau. Sie hatte miterlebt, wie sich das Leben ihres Mannes von Grund auf gewandelt hatte und wie ihr Sohn Philip ein neues Leben bekam und sich ein Ziel setzte.

Sie hatte auch gehört, wie John Lynton die rettende Gnade Gottes bezeugte. Und sie wußte, es war dieselbe Macht, die Jennifer befähigt hatte, inmitten allen Widerspruches und aller Verfolgung, die sie erfuhr, standhaft zu bleiben.

Ja, Julia wußte, es war der gleiche Gott, der so dringend und beharrlich um sie geworben hatte, trotz all ihrer verzweifelten Bemühungen, ihr Herz vor ihm zu verschließen und seinen Bitten nicht nachzugeben . . .

Irgendwie schien Gott ihr gerade jetzt sehr nahe. Konnte es wahr sein, was Jennifer gesagt hatte? Kümmerte sich Gott um sie — ichbezogen und eigenwillig, wie sie vor ihm war —, daß er dafür sorgte, daß sie ein bequemes Leben hatte und es ihr gut ging?

Verlangte Gott wirklich von Jennifer, daß sie all ihre Hoffnungen, die ihr soviel wert waren, aufgab, nur damit sie — ihre Mutter — jemanden hatte, der in ihrer Hilflosigkeit für sie sorgte? Und war es seine Gnade, die das Mädchen zu solchem Verzicht willig machte? Ja, so war es — Julia wußte es nur zu gut . . .

Als der Morgen kam, hatte Julia nicht viel geschlafen, aber sie hatte einen Entschluß gefaßt, den sie entschlossen in die Tat umsetzen wollte. Sie wollte nicht länger zwischen ihrer Tochter und dem Mann stehen, den sie liebte. Sie würde ihr sagen, daß sie frei sei — frei, um mit John zu gehen, wenn sie wollte. Was dann aus ihr werden würde, wenn Jennifer wirklich ging, wußte sie nicht, aber vielleicht fing sie jetzt an, damit zu rechnen, daß Gott selbst für sie sorgen würde . . .

Jennifer wechselte sich mit ihrem Vater jeweils ab, am Sonntagvormittag zu Hause zu bleiben. Einer ging zum Gottesdienst, während der andere die nötigen Arbeiten im Haus versah. An diesem Morgen war Jennifer an der Reihe, daheim zu bleiben.

Als sie wieder einmal in das Zimmer ihrer Mutter kam, wie es sich im Zuge ihrer häuslichen Arbeit ergab, bemerkte sie, daß die Kranke heute ungewöhnlich unruhig zu sein schien. Dabei war sie aber keineswegs aufgeregt. Jennifer schrieb es dem Gespräch zu, das gestern abend stattgefunden hatte, obwohl ihre Mutter sich gar nicht äußerte. Es schien wohl so, als wollte Frau Julia etwas sagen, aber Jennifer machte keinen Versuch, in sie zu dringen und sie zum Reden zu bewegen. Sie würde schon sprechen, wenn sie soweit war . . .

„Jennifer“, begann sie, während sie Jennifer beim Staubwischen zuschaute, „ich möchte dir etwas sagen.“

„Ja, Mutter? “ Jennifer legte ihr Staubtuch hin und ging zum Bett hinüber.

„Ich habe über die Dinge nachgedacht, Jennifer“, fuhr sie etwas unsicher fort, „und — und — ich fürchte, ich bin immer sehr selbstsüchtig gewesen. Du bist so gut zu mir gewesen — “

„Ach, was redest du da, liebe Mutti!“ Jennifer beugte sich hinunter, um sie zu küssen. Julia sah nicht die Tränen in ihren Augen. „Ich bin sehr glücklich darüber gewesen, für dich und Vater sorgen zu können.“

„Aber wir können es doch nicht — für immer von dir erwarten.“

Julia schien nahe daran, loszuschluchzen. „Jennifer, ich will dir nicht im Wege stehen — wenn du mit John mitgehen willst — “

Jennifer brauchte einige Augenblicke, bis sie weitersprechen konnte. „Mutter“, sagte sie schließlich, „es ist sehr lieb von dir, daß du das sagst, aber ich kann doch nicht von dir weggehen, wenn nicht — “

„Was meinst du damit, Jennifer? “ Der Tonfall, in dem ihre Mutter diese Frage stellte, ließ Jennifer erkennen, daß es jetzt entscheidend darauf ankam, welche Antwort sie ihr geben würde.

Sie legte den Arm um ihre Mutter. „Wenn der Herr mich nicht ruft, daß ich gehen soll, liebe Mutti. Zur Zeit hat er hier einen Dienst für mich, den ich zu tun habe — und seinen Willen zu erfüllen, bedeutet mir mehr als alles andere. Das verstehst du doch, nicht wahr?"

Ja, jetzt verstand Julia es wirklich. Es war ihr, als wäre es ihr wie Schuppen von den Augen gefallen. Was ihr vorher verschwommen, dunkel und unwirklich erschienen war, war plötzlich kristallklar geworden. Wenn sie vorher darüber im Zweifel gewesen war, jetzt wußte sie es. Es war ihre Religion, ihre Bindung an Gott.

Mehr noch, es war ihre liebende Hingabe an eine Person — jene Person, die niemand anders war als der Herr Jesus Christus. Er mußte wirklich all das sein, was von ihm gesagt wurde, wenn er Jennifer das alles bedeutete.

Sie blickte zu ihrer Tochter auf, eine große Sehnsucht stand in ihren Augen geschrieben.

„Jennifer, ich staune über dich", sagte sie leise.

Aber Jennifer schüttelte den Kopf. „Nein, Mutter", antwortete sie, wobei ein Leuchten auf ihrem Gesicht stand, von dem sie selbst nichts merkte. „Es ist mein Heiland, der zu bestaunen ist — ach, Mutter, ich wünschte nichts sehnlicher, als daß auch du ihn kennenlerntest!"

Julia sagte nichts, aber Jennifer spürte das Zittern, das durch ihren Körper lief, und ein stilles Gebet für die Mutter stieg aus ihrem Herzen empor.

„Sag mal — ist heute eigentlich ein Gottesdienst, der im Rundfunk übertragen wird, Jennifer?" sagte sie plötzlich.

Das war eine recht ungewöhnliche Frage, und darum handelte Jennifer sofort. Schnell war sie im anderen Zimmer und drehte das Radio an, und im nächsten Augenblick drangen Klänge herrlicher Musik an ihr Ohr. Dann folgten die Worte eines vertrauten Liedes:

Machen Wolken dir den Himmel trübe,
sage es Jesus, sage es Jesus,
und verdunkeln Gottes große Liebe,
sage es Jesus allein!
Sage es Jesus, sage es Jesus,
er ist dein Bruder und Freund.
Was es sein mag, das dein Herze kränket,
sage es Jesus allein.

„Jennifer — " begann Frau Julia wieder, und ihre Stimme klang merkwürdig belegt, „ich frage mich manchmal, ob — ob — "

Sie vergrub ihr Gesicht in den Händen.

Jennifer kam wieder dicht an die Seite ihrer Mutter zurück, während die Frage, die der einsamen Frau auf den Lippen brannte, in den Worten des Liedes Ausdruck zu finden schien, das aus dem kleinen Radio auf dem Kaminsims ertönte:

„Bitt' ich ihn: ‚Ach nimm mich an',
schickt er mich dann fort? "

Und dann kam wie ein Siegesruf die Antwort:

„Nie, bis Erd und Himmel vergehn,
drauf hab' ich sein Wort!"

Endlich wurden Stolz und Eigenwillen gebrochen, die Julias Herz so lange Zeit der Botschaft der ewigen Gnade verschlossen hatten.

„Jennifer", schluchzte sie, wie gebrochen, „Jennifer, ist das alles wirklich wahr? "

Jennifers Herz war jetzt zu voll, als daß sie dafür Worte finden konnte. Mit beiden Armen umschlang sie ihre Mutter. „Ja, Mutter, es ist wahr!" rief sie. Und sie weinten beide vor Freude.

Jennifer wußte nicht, wie lange sie so zusammen waren; plötzlich hörte sie die Schritte ihres Vaters auf der Treppe und lief hinaus, ihm entgegen.

„Vater!" rief sie, „eine wunderbare Neuigkeit — komm, überzeuge dich selbst!" Sie zeigte auf das Zimmer ihrer Mutter, während der Glanz auf ihrem Gesicht die Geschichte erzählte, die ihre Lippen nicht ausgesprochen hatten.

Anton Deane begriff sofort. Hatte er nicht ständig das Gebetsanliegen im Herzen bewegt, daß seine Frau sich auch bekehrte, seit er selbst Jesus kannte? Sein Blick glitt vom Gesicht der Tochter zu der Tür, hinter der seine Frau auf ihn wartete. „Dank sei Gott!" rief er und war mit wenigen Schritten an der Tür.

Jennifer ging in die Küche zurück. Das Essen brannte auf dem Herd an, aber das schien jetzt nicht von Bedeutung zu sein.

Dies war die Stunde, auf die ihr Vater so lange gewartet hatte! Er hatte darum gebetet, darauf gehofft. Jetzt endlich hatte ihre Mutter die lange Wanderschaft durch die trostlose Wüste der Enttäuschung und Ernüchterung hinter sich, und zum ersten Mal standen sie zusammen, eingehüllt in eine Liebe, die sie nicht mehr lassen würde.

31

Die Zeit der Ausbildung zum Missionar verging für John nur zu schnell, und der Tag seiner Ausreise rückte rasch näher. Jennifer bekam ihn oft zu sehen während jener Monate, die für sie so voller Glück waren. Und sie waren wirklich glücklich; denn beide vermieden es entschlossen, an die Zeit zu denken, da sie getrennt sein würden, und ließen es nicht zu, daß irgend etwas ihre Freude aneinander beeinträchtigte.

Soweit sie konnte, nahm Jennifer regen Anteil an Johns Ausbildung, damit sie nach seiner Abreise imstande wäre, dem, was ihn bewegte und beschäftigte, mit wachem Interesse zu folgen.

Alle wurden davon angesteckt, so sehr, daß die Wohnung im Hause Prospektstr. Nr. 84 ein richtiger Sammelplatz für Missionsunternehmungen wurde. Überall lagen Landkarten, Zeitschriften und sonstige Blätter verstreut. Bald waren Missionsstationen auf entlegenen Inseln, die früher niemand kannte, und die Namen der Missionare, die auf jenen Feldern wirkten, in aller Munde.

Sogar Philip und Mary lenkten ihre Aufmerksamkeit, wenigstens eine Zeitlang, von den Nöten ihres geliebten China ab und blickten auf eine andere Ecke des weiten Feldes, auf dem Menschen ohne Gott zugrunde gehen und welches wirklich „weiß zur Ernte“ ist.

Anton und Julia waren genauso begeistert wie die jungen Leute. Während Julia besonders stolz darauf war, das Nähen und Ausbessern der Garderobe für den Missionskandidaten zu besorgen, war Anton an jedem Bücherstand auf der Suche nach neuesten Informationen über das Missionsfeld. Er brachte laufend neue Schriften oder

Bücher nach Hause, um die Unordnung noch größer zu machen! Er ging sogar so weit, sich mit zuverlässigen Veröffentlichungen weltlicher Art bekanntzumachen.

Als er eines Abends eine von diesen Zeitschriften durchlas, stieß er plötzlich einen Ruf der Überraschung aus.

„Julia, hört doch bitte alle mal her!" Triumphierend schwenkte er das Blatt in der Luft. „Was meint ihr wohl, welche Neuigkeiten hier drinstehen? "

Die ganze Gesellschaft blickte erwartungsvoll zu ihm hinüber.

„Es ist eine Zeitungsnotiz unter ‚Allgemeine Nachrichten': ‚Herr Rodger Deane — ', nein, laßt mich erst zu Ende lesen", unterbrach er sich, als er sah, daß seine eifrigen Zuhörer ihn durch Fragen unterbrechen wollten, „Herr Rodger Deane ist zum Chefbuchhalter der erst vor kurzem gegründeten INSEL-OEL-GESELLSCHAFT m. b. H. ernannt worden. Zu seinen Aufgaben gehört auch die regelmäßige Inspektion der Bohranlagen dieser Gesellschaft, die an strategisch wichtigen Punkten auf den Inseln im Norden Australiens errichtet wurden."

„Allerhand!" Fast gleichzeitig riefen es alle fünf aus, die es kaum glauben konnten.

„Wo denn — wo denn nur? " rief Julia ganz aufgeregt. „Anton, läßt du mich bitte mal sehen. Er ist jetzt fast zwei Jahre fort."

„Und hat uns noch nicht eine einzige Zeile geschrieben", fügte Philip hinzu.

Jennifer äußerte sich nicht. Sie konnte noch die stolze, hochmütige Gestalt ihres Bruders sehen, wie er ihr sein letztes, bitteres Lebewohl sagte an jenem Abend, als das alte Haus versteigert werden sollte. Sie war froh, daß ihn damals niemand hatte weggehen sehen.

„John", sagte Julia voller Eifer, „vielleicht könntest du Rodger zufällig einmal begegnen, wenn du auf diese Inseln kommst, und wenn du ihn triffst — "

„ — dann werde ich ihm sagen, was ich von ihm halte", sagte John mit Nachdruck. „Seine Mutter die ganze Zeit ohne ein Lebenszeichen zu lassen! Das kann ich nicht fair nennen!“

„Vielleicht hat er geschrieben, und die Briefe sind nur verlorengegangen“, wagte Mary einzuwenden, die sich im Geist von dem Missetäter ihr eigenes Bild machte, den sie ja noch nie gesehen hatte.

„Vielleicht? “ sagte Philip zweifelnd.

„Ich fürchte, Sie kennen unseren Rodger nicht, meine Liebe“, gestand Anton mit einem bedauernden Kopfschütteln.

Julia wurde nachdenklich. „Wißt ihr“, sagte sie plötzlich, „ich habe so oft wachgelegen und über Rodger nachgedacht und mich dabei gefragt, ob er wohl sicher und wohlbehalten ist. Ohne ihn wird für mich die Familie nie vollzählig sein.“ Ihre Stimme zitterte ein wenig. „Und jetzt — da ich den Herrn Jesus kennengelernt habe, wünsche ich mir, daß Rodger ihn auch kennenlernt. Ich werde nie wirklich glücklich sein können, solange ich nicht weiß, daß Rodger gerettet ist.“

Anton drückte ihr die Hand, um sie zu beruhigen. „Liebe Julia“, sagte er langsam, „auch ich bete für Rodger, und ich weiß, daß meine Gebete erhört werden — weil sie für dich auch erhört wurden.“

Julia lächelte ihrem Mann dankbar zu.

„Dann wollen wir doch alle für Rodger beten“, schlug Mary vor, wie immer gleich Feuer und Flamme.

„Und würde es nicht seltsam sein“, sagte Jennifer nachdenklich, „wenn John auf die Inseln hinausgeht, um den Eingeborenen das Evangelium zu predigen, daß Rodger vielleicht auch unter denen ist, die sich bekehren? “

„Es sind schon noch merkwürdigere Dinge geschehen, Liebling“, gab John ihr zur Antwort; sein Gesicht war sehr ernst, da er sich an die Umstände seiner eigenen Bekehrung erinnerte.

So wandte sich Julia mit neuer Hoffnung wieder ihrer Arbeit zu, die Socken zu stopfen. Wie schnell vergingen doch die darauf folgenden Tage!

„Ich habe Neuigkeiten für euch, endlich, meine Liebe“, kündigte John eines Abends an, als er Jennifer nach einer Vorlesung traf.

Jennifer hielt den Atem an. „Ja, John? “

„Morgen abend fahren wir mit dem Zug zum Hafen, und von dort geht dann das Schiff Ende der Woche.“

Diese Worte riefen ein Gefühl dumpfer Betäubung in Jennifers Herzen hervor. Wohl hatte sie jederzeit mit dieser Nachricht gerechnet. Nun fiel es ihr aber doch schwer, zu glauben, daß er morgen schon fort sein würde . . .

„Es werden morgen so viele auf dem Bahnhof sein, John“, sagte sie unsicher. „Wir werden uns heute abend schon verabschieden müssen.“

„Nicht ‚Abschied nehmen‘, Liebste.“ Er drückte sie fest an sich. „Wir werden uns wiedersehen.“

Sie versuchte tapfer, ihre Tränen zurückzuhalten.

„Zu der Zeit, die Gott selbst bestimmt hat.“

„Wir können ihm vertrauen, Liebste.“ Seine Stimme war nicht so fest wie sonst.

„Ja“, sagte sie. Sie hatte ein würgendes Gefühl in der Kehle, und ihre Stimme klang etwas unsicher.

„Jennifer“, sagte er nach einer Pause, „willst du etwas für mich tun, während ich weg bin? “

„Alles, worum du mich auch bittest.“

„Nun, ich wollte dich bitten, daß du gelegentlich einmal Doreens Eltern besuchst. Du weißt, was Doreen mir gegenüber empfunden hat — und sie hat auch viel für dich empfunden — und irgendwie fühle ich mich ihr gegenüber verpflichtet. Ich habe ihre Eltern schon besucht und hoffte immer, sie noch vor meiner Abreise gerettet zu sehen. Aber sie sind immer noch sehr verbittert über Doreens Tod.“

„Ich werde tun, was ich kann, John.“ Sie hob den Blick und sah ihm in die Augen — Augen, die ein solches Feuer ausstrahlten, daß sie fast davor erschrak.

„Jennifer.“ Seine Stimme klang angespannt und verriet, wie er sich mühte, sich selbst zu beherrschen. „Ich kann dir gar nicht sagen, wie sehr ich dich vermissen werde.“

„Ach, John — “ Sie barg ihr Gesicht an seiner Schulter, und die Tränen, die sie bis jetzt mühsam zurückhalten konnte, flossen über ihre Wangen.

Er drückte sie fester an sich. „Manchmal habe ich mich schon gefragt, ob dieser Ruf in die Mission wirklich ein echter Ruf für mich war — der Teufel hat mir alle möglichen Zweifel in den Weg zu legen versucht. Aber wenn ich auf mein Leben zurückschaue, so kann ich sehen, daß der Herr mich schon für diese Arbeit früh vorbereitet hatte. Er hat mich gerufen, und ich muß folgen. Du würdest es doch auch nicht anders haben wollen, Liebste? “

„Nein, John — nein“, flüsterte sie.

Dann, die Arme immer noch um sie gelegt, beugte er sein Haupt zum Gebet.

Nie würde Jennifer dieses Gebet vergessen — er brachte den Glanz und die Herrlichkeit des Himmels in ihr Herz. In Worten, die ihm der Heilige Geist eingegeben haben mußte, pries er Gott für die Liebe, die sie beide erlöst hatte. Er dankte Gott für das kostbare Vorrecht, ihm dienen zu dürfen, und befahl sie dann in bedingungslosem Glauben der Hut und Bewahrung des Heilands; und in feierlichen Worten erneuerte er sein Versprechen, sein Kreuz auf sich zu nehmen und Christus zu folgen . . .

Neuer Mut und neues Vertrauen durchströmte sie. Dies war John — ihr lieber John. Wie stark er war; welch ein Riese in geistlichen Dingen war er geworden. Der Herr hatte ihn auf wunderbare Weise für diese Aufgabe gerüstet, zu der er ihn berufen hatte.

Jennifer betete in ihrem Herzen, Gott möchte sie zur rechten Gehilfin eines solchen Mannes machen.

Eine große Menge war zum Bahnhof gekommen, um den Zug abfahren zu sehen. Es schien Jennifer, als sei jeder gekommen, um der kleinen Gesellschaft von Missionaren noch Lebewohl zu sagen und eine gute Fahrt zu wünschen. Dann aber hatte sie keine Augen mehr für die Menschen, die sich an anderen Abteilen des Zuges gesammelt hatten. Doch als sie sich dann einmal umschaute, sah sie viele vertraute Gesichter. Pastor Ransome war da, und all ihre alten Freunde von der Missionskirche. Und auch die Leute von der Kirche hatten sich in großer Zahl eingefunden. Und dann waren auch viele von Johns Freunden da. Aber vergeblich hielt sie nach einem Mitglied seiner Familie Ausschau. Seine Eltern waren nicht einmal gekommen, um ihm Lebewohl zu sagen. Ihre Abwesenheit sprach Bände ... Jennifer erinnerte sich an das Zeugnis eines Mannes, dessen missionarischer Eifer für das Evangelium von Jesus Christus einst ein ganzes Weltreich in Bewegung gesetzt hatte — „Was mir Gewinn war, das habe ich um Christi willen für Schaden geachtet; ja, ich achte es noch alles für Schaden um der überschwenglichen Erkenntnis Christi Jesu willen, meines Herrn ... “

Die Schar derer, die John gute Reise wünschen wollten, trat zurück, als er auf Jennifer zutrat, um sie zum Abschied zu küssen.

Beide waren vollkommen ruhig und gefaßt — den Sieg über sich selbst hatten sie am Abend vorher errungen. Aber als hätten sie es miteinander vereinbart, fiel das drohende Wort „Abschied“ nicht zwischen ihnen.

„Gott segne dich, Liebste“, flüsterte er.

„Ich werde immer für dich beten, John.“ Sie klammerte sich einen Augenblick lang fest an ihn. „Und vergiß nicht das Losungswort — Römer acht, siebenunddreißig.“

„Ich werde dran denken.“ John machte sich von Jennifer los und trat einen Schritt zurück auf die offene Wagentür zu.

„In alledem überwinden wir weit durch den, der uns geliebt hat“, war das Letzte, was sie aus seinem Munde hörte.

Der Pfiff der Lokomotive klang schrill wie ein Schnitt ins Herz, und langsam setzte sich der Zug in Bewegung und rollte aus dem Bahnhof. Einen Augenblick lang hielt John noch Jennifers Hand. Dann sah sie ihn vom Fenster aus winken, bis der Zug ihn in einer weiten Kurve ihren Blicken entzog.

Nun war John fort. Jennifer fühlte sich plötzlich sehr einsam.

Rasch drehte sie sich um und ging dem Ausgang des Bahnsteiges zu. Sie fühlte sich nicht imstande, gerade jetzt den anderen zu begegnen, obwohl sie alle sicher sehr freundlich und verständnisvoll waren. Sie fürchtete, weinen zu müssen, und wollte doch vor den anderen keine Szene machen . . .

Da hörte sie eilige Schritte hinter sich, und eine Hand legte sich sanft auf ihren Arm. „Darf ich Sie nach Hause bringen, Fräulein Deane? Ich wohne nicht weit von Ihnen."

Jennifer blickte sich um und sah in das Gesicht einer jungen Frau, die vielleicht nur wenige Jahre älter war als sie, ein gewinnendes, freundliches Gesicht, das ihr irgendwie vertraut schien, obwohl ihr der Name im Augenblick entfallen war. Sie war eine von den Mitgliedern der Kirche.

„Ich glaube, ich habe Sie bisher noch nicht angesprochen", fuhr sie fort, „aber ich habe Sie in der Kirche gesehen, und ich meine, Sie von den ‚Fröhlichen Stunden' her zu kennen. Sie haben meinem kleinen Bill so geholfen, das wollte ich Ihnen immer schon einmal sagen."

„Aha, dann sind Sie also die Mutter vom kleinen Bill? " rief Jennifer aus. „Ich wollte Sie schon immer gern einmal kennenlernen — wir haben den kleinen Bill sehr gern."

„Er wollte ja heute mitkommen, aber für Kinder ist es in der Stadt immer ein solches Getriebe und Gedränge, daß ich ihn doch lieber bei Freunden gelassen habe."

Bills Mutter sah ihre Begleiterin kurz an. „Sobald ich hörte, daß John heute abend abreist, beschloß ich, zu kommen. Ich dachte, ich könnte Ihnen vielleicht helfen. Sehen Sie, ich weiß selbst nur zu gut, was es heißt, Abschied zu nehmen."

Jennifer sah ihre Begleiterin wieder mit einem Blick an, der mehr als nur flüchtiges Interesse verriet. Sie erinnerte sich daran, was Bill von seinem Vati erzählt hatte, daß er in einem großen Flugzeug weggefahren sei und er ihn im Himmel wiedersehen würde. Dies mußte die junge Witwe sein, von der Mary ihr erzählt hatte, die soviel Schweres in ihrem Leben durchgemacht hatte.

„Christen sagen sich niemals wirklich Lebewohl, meine Liebe.“ Die ältere Frau drückte mitfühlend Jennifers Hand. „Nichts kann uns von unseren Lieben trennen, wenn wir in Christus verbunden sind — nicht einmal der Tod.“

Jennifer wußte nicht, was sie sagen sollte; sie war sich noch nicht ganz klar darüber, aus welchem Beweggrund sie das sagte. „Ihr Mann war bei der Luftwaffe? “ wagte sie schließlich zu fragen.

„Ja. Wir waren erst drei Monate verheiratet, als er das letzte Mal wegfuhr. Er hatte einen Einsatz zu fliegen und war einer von denen, die nicht zurückkamen.“

Jennifer nickte. Soviel hatte sie schon aus dem erraten, was der kleine Bill ihr erzählt hatte. „Es tut mir so leid für Sie“, begann sie, aber Worte schienen hier wohl nicht viel auszurichten.

„Es war ein schrecklicher Schlag für mich“, fuhr die andere nach kurzem Schweigen fort, „aber der Herr stand mir in wunderbarer Weise bei. Sehen Sie, mein Mann hatte einen so starken Glauben. Er sagte immer, wir würden uns wieder begegnen — wenn nicht hier, dann in der himmlischen Heimat. Es ist ein tröstlicher Gedanke, daß wir alle eines Tages beim Herrn sein werden, wenn die, die wir lieben, hier auf Erden unseren Blicken entschwinden. Dort aber, in der Herrlichkeit Gottes, wird es keinen Kummer und auch kein Abschiednehmen mehr geben.“

„Ja.“ Jennifers Augen waren feucht.

„Natürlich habe ich ja noch meinen kleinen Bill“, fuhr ihre Begleiterin plötzlich fort. „Er hat Flugzeuge so gern — darin ist er wie sein Vater. Vielleicht wird der Herr ihn eines Tages zu der Arbeit berufen, die sein Vater so gern getan hätte, wenn er am Leben geblieben wäre.“

„Ja, meinen Sie? “ Jennifer blickte sie fragend an, ihr stand in diesem Augenblick der kleine Junge vor Augen, der sein Flugzeugbuch fest unter dem Arm hielt.

„Mein Mann war sehr an der Mission in fernen Ländern interessiert. Er sagte immer, nach dem Krieg würde er das Evangelium per Flugzeug in die völlig abgelegenen Gebiete bringen — aber der Herr hat es anders gewollt."

Irgend etwas an dieser Geschichte kam Jennifer merkwürdig vertraut vor, als sie der jungen Frau zuhörte.

„Alle meine Angehörigen kamen bei einem Luftangriff um. Und abgesehen davon schienen die Aussichten für den kleinen Bill hier besser als irgendwo anders. Wenn ich hart arbeite, kann ich ihm eine gute Ausbildung ermöglichen, und dann wird er schon den rechten Weg für sich finden, dessen bin ich sicher."

In Jennifers Augen stand echtes Staunen. „Ich muß Sie wirklich bewundern", entfuhr es ihr unwillkürlich.

Die andere schüttelte den Kopf. „Nein, meine Liebe, aus eigener Kraft könnte ich das nicht, aber", fügte sie entschuldigend hinzu, „da rede ich nun die ganze Zeit von mir selbst, und ich wollte doch versuchen, Ihnen zu helfen."

„Sie haben mir wirklich geholfen", versicherte Jennifer ihr dankbar. Mittlerweile waren sie in die Nähe der Prospektstraße gekommen.

„Wollen Sie nicht noch mit heraufkommen und eine Tasse Tee mit uns trinken. Ich würde mich freuen, wenn meine Eltern Sie auch einmal persönlich kennenlernen."

„Das ist wirklich sehr lieb von Ihnen, aber ich müßte eigentlich meinen kleinen Bill wieder abholen — "

„Dann bringen Sie ihn doch gleich mit", sagte Jennifer. „Meine Mutter hat ihn ausgesprochen gern, und es wäre fein, wenn mein Vater ihn auch mal sieht — er ist so ein netter, kleiner Kerl."

Und so kam es, daß an diesem Abend zwei unerwartete Besucher in Jennifers Wohnung geführt wurden.

„Ich kenne Sie nur als Bills Mutter", begann Jennifer, „darum weiß ich nicht genau, wie ich Sie vorstellen soll."

„Ach — ich heiße Worthy — Grace Worthy."

Aber Anton Deane achtete gar nicht darauf, wie man

sich förmlich mit Namen vorstellte. Sein Blick war nur auf die Gestalt des kleinen Jungen gerichtet, der mitten im Zimmer stand, ein Bilderbuch unter dem Arm, und ihn mit großen, strahlenden Augen anschaute.

„Ich heiße Bill", verkündete er, „und du?"

Anton gab keine Antwort. Seine Gedanken und Erinnerungen gingen die vielen Jahre noch einmal zurück. Genau solch einen kleinen Jungen hatte er vor langer, langer Zeit gekannt ... und miterlebt, wie er zum Manne heranwuchs ... und sich dann zum aktiven Militärdienst meldete ...

Als er sich umwandte, um der Mutter des Kindes Auge in Auge gegenüberzutreten, blitzte plötzlich eine Gewißheit in ihm auf. „Ich glaube, ich habe den Vater des Jungen gekannt", sagte er mit Nachdruck.

„Ach, wirklich, Herr Deane?" Frau Worthys Gesicht hellte sich auf. „Dann freue ich mich noch mehr, daß ich Sie hier persönlich kennenlerne."

Aber Anton antwortete nicht in der gleichen Begeisterung.

„Wenn Sie erst alles wissen, werden Sie sich nicht mehr so freuen", sagte er ernüchternd.

„Warum, Herr Deane —"

Anton befeuchtete seine trockenen Lippen. „Das ist eine lange Geschichte", begann er, „aber ich glaube, Sie sind die Frau, die meine Anwälte in den vergangenen zwei Jahren aufzuspüren bemüht waren. Eine Erbschaft, die rechtmäßig Ihrem Mann zustand, wartet darauf, daß Sie Ihren Anspruch geltend machen."

Und in großem Erstaunen hörte Grace Worthy zu, wie Anton Deane seine Geschichte vor ihr aufrollte ...

Der kleine Bill war sich dieser wichtigen Angelegenheit, die über ihm ausgetragen wurde, keinesfalls bewußt — er war viel zu eifrig damit beschäftigt, Jennifer seine Flugzeuge zu zeigen!

32

Vieles hatte Jennifer ihrem John zu erzählen. Sie brachte Stunden dabei zu, ihm lange, engbeschriebene Briefe zu schreiben, die, wie sie wußte, ihm soviel Freude brachten!

Da war zuallererst die Geschichte, wie Grace Worthy unerwartet in ihrer aller Leben getreten war. „Vater behauptet, es sei eine direkte Gebetserhörung gewesen“, schrieb sie. „Du weißt selbst, John, wie bekümmert er immer gewesen ist, weil er das Geld dem rechtmäßigen Eigentümer nicht zurückzahlen konnte, aber jetzt ist er überglücklich. Ich weiß zwar noch nicht, was am Ende mit dem Geld geschehen wird; denn Grace (sie will unbedingt, daß wir sie duzen) besteht darauf, daß sie nur soviel von dem Geld haben will, wie sie braucht, um die Zukunft des kleinen Bill zu sichern. Wir sollen uns dann den Rest teilen. Aber natürlich will Vati davon nichts wissen. Seine Liebe zum kleinen Bill ist wirklich rührend, und der Kleine mag ihn auch sehr — er nennt ihn ‚Onkel Anton‘. Zur Zeit versucht Vater, ihm ein Modellflugzeug zu basteln, und das bedeutet, daß sie Freunde fürs ganze Leben sind, jedenfalls soweit es Bill betrifft.“

Mit der Zeit gab es dann auch aus der Familie vieles zu berichten. „Mutter macht sich ganz großartig“, schrieb sie voll Freude. „Einmal in der Woche hält sie einen ‚Missions-Nähkreis‘. Dafür bringen wir sie immer auf das Sofa hinüber. Sie hat das Interesse aller Frauen in unserer Nachbarschaft dafür gewinnen können. Sie kommen jetzt regelmäßig, und sie achtet darauf, daß jede von ihnen ein Traktat bekommt, bevor sie das Haus wieder verlassen. Mutter ist überzeugt, daß das ein Weg ist, den Frauen den Heilsweg Gottes aufzuzeigen. Vater besorgt die Traktate für sie, und sie nehmen sich beide viel Zeit dafür, sie gemeinsam durchzulesen ... Und dann ist da natürlich die Gebetsversammlung, die am Donnerstagabend jeder Woche im Wohnzimmer gehalten wird. Ich muß gestehen, John, daß ich zwar um die Bekehrung meiner Mutter und meines Vaters regelmäßig gebetet habe, aber niemals soviel Glauben hatte, zu erwarten, daß ich je eine Gebetsversammlung in unserem Haus erleben würde. Das alles zeugt davon und beweist, welche Macht und Wirkungen die Gnade unseres Herrn Jesu hat. Und unsere Familienandachten sind eine große Freude. Vater nimmt die Bibel und liest uns jeden Morgen ein Kapitel und am Abend noch eins, und dann halten wir miteinander Gebetsgemeinschaft. In der Regel sind wir dabei zu dritt, obwohl Mary und Philip auch ziemlich oft dabei sind, und das sind dann immer unvergeßliche Stunden der Gemeinschaft. Manchmal wünschte ich mir, du könntest hören, wie Vater und Mutter für dich beten — es würde dir große Freude machen ... Und was mich betrifft, mein Liebster, brauche ich dir nicht zu sagen, daß ich beständig für dich bete, aber wenn ich mich einmal davonstehlen kann in die Stille meiner eigenen vier Wände, dann knie ich nieder vor unserem Heiland und befehle dich ihm an; und dann ist es mir immer so, als wäre ich dir noch näher gekommen. Vielleicht kommt es daher, daß ich weiß, daß er dir ebenso nahe ist wie mir. Seit du weggefahren bist, John, ist mir der Herr noch kostbarer geworden. Ich lese jeden Tag das 8. Kapitel im Römerbrief, obwohl ich es kaum noch aufzuschlagen brauche, weil ich das alles auswendig weiß; aber jedesmal, wenn ich da hineinschaue, entdecke ich neue Schätze in jenen wunderbaren Worten ...“

Sie mußte ihm auch erzählen, was bei ihren häufigen Besuchen bei den Jacksons herauskam. „Soweit ich sehen kann, scheint die Bekehrung von Herrn und Frau Jackson weiter entfernt als je“, schrieb sie ihm. „Aber sie sind immer sehr erfreut, Briefe von dir zu erhalten. Sie scheinen es dankbar zu würdigen, daß du dir die Zeit nimmst, ihnen trotz deiner vielen anderen Pflichten zu schreiben. Ich hoffe sehr, daß meine Besuche ihnen irgendwie eine Hilfe sind. Aber wir müssen weiter darum beten, daß sie auch zu derselben Hoffnung gelangen, die wir durch den Herrn Jesus haben: daß wir eines Tages Doreen wiedersehen werden. Wir beten auch immer noch für Rodger, daß er auf irgendeine Weise doch noch zum Glauben an Jesus, unseren Herrn, gebracht wird. Dann erst wird, wie Mutter immer sagt, der Kreis unserer Familie vollzählig sein. Ich habe das untrügliche Gefühl, daß unsere Gebete einmal durch dich, lieber John, erhört werden, obwohl du ihm bisher noch nicht begegnet zu sein scheinst . . . "

Johns Briefe waren voll packender Schilderungen über das Land und die Leute und seine Arbeit dort, die er aus ganzem Herzen tat. „Obwohl mir viele der Eingeborenendörfer und Orte von früher her vertraut sind", schrieb er, „ist mir in gewissem Sinne alles doch neu. Ich sehe alles jetzt mit ganz anderen Augen an. Früher war ich blind, Jennifer — wie blind ich war, habe ich nie gewußt, bis das Licht der ‚Frohen Botschaft' in mein Herz kam. Nun kann ich nur Gott danken, daß ich sagen kann: ‚Wo ich blind war, bin ich jetzt sehend.' Ich kann die große geistliche Not dieser Menschen sehen, und ihnen gehört mein ganzes Herz. Ich möchte ihnen allen zu der Erkenntnis verhelfen, daß es einen Gott gibt, der sie liebt, einen Heiland, der für sie starb — und sie hören so begierig zu. Ich wünschte, du könntest sie einmal sehen — die vielen gespannten, dunklen Gesichter, die uns jedesmal umgeben, wenn wir ihnen die Geschichten aus den Evangelien erzählen. Wenn ich sie so ansehe, kann ich nicht umhin, an die vielen Tausende zu denken, die in unserem eigenen Land der Botschaft so gleichgültig gegenüberstehen, während diese Menschen uns so dringend bitten, zu ihnen zu kommen und ihnen vom Heiland zu erzählen. Wir haben nicht genügend Mitarbeiter auf dem Missionsfeld! Aber wenn ich daran denke, wie oft ich selber das Evangelium gehört habe und wie lange ich den Ruf des Herrn Jesus, der um meine Seele warb, zurückwies, fühle ich mich sehr gedemütigt. Ich kann ihm nur für die Gnade danken, die mich gerade so annahm, wie ich war — ein elender Sünder — und mich zu einem Kind Gottes machte; dann weihe ich mich immer wieder aufs neue für seinen Dienst."

Dann kamen Briefe, die ihr erzählten, wie er in noch unerforschte oder wenig bekannte Gebiete mit dem Evangelium vordrang.

„Jetzt beginne ich zu begreifen, warum es Gott gewollt hat, dich zu Hause zurückzulassen, Jennifer. Diese Pionierarbeit muß getan werden, aber das ist hier kein Platz für eine Frau. Dies ist eine Arbeit für Männer. Es gibt so viele Gefahren und Strapazen, aber trotz alledem liegt für mich soviel Freude in dieser Arbeit, daß ich es gar nicht in Worten ausdrücken kann. Ich fühle mich, als fange ich erst jetzt richtig zu leben an — es ist großartig, am Leben zu sein, wenn du dein Leben so in den Dienst für Gott stellen kannst . . . Und doch gibt es Zeiten, meine Liebste, da sehne ich mich danach, dich bei mir zu haben, und mein Herz schreit nach dir zum Herrn. Aber seine Gnade reicht immer aus, und es ist wahr, was unser Vers sagt — ‚in alledem überwinden wir weit durch den, der uns geliebt hat'. Ich höre niemals auf, ihm zu danken, Jennifer, daß du mich so liebst und zu mir hältst, und für den Ansporn, den ich durch deinen Glauben erfahre. Ich habe die feste Zuversicht, daß eines Tages unsere sehnlichsten Hoffnungen in Erfüllung gehen werden. Wenn unsere Prüfungszeit vorbei ist, werden wir vielleicht einander wiedergegeben, um auf ruhigeren Feldern für den Herrn gemeinsam zu arbeiten. Wir wissen aber immer, daß wir uns völlig seinen göttlichen Händen überlassen können. Sein Weg ist der beste . . ."

Jennifer hob diese Briefe wie einen kostbaren Schatz auf und vergoß manche heimliche Träne, wenn sie darin las und immer wieder las, während sie auf die nächste Post wartete.

Aber die Briefe kamen nicht sehr regelmäßig, und

manchmal dauerte es Wochen, bis sie wieder von ihm hörte.

Doch in jedem Brief war derselbe Ton des Lobes und des frohen Zeugnisses zu spüren, obwohl sie wußte, daß diese Briefe oft unter schwierigen äußeren Bedingungen und bei großer körperlicher Schwäche geschrieben waren. Getreu seinem Versprechen versuchte er nicht, irgend etwas von den Schwierigkeiten vor ihr zu verbergen — die kräftezehrende Wirkung des tropischen Klimas, die unaufhörlichen Anforderungen an einen immer überarbeiteten Körper. Manch ein Mitarbeiter war gezwungen, die Arbeit auf dem Missionsfeld aufzugeben, weil Kräfte und Gesundheit von den tropischen Bedingungen angegriffen und aufgezehrt waren.

„Ein jeder, der das Missionsfeld verlassen muß", schrieb John, „vermehrt noch die Last, die schon so schwer auf uns liegt und die wir nur durch Gottes Gnade noch weiter tragen können. Die Not ist so groß! Sicherlich sind daheim noch sehr viele junge Menschen, die der Herr Jesus zu dieser großen Arbeit ruft. Bete bitte, daß er weiter Arbeiter hinaussendet, um diese Ernte der nach Gott suchenden Seelen einzubringen . . . Und bete bitte auch weiter für mich — es würde mir das Herz brechen, wenn ich diese meine Arbeit unvollendet zurücklassen müßte. Ich kann dir gar nicht sagen, Jennifer, wie oft mich nur noch deine Gebete aufrecht erhalten haben, wenn sonst meine Kraft dahingewesen wäre. Wenn die Christen daheim sich nur vorstellen könnten, wieviel ihre Gebete im Leben und in der Arbeit des Missionars zählen — "

Jennifer, die Johns Sehnen um die Rettung der Verlorenen teilte, betete dann noch ernsthafter darum, daß Gott ihm Gnade schenken möchte, das Werk fortzuführen, zu dem er ihn berufen hatte. Jennifer war die Gewißheit geworden, daß der Herr Jesus ihren John zu einer ganz besonderen Aufgabe erwählt hatte. Der Herr würde sein Werkzeug nicht beiseite legen, bis diese Arbeit getan war.

Sie hatte es schon bei ihrer ersten Begegnung empfunden — an dem Tag, als sie ihm das Traktat angeboten hatte, dort vor der Kathedrale in der großen Geschäftsstraße, als eine Gruppe junger Menschen eine Versammlung im Freien abhielt.

Sie war dessen noch gewisser gewesen, als sie mit wehem Herzen zusehen mußte, wie er Gott den Rücken kehrte, um ein Leben in Sünde und Genuß zu führen . . .

Und sie wußte es jetzt, obgleich es für sie die Trennung bedeutete, die keiner von ihnen gewählt hätte, wenn es in ihrer Macht gelegen hätte, den Kurs ihres Lebens selbst zu bestimmen. Sie wußte, daß Gottes Liebe John Lynton gesucht, gefunden und errettet hatte, daß er diese Rolle in dem großen göttlichen Heilsplan nach seinem Willen erfüllen konnte. Aus tiefstem Herzen lobte sie Gott dafür, obwohl dies für sie beide bedeutete, täglich das Kreuz auf sich zu nehmen, um ihm zu folgen. Aber hinter dem allen lag die unerschütterliche Gewißheit, daß „denen, die Gott lieben, alle Dinge zum Besten dienen, denen, die nach dem Vorsatz berufen sind". Eines Tages, das wußte sie, würde Gottes Absicht klar zutage treten, und sie würden wissen, daß er alles wohl gemacht hatte. Aber im Augenblick mußten sie ihm völlig vertrauen, auch wenn sie nichts sehen konnten . . .

Nach einiger Zeit sprach John in seinen Briefen von einer neuen Aufgabe, die riesengroß vor ihm aufstieg.

„Unsere Arbeit ist unvollkommen, weil wir den Eingeborenen keine Bibel, nicht einmal einen Teil von ihr, in ihrer Sprache in die Hand geben können. Nur wenige Mitarbeiter sind mit dieser Sprache genügend vertraut, um sich an eine Übersetzung zu wagen. Aber wie du weißt, habe ich niemals Schwierigkeiten mit der Sprache gehabt — es scheint mir alles ganz von selbst zuzufallen. Alle auf der Missionsstation meinen, daß der Herr mir eine besondere Begabung in dieser Richtung verliehen hat. Darum habe ich mich entschlossen, mich ganz auf die Übersetzung des Lukasevangeliums zu konzentrieren. Es wird wunderbar sein, wenn es dann gedruckt und verteilt werden kann, und ich meine, gar nicht schnell genug darangehen zu können, aber natürlich müssen auch ebensoviele andere Dinge noch getan werden; so kannst du dir denken, daß ich vollauf beschäftigt bin . . . "

Bei dieser Nachricht sprang Jennifers Herz vor Freude. Vielleicht begann an dieser Stelle Gottes Plan sich zu entfalten — vielleicht war gerade deshalb John in die Mission gerufen worden. Er mußte eine natürliche Begabung für Sprachen gehabt haben, daß er sich während der drei Jahre, als er sich während des Krieges in jenen Gebieten aufhielt, sich so viel von der Sprache angeeignet hatte. Jetzt sollten die Kenntnisse, die er dort gesammelt hatte, in einer ganz gezielten Weise zur Förderung des Evangeliums eingesetzt werden. Eben das war es, was er sich schon immer gewünscht hatte.

Aber es war eine lange und ermüdende Arbeit, und manchmal ließ er anklingen, daß sie für seine Augen eine große Anstrengung bedeutete.

„Ich preise Gott dafür, daß ich jetzt nicht im geringsten irgendwelche Sorgen mit meinen Augen habe, was ja mein besonderer Kummer war, als ich mich früher schon einmal in den Tropen aufhielt. Aber die angespannte und sorgfältige Arbeit ist ziemlich ermüdend, darum brauche ich deine Gebete mehr denn je, meine Liebste. Manchmal werde ich ganz ungeduldig und kann gar nicht erwarten, die Übersetzung endlich zu beenden. Ich bleibe aber dran und müßte sie eigentlich schon bald geschafft haben. Obwohl diese Arbeit einerseits so ermüdend ist, Jennifer, bin ich doch reich gesegnet worden. Wenn du das Wort Gottes in der gewohnten Weise liest, ist es so leicht, an seiner tiefen, verborgenen Bedeutung vorbeizulesen. Da ich aber gezwungen bin, jedes Wort bis ins letzte auszuwägen, um seine Bedeutung wirklich treffend in der neuen Sprache auszusagen, habe ich so viele geistliche Schätze zutage gefördert, daß es mir fast ein neues Buch ist."

Jennifer wartete mit Spannung auf den Brief, der ihr endlich die Vollendung dieser Arbeit mitteilen würde, aber er kam nicht. Natürlich war die Post nie sehr regelmäßig gekommen, und anfangs empfand sie auch keinen Grund zur Besorgnis, aber als eine Woche nach der anderen verging und immer noch kein Lebenszeichen von John eintraf, schien ihr dieses lange Schweigen Unheil zu künden.

Sie wußte, daß inzwischen mindestens einmal Luftpost mitgekommen war, aber es war nichts für sie dabei. Er hatte versprochen, es sie wissen zu lassen, sobald die Übersetzung abgeschlossen war, und sicher würde er dieses Werk inzwischen auch fertig haben, wenn nicht — irgend etwas geschehen war . . .

All die vielen dunklen Ahnungen der langen Wochen des Wartens stürmten jetzt wieder auf sie ein, und eine plötzliche Furcht ergriff sie. Sie fühlte sich krank und elend. Irgend etwas mußte John zugestoßen sein — irgend etwas war passiert.

Wenn sie ihn nur sehen, ihm nur nahe sein könnte — oder wenigstens nur einen Brief von ihm bekäme, das würde doch wenigstens etwas sein. Aber auch heute ging der Postbote auf der gegenüberliegenden Straßenseite vorüber. Was war geschehen? Es blieb ihr nichts anderes übrig, als ruhig abzuwarten . . .

In dieser großen Not, die ihr eine fast unerträgliche Last von Furcht und Sorge aufs Herz legte, suchte sie den einen auf, der ihr schon in früheren Zeiten Zuflucht und Stärke gewesen war, als dunkle Wolken ihren Lebenspfad beschattet und Stürme sie bedroht hatten. Zu seinen Füßen fand sie Trost und einen Frieden, der tiefer lag als die vergänglichen Dinge des Lebens, die Sorge und Not über uns bringen . . .

Was konnte John zugestoßen sein? Sie wußte es nicht; aber sie lenkte ihre Gedanken wieder dem 8. Kapitel des Römerbriefes zu und las die Worte noch einmal — so vertraut, und doch in dieser Krise des Lebens wieder so neu . . . „Wer kann uns scheiden von der Liebe Gottes? Trübsal, oder Angst, oder Verfolgung, oder Hunger, oder Blöße, oder Fährlichkeit oder Schwert? Nein, in alledem überwinden wir weit durch den, der uns geliebt hat ..." Dann konnte nichts geschehen, das imstande wäre, sie von Jesus, ihrem Herrn, zu scheiden!

Und so vergingen die Tage. Jennifer stand gewöhnlich an der Tür, wenn der alte Postbote die Straße entlang kam, obwohl er anscheinend nie mehr für sie mitbrachte als ein heiteres Lächeln.

Aber am Ende wurde ihre Geduld doch einmal belohnt. Eines Nachmittags kam er zum Haus Nummer 84 herüber und hielt einen umfangreichen Briefumschlag in der Hand.

„Na endlich, Fräulein Deane", rief er triumphierend aus, „ein Luftpostbrief für Sie!"

Jennifers Herz pochte wild,und eine heiße Röte stieg ihr in die Wangen, als sie mit zitternden Händen den Brief in Empfang nahm. Eine Welle der Dankbarkeit und Erleichterung durchflutete sie. Die langen, bangen Wochen des Wartens waren vorüber — er hatte wieder geschrieben ...

Den Brief fest an ihre Brust gedrückt, eilte sie ins Haus und hastete die Treppen hinauf. Dem lebhaftem Stimmengewirr im Wohnzimmer schenkte sie keine Beachtung. Dort tagte noch der Nähkreis ihrer Mutter. Jennifer ging in ihr Zimmer und schloß die Tür hinter sich.

So lange hatte sie auf diesen Brief gewartet. Sie mußte ihn jetzt gleich lesen — allein.

Sie setzte sich aufs Bett und drehte den Briefumschlag gespannt in ihren Fingern. Dann starrte sie ihn halb erstaunt, halb erschrocken an — denn das war ja gar nicht Johns Handschrift! Der Brief war an sie adressiert, darüber bestand kein Zweifel, aber John hatte das nicht geschrieben. Obgleich ihr diese Handschrift bekannt vorkam — sie hatte sie nur jahrelang nicht gesehen —, wußte sie es sofort. Der Brief kam von Rodger — Rodger hatte endlich geschrieben!

33

Als sie sich von diesem ersten Schreck der Enttäuschung erholt hatte, dämmerte in Jennifer die Erkenntnis auf, daß der Brief da in ihrer Hand von ungeheurer Bedeutung sein müsse. Die ganze Zeit seiner Abwesenheit hatte Rodger nicht ein einziges Mal geschrieben — warum schrieb er jetzt? Dazu noch an sie!

Sie hatten sich nicht gerade unter den glücklichsten Umständen getrennt, erinnerte sie sich. Wenn er überhaupt mit der Familie wieder in Verbindung treten wollte, war es sehr fraglich, daß er ausgerechnet an sie schreiben sollte. Warum hatte er nicht an Mutter geschrieben?

Es war ein langer Brief, von dem dicken Umschlag her zu urteilen. Was hatte ihn zum Schreiben bewogen? Ob er — vielleicht John getroffen hatte? Sie hielt bei diesem Gedanken unwillkürlich die Luft an. Vielleicht standen Nachrichten über John in diesem Brief . . .

Voller Spannung riß sie den Umschlag auf und nahm mehrere engbeschriebene Bogen heraus. Ein kurzer Blick auf die Unterschrift war kaum nötig. Ja, der Brief kam von Rodger. Sie begann zu lesen . „Liebe Jennifer", lautete er. „Ich kann mir deine Überraschung vorstellen, diesen Brief nach so langer Zeit von mir zu bekommen, aber mehrere Dinge haben sich vor nicht langer Zeit ereignet, die mich veranlaßt haben, dir zu schreiben.

Zuallererst muß ich dir sagen, daß ich John Lynton getroffen habe, und er hat mich gebeten, eine Botschaft an dich weiterzugeben. Er kann selbst im Augenblick nicht schreiben, aber er ist unversehrt — und die Botschaft lautet ‚Römer 8 Vers 37': Er sagt, du würdest schon wissen, was er damit meint."

Einen Augenblick lang verschwammen die Worte vor ihren Augen. John war in Sicherheit. Das schien ihr im Augenblick das Wichtigste zu sein. Diese plötzliche Befreiung von der schweren Last der Angst und Sorge, die sie so lange mit sich herumgetragen hatte, machte sie im Augenblick ganz schwach.

Aber hier ging es doch noch um mehr als nur das. Unter welchen Umständen hatten sich die beiden getroffen? Was hatte Rodger nun wirklich zum Schreiben bewogen?

Sie nahm den Brief wieder auf und begann weiter zu lesen.

Das Stimmengewirr im Nebenzimmer wurde immer leiser, als Jennifer, völlig in ihren Brief vertieft, alles andere um sich herum vergaß.

„Das ist eine lange Geschichte", hatte Rodger geschrieben, „ich weiß kaum, wo ich da anfangen soll; aber ich nehme an, du willst gern wissen, wie ich John begegnet bin.

Also, das war so: Im Zuge meiner Arbeit hier draußen lege ich ziemlich große Entfernungen zurück und komme mit vielen Menschen an verschiedenen Orten in Berührung.

Ich besuchte gerade einen unserer Männer, der wegen eines Fieberanfalles ins Krankenhaus gekommen war, als der Patient im nächsten Bett mich zu sich heranrief.

Ich ging zu ihm hinüber und entdeckte zu meinem großen Erstaunen, daß es John war. Er war der letzte, den ich hier draußen erwartet hätte!

John konnte mich nicht sehen — er trug eine dicke Binde über seinen Augen —, aber er hatte mich an der Stimme erkannt.

Wir hatten ein langes Gespräch, und er teilte mir alle Neuigkeiten aus der Familie mit. Ich freute mich, als ich erfuhr, daß ihr beide verlobt seid und heiraten wollt — ich habe John schon immer gern gemocht, das weißt du ja.

Und dann hat er mir schließlich auch seine Geschichte erzählt, und um ehrlich zu sein, Jennifer, seitdem bin ich nicht derselbe geblieben. Es überraschte mich schon genug, als ich erfuhr, daß John Christ geworden war und alles verlassen hatte — dich eingerechnet —, um in die Missionsarbeit hinauszugehen.

Seit ich hier draußen bin, habe ich einige Missionare getroffen und habe gelernt, sie wegen ihrer aufopferungsvollen Arbeit zu bewundern. Ich habe ihnen meine Hochachtung gezollt, und so war ich darauf vorbereitet, dies ohne großen Kommentar zur Kenntnis zu nehmen.

Als ich aber erfuhr, wieviel John dieser Dienst als Missionar gekostet hatte, war ich tief bewegt und erschüttert.

Was ich dir jetzt zu schreiben habe, wird ein großer Schock für dich sein, Jennifer, aber ich will versuchen, es dir so schonend wie möglich beizubringen. Ich habe John versprochen, es dir so zu sagen, daß es ein nicht zu harter Schlag für dich wird. Ich fürchte, wenn du erst die Wahrheit weißt, wirst du genauso entsetzt sein wie ich.

Du weißt ja, daß er an der Übersetzung eines Teiles der Bibel arbeitete, und er hat dir wahrscheinlich auch gesagt, daß ihm seine Augen ziemlichen Kummer machten. Er hat diese Arbeit fertigstellen können.

Soweit ich die Geschichte übersehen kann, ist dann folgendes geschehen: Als er gerade einmal nicht aufpaßte, steckten ein paar feindliche Eingeborene seine Hütte an, und er stürzte in das schon lichterloh brennende Haus, um sein wertvolles Manuskript zu retten. Er brachte es auch noch glücklich heraus.

Ob es nun die Hitze oder der Rauch oder der Schock dieses furchtbaren Erlebnisses war, weiß niemand sicher zu sagen; es bleibt jedenfalls bittere Wirklichkeit, daß John seitdem völlig erblindet ist. Die Ärzte hier sehen leider keinerlei Hoffnung, daß er sein Augenlicht jemals wiedererlangt.

Da er sich jetzt so weit erholt hat, daß er reisefähig ist, schicken sie ihn nach Hause zurück, um die Meinung eines Augenspezialisten für diesen Fall einzuholen.

Liebe Jennifer, mach dir lieber keine Hoffnung, weil es mit Sicherheit so aussieht, als sollte er für den Rest seines

Lebens blind sein. Ich bin so offen zu dir, Jennifer, weil ich sicher bin, daß du gern die ganze Wahrheit erfahren willst.

Ich brauche dir natürlich nicht zu sagen, daß er diese schlimme Eröffnung gefaßt aufgenommen hat. Ich versuchte, ihm mein Mitgefühl auszudrücken, merkte aber bald, daß Mitleid hier nicht nötig war.

John sagte mir, es gäbe Schlimmeres als körperliche Blindheit — aber für mich schien es nichts Schlimmeres geben zu können. Ich konnte mir nichts Schlimmeres vorstellen, als gezwungen zu sein, in ewiger Nacht und völliger Finsternis durch dieses Leben zu gehen. Schon der Gedanke daran läßt mich erschauern.

John aber sagte: ‚Es gibt Schlimmeres — die Finsternis einer Ewigkeit ohne Christus. Sie denken, ich bin blind, aber ich habe ein Licht in meinem Herzen, das mich fähig macht, die Dinge zu sehen, die ewig sind. Und darum kommt es auf das, was ich nicht sehen kann, gar nicht so sehr an.'

Ich muß dir gestehen, daß ich nicht die geringste Ahnung hatte, was er damit meinte. Aber ich fragte ihn, ob ich denn nicht irgend etwas für ihn tun könne, da bat er mich, dir diese Botschaft zu senden: ‚Römer 8 Vers 37.'

Das alles war für mich zu der Zeit noch ein völliges Rätsel, und ich entschloß mich, herauszufinden, was hinter dieser sonderbaren Botschaft steckte.

Ich fand eine Bibel unter den Büchern, die John mir gab, um sie für ihn durchzusehen; und als ich mich vergewissert hatte, daß niemand in der Nähe war, schlug ich sie auf. Ich las diesen Vers mehrere Male durch, bis ich seine wahre Bedeutung zu begreifen begann: ‚In alledem überwinden wir weit durch den, der uns geliebt hat.'

Es erschien mir völlig abwegig, aber es war tatsächlich so: da lag ein Mann, der von sich behauptete, mitten in seiner Blindheit ‚weit zu überwinden'.

Es war aber die Wahrheit. Ich wußte es. Sein Glaube hatte den Sieg davongetragen und triumphiert.

Von da an wußte ich, daß eine religiöse Bindung, die so etwas für einen Mann tun konnte, etwas Lohnendes sein müsse. In jener Nacht habe ich mich den Dingen gestellt und sie durchgefochten, Jennifer. Ich wußte: Wenn ich mein Augenlicht verloren hätte, würde ich alles verloren haben. Ich wäre wahnsinnig geworden bei dem Gedanken, nie mehr einem Menschen ins Angesicht sehen zu können, und daß ich für immer von dem Licht und der Schönheit der Welt, die mich umgibt, ausgeschlossen sein sollte.

Dann kam der Schrecken einer großen geistlichen Finsternis über mich, und ich wußte, daß John recht hatte. Es gab etwas viel Schlimmeres als physische Finsternis, und ich schreckte voller Grauen davor zurück. Es war die Finsternis des Gerichts und des Zornes Gottes, den ich als schuldiger Mensch verdient hatte.

In meiner großen Not ging ich zu John zurück, und so merkwürdig es klingen mag, Gott gebrauchte einen Blinden, um mir das Licht zu zeigen.

Ich kann dir jetzt sagen, daß ich den Herrn Jesus Christus als meinen Heiland angenommen habe und mich mit dir und John und allen, die in Christus sind, daran freue, zu wissen, daß meine Sünden vergeben und mir ewiges Leben geschenkt ist.

Wenn ich daran denke, wie ich dir damals, als du als erste von uns Christin wurdest, das Leben schwer zu machen versuchte, kann ich dich nur tief beschämt um Vergebung bitten.

Ich wußte damals nicht, was ich tat. Doch, um ganz ehrlich zu sein, ich glaube, ich versuchte damals nur mein eigenes Gewissen zu ersticken, das durch die heftige Wirkung deines veränderten Lebens und deines Zeugnisses für Christus aufgeschreckt worden war.

In den letzten Wochen habe ich viel Zeit bei John zugebracht. Er hat mir gezeigt, was es bedeutet, sein neugefundenes Heil im praktischen Leben als Christ zu bewähren. Es sind so viele Dinge, die ich in Ordnung bringen muß.

Zuallererst muß ich mich bei Vater entschuldigen. Jetzt

erst kann ich verstehen, was es ihn gekostet haben muß, sein Unrecht einzugestehen und jenes Geld zurückzuzahlen. Ich bete darum, daß ich auch so tapfer in meinem Zeugnis für Christus sein kann. Es ist mir auch klar, daß ich die vier Jahre, die ich jetzt hier draußen bin, mich von meiner Verantwortung gegenüber der Familie gedrückt habe. Ich hoffe aber, daß ich das bald — wenigstens etwas — wiedergutmachen kann. Ich habe vor, mit der nächsten Post an die Eltern zu schreiben, aber vielleicht kannst du ihnen inzwischen diesen Brief zeigen.

Ich kann noch nicht sagen, wann ich euch alle einmal wiedersehen werde. Ich hatte schon daran gedacht, mit John nach Hause zu kommen, aber er braucht mich jetzt nicht — einer der Missionare, der auf Heimaturlaub fährt, kümmert sich um ihn.

Darum habe ich mich entschlossen, vorerst noch hierzubleiben. Diese Tage auf den Inseln sind von großer Bedeutung. Ich habe mich um eine Stellung in der Verwaltung beworben, und es sieht so aus, als hätte ich damit auch Erfolg. Wenn es dazu kommt, könnte ich meinen Einfluß dahingehend geltend machen, daß die Interessen der Eingeborenen im Blick auf den christlichen Glauben wahrgenommen werden und die Missionsarbeit sich ausdehnen kann. Bei diesen Ölgeschäften ist natürlich mehr Geld zu verdienen, aber ich habe das Empfinden, auf diese Weise dem Herrn besser dienen zu können.

Nun, Jennifer, ich denke, für den einen Brief reicht es jetzt, es ist vielleicht sogar zu viel geworden, aber ich dachte, du würdest gern die ganze Geschichte hören.

John wird bald nach Hause kommen, nachdem dieser Brief dich erreicht hat. Er legt den größten Teil der Reise mit dem Flugzeug zurück. Danach kann ich mir sehr wohl denken, was ihr als Nächstes tun werdet. Darum richte ich es so ein, daß ich euch einen Scheck als Hochzeitsgeschenk für euch beide schicke. Ich dachte, ihr könntet euch davon vielleicht ein Auto kaufen — dann würde es euch viel leichter fallen, überall hinzukommen.

Es wird für dich anfangs sicher schwer sein, Jennifer, auch in diesem Unglück eine weise Absicht Gottes zu sehen, aber vielleicht tröstet dich dabei das eine, zu wissen, daß es mindestens einen gibt, der Gott für Johns Blindheit danken kann, und dieser eine ist dein dich liebender, aber unwürdiger Bruder

Rodger."

Lange Zeit starrte Jennifer auf den Brief, wie betäubt. Es war ihr, als sei nur ein einziges Wort über jede Seite dieses so engbeschriebenen Briefes geschrieben: Blind — blind — !

Nichts sonst von alledem, was sie gelesen hatte, schien Eingang in ihr erschrockenes Bewußtsein gefunden zu haben.

Blind — John war blind . . . Nein, das konnte doch nicht sein. Diese Augen — diese strahlenden Augen . . .

Zuweilen war es ihr gewesen, als spiegele sich sein innerstes Herz in diesen Augen. Wie oft hatten ihr diese Augen Dinge gesagt, für die es keine Worte gab.

Blind — ! Der Brief entglitt ihren zitternden Fingern und flatterte zu Boden. Dann warf sie sich mit einem herzzerreißenden Aufschrei auf ihr Bett.

„O Gott", flüsterte sie.

Ihre Augen waren blind vor Tränen, und sie konnte nicht den Sinn dieses entsetzlichen Unglücks einsehen, das sie so unversehens getroffen hatte. Dann aber wurde ihr innerer Blick wieder klar, und auf ihrem Weg, auf dem noch die Tautropfen des Kummers glitzerten, sah sie jetzt den strahlenden Glanz der Verheißungen Gottes:

„Ich bin das Licht der Welt; wer mir nachfolgt, wird nicht wandeln in der Finsternis, sondern wird das Licht des Lebens haben . . . "

Johns Glaube strahlte ihr wie ein Leuchtfeuer in dieser dunklen Stunde auf. Sein Glaube war aus dem allen als Sieger triumphierend hervorgegangen. Er hatte ihr das Losungswort gesandt . . . „Wer mag uns scheiden von der

Liebe Gottes? Trübsal ...? Nein, in alledem überwinden wir weit durch den, der uns geliebt hat."

Jennifer richtete sich auf und trocknete ihre Tränen. „Wer mag uns scheiden — ?" Niemand — nichts konnte sie jemals trennen von der Liebe Christi.

Und wer konnte sie beide jetzt noch trennen? Die Zeit des aktiven Dienstes in der Mission draußen war für John jetzt vorüber. Nichts stand ihrer Hochzeit noch im Wege. Sie würden heiraten, sobald er zurückkäme.

John brauchte sie jetzt so sehr... Sie konnte ihn trösten, für ihn sorgen, ihm helfen, einen neuen Wirkungskreis zu finden, in dem er sich nützlich machen konnte. Diese Rolle würde sie als John Lyntons Frau spielen. Konnte sie das? Jennifer wußte es, daß sie es konnte, in der Kraft dessen, in dessen Namen sie schon andere Siege errungen hatte.

Dann schien es Jennifer, als erhalte ihr Glaube darin eine Antwort, daß ihr ein kurzer Blick auf das letzte Muster vergönnt war, in das die Fäden ihres und Johns Lebens zusammenliefen. Alles, was dem vorausgegangen war, hatte sicher dazu dienen müssen, sie beide auf diese Stunde vorzubereiten.

Wenn sie zusammen auf das Missionsfeld hinausgegangen wären, wären sie vielleicht beide angeschlagen und hilflos zurückgekommen. Eine weise Hand hatte sie daheim zurückgehalten ...

Jetzt konnte sie ihren Platz an seiner Seite einnehmen, mit all ihren Fähigkeiten, sein Leben hilfreich zu ergänzen. Das war eine Aufgabe, die ihr alles abverlangte, was sie an Kraft, Geduld und unermüdlicher Liebe zu geben hatte. Hatte sie dieses Geheimnis nicht gelernt, als sie ihre Mutter in ihrer Schwachheit pflegte und den Sieg über den alltäglichen, eintönigen Rhythmus des Lebens erringen durfte?

Ja, auch in all diesen Dingen durfte sie weit überwinden ...

Es war genau eine Woche später. Jennifer stand auf dem Bahnsteig, als der Zug einfuhr. Vor zwei Jahren hatte sie den Zug abfahren sehen, der ihr den Mann davontrug, den sie so sehr liebte. Vieles war seitdem geschehen, und doch war es ihr, als sei das alles erst gestern gewesen.

Gespannt suchten ihre Augen, die Gesichter der ersten Reisenden zu erkennen, die aus dem Zug ausstiegen. Er hatte sie auf Gottes Ruf hin verlassen. Jetzt kam er zurück zu ihr, seine Aufgabe war vollendet, und er trug die Zeichen eines Mannes, der in treuer Gefolgschaft seines Meisters sein eigenes Leben nicht wertgeachtet hatte . . .

Eine hohe, schlanke Gestalt stieg jetzt aus dem Zug, den Arm gestützt auf seinen Begleiter, der ihn untergefaßt hielt; die beiden Männer blieben einen Augenblick auf der Stelle stehen. Der jüngere der beiden Männer, der eine dunkle Brille trug, hob erwartungsvoll den Kopf.

Ein leises Murmeln lief durch die kleine Schar derer, die sich zu seinem Empfang auf dem Bahnsteig versammelt hatten. Unwillkürlich wandten sich aller Blicke von ihm weg zu der einsamen Gestalt der jungen Dame, die für niemand sonst einen Blick hatte als für den Mann, der da vor ihr stand. Alle machten ihr Platz, als sie auf ihn zuging.

„John“, rief sie.

„Jennifer!“

Und im nächsten Augenblick lagen sie sich in den Armen.

34

Und dann kam Jennifers Hochzeitstag. Obwohl es nur eine Hochzeit in aller Stille sein sollte, herrschte in der Wohnung Prospektstraße Nr. 84 große Aufregung und Geschäftigkeit.

Das bewiesen besonders Mary Matthews und Frau Worthy. Tatsächlich schienen diese beiden alle Fäden und die ganze Organisation in Händen zu haben. Mary war eifrig dabei, die Tafel im Wohnzimmer für das Hochzeitsessen zu richten.

Die Trauung sollte in der kleinen Kirche, in der John seine Bekehrung erlebte und so viele gute Freunde gewonnen hatte, stattfinden.

„Glauben Sie wirklich, daß Frau Deane heute nachmittag mit in die Kirche geht? " fragte Mary plötzlich.

Grace Worthy war eben dabei, die letzte Schale mit Rosen herzurichten, die dem Raum Farbenpracht und Duft verliehen.

Sie blickte zu Mary auf. „Ja, das glaube ich wirklich", sagte sie mit Nachdruck. „Frau Deane ist eine tapfere Frau und ist der Meinung, daß ein Invalide auf einer Hochzeit schon genug ist — obwohl John, genau genommen, kein Invalide ist."

„Nein, das ist er wirklich nicht", beeilte sich Mary zu erwidern.

„Bei alledem, was er so macht — manchmal fällt es wirklich schwer zu glauben, daß er blind ist. Philip hat mir erzählt, als er neulich an der Universität zu den Studenten sprach, hätten sie ihm begeistert zugehört. Als er dann mit seiner Predigt und seinem Aufruf an sie zu Ende war, haben mehrere Studenten ihren Glauben an Christus bekannt, und zwei haben sich für die Mission zur Verfügung gestellt. Philip meint, dies sei der Anfang einer großen Erweckung an der Universität."

„Ja, John scheint ein von Gott begnadeter und begabter Redner zu sein, und ich glaube, der Herr wird ihn trotz seiner schlimmen Behinderung weiter gebrauchen. Aber", fügte sie nachdenklich hinzu, „manchmal frage ich mich wirklich, ob er nicht sein Augenlicht eines Tages wiederbekommen wird."

Mary schüttelte den Kopf. „Darüber reden sie nicht — keiner von beiden. Ich glaube, sie haben alles dem Herrn übergeben und sind gern bereit, seinen Willen anzunehmen, was auch kommen mag. Aber, Frau Worthy, haben Sie nicht bemerkt, daß das, was John körperlich verloren hat, ihm auf andere Weise erstattet worden ist? Ich meine — "

„Ja, meine Liebe, ich weiß genau, was Sie meinen." Grace Worthy drückte die Hand der Jüngeren. „Gott macht das immer so. Er läßt niemals zu, daß wir etwas — oder jemanden — verlieren, ohne uns ein größeres Maß seiner Gnade zu geben, um den Verlust wieder wettzumachen. So wird unser Leben in Wirklichkeit immer reicher — nicht ärmer, sehen Sie."

Mary Matthews wußte nichts zu sagen, was dem eben Gehörten angemessen wäre. Sie war sich darüber im klaren, diese Frau sprach aus ihrer eigenen notvollen Erfahrung, der Feuerprobe ihres Lebens heraus. Leid und schweres Erleben hatten die Hauptrolle in ihrem Leben gespielt, und trotzdem war sie ihres Gottes gewiß.

Mary fühlte sich dagegen so unerfahren und ungeprüft. Was würde die Zukunft an Freude oder Leid, an schwerem oder sieghaftem Erleben für sie und Philip noch bringen? Sie wußte es nicht, aber gestärkt durch den Glauben derer, die schon durch den Schmelztiegel der Versuchung und des Leides gegangen waren, war ihr Herz voller Frieden . . .

„Nun ja", sagte sie schließlich, „ich bin jedenfalls froh, daß Sie bei Herrn und Frau Deane wohnen werden, wenn Jennifer verheiratet ist. Das wird für Deanes sehr gut sein."

„Und auch für uns wird es gut sein — denn der kleine Bill und ich sind bisher sehr einsam gewesen. Und ich werde dann auch für Frau Deane sorgen können.“ Grace Worthy schien über diese Aussicht sehr froh zu sein.

„Später werden wir wahrscheinlich aus der Prospektstraße ausziehen — wenn wir irgendwo ein Haus bekommen können.“

Mary war überrascht. „Ich dachte doch, Sie würden sich ein Haus in den Bergen kaufen — nicht weit von der Stadt entfernt? “

„Ja, das stimmt.“ Frau Worthy lächelte und dämpfte ihre Stimme zu einem vertraulichen Flüstern, „aber das soll mein Hochzeitsgeschenk für Jennifer und John werden. Sagen Sie bitte noch niemandem etwas davon, Mary, denn das junge Paar weiß es noch nicht. Sie denken, sie würden nur für ihre Flitterwochen dorthin gehen, aber bevor sie heute abend abreisen, habe ich vor, ihnen zu sagen, daß das Haus ihnen gehört.“

„Was für ein wunderbarer Gedanke!“ Mary blickte ihre Begleiterin mit unverhohlener Bewunderung an.

„Sehen Sie, ich wollte ja, daß Herr Deane sich mit mir in das Geld teilt, aber er war absolut dagegen. Als ich dann meine Gelegenheit gekommen sah, Jennifer und John zu helfen, da wußte ich, daß er dagegen nichts einwenden konnte, und ging dann sofort daran, meinen Plan zu verwirklichen. Ach du liebe Zeit“, schloß sie plötzlich aufgeregt, „es ist ja schon spät geworden, schon fast zwei Uhr!“

„Tatsächlich!“ Mary sprang auf. „Wir dürfen zur Hochzeit auf keinen Fall zu spät kommen.“

„Wenn Sie mal nach Jennifer sehen wollen, wie sie fertig wird, dann kümmere ich mich um Frau Deane“, schlug Grace vor.

Und dieser Vorschlag wurde auch sogleich in die Tat umgesetzt.

35

Die milde Herbstsonne füllte die kleine Kirche mit ihrem warmen, goldenen Schein, als Jennifer am Arm ihres Vaters in der Tür stand. Sie war eine liebreizende Braut in ihrem schlichten, weißen Atlaskleid, das ihr die Mutter genäht hatte.

Ein blühender Orangenzweig hielt den langen, weißen Schleier, der in sanften Falten bis zu den Füßen reichte.

Es war etwas an ihr, das sie in eine andere Welt zu versetzen schien. Nicht die Schönheit ihres Gesichtes oder der Gestalt, auch nicht die Anmut ihres schlichten Äußeren waren es, sondern etwas, das von innen her kam. Die Erfahrungen der letzten Jahre hatten eine bis dahin verborgene Quelle von Kraft und Anmut bloßgelegt. Ihr jungmädchenhaftes Aussehen war zu fraulicher Würde gereift.

Ein neues Leben öffnete sich vor ihr: Jennifer Deane würde es bald nicht mehr geben, wenn sie ihr Leben als Jennifer Lynton begann.

Die Hand, die ihr Leben gestaltet hatte, bereitete sie auch zu dieser Stunde zu, zu der heiligen Verantwortung für Mann, Heim und Kinder . . .

Julia Deane, die sich schwer auf den Arm ihres Begleiters stützte, hatte große Mühe beim Aussteigen aus dem Auto und ging langsam auf die Tür der Kirche zu, wobei ihr jeder Schritt offensichtlich Schmerzen bereitete.

„Sieht sie nicht lieblich aus, Grace", flüsterte sie, die Augen auf die anmutige Gestalt ihrer Tochter gerichtet. „Wenn doch John sie nur sehen könnte!"

Es dauerte mehrere Augenblicke, ehe Grace Worthy etwas sagen konnte.

„Vielleicht wird er eines Tages — sie doch sehen

können“, sagte sie mit Tränen in den Augen, als sie beide langsam durch den Mittelgang auf die vordere Bank zugingen.

Es schien Jennifer ein langer Weg von der Stelle, an der sie mit ihrem Vater stand, bis zum Ende des Mittelganges, wo Pastor Ransome schon auf sie wartete. Er sah noch genauso aus, wie sie ihn von früher her kannte, obgleich er jetzt durch sein ergrautes Haar und die etwas gebeugte Haltung älter wirkte als damals, als sie ihn zum ersten Mal in der Missionskirche gesehen hatte. Aber sein Gesicht schien im Laufe der Jahre noch strahlender geworden zu sein. Die Propheten des Alten Testaments mußten auch so etwas ähnliches wie Pastor Ransome an sich gehabt haben, dachte sie bei sich selbst ...

Sie sah John mit Philip an seiner Seite, aber ohne seine Hilfe, durch die Tür der Sakristei hereinkommen. John ging mit festen Schritten, die auch nicht die geringste Unsicherheit verrieten, zu dem Platz, an dem sie sich im nächsten Augenblick ihm anschließen würde.

Unwillkürlich wußte sie, daß er heimlich diese kurze Strecke viele Male zurückgelegt haben mußte, damit er an diesem großen Tag vertrauensvoll und sicher dahin gehen konnte, auch ohne etwas zu sehen. Jennifer empfand tiefes Mitleid mit ihm. Gott sei Dank, dies war das letzte Mal, daß er ohne sie gehen mußte. Von jetzt an würde sie an seiner Seite sein ...

John gab ihr ein leichtes, fast nicht wahrnehmbares Zeichen, das sie sofort verstand. Sie nahm seine Hand.

Anton Deane blieb neben ihnen stehen, während Philip einen Schritt zurücktrat.

Die Orgel verklang, und Pastor Ransome begann in seiner tiefen und freundlichen Stimme zu sprechen — „Die Ehe ist von Gott gestiftet ...“

Zeitlebens würde Jennifer sich an diesen Gottesdienst erinnern, als sie, mit gesenktem Kopf, sich gegenseitig das Ehegelöbnis wiederholten und wie sie innerlich erhoben wurde, als Pastor Ransome in seinem Gebet den Segen

Gottes auf ihren Ehebund herabflehte. „Was Gott zusammengefügt hat, das soll der Mensch nicht scheiden . . ."

Als sie dann beide Arm in Arm in die Sakristei gingen, hatte Jennifer die unaussprechliche Freude und Gewißheit im Herzen, daß sie beide eins waren und daß nicht einmal der Tod dieses Band zerreißen konnte.

36

Es war Nacht geworden. Gegen den freundlichen Hintergrund einer offenen Tür zeichneten sich die Gestalten eines jungen Mannes und einer jungen Frau ab, die zum fernen Horizont blickten.

Die lange, sanft geschwungene Linie der fernen Berge stand gegen den Himmel, der im verdämmernden Abend noch eine Spur von Blau zeigte. Alles ringsum war still und voller Frieden. Das unruhige Lärmen der Großstadt war hinter ihnen zurückgeblieben. Nicht ein Geräusch war zu hören, außer dem leisen Raunen des Windes in den Baumkronen; und die Luft trug den schwachen Duft von Kautschuk und den süßen, scharfen Geruch feuchter Erde zu ihnen herüber.

„Welch ein wunderschönes Fleckchen Erde, John!“

Er legte seinen Arm um sie. „Sage mir doch, was du sehen kannst“, sagte er leise.

Es entstand eine kleine Pause, während Jennifers Augen über die Landschaft glitten, die sich vor ihnen ausbreitete.

„Ich kann nicht viel sehen, John“, sagte sie plötzlich, „denn es ist dunkel. Aber es ist eine wunderbare Nacht. Die Sterne kommen gerade heraus, keine Wolke trübt den Himmel. Ich glaube, der Mond wird auch bald aufgehen; aber morgen werde ich dir dann mehr erzählen können. Am Morgen werde ich alles sehen.“

Johns Gesicht war ihr sehr nahe. „Ja, Liebste“, sagte er langsam, „wir werden sehen — am Morgen.“

Mit der Einsicht, die aus der Liebe kommt, verstand sie, was er sagen wollte; und als sie dann das Wort nahm, war ihre Stimme nur ein Flüstern. „Wir sehen jetzt durch einen Spiegel in einem dunklen Wort, John, dann aber — “

„ — von Angesicht zu Angesicht." Er brachte ihren Satz zu Ende, in seiner Stimme eine große Zuversicht. „Und was wird das dann für ein Tag sein, Jennifer — aber auch im Dunkeln, weißt du, kann man so vieles sehen — Dinge, die man im Licht nicht sehen kann."

Als sie ihm ins Gesicht sah, wußte sie, daß er Dinge zu sehen bekommen hatte, die ihrem Blick verborgen waren.

„Erzähle mir davon", bat sie leise.

Er neigte den Kopf dicht zu ihr heran. „Ich sehe zwei Herzen, die durch eine Liebe verbunden sind, die im Laufe der Jahre immer tiefer und stärker wird — eine Liebe, die gekrönt wird durch die größere Liebe dessen, den sie beide in ihrem eigenen Herzen erfahren haben."

„Sprich bitte weiter", flüsterte sie atemlos.

„Ich sehe ein Heim — unser Heim, ein Ort, wo Gott geehrt wird, wo unsere Kinder etwas vom Heiland Jesus Christus lernen werden. Ich sehe sie, wie sie sich an den Dingen freuen, die wir bei uns daheim entbehrten und uns doch so danach sehnten. Ich sehe sie, wie sie sich am Kaminfeuer um uns scharen, um die wunderbare Geschichte von Jesus und seiner Liebe zu hören, und mit uns zum Gebet niederknien — und ihm ihr Herz übergeben, bevor sie in die Fallgruben der Sünde geraten, die wir auf unserem Lebensweg bitter erfahren mußten. Und ich sehe, wie sie von Gott berufen werden und ihnen Dinge anvertraut werden, die wir in unseren Herzen zu tun vorhatten, so daß unsere tiefsten und sehnlichsten Hoffnungen in ihnen zur Erfüllung gelangen werden."

„Ach John, möchte uns Gott dies alles gewähren!" Diese Worte waren wie ein Gebet, das sich aus ihrer beider Herzen zu Gott erhob, während es zwischen ihnen ganz still wurde.

„Und was siehst du noch, John? " fragte sie dann.

Er machte eine weit ausladende Bewegung mit der Hand. „Da ist ein Strom von Christuszeugen, der immer breiter wird, bis er fast die ganze Welt umschließt. Ich sehe, wie Philip und Mary dem Herrn Jesus in China dienen, und in den kommenden Jahren auch ihre Kinder. Ich sehe Rodger, den Gott an solchen Plätzen gebraucht, wo Männer in öffentlichen Stellungen sind, und Türen öffnen hilft, die sonst dem missionarischen Vordringen verschlossen geblieben wären. Und ich sehe den kleinen Bill, zum Manne herangewachsen, mit der Botschaft der Rettung zu den Außenposten der Zivilisation fliegen. Ich sehe unsere Eltern, wie sie mit dem Älterwerden ein stilles Zeugnis von der umwandelnden Macht des Evangeliums in ihrem eigenen Leben geben — und währenddessen geht die Arbeit, zu der Gott mich gerufen hat, immer weiter, indem mehr und mehr dieser Eingeborenen in der Lage sind, Gottes Wort in ihrer eigenen Sprache zu erhalten. Es wird nicht enden, Jennifer."

„Gott hat auf wunderbare Weise gewirkt", sagte sie mit leuchtenden Augen.

Er hielt ihre Hand fest in der seinen. „Und wenn ich daran denke, daß alles begann, als Jennifer Deane Christus als ihren Retter annahm", sagte er nachdenklich. „Ja, wenn du nicht gewesen wärest — "

„Nein, John, sag das bitte nicht", unterbrach sie ihn rasch. „All das ist nur deshalb möglich gewesen, weil der eine, dem sie vertraut hat, treu gewesen ist — das ist alles."

„Ja, Liebste, ich weiß es." Er beugte sich zu ihr hinab und küßte sie zärtlich. „Wir haben beide seine Treue erprobt, nicht wahr? "

„Ja", gab sie ihm flüsternd zur Antwort; und in dem Augenblick wußte sie, daß die Krisen, durch die sie beide hatten hindurchgehen müssen, nur Stufen auf ihrem Weg zu den Höhen der Gemeinschaft mit Gott gewesen waren. „Wenn wir ihm ganz fest vertrauen — "

„ — dann finden wir ihn auch ganz treu."

Bei diesen Worten überlief sie ein leichter Schauer, und sie erinnerte sich daran, was der Augenspezialist ihnen gesagt hatte. Es bestand nur eine winzige, schwache Hoffnung, daß sein Sehvermögen jemals wiederhergestellt würde — die Zukunft lag noch ganz im Dunkeln.

„John“, flüsterte sie wieder. „Angenommen — es bleibt für dich immer so dunkel — wie jetzt? Angenommen — du mußt — für immer — so blind bleiben? “

Sie wußte schon im voraus, welche Antwort er ihr darauf geben würde, aber sie verlangte danach, die Worte aus seinem eigenen Munde zu hören. Solange er körperlich auf diese Weise behindert blieb, würde er in vielem von ihr abhängig sein, das wußte sie; aber mit einem Gefühl der Dankbarkeit mußte sie zugeben, daß er sich fest an den Unsichtbaren hielt. Das würde der Anker sein, der das kleine Schiff ihrer Ehe in jedem Sturm halten würde, der in den kommenden Jahren vielleicht über sie hereinbrach.

Sie brauchte nicht lange auf seine Antwort zu warten, und als er dann redete, waren seine Worte von der Überzeugung getragen, die aus den tiefen Erfahrungen des Herzens kommt, von der Gewißheit des Glaubens, der den tiefen Graben zwischen Zeit und Ewigkeit überspannt . . .

„Jennifer, meine Liebste“, sagte er, „auch in all diesen Dingen können wir unserem treuen Gott danken, der uns geliebt und uns den Sieg gegeben hat durch unseren Herrn Jesus Christus!“

37

Der Arzt hielt einen Augenblick inne, die Hand auf der Türklinke.

„Sie verstehen doch, Frau Lynton", sagte er langsam und mit Nachdruck, „daß selbst bei einem Erfolg der Operation nur ein Teil seines Sehvermögens wiederhergestellt werden wird?"

Die Frau, die ihm gegenüberstand, nahm ihren kleinen Sohn in die Arme, um dem Chirurgen in das nächste Zimmer zu folgen. „Das wissen wir, Herr Doktor", sagte sie ruhig.

Er war von ihrer heiteren Gelassenheit beeindruckt.

„Wir haben getan, was wir konnten", sagte er freundlich, „und in wenigen Minuten werden wir das Ergebnis erfahren."

Sie traten durch die Tür, und Rodger John Lynton, sicher in den Armen seiner Mutter, blickte sich mit großen, blauen Augen fragend im Zimmer um. Es gab da so vieles, was einem Dreijährigen fremdartig und neu war, aber wo war denn Vati?

Ein großer, gewichtiger Mann beugte sich über ein Bett. Als er zur Seite trat, konnte Rodger John ein Gesicht auf dem Kissen erblicken, ein Gesicht, das er kannte . . .

„Vati!" schrie er und warf sich in die Arme, die sich ihm entgegenstreckten.

Der kleine Junge, der sein Gesicht an der Schulter des Vaters barg, konnte die Tränen in seinen Augen nicht sehen; und hätte er sie gesehen, würde er doch noch nicht verstanden haben. Aber Jennifer, die neben dem Bett stand, sah die Tränen – und verstand sofort.

Sie sah, daß die braunen Augen vor ihr wieder von

Leben sprühten, sah in ihren leuchtenden Tiefen das Licht, das sie vor langer Zeit darin entdeckt hatte.

Und Jennifer wußte, daß der Schatten, der über ihren gemeinsamen Weg gefallen war, sich aufgelöst hatte.

Von dem Gesicht des Kindes in seinen Armen blickte John jetzt zu dem anderen Gesicht, das sich über ihn beugte, und entdeckte zum ersten Mal die große Ähnlichkeit des Kleinen mit der Frau, die er liebte.

Und Jennifer, die neben dem Bett niederkniete, segnete aus tiefstem Herzen, das vor Lob und Dank überströmte, die Hand, die sie in all diesen Dingen wohl geführt und ihnen in seinem Namen den Sieg geschenkt hatte.

Marjorie Buckingham: DEBORAH

MARJORIE BUCKINGHAM

DEBORAH

1

In Rocklea Cove ging ein warmer Sommertag zu Ende. Die schrägen Strahlen der untergehenden Sonne breiteten ein leuchtendes Rot über den Himmel und verwandelten die unendliche Fläche des Meeres tief drunten in glitzerndes, blankes Gold. Die schroffen Sandsteinklippen, die wie stumme Wächter am Strand aufragten, warfen einen langen Schatten über den Sand – als wollten sie ihre Hände ausstrecken und die hereinbrechende Nacht willkommen heißen.

Vor kurzer Zeit noch war dieser beliebte Ausflugsort am Meer ein Schauplatz voller Leben und Gelächter gewesen, als die muntere Schar der Urlauber sich in der Sonne getummelt hatte. Aber jetzt war alles wie ausgestorben. Nirgends war etwas Lebendiges zu bemerken, außer daß hie und da eine verirrte Möwe auftauchte, die über den glatten, nassen Sand stolzierte und nach einem Leckerbissen Ausschau hielt, den die Ebbe vielleicht zurückgelassen hatte. Der Wind war eingeschlafen, und das gedämpfte Rauschen des Meeres war der einzige Laut, der die tiefe Ruhe unterbrach. Über allem lag eine tiefe, beinahe drohende Stille.

Diese Abendstimmung am Meer konnte man jeden Tag in Rocklea Cove erleben, denn dieser tückische Strand und die felsige Küste hatten nach Einbruch der Dunkelheit gar nichts Anziehendes mehr, wenn die Flut brüllend gegen die ausgewaschenen Klippen herandonnerte und eine Wolke von Gischt aufsteigen ließ, der sich wie ein feuchter, zäher Nebel über die Küste legte und sogar die vertrauten Punkte im Gelände den Blicken entzog.

So war es kein Wunder, daß es gegen Abend am Strand

bald ruhig wurde und er verlassen dalag, wenn die Scharen von Menschen sich anschickten, wieder in die kleine Stadt heimzukehren, die außer Sichtweite jenseits der Klippen lag, oder auch nach Endcliffe Lodge, dem großen Fremdenheim hoch droben auf dem östlichen Grat, um sich für einen vergnügten Abend mit Tanz und Spiel zu rüsten.

Endcliffe Lodge war auf einsamer Höhe an einem fast unzugänglichen Platz erbaut worden; eine Gruppe weiträumiger, weiß getünchter Gebäude, die weithin sichtbar ins Land und auch aufs Meer hinausragte. Es hieß, die wunderbare Aussicht, die Endcliffe Lodge bot, sei der Grund dafür, daß es so beliebt sei und der am besten besuchte Platz in ganz Rocklea Cove. Aber Frau Constance Lee, seit zehn Jahren Besitzerin dieses Hauses, war völlig anderer Meinung. Sie behauptete mit Recht, das ihrem Haus entgegengebrachte Vertrauen sei zu einem erheblichen Teil auf ihr kluges Vorausplanen und ihre sorgfältige Bewirtschaftung zurückzuführen.

Constance Lee, eine hübsche, energische Frau Anfang Vierzig, hatte wirklich hart gearbeitet, um Endcliffe Lodge zu dem bestgeschätzten Fremdenheim an der Südküste zu machen; und dabei war es ihr gelungen, ausgezeichnet zu verdienen und sich und ihrer Tochter Deborah ein behagliches Heim einzurichten – wenn Deborah Lee bis jetzt auch noch ziemlich wenig von ihrem Leben in diesem Haus verbracht hatte. Den letzten Teil ihrer Schulzeit hatte sie als Internatsschülerin in einer der besten Mädchenoberschulen der Hauptstadt verbracht und war nur während der Ferien heimgekommen. Jetzt, mit neunzehn Jahren, nachdem sie ihre Schulzeit beendet hatte, war Deborah ganz nach hier übergesiedelt, um gemeinsam mit der Mutter die ziemlich eintönige und oft auch anstrengende Arbeit auf sich zu nehmen, ein großes und vielbesuchtes Gästehaus zu führen.

Deborah hatte Rocklea Cove schon immer gemocht, und Endcliffe Lodge war ihr Zuhause. Das große, weiße Haus auf den Klippen war für sie der erste ruhende Punkt in ihrem bisher ziemlich unstet verlaufenen Leben geworden. Sie war erst neun Jahre alt gewesen, als ihre Mutter das Fremdenheim übernahm. Einem kleinen Mädchen, das durch ständigen Wohnungswechsel von einem Ort zum anderen verwirrt war, mußte dieses Haus wie ein Paradies vorkommen. Wenn sie jetzt Rückschau hielt, wurde ihr klar, wie schwer ihre Mutter gearbeitet hatte, um Endcliffe Lodge zu sichern und zu erhalten und ihr all die materiellen Vorteile bieten zu können, derer sie sich erfreut hatte. Denn sie hatte nichts entbehren müssen – außer vielleicht dem einen, daß sie keinen „Vater" in ihrem Leben hatte. Aber dafür konnte sie ihrer Mutter nicht die Schuld geben.

Sie hatte niemals wirklich erfahren, was geschehen war, daß die Ehe der Eltern zerbrach, mußte sie eben denken, als sie neben dem großen Aussichtsfenster im Wohnzimmer ihrer privaten Räume in Endcliffe Lodge stand; sie blickte gedankenverloren über das weite Panorama von Meer, Himmel und zerklüfteter Küste, das sich vor ihren Augen ausbreitete.

Frau Lee, die auf der anderen Seite des Zimmers an ihrem Schreibtisch saß, blickte von dem Stapel Papier vor ihr zu ihrer Tochter hin, offensichtlich ein wenig besorgt.

Die schlanke Gestalt des Mädchens, der ihr blondes Haar sanft auf die Schulter fiel, zeichnete sich in scharfen Umrissen gegen das dunkle Rot der untergehenden Sonne und die hereinbrechende Dämmerung ab, die mehr und mehr den Raum erfüllte. Aber sie schien den ängstlich fragenden Blick ihrer Mutter gar nicht zu bemerken; erst Frau Lee brach schließlich das lange Schweigen.

„Du bist heute sehr still, Deborah –"

Beim Klang der ihr vertrauten Stimme der Mutter zuckte das Mädchen zusammen.

„Ach, meinst du wirklich, Mutter?" Sie wandte sich mit einem Lächeln zu ihr um.

Constance Lee lehnte sich in ihrem Stuhl zurück und schaute ihre Tochter prüfend, beinahe anklagend an. „Ich glaube nicht, daß du in der letzten halben Stunde auch nur ein einziges Wort gesprochen hast!" brachte sie in ihrem knappen, geschäftsmäßigen Ton hervor.

Deborah lachte. „War ich wirklich so schweigsam? Oh, das tut mir leid, Mutter. Aber du bist so sehr mit deinen Büchern beschäftigt gewesen –"

Ihre Mutter schob den Stuhl zurück und erhob sich. „Ich bin niemals zu beschäftigt, um nicht mit dir zu reden, meine Liebe", sagte sie vorwurfsvoll und ging zu ihrer Tochter hinüber.

„Das weiß ich doch, Mutter!"

Jetzt war es Deborah, die etwas besorgt dreinschaute; sie fragte sich, ob sie vielleicht etwas gesagt oder getan hätte, was ihre Mutter nicht billigte. Es fiel ihr immer noch etwas schwer, sich in das Leben hier im Heim einzufügen, denn all die Jahre zuvor war sie mit ihrer Mutter nicht gerade eng vertraut gewesen; und es war nicht leicht für sie, jetzt eine „Nische" im wohlgeordneten Leben ihrer Mutter zu finden, in der sie sich einnisten könnte. Das war um so schwieriger für sie, da seit ihrer Rückkehr nach Rocklea Cove eine neue, wunderbare Erfahrung in ihr Leben getreten war – eine Erfahrung, an der sie zu gern auch ihrer Mutter Anteil gegeben hätte, bisher nur leider vergeblich . . .

„Also wirklich, Deborah", fuhr ihre Mutter jetzt fort, „ich wollte schon immer mal ein ernstes Wort mit dir reden, und ich glaube, noch nie hatte ich eine so gute Gelegenheit dafür wie eben jetzt."

„Nun, warum eigentlich nicht?" Deborah war einverstanden. Jetzt warf sie der Mutter einen fragenden Blick zu.

„Hast du denn jetzt Zeit?" Constance Lee blickte ihrer Tochter mit ihren scharfen, grauen Augen forschend ins Gesicht. „Ich dachte, du wolltest heute abend vielleicht ausgehen?"

Deborah schüttelte den Kopf. „Nein, Mutter, ich bin den ganzen Abend hier."

Frau Lee runzelte die Stirn. „Da bin ich aber überrascht! Ich dachte, Herr Jones wollte dich fragen, ob du heute abend mit ihm ausgehst."

„Ja, er hat mich schon gefragt", antwortete Deborah leise.

„Und – was ist passiert?"

„Ach, ich habe ihm abgesagt, Mutter. Natürlich mit aller nötigen Höflichkeit", fügte sie kichernd hinzu. „Aber er war wohl ziemlich überrascht."

„Aber, Deborah, das ist doch nicht zum Lachen", sagte ihre Mutter bestimmt. „Ist dir denn überhaupt nicht bewußt, daß Herr Jones der reichste und bedeutendste Gast ist, den wir seit Jahren hier im Heim hatten, und daß er dir eine große Ehre erwiesen hat, als er dich einlud, mit ihm auszugehen?"

Deborah warf ihren Kopf zurück. „Ja, Mutter, das weiß ich sehr wohl! Er ließ es ganz deutlich durchblicken, als er mich fragte. Aber das ist eine Ehre, auf die ich, genaugenommen, gar keinen Wert lege."

Constance Lee setzte sich auf die lange, niedrige Bank unter dem Fenster und starrte ihre Tochter ganz entgeistert an. „Ich weiß wirklich nicht, was mit dir los ist, Deborah. Ich könnte dir ein halbes Dutzend Mädchen im Hause nennen, die wären vor Freude in die Luft gesprungen, wenn sie diese einmalige Gelegenheit gehabt hätten, mit Herrn Jones auszugehen!"

„Derrick, Mutter!" Mit ihren blauen Augen zwinkerte Deborah schelmisch ihrer Mutter zu. „Er hat mich gebeten, ihn Derrick zu nennen – "

„Hm – schon gut! Darüber bin ich gar nicht überrascht", gab ihr die Mutter vielsagend zur Antwort. „Er hat mir schon mehrmals angedeutet, daß er sich sehr zu dir hingezogen fühlt."

„Ich fürchte, dieses Kompliment kann ich ihm nicht machen", erwiderte sie rasch, wobei sie deutlich sichtbar errötete.

„Hör mal, Deborah, deshalb brauchst du doch nicht

gleich aus der Fassung zu geraten!" Constance Lee nahm jetzt einen mehr versöhnlichen Ton an. „Setz dich erst mal hin, dann wollen wir ruhig und vernünftig darüber sprechen."

Deborah setzte sich an das andere Ende der Fensterbank und wartete, was ihre Mutter nun weiter sagen würde.

„Ich bin nicht unvernünftig, Deborah. Ich erwarte auch nicht, daß du jemandem Mut machst, der sich dir nähern will. Aber du bist so schrecklich voreingenommen – "

„Gegenüber Derrick Jones schon." Entschlossen schob Deborah ihr Kinn vor. „Ich traue ihm nicht, Mutter. Ich glaube, er hat kein echtes Empfinden für Gefühle."

Frau Lee schaute völlig entgeistert. „Wirklich, Deborah?"

„Ich bin sicher, daß es so ist, Mutter. Bei allem dreht es sich bei ihm nur ums Geld. Er meint, er könne jeden damit kaufen, indem er allen zeigt, wieviel Geld er hat."

Frau Lee zuckte die Achseln. „Vielleicht ist er wirklich etwas freigebig mit seinem Geld, aber ich glaube, er weiß nicht recht, was er damit anfangen soll. Ein Mann seines Alters sollte doch auch längst verheiratet sein." Sie hielt einen Augenblick inne. „Ich habe versucht, auszurechnen, wie alt er wohl sein mag. Ich denke, er könnte so an die Vierzig sein – aber am Alter hängt auch nicht alles, weißt du."

Das Mädchen straffte sich, als sie im schwindenden Licht der Dämmerung ihrer Mutter gegenüberstand.

„Mutter, du denkst doch nicht im Ernst . . . !"

Der berechnende Ausdruck in Constance Lee's Gesicht wich einem Lächeln.

„Ich habe in letzter Zeit über vieles nachgedacht, Deborah." Sie beugte sich vertraulich zu ihr herüber. „Ich möchte es gern erleben, daß du einen guten Ehemann findest und dir ein schönes Heim baust."

Deborah lachte, wenn auch ein wenig unsicher. „Ach Mutter, das hat doch noch lange Zeit!" protestierte sie. „Ich hab' dir doch gesagt, daß ich bei dir bleiben will, jedenfalls vorläufig erst einmal, und dir das Haus führen helfe. Es wird Zeit, daß du bei deiner Arbeit etwas entlastet wirst."

Frau Lee schüttelte entschlossen den Kopf. „Das will ich gar nicht, Deborah, – jedenfalls nicht eher, als bis ich dich im eignen Heim sicher und gut versorgt weiß. Schließlich habe ich darum die letzten Jahre so schwer gearbeitet und habe nicht die Absicht aufzugeben."

„Aber, Mutter – "

„Hör mir jetzt mal zu!" Ihre Mutter ließ sie gar nicht erst zu Wort kommen. „Warum habe ich denn ein Fremdenheim übernommen? In erster Linie doch deshalb, weil ich an deine Zukunft dachte, Deborah. Ich war entschlossen, dieses Haus zu einem Ort zu machen, wo die bessergestellten Leute gern hinkommen – Menschen, unter denen du Freunde finden könntest, und – "

„Und einen Ehemann? Ach, Mutter!"

„Was hast du eigentlich dagegen?" war die heftige Antwort. „Deborah, du bist ein hübsches Mädchen. Du hast eine gute Erziehung genossen. Du könntest dich in jeder Gesellschaft zu Hause fühlen – und du bist auch nicht gerade arm. Ich habe dir eine hübsche Summe zurückgelegt, daß ich dich mit einer guten Aussteuer ausstatten kann, wenn es erst einmal soweit ist."

„Das weiß ich, Mutter. Du hast so viel für mich getan. Du bist einfach wunderbar. Aber bitte, fange jetzt nicht an, einen Mann für mich auszusuchen!"

Constance Lee seufzte. „Nun gut, je eher du dir selbst einen suchst, desto besser. Herr Jones mag ja auch seine Fehler haben, aber was ich von seinen Geschäftsinteressen gehört habe, – ich könnte mir denken, daß er seiner Frau damit ein Leben in Wohlstand und Luxus bieten kann!"

„So darfst du nicht reden, Mutter!"

„Meinetwegen!" lenkte sie ein. „Schließlich ist er nicht der einzige feine Herr im Haus, der dafür geeignet wäre. Da ist doch auch noch der junge Arzt, Murray Chesterfield. Ich glaube, er hat gute Beziehungen und steht dir altersmäßig sicher auch näher. Er ist höchstens erst Anfang Zwanzig – "

„Hör doch auf, Mutter!" wehrte sich das Mädchen wieder.

Aber Frau Lee erwärmte sich jetzt erst recht für dieses Thema. „Ich hätte es gern gesehen, wenn du standesgemäß heiraten würdest, Deborah. Ich sehe gar keinen Grund, daß es nicht so kommen kann, vorausgesetzt, daß du aus deinen eigenen Möglichkeiten das Beste herausholst."

Deborah schöpfte tief Atem. „Schön, Mutter – aber jetzt hast du genug geredet. Laß mich jetzt auch einmal ein Wort sagen!" Ihre Stimme klang ruhig, aber doch sehr bestimmt. „Ich schätze deine Fürsorge und weiß auch, daß du nur die besten Absichten hast. Aber ich sehe die Dinge anders als du, Mutter." Sie zögerte. „Ich hoffe auch, daß ich eines Tages heiraten werde – dann aber nicht wegen Geld oder einer sozialen Stellung. Ich habe die feste Absicht, aus Liebe zu heiraten."

Constance Lee lächelte bitter. „Dann kann ich nur hoffen, daß für dich etwas mehr dabei herauskommt als einst bei mir, Deborah." Sie schüttelte den Kopf. „Ich habe auch einmal aus Liebe geheiratet, aber sehr bald mußte ich die Entdeckung machen, daß das nicht ausreichte. Darum möchte ich dir ja raten, Deborah. Die Liebe ist nicht von Dauer. Sie ist nur eine Illusion – eine romantische Illusion. Ich glaube überhaupt nicht, daß es so etwas wie Liebe gibt!"

„Oh doch, Mutter – es gibt wahre Liebe!" rief das Mädchen mit großem Eifer, wobei ihr Gesicht einen leuchtenden Ausdruck annahm.

„Was willst du davon schon wissen?" war die ungeduldige Frage der Mutter.

„Ich weiß es, Mutter – tief in meinem Herzen. Freilich ist das nicht die Art Liebe, von der du sprichst." Sie tat einen tiefen Atemzug. „Seit ich für immer hierher gekommen bin, habe ich eine wunderbare Entdeckung gemacht – seit ich in dem Neuen Testament lese, das mir meine

Freunde beim Abschied vom College gegeben haben. Ich habe dir ja immer schon davon erzählen wollen, Mutter – aber ich weiß gar nicht, wie ich's dir sagen soll ... "

Es herrschte ein gespanntes Schweigen zwischen Mutter und Tochter, die sich in der hereinbrechenden Dämmerung gegenübersaßen, so dicht, daß sie nur eine Hand zu erheben brauchten, um einander zu berühren, und doch so himmelweit voneinander entfernt in ihren Ansichten; so war es schließlich Deborah, die weitersprach: „Ich habe die Entdeckung gemacht, daß Gott uns lieb hat, mich, dich, ja jeden! Mutter, ich habe Gott gefunden!"

Constance Lee brach in ein bitteres Lachen aus. „Sprich du mir nicht von G o t t !" stieß sie zornig hervor.

„Warum denn, Mutter?" rief das Mädchen. „Du glaubst doch auch an Gott, nicht wahr?"

Auf das Gesicht der Mutter trat jetzt ein harter Zug. „Ja, früher einmal, da habe ich auch an Gott geglaubt und an die Kirche – damals, als ich deinen Vater heiratete. Aber davon habe ich nicht viel gehabt."

„Mutter, was ist denn damals geschehen?" In Deborahs Stimme klang aufrichtige Anteilnahme. „Du hast mir nie erzählt – "

„Nein." Constance Lee blickte ihre Tochter lange und fest an. „Das ist keine schöne Geschichte, Deborah. Aber du hast ein Recht, sie zu erfahren – und dann wirst du vielleicht nicht wieder den gleichen Fehler machen wie ich."

Deborah erwiderte nichts, und so fuhr ihre Mutter nach einer Weile fort: „Meine Eltern gaben mir denselben Rat, den ich dir gegeben habe – aber ich wollte nicht hören, genau wie du. Sie wollten, daß ich bei meiner Heirat finanziell gesichert wäre. Aber Andrew und ich liebten uns, und alles andere zählte nicht – so dachte ich wenigstens." Wieder hielt sie inne. „Und natürlich heiratete ich ihn. Die ersten Jahre waren wir sehr glücklich – mindestens war ich es, in der Traumwelt, die ich Närrin mir aufgebaut hatte. Ich hatte keinerlei Ahnung von dem, was wirklich vorging.

Jeden Sonntag gingen wir zur Kirche. Dein Vater tat sich unter den Kirchenleuten in ganz besonderer Weise hervor. Er pflegte sehr oft sogar bei den Gottesdiensten als Lektor mitzuwirken. Und als du dann zur Welt kamst, wollte er dich unbedingt Deborah nennen. Ich weiß noch, wie er den Wunsch äußerte, du möchtest wie die biblische Deborah werden : immer stark und tapfer für das eintreten, was recht ist. Dieser Heuchler!" sagte sie bitter. Sie faßte sich mühsam und fuhr dann fort: „Als du eben erst vier Jahre alt warst, Deborah, fand ich die Wahrheit heraus. Es gab eine andere Frau in seinem Leben. Er hatte eine andere Frau zur Geliebten gehabt, während ich, seine Ehefrau und die Mutter seines Kindes, immer noch in dem Glauben war, daß er mich liebte. Vielleicht verstehst du jetzt, was ich meine, wenn ich behaupte, daß Liebe nichts Dauerhaftes ist!"

Deborah hüllte sich immer noch in Schweigen. Sie konnte keine Worte finden, mit denen sie die Bitterkeit im Herzen ihrer Mutter ein wenig hätte lindern können. Wie stark empfand sie immer noch den ihr zugefügten Schmerz!

„Damit war dann alles zu Ende", schloß Constance Lee ihren Bericht mit einem müden Seufzer. „Danach warst du das einzige, was mir noch blieb. Du warst mein Einundalles, für das ich lebte – "

Deborah nickte mitfühlend. „Und was ist aus meinem Vater geworden?" wagte sie schließlich nach einigem Zögern zu fragen.

Constance Lee schüttelte den Kopf. „Ich weiß es nicht!" Sie preßte ihre Hände krampfhaft ineinander. „Ich sagte ihm, er solle gehen und nie wiederkommen!"

Deborah runzelte nachdenklich ihre Stirn, als versuche sie, etwas aus ihrer nebelhaften Erinnerung hervorzuholen. „Aber ich meine mich doch zu erinnern, Mutter", brachte sie schließlich hervor, „daß er doch zurückkam."

„Ja, er kam zurück – ein einziges Mal", gab sie mit grimmiger Genugtuung zu, „natürlich erst, nachdem die andere ihm den Laufpaß gegeben hatte – und da bat er mich um Verzeihung und beteuerte mir, ich sei die einzige, die er all die Zeit wirklich geliebt habe."

„Vielleicht warst du wirklich diese Eine, Mutter –." In Deborahs Stimme schwang eine leise Hoffnung.

Aber Frau Lee ließ sich davon nicht beeindrucken. „Es sah gerade so aus, nicht wahr?" gab sie zurück. „Nein, diesmal ließ ich mich von seinen schönen Worten nicht herumkriegen, als er mich bat, ihn wieder aufzunehmen. Nein, wirklich nicht!"

Deborah blickte nachdenklich. „Aber wenn du es getan hättest, Mutter, vielleicht – "

„Was", rief Constance Lee entrüstet, „daß meine eigene Tochter es wagen kann, einen so ungeheuerlichen Gedanken auszusprechen!"

„Es tut mir leid, Mutter – ich wollte dich wirklich nicht verletzen", beeilte sich Deborah ihr zu versichern. „Ich wollte damit nur sagen, wenn du ihn wirklich liebtest –, hättest du auch die Kraft aufbringen können, ihm zu verzeihen."

Constance Lee zeigte ihrer Tochter ein herablassendes Lächeln. „Ich fürchte, du hast noch eine Menge zu lernen, Deborah!" Sie dämpfte ihre Stimme ein wenig. „Ich hoffe nur, daß du es nicht auf die harte Tour lernen mußt!"

Deborah lächelte. „Vielleicht könnten wir beide gemeinsam etwas lernen, Mutter."

„Nun, du könntest es ganz sicher, Deborah, wenn du nur hören würdest!" Constance Lee erhob sich. „Ich sehe, es hat keinen Zweck, mit dir zu reden, weil du es noch nicht gelernt hast, aus den schlimmen Erfahrungen deiner Mutter für dich selbst Nutzen zu ziehen – na ja. Ich glaube, da kommt jemand", schloß sie plötzlich und neigte lauschend den Kopf zur Seite, da sich von draußen nahende Schritte vernehmen ließen.

Im nächsten Augenblick wurde scharf angeklopft, und augenblicklich war Constance Lee wieder die ruhige, beherrschte Hotelbesitzerin, wie sie ihre Kunden kannten.

„Ich nehme an, da will mich wohl jemand sprechen", sagte sie munter.

Im Zimmer war es jetzt völlig dunkel geworden. Sie knipste die Stehlampe an, die dicht bei ihr in der Ecke stand, und schritt durchs Zimmer auf die Tür zu, um ihren Pflichten nachzukommen.

2

„Oh, hoffentlich habe ich Sie jetzt nicht gestört, Frau Lee."

„Sie stören überhaupt nicht, Felicity." Constance Lee hatte die Wohnzimmertür geöffnet und sah sich einem der lebhaftesten jungen Gäste gegenüber. „Was kann ich für Sie tun?"

Felicity Mardsen, in einem blauen Taftkleid und einer Seidenstola, die sie lässig über ihre bloßen Schultern geworfen hatte, war offensichtlich fertig angezogen, um auszugehen. „Ich bin nur gekommen, um mich bei Ihnen wegen heute abend zu entschuldigen", sagte sie, wobei sie lächelte, als wollte sie damit andeuten, daß diese Entschuldigung ihr alles andere als eine lästige Pflicht war.

„Ja?" Frau Lee blickte sie fragend an.

„Sie wissen doch, daß ich Ihnen sagte, ich würde mich heute abend im Musikzimmer um die Schallplatten kümmern?"

„Ja, Felicity."

„Nun, es tut mir schrecklich leid, Frau Lee, aber ich werde es nun doch nicht machen können." Sie hielt inne, um damit die Spannung zu erhöhen. „Wissen Sie, es ist nämlich etwas sehr Aufregendes passiert."

Constance Lee lächelte nachsichtig. „Ich kann mir schon denken: Jemand hat Sie gefragt, ob Sie heute abend mit ihm ausgehen?"

„Ja", rief Felicity ganz aufgeregt. „Aber Sie würden nie daraufkommen, wer es war", fügte sie geheimnisvoll hinzu und faßte ihre Gastgeberin beim Arm.

Frau Lee verstand es, immer rasch die Situation zu erfassen und auf die Anliegen ihrer Gäste einzugehen. „Nach

Ihrem netten Aussehen zu urteilen, Felicity, muß es jemand ganz Besonderes sein."

Felicity strahlte. „Wie nett Sie das sagen, Frau Lee! Ja, es ist jemand, der etwas Besonderes darstellt." Sie senkte ihre Stimme zum Flüsterton. „Es ist Herr Jones!"

„Sieh an!" Constance Lee brauchte ihre Überraschung nicht nur vorzutäuschen. Einen kurzen Augenblick lang blickte sie, als könne sie es nicht fassen, aber sie faßte sich rasch wieder, als das Mädchen munter weiterplapperte.

„Sehen Sie, ich hatte eigentlich gar nicht vor, heute abend auszugehen, darum habe ich Ihnen auch angeboten, ich wolle mich um die Schallplatten kümmern. Aber ich konnte nicht nein sagen, als Herr Jones mich fragte, nicht wahr? Ich sage überhaupt nicht gern nein", fügte sie kichernd hinzu.

„Das wäre auch sehr töricht, wenn Sie das tun würden", erklärte Frau Lee mit Nachdruck. Dann wandte sie sich zu der hinter ihr angelehnten Wohnzimmertür um und rief über ihre Schulter hinweg: „Deborah, komm doch mal heraus und schau dir Felicity an – sie hat eine besondere Einladung für heute abend erhalten."

„Ja, ich komme schon!" rief Deborah zurück, aber die Heiterkeit, mit der sie diese Antwort gab, ließ noch nicht auf ihre wahren Gefühle schließen.

Deborah hatte den letzten Teil des Gespräches schon mitgehört. Felicity hatte immer eine ziemlich hohe Stimme, die sie immer besonders dann zu ihrem Vorteil einzusetzen wußte, wenn sie aus einer besonderen Neuigkeit ein „offenes Geheimnis" machen wollte...

Seit Felicity ins Haus gekommen war, hatten sich die beiden Mädchen ziemlich angefreundet. Trotz ihrer übermütigen Art mußte man Felicity einfach gern haben. Aber in diesem Augenblick, als sie von ihrer Mutter in die Halle gerufen wurde, hätte Deborah sie am liebsten weit weg gewünscht.

„Was hältst du davon, Debbie?" begrüßte Felicity sie lebhaft. „Herr Jones will heute abend mit mir ausgehen, und er hat mich sogar gebeten, ihn Derrick zu nennen. Liebe Zeit, da werden wohl alle Mädchen neidisch werden!"

„Ja – das nehme ich auch an", stimmte Deborah ihr stockend zu; dabei wagte sie nicht, zu ihrer Mutter hinzublicken.

„Warten wir ab, bis ich Ihnen am Morgen alles erzählt habe!" Felicitys graugrüne Augen funkelten und kamen dadurch noch besser zur Geltung, daß sie auf ihre Wimpern reichlich Tusche aufgetragen hatte. „Aber wundern Sie sich nicht, wenn ich morgen zum Frühstück noch nicht unten bin, Frau Lee, es kann gut sein, daß ich verschlafe. Wenn es nach Derrick geht, werden wir eine stramme Nacht verleben – erst eine Show, und dann Besuch eines Nachtklubs, dazu die dreißig Kilometer hin und zurück in seinem rassigen Sportwagen. Was hab' ich doch für ein Glück!"

„Da haben Sie wirklich recht!" entgegnete Frau Lee und versuchte dabei vergeblich, einen Blick ihrer Tochter zu erhaschen. „Welch eine Ironie!" mußte sie denken...

„Oh, da kommt Derrick ja schon!" rief Felicity aufgeregt, als ein hochgewachsener, vornehm aussehender Herr in die Halle trat und auf die kleine Gruppe zuschlenderte.

Sauber gepflegt und tadellos gekleidet, war Derrick Jones eine imposante Erscheinung. Auf den ersten Blick wirkte er jugendlich; erst beim näheren Hinschauen entdeckte man die Fältchen um seine Augen und in den Winkeln seines schmallippigen Mundes und wußte, daß er nicht mehr der Jüngste war. Sein ganzes Aussehen verriet Wohlstand: der tadellose Schnitt seines Anzuges, der blitzende Ring, den er am Mittelfinger der rechten Hand trug, und die Ruhe, mit der er Banknoten aus seiner weichen Lederbrieftasche hervorziehen konnte. Er hatte das ruhige und sichere Auftreten eines Mannes, der weiß, was er will und auch gewohnt ist, es zu bekommen, während der Schimmer seiner stahlgrauen Augen den Eindruck erzeugte, daß er auch mit jedem Widerstand fertig zu werden wußte, der sich gegen ihn erhob.

Aber er trug ein entwaffnendes Lächeln zur Schau und zeigte tadellose Manieren, als er Deborah und ihrer Mutter mit einer leichten Verbeugung die schuldige Höflichkeit erwies und sich dann Felicity zuwandte und ihr den Arm bot. „Würden Sie uns jetzt bitte entschuldigen?" fragte er korrekt.

„Natürlich." Constance Lee zwang sich zu einem Lächeln, als sie für beide die Antwort übernahm.

„Dann auf Wiedersehen!" murmelte Felicity glücklich, als sie sich fest bei ihrem Begleiter unterhakte. „Ich übernehme die Schallplatten dann ein andermal, Frau Lee."

„Vielen Dank, Felicity", war die freundliche Antwort. „Wir werden es heute abend schon allein schaffen."

Felicity wandte sich mit gespielter Unschuld an Deborah. „Ich weiß, Debbie – du könntest dich heute abend an meiner Stelle um die Schallplatten kümmern, denn du hast doch heute sonst nichts mehr vor, nicht wahr?"

„Nein." Deborah atmete hörbar und blickte dabei Felicity entschlossen ins Gesicht, um dem forschenden Blick der beiden anderen Augenpaare auszuweichen, die auf sie gerichtet waren und sie in Verlegenheit brachten.

„Ich hoffe sehr, daß auch Sie einen angenehmen Abend verleben", fügte Herr Jones mit gewohnter Höflichkeit hinzu, als er mit Felicity zur Eingangstür strebte. „Gute Nacht."

Constance Lee blickte den beiden nach, bis sie ihren Blicken entschwanden. Dann wandte sie sich in ohnmächtigem Zorn ihrer Tochter zu. „Da hast du es!" rief sie heftig, „vielleicht bist du jetzt endlich zufrieden. Du hast diesem Mädchen d i e Gelegenheit ihres Lebens gegeben!"

Deborah seufzte. „Mir soll's recht sein, Mutter", sagte sie müde. Dann wechselte sie rasch das Thema. „Ich werde jetzt gehen und mich um die Schallplatten kümmern."

Sie war ganz in Gedanken versunken, als sie aus der Halle ging; darum war sie ziemlich überrascht, als sie wenige Augenblicke später hinter sich ihren Namen rufen hörte.

„Hören Sie mal, Deborah – "

Sie wandte sich um und sah sich einem jungen Mann in sportlicher Kleidung gegenüber, den sie sogleich als einen der vornehmen Gäste erkannte, dessen Namen ihre Mutter kurz zuvor erwähnt hatte.

„Nanu, Doktor Chesterfield", sagte sie erstaunt.

Er lächelte ihr freundlich zu. „Ach, lassen Sie doch den ‚Doktor' ruhig weg, wenn es Ihnen nichts ausmacht. Für alle meine Freunde heiße ich ‚Murray'."

Deborah mußte lachen. „Aber wir kennen uns doch kaum!"

„Das können wir bald nachholen", erklärte der junge Mann zuversichtlich. „Ich bin sicher, wir werden einmal gute Freunde – und es macht Ihnen doch nichts aus, wenn ich ‚Deborah' zu Ihnen sage?"

„Nein – die meisten nennen mich beim Vornamen", gab sie lächelnd zurück. „Und womit kann ich Ihnen jetzt dienen, Murray?"

Er hakte sich bei ihr ein. „Ich dachte, vielleicht könnte ich Ihnen bei den Schallplatten helfen, wäre Ihnen das recht?"

„Ja, gern – die Schallplatten!" Ihr Begleiter hatte ihre Aufmerksamkeit derart gefesselt, daß sie die Schallplatten ganz vergessen hatte.

„Ich würde es mir an Ihrer Stelle nicht allzusehr zu Herzen nehmen", fuhr er fort, als sie zusammen zum Musikzimmer hinübergingen. „Sie wissen doch, daß Ihre Freundin heute abend mit Ihrem ‚Rendezvouspartner' ausgegangen ist."

Deborah starrte ihn entgeistert an. „Ich fürchte, ich weiß gar nicht, wovon Sie reden."

„Dann tut es mir leid!" Der junge Mann grinste breit. „Aber Ihre Mutter sprach doch davon."

„Dann haben Sie alles ganz falsch verstanden", sagte sie hastig. „Er war überhaupt nicht mein Partner."

„Tut mir leid!" Wieder mußte er grinsen. „Aber Ihre

Mutter schien ziemlich aufgebracht."

„Ja, das stimmt", gab sie zu, „aber nur, weil ich ihm zuerst einen Korb gegeben hatte."

„Ah, ich verstehe!" Er schenkte ihr ein mitfühlendes Lächeln. „Sie versucht, für Sie ‚das Rennen zu machen', nicht wahr?"

Vor Unbehagen schoß Deborah das Blut in die Wangen. „Nein, das habe ich niemals behauptet", sagte sie zurückhaltend.

„Das habe ich auch gar nicht sagen wollen. Aber das war doch wohl der tiefere Sinn Ihrer Worte", fuhr er hartnäckig fort. „Machen Sie sich nichts draus – ich weiß genau, wogegen Sie sich stemmen, Deborah, weil meine Familie mich auch unter allen Umständen verheiraten will. Dadurch sind wir beide ‚Leidensgefährten', nicht wahr?"

„Vermutlich ja", sagte sie zweifelnd und fragte sich dabei, wohin dieses Gespräch wohl noch führen würde.

Sie hatten das ganze Musikzimmer für sich. Zu dieser Zeit war offensichtlich keiner an Schallplatten interessiert – auch Doktor Murray Chesterfield selbst nicht, denn er wandte dem Stereogerät, das in der Ecke neben dem Fenster stand, den Rücken zu und ließ sich auf dem Sofa auf der anderen Seite des Zimmers nieder, als wolle er es sich zwanglos gemütlich machen; Deborah stand indessen etwas unsicher und zögernd neben dem Regal, das die Schallplattensammlung des Hauses enthielt.

„Ich nehme an, Sie haben schon von Sir Gilbert Chesterfield gehört – dem berühmten Herzchirurgen?" begann er.

Deborah schüttelte den Kopf. „Nein – ich wüßte nicht."

„Oh!" Er schien überrascht. „Sir Gilbert Chesterfield ist mein Onkel. Er will, daß ich sein Partner werde, wenn ich erst einmal mehr Erfahrung gesammelt habe – in ein oder zwei Jahren."

„Na, dann ist Ihre Zukunft ja gesichert."

Der junge Mann verzog sein Gesicht. „Ja – und nein. Das ist so eine Geschichte, wissen Sie. Kommen Sie doch her und setzen Sie sich zu mir, dann werde ich Ihnen alles erzählen."

Er rückte ein wenig zur Seite, um ihr Platz zu machen, und sie kam herüber und setzte sich zu ihm.

„Sehen Sie, ich stehe bei Onkel Gilbert ziemlich hoch im Kurs", fuhr er fort. „Er ist unverheiratet und hat mich in seinem Testament zum alleinigen Nutznießer gemacht – und er ist ein Vermögen wert!"

„Ach, wie interessant!"

„Ja, aber das alles ist an eine Bedingung gebunden. Onkel Gilbert hat manchmal merkwürdige Einfälle." Er holte tief Luft. „Die Bedingung lautet, ich müsse noch zu seinen Lebzeiten heiraten, und zwar eine Frau, die seine uneingeschränkte Zustimmung hat; andernfalls geht mir die Erbschaft verloren."

„Oh! Ich nehme an, das Ganze wird dadurch reichlich kompliziert."

Er nickte. „Ja – besonders auch deshalb, weil Onkel Gilbert schwer herzleidend ist und möglicherweise jeden Augenblick ‚das Zeitliche segnen' kann. Darum setzt mir meine Familie ständig zu, ich solle nicht so lange warten, bis es eines Tages zu spät ist – ich meine, daß ich mir eine Frau nehme." Er lächelte und strich sich mit den Fingern durch sein gepflegtes, lockiges Haar. „Nicht, daß ich nicht unter einer ganzen Anzahl Mädchen wählen könnte – es scheint, als seien sie alle hinter mir her, und das beunruhigt mich etwas. Darum bin ich auch hierher gekommen, um Urlaub zu machen und dem Trubel für eine Weile zu entfliehen."

Sie fand es beinahe belustigend, daß er so viel von sich erzählte; trotzdem gab sie sich ungezwungen, als sie ihm antwortete: „Dann werden Sie ja die Richtige unter den vielen auswählen, wenn es soweit ist."

„Ganz bestimmt", pflichtete er ihr bei. „Ein Mann macht gern seine eigenen Eroberungen. Aber es ist nicht einfach, wenn dabei ein Lebensschicksal auf dem Spiel steht."

Deborah schüttelte den Kopf. „Ich fürchte, ich würde da keinen Unterschied machen", sagte sie entschlossen.

Der junge Mann blickte sie überrascht an. „Wirklich nicht?" sagte er neugierig.

„Nein", sagte sie auffahrend, „wenn ich heirate, dann nur aus Liebe!"

„Liebe?" Murray Chesterfield wiederholte das Wort mit einem etwas spöttischen Unterton in der Stimme. „Ich bin der Meinung, daß es weit praktischere Dinge gibt als Liebe."

„Nun, ich wüßte nicht, ob es etwas Praktischeres gäbe als dies", widersprach sie ihm kühn. „Hören Sie ..." Sie nahm ein kleines, ledergebundenes Büchlein aus der tiefen Tasche ihres Kittels, blätterte darin und begann zu lesen: „‚Die Liebe ist langmütig und freundlich, die Liebe bläht sich nicht auf.'"

„Hören Sie mal", unterbrach Murray Chesterfield sie ungeduldig, „jetzt kommen Sie auch noch mit der Bibel!"

„Ja – und warum sollte ich nicht?" sagte sie herausfordernd.

„Weil – ach, zum Henker damit!" Zum ersten Mal seit Jahren wurde ihm etwas aus der Bibel vorgelesen, und dabei wurde ihm sonderbar unheimlich zumute. „Ich meinte, wir beide wären ‚Leidensgefährten' und gehörten dadurch zusammen, Deborah –; aber wenn Sie mit der Bibel ankommen, fürchte ich, stehen Sie damit allein!"

„Nein, das glaube ich nicht", sagte Deborah ruhig. Fest umklammerten ihre Finger das kleine Buch, als er unwillig aufsprang und mit langen Schritten das Zimmer verließ.

3

Nun plötzlich allein im Zimmer, ging Deborah zum Fenster hinüber, öffnete es und blickte hinaus, während sie tief die kühle Nachtluft einatmete. „Eine wunderschöne Nacht", dachte sie - „viel zu schön, um hier im Zimmer zu bleiben."

Es war dunkel; der volle Mond war noch nicht am Himmel aufgestiegen; aber oben am dunklen Nachthimmel leuchteten dafür die Sterne um so klarer. Und unter ihr das Meer - eine dunkle, endlose Weite, nur hier und da durch weiße Schaumkronen unterbrochen, die die Wellen in der Finsternis aufleuchten ließen. Es war eine von den Nächten, deren Ruf sie immer zu vernehmen meinte - eine Nacht, in der sie schon oft allein über den Klippen entlanggewandert war, das Sausen des Seewindes in den Ohren und den salzigen, prickelnden Gischt auf ihrem Gesicht - eine von den vielen Nächten, in denen sie schon als kleines Mädchen gern dem dumpfen Murmeln des Meeres lauschte und zu verstehen versuchte, was das Meer ihr damit wohl sagen wollte. Und jetzt wußte sie es. Oder vielleicht hatte sie es schon früher gewußt, mit den Worten jenes Liedes, das sie immer so gern gesungen hatte:

„Weit, weit wie die Meere,
höher als irgendein Stern,
tief und echter als alles
ist die Liebe meines Herrn . . ."

Nein, dies war keine Nacht, um im Hause zu bleiben, dachte sie entschlossen, als sie sich umwandte, um noch einen Blick ins Zimmer zu werfen. Es war noch niemand gekommen, der eine Platte hören wollte. Vielleicht waren sie alle nach draußen gegangen.

Ihr Entschluß war in einem Augenblick gefaßt. Niemand würde sie in so kurzer Zeit vermissen. Und ein Spaziergang an den Klippen entlang würde ihr helfen, ihre ziemlich aufgewühlten Gefühle wieder zur Ruhe kommen zu lassen.

Kurze Zeit später hatte sie schon das Zimmer verlassen und schlüpfte leise in den Garten hinaus, den schmalen Fußweg bis zum Gartentor, und dann den engen Trampelpfad entlang, der sich zwischen Strandhafer und Dünen bis zur höchsten Klippe hinaufwand.

Es war nur das ferne Aufblitzen des Leuchtfeuers vom Dover-Point-Leuchtturm zu sehen, weit draußen am südlichsten Zipfel der Bucht, wo die Strömungen tückischer und die Klippen zerklüfteter waren als an irgendeiner anderen Stelle entlang der Küste; sicheren Schrittes und zielstrebig ging Deborah dahin, auf das Licht zu. Als ihr Weg sie über die nächste Bodenerhebung führte, sah sie ein anderes Licht, das hoch oben auf Rocklea Ridge in die Nacht hinausleuchtete, jene sandige, vom Wind durchpeitschte Hochebene, auf der die Kirche erbaut war – das einzige Zeichen dafür, daß hier Menschen wohnten –, außer Dover Cottage, wo die alte Frau Forrester ganz abgeschieden lebte. Aber die Hütte lag weiter entfernt. Das Licht mußte von der Kirche stammen. Und sie fragte sich verwundert, warum dort wohl Licht brannte; denn heute, am Samstag abend, fand dort kein Gottesdienst statt.

Dann begriff sie plötzlich. Die alte Frau Forrester mußte dort sein, um das Gotteshaus für den morgigen Gottesdienst herzurichten. Sie kümmerte sich immer um das Gebäude und sorgte für Blumenschmuck. Aber für die alte Dame war es jetzt schon reichlich spät, um noch dort zu sein. Vielleicht brauchte sie Hilfe. Deborah beschloß, dort vorbeizugehen und nachzuschauen.

Aber als sie dann nach einem ziemlich anstrengenden Aufstieg endlich bei der Kirche ankam, wurde ihr klar, daß ihre Befürchtungen unbegründet waren. Denn als sie in dem gedämpften Licht stand, das durch die bunten Glasfenster der Kirche fiel, hörte sie die alte Dame singen. Sie hatte eine klare, schöne Stimme, und Deborah konnte deutlich die Worte des Liedes verstehen – eines Liedes, das sie erst vor wenigen Wochen kennengelernt hatte ...

„O Lieb', die mich nicht lassen will,
bei dir mein müdes Herz wird still."

Mit festen Schritten, in der Absicht, damit ihr Kommen anzukündigen, ging Deborah die ausgetretene Steintreppe zur Kirchentür hinauf, die nur angelehnt war. Dann klopfte sie leise an und rief: „Sind Sie es, Frau Forrester?"

Der Gesang hörte auf, und eine Stimme antwortete ihr von drinnen: „Ja – kommen Sie nur herein."

Deborah stieß die Tür auf und trat in die Vorhalle. Vor ihr stand die mütterliche Gestalt der ältlichen Emily Forrester, die ihr freundlich zulächelte.

„Ach, Deborah, Sie sind's!" rief sie überrascht. „Wie schön, Sie hier zu sehen!"

„Ich habe einen Abendspaziergang gemacht", erklärte Deborah, „und als ich noch Licht in der Kirche sah, fragte ich mich –"

Die alte Dame lächelte. „Ich komme gewöhnlich jeden Samstagabend hierher, um mich davon zu überzeugen, daß für den morgigen Gottesdienst alles ordentlich hergerichtet ist."

„Aber es ist für Sie doch schon reichlich spät", warf Deborah dazwischen.

Die alte Dame schüttelte den Kopf. „Ich fürchte, ich habe völlig die Zeit vergessen, meine Liebe. Mir ist, als habe ich mit offenen Augen geträumt."

Deborah lachte. „Ich denke, Sie haben gesungen, als ich eben kam, Frau Forrester."

„O ja!" Die alte Dame strahlte. „Das war mein Lieblingslied – ‚O Lieb', die mich nicht lassen will'. Morgen im Gottesdienst soll es gesungen werden. Sehen Sie –", während sie sprach, stieß sie die grünen Friestüren auf, die in den eigentlichen Kirchenraum hineinführten, und wies auf die Liedertafel, die neben der polierten Eichenkanzel hing, „da steht es angeschlagen – als letzte Nummer."

Aber Deborah warf nur einen flüchtigen Blick darauf; ihre Augen blieben wie gebannt auf der riesigen Vase mit dunkelroten Rosen haften, die auf einem erhöhten Sockel stand, und sich farblich wunderbar von dem satten Gelb der Kirchenwand abhob.

„Was für herrliche Rosen!", rief sie voll Bewunderung aus.

Emily Forrester lächelte. „Die sind alle aus meinem Garten."

„Wirklich? Sie müssen einen wunderschönen Garten haben, Frau Forrester."

„Ja." Sie blickte plötzlich sehr nachdenklich. „Ich nenne ihn meinen Garten der Erinnerungen. Er ist voller Rosen – roter Rosen. Und alle sind sie mir sehr lieb. Aber heute habe ich sie gepflückt, aus einem ganz besonderen Grund."

„Ja?" Deborah blickte sie fragend an.

„Pastor Trewman spricht morgen über meinen Lieblingstext: Jeremia, Kapitel 31, Vers 3 ‚Ich habe dich je und je geliebt'." Sie hielt inne. „Und die Rosen habe ich gepflückt, weil sie genau dazu passen."

Deborah schaute etwas verwirrt. „Ich verstehe nicht genau, was Sie meinen, Frau Forrester."

„Natürlich nicht, meine Liebe." Sie ging zu einem der leeren Kirchenstühle hinüber. „Setzen wir uns doch einige Minuten, dann erzähle ich Ihnen alles genau."

Gern folgte Deborah ihrer Aufforderung, und als die beiden dann dicht nebeneinander saßen, begann die alte Dame, ihr Geheimnis zu lüften.

„Wissen Sie, die Leute äußern oft, wie hübsch die Blumen in der Kirche aussehen, aber ich glaube, die meisten von ihnen wissen gar nicht, warum –"

„Ja, warum denn dann, Frau Forrester?" Deborah zeigte echtes Interesse.

„Weil ich immer versuche, vorher herauszubekommen, über welchen Text am Sonntagmorgen gepredigt wird, und dann sehe ich, ob ich Blumen finden kann, die dazu passen", erklärte sie. „Wenn der Text lautete: ‚Selig sind, die reines Herzens sind', dann stellte ich eine Schale mit weißen Lilien hin. Und wenn der Pastor über das Wort sprach: ‚Du willst ihn bewahren wie einen Augapfel im Auge', dann setzte ich einige blühende Apfelzweige hin."

„Welch ein netter Gedanke!" rief Deborah. „Ich werde mir daraufhin in Zukunft die Blumen genauer ansehen."

„Ich kann es natürlich nicht immer so machen, meine Liebe. Aber für morgen ist es schon recht so – mit den roten Rosen. ‚Rote Rosen für die Liebe' – so pflegte mein lieber Mann zu sagen." Verstohlen wischte sie sich eine Träne ab.

Deborah faßte die alte Dame bei der Hand. „Wie lautete gleich noch der Text?" fragte sie mitfühlend.

Emily Forrester blickte mit einem strahlenden Lächeln zu ihr auf. „‚Ich habe dich je und je geliebt', sagt Gott in jenem Wort, Deborah. Es ist ein wunderbarer Vers."

„Ja", stimmte ihr Deborah gedankenverloren zu. „Aber manche Leute glauben nicht an Liebe, nicht wahr?"

Überrascht blickte die alte Dame das Mädchen an. „Meine Liebe, wenn Sie an Gott glauben, müssen Sie auch an die Liebe glauben, denn ‚Gott ist Liebe'. Ich meine natürlich nicht jene billige Sache, die manche Menschen ‚Liebe' nennen", beeilte sie sich hinzuzufügen. „Ich meine die wirkliche Liebe – jene Liebe, von der die Bibel sagt, daß sie ‚nimmer aufhört'."

„Das weiß ich", sagte Deborah leise, und es wurde ihr dabei ganz warm ums Herz. „Erzählen Sie mir mehr, Frau Forrester."

„Die Liebe, die Gott in unsere Herzen legt, durch ihn geheiligt und gesegnet", fuhr Emily Forrester fort, „die ist es, welche uns durch die sonnigen und schattigen Strecken des Lebens hindurchbringt und uns auch über das Grab hinaus noch hoffen läßt – ‚aus jenem Grunde Blüten rot, das Leben, das nicht sieht den Tod!'"

Sie zitierte die letzten Zeilen ihres Lieblingsliedes, und an dem Leuchten, das auf ihrem Gesicht lag, konnte Deborah sehen, daß sie weit über die Grenzen der kleinen Kapelle hinaus in das Reich des Unsichtbaren entrückt war, wo Hoffnung und Liebe letzte Erfüllung finden. Und Deborah blickte weg, aus Furcht, sie könnte diesen geheiligten Augenblick stören. Dabei fiel ihr Blick auf die Rosen – üppig und rot in dem sanften, gedämpften Licht.

„Ist dies die tiefere Bedeutung der Rosen?", wagte sie schließlich zu fragen.

„Ach ja, die Rosen!" Die alte Dame fand lächelnd in die Gegenwart zurück. „Ich wollte Ihnen doch die Geschichte erzählen, nicht wahr?" Sie tat einen tiefen Atemzug. „Ich muß immer daran denken, daß in der Zeit unserer ersten, jungen Liebe mein Mann mir immer als schönstes Geschenk einen Strauß roter Rosen brachte. ‚Rote Rosen für die Liebe', sagte er. Und so ist es dann unsere ganze Ehe hindurch geblieben. Jedes Jahr pflanzten wir an unserem Hochzeitstag einen Rosenstock im Garten – rote Rosen. Und wir waren beinahe fünfzig Jahre miteinander verheiratet. So können Sie sich ausrechnen, daß ich viele Rosen habe."

„Und seitdem Ihr Mann gestorben ist?"

Sie seufzte. „Ich pflanze jetzt keine Rosenstöcke mehr, aber ich hege immer noch meine Erinnerungen. Jede Rose ist eine Erinnerung – und wenn ich von meinen Rosen umgeben bin, scheint er mir immer sehr nahe zu sein."

Deborah wandte sich ab, um die Tränen nicht zeigen zu müssen, die ihr in die Augen gestiegen waren. Dann sah sie, daß in dem Korb, den die alte Dame hergetragen hatte, noch einige Rosen lagen. „Dürfte ich Ihnen helfen, diese auch noch aufzustellen, Frau Forrester?" fragte sie plötzlich.

Emily Forrester erhob sich. „Ja, vielen Dank, meine Liebe. Wir wollen noch eine Vase fertig machen, und dann sollten wir auch heimgehen."

„Ich werde Sie bis zu Ihrem Häuschen begleiten, wenn Sie hier soweit fertig sind, Frau Forrester", erbot sich Deborah freiwillig. „Es ist doch ein ziemliches Stück Weg für Sie, wenn Sie alleine sind."

Die alte Frau schüttelte den Kopf. „Ich bin niemals ganz allein, wissen Sie", sagte sie lächelnd. „Christus geht neben mir, wie er ja gesagt hat: ‚Ich will dich nicht verlassen noch versäumen.' Und das hat er auch noch nie getan, Deborah – nicht ein einziges Mal in all den Jahren, die ich schon mit ihm gegangen bin."

Deborah seufzte tief. „Ich wünschte, ich hätte solchen Glauben wie Sie, Frau Forrester."

Die alte Dame legte tröstend ihre Hand auf den Arm des Mädchens. „Der Glaube wächst, meine Liebe", sagte sie schlicht, „er wächst aus der Erfahrung – aus unserer Gemeinschaft mit dem Herrn und mit denen, die ihn lieb haben. Wollen Sie morgen nicht zum Gottesdienst kommen?"

Bei dieser unvermittelten Frage huschte eine Wolke über Deborahs Gesicht. „Ich würde schon gern kommen, Frau Forrester, aber das wird ziemlich schwierig sein", gestand sie. „Sehen Sie, Sonntagvormittag gibt es im Fremdenheim sehr viel zu tun, und dann braucht Mutter angeblich immer meine Hilfe. Sie wird nicht gerade sehr erbaut sein, wenn ich zur Kirche gehen will."

„Wir wollen darum beten", sagte die alte Dame vertrauensvoll. „Ich werde für Sie heute abend in besonderer Weise beten, dann wird der Herr alles für Sie recht machen und die Schwierigkeiten aus dem Weg räumen – Sie werden sehen!"

„Ich danke Ihnen, Frau Forrester, herzlichen Dank für alles", sagte Deborah dankbar und gab der alten Dame einen Kuß auf die Wange.

Wenige Minuten später hatte Emily Forrester die Lichter gelöscht und die Kirchentür zugeschlossen, und Arm in Arm gingen die beiden hinaus. In der herzlichen Freundschaft und dem gegenseitigen Verstehen, das sich so bald zwischen ihnen ergeben hatte, wußte jede von ihnen der anderen etwas mitzugeben. In ihrer sprühenden Jugend verlieh Deborah der alten Dame eine Kraft und Lebensfreude, die sie in längst vergangene Zeiten zurückversetzte; aber erst die volle Reife ihres Alters hatte Emily Forrester zu dem gewissen Glauben und der lebendigen Hoffnung geführt, wovon sie jetzt dem jungen Mädchen an ihrer Seite etwas abgeben konnte.

Der Mond war jetzt am Himmel aufgestiegen und tauchte die Landschaft in ein blasses, silbernes Licht; so konnten sie ohne Gefahr den Weg finden, der sie von der Kirche nach Dover Cottage führte.

Und viel zu schnell war dann für Deborah der gemeinsame Weg zu Ende; denn schon bald stand sie am Tor des sauberen, weißgetünchten Häuschens und sagte ihrer Freundin gute Nacht. Aber jetzt betrachtete sie das Haus mit anderen Augen und neuem Interesse: das schmiedeeiserne Gitter des Vordachs, die freundlichen Vorhänge an den kleinen Fenstern, und vor allem die Rosenbüsche, die in üppiger Fülle den Gartenweg säumten.

Sie trat etwas zur Seite und schaute wieder hin. Ja, der Rosengarten erstreckte sich auch seitlich am Haus entlang. Und dann fiel ihr noch etwas auf. Das seitliche Fenster war erleuchtet ...

„Ich lasse jede Nacht dieses Licht im Fenster brennen – es ist mein ‚Leuchtfeuer'", erklärte Emily Forrester, die dem fragenden Blick des Mädchens gefolgt war. „Ich weiß zwar, daß es nicht annähernd so hell ist wie der Lichtstrahl des Leuchtturms", beeilte sie sich hinzuzufügen, „aber immerhin ist es ein weiteres Licht entlang der Küste, und mir ist es ein lieber Gedanke, daß es vielleicht jemandem helfen könnte."

„Das wird es bestimmt, Frau Forrester." Mit diesen Worten sagte Deborah der alten Dame herzlich Lebewohl und wandte sich um, um ihre Schritte wieder zum Pfad auf den Klippen zurückzulenken.

In kurzer Zeit hatte Deborah den steilen Abstieg vom Grat bis zur höchsten Erhebung der Klippe zurückgelegt und hielt an, um sich umzuschauen. „Ein weiteres Licht entlang der Küste", hatte die alte Dame gesagt ... Ja, dort waren sie – der grelle Lichtstrahl des Leuchtturms und, etwas weiter unten, wo sonst nachtschwarze Finsternis wäre, warf Emily Forresters kleines, aber trauliches Licht seinen Schein durchs Fenster. Da stockte Deborah plötzlich der Atem. Da war ja noch ein Licht – unten, zwischen den Felsen, am Fuße des Riffs. Ein schmaler Lichtstrahl, der rasch hin- und herschwenkte. Vielleicht ein Notsignal!

Voller Angst und Unruhe ging sie näher an den Rand der Klippe heran, um angestrengt nach unten zu spähen. Wer konnte das dort unten sein? Es gab nur eine Möglichkeit, um darüber Gewißheit zu bekommen: hinunterzusteigen und nachzusehen ...

4

Eine Fülle von Fragen stürmten auf Deborah ein, als sie den Pfad suchte, der einigermaßen sicher zum Fuß der Klippe hinunterführte. Sie kannte diese Gegend bei Tage recht gut. Irgendwo dort unten am Riff befand sich eine Höhle, wo sie als Kind oft zu spielen pflegte – eine Höhle, die bei Flut immer überschwemmt war. Und die Flut war eben jetzt im Steigen begriffen.

Mit einiger Mühe fand sie endlich den Anfang des Pfades; vorsichtig stieg sie über den Rand und begann sich auf ihrem Weg den steilen Hang hinunter Schritt für Schritt vorzutasten, wobei sie mit den Händen an Grasbüscheln und vorspringenden Felskanten Halt suchte. Wer konnte denn dort unten sein, fragte sie sich wieder, angelockt durch den schmalen Lichtkegel, der in der Tiefe unter ihr hin- und herzuckte. Wahrscheinlich einer, der von der einbrechenden Flut überrascht worden war.

Aber es konnte doch wohl kaum jemand von den Einheimischen sein, dachte sie, als sie auf ihrem behutsamen Abstieg allmählich ihrem Ziel näherkam. Sie alle kannten die Gezeiten und die Strömungen gut; und abgesehen davon wagte sich niemand je nach Einbruch der Dunkelheit in die Richtung von Dover Point. Der alte Herr Andrews, der die kleine Flotte von Vergnügungsbooten versorgte, die Rocklea Cove für seine Besucher bereithielt, hatte ihr einige anschauliche Geschichten davon erzählt, welche Gefahren die Küste bei Nacht barg. Und sie mußte über sich selbst lächeln bei dem Gedanken, was „Old Andy", wie ihn alle nannten, wohl sagen würde, wenn er sie jetzt hier sehen könnte. Aber wie alle einheimischen Bewohner von Rocklea Cove, lag der alte Bootsmann wahrscheinlich in seinem Bett und schlief in seinem kleinen Häuschen auf der anderen Seite des Riffs. Natürlich hätte sie ihn auch zu Hilfe holen können, aber der Weg dorthin war weit, und jede Verzögerung konnte gefährlich werden. Außerdem war ihr dieser Pfad vertraut; und wenn es nur ein waghalsiger Tourist war, der von der Flut überrascht wurde, konnte sie ihm leicht den Rückweg zeigen.

Eine steife Brise war aufgekommen und wehte vom Meer her; Deborah fröstelte, als der kalte, feuchte Gischt von den unten anbrandenden Brechern sehr bald ihr leichtes Sommerkleidchen durchnäßte. Und je tiefer sie gelangte, desto schwieriger fand sie für ihre Füße Halt auf dem schlüpfrigen Untergrund. Aber sie hatte es nicht mehr sehr weit.

Unter einer vorspringenden Felsspitze, die ihr ein wenig Schutz bot, blieb sie stehen, um Atem zu schöpfen; sie blickte hinunter, dorthin, wo sich immer noch das Licht bewegte; und plötzlich meinte sie, eine dunkle Gestalt zu erkennen – die Gestalt eines Mannes, dessen Umrisse sich irgendwo in der Nähe der alten Felsenhöhle im Mondlicht abzeichneten.

Was er auch immer tun mochte, jedenfalls versuchte er nicht, die Aufmerksamkeit auf sich zu lenken; denn als sie sich zum nächsten Sims herunterließ, sah sie, daß das aufblitzende Licht von irgendeiner Taschenlampe herrührte, mit der er die Klippe ableuchtete, als suche er irgend etwas; dabei hatte er einige Mühe, auf den tückischen Felsen, die gurgelnd von den Wellen umspült wurden, das Gleichgewicht zu halten. Er war in sein Tun so vertieft, daß er nicht ein einziges Mal aufblickte, obgleich sie ihn so laut sie konnte anrief, um seine Aufmerksamkeit auf sich zu lenken. Aber ihre Stimme verlor sich im Tosen und Brüllen des Meeres. Sie würde noch näher an die Stelle herangehen müssen, sagte sie sich.

Als sie einen weiteren Schritt tiefer machte, glitt ihr Fuß leicht aus und löste dabei einige lose Steine, die in die Tiefe polterten und so dicht neben ihm aufschlugen, daß er erschrocken nach oben blickte und sein Licht dorthin richtete, um die Ursache dieser plötzlichen Störung herauszufinden.

„Wer ist da?" rief er barsch. Deborah blinzelte, als der Lichtkegel sie plötzlich blendete. Und dann – „Du meine Güte!" brachte er keuchend heraus.

Und als er den Strahl seiner Taschenlampe wieder nach unten lenkte, erkannte sie sein Gesicht unter seinem enganliegenden Südwester – mürrisch, zornig und sichtlich überrascht.

„Was machen Sie denn hier unten?" herrschte er sie grob an.

Deborah unterdrückte nur mit Mühe die Tränen. Sie hatte kaum mit einer solch unfreundlichen Begrüßung gerechnet. „Ich sah das Licht", sagte sie gepreßt, „ich meinte, Sie geben Notsignale."

„Das ist nicht der Fall", antwortete er kurz. „Gehen Sie zurück – mit mir ist alles in Ordnung."

Sie blickte in das wirbelnde Wasser hinunter. „Sie sind nicht in Sicherheit!" fuhr sie hartnäckig fort. „Sie sind von der Flut eingeschlossen worden – können Sie das nicht sehen?"

„Was geht mich die Flut an!" Er schien noch mehr verärgert. „Ich wate hier heraus, wenn ich fertig bin. Gehen Sie zurück, haben Sie gehört!"

Aber Deborah gab gleichfalls nicht nach. „Sie müssen jetzt mit mir kommen – diesen Pfad hinauf. Wenn Sie das nicht tun, werden Sie niemals hier herauskommen. Kommen Sie schon!" Mit kalter, nasser Hand gab sie ihm ein Zeichen.

Aber der Fremde wollte sich nicht helfen lassen und blieb stur auf seinem Platz stehen. „Sie können mir gar nichts erzählen, wie dieser Ort beschaffen ist. Ich bin früher schon einmal hier gewesen – und ich weiß auch, was ich tue!"

Enttäuscht und ärgerlich zog sich Deborah jetzt zurück. „Sie lassen sich überhaupt von niemandem etwas sagen, nicht wahr? Nun, wenn Sie es unbedingt so haben wollen!"

„Ja, so ist es", grunzte er unfreundlich, „und ich kann solche Leute nicht leiden, die sich in meine Angelegenheiten mischen."

„In Ihre Angelegenheiten mischen?" brachte das Mädchen keuchend heraus, wobei sie hysterisch auflachte, als sie sich die Unmöglichkeit dieser Situation vor Augen hielt. Hier standen sich zwei wildfremde Menschen gegenüber und stritten sich wie törichte Kinder, während sein Leben – und das ihre deshalb nicht weniger – in höchster Gefahr war. „Es tut mit leid, daß ich mir überhaupt Ihretwegen Sorgen gemacht habe! Aber ich werde Sie nicht mehr belästigen – ich gehe jetzt auf dem Weg zurück, den ich gekommen bin!" Sie wandte sich vorsichtig auf dem schmalen Felsabsatz um, wobei sie ihre letzte Warnung ausstieß: „Und wenn Sie nur ein klein bißchen Verstand hätten, würden Sie auch kommen!"

Wenn sie sich jetzt umgeschaut hätte, wäre ihr nicht entgangen, daß er jetzt doch etwas beunruhigt auf das stetig steigende Wasser blickte und dann in die Richtung, in der sie sich befand. „Ach – warten Sie doch eine Minute!" rief er in einem Tonfall, der etwas mehr Bereitwilligkeit verriet. „Vielleicht komme ich doch mit!"

Deborah gab ihm keine Antwort, blickte sich auch nicht nach ihm um; aber als sie sich wieder anschickte, den gefährlichen Aufstieg zu wagen, wußte sie, daß er ihr dichtauf folgte, obwohl es ihm offensichtlich etwas schwerfiel, mit ihr Schritt zu halten. Und wieder fragte sie sich, wer er sei, woher er gekommen war und was er unten auf den tückischen Felsen getrieben hatte. Sicher doch etwas, bei dem er nicht gestört werden wollte ...

Schließlich hatte sie den Aufstieg geschafft und warf sich, erschöpft und völlig verausgabt, wie sie war, auf den kümmerlichen Strandhafer, der in unregelmäßigen Flecken auf dem Kamm des Riffs wuchs. Diesen Untergrund hätte man sich sonst wohl kaum zur Ruhestatt gewählt, aber im Gegensatz zu ihren kalten, durchnäßten Kleidern fühlte er sich warm und trocken an. Aber sie hatte kaum Zeit gehabt, um einigermaßen wieder zu sich zu kommen, da hörte sie schon in ihrer unmittelbaren Nähe ein sonderbares Schlurfen und das Poltern loser Steine. Mühsam erhob sie sich und spähte über den Klippenrand. Ihr widerspenstiger Gefährte mühte sich verzweifelt, den letzten Felsabsatz zu erklimmen. Kein Wunder, daß er sich so abmühen muß, dachte sie bei sich, als sie zum ersten Mal bemerkte, daß er zu seinem Südwester knielange Gummistiefel und einen Ölmantel trug, mit einer Schultasche über der Schulter. Wohl kaum die rechte Kleidung für eine solche Kletterpartie!

Ihre eigene Müdigkeit vergessend, kroch sie noch etwas dichter an den Rand heran, und beugte sich, so weit sie konnte, nach vorn über, um ihre Hand auszustrecken.

„Danke!" keuchte der Fremde ganz außer Atem, als er es endlich mit ihrer Hilfe schaffte, sich auf den Gipfel der Klippe hinaufzuziehen. Dann warf er sich erschöpft neben sie auf die Erde.

Nach kurzem Schweigen streckte er ganz unvermittelt seinen Arm aus, um ihre Hand zu berühren.

„Sie sind kalt – und naß", sagte er schroff. „Wo wohnen Sie? Ich werde Sie heimbegleiten."

Sie schüttelte den Kopf, da ihr immer noch die scharfen, unfreundlichen Worte von vorhin im Herzen brannten. „Das ist nicht nötig – ich werde es schon allein schaffen, unbeschadet heimzukommen."

„Nein, das werden Sie nicht!" Er ließ nicht locker, und in seiner Stimme schwang ehrliche Besorgnis, als er jetzt seine Kopfbedeckung abzog und begann, den Ölmantel auszuziehen. „Nehmen Sie das hier. Sie werden sich sonst zu Tode erkälten!"

Obwohl sich alles in ihr dagegen sträubte, war sie doch zu erschöpft, um sich zu wehren, als er ihr jetzt beim Aufstehen half und ganz behutsam den Mantel um sie legte. Und dabei bekam sie erstmalig sein Gesicht aus nächster Nähe zu sehen – ein Gesicht, in dem Unglück und

Leiden ihre Spuren hinterlassen hatten. Diese Gedanken bewegten sie, als sie jetzt den Blick seiner dunklen, tiefliegenden Augen eher spürte als sah, während der Schopf seiner wirren Haare die auffallende Blässe seines Gesichts noch hervorzuheben schien. Und er war auch noch ziemlich jung, stellte sie fest.

„Und nehmen Sie meinen Arm", fuhr er in seiner sachlichen Art fort. „Wie weit haben Sie zu gehen?"

Wieder folgte sie ohne Widerrede, froh über seine Hilfe, als sie miteinander über die Sanddünen in Richtung auf den befestigten Kiesweg schritten. Und wenn sie es auch selbst nur ungern eingestand, so empfand sie doch etwas beruhigend Starkes und Schützendes in seiner Berührung.

„Wo wohnen Sie?" war seine erneute Frage.

„Das ist ein weiter Weg bis dahin. Das Fremdenheim drüben auf dem östlichen Kamm – "

„Meinen Sie etwa Endcliffe Lodge?"

„Ja." Überrascht blickte sie ihn an. „Dann kennen Sie es?"

Er nickte. „O ja. Ich bin hier schon einmal gewesen – "

Sie blickte ihn neugierig an. „Ich glaube nicht, daß ich Sie früher schon einmal gesehen habe. Ich dachte, Sie wären fremd hier."

Er zuckte seine breiten Schultern. „Das bin ich auch", war seine kurze Antwort, „und ich will es auch in der Weise bleiben. Aber es tut mit leid, daß ich vorhin so grob zu Ihnen war."

„Sie brauchen sich dafür nicht zu entschuldigen", sagte sie rasch, „ich denke, ich war auch nicht gerade höflich. Aber ich wollte Sie auf keinen Fall dort unten lassen, nachdem ich Sie gefunden hatte." Sie hielt inne. „Was wollten Sie denn überhaupt dort machen?"

Sie spürte, wie er sich straffte. Es folgte ein kurzes, gespanntes Schweigen.

„Das ist meine Sache", sagte er schroff.

„Oh – dann tut es mir leid, daß ich danach gefragt habe", antwortete sie gleich darauf. „Ich wollte Sie nicht ausfragen."

Sie hatten eben die Straße erreicht und bogen langsam um die Kurve, als sich ein Wagen mit hoher Geschwindigkeit von vorne näherte und sie mit seinen grellen Scheinwerfern blendete.

„Geben Sie acht!" Plötzlich wurde Deborah klar, daß der große, dunkle Femde einen Schritt näher an ihre Seite gekommen war, um sie vor der Gefahr zu schützen, die ihr von dem in rasender Fahrt herandonnernden Fahrzeug drohte.

Als es ganz dicht an sie herangekommen war und sich auf gleicher Höhe mit ihnen befand, sah sie, daß es ein Sportwagen war – ein roter Sportwagen. Ihr Herz setzte einen Schlag aus, als sie eine hohe, vertraute Stimme aufgeregt rufen hörte: „Schau mal, Derrick – da läuft Deborah. Hallo, Debbie – !"

Der Fahrer aber machte keinen Versuch, anzuhalten; und einen Augenblick später war nur noch die große Staubwolke da, die der vorbeifahrende Wagen aufgewirbelt hatte.

„Dummes Volk!" murmelte ihr Begleiter, als er sie wieder auf die Straße zurückführte. „Sie hätten uns glatt überfahren!"

„Ja", stimmte sie ihm zu. Ihr Atem ging rasch.

„Es hatte den Anschein, als waren Sie ihnen bekannt", fuhr er fort, wobei er ihr einen fragenden Blick zuwarf.

„Hm – ja." Deborah verfiel wieder in Schweigen, während ihre Gedanken von dem geheimnisvollen Fremden an ihrer Seite zu den beiden Insassen des Sportwagens wanderten, die ihr in diesem Augenblick gar nicht willkommen waren. Es gehörte nicht viel Phantasie dazu, sich auszumalen, zu welcher Schlußfolgerung Derrick Jones nach dieser flüchtigen Begegnung kommen würde; und Felicity würde die ganze Geschichte sicher noch ausschmücken.

Schweigend legten sie den Rest des Weges zurück, Deborah war so tief in ihre Gedanken versunken, daß sie überrascht war, als sie am Tor zur Einfahrt des Heims standen und sie ihren Begleiter sagen hörte:

„Ist es Ihnen recht, wenn ich mich hier von Ihnen verabschiede?"

„O ja, vielen Dank für Ihre Begleitung", sagte sie hastig, innerlich erleichtert, daß er nicht geneigt schien, bis ans Haus mitzukommen. „Sie sollten jetzt lieber wieder Ihren Mantel nehmen", fügte sie hinzu und versuchte dabei, mit ungeschickten Fingern den Ölmantel aufzuknöpfen.

„Ach, machen Sie sich darüber keine Sorgen", entgegnete er lässig.

„Aber Sie werden ihn sicher brauchen", sagte sie bestimmt, als er etwas zögernd herantrat, um ihr beim letzten Knopf zu helfen.

„Na" – , die tiefen Furchen um seinen Mund entspannten sich zu einem leisen Lächeln, „heute abend jedenfalls nicht mehr."

„Und auch an keinem anderen Abend mehr", gab sie rasch zur Antwort, „wenn Ihnen Ihr Leben lieb ist."

Er starrte sie schweigend an; aber er blickte durch sie hindurch in weite Ferne, als versuche er, durch einen dunklen, undurchdringlichen Schleier hindurchzusehen . . .

„Ich bin nicht sicher, ob ich das nicht wieder tun werde", sagte er schließlich, fast, als äußere er laut seine Gedanken; dann, sich plötzlich wieder seiner Begleiterin bewußt, wandte er sich ihr mit einer leichten, etwas steifen Verbeugung zu. „Gute Nacht!" sagte er kurz.

„Gute Nacht."

Im nächsten Augenblick war er in der Finsternis verschwunden.

5

„Na, Deborah – was bekomme ich da über gestern abend alles zu hören?”

Constance Lee stellte ihre Tochter nach dem Frühstück mit dieser geradeheraus gestellten Frage, als sie in dem kleinen Büro neben der Empfangshalle standen.

Sonntag vormittag zwischen zehn und zwölf Uhr ging es in Endcliffe Lodge immer recht lebhaft zu: Manche Gäste reisten ab, andere kamen an, wieder andere rüsteten sich für einen geplanten Tagesausflug. Aber im Augenblick war es gerade einmal etwas ruhiger, und Frau Lee stellte eben eine weitere herausfordernde Frage: „Du hast mir kein Sterbenswörtchen erzählt!”

Deborah schüttelte lächelnd den Kopf. „Da gibt es wirklich nichts zu erzählen, Mutter.”

„Wirklich nichts?” kam die mißtrauische Frage, „wo du mit einem ‚großen dunklen Fremden' abends ausgehst?”

Deborah seufzte. „Ach du liebe Zeit, dann hat dir Felicity vermutlich etwas erzählt!”

„Nicht nur Felicity weiß so etwas zu berichten, glaube mir”, erklärte die Mutter energisch. „Herr Jones muß es sicher als persönliche Beleidigung auffassen, wenn du seine Einladung ausschlägst mit der Begründung, du wollest den Abend zu Hause bleiben, und er dich draußen mit jemand anderem spazierengehen sieht.”

„Ach, das ist doch alles nicht so schlimm”, wehrte Deborah leichthin ab. „Ich wollte wirklich gestern abend nicht ausgehen – ”

„Aber du hast es doch getan, Deborah.”

„Ja”, gab sie zu. „Ich dachte nur, noch eben einen

kleinen Spaziergang zu machen, bevor ich ins Bett ging. Zufällig aber sah ich unten bei den Felsen nach Dover Point zu ein Licht. Darum stieg ich hinunter, um der Sache auf den Grund zu gehen, in der Meinung, es wäre jemand, der so um Hilfe rief. Und es war auch jemand –"

„Dabei hast du aber allerhand riskiert", warf ihre Mutter besorgt dazwischen.

Deborah lächelte. „Wirklich, es war ein größeres Wagnis als ich erst dachte; denn er war gar nicht erfreut, mich zu sehen, und das einzige, was ich tun konnte, war, daß ich ihn zum Aufstieg überredete, bevor er von der Flut völlig eingeschlossen wurde."

„Aber was hat er denn dort gemacht?"

„Ich weiß nicht. Er könnte dort nach irgend etwas gesucht haben, aber er war sehr wortkarg und wollte darüber nichts sagen. Er war überhaupt nicht sehr freundlich."

„Hm – na ja –." Mißtrauisch blickte Frau Lee zu ihrer Tochter hinüber. „Wie ich höre, war er doch nett zu dir, als er dich nach Hause begleitete."

Deborah machte eine ungeduldige Bewegung mit der Hand. „Oh, das klingt ganz nach Felicity, Mutter, die immer gern ausschmückt, was sie gehört hat. Er begleitete mich nur aus Höflichkeit heim, und wenn er mich nicht schützend zur Seite gedrückt hätte, als die beiden angerast kamen, wäre ich glatt überfahren worden."

„Hm." Das Mißtrauen ihrer Mutter war immer noch nicht ganz verflogen. „Und was hast du Näheres über ihn selbst in Erfahrung bringen können?"

„Wirklich nicht allzuviel. Wir kamen in unserem Gespräch gar nicht bis zu persönlichen Dingen, und ich denke nicht, daß er darauf aus ist, unsere Bekanntschaft weiter auszubauen." In Erinnerung daran mußte sie unwillkürlich lächeln.

Aber jetzt war bei Constance Lee die Neugierde wachgeworden. „Wie schade, daß du nicht erfahren konntest, wer er ist."

„Ich konnte es wirklich nicht. Na ja, es macht ja auch nichts. Ich halte es für unwahrscheinlich, daß ich ihn jemals wiedersehe."

Frau Lee warf ihrer Tochter einen kurzen, prüfenden Blick zu. Sie sah reizend aus in ihrem frischen, lichtblauen Leinenkleid. „Oh", bemerkte sie hintergründig, „als ich sah, daß du dich heute morgen so nett herausgeputzt hast, dachte ich, er käme vielleicht zu Besuch her."

Deborah lachte. „Aber nein doch – nichts dergleichen!" Aber dann wurde ihr Gesicht ernst. „Vielmehr hoffte ich, ob ich heute vormittag vielleicht zur Kirche gehen könnte."

Ihre Mutter runzelte die Stirn. „Ich wünschte, du zeigtest an anderen Dingen ebensoviel Interesse wie an der Kirche", sagte sie scharf. „Aber das fällt dir ja reichlich spät ein", fügte sie hinzu, indem sie auf die Uhr blickte. „Jetzt würdest du doch nicht mehr rechtzeitig hinkommen."

Deborah zögerte. „Wenn ich vielleicht den Wagen nehmen dürfte –"

„Nein, ich fürchte, du kannst ihn nicht haben." Das klang endgültig und unwiderruflich. „Ich brauche ihn wahrscheinlich selbst."

„Ich verstehe." Deborah machte ein betrübtes Gesicht.

Da hörten sie beide plötzlich überraschend eine Stimme vom anderen Ende des Empfangstisches herüberrufen. „Ich kann Sie ja eben hinbringen, Deborah. Mein altes Vehikel steht draußen."

Als sie sich umwandten, blickten sie in Murray Chesterfields lächelndes Gesicht. Aber wenn Constance Lee auch im Augenblick völlig überrascht war, einen ihrer einflußreichen Gäste so dicht vor sich zu sehen, so faßte sie sich doch rasch wieder, um für ihre Tochter die Initiative zu ergreifen.

„Wie nett von Ihnen, Doktor Chesterfield", sagte sie spontan. „Deborah wäre Ihnen sehr dankbar."

Aber Deborah zögerte noch. „Das hängt alles davon ab,

welche Richtung er fährt, Mutter."

„Mir ist es schon recht", versetzte der junge Mann gutgelaunt. „Ich fahre in Ihrer Richtung, Deborah."

Das Mädchen blickte ihm offen ins Gesicht. „Ich möchte in die Kirche, Murray."

Er schnitt eine leichte Grimasse. „Ach, das ist schon in Ordnung. Sie werden mir nur den Weg zeigen müssen."

„Es ist ein ziemliches Stück bis dorthin", sagte sie warnend. „Über den Berg, auf Rocklea Ridge."

„Schon gut", sagte er heiter, „ich denke, meine alte ‚Gertie' wird es schon schaffen."

Frau Lee schien sichtlich nervös zu sein. „Du solltest dich jetzt lieber beeilen, Deborah, und den Doktor nicht warten lassen", drängte sie und schien dabei ihre Abneigung gegen Deborahs Kirchgang völlig vergessen zu haben.

Deborah brauchte nicht ein zweites Mal aufgefordert zu werden. „Es dauert nur einen Augenblick, Murray", sagte sie rasch. „Ich hole nur noch rasch Hut und Handschuhe."

Der junge Mann, der eben noch lässig am Empfangstisch gelehnt hatte, straffte sich plötzlich. „Wenn ich doch noch einen Augenblick Zeit habe", sagte er unerwartet, „könnte ich mir eine Krawatte umbinden und mit Ihnen kommen. Ich denke, ein klein wenig Gewissenserforschung könnte mir nicht schaden", fügte er grinsend hinzu.

„Ganz bestimmt nicht", versuchte Deborah ihn zu bestärken.

„Nur sollten wir uns jetzt beeilen, sonst kommen wir noch zu spät."

Frau Lee empfand neue Hoffnung in ihrem mütterlichen Herzen, als sie wenige Minuten später die beiden zusammen davongehen sah. Sie gäben ein feines Paar ab, sagte sie sich. Er war ein recht ansehnlicher junger Mann; und klug dazu, wie sie gehört hatte. Eines Tages würde er wahrscheinlich genauso bekannt sein wie sein berühmter Onkel...

Aber Deborahs Gedanken gingen in eine ganz andere

Richtung als die ihrer Mutter, als sie sich jetzt auf dem Beifahrersitz des alten Tourenwagens neben Murray Chesterfield zurechtsetzte. Sie mußte daran denken, was die alte Frau Forrester ihr am Abend vorher gesagt hatte, und wie wunderbar Gott ihre Gebete erhörte. Sie hatte ganz gewiß niemals daran gedacht, daß sie heute morgen zusammen mit Murray Chesterfield in die Kirche gehen würde!

„Das ist sehr lieb von Ihnen, Murray", sagte sie warm.

„Ach–!" Der junge Mann schien im Augenblick mit seinen Gedanken weit weg zu sein; er hatte gedacht, daß Deborah Lee doch ein recht nettes Mädchen sei, wenn sie auch ein wenig altmodische und verschrobene Ideen habe. „Schon gut, das Vergnügen ist ganz meinerseits. Wo geht es denn jetzt entlang?" Er drückte auf den Anlasser, und das altersschwache Gefährt erwachte mit merkwürdigem Zittern und ohrenbetäubendem Knattern zum Leben.

„Ich möchte nur hoffen, daß wir auch heil hinkommen", wagte Deborah etwas zweifelnd einzuwenden.

Aber Murray war sehr zuversichtlich und unbekümmert. „‚Old Gertie' wird uns schon nicht aufsitzen lassen!"

Und sein Vertrauen in „Old Gertie" erwies sich als gerechtfertigt; denn sie wurde mit der steilen Straße, die sich in vielen Windungen den Berg hinaufschlängelte, gut fertig; auch die tiefen Sandverwehungen konnten ihr nichts anhaben, als sei sie diesen Weg schon hundertmal gefahren; schließlich blieb sie prustend und zischend neben der alten Kirche stehen, eine eindrucksvolle Staubwolke hinter sich lassend. Es waren noch fünf Minuten bis zum Beginn des Gottesdienstes.

„Dann wollen wir mal hineingehen!" Das klang so, als müsse er sich erst selber Mut machen, um eine unangenehme Prüfung auf sich zu nehmen. Er begleitete Deborah von dem kleinen Wagen zur Kirchentür, die jetzt weit offenstand, als wolle sie die Gottesdienstbesucher einladen, doch in dieses friedliche Heiligtum einzutreten.

„Hoffentlich haben Sie Freude an diesem Gottesdienst,

Murray", bemerkte sie ein wenig schüchtern. „Ich jedenfalls bin immer gern hier."

Murray Chesterfield lächelte. „Ich denke, ich werde es lebend überstehen", sagte er mit einem Achselzucken, als sie den Weg entlanggingen und die Stufen hinauf, die in die Eingangshalle hinaufführten.

Mit tiefer innerer Anteilnahme und Andacht folgte Deborah dem Lauf des Gottesdienstes, von dem Augenblick an, als sie in einer der wenigen noch freien Bänke Platz nahmen, bis Myles Trewman, der neue Pastor, der durch die hilfreiche und praktische Art seines Dienstes rasch den Weg zu den Herzen der Leute fand, schließlich den Segen ankündigte.

Alles war genau so, wie sie es erwartet hatte. Die Rosen der alten Frau Forrester, die im goldenen Schein der Morgensonne ihre volle Schönheit entfalteten, verbreiteten ihren wunderbaren, starken Duft wie Weihrauch in der kleinen Kirche.

Die ruhige Atmosphäre der Andacht und Anbetung wurde durch die schlichten, aber feierlichen Gebete des Pastors und seine ausdrucksvolle und volltönende Verlesung des Wortes Gottes noch erhöht. Die Predigt ließ etwas von der drängenden und herausfordernden Art der uralten Prophetenworte spüren, als Myles Trewman mit klarer und eindrücklicher Stimme, die den ganzen Raum bis zur Decke füllte, die Offenbarung Gottes in diesem Text nahezubringen versuchte: „Ich habe dich je und je geliebt; darum habe ich dich zu mir gezogen aus lauter Güte." Und mit dem wunderschönen Lied, das Emily Forrester sang, erreichte der Gottesdienst schließlich einen Höhepunkt, so daß Deborah völlig entrückt schien, wie auch die alte Dame selbst, die in der vorderen Bank saß und deren Gesicht so leuchtete, als spiegele sich darin der Glanz ihrer geliebten Rosen ...

„War das nicht ein wunderbarer Gottesdienst!" flüsterte Deborah, als die Gemeinde sich nach Schluß des Gottesdienstes erhob und sie in den Mittelgang hinaustraten, um sich dem langsam zum Ausgang bewegenden Menschenstrom einzureihen.

Aber Murray war nicht so begeistert. „Darüber kann ich mir kein Urteil erlauben", wandte er ein, „es ist zu lange her, seit ich das letzte Mal in einer Kirche war."

Deborah lächelte. „Dann sollten Sie doch öfter herkommen", sagte sie rasch.

Der junge Mann runzelte die Stirn. „Da habe ich mir ja etwas Schönes eingebrockt", murmelte er. Und Deborah wurde plötzlich mit einigem Unbehagen bewußt, daß seine gute Laune jetzt im Schwinden war.

Ihre innere Unruhe wuchs noch, als sie sich der Ausgangstür näherten, wo die breite, stattliche Gestalt des Pastors sichtbar wurde, wie er den Leuten seiner Gemeinde allen warm die Hand schüttelte und sie freundlich begrüßte. Auch sie beide mußten wohl oder übel an ihm vorbei.

„Guten Morgen, Deborah!" Myles Trewman grüßte sie herzlich, während seine forschenden, freundlichen Augen auf dem jungen Mann an ihrer Seite ruhten. „Wie schön, Sie hier zu sehen – und auch Ihren Freund."

Deborahs Lächeln wirkte etwas unsicher. „Mr. Trewman, dies ist Doktor Chesterfield."

„Wie freue ich mich, daß Sie auch hier sind, Doktor", fuhr der Pastor fort und streckte ihm die Hand hin.

Aber Murray Chesterfield nahm den Gruß nur mit einem leichten Kopfnicken zur Kenntnis. „Murray hat mich heute morgen zur Kirche gefahren", erklärte Deborah weiter, „sonst hätte ich es wohl nicht mehr geschafft."

„Wie gut für Sie", erwiderte der Pastor lächelnd; dann wandte er sich voll dem jungen Mann zu. „Hoffentlich hat Ihnen der Gottesdienst gefallen?"

Über Murray Chesterfields Gesicht huschte ein zynisches Lächeln. „Ich denke, ich sollte lieber ja sagen, um der herkömmlichen Sitte zu genügen."

„Nur ja nicht!" Myles Trewman schien nicht im geringsten verwirrt. „Sie müssen sagen, was Sie denken!"

Murray schüttelte den Kopf. „Das sollte ich doch lieber nicht tun – sonst stoße ich Ihnen mit meinen Ansichten noch vor den Kopf."

„Mich bestimmt nicht!" lachte Myles Trewman gutmütig. „Ich denke, ich bin gewohnt, harte Stöße zu bekommen." Er wandte sich wieder Deborah zu: „Sie müssen den Doktor irgendwann wieder einmal mit hierherbringen. Ich bin sicher, daß wir ganz gute Freunde werden können."

„Das will ich hoffen, Herr Trewman", war alles, was Deborah dazu noch erwidern konnte, als Murray sie zu den Stufen drängte.

Draußen angekommen, schien er so schnell wie möglich fort zu wollen; obgleich Deborah noch gern ein paar Worte mit der alten Forrester gewechselt hätte, kam sie doch lieber seinem Wunsch nach, damit er nicht noch mehr aus der Fassung geriet. Sie konnte sich ganz und gar nicht erklären, was die Ursache für seinen plötzlichen Stimmungswechsel war, es sei denn, irgendein Wort in der Predigt des Pastors hatte ihn an einer sehr empfindlichen Stelle getroffen ...

„Sie denken sicher, ich hätte etwas höflicher zu Ihrem lieben Prediger sein können", begann er gereizt, als er die Tür von „Old Gertie" öffnete und beiseite trat, um sie einsteigen zu lassen.

Deborah schüttelte den Kopf, entschlossen, es sich nicht anmerken zu lassen, daß ihr das alles peinlich war. „Ich nehme an, das macht schon nichts, Herr Trewman schien es immerhin gut aufzunehmen."

Er setzte sich hinter das Lenkrad und griff hastig nach den rostigen Knöpfen am Armaturenbrett. „Nun ja", gab er ziemlich widerwillig zu, „es scheint jedenfalls, als würde ihm ehrliche Kritik nichts ausmachen – das habe ich allerdings nur bei wenigen Pfarrern erlebt."

„Aber Sie kennen doch gar nicht so viele Pfarrer, nicht wahr?" warf Deborah schüchtern dazwischen.

„Ich weiß genug über sie!" rief er, wobei er heftig mit

seinem Fuß aufs Gaspedal trat, jedoch ohne Erfolg. „Und jetzt weiß ich auch, wo Sie all Ihre Ideen herhaben, Deborah – oh, verdammt!" murmelte er und zerrte dabei wieder an den Bedienungsknöpfen, „jetzt bekommen wir noch Schwierigkeiten mit diesem launischen Ding. Sie will nicht anspringen."

Er schien recht zu behalten, denn „Old Gertie" war nicht geneigt, auf die temperamentvolle Behandlung des jungen Mannes in irgendeiner Weise zu reagieren.

„Ob Sie sie lieber erst eine Weile abkühlen lassen?" schlug Deborah hilfsbereit vor.

Mit einem plötzlichen Lächeln, das die Spannung zu brechen schien, lehnte sich Murray in seinem Sitz zurück. „Ja, und ich denke, ich sollte mich selbst auch ein bißchen ‚abkühlen'!" sagte er und wischte sich den Schweiß von der Stirn. Grinsend entspannte er sich. „Ich glaube, daß ich der armen, alten Gertie wirklich nicht die Schuld geben kann. Ich hätte sie eigentlich schon längst verschrotten sollen, nur habe ich immer den Gedanken, daß Onkel Gilbert mir vielleicht eines Tages einen neuen Wagen spendiert, wenn ich lange genug warte."

„Und wie lange soll das nach Ihrer Meinung noch dauern, Murray?" war Deborahs etwas zweifelnde Frage.

Murray nickte. „Ja, ich weiß schon, was Sie meinen. Ich denke, ich werde ihm einmal einen Wink mit dem Zaunpfahl geben müssen!" Er beugte sich nach vorn und zog wieder am Starterknopf, diesmal mit mehr Erfolg, denn plötzlich sprang ‚Gertie' stotternd an. „Na endlich – da läuft sie wieder", sagte er siegesbewußt. „Aber ich bin etwas im Zweifel, ob sie den Berg da schaffen wird. Gibt es hier nicht einen Umweg, den wir fahren könnten?"

„O ja – dort drüben nach links hinüber. Die Straße ist zwar nicht sehr befahren, aber ich denke, es wird schon gehen. Sie ist jedenfalls ziemlich eben."

„Das ist die Hauptsache", sagte Murray, als sich der alte Wagen schließlich in Bewegung setzte.

Sie ratterten eine Strecke auf der rauhen und holprigen

Straße entlang; beide schwiegen, denn Murray war voll davon in Anspruch genommen, sich zu konzentrieren und den altersschwachen Motor am Laufen zu halten. Dann blieben sie plötzlich mit einem Ruck mitten auf der Straße stehen, und Murray sprang mit einem Satz hinaus, um dem Zischen und Stottern des Motors schnell auf den Grund zu gehen.

„Habe ich's mir doch gedacht!" stieß er grimmig zwischen den Zähnen hervor, „der Kühler hat ein Leck, und es ist alles heißgelaufen!"

„Ach du liebe Zeit!" Auch Deborah war inzwischen ausgestiegen und ging um den Wagen herum, um sich selbst auch den Schaden anzusehen. „Was haben Sie jetzt vor?"

Der junge Mann machte eine hilflose Bewegung mit den Armen. „Wir können gar nicht viel machen in dieser gottverlassenen Gegend!"

Deborah blickte umher. „Wenn wir irgendwo Wasser bekommen könnten –"

„Ja – aber wo?" war seine ungeduldige Frage.

Das Gesicht des Mädchens hellte sich auf. „Gleich hinter der nächsten Kurve muß ein altes Haus sein. Soviel ich weiß, ist es schon jahrelang nicht bewohnt, aber vielleicht finden wir dort etwas."

„Nun, dann wollen wir mal hingehen!"

Deborah hatte richtig vermutet. Als sie die Kurve hinter sich hatten, stand drüben ein altes Haus, das von der Straße her kaum zu sehen war, da es durch einen wilden, verwucherten Garten fast völlig verdeckt war.

„Das ist wirklich ein uralter Bau", bemerkte Murray, als sie zu dem verfallenen Zaun hinübergingen und einen Blick hineinwarfen. „Aber das muß früher einmal ein hübsches Plätzchen gewesen sein. Wollen doch mal sehen, ob wir vielleicht den Namen des Häuschens noch herausbekommen?" Er trat auf das alte Törchen zu und schaute sich die verwaschenen Buchstaben auf dem quer darüber genagelten Brett an. Sie waren noch zu entziffern. „,Florence Ville' heißt das hier."

Deborah versuchte zu erspähen, was hinter den verwucherten Bäumen und Sträuchern lag. „Oh, schauen Sie doch mal, Murray, da stehen ein paar alte Steinfiguren im Garten. Ich vermute, daß hier einmal ein Künstler gewohnt hat."

Murray lachte. „Na, dann wollen wir mal hineingehen und nachsehen, ob jemand daheim ist!"

Das alte Törchen kreischte drohend in den Angeln, als er es aufstieß, und er wollte eben den Fuß auf die unterste Stufe der zerbrochenen Treppe setzen, als er plötzlich wie angewurzelt auf der Stelle stehenblieb – denn ihm versperrte die hohe und kräftige Gestalt eines Mannes den Weg; er trug einen Ölmantel und Gummistiefel, einen ledernen Schulranzen über der Schulter.

„Oh!", entfuhr es Murray erschrocken. Er hätte nicht verdutzter sein können, wenn eine der verwitterten Steinfiguren im Garten plötzlich zum Leben erwacht wäre. „Eh – guten Tag!"

Deborah, die hinter ihm stand, meinte zu träumen. Wieder der geheimnisvolle Fremde!

„Was wollen Sie hier?" fragte er barsch, während er sie beide unwillig mit unverhohlenem Argwohn musterte.

Sein Blick traf Deborah. Sie spürte instinktiv, daß er sie wiedererkannte, trotzdem ließ er sich äußerlich nichts anmerken.

Murray lachte etwas gezwungen. „Och, ich wollte nur eben mal hineingehen, um nachzusehen, ob jemand zu Hause ist."

„Wirklich?" grunzte der Fremde herausfordernd. „Können Sie denn nicht lesen?" Er wies auf eine Aufschrift, die an einem der wenigen noch heilen Pfähle des zerbrochenen Zaunes angebracht worden war. „ZUTRITT BEI STRAFE VERBOTEN."

Murray war ein wenig in Verlegenheit. Der Bursche war offensichtlich darauf aus, einen Streit vom Zaun zu brechen, er aber verspürte keine Lust, handgreiflich zu werden, auch wenn er nach seinem Äußeren an Alter und

Größe ihm ziemlich gleich war; nur wirkte er nicht so wuchtig wie er.

„Machen Sie uns doch keine Schwierigkeiten", sagte er und zwang sich dabei zu einem Lachen. „Ich habe eine Panne an meinem Wagen und möchte nur etwas Wasser für meinen Kühler haben."

„Nein, bei mir bekommen Sie nichts", war die schroffe Antwort des Fremden. „Dies ist privates Eigentum, und es wird Sie teuer zu stehen kommen, wenn Sie nicht draußen bleiben."

Bei diesen Worten trat er auf die Straße heraus und schlug das Tor hinter sich zu. Dann griff er in die Tasche seines Ölmantels und zog eine Kette mit einem schweren Vorhängeschloß heraus, womit er das Tor am Zaunpfahl festmachte.

„Aber, ich sagte doch eben –", protestierte Murray, „was soll denn jetzt mit meinem Wagen werden –?"

„In der Stadt ist eine Werkstatt, und heute ist ein wunderschöner Tag, um einen kleinen Spaziergang zu machen – je eher Sie losgehen, desto besser für Sie." Wie eine grimmige Schildwache stand er vor dem Gartentor, bereit, jeden tätlich anzugreifen, der es versuchen sollte, an ihm vorbeizukommen.

„Kommen Sie schon, Murray – gehen wir!" drängte Deborah flüsternd.

„So ein unhöflicher Kerl!" murmelte Murray, als sie sich zum Gehen wandten. „Diese Gemeinheit würde ich ihm am liebsten heimzahlen!"

„Er ist schon ein recht merkwürdiger Mensch", sagte Deborah nachdenklich.

6

In den nächsten Tagen ging Deborah der geheimnisvolle Fremde nicht aus dem Sinn. Sie legte Wert darauf, an jedem Tag einen kleinen Spaziergang zu machen, der sie wie zufällig jedesmal an den Klippen entlangführte. Im stillen hoffte sie dabei, daß sie ihn wieder einmal zu Gesicht bekäme.

Nach ihrem letzten Zusammentreffen an dem verfallenen Haus wußte Deborah, daß der Fremde glaubte, sie und Murray hätten in seinen Angelegenheiten herumzuschnüffeln versucht. In Wirklichkeit machte es ihr ja wenig aus, was er dachte, versuchte sie sich immer wieder einzureden. Aber sie hätte dennoch gar zu gern die Gelegenheit gehabt, ihm zu erklären, daß ihr Zusammentreffen neulich rein zufällig gewesen war.

Eines späten Nachmittags wurde endlich ihre Wachsamkeit belohnt. Sie stand auf der Spitze des Riffes oberhalb des Strandes und schützte ihre Augen vor den immer noch grellen Strahlen der untergehenden Sonne, da sah sie zwei Männer am hölzernen Geländer auf der alten Landungsbrücke lehnen, wo Herr Andrews immer die Boote vertäute. Sie standen mit dem Rücken zur Sonne, und wenn Deborah ihnen auch nicht nahe genug war, um ihre Gesichtszüge erkennen zu können, so erkannte sie doch, wer die beiden waren. Der eine war der alte Bootsmann selbst – der mit dem langen Bart und der spitzen Lederkappe, die er weit in die Stirn gezogen hatte. Und der andere? Da war kein Irrtum möglich ... Die lederne Schultasche über seiner Schulter hätte schon ausgereicht, ihn eindeutig zu identifizieren, wenn sie überhaupt im Zweifel gewesen wäre.

Aber für Deborah war jeder Zweifel ausgeschlossen. Mit großen Schritten eilte sie den Pfad hinunter und war nach kurzer Zeit am Strand unten angekommen. Dann lief sie weiter über den weichen, nassen Sand auf den Landungssteg zu. Sie standen immer noch dort ... Die Tatsache, daß der Fremde offensichtlich mit dem alten Herrn Andrews sprach, spornte Deborah an. Wenn nötig, könnte er vielleicht ein gutes Wort für sie einlegen, weil sie und der alte Bootsmann gute Freunde waren.

Als sie bis auf wenige Meter an ihr Ziel herangekommen war, sah sie zu ihrem Erstaunen, daß der Fremde sich plötzlich auf dem Absatz umdrehte und in entgegengesetzter Richtung davoneilte.

„Warten Sie doch – nur eine Minute!" rief sie atemlos.

Aber die einzige Antwort erhielt sie von dem alten Bootsmann, der beim Klang ihrer Stimme überrascht aufblickte.

„Nanu, Fräulein Debbie!" rief er aus und streckte ihr eine starke, schwielige Hand entgegen, um ihr die letzten Schritte auf die Landungsbrücke hinaufzuhelfen. „Was ist denn?"

„Jetzt ist er weg!" keuchte sie. „Der Mann, mit dem Sie sich eben noch unterhalten haben, Herr Andrews – "

„Ja, er ist fort." Der Bootsmann zuckte gleichmütig die Schultern. „Er ist ein Mensch, den man mit Worten nicht beschreiben kann, unberechenbar!"

„Aber können Sie ihn nicht zurückrufen?" drängte sie ihn. „Ich möchte ihn sprechen."

„Warum denn?" Sein Interesse schien plötzlich erwacht zu sein. „Kennen Sie ihn, Fräulein Debbie?"

Sie schüttelte den Kopf. „Nein, das nicht. Aber es hat ein Mißverständnis zwischen uns gegeben, und ich möchte es ihm gern erklären. Bitte, versuchen Sie es doch wenigstens, ihn zurückzurufen."

„Old Andy", wie ihn die meisten Leute in Rocklea Cove nannten, wandte sich um und blickte in die Richtung, in die sich mit großer Eile die Gestalt des Mannes entfernte, der vor einer Minute noch neben ihm gestanden hatte. Er schüttelte den Kopf. „Das hat keinen Zweck, Fräulein Debbie. Wenn Simon sich einmal etwas vornimmt – "

„Simon?" wiederholte Deborah rasch. „Heißt er so?"

Old Andy blickte immer noch der immer kleiner werdenden Gestalt nach. „Nein – ich glaube nicht, daß dies sein richtiger Name ist", sagte er nachdenklich.

„Aber wenn Sie ihn ‚Simon' nennen – ?" Deborah war ganz verwirrt.

Der alte Bootsmann kicherte. „Nun, das ist nur so ein Name, den wir zwischen uns ausgemacht haben – nachdem wir miteinander bekannt wurden."

„Aber wollte er Ihnen denn nicht seinen wirklichen Namen nennen?"

„Ich habe ihn überhaupt nicht danach gefragt." Er wurde plötzlich sehr nachdenklich. „Ich meine, ein Mensch sagt einem seinen Namen nur, wenn er will. Und wenn nicht, – nun, dann hat er bestimmt seine Gründe dafür."

Deborahs Augen weiteten sich noch mehr. „Sie nehmen doch nicht an – ?"

Old Andy machte eine wegwerfende Handbewegung. „Ich nehme überhaupt nichts an, Fräulein Debbie. Ich nehme die Menschen so, wie sie sind – und so möchte ich auch von ihnen genommen werden."

„Bei Ihnen ist das doch etwas anderes, Herr Andrews", sagte Deborah warm. „Sie sind schon so lange Zeit hier. Jeder weiß, wer Sie sind – er aber ist ein Fremder."

Old Andy schien im Augenblick tief in Gedanken versunken, als er sich jetzt bedächtig mit den Fingern über das bärtige Gesicht strich. „Ich meine, wir sind uns alle gegenseitig fremd – tief drinnen – wenn es darauf hinausläuft, Fräulein Debbie."

„Meinen Sie – ?" Fragend blickte sie ihn an. Sie war oft am Landungssteg stehengeblieben, um mit Herrn Andrews zu plaudern, aber nie zuvor hatte sie ihn so ernst gesehen.

„Ich glaube, die meisten von uns haben einen verborgenen Platz in ihrem Leben, mußte ich eben denken – etwas, wo wir keinem anderen Einblick gewähren. Aber Sie würden das wohl nicht verstehen", fügte er schnell hinzu.

„O doch", entgegnete Deborah ernst, „die wirklich tiefsten Empfindungen und Gedanken unsres Herzens können wir mit niemand teilen – damit stehen wir ganz allein vor unserem Gott."

Der alte Bootsmann trat unruhig von einem Fuß auf den anderen. „Ach, darüber weiß ich nichts, Fräulein Debbie."

„Sie meinen, Sie wüßten nichts über Gott, Herr Andrews? Ich bin sicher, Sie wissen etwas!" sagte sie in ihrer schlichten, treuherzigen Art, die sein Unbehagen noch zu steigern schien. „Sie glauben doch an Gott, nicht wahr?"

Er gab sich einen Ruck und wandte ihr lächelnd sein altes Gesicht zu; das schien für ihn die angenehmste Art zu sein, ihrer Frage auszuweichen. „Wir geraten in ziemlich tiefes Wasser, Fräulein Debbie", sagte er in einem mehr scherzhaften Ton, „wo wir uns doch nur ein wenig über Simon unterhalten haben – "

„Ja, natürlich." Deborah war ganz seiner Meinung. „Wenn dies gar nicht sein richtiger Name ist, wie kamen Sie dann dazu, ihn ‚Simon' zu nennen?"

Old Andy lehnte sich gegen das Geländer und schien jetzt sichtlich erleichtert zu sein, als er seine Geschichte begann. „Ich hatte ihn schon einige Male am Strand gesehen, da kam er letzte Woche und nahm sich ein Boot. Dabei kamen wir ins Gespräch. Jedenfalls sagte er nicht viel, er schien mir die meiste Zeit allein zu sein; und nur, um etwas zu sagen, habe ich ihn dann wohl gefragt, was er so triebe."

„Hat er es Ihnen gesagt?" drängte Deborah.

Der Bootsmann lachte. „Nein. Aber ich war ein wenig neugierig wegen des Ranzens, den er immer über der Schulter hängen hat; so verlegte ich mich aufs Raten und fragte ihn, ob er fischen gehe. Alles, was er darauf erwiderte, war: ‚Nennen Sie es Fischen, wenn Sie wollen – aber ich bin auf

Großwild aus.' Da sagte ich: ‚Dann müssen Sie so einer sein wie Simon Petrus – der große Fischer. Ich werde Sie Petrus nennen.' Dann blickte er mich einen kurzen Augenblick an und sagte: ‚Nein, nicht Petrus, Simon würde mir besser stehen, glaube ich.' So sagte ich nur: ‚Is' gut' – das ist alles."

Deborah staunte. „Das klingt ja gerade, als müsse er etwas über die Bibel wissen, wenn er etwas von Simon, genannt Petrus, weiß – "

Old Andy nickte. „Ja, ich weiß nicht, woran er dachte."

„Es war jedenfalls ein guter Vorschlag von Ihnen, Herr Andrews", fuhr sie fort, „und Sie müssen auch die Bibel kennen – "

„O ja, früher einmal", gab er etwas widerstrebend zu.

„Ist doch ein wunderbares Buch, nicht wahr?" fuhr sie eifrig fort. „Ich habe eben erst angefangen, mich mit der Bibel zu beschäftigen. Jeden Tag wird sie mir lieber."

Einen Augenblick schwiegen beide, dann sagte er mit etwas heiserer Stimme: „Sie sind ein gutes Mädchen, Fräulein Debbie. Sie bleiben der Bibel treu – und Sie werden nicht fehlgehen, wenn Sie es tun."

Deborah hatte den alten Herrn Andrews gern. Sie waren Freunde gewesen, seit er nach Rocklea Cove gekommen war, als sie noch ganz klein war. Sie hatte ihn immer gern gemocht; sie hatte zwar nicht viel von ihm gesehen, während sie heranwuchs, aber immer, wenn sie nach Rocklea Cove zurückkehrte, wußte sie, daß der alte Herr Andrews dasein würde. Für sie war er ebenso ein Teil dieser ganzen Gegend wie die Klippen, die Felsen und das Meer selbst. Er war immer der gleiche – immer nett, höflich und freundlich. Immer pflegte er ihr zuzuhören, wenn sie redete – von den Dingen, die sie bewegten, von Land und Leuten; oft pflegte er ihr interessante Geschichten vom Meer zu erzählen, die sie immer gern hörte. Nie sprach er über sich selbst oder jemand anderen, und sie konnte sich nicht daran erinnern, daß er jemals über irgend jemand etwas Unfreundliches gesagt hätte. Manchmal gab er ihr auch kleine Ratschläge, die sie nicht so leicht vergaß. Aber wenn sie an die vielen Gespräche zurückdachte, die sie in all den Jahren miteinander geführt hatten, hatte sie ihn noch nie so mitfühlend sprechen hören wie heute. Sie empfand eine Tiefe in seinen Worten, die sie noch nie gekannt hatte, und sie hätte gern den Grund dafür erfahren.

„Es gibt ein par wunderbare Dinge in der Bibel, Herr Andrews", sagte sie ernst, „einige herrliche Verheißungen – ob Sie wohl einige davon kennen?"

Fest umklammerte er das Geländer. „Ich weiß nichts von Verheißungen", sagte er grimmig. „Aber in der Bibel stehen einige ganz schön harte Sachen, und sie sind wahr – würde ich jedenfalls sagen."

„Woran denken Sie denn jetzt, Herr Andrews?" fragte Deborah unvermittelt.

Er räusperte sich. „Vielleicht würden Sie es gar nicht erfahren, Fräulein Debbie – sicher nicht in der Weise, wie es Menschen wie ich erfahren haben. Aber es gibt einen Vers in der Bibel, der heißt: ‚Was der Mensch sät, das wird er ernten.'" Er hielt inne und räusperte sich wieder. „Und das ist genau richtig. Man kann dem nicht ausweichen."

Deborah wußte nicht, was sie darauf sagen sollte. Ihr fehlten einfach die Worte. Nie zuvor hatte sie ihren bärtigen alten Freund so voll innerer Bewegung gesehen. Sie hatte den Eindruck, als versuche er, mit einer Sache an sie heranzukommen, die ihm schwer auf der Seele lastete. Darum schickte sie ein stilles Stoßgebet zum Himmel, Gott möge ihr die Kraft geben, daß sie ihm helfen könnte.

„Sie wollen mir etwas sagen, nicht wahr?" fragte sie mitfühlend und faßte nach seiner Hand.

Aber bei ihrer Berührung zuckte er jäh zurück. „Nein – nein! Was sollte ich Ihnen zu sagen haben, Fräulein Debbie?" sagte er abwehrend. Und er wandte sich von ihr ab; doch Deborah war der qualvolle Ausdruck in seinen dunklen Augen nicht entgangen.

Sie holte tief Luft. „Ich glaube, ich weiß, was Sie eben zu sagen versuchten: Wenn wir etwas Böses tun, können wir den schlimmen Folgen nicht entfliehen. Aber, Herr Andrews, es gibt doch auch so etwas wie Vergebung."

Traurig schüttelte er den Kopf. „Ach nein, Fräulein Debbie – man muß weiterzahlen, für den Rest seines Lebens."

Angesichts eines so hoffnungslosen Realismus verfiel Deborah einen Augenblick in Schweigen. Dann fuhr sie nach einer Weile nachdenklich fort: „Aber mit diesem Leben ist noch nicht alles aus, Herr Andrews."

„Mir wäre der Gedanke lieber, daß mit dem Tode alles zu Ende ist!" unterbrach sie der Alte in einer plötzlichen Gefühlswallung. „Wir schaffen uns in unserem Leben unseren eigenen Himmel oder Hölle, glauben Sie mir – was danach kommt, braucht uns nicht zu kümmern."

„Oh, die ganze Ewigkeit liegt vor uns, wenn dieses Leben vorbei ist", fuhr sie lebhaft fort. „Das ist der Grund, warum wir mit Gott ins Reine kommen müssen, Herr Andrews. Darum haben wir Gott nötig, der uns unsere Sünden vergibt und unser Leben umwandelt, weil keiner von uns vor Gottes Augen gut genug ist. Das wissen Sie doch, nicht wahr?"

Er antwortete nicht gleich, und als er dann wieder das Wort nahm, hielt er seinen Blick gesenkt. „Das weiß ich, Fräulein Debbie", sagte er langsam, „Sie erinnern mich an den Mann, der ich hätte sein können. Sie rufen den Wunsch in meinem Herzen wach, ihn zu finden – und wenn mir das je gelingt, dann nur deshalb, weil die Bekanntschaft mit Ihnen etwas in meinem Herzen am Leben erhalten hat."

7

„Old Gertie" war auch am Ende der Woche immer noch nicht wieder fahrbereit, sehr zu Murrays Ärger; denn obgleich er nach Rocklea Cove gekommen war, um einmal „auszuspannen", war ihm doch die letzte Woche ohne Wagen viel ruhiger gewesen, als er beabsichtigt hatte, und so empfand er jetzt ziemliche Langeweile.

Als dann Herr Jones, der unter der heiteren, ungekünstelten Art von Felicity leutselig und freundlich geworden war, ihn zu einer kleinen „Spritztour" in dem vielbewunderten Sportwagen einlud, nahm Murray die Einladung sofort an. „Sagen Sie das noch einmal, Derrick!" gab er begeistert zur Antwort.

„Wir könnten ja zu viert fahren", fuhr Jones fort, „mit Felicity und Deborah."

„Eine gute Idee", pflichtete ihm Murray bei. „Ich werde mal sehen, was Deborah dazu sagt."

Es war gar keine Frage, daß Felicity auf diesen Vorschlag begeistert einging; denn seit dem letzten Samstagabend setzte sie alles daran, soviel Zeit wie nur möglich in Gesellschaft ihres beneidenswerten Begleiters zuzubringen. Deborah dagegen konnte der Gedanke an einen Nachmittag mit Jones zusammen überhaupt nicht reizen, wenn auch Felicity und Murray mit von der Partie waren. Aber wenn Murray wirklich so versessen darauf war, fühlte sie sich doch nicht in der Lage, nein zu sagen, besonders, da sie auch gar keinen triftigen Grund dafür zu nennen wußte.

„Na gut", stimmte sie schließlich zu, „ich komme mit."

Kurz nach zwei Uhr fuhr der Sportwagen los; Felicity saß vorn neben dem Fahrer, während Deborah und Murray auf dem etwas schmaleren Rücksitz Platz genommen hatten.

„Na, wo wollen Sie denn gern hin?" lud sie ihr Gastgeber großzügig ein.

„Irgendwohin", seufzte Murray zufrieden, als er sich in dem Fond zurücksinken ließ. Das hier war ein Wagen ...

„Erst werde ich mit Ihnen ein Stück Autobahn fahren, damit Sie sehen, was der Wagen hergibt", fuhr Jones fort und beantwortete damit seine eigene Frage selbst. „Auf dem Rückweg fahren wir dann die Küstenstraße bis zum Leuchtturm."

„Oh, wie aufregend, Derrick!" Felicity schien ganz entzückt von diesem Vorschlag.

„Aber bis zum Leuchtturm können wir nicht fahren", wandte Deborah ein. „Es führt keine Straße dorthin."

„Gut, dann fahren wir eben, so weit wir kommen, mit dem Auto, und dann das letzte Stück eine kleine Kletterpartie über die Felsen." Herr Jones hatte anscheinend alles bis in die Einzelheiten vorgeplant.

„Wenn Sie mich fragen, würde ich viel lieber im Wagen bleiben", erklärte Murray behaglich; offensichtlich genoß er den ungewohnten Luxus eines Sportwagens neuester Bauart.

Lachend gab Jones Gas, und schon schoß der Wagen den Berg hinauf und in die nächste Kurve hinein. „Na, was sagen Sie jetzt von dem Wagen, he?" Er wandte sich beim Sprechen halb zu dem hinter ihm Sitzenden um, und der Wagen begann gefährlich zu schlingern.

„Vorsicht!" entfuhr es Deborah, ohne daß sie es wollte; ihre Nerven waren zum Zerreißen angespannt. „Sie fahren zu schnell!"

Aber Jones lachte nur. „Dies hier ist nicht Murrays alte Kiste, müssen Sie wissen. Dieses Ding kann wirklich f a h r e n!" Und er ließ den Motor wieder laut aufheulen.

„Fahren Sie nicht so wild, Derrick!" Diesmal meldete auch Murray Protest an, als er sah, wie die Nadel des Tachometers immer höher kletterte. „Sie wollen uns doch nicht alle in den Tod jagen!"

Aber Derrick Jones schien jetzt nicht in der Stimmung, um sich von anderen zur Mäßigung bewegen zu lassen. Trotz der Proteste von hinten beschleunigte er den Wagen immer noch mehr. „Ich weiß schon, was ich tue – seien Sie unbesorgt!"

Deborah meinte plötzlich etwas Drohendes in seinen Worten zu spüren, und sie wußte mit überwältigender Gewißheit, daß er noch einen tieferen Grund hatte, warum er mit ihnen allen heute die Ausfahrt machte. Ach, wäre sie doch nie mitgefahren . . .

„Halt, Derrick – lassen Sie mich hier raus!" schrie sie. Diese Anspannung hielt sie nicht länger aus. „Ich möchte lieber zu Fuß gehen!"

„Na schön!" Ein Ausdruck hämischer Genugtuung stand auf seinem Gesicht, als Jones jetzt auf die holprige Küstenstraße abbog, wobei die Räder eine Sandfontäne hochwirbelten. „Wir werden jetzt alle einen kleinen Spaziergang machen. Sagen Sie uns, wo ein schöner Platz zum Anhalten ist, Deborah", fuhr er fort, während er den Wagen bis zum Schrittempo abbremste. „Das müßten Sie doch wissen."

Deborah biß sich auf die Lippe. „Hier draußen gibt es nicht viel Stellen, die dafür geeignet wären." Unruhig musterte sie die Umgebung. „Diese Straße hier läuft in einen schmalen Fußweg aus – "

„Wenn es ein Fußpfad ist, dann haben wir genau das Richtige gefunden!" sagte Derrick ruhig.

„Es ist eine gefährliche Klettertour, wenn man diesen Weg nimmt", warnte Deborah, „denn er führt hinunter über die Felsen."

„Wir können es ja einmal ausprobieren!" Derrick brachte den Wagen zum Halten. „Los – alle aussteigen!" Er selbst machte gleich den Anfang und stieg aus, dicht gefolgt von Felicity.

Als Murray Chesterfield Deborahs Hand ergriff und ihr beim Aussteigen half, konnte er sehen, daß sie immer noch innerlich sehr erregt war.

„Ich halte es nicht gerade für klug, wenn wir uns ans

Klettern machen", sagte er besorgt. „Deborah scheint das für ein gefährliches Unternehmen zu halten – und wir sollten ihr doch zutrauen, daß sie hier besser Bescheid weiß als wir."

„Ja – Deborah ist schon einmal dort unten gewesen", gab Jones rasch zurück. „Wir werden wohlbehalten hinunterkommen, wenn sie den Führer macht – wir brauchen dann nur zu folgen."

„Hm – ich weiß nicht recht – ", wandte Murray wieder ein.

Jones grinste. „Soll das heißen, daß Sie auch mit den Nerven herunter sind, Murray?"

„Gehen wir doch endlich!" ließ sich Felicitys ungeduldige Stimme vernehmen. „Ich kann es schon gar nicht mehr erwarten, wie es wohl dort unten bei den Felsen aussieht. Komm schon, Debbie – "

„Nun gut!" Deborah fügte sich widerstrebend dem Wunsch der Mehrheit; wenn sie sich noch länger weigerte, würde sie ihnen allen die Freude an diesem kleinen Ausflug verderben; obwohl ihr immer noch nicht ganz klar war, was Derrick Jones dabei zu gewinnen hoffte, wenn er so hartnäckig auf diesem gewagten Unternehmen bestand. Den Leuchtturm zu erreichen bestand auch nicht die leiseste Hoffnung – das konnte doch jeder sehen!

„Ich werde dicht hinter Deborah gehen", kündigte Derrick an. „Dann kann Felicity folgen – und Sie bilden die Nachhut, Murray."

Deborah war schon losgegangen, und Derrick hatte sein Vorhaben schon in die Tat umgesetzt, bevor Murray etwas daran ändern konnte. Es hatte nicht in seiner Absicht gelegen, daß Derrick seinen Platz in unmittelbarer Nähe Deborahs einnehmen sollte; aber da Felicity unschlüssig vor ihm stand und ihm den Weg versperrte, konnte er da nichts machen.

„Oh!" keuchte Felicity erschrocken, als sie vom Rande der Klippe in die Tiefe blickte. Ihre Begeisterung schien sehr schnell zu verfliegen. „Ziemlich steil, nicht wahr?"

Murray Chesterfield streckte entschlossen sein Kinn vor. „Sie wollten ja unbedingt klettern, Felicity – so gehen Sie endlich", sagte er hart.

„Ja doch – ich bin ja gleich soweit", sagte sie nervös. Unsicher wagte sie den ersten Schritt in die Tiefe. „Wenn – wenn Sie mir vielleicht Ihre Hand reichen, Murray, wird es besser gehen."

Murray Chesterfield empfand eine grenzenlose Enttäuschung, als er Deborah flink absteigen sah, dicht gefolgt von Derrick Jones, während er dort oben am Anfang des Pfades stand und den beiden ohnmächtig zuschauen mußte, unfähig auch nur eine einzige Bewegung zu machen, während die zitternde, feuchtkalte Hand von Felicity sich in die seine krallte.

„Geben Sie doch acht, Felicity – wenn Sie nicht bald . . ."

In diesem Augenblick verlor ihr Fuß den Halt, und sie rutschte hilflos ein Stück die Klippe hinunter, wobei sie ihn mitriß.

„Oh, Murray, rasch, retten Sie mich!" schrie sie hysterisch.

„Ich komme ja schon", sagte er und machte sich dabei im Geist schon seufzend auf die schwere Aufgabe gefaßt, ihr auf die Klippe hinauf zu helfen und sie zur Straße zurückzubringen. „Verlieren Sie jetzt nur nicht die Nerven!"

Während sich Murray Chesterfield abmühte, die völlig verängstigte und vor Furcht zitternde Felicity im Griff zu behalten und wieder zu sich hochzuziehen, entschwand ihm Deborah mit ihrem Begleiter aus dem Blick.

Deborah schritt sicher auf dem schmalen Pfade aus; und da sie Derrick Jones dicht hinter sich wußte, beschleunigte sie unwillkürlich ihre Schritte.

„Wo sind denn die anderen?" stieß sie keuchend hervor, als sie einen Augenblick anhielt, um Atem zu schöpfen. Sie hatten schon fast die Hälfte des Abstieges hinter sich.

„Dort hinten kommen sie schon!" rief er beruhigend. „Gehen Sie nur weiter!"

Hätte Deborah jetzt umschauen können, wäre ihr der befriedigte Ausdruck auf seinem Gesicht nicht entgangen, als er jetzt zurückschaute und feststellte, daß Murray sich auf der Spitze des Riffs immer noch mit Felicity abmühte. „Jedenfalls ist er ganz schön beschäftigt", murmelte er zwischen den Zähnen.

Nach wenigen Minuten hatte Deborah den Abstieg geschafft und stand auf der rauhen Felsplatte, die den Wasserstand bei Flut anzeigte. Sie blickte umher. Dieser Punkt war nicht weit von dem Platz entfernt, wo sie den geheimnisvollen Fremden zum ersten Mal gesehen hatte – oder Simon, wie sie ihn sich jetzt in Gedanken vorzustellen versuchte...

Die letzten Meter rutschte Jones mehr, als daß er abstieg. Schon stand er neben ihr. „Sie haben aber einen schnellen Schritt, Deborah, es ist wirklich schwer, Sie einzufangen, nicht wahr?" begann er, wobei er ganz erschöpft schien und mühsam nach Luft rang. Der Abstieg hatte ihn doch ziemlich angestrengt.

„Ja – ich kenne diese Felsen sehr gut", sagte sie. Als sie sich dann zu ihm umwandte und das häßliche Grinsen auf seinem Gesicht sah, blieb ihr vor Schreck fast das Herz stehen. „Wo sind die anderen?" fragte sie besorgt.

„Das werden sie jetzt niemals mehr schaffen", sagte er achselzuckend. „Die arme kleine Felicity hat Angst bekommen, glaube ich, und das letzte, was ich von Murray sah, war, daß er anscheinend versuchte, ihr wieder zurückzuhelfen."

„Warum haben Sie mir davon nichts gesagt?" fragte sie vorwurfsvoll, „ich glaubte, sie wären dicht hinter uns."

„Ja, das sollten sie ja eigentlich auch – so war es vorgesehen."

„Aber Sie haben gewußt, daß sie nicht hinter uns waren, nicht wahr?" Mit zornig blitzenden Augen wandte sie sich ihm zu. „Und Sie haben mich hinters Licht geführt, daß ich hier ganz allein mit Ihnen sein sollte?"

„Na und?" sagte er mit einem spöttischen Lächeln, „war das ein so schlimmes Verbrechen, Deborah?"

Er trat einen Schritt näher auf sie zu, aber sie wich vor ihm zurück. „Ja, das war schlimm!" sagte sie zornig, „ich nahm Sie bei Ihrem Wort – "

„Ich wünschte, Sie würden es tun, Deborah!" Er änderte plötzlich seinen Ton und kam mit ausgestreckten Armen auf sie zu. „Ich begehre Sie, Deborah – ich mußte nur einen Weg finden, wie ich Sie in meine Nähe bekommen konnte!"

Er stand ihr jetzt so nahe, daß er sie hätte ergreifen können; aber er zögerte, wie ein Jäger, der die Waffe auf seine Beute gerichtet hat.

„Rühren Sie mich ja nicht an!" stieß sie keuchend hervor, indem sie sich mit dem Rücken fest gegen die harte Felswand stemmte. „Wagen Sie es nicht, mich anzurühren!"

„Na, kommen Sie schon", sagte er mit einem aufreizenden Lächeln, „so redet man doch nicht mit einem Mann, der einem alles zu bieten hat – "

„Ja, alles – nur das nicht, was ich möchte!" schleuderte sie ihm mit hocherhobenem Haupt entgegen.

Er blickte finster, und seine stahlgrauen Augen verengten sich zu schmalen Schlitzen. „Und was wollen Sie?" herrschte er sie an.

Sie schaute ihm furchtlos ins Gesicht, aber das Herz schlug ihr bis zum Hals. „Anstand, Ehrerbietung und Ritterlichkeit – in einem Mann, dem ich vertrauen kann. Das wünsche ich mir. Aber Sie kennen ja noch nicht einmal die Bedeutung dieser Begriffe, Herr Jones!"

„Oh, wirklich nicht?" Auf seinem Gesicht erschien ein häßlicher Ausdruck. „Ich bin es jedenfalls gewohnt, daß ich das bekomme, was ich will – und sei es auch nur ein Kuß von einem hübschen Mädchen!"

Sie schickte ein Stoßgebet zum Himmel und wehrte sich verzweifelt, um ihn abzuwehren, als er mit eisernem Griff seine Arme um sie legte.

Dann war alles ein wirbelndes Durcheinander. Eine große, dunkle Gestalt kam plötzlich hinter einem vorspringenden Felsen hervor, und sie war plötzlich frei, während Derrick Jones unsanft gegen die Felsen geschleudert wurde.

„Und nehmen Sie das dazu!" hörte man eine zornige Stimme, als eine geballte Faust hochwirbelte und dem feinen Herrn einen dröhnenden Kinnhaken versetzte.

Als sie dann völlig erschöpft zu Boden sank, bekam sie ihren Retter zu Gesicht. „Simon – ", sagte sie fassungslos. „Oh, Simon!"

Immer noch in Ölmantel und in Gummistiefeln, kam er schnell an ihre Seite und half ihr wieder auf die Füße. „Ich glaube nicht, daß der Ihnen noch ein zweites Mal Unannehmlichkeiten bereitet", sagte er grimmig, indem er seinem Opfer einen Blick voller Verachtung zuwarf; der versuchte gerade, das Blut von seinem Mund abzuwischen.

„Aber – wie sind Sie denn hierher gekommen?" fragte sie, noch ganz benommen.

„Ich war gerade hier in der Nähe", sagte er gleichgültig. „Aber ich habe nicht erwartet, daß ich hier Gesellschaft bekäme."

„Ich – ich habe Sie hier auch nicht vermutet", sagte sie unsicher, „aber ich bin Ihnen sehr dankbar, Simon – "

„Mir scheint, Sie brauchen jetzt jemand, der sich um Sie kümmert", sagte er kurz.

„Ja, den braucht sie jetzt wirklich!"

Dieser besorgte Ausruf kam von Murray Chesterfield, der jetzt atemlos auf dem Schauplatz erschien, nachdem er große Mühe gehabt hatte, Felicity wieder auf die Beine zu helfen und sie wohlbehalten zum Wagen zurückzubegleiten – wo sie nun bleiben wollte, während die anderen hinunterstiegen –. Der darauffolgende hastige Abstieg auf den Spuren seiner früheren Gefährten war nicht spurlos an ihm vorübergegangen.

„Was geht denn eigentlich hier vor?" war seine ungeduldige Frage, indem er verwirrt von einem zum anderen blickte.

Der große Fremde lächelte gezwungen ... „Ich war als erster hier."

Der Zorn stieg in Murray hoch, als er sich jetzt an ihre vorige Begegnung erinnerte. „Und es sind wieder andere in Ihr Privatleben eingedrungen, nehme ich an", sagte er mit beißendem Spott.

„Das kann man wohl sagen", entgegnete der andere schroff.

Murray wandte sich fragend zu Jones um und entdeckte jetzt das Blut in seinem Gesicht. „Was ist denn mit Ihnen los, Derrick? Was haben Sie sich denn getan?"

Jones erwiderte seinen Blick nur mit einem kaum sichtbaren Zucken seiner Augenlider. „Ach – ich bin gefallen und habe mir das Gesicht an den Felsen verletzt", sagte er kühl. „Aber es geht schon wieder."

„Das denke ich auch!" gab Murray kurz zurück. „Aber ich mache mir Sorgen wegen Deborah – sie sieht fast so aus, als sei ihr etwas angetan worden." Er wandte sich zu dem totenblassen Mädchen um. „Kommen Sie; je eher wir wieder nach oben gelangen, desto besser."

Deborah wandte sich um, um ihrem Retter noch einen letzten dankbaren Blick zuzuwerfen, aber zu ihrer großen Überraschung war er nirgends zu sehen. Dann machte sie sich an den langen Aufstieg, der sie wieder auf die Höhe zurückführen sollte; dabei beachtete sie Jones überhaupt nicht. Sie war dankbar, daß Murray sie so fürsorglich unterstützte.

8

Die Rückfahrt war für die ganze Gesellschaft nicht besonders angenehm. Keiner sprach ein Wort, außer Felicity, die ihre Aufmerksamkeit Derricks verletztem Mund und Unterkiefer widmete. „Ich hätte Sie nicht aus den Augen lassen dürfen, Derrick!" klagte sie. „Sie hätten dabei umkommen können!"

Auf dem Rücksitz hegte Murray Chesterfield die gleichen Gedanken wegen Deborah, entschlossen, die Wahrheit über das Unglück auf den Felsen herauszubekommen, sobald er eine Gelegenheit dazu fand. Aber jetzt war seine Hauptsorge, wie er eine stichhaltige Entschuldigung finden könnte, diese unbehagliche Fahrt abzubrechen; und als sie sich den Vororten der Stadt näherten und am Straßenrand ein Café und Erfrischungsstand auftauchten, sah er seine Gelegenheit gekommen.

„Hören Sie mal, Derrick", schlug er vor, „wie wäre es, wenn wir an diesem Café haltmachen? Sicher können wir alle etwas zu trinken vertragen."

Derrick Jones blickte weiter stur geradeaus. „Nichts für mich", sagte er barsch, „ich möchte lieber weiterfahren."

„Ich auch", sprach Felicity ihm ohne Zögern nach.

Murray blickte verstohlen zu Deborah hinüber, die immer noch blaß und mitgenommen aussah. „Dann können Sie ja uns beide hier absetzen, wenn Sie wollen – "

Jones gab ihm keine Antwort; aber als sie an das Café herangekommen waren, bremste er den Wagen so scharf ab, daß sie fast hinausgeschleudert wurden; und sie hatten kaum Zeit gehabt, auszusteigen, da brauste er schon wieder in einer Staubwolke davon.

Murray geleitete sie hinein und bestellte zwei Portionen

Kaffee.

„Es tut mir um den heutigen Nachmittag schrecklich leid, Deborah", begann er, als sie beide an einem kleinen Tisch am Fenster Platz nahmen.

„Schon gut, Murray", sagte sie lächelnd. „Es war ja nicht Ihre Schuld."

„Aber ich habe Ihnen zugeredet, den kleinen Ausflug mitzumachen, darum bin ich auch etwas verantwortlich für das, was geschehen ist. Ich bin sicher, daß Jones sich diesen Plan vorher genau zurechtgemacht hatte, daß ich dort mit Felicity zu tun bekam und darum zurückbleiben mußte."

Deborah lachte, ihre Lebensgeister kehrten jetzt rasch zurück. „Ja. Aber er war sicher nicht darauf gefaßt, daß Simon auch dort war."

„Simon?" Murray spitzte die Ohren. „Heißt er so?"

„Das nicht gerade", erklärte sie, „Herr Andrews, der alte Bootsmann, nannte ihn ‚Simon', und dieser Name scheint auf ihn zu passen."

„Davon verstehe ich nichts." Das klang ziemlich barsch. „Warum kann er nicht selbst sagen, wer er ist? Oder er sucht etwas zu verbergen?"

„Es ist recht seltsam", stimmte ihm Deborah zu, „ich glaube aber nicht, daß er in irgend etwas verwickelt ist, was wirklich schlecht wäre."

„Das weiß man nie!" Murray trank nachdenklich seinen Kaffee. „Jedenfalls gefällt mir sein Benehmen nicht. Man bringt ja kein vernünftiges Wort aus ihm heraus."

Deborah lächelte. „Nein, er scheint nicht der Typ zu sein, der viele Worte macht, aber wenn er will, kann er ganz schön in Aktion treten. Wirklich, Murray, Sie hätten einmal sehen müssen, wie er auf Derrick losging – er war wunderbar!"

„Hm." Murray schien dem nicht ganz zuzustimmen. „Nur schade, daß er ihn nicht k.o. geschlagen hat. Wenn ich dabeigewesen wäre –"

„Wenn Sie dagewesen wären, Murray, dann wäre es

niemals so weit gekommen. Derrick würde seinen Anstand gewahrt haben. Das alles kam nur deshalb, weil er meinte, wir seien allein."

„Ja, das nehme ich auch an", pflichtete Murray ihr bei und fuhr dann in etwas herzlicherem Ton fort: „Ich muß zugeben, daß ich insoweit Simons Ansicht teile, als Sie jemanden brauchen, der sich um Sie kümmert, Deborah – und genau das will ich von jetzt an auch tun."

„Es ist lieb von Ihnen, daß Sie so besorgt um mich sind, Murray. Aber ich kann wirklich auf mich selber aufpassen – jedenfalls unter normalen Verhältnissen."

„Nein, das können Sie nicht", fuhr er beharrlich fort. „Ein junges Mädchen wie Sie – mir ist bis jetzt noch nie ein solches Mädchen wie Sie begegnet, Deborah."

Sie wollte seine Bemerkung schon mit einem Scherz abtun, aber sie blickte auf und entdeckte einen Ausdruck in seinen Augen, der ihr augenblicklich klar werden ließ, daß er es ernst meinte.

„Oh –!" stammelte sie in plötzlicher Verwirrung. „Wir wollten doch Freunde sein, Murray."

„Ja, Deborah!" Er senkte seine Stimme zu einem zärtlichen Tonfall. „Aber können wir einander nicht mehr sein als nur eben Freunde?"

Sie gewann ihre Haltung wieder und setzte ihre halbvolle Tasse ab. Seinem durchdringenden Blick begegnete sie mit einem nachdenklichen Schütteln des Kopfes. „Nein, Murray – das würde nicht gehen", sagte sie langsam. „Wir beide sind so sehr verschieden – in mancher Hinsicht."

Er beugte sich über den schmalen Tisch zu ihr herüber. „Hören Sie, Deborah, ich bin durchaus bereit, mit Ihnen zur Kirche zu gehen, wenn Sie das meinen."

„Vielen Dank, Murray, das weiß ich auch zu schätzen – und das würde Ihnen sicher auch viel Gutes vermitteln", sagte sie ernst. „Aber das kann an der Sache nichts ändern – ich meine, soweit es meine Gefühle gegen Sie betrifft."

Er ließ sich wieder in seinen Stuhl zurückfallen, sein ganzer Eifer schien in einem Augenblick erloschen zu sein.

„Ich verstehe", sagte er dumpf, „es ist ein anderer da."

„Nein, ganz bestimmt nicht!" wehrte sie sich, „ich habe mit niemandem ernste Absichten."

„Nein?" Er musterte sie scharf mit zusammengekniffenen Augen. „Und was ist mit dem ‚Simon' da?"

„Ach, Murray", rief sie, „werden Sie nicht albern. Ich weiß wirklich nichts von ihm."

Murray Chesterfield nickte bedeutungsvoll. „Das ist ja das Problem mit diesen ‚geheimnisvollen' Leuten – die haben so ihre besondere Art! Jedenfalls werde ich es mir jetzt zur Aufgabe machen, Näheres über ihn herauszufinden."

„Nein, Murray, bitte tun Sie das nicht!" Deborah blickte sehr besorgt. „Sicher denkt er sowieso schon, daß Sie und ich versuchen, uns in seine Angelegenheiten einzumischen."

„Was er denkt, kümmert mich wenig!" Murray schob seinen Stuhl vom Tisch zurück und stand in grimmiger Entschlossenheit auf. „Ich werde jetzt herausbekommen, was er vorhat – das habe ich mir fest vorgenommen!"

Mehr wurde darüber nicht gesprochen, als sie das Café verließen und gemächlich zum Heim zurückspazierten, wenn auch das unzusammenhängende Gespräch auf dem Heimweg darauf schließen ließ, daß dieses Thema sie beide innerlich noch sehr beschäftigte.

Deborah konnte nur vermuten, welche Schritte Murray plante, aber sie hatte schon ihren Entschluß gefaßt, was sie selbst unternehmen würde. Sie würde Simon aufsuchen und ihn vor Murrays Absichten warnen; dabei konnte sie ihm gleichzeitig klarmachen, daß sie selbst nichts mit den Nachforschungen des Doktors zu tun hatte. Schließlich wollte sie nicht bei Simon in einem falschen Licht dastehen...

Aber es gab noch jemanden, dem Deborah sich verpflichtet fühlte, ihn zu warnen – freilich in einer völlig anderen Sache: Felicity... Nach alldem, was geschehen war, lag ihr Felicity schwer auf der Seele; denn Deborah sah, daß sie sich in immer stärkerem Maß mit Derrick Jones einließ – offensichtlich ahnte sie nicht, wer dieser Mann wirklich war.

Nachdem Felicity spät an diesem Abend von einer Ausfahrt nach dem Abendessen zurückgekommen war, klopfte Deborah bei ihr an und wurde sogleich mit großer Herzlichkeit hereingebeten.

„Ich möchte einmal mit Ihnen sprechen, Felicity", begann sie, „und zwar wegen Derrick." Obwohl Felicity ihr bereitwillig zuhörte, war es garnicht so leicht, sie zu überzeugen.

„Sie wissen nicht, wie Sie mit ihm umgehen müssen, Debbie – das macht mir Sorge!" erklärte Felicity, die von Deborahs Schilderung offenbar unberührt geblieben war. „Derrick ist wirklich ein lieber, netter Kerl."

Aber Deborah ließ sich in ihrer Meinung nicht umstimmen. „Nein, Felicity. Ich meine, er will Sie dazu verlocken, immer noch weiter mit ihm zu gehen und ihm zu Willen zu sein", sagte sie offen. „Und, um ganz ehrlich zu sein, ich glaube, Sie machen sich selbst zum Narren!"

Felicitys große, blaue Augen weiteten sich. „Aber Deborah – mir ist es doch ganz ernst mit Derrick!" Ihre Stimme hatte ihre alberne Geziertheit verloren. „In meinem ganzen Leben ist es mir nicht ernster gewesen als jetzt!"

Deborah blickte nicht weniger überrascht drein, als sie die plötzliche Veränderung in Felicitys Benehmen wahrnahm, die sich ihr hiermit so eindeutig erklärt hatte.

„Er ist der Mann, den ich mir immer erträumt habe!" fuhr Felicity fort, wobei die alte Begeisterung wieder die Oberhand in ihr gewann. „Er ist groß und hübsch und bezaubernd – und noch reich dazu!"

„Oh, Felicity", rief Deborah erschrocken, „all diese Dinge zählen in Wirklichkeit doch gar nicht!"

„Bei mir schon, Debbie!" Felicity ließ sich auf der Kante ihres Bettes nieder und lächelte ihrer Freundin begütigend zu. „Ich habe immer schon gesagt, daß ich einmal einen Mann mit viel Geld heiraten würde, und ich habe nicht die Absicht, mir Derrick wieder entgehen zu lassen."

„Felicity", keuchte Deborah, „Sie wissen ja nicht, was Sie da sagen!"

Felicity warf ihren blonden Kopf in den Nacken. „O doch, das weiß ich sehr wohl!" Ihre Augen blitzten. „Sie haben gut reden, Deborah – Sie sind in Luxus und Wohlstand groß geworden. Sie wissen ja nicht, was es heißt, in einem schäbigen Haus zu wohnen, auf einer schmutzigen Straße – sich sehnlichst etwas zu wünschen und es doch niemals bekommen können!"

Deborah schaute etwas verblüfft. „Ich kann nicht sagen, daß ich alles hatte, was ich mir wünschte –"

„Nein, aber Sie haben ein gut Teil mehr gehabt als Mädchen meinesgleichen – die in einem einzigen Zimmer leben und immer nur kämpfen müssen, daß das knappe Einkommen auch reicht –"

Deborah warf dem Mädchen an ihrer Seite einen mitfühlenden Blick zu. „Dann haben Sie gar kein Zuhause, Felicity?"

Felicity zuckte die Achseln. „An meinem Zuhause habe ich nie eine Hilfe gehabt, wo mein Vater – hm, ein Trinker ist! Sobald ich konnte, verließ ich mein Elternhaus, ging von der Schule ab und ging arbeiten, um für mich selbst sorgen zu können. Nur all das hinter mir lassen! Aber es ist eine harte Sache, das können Sie mir glauben!"

„Dessen bin ich sicher", stimmte ihr Deborah nachdenklich zu. „Aber daß man Sie hier sieht, Felicity – niemand würde je auf den Gedanken kommen . . ."

„Nein, das würde wohl niemand, dessen bin ich ganz sicher!" Felicitys Augen leuchteten vor Genugtuung. „Ich habe mein Geld sauer zusammengespart und mich für diesen Urlaub gut gerüstet, Debbie." Sie holte tief Atem. „Und wissen Sie auch, warum ich nach Endcliffe Lodge gekommen bin? Nicht etwa, weil ich ans Meer wollte, sondern weil ich dachte, daß ich hier Gelegenheit hätte, die richtigen Leute zu treffen. Und nun komme ich hierher und finde Derrick, der praktisch nur darauf wartet, daß ich mich ihm an den Hals werfe."

Deborah lächelte. „Ich glaube, das haben Sie schon getan, Felicity!"

„Bei einem Mann wie Derrick muß man wohl selbst ein wenig die Initiative ergreifen", verteidigte sie sich. „Ich bin sicher, daß er anfängt, mich gern zu haben."

Nachdenklich legte Deborah ihre Stirn in Falten. „Das tut er wohl auch, sonst würde er dich nicht so häufig ausführen, Felicity." Unwillkürlich war Deborah zu dem vertrauten „Du" übergewechselt. „Aber glaubst du nicht, daß ein Mann in seiner Stellung, wenn er irgendwelche ernsten Absichten hätte, nicht lieber ein Mädchen mit gewissen gesellschaftlichen Beziehungen nehmen würde?"

Felicity lächelte nachsichtig. „Das habe ich schon bedacht", sagte sie. „Ich habe ihm erzählt, daß ich als Waisenkind zurückblieb, als meine beiden Eltern bei einem Verkehrsunfall ums Leben kamen, und daß ich von einer reichen, aber sehr extravaganten Tante großgezogen wurde, die im vorigen Jahr starb und mir keinen Pfennig hinterließ. Das alles habe ich mir schon gut überlegt, glaube mir!"

Deborah seufzte. „Ich fürchte, du forderst das Schicksal heraus, Felicity."

Felicity streckte sich träge und unterdrückte ein Gähnen. „Es ist schrecklich nett von dir, daß du dir soviel Gedanken um mich machst, Debbie", sagte sie gedehnt, wobei sie wieder in ihre übertrieben affektierte Sprechweise verfiel. „Aber hierdurch versäume ich nur meinen Schlaf, der mir hilft, schön zu bleiben – und morgen früh will ich doch wieder mit Derrick ausgehen."

Dieser deutliche Wink entging Deborah nicht, die sich jetzt erhob. „Gute Nacht, Felicity", sagte sie herzlich, da sie spürte, daß das Vertrauen, welches ihr das Mädchen entgegengebracht hatte, sie näher zusammenführte. „Eines Tages wirst du hoffentlich die Dinge etwas anders beurteilen."

Felicity lachte. „Eines Tages, meine liebe Debbie", flüsterte sie ihr vertraulich ins Ohr, „werde ich wahrscheinlich Frau Jones sein –!"

Diese unverblümte Feststellung traf Deborah wie ein Keulenschlag und setzte sie in große innere Erregung; auf dem Rückweg zu ihren eigenen Räumen war sie so tief in Gedanken, daß sie gar nicht ihre Mutter bemerkte, die sie beobachtete. Erst als sie nach Betreten des Wohnzimmers die Stimme ihrer Mutter hörte, die in einem Sessel saß, wurde ihr bewußt, daß außer ihr noch jemand im Zimmer war.

„Du siehst aus, als wenn du Sorgen hättest, Deborah. Was ist denn?"

Deborah fuhr erschrocken zusammen und blickte auf. „Ach, du bist es, Mutter –!" Sie ging zu ihr hinüber und ließ sich seufzend in einen der gegenüberliegenden Sessel fallen. „Ich habe eben ein Gespräch mit Felicity gehabt. Sie hat ernste Absichten mit Derrick Jones, Mutter!"

Constance Lee schürzte die Lippen. „Sie ist gar nicht so dumm, wie man sie von ihrem Äußeren her halten könnte, dieses Mädchen", sagte sie. „Aber trotzdem glaube ich nicht, daß er auf Felicity aus ist", fügte sie vielsagend hinzu.

Deborah schoß das Blut in die Wangen. „Bitte, Mutter, sprich mir nie wieder seinen Namen aus! Wenn heute Simon nicht dagewesen wäre –"

„Simon?" Ihre Mutter zog ihre Augenbrauen hoch.

„Ja, Mutter – du weißt doch, der Mann, den ich bei den Felsen traf."

„Den kenne ich sehr gut", entgegnete sie scharf. „Aber ich denke, du warst heute mit Murray Chesterfield aus?"

„Ja doch. Aber weißt du –"

Mit großer Spannung hörte Constance Lee zu, als Deborah rasch noch einmal die Ereignisse des Nachmittags anschaulich schilderte.

„Das hätte ich nie geglaubt!" rief sie heftig. „Sag, was hatte Murray dazu zu sagen?"

„Murray nahm das alles sehr ernst." Unsicher blickte Deborah zu ihrer Mutter hinüber. „Er sagte, er wollte sich um mich kümmern –"

Frau Lee lächelte zustimmend.

„Ich will doch hoffen, daß du ihn darin noch ein wenig bestärkt hast, Deborah?"

„Nein, Mutter – das konnte ich unmöglich."

„Also wirklich, Deborah, ich weiß nicht, was ich mit dir noch machen soll!" Erregt sprang Frau Lee aus ihrem Sessel auf; dabei verrutschte das Kissen auf dem Stuhl, so daß das Buch, das sie so sorgfältig darunter versteckt hatte, zu Boden fiel.

Verlegen bückte sie sich, um es wieder aufzuheben, aber Deborah kam ihr zuvor. „Hier, Mutter." Sie hob es auf und hielt es ihr hin. Da erst entdeckte sie den weichen Ledereinband und stieß einen Ruf der Überraschung aus. „Oh, das ist ja eine Bibel!"

Frau Lees Gesicht lief dunkelrot an. „Ja", gab sie zu, ohne den Versuch zu machen, ihr das Buch wieder abzunehmen. „Ich – ich stieß zufällig darauf, als ich im Regal nach einem Buch suchte. Du könntest ja einmal hineinschauen, Deborah." Sie schluckte hart. „Es ist die Bibel, die wir bei unserer Hochzeit von der Kirche geschenkt bekamen – dein Vater und ich."

„Oh, wie hübsch!" Mit gespanntem Blick und zitternden Fingern schlug Deborah den Deckel auf und las die Inschrift auf dem Deckblatt:

„Überreicht an Andrew und Constance Lee anläßlich ihrer Trauung." Und ganz unten auf der Seite stand in klarer und fester Schrift das Bibelwort „Seid miteinander freundlich, herzlich und vergebet einer dem anderen, gleichwie Gott euch vergeben hat in Christus."

Mit Tränen in den Augen blickte Deborah auf; neben ihr stand die Mutter, die ebenfalls auf die Widmung blickte.

„Mutter", rief sie leidenschaftlich, „hast du dieses Wort gelesen?"

Constance Lee nickte. „Ja", kam die kurze Antwort;

dann fuhr sie mit der ihr eigenen Offenheit fort: „Als wir an jenem Abend neulich miteinander sprachen, mußte ich plötzlich daran denken. Dann fand ich eher keine Ruhe, als bis ich dieses Buch gefunden hatte. Und ich fing auch gleich an, darin zu lesen – aber ich fürchte nur, daß es dazu schon zu spät ist."

„Es ist niemals zu spät, Mutter!" entfuhr es Deborah unwillkürlich.

„Es ist jedenfalls schon zu spät, um hier noch längere Gespräche zu führen", sagte sie kurz. „Wir müßten beide eigentlich schon längst im Bett sein."

9

Erst nach reiflicher Überlegung beschloß Murray Chesterfield, einmal ins Pfarrhaus zu gehen und damit den ersten Schritt in seinem wohlgeplanten Unternehmen zu tun, Genaueres über Simon und sein geheimnisvolles Treiben herauszubekommen. Ärzte und Pfarrer pflegten am besten über die Menschen in einer Kleinstadt Bescheid zu wissen; und da in Rocklea Cove kein Arzt ansässig war und Myles Trewman der einzige Pfarrer hier, könnte ein Gespräch mit ihm vielleicht einen guten Hinweis ergeben. Und der Pastor hatte überdies ja selbst vorgeschlagen, daß sie sich zu gelegener Zeit einmal ausführlicher unterhalten könnten.

Auf sein Klingeln öffnete Myles Trewman selbst, eine freundliche Gestalt in seinem Alltagsanzug.

„Guten Morgen, Pastor Trewman", begann der junge Mann freundlich. „Ich glaube nicht, daß Sie sich noch an mich erinnern?"

Lächelnd streckte der Pastor ihm die Hand entgegen. „Natürlich erinnere ich mich an Sie", sagte er herzlich. „Ich traf Sie im Gottesdienst – mit Deborah Lee zusammen."

„Das stimmt." Und mit einem etwas gezwungenen Lachen fügte er hinzu: „Sie haben wohl allen Grund, sich noch an mich zu erinnern – mit meinen unverschämten Bemerkungen."

Bei der Erinnerung daran mußte Myles Trewman lächeln. „Es kommt wirklich nicht oft vor, daß ich von einem Gemeindeglied eine solch spontane Reaktion erlebe, darum fand ich Ihre Bemerkung neulich ganz erfrischend. Aber kommen Sie doch bitte herein, Doktor – ich freue mich, Sie hier zu sehen!"

„Danke." Auf des Pastors freundliches Drängen trat der junge Mann ein. „Sie machten ja selbst den Vorschlag, daß wir einmal in aller Ruhe miteinander reden, nicht wahr, Herr Trewman?"

„Ja natürlich. Gehen wir doch in mein Arbeitszimmer, hier entlang."

Als er seinen Besucher in das Zimmer geleitete und ihn ermunterte, in einem der bequemen Gästesessel Platz zu nehmen, musterte Myles Trewman den jungen Mann verstohlen. Offensichtlich war er hergekommen, um mit ihm zu sprechen; er sah aber nicht so aus, als triebe ihn eine innere Not hierher. Es mußte irgendeine andere Absicht hinter seinem Besuch stehen...

„Nun", begann er, als er sich seinem Besucher gegenüber im Sessel niederließ, „was kann ich für Sie tun, Dr. Chesterfield?"

„Ach – hm –." Durch die plötzliche Frage des Pastors schien er im Augenblick aus der Fassung gebracht, hatte sich aber sehr bald wieder gefangen. „Lassen wir die steifen Förmlichkeiten, Herr Trewman. Ich heiße Murray –"

„Na gut, wenn Sie es so wollen, werde ich Murray zu Ihnen sagen."

Ein kurzes Schweigen folgte, und dann meinte Murray Chesterfield, wieder das Wort nehmen zu müssen. „Sie glauben es vielleicht nicht, Herr Trewman, aber wenn die Leute mich mit Doktor anreden, fühle ich mich immer unsicher. Ich glaube, ich habe mich noch nicht so ganz daran gewöhnt."

„Dann haben Sie Ihre medizinische Ausbildung noch nicht lange hinter sich, Murray?"

„Letztes Jahr verließ ich die Universität." Er seufzte. „Manchmal frage ich mich selbst, ob ich jemals einen guten Doktor abgeben werde – aber es kommt eben auch sehr auf den Namen an, wissen Sie."

„Das stimmt."

„Kennen Sie vielleicht Sir Gilbert Chesterfield, den Herzchirurgen –?"

„Ja, den kenne ich tatsächlich. Er ist ein netter Mensch."

„Nun, er ist mein Onkel. Und wir sind wirklich sehr vertraut miteinander, Onkel Gilbert und ich."

„Sicher wird er Ihnen eine große Hilfe sein."

Der junge Mann lachte. „Das ist er – in mehr als nur einer Hinsicht. Sehen Sie, Herr Trewman, sobald die Leute den Namen ‚Chesterfield' hören, steht ihre Meinung über mich fest. Ich weiß ja selbst nicht, warum ich darüber bekümmert bin. Unter dem guten Ruf, den Onkel Gilbert genießt, werde ich immer als ein guter Arzt anerkannt werden!"

Der Pastor schüttelte den Kopf. „Darauf würde ich mich nicht allzu fest verlassen", sagte er nüchtern, „es gibt einige Dinge, die wir nicht durch einen ‚Stellvertreter' tun – oder auch sein – können. Sie erinnern mich an die Menschen, die meinen, sie könnten aufgrund ihrer familiären Beziehungen in den Himmel kommen – anstatt sich selbst um ihr Seelenheil zu bemühen."

Murray rutschte unbehaglich in seinem Stuhl hin und her. „Ich sprach ja eben nicht darüber, wie man in den Himmel kommt –"

„Nein." Myles Trewman blickte seinem Gegenüber offen ins Gesicht. „Aber manchmal müssen Sie doch daran denken, nicht wahr? Sie stehen am Bett eines Patienten, immer im Kampf um Leben und Tod, und es wird Ihnen deutlich, daß es für ärztliche Geschicklichkeit und Wissen auch Grenzen gibt; Sie erreichen den Punkt, wo eine höhere Macht die Sache übernimmt."

Der junge Mann nickte zustimmend. „Oh ja, ich weiß, daß es Grenzen gibt."

„Und diese Grenzen werden von Gott selbst gesteckt. Das wissen Sie doch, nicht wahr, Murray?"

Murray richtete sich straff in seinem Sessel auf. „Ich weiß gar nicht, wie wir es fertiggebracht haben, auf dieses Thema zu kommen", sagte er schroff. „Ich bin doch nicht etwa hergekommen, um mir von Ihnen eine Predigt anzuhören?"

„So?" Der feierlich-ernste Ausdruck in Myles Trewmans Gesicht wich einem Lächeln. „Weshalb sind Sie denn hergekommen, Murray?"

„Um es offen zuzugeben, ich bin hergekommen, um über jemand eine Auskunft einzuholen. Hm – hier treibt sich ein Kerl herum, der sich Simon nennt. Ich dachte mir so, vielleicht wüßten Sie etwas über den Mann. Ich würde gern herausbekommen, was er vorhat."

„Warum fragen Sie ihn dann nicht selbst?" warf der Pastor dazwischen.

„Ihn fragen? Nun, keiner bringt ja ein vernünftiges Wort aus ihm heraus. Denken Sie nur, er wollte mir noch nicht einmal einen Tropfen Wasser für meinen Kühler geben, als mein Wagen neulich wegen einer Panne dicht bei seinem Haus stehenblieb. Das war an jenem Vormittag, als ich mit Deborah in der Kirche gewesen war."

Myles Trewman kicherte etwas belustigt. „Vielleicht haben Sie ihn nicht höflich genug gefragt, Murray?" Dann fuhr er in sachlichem Ton fort: „Wissen Sie, es hängt entscheidend viel davon ab, wie wir bitten, wie es in der Bibel heißt: ‚Ihr bittet und empfanget nicht, darum daß ihr übel bittet'."

Murray warf verächtlich den Kopf zurück. „Ich weiß gar nicht, warum Sie gerade jetzt mit der Bibel ankommen!" sagte er ärgerlich. „Ich kam hierher, um Sie geradeheraus zu fragen, ob Sie mir irgend etwas über diesen Simon sagen könnten."

„Dieser Mann beschäftigt Sie sehr, nicht wahr?" Die Frage des Pastors kam offen und direkt.

„Ja", gab der junge Mann zu. „Und wenn Sie mir keine Auskunft geben können – oder wollen –, dann werde ich auf andere Weise davon erfahren."

Er erhob sich aus seinem Sessel, als wolle er damit zeigen, daß er seinen Besuch als beendet ansehe. Auch Myles Trewman stand jetzt auf.

„Wissen Sie, Murray", sagte er bedächtig, „es könnte sicher eine lohnende Sache für Sie sein, wenn Sie sich mehr um sich selbst, als um andere Leute Sorgen machen würden. Worüber Sie sich unbedingte Klarheit verschaffen sollten, ist, wie Sie in geistlichen Dingen stehen – ich meine, wie Sie vor Gott dastehen!"

Lachend warf Murray seinen Kopf in den Nacken; dann wandte er sich mit gespielter Gleichgültigkeit zum Gehen, die der Pastor mit seinem scharfen Blick als bloße Fassade durchschaute.

„Möge Gott ihm helfen!" sagte er, als er den jungen Mann aus dem Haus gehen und rasch entschwinden sah.

10

Die Tage gingen dahin. Deborahs Unbehagen wuchs, da Murray immer häufiger völlig in Gedanken zu sein schien; dazu kam, daß sie bei ihren Spaziergängen zum Riff von Simon nichts mehr gesehen hatte.

Eines Nachmittags, als ihre Mutter in die Stadt gefahren war, da sie geschäftlich zu tun hatte, und im Haus alles still war, faßte sie den Entschluß, einmal zur Küste hinunterzugehen, in die Nähe der Stelle, wo sie damals das erste Mal Simon mit seiner Taschenlampe gesehen hatte. An jene Höhle konnte sie sich noch gut erinnern: hatte sie doch als Kind dort spielend viele frohe Stunden verbracht. Und irgendeine Stimme in ihrem Innern schien ihr zu sagen, daß diese interessante, natürliche Höhlung in den Klippen eine Rolle in Simons sonderbaren Unternehmungen spielen könnte...

Die Höhle war immer noch dort, entdeckte sie zu ihrer Befriedigung, als sie vorsichtig den schmalen Pfad hinunterstieg und dann an dem ungewöhnlichen Felsengebilde stehenblieb, das den Eingang der Höhle bezeichnete. Es war ein großer, hohler Raum – groß genug, daß ein erwachsener Mann aufrecht darin stehen konnte.

Deborah trat einen Schritt näher heran und blickte hinein. Da stockte ihr der Atem. Dort drinnen befand sich ein Mann – ein Mann in Ölmantel und Gummistiefeln...

Sie sah sofort, daß er ihr Kommen nicht bemerkt hatte, denn er schien eifrig über eine Anzahl kleiner Gegenstände gebeugt, die ausgebreitet vor ihm lagen, Muscheln, wie es aussah – Seemuscheln, jede sorgfältig auf einzelne kleine Glasplättchen gelegt, die in dem starken Lichtstrahl, der in die Höhle hereinfiel, aufblitzten. Neben ihm lag aufgeschlagen ein großes Notizbuch, und den Lederranzen hielt er in der Hand.

„Simon –!" Hohl und unnatürlich klang ihre Stimme, die von den Felsspalten widerhallte.

Wie elektrisiert fuhr er auf und wandte sich hastig in die Richtung, aus der die Stimme gekommen war. Sein Gesicht zeigte Zorn und Bestürzung zugleich.

„Was suchen Sie hier?" herrschte er sie an und trat einen Schritt vor, als wolle er die Gegenstände, die er untersuchte, vor neugierigen Blicken schützen.

„Ich wollte Sie aufsuchen, Simon", sagte sie, unbeeindruckt durch seine feindselige Begrüßung. „Haben Sie etwas dagegen, wenn ich hereinkomme?"

Er zuckte die Achseln. „Nun, ich kann wohl nicht behaupten, daß dies mein eigener Grund und Boden ist."

„Nein", sagte sie lächelnd, als sie flink die schroffe Felsbarriere überkletterte und neben ihn trat. „Ich kenne diesen Ort sehr gut. Als ich noch ein kleines Mädchen war, pflegte ich oft hier zu spielen."

„Dann wollen Sie mich jetzt sicher fragen, was ich hier drinnen will", sagte er herausfordernd.

„Nein!" Fest richtete sie ihren Blick auf ihn, damit er sie nicht beschuldigen könnte, sie wolle sich neugierig in seine Arbeit einmischen. „Es kümmert mich überhaupt wenig, was Sie hier machen, aber ich kam her, um Sie zu warnen. Da ist jemand, der spioniert Ihnen nach."

„Wer ist es?" kam seine ungeduldige Frage. „Doch nicht etwa der Kerl, der sich neulich an Sie herangemacht hat?"

„Herr Jones? Nein, der nicht; seit neulich hat er kaum ein Wort mit mir gewechselt. Aber ich möchte Ihnen noch herzlich danken, daß Sie mir damals so rasch zu Hilfe kamen!" Dankbar lächelte sie ihm zu.

„Ach was, nicht der Rede wert!" sagte er achselzuckend. „Aber Sie sollten zusehen, daß Sie nicht allzu oft in eine solch unangenehme Lage kommen."

„Ja, das hat Murray auch schon gesagt – er ist es nämlich, Simon. Er sagt, daß er alles herausbekommen will, was Sie hier tun."

„So, will er das?" Zornig blitzte es in seinen Augen auf. „Wer ist er überhaupt?"

„Er heißt Chesterfield", sagte sie, „Murray Chesterfield."

„Chesterfield?" Es war ihr, als verriete seine Stimme eine innere Spannung.

„Ja, Murray Chesterfield", wiederholte sie. „Sein Wagen blieb neulich vor Ihrem Haus mit einer Panne liegen. Das war an dem Tag, als wir Ihnen begegnet sind – Sie erinnern sich doch noch?"

Er nickte grimmig. „Ja, ich entsinne mich."

„Aber Sie sollen wissen, daß ich nichts mit alldem zu tun habe, Simon", fuhr sie fort; sie wollte ihn doch unbedingt überzeugen. „Ich habe versucht, ihm davon abzuraten."

„Machen Sie sich nichts daraus", sagte er verbissen. „Ich werde schon mit ihm fertig werden und mit jedem, der versucht, seine neugierige Nase in meine Angelegenheiten zu stecken!"

Wieder lächelte Deborah ihm flüchtig zu. „Ich darf doch wohl hoffen, daß ich da nicht mit gemeint bin, Simon?"

Er blickte sie lange und fest an, und allmählich verschwanden die strengen Falten um seinen Mund und machten einem Lächeln Platz – ein Lächeln, das seinen ganzen Gesichtsausdruck völlig zu verwandeln schien.

„Nein", sagte er etwas freundlicher. „Sie sind anders, Deborah. Ich fühle, daß ich Ihnen vertrauen kann."

„Danke!" Ihre Augen leuchteten. „Ich würde Sie auch nie hintergehen, Simon. Ich weiß ja wirklich nichts von Ihnen zu berichten", fügte sie lachend hinzu.

„Nein." Er zögerte einen Augenblick. „Sie würden es gar nicht verstehen, wenn ich es Ihnen erzählte. Ich – eh – ich bin gerade dabei, hier einiges zu untersuchen."

„Ja, das habe ich mir beinahe gedacht." Sie schaute sich im Raum um. „Aber warum müssen Sie dabei so geheimnisvoll tun?"

Jetzt blickte er wieder grimmig entschlossen. „Ja, das ist eine ganz persönliche Angelegenheit von mir, Deborah." Er machte eine Pause. Tief in seinen dunklen Augen glomm ein verborgenes Feuer auf. „Ich suche etwas, das ich an dieser Küste zu finden hoffe. Ich muß es finden und werde nicht eher aufhören, als bis ich es gefunden habe!"

„Sicher haben Sie schon schwer dafür gearbeitet", wandte sie zaghaft ein.

„Ja, ich gönne mir Tag und Nacht keine Ruhe", sagte er kurz. „In dem Haus dort habe ich ein Laboratorium eingerichtet und verrichte hier den größten Teil meiner Arbeit. Aber es gibt bestimmte Proben, die ich auf der Stelle untersuchen möchte – darum habe ich das hier immer bei mir."

Er öffnete den Lederranzen und zog ein blitzendes, schwarzes und mit Chrom verziertes Mikroskop heraus.

Deborah lachte. „Ich habe mich schon immer gefragt, was Sie wohl in dem Ranzen hätten; aber daß es so etwas ist, darauf wäre ich nie gekommen!"

„Dies hier ist ein sehr wertvolles Stück meiner Ausrüstung", fuhr er fort. „Ich könnte ohne dieses Gerät gar nicht auskommen. Ich wollte es eben gerade benutzen, als Sie – als Sie mich hier so überraschten."

„Oh, ich hoffe doch, daß ich Sie in Ihrer Arbeit nicht gestört habe, Simon", sagte sie besorgt.

„Nein. Ich wollte nur eben drei Körner frischgewaschenen Sandes untersuchen. Würden Sie es vielleicht auch gern einmal anschauen?"

„Ja, bitte." Mit großem Interesse schaute sie ihm zu, wie er mit einigen raschen Handgriffen das Gerät aufbaute. „Sie werden es noch ein wenig auf Ihre Augen einstellen müssen."

Mit großer Sorgfalt faßte Deborah das Instrument und legte unter Simons fachkundiger Anleitung das Auge an den Sucher und ihren Finger an die Stellschraube. Mit bloßem Auge konnte sie die drei winzigen Sandkörner kaum erkennen, die er unter das Mikroskop gelegt hatte; es dauerte einige Sekunden, bis sie dieselben ausfindig machen konnte. Sie stieß einen Ruf freudiger Überraschung aus.

„Oh, wie herrlich sie aussehen!” rief sie und betrachtete eingehend die wunderbare Symmetrie und das schöne Muster der Körner. „Jedes ist wieder völlig anders und doch genauso schön!”

„Tatsächlich gibt es nicht zwei Sandkörner, die sich aufs Haar gleichen”, bemerkte Simon dazu in seiner sachlichen Art.

„Und wenn man dann an die Millionen und Abermillionen von Sandkörnern denkt, die es auf der Welt gibt!” stieß Deborah ehrfürchtig hervor, ihr Auge immer noch fest auf das Mikroskop gepreßt. „Ist Gott nicht wunderbar, daß er auch diese winzigen Dinge in so vollkommener Schönheit geschaffen hat?”

Simon runzelte die Stirn. „Von der Seite habe ich es noch nicht betrachtet”, gab er zu.

Deborah war immer noch fasziniert. „Was schauen Sie sich sonst noch an, Simon?”

„Ach, so verschiedene Arten von Meerestieren und Tang, Schwämme und Muscheln. Ich trage alle meine Funde und Versuche in mein Logbuch ein – das bedeutet eine Menge Arbeit.” Er deutete mit dem Kopf auf das reichlich abgegriffene Notizbuch, das immer noch auf dem sandigen Boden lag.

Deborah blickte auf. „Sie scheinen auch eine Menge Muscheln gesammelt zu haben –”

Er nickte. „Ja, sie interessieren mich sehr. Sie werden alle untersucht und eingetragen, in meinem Buch dort.”

Deborah lächelte. „Ich besitze auch eine ansehnliche Muschelsammlung. Ich sammle sie schon jahrelang. Ich bewahre sie in einem großen Glaskasten auf der Glasveranda auf – in unserem Erholungsheim.”

Simon war plötzlich ganz Ohr.

„Ich würde sie mir gern einmal ansehen”, sagte er eifrig,

„wenn es sich einrichten ließe –"

„Ja, selbstverständlich gern!" sagte sie ohne Zögern. „Sie werden dann zu uns heraufkommen müssen."

Er grinste etwas belustigt. „Dann werde ich mich wohl erst auf einen ganz offiziellen Besuch vorbereiten müssen, wenn ich die Muscheln sehen will."

„Wie wäre es mit morgen nachmittag?"

Nach kurzem Bedenken sagte er: „So etwa vier Uhr."

„Gut", antwortete Deborah schnell. „Ich werde Sie dann am Tor erwarten."

11

Als Deborah nach Hause kam, fand sie ihre Mutter schon in heller Aufregung.

„Denk dir nur", begrüßte sie ihre Tochter begeistert, „wir werden morgen einen höchst vornehmen Gast hier haben, meine Liebe –"

„So –?" Deborah, die an den Gast denken mußte, den sie für morgen nachmittag eingeladen hatte, wartete etwas besorgt darauf, daß ihre Mutter endlich weitersprach.

„Ja, der vornehmste Gast, den Endcliffe Lodge je gesehen hat!" Constance Lee machte es offenbar große Freude, um sich herum eine Atmosphäre gespannter Erwartung zu schaffen; inzwischen rief sich Deborah rasch einige Namen ins Gedächtnis, die ihre Mutter als „vornehm" einstufen könnte.

„Wer ist es denn, Mutter?" Sie war jetzt richtig neugierig geworden.

Constance Lee richtete sich in ihrer ganzen Würde auf. „Deborah", sagte sie feierlich mit sichtlichem Stolz, „ich habe eben Nachricht bekommen, daß Sir Gilbert Chesterfield für das Wochenende hier unterkommen möchte – vielleicht bleibt er sogar noch etwas länger."

„Oh." Der Ausruf Deborahs kam nicht so begeistert, wie es ihre Mutter vielleicht erwartet hätte.

„Du weißt doch, wer Sir Gilbert Chesterfield ist, nicht wahr?" fuhr Frau Lee fort. „Er ist Murrays Onkel!"

„Ja, Mutter, das weiß ich. Murray hat oft über ihn gesprochen." Das Mädchen zwang sich, so ruhig wie möglich zu sprechen. Aber tief in ihrem Innern verspürte sie ein großes Unbehagen.

„Weißt du, Deborah" – Frau Lee senkte ihre Stimme zu

einem mehr vertraulichen Ton – „ich glaube fest, daß Murray seinen Onkel hierher mit einer ganz bestimmten Absicht eingeladen hat ..."

Deborah lachte. „Sicher hat er sich was dabei gedacht! Ich vermute, er wird mit ihm eine kleine Fahrt in jenem uralten Vehikel von Auto unternehmen, weil er hofft, daß Sir Gilbert ihm noch vor seiner Abreise ein neues schenken wird."

Constance Lee schüttelte den Kopf. „Nein, ich glaube sicher, es steckt mehr dahinter, Deborah. Wie merkwürdig Murray mich anschaute, als er mir sagte, daß er ein Zimmer für Sir Gilbert vormerken lassen wollte – mir schwebt der Gedanke vor, daß er seinen Onkel mit uns bekannt machen will, vielleicht sogar aus sehr persönlichen Gründen."

Deborah schoß das Blut in die Wangen. „Davon weiß ich nichts, Mutter. Aber ich weiß bestimmt, daß er fest damit rechnet, sein Onkel werde ihm einen neuen Wagen kaufen."

„Ganz gleich, aus welchem Grunde er herkommt", bemerkte ihre Mutter, „er wird unserem Haus eine besondere Note verleihen. Und ich bin sicher ..."

Deborah räusperte sich. „Wir werden morgen noch einen anderen Besucher haben, Mutter", warf sie dazwischen.

„So?" Jetzt blickte Frau Lee überrascht. „Wen denn?"

„Simon. Ich habe ihn gefragt ..."

„Simon?" wiederholte ihre Mutter rasch. „Der geheimnisvolle Mann, über den anscheinend niemand Genaueres weiß?"

„Ja, aber ich habe etwas mehr über ihn in Erfahrung bringen können, Mutter. Er ist wirklich sehr nett. Ich glaube, du wirst ihn auch gern haben. Ich habe entdeckt, daß er sich für alle Arten von Meereslebewesen interessiert – besonders für Muscheln. Darum habe ich ihn eingeladen, sich meine Sammlung einmal anzusehen. Ich dachte, du würdest nichts dagegen haben, Mutter; er wird auch nicht lange bleiben."

„Um welche Zeit kommt er denn?" Frau Lee schien

immer noch ziemlich bestürzt.

„Wir haben ausgemacht, daß ich ihn um vier Uhr unten am Tor erwarte."

„Nun, ich habe nichts dagegen einzuwenden, solange du daran denkst, Deborah, daß wir alle verfügbare Zeit und unsere ganze Aufmerksamkeit Sir Gilbert widmen müssen – um Murrays willen, wie auch deinetwegen."

Damit war die Sache erledigt, bis Murray sie nach dem Abendessen wieder zur Sprache brachte.

„Ich habe an dem alten Wagen gearbeitet, Onkel Gilbert zu Ehren, der morgen ankommt", erklärte er, als er mit Deborah den Speisesaal verließ. „Er soll von mir den Eindruck haben, daß ich ‚Old Gertie' sorgsam pflege, wenn sie auch bald auseinanderfällt. Sicher wird Onkel Gilbert einsehen, daß ich nicht noch einmal mein bestes Mädchen in ihr zu einer Ausfahrt mitnehmen kann! Und ich bin sicher, Onkel Gilbert wird das Mädchen akzeptieren, das ich heiraten will!"

Er legte seinen Arm um ihre Hüfte, aber sie entwand sich ihm. „Sie haben kein Recht, solche Dinge auszusprechen, Murray", stieß sie ärgerlich hervor.

Lachend schüttelte er den Kopf. „Aber ich habe doch gar nichts gesagt", neckte er. „Kommen Sie, machen Sie doch wieder ein freundliches Gesicht – ich möchte, daß Sie da sind und Onkel Gilbert mit einem Lächeln begrüßen, wenn ich ihn hereinführe."

Deborah warf ihm einen herausfordernden Blick zu. „Ich bin um vier Uhr hier mit Simon verabredet."

Murray wich einen Schritt zurück, seine gute Laune war plötzlich verflogen. „Simon?" wiederholte er. „Was will der hier –?"

„Er kommt, um sich meine Muschelsammlung anzusehen", sagte sie ruhig. „Als ich ihn einlud, wußte ich noch nichts davon, daß Ihr Onkel Gilbert kommt."

„Oh!" Mehr konnte er dazu nicht sagen.

Deborah sagte auch nichts mehr. Aber beide hatten sie sehr viel Stoff zum Nachdenken. Es war nur gut, daß

Deborah den nächsten Tag sehr viel mit den Vorbereitungen für die Ankunft des vornehmen Gastes beschäftigt war; sonst wäre das gespannte Verhältnis zwischen Murray und ihr noch offener zutage getreten.

Kurz vor vier Uhr ging sie zum Tor hinunter, um ihre Verabredung einzuhalten. Sir Gilbert war noch nicht angekommen. Aber Simon stand an der vereinbarten Stelle. Mit einem Blick erfaßte sie alle Einzelheiten seiner Erscheinung – so völlig anders, als sie ihn von ihren früheren Begegnungen her in Erinnerung hatte. Er trug einen tadellos sitzenden grauen Maßanzug, weißes Oberhemd mit Krawatte und ein Paar nagelneu aussehende schwarze Schuhe.

„Oh, Simon – ich hätte Sie kaum erkannt", rief sie herzlich, als sie ihm die letzten Schritte entgegenkam. „Sie sehen wirklich nett aus!"

„Na", sagte er in seiner sachlichen Art, „ich hätte wohl kaum in Ölmantel und Gummistiefeln nach Endcliffe Lodge kommen können, nicht wahr?"

„Nein – das hätten Sie kaum tun dürfen!" lachte Deborah, als sie dann gemeinsam den kiesbestreuten Fahrweg zum Hause hinaufgingen. „Sie müßten eigentlich einen guten Eindruck auf meine Mutter machen."

„Sie müssen es, bitte, verstehen, Deborah, daß ich meiner Arbeit nicht allzulange fernbleiben kann. Wenn ich mir Ihre Muscheln angesehen habe, möchte ich eigentlich nicht länger bleiben –"

„Schon gut", sagte sie, „ich werde Sie schon nicht zu lange aufhalten."

Nach wenigen Minuten erreichten sie das Haus, und sie ließ ihn durch den Haupteingang ein. Von ihrer Mutter war nichts zu hören und zu sehen. „Schauen wir uns erst die Muscheln an, Simon", schlug sie daher vor. „Sie sind in der Glasveranda."

Er folgte ihr dichtauf, als sie ihn durch die Eingangshalle, den Korridor hinunter und in eine große, ringsum verglaste Veranda führte. Überall im Raum luden Seegrasliegen und bequeme Stühle zum Ausruhen ein. Zahlreiche

Gegenstände, die an die Seefahrt erinnerten, schmückten den Raum: kleine Modellschiffe, verschiedene Arten von Korallen und, was augenblicklich Simons Aufmerksamkeit auf sich zog: eine Glasvitrine mit Dutzenden von seltenen und sehr schönen Muschelexemplaren, jedes von ihnen sauber und sorgfältig auf dem dunklen Plüschuntergrund befestigt. Dieses Schaustück hätte jedem Museum für Naturgeschichte Ehre gemacht. Simon brauchte nicht erst besonders eingeladen zu werden, um hinüberzugehen und es sich näher zu betrachten.

Deborah blieb dicht hinter ihm, während er ein Vergrößerungsglas aus der Tasche nahm und jedes einzelne Stück mit Kennerblick betrachtete.

„Was halten Sie von diesen Muscheln, Simon?" fragte sie endlich.

Er hatte sich mehrere Sekunden lang in ein besonders schönes Exemplar in Gold und Gelb vertieft, das hier und da Farbspritzer aufwies, die wie Perlmutt aussahen. Er wies aufgeregt mit dem Finger darauf. „Können Sie sich noch entsinnen, wo Sie diese da gefunden haben?"

Sie blickte näher hin. „Ach ja – die habe ich vor ein paar Jahren draußen in der Nähe von Dover Point gefunden. Ich weiß noch, daß es eine ziemlich schwierige Kletterei war, um hinzukommen. Heute hätte ich wohl nicht mehr die Nerven dazu, aber eine meiner Schulfreundinnen stachelte mich dazu auf, und ich habe mir die Muschel als Erinnerung daran aufgehoben und mitgebracht. Sie ist sehr hübsch, nicht wahr?"

„Ziemlich bedeutend!" murmelte er, als wolle er seine Gedanken laut äußern. Er stand auf und steckte sein Vergrößerungsglas wieder ein. „Vielen Dank, Deborah", sagte er ruhig. „Es ist äußerst interessant und mir auch hilfreich gewesen."

Deborah machte ein langes Gesicht. „Sie wollen doch nicht etwa schon wieder gehen?" Sie schien sehr niedergeschlagen.

Er richtete sich auf. „Ja, ich muß wirklich – muß zurück an meine Arbeit. Aber ich werde Sie wiedersehen."

Er wollte gerade weggehen, da ging die Tür auf und ließ eine Gruppe von Leuten herein, die offensichtlich das Haus auf einem Rundgang besichtigten. „Und dies hier ist unsere Sonnenveranda, Sir Gilbert", hörte man die klare Stimme von Frau Lee. „Ach, hier ist ja auch meine Tochter Deborah."

Durch diese unverhoffte Begegnung war Deborah ziemlich verwirrt. Sie hörte, wie sie einem eleganten, freundlichen Herrn mittleren Alters vorgestellt wurde, der sie mit einem warmen, festen Händedruck begrüßte, während Murray lächelnd im Hintergrund stand.

„Und Mutter – Sir Gilbert – dies hier ist Simon", sagte sie zaghaft, als sich die erste Aufregung über dieses unverhoffte Zusammentreffen gelegt hatte.

Frau Lee machte eine liebenswürdige Verbeugung, während sich die beiden Männer Auge in Auge gegenüberstanden und sich schweigend betrachteten; Deborah kam es wie eine halbe Ewigkeit vor. Dann war es Sir Gilbert Chesterfield, der zuerst das Wort nahm, während Simon gespannt und schweigend mit unbewegtem Gesicht dastand.

„Ich glaube, wir sind uns irgendwo schon einmal begegnet", sagte der ältere Mann ruhig.

12

Es folgte eine kurze, atemlose Stille. Dann trat Murray Chesterfield vor, blickte erst seinen Onkel und dann Simon an, der mit ruhigem Gesicht dastand. Der Gedanke, daß das Geheimnis um Simon schließlich so einfach gelöst werden sollte, gab ihm ein Gefühl persönlichen Triumphes.

„So, ihr seid euch schon früher einmal begegnet?" Das hörte sich beinahe wie eine Anklage an. Er blickte dem jüngeren Mann scharf ins Gesicht.

Simon hatte bis dahin reglos wie eine Statue dagestanden. Jetzt kam plötzlich Leben in ihn. „Ich – ich fürchte, hier liegt ein Mißverständnis vor", stammelte er.

„Aber nicht bei meinem Onkel Gilbert!" erklärte Murray siegessicher. „Er irrt sich nie!"

„Na na, mein Junge", wandte jetzt Sir Gilbert mit einem verlegenen Lächeln ein, „das ist aber sehr ausgefallen, was du damit von einem verlangst. Keiner von uns ist unfehlbar. Das solltest du wissen."

„Na ja – ", gab Murray ungeduldig zurück, „du weißt schon, was ich meine, Onkel Gilbert!"

„Ja, das weiß ich", stimmte ihm Sir Gilbert zu. Aber er schaute jetzt nicht seinen Neffen an. Wieder blieb sein Blick auf Simon haften; dann wandte er sich rasch wieder Murray zu und wechselte taktvoll das Thema. „Murray, wir dürfen es uns nicht erlauben, uns auf einen Streit einzulassen", wehrte er sanft ab. „Das wäre eine grobe Unhöflichkeit gegenüber unserer Gastgeberin, die uns von Anfang an ihre herzliche Gastfreundschaft hat spüren lassen."

Murray blickte finster. Aber Frau Lee strahlte über das ganze Gesicht und wollte schon eine passende Bemerkung erwidern, als Simon vortrat.

„Verzeihen Sie mir, Frau Lee", begann er, indem er seine Arme zu einer entschuldigenden Geste ausbreitete und sich an die Dame des Hauses wandte, „wenn ich die Ursache für irgendwelche Unstimmigkeiten unter Ihren Gästen gewesen bin. Ich hätte nicht solange hierbleiben dürfen. Aber ich werde jetzt auch gehen – wenn Sie mich entschuldigen würden."

Constance Lee zögerte. Zum ersten Mal in ihrem Leben fühlte sie sich völlig ratlos. Ihr Grundsatz war immer gewesen, die Wünsche ihrer Gäste zu erfüllen; aber in diesem besonderen Augenblick fiel ihr die Entscheidung schwer, wer eigentlich was wollte...

„Nun", begann sie ausweichend, „es liegt wirklich keine Veranlassung vor..."

„Aber ich muß jetzt wirklich gehen – vielen Dank, Frau Lee." Er war schon auf dem Wege zur Tür. „Auf Wiedersehen, Sir – ." Er machte zu Sir Gilbert hin eine leichte Verbeugung. „Auf Wiedersehen allerseits!"

Und bevor jemand Zeit fand, etwas Passendes darauf zu erwidern, hatte er die Tür geöffnet und schon wieder hinter sich geschlossen.

Die übrige Gesellschaft fand bald ihr inneres Gleichgewicht wieder, denn Sir Gilbert schien die natürliche Fähigkeit zu besitzen, aufgeregte Menschen wieder zu beschwichtigen. Er lenkte die Unterhaltung rasch auf mehr allgemeine Themen.

Das Abendessen war an diesem Tage eine recht verwirrende und aufregende Angelegenheit, da jeder einzelne Gast sich darauf einzustellen hatte, was diese besondere Situation von ihm erforderte. Das alles war ziemlich anstrengend; Felicity, zum Beispiel, die zeigen wollte, wie gut sie sich auch in vornehmer Gesellschaft aufführen konnte, hatte sich dabei so verausgabt, daß sie sich entschloß, in ihr Zimmer zu gehen und sich ein wenig zu erholen. Murray hatte inzwischen angekündigt, mit seinem Onkel in „Old Gertie" eine kleine Ausfahrt zu machen.

Es würde etwa noch eine Stunde hell sein. Darum entschloß sich Deborah, sich leise zu entfernen und noch einen ruhigen Spaziergang bei den Klippen zu machen.

Sie hatte dabei den Gedanken, ob sie vielleicht zufällig Simon treffen würde . . .

Aber sie war noch nicht weit auf der Landstraße gekommen, als sie von hinten ein Auto hörte. Sie trat zur Seite, um es vorbeizulassen, da hörte sie plötzlich, daß es hinter ihr bremste.

Sie wandte sich um und sah sich einem hellroten Sportwagen gegenüber, aus dem ihr Derrick Jones entgegenlächelte.

„Guten Abend, Deborah", sagte er freundlich. „Darf ich Sie ein Stück mitnehmen?"

Deborah richtete sich in ihrer ganzen Würde auf. „Nein danke", sagte sie kalt. „Ich möchte nur einen Spaziergang machen."

„So?" Er zog vielsagend seine Augenbrauen hoch. „Ich dachte, der junge Chesterfield hätte Sie mitgenommen, als er mit seinem Onkel am Abend eine kleine Ausfahrt machte. Sicher würde sein Onkel mit der Begleiterin, die er sich gewählt hat, einverstanden sein."

Deborah errötete. „Ich wünsche keine Diskussion über Murray Chesterfield oder seinen Onkel – vielen Dank."

Jones grinste breit. „Nein. Aber ich schätze, daß die beiden jetzt gerade über Sie sprechen. Sie wissen doch wohl, daß in der Frage von Murray Chesterfields Heirat ein ganz großes Glück beschlossen liegt?"

Deborah straffte sich. „Das weiß ich alles. Aber das rührt mich nicht im geringsten!"

„Wirklich nicht?" Jones musterte sie scharf. „Wenn Sie natürlich mehr an jenem Kerl interessiert sind, der ‚Simon' heißt – ich könnte Ihnen einiges über ihn sagen."

Deborah schüttelte den Kopf. „Ich will jetzt überhaupt nichts mehr hören – über niemanden. Guten Abend!"

Sie wollte am Wagen vorbeigehen, aber er beugte sich herüber, öffnete die gegenüberliegende Tür und verlegte ihr damit den Weg.

„Ach, kommen Sie doch, Deborah", versuchte er sie zu überreden. „Wir könnten doch auch gute Freunde sein – steigen Sie ein, ich fahre Sie ein Stück. Wie weit wollen Sie denn?"

Blitzschnell überlegte sie. Es würde schwer sein, nein zu sagen, außer, daß es zu offener Feindseligkeit zwischen ihnen käme; und schließlich war er ja auch ein Gast ihrer Mutter... Aber sie würde wohl ein bestimmtes Ziel angeben müssen. Da fiel ihr plötzlich die alte Frau Forrester und Dover Cottage ein. Dort war sie immer willkommen.

„Wenn Sie wollen, können Sie mich bis zur Straße auf dem Kamm des Berges mitnehmen", sagte sie unsicher und fügte sich damit ins Unvermeidliche. „Ich habe vor, eine alte Dame von unserer Kirche zu besuchen."

„Schon recht!" sagte er mit seinem freundlichen, unergründlichen Lächeln und half ihr, neben ihm Platz zu nehmen. „Ich werde diesmal auch sehr vorsichtig fahren. Wissen Sie, ich muß mich bei Ihnen noch für das letzte Mal entschuldigen."

„Das ist längst vorbei", sagte sie steif.

„Wie großzügig von Ihnen", gab er höflich zurück; sie meinte, einen leisen Spott in seiner Stimme zu bemerken. „Wissen Sie, daß Sie bei mir wirklich sicherer sind als bei Ihrem Simon? – soweit ich gehört habe, wird vermutet, daß seine Familie zum ‚Sonderbaren' neigt. Und sein Benehmen ist wirklich sehr merkwürdig, finden Sie nicht auch?"

Die Worte trafen sie schwer bis ins Herz, aber sie beherrschte sich. „Herr Jones", sagte sie und blickte ihn dabei mit flammenden Augen an, „wenn Sie jetzt nicht endlich das Gesprächsthema wechseln, steige ich auf der Stelle aus und gehe zu Fuß."

Er lachte. Sie legten den Rest der Fahrt schweigend zurück. Aber als sie dann an der Kreuzung der Kammstraße ausstieg und zu Fuß weiterging, klangen ihr seine Worte immer noch in den Ohren.

Es war schon fast dunkel, als sie das kleine weiße

Häuschen auf dem Berge erreichte. Wie sie gehofft hatte, sah sie dort die alte Frau Forrester, die sich emsig in ihrem Garten zu schaffen machte.

Beim Klang der näherkommenden Schritte blickte sie auf.

„Deborah, meine Liebe, Sie sind's!" rief sie freudig überrascht aus, „wie schön, Sie wieder einmal zu sehen!" Deborah öffnete das Tor und ging den gepflegten Gartenweg entlang, auf dem ihr Emily Forrester entgegeneilte, um sie herzlich zu begrüßen. „Wollen Sie nicht ins Haus kommen?" fuhr die alte Dame fort.

Deborah schüttelte den Kopf. „Nein, Frau Forrester – vielen Dank auch. Ich will mich nicht lange aufhalten."

Deborah nahm sie beim Arm, und die alte Dame blickte das Mädchen fragend an, als sie eine Wolke über ihr Gesicht huschen sah. „Ist Ihnen irgend etwas, Deborah?"

Sie seufzte. „Ach, ich weiß es selbst nicht – alles scheint durcheinander zu sein."

Emily Forrester wies auf die Bank aus rohen Baumstämmen an der überdachten Vorhalle. „Kommen Sie hierher", sagte sie warm, „setzen Sie sich erst mal, dann wollen wir in aller Ruhe darüber reden. Es ist immer hilfreich, sich einmal auszusprechen, wissen Sie."

„Mir tut es immer wohl, wenn ich mit Ihnen über alles sprechen kann, Frau Forrester", sagte Deborah lächelnd, als sie sich gemeinsam auf der alten Bank niederließen. „Sie scheinen immer für alle Probleme eine Lösung bereit zu haben."

Die alte Dame lächelte. „Ich werde Ihnen mal ein Geheimnis verraten, Deborah", sagte sie langsam. „Ich habe wirklich für kein einziges Problem eine Lösung – weder für meine eigenen, noch für die eines anderen. Ich überlasse alle meine Probleme dem Herrn, weil es in der Bibel heißt: 'Wirf dein Anliegen auf den Herrn, der wird dich versorgen.' Und das müssen Sie auch lernen, meine Liebe. Sie werden entdecken, daß die Lasten des Lebens viel zu schwer sind, als daß Sie dieselben alleine tragen könnten."

Deborah antwortete nicht gleich. Es schien, als wolle sie die Worte der alten Dame, die soviel ruhige Gewißheit enthielten, tief in ihr Herz aufnehmen....

„Aber angenommen – ", sagte sie schließlich, „angenommen, Ihre Probleme sind Menschen – ?"

Emily Forrester lächelte. „Dann beten Sie für sie, weiter nichts. Das Gebet ändert die Dinge – und Menschen auch", fügte sie zuversichtlich hinzu.

Deborah ergriff die Hand der alten Dame. „Frau Forrester, werden Sie auch für die Menschen beten, die mir ein Problem sind?"

„Natürlich, mein Liebes", sagte Emily Forrester bereitwillig. „Wenn Sie mir nur noch sagen würden, wer es ist."

Deborah dachte einen Augenblick nach. Dann gab sie, ziemlich stockend und unzusammenhängend, eine Schilderung der verworrenen Ereignisse dieses Tages.

13

„Würde es Ihnen etwas ausmachen, wenn Sie heute abend mit uns das Essen in unserem privaten Wohnzimmer einnehmen – Sie und Murray?" fragte Constance Lee, kurz nachdem Murray weggefahren war, um ein neues Auto zu kaufen. „Wir wären sehr erfreut, Sie bei uns zu haben!"

„Vielen Dank, Frau Lee", erwiderte Sir Gilbert herzlich. „Es wird uns ein Vergnügen sein, mit Ihnen zu essen."

Es waren nur wenige, besonders beliebte Gäste, die Constance Lee in ihre Privatgemächer einlud, und sie bereitete sich darauf mit der ihr eigenen Energie und Tüchtigkeit vor. Das Zimmer mußte in besonderer Weise mit Schalen frischer Blumen hergerichtet werden, und für das Abendessen wurde das beste Porzellan aus dem Schrank geholt, wozu Deborah von ihr eingehende Instruktionen erhielt. „Wir müssen alles genau richtig machen, Deborah", sagte sie mit Nachdruck, „damit Sir Gilbert sehen kann, daß wir gesellschaftlich nicht viel unter ihm stehen."

Deborah lachte. „Ich glaube bestimmt nicht, daß Sir Gilbert auf solche Dinge überhaupt sieht, Mutter!" wehrte sie ab. „Er wirkt so nett und freundlich, als wünsche er, als einer der unseren betrachtet zu werden."

„Ja, ich glaube, du hast recht, Deborah", stimmte sie zu. „Aber wir müssen unser gewohntes Niveau schon beibehalten."

Als es jedoch soweit war, fand sich nur Sir Gilbert allein an der Tür zum Wohnzimmer ein; Murray hatte gegen Abend seinen Onkel angerufen, um zu sagen, er befinde sich noch fünfzig Meilen entfernt, habe noch mit dem Abschluß des Kaufvertrages zu tun und werde die Nacht wohl dort verbringen müssen. Er könne das Geschäft unmöglich vor morgen früh abgeschlossen haben, hoffe aber, am Sonntag bald nach dem Mittagessen wieder zurück zu sein . . .

„Kommen Sie doch bitte herein, Sir Gilbert", sagte Frau Lee freundlich. „Es ist uns wirklich eine Ehre – "

„Ach, lassen Sie schon", wehrte er ab, als er ins Zimmer trat. „Die Ehre ist ganz auf meiner Seite, das versichere ich Ihnen, Frau Lee. Es ist sehr nett von Ihnen, daß Sie mich gleich in den Kreis der Familie aufgenommen haben, wo ich doch, sozusagen, Ihnen völlig fremd bin."

„Das sind Sie nun gar nicht, Sir Gilbert", versicherte ihm Frau Lee mit einem Lächeln. „Wir haben schon viel von Ihnen gehört."

Jetzt lächelte er auch. „Und ich habe auch eine Menge von Ihnen gehört", erklärte er. „Ich glaube, Murray ist ganz verliebt in Endcliffe Lodge – und die Menschen, die darin wohnen", fügte er in einem seltsamen Ton hinzu. „Oh, ich wollte Ihnen ja sagen – er läßt sich auch vielmals entschuldigen, daß er heute abend nicht hier sein kann, um Ihrer freundlichen Einladung Folge zu leisten."

„Murray ist ein sehr netter junger Mann, Sir Gilbert", bemerkte Frau Lee, während sie ihren Besucher drängte, im bequemsten Sessel Platz zu nehmen. „Sie dürfen sehr stolz auf ihn sein."

„Nun ja", entgegnete Sir Gilbert nachdenklich, „ich habe ihn ja sehr gern. Er erinnert mich immer sehr stark an das, was ich selbst war, als ich so alt war wie er", fuhr Sir Gilbert sinnend fort. „Viel Energie und gute Fähigkeiten, aber kein Gedanke, sie für irgend jemand anderen einzusetzen als für sich selbst. Aber ich hege immer die Hoffnung, daß ich es noch erlebe, wie Murray mit seinem Leben das erreicht, was ich mit dem meinen hätte erreichen können."

„Aber Sie haben doch sehr viel in Ihrem Leben erreicht, Sir Gilbert", sagte Deborah herzlich.

„Mag sein", gab er seufzend zurück. „Aber ich habe zu lange nur für mich gelebt – gerade so wie Murray jetzt.

Und ich kann nie mehr jene vertanen Jahre einholen, ehe ich Christ wurde."

Deborah wäre beinahe aus ihrem Stuhl aufgesprungen. „Oh, Sir Gilbert – dann sind Sie ein Christ! Murray hat mir nie gesagt ..."

„Ich fürchte, das würde er auch nie tun", gab Sir Gilbert zu. „Er hat überhaupt keine Zeit und keinen Sinn für geistliche Dinge – genau wie ich früher."

„Aber er ist doch neulich erst mit Deborah in der Kirche gewesen!" beeilte sich Frau Lee zu versichern. Sir Gilbert sollte doch nicht denken, daß sie ganz und gar unkirchliche Leute wären. Ja, sie hielten doch schließlich auch Verbindung mit der Kirche!

Sir Gilbert nickte. „Ja, das weiß ich, Frau Lee. Ich war froh, als ich davon hörte. Ich hoffte, er würde uns alle morgen früh zur Kirche fahren."

„Das geht doch zu machen", sagte Frau Lee, „wir haben viel Platz in unserem Wagen."

„Ich danke Ihnen. Ich vermisse niemals gern den Gottesdienst am Sonntag."

„Deborah denkt genauso", warf ihre Mutter rasch ein.

„Ich wünschte nur, daß ich dasselbe auch von Murray sagen könnte – obwohl ich glaube, daß er jetzt seiner Bekehrung innerlich näher ist als je zuvor."

Deborah verschlug es die Sprache, als sie an das letzte Gespräch dachte, das sie mit Murray über dieses Thema geführt hatte. „Glauben Sie das im Ernst, Sir Gilbert?" fragte sie zaghaft.

„Ja!" wiederholte Sir Gilbert. „Ich rede zwar nie mit ihm darüber, streite mich auch nicht wegen religiöser Fragen, aber ich höre nie auf, für ihn zu beten. Und ich glaube, daß er hier zu Ihnen gekommen und Ihnen begegnet ist, hat Gott gefügt." Er wandte sich ihrer Mutter zu. „Wenn ich es einmal so sagen darf, Frau Lee", fuhr er im Ton größter Überzeugung fort, „glaube ich, daß Gott durch Ihre Tochter am Werk ist, um Murray zu ihm zu bekehren."

„Oh – hm – also wirklich, ich weiß nicht, was ich sagen soll", stotterte Constance Lee, völlig aus der Fassung gebracht.

„Deborahs Einfluß auf Murray ist beachtlich", fuhr Sir Gilbert fort. „Ich kann bei ihm in mancher Hinsicht eine Wandlung zum Besseren entdecken. Er scheint jetzt ernsthaft über Dinge nachzudenken, die wirklich zählen, und ich fühle mit großer Gewißheit, daß er nicht fern ist vom Reich Gottes." Er räusperte sich, denn seine Stimme war etwas heiser geworden. „Soviel kann Gott durch den geheiligten Einfluß eines guten, gläubigen Mädchens für einen jungen Mann tun. Sie dürfen stolz auf Ihre Tochter sein, Frau Lee."

„So – ja, natürlich." Verwirrt und beschämt schlug Frau Lee ihre Augen nieder. „Deborah ist immer schon ein gutes Mädchen gewesen."

„Und Sie müssen eine gute, christlich denkende Mutter gewesen sein, Frau Lee", fuhr Sir Gilbert sinnend fort, offensichtlich durch einige, sehr angenehme Gedanken weit abschweifend. So war er nicht auf die plötzliche, heftige Wendung des Gespräches vorbereitet, die seine Worte auslösten.

„Ach nein – nein, das bin ich nicht gewesen!" Constance Lee bedeckte ihr Gesicht mit den Händen und brach in Tränen aus. „Immer habe ich ihr widersprochen – ich habe es ihr sehr schwer gemacht, ein – ein Christ zu sein; und das alles nur, weil ... "

„Aber Mutter!" Augenblicklich war Deborah an ihre Seite geeilt und schlang ihre Arme um die schluchzende Gestalt. „Bitte, sprich nicht weiter!"

„Ich muß es, Deborah!" Constance Lee machte sich aus der festen Umarmung ihrer Tochter los und hob ihren Kopf. „Ich habe das schon lange einmal aussprechen wollen. Deine Güte, Deborah – dein Glaube – hat mein Gewissen wach werden lassen, und ich habe immer wieder versucht, es zu beschwichtigen. An dir habe ich erkannt, was ich war – und was ich hätte sein sollen – und ich konnte es doch nicht ertragen. Darum bin ich immer gegen dich gewesen, Deborah. Ich möchte, daß du mir vergibst, Deborah", fuhr sie stockend fort. „Nicht nur das eine – sondern alles!"

„Es gibt nichts, was ich dir zu vergeben hätte, Mutter", rief Deborah. „Ich bin ja so glücklich, wenn ich daran denke, daß Gott meine Gebete für dich erhört hat."

Constance Lee schüttelte den Kopf. „Davon weiß ich nichts. Ich habe auch gebetet und Gott angefleht, mir zu vergeben – aber Gott vergibt uns nicht, wenn wir den anderen Menschen nicht vergeben – nicht wahr?"

Hilfesuchend blickte sie von einem zum andern, als suche sie eine Antwort; dann nahm schließlich Sir Gilbert das Wort. „Gott vergibt uns – um Christi willen", sagte er leise. „Die, welche ihr Vertrauen in ihn setzen, haben sein Wort darauf, daß ‚er ihre Sünden in die Tiefe des Meeres geworfen hat'."

Sie wandte sich ab. „Sie wissen ja nicht, was ich getan habe, Sir Gilbert."

„Vielleicht nicht", sagte er ruhig. „Aber Gott weiß es, Frau Lee, und in der Bibel heißt es: ‚So wir unsere Sünden bekennen, so ist er treu und gerecht, daß er uns die Sünden vergibt und reinigt uns von aller Untugend'."

Constance Lee ließ den Kopf hängen. „Ich bin Gott davongelaufen – ich habe der Bitterkeit, dem Haß und Stolz die Herrschaft über mein Leben überlassen, und alle haben darunter leiden müssen. Ich – ich habe meinen Mann weggeschickt, als er meine Liebe und Verzeihung brauchte. Als ich das tat, habe ich meiner Tochter ihr Erstgeburtsrecht geraubt. Das weiß ich jetzt. Und ich selbst verlor dabei all das Glück, das ich jemals gekannt habe. Seitdem kann ich meines Lebens nicht mehr froh sein." Ihre Stimme brach im Schluchzen. „Ach, wenn ich ihn doch nur finden könnte – nur, um ihm zu sagen, daß ich ihm verziehen habe, und ihn auch um Vergebung zu bitten!"

Sir Gilbert stand jetzt auf und ging hinüber an ihre Seite.

Freundlich legte er ihr die Hand auf die Schulter – eine Hand, die nicht nur darin erfahren war, körperliche Gebrechen zu heilen, sondern auch durch ihre sanfte Berührung Menschen mit geistlichen Nöten Hilfe zu bringen schien. „Frau Lee", sagte er mit tröstlicher Gewißheit, „Gott hat Ihnen seine Güte bewiesen. Er hat über Ihnen gewacht und Sie bis zu dieser Stunde geleitet. Es ist sicher nicht zuviel, zu glauben, daß er auch den einen bewahrt hat, den Sie einmal geliebt haben – und, glaube ich, immer noch lieben – und ihn zu Ihnen zurückführen wird."

Constance Lee blickte auf, das Leuchten einer neuen Hoffnung auf ihrem tränenüberströmten Gesicht. „Ich danke Ihnen für dieses Wort, Sir Gilbert", sagte sie ruhig. „Sicher muß Gott Sie heute abend zu uns geschickt haben – mit einer besonderen Absicht."

„Ja, das glaube ich auch, Mutter", sagte Deborah mitfühlend, als sie die Hand ihrer Mutter nahm und fest in der ihren hielt.

14

Der Morgen des Sonntags dämmerte herauf; aber dieser Sonntagmorgen war anders als alle in Endcliffe Lodge, an die sie sich erinnern konnte.

Frau Lee machte keine halben Sachen. Da sie nun einmal fest entschlossen war, am Sonntag vormittag in der Kirche zu sein, machte sie sich sofort daran, alles, soweit notwendig, neu zu ordnen, damit es ihr möglich wäre, während der arbeitsreichsten Zeit des Vormittags selbst abwesend zu sein.

Zuerst teilte sie einigen Gästen, denen sie es persönlich sagen konnte, mit, daß sie zur Kirche gehen wolle und daß sie erst nach dem Mittagessen wieder erreichbar sei. Dann traf sie eine vorläufige Übereinkunft mit dem Hausmeister, er solle sich um die neu ankommenden Gäste kümmern, die während des Vormittags einträfen. „Aber das soll nur dies eine Mal so sein", kündigte sie an. „In Zukunft werde ich es so regeln, daß während der Kirchzeit keine Gäste, die anreisen, ins Haus gelassen werden."

Dann legte sie, gut sichtbar, einen Zettel auf den Empfangstisch „WÄHREND DER GOTTESDIENSTZEIT AM VORMITTAG GESCHLOSSEN", damit jeder genau wissen sollte, aus welchem Grunde sie nicht anwesend war. Und was die anderen Gäste auch darüber denken mochten, Sir Gilbert legte großen Wert darauf, sie darin zu bestärken. „Es erfordert schon Mut, zu tun, was Sie getan haben, Frau Lee", sagte er, „Gott wird Sie dafür segnen."

Zur gegebenen Zeit fuhren sie miteinander los. Es blieb ihnen reichlich Zeit, geruhsam zur Kirche zu fahren. Deborah lenkte den Wagen, während ihre Mutter und Sir Gilbert sich angeregt auf dem Rücksitz unterhielten.

„Die Küste hier bei Ihnen ist wirklich sehr schön", bemerkte Sir Gilbert, als der Wagen einen steilen Hang hinauffuhr und man die gesamte Küste mit einem Blick übersehen konnte.

Als sie auf die Kuppe des Berges kamen, verlangsamte Deborah die Fahrt. „Es ist schon eine herrliche Aussicht hier, nicht wahr?" Und sie begann, Sir Gilbert einige besonders hervorstechende Punkte in der Landschaft zu erklären. „Und das da unten ist der Landesteg für die Ausflugsboote", schloß sie, nachdem sie mit ausgestrecktem Arm auf alle wesentlichen Punkte der Klippen von Osten nach Westen gedeutet hatte. „Und dort ganz hinten ist der alte Herr Andrews, der Bootsmann." Sie wies auf eine einsame Gestalt, die sich vor dem grauen Hintergrund von Meer und Himmel deutlich abhob.

„Oh – heute morgen ist er ganz allein", bemerkte Sir Gilbert. „Der Strand liegt wie ausgestorben da."

Auch Frau Lees Interesse schien jetzt erwacht zu sein. „Es ist ein Wunder, daß er den Mut hat, herauszukommen, wenn alles so ruhig ist. Ich glaube jedenfalls nicht, daß es für ihn heute morgen viel zu verdienen gibt."

„Ich glaube, er hält sich immer dort unten auf, Mutter", sagte Deborah nachdenklich. „Und er scheint auch immer – mehr oder weniger – allein zu sein, wenn du weißt, was ich damit meine. Er scheint sich damit nicht viele zu Freunden zu machen."

„Vielleicht interessiert er sich zu sehr für seine Boote", meinte Sir Gilbert.

„Das weiß ich nicht so genau", fuhr Deborah nachdenklich fort. „Wenn Sie sich mit ihm unterhalten, scheint er Ihnen nicht der Mann zu sein, der fürs Gespräch geschaffen ist."

„Deborah kennt ihn recht gut", erklärte Frau Lee ihrem Gast. „Ich glaube, sie spricht oft mit ihm. Aber ich habe mit ihm noch nie ein Wort gewechselt." Sie hielt inne, einen verklärten Ausdruck auf ihrem Gesicht, wie man ihn bei ihr sonst nicht gewohnt war. „Ich nehme an, Leute wie er müssen sehr einsame Menschen sein."

„Er scheint jetzt Gesellschaft zu bekommen", fuhr Sir Gilbert fort, der immer noch interessiert hinunterschaute. „Es ist eben jemand zu ihm hingegangen, und ich glaube, er will mit einem Boot hinausfahren. Ja, tatsächlich!"

Sir Gilbert hatte recht. Ein anderer Mann war zu dem einsamen Bootsmann hinzugekommen, ein Mann, dessen Kleidung, Gestalt und entschlossene Haltung Deborah sofort sagte, wer er war.

„Es ist Simon!" rief Deborah aufgeregt.

Sir Gilbert blickte überrascht auf. „Der junge Mann, dem ich bei meiner Ankunft im Haus begegnet bin?"

Frau Lee nickte. „Ja, Sie meinten doch, ihm irgendwo vorher schon einmal begegnet zu sein, Sir Gilbert", erinnerte sie ihn.

„Ach ja – ", lächelte Sir Gilbert. „Aber er schien nicht gerade darauf bedacht, die Bekanntschaft zu erneuern, nicht wahr?" Deborah ließ den Motor wieder an, und er fuhr fort: „Wenn er der junge Mann ist, für den ich ihn halte, dann hat er unser aller Fürbitte nötig. Alle Geduld und alles Verständnis."

Seine Stimme wurde plötzlich übertönt durch ein lautes und langanhaltendes Hupen von hinten her. Deborah wich mit dem Wagen schnell auf die äußerste linke Straßenseite aus. Im selben Augenblick schoß ein roter Sportwagen in einer Wolke von Staub an ihnen vorüber, dessen Fahrer stur geradeaus blickte, während sich das Mädchen neben ihm winkend hinauslehnte.

„Das ist ja Felicity!" rief Frau Lee entrüstet.

„Und Herr Jones", fügte Deborah zornig hinzu, indem sie den Wagen allmählich wieder zur Straßenmitte zurücklenkte, nachdem sich der Staub etwas gelegt hatte.

„Wozu in aller Welt fahren die hier so wild und rücksichtslos durch die Gegend?" fragte Frau Lee, die über diese grobe Unhöflichkeit immer noch entrüstet war. „Es wird ihnen schlimm ergehen, wenn sie nicht vernünftiger fahren. Ich möchte überhaupt wissen, wo sie hinwollen."

„Nun, ich möchte mit Sicherheit sagen, daß sie nicht dorthin rasen, wo wir auch hin wollen", bemerkte Sir Gilbert kopfschüttelnd. „Wir fahren noch nicht einmal auf der gleichen Straße!" fügte er hinzu, und keiner der beiden Frauen entging die tiefere Bedeutung seiner Worte...

Der Gottesdienst in der Kirche war, wie immer, eine Quelle neuer Kraft und innerer Anregung. Der Predigt des Pastors lag das Wort aus dem 103. Psalm zugrunde, wo es heißt: „Die Gnade aber des Herrn währet von Ewigkeit zu Ewigkeit über denen, die ihn fürchten ... " Die Zeit verging nur zu schnell, und bald schickten sie sich an, die Kapelle wieder zu verlassen; Deborah freute sich schon mächtig darauf, ihre Mutter und Sir Gilbert dem Pastor vorstellen zu dürfen, der wie gewohnt die Hinausgehenden an der Tür begrüßte.

Aber kaum hatte Myles Trewman seinen gewohnten Platz eingenommen, entstand draußen eine große Aufregung und Unruhe. Ein Polizeiwagen war draußen vor der Kirche vorgefahren, und eben eilte ein Beamter mit großen Schritten den Weg zur Kirchentür hinauf.

„Herr Trewman – würden Sie bitte mit mir mitkommen?" Seine leise, aber drängende Stimme war in der plötzlich eingetretenen Stille deutlich zu hören. „Ein Verkehrsunfall – draußen am Bahnübergang –"

Die nächsten Minuten wogte alles aufgeregt durcheinander.

Der Pastor entschwand sehr rasch in dem Polizeiauto, das ihn abholen sollte. Einige Männer der Gemeinde fuhren ihm in ihren Wagen bald nach, in der Hoffnung, irgendwelche Hilfe leisten zu können, denn die Kreuzung befand sich etwa acht Kilometer entfernt am anderen Ende der Stadt. Aber die meisten Gottesdienstbesucher zerstreuten sich schweigend und gingen ihrer Wege, um weitere Nachrichten über das Unglück abzuwarten, die sie noch früh genug erfahren würden.

Deborah, ihre Mutter und Sir Gilbert waren unter den

letzten, die die Kirche verließen. Keiner wagte, vor den anderen die schreckliche Befürchtung auszusprechen, die ihre Gedanken bewegte. Vielleicht könnte es Murray sein...

Sir Gilbert, der durch diese Nachricht zutiefst betroffen war, suchte Halt am Torpfosten.

Deborah blickte ihm besorgt ins Gesicht. Er war leichenblaß und zitterte am ganzen Körper. Sie mußte jetzt an das denken, was Murray ihr über das schwache und anfällige Herz seines Onkels erzählt hatte. Erschrocken rief sie ihrer Mutter zu: „Mutter – bitte hilf mir, Sir Gilbert zum Wagen zu bringen."

Constance Lee war sofort zur Stelle. Indem sie ihn fest unterfaßte, half sie dem halb bewußtlosen Sir Gilbert über die Straße, während Deborah vorlief und den Wagen öffnete. Bald hatten sie ihn bequem auf den Rücksitz gebettet, Frau Lee an seiner Seite, während Deborah wieder das Steuer übernahm.

Ein Blick in das aschfahle Gesicht Sir Gilberts, den sie im Rückspiegel sehen konnte, überzeugte Deborah, daß er sich am Rande eines völligen Zusammenbruchs befinden mußte. Würde er die Rückfahrt überhaupt aushalten können? Dann kam ihr ein guter Gedanke. Sie würde den Umweg fahren, den sie neulich mit Murray genommen hatte; es war so zwar etwas weiter, aber die Fahrt würde dafür auch mehr über ebenes Gelände führen . . .

„Wo fährst du denn lang, Deborah?" erkundigte sich die Mutter, als sie kurze Zeit später bemerkte, daß sie einen anderen Weg nahmen.

Deborah beugte sich zu ihr zurück, beide Hände fest am Lenkrad. „Der Weg hier entlang ist besser", erklärte sie, „hier fahren wir nicht über so viele Unebenheiten und haben nicht so viele Steigungen."

Aber kaum hatte sie das gesagt, mußte sie plötzlich scharf auf die Bremse treten, als sie eine Kurve durchfuhren.

„Was ist denn jetzt los?" Frau Lee, die sonst eine ganz ruhige Mitfahrerin war, stieß unwillkürlich diesen Ruf aus.

Ihre Nerven, die sowieso schon äußerst angespannt waren, wurden durch den plötzlichen Ruck auch nicht gerade beruhigt, besonders als sie sah, daß der Wagen nur knapp vor einem Mann zum Stehen gekommen war, der anscheinend mitten auf der Straße gegangen war. „Ach, Deborah, paß doch auf! Wir wollen nicht auch noch verunglücken!"

„Tut mir leid, Mutter – aber ich habe ihn erst im letzten Augenblick gesehen!" Mit zitternder Hand wischte Deborah über ihre feuchtkalte Stirn. Auf dieser abgelegenen Straße hatte sie wirklich keinen Fußgänger vermutet.

Beim Kreischen der Bremse hatte sich der Mann erschrocken umgedreht, aber erst, als sich der Staub genügend gelegt hatte, war sein Gesicht zu erkennen.

„Es tut mir sehr leid ...", begann er, indem er sich dem Fenster auf der Fahrerseite zuwandte, „es war ganz alleine meine Schuld –"

Deborah lehnte sich aus dem seitlichen Fenster, und der Mann auf der Straße blieb starr stehen. „Ach, das ist ja Fräulein Debbie!" rief er überrascht aus.

„Oh, Herr Andrews!" rief sie erleichtert, als sie das vertraute, bärtige Gesicht des alten Bootsmannes unter seiner spitzen Lederkappe erblickte. „Mutter, es ist der Bootsmann!" fuhr sie fort, indem sie ihren Kopf nach hinten neigte.

Als Antwort darauf legte er, wie zum Gruß, leicht seine Hand an die Kappe, machte aber keine Anstalten, näher heranzukommen; denn jetzt ließ sich die besorgte Stimme von Frau Lee vernehmen, die mahnte: „Wir müssen uns jetzt wirklich beeilen, Deborah!"

„Ja, Mutter!" Sie ließ den Wagen wieder anrollen, und der alte Bootsmann winkte ihr, an ihm vorbeizufahren. Vorher aber sagte er noch: „Es tut mir leid, daß ich Sie so erschreckt habe, Fräulein Debbie. Und ich habe Sie auch noch aufgehalten, wo Sie es doch eilig haben."

„Wir sind nur auf dem Rückweg von der Kirche", erklärte sie. „Nur haben wir auch eine große Aufregung gehabt. Unten an der Kreuzung hat sich ein Verkehrsunfall ereignet ..."

„Ach ja – ein ganz schlimmer sogar!" Der Bootsmann schüttelte den Kopf. „Vor wenigen Minuten kam die Nachricht über den Rundfunk. Sie haben keine Namen genannt. Aber es hat den Anschein, als seien zwei Menschen in dem Wagen gewesen – zwei junge Menschen – aber mehr weiß ich auch nicht darüber."

„Oh!" Deborah stockte der Atem. „Vielen Dank, Herr Andrews – können wir Sie vielleicht ein Stückchen mitnehmen?" fügte sie noch hinzu. Der Gedanke war ihr reichlich spät gekommen.

„Nein, vielen Dank, Fräulein Debbie", lehnte er höflich ab und winkte noch einmal zum Abschied.

„Wir haben jedenfalls etwas mehr darüber erfahren", sagte Frau Lee und stieß einen Seufzer der Erleichterung aus.

„Murray kann es nicht gewesen sein, denn er reiste doch allein, nicht wahr?"

Sir Gilbert selbst beantwortete die Frage. Er hatte jetzt die Augen aufgeschlagen und zeigte, daß er allmählich wieder zu sich kam. Die wächserne Blässe war aus seinem Gesicht gewichen, aber seine Stimme klang noch schwach und erschöpft. „Ich weiß nicht – vielleicht hatte er doch jemand bei sich."

„Ich bin sicher, daß Murray inzwischen schon gesund und wohlbehalten zurückgekehrt ist, nachdem wir uns so viele unnötige Sorgen gemacht haben", erklärte Frau Lee jetzt energisch, entschlossen, einen optimistischen Ton anzuschlagen. „Wenn es einer aus unserem Bekanntenkreis ist, könnte es vielleicht Jones sein, der wie ein Besessener herumfährt – und Felicity bei sich hatte."

Sir Gilbert seufzte. „Wir müssen es schon dem Herrn überlassen, der alles in seiner Hand hat", murmelte er.

Sobald sie wieder im Hause waren, ergriff Frau Lee alle notwendigen Maßnahmen, die die Lage erforderte. Sie sorgte dafür, daß Sir Gilbert augenblicklich auf sein Zimmer gebracht wurde, um sich auszuruhen, und ließ ihm dort ein leichtes, aber stärkendes Mahl servieren. „Sobald neue Nachrichten eintreffen, werde ich Sie augenblicklich in Kenntnis setzen", versprach sie ihm.

Aber es verging eine weitere Stunde, ohne daß eine amtliche Nachricht eintraf. Die Telefonleitung war durch den Unfall unterbrochen worden, und es war demzufolge unmöglich, mit dem Krankenhaus oder sonst mit irgend jemand außerhalb der Stadt Verbindung zu bekommen.

„Ich bin sicher, daß Pastor Trewman mit uns Fühlung aufnehmen wird, wenn Murray hierin verwickelt ist", erklärte Deborah, „denn er kennt Murray und weiß, daß er hier bei uns wohnt."

Deborah behielt recht. Etwa eine halbe Stunde später läutete das Telefon, und Constance Lee legte das Gespräch in ihr privates Zimmer um, während Deborah dicht hinter ihr stand, als sie den Hörer abnahm. Es war der Pastor. Und da ihre Mutter den Hörer ihr zugewandt hielt, konnte auch Deborah die Stimme hören, die aus der Muschel drang.

„Frau Lee? Hier spricht Pastor Trewman. Ich habe von Murray Chesterfield eine Nachricht für Sie."

„Oh –", brachte Constance Lee mühsam hervor. „Ist er – wohlauf?"

„Ja."

„Gott sei Dank!"

„Es war ein schrecklicher Unfall – der andere, der bei ihm im Wagen saß, wurde auf der Stelle getötet, und es ist ein Wunder, daß Murray mit dem Leben davongekommen ist."

„Ist er – ernstlich verletzt?"

„Nein, er ist auf wunderbare Weise so davongekommen. Er ist im Krankenhaus, aber offensichtlich hat er keine gefährlichen Verletzungen davongetragen. Er wollte sich davon überzeugen, daß Sir Gilbert diese Nachricht erhält – er ist doch noch bei Ihnen? Sie können ihm sagen, daß er sich überhaupt keine Sorgen zu machen braucht – außer, daß der neue Wagen zu Schrott geworden ist. Richten Sie

Sir Gilbert aus, daß er Murray später sehen kann. Ich werde bei Ihnen vorbeikommen, um Ihnen alles genaustens zu berichten."

15

Im Laufe des Nachmittags erfuhren die Bewohner von Endcliffe Lodge nähere Einzelheiten über das tragische Unglück.

Unter den Gästen war ein stetes Kommen und Gehen, besonders seitdem das Gewitter, das sich schon seit dem frühen Vormittag zusammengezogen hatte, schließlich mit beinahe tropischer Gewalt losbrach. Es machte dem fröhlichen Treiben draußen ein Ende und scheuchte selbst die nicht so ängstlichen Wochenendurlauber in ihre Unterkünfte. Und bei allen, die kamen und gingen, gab es eigentlich nur ein Gesprächsthema. So war schließlich die Geschichte von dem Unfall unzählige Male erzählt worden, zum Teil mit beträchtlichen Ausschmückungen. Als dann schließlich Felicity und Jones zurückkamen, blieb ihnen nichts anderes übrig, als die ganze Gesellschaft mit einem Bericht zu erfreuen, der sich so anhörte, als seien sie beide Augenzeugen gewesen; denn Felicity, die vor Aufregung ganz aufgelöst war, behauptete immer wieder, sie hätten „so gut wie aus nächster Nähe alles mitangesehen".

Jones, der offenbar ganz in seine eigenen Gedanken versunken war, äußerte sich gar nicht dazu; so hatte Felicity freie Hand, als sie die ganze Geschichte zuerst vor versammelten Gästen und hernach noch einmal Sir Gilbert, Frau Lee und Deborah in ihrem privaten Wohnzimmer erzählte, wo Sir Gilbert auf Frau Lees Einladung geruht hatte, seitdem sie die freudige Nachricht erhalten hatten, daß Murray wohlauf sei. Ob nun Felicity wirklich mit eigenen Augen den Unfall mitangesehen hatte oder nicht, so war sie doch offensichtlich von dem, was sie da gesehen hatte, zutiefst aufgewühlt, so sehr, daß sie darüber ganz ihre persönliche Neuigkeit vergessen hatte, die sie unbedingt gleich nach ihrer Rückkehr allen hatte verkünden wollen ...

„Ach, es war schrecklich – schrecklich!", wiederholte sie schaudernd. Und sie ließ nichts bei ihrer Schilderung aus. „Wenn Sie gesehen hätten, wie furchtbar der Wagen nach dem Unfall aussah, hätten Sie sich auch gefragt, wie da noch jemand lebend herauskommen konnte!"

Keiner der Zuhörer bestritt diese Äußerung, und so fuhr Felicity in ihrer Schilderung der Ereignisse fort. Der Verkäufer, mit dem Murray wegen dieses Geschäftes verhandelte, hatte den Vorschlag gemacht, daß er mit Murray nach Rocklea Cove mitkommen wollte, um sich einen Scheck von Sir Gilbert zu holen und damit die noch ausstehende Summe für den Abschluß des Kaufes zu begleichen. Er hatte dann vorgehabt, ein oder zwei Tage in Rocklea Cove zu bleiben, in der Hoffnung, dort vielleicht noch ein weiteres Geschäft machen zu können. Murray hatte selbst den Wagen gelenkt; erst wenige Kilometer vor der Kreuzung hatte der Händler ihn überredet, ihn selbst fahren zu lassen, damit er ihm einige besondere Eigenschaften des Wagens vorführen könne. Und sie seien beide bei dieser Vorführung des Wagens offenbar so vertieft gewesen, daß sie nicht hörten, wie sich der Zug näherte, ja noch nicht einmal den Bahnübergang bemerkten.

„Und denken Sie nur", fuhr Felicity fort, „das war der einzige Zug, der am Tag auf dieser Strecke verkehrt, und wenn sie nicht gehalten hätten, um sich am Lenkrad abzulösen ..."

„Bei solchen Dingen kann man immer hernach viele ‚Wenns' anbringen, Felicity", unterbrach sie Frau Lee seufzend, „aber das hilft ja nicht mehr."

„Aber es ist doch Tatsache!", verteidigte Felicity ihren Standpunkt mit Leidenschaft. „Begreifen Sie nicht? Der Fahrer des Wagens wurde auf der Stelle getötet – und wenn sie nicht zufällig wenige Minuten vorher die Plätze gewechselt hätten – dann wäre Murray jetzt nicht mehr am Leben, und der andere wäre davongekommen." Sie schauderte. „Das ist ein sonderbares Gefühl. Es ist eben – Schicksal!" schloß sie theatralisch.

Aber Sir Gilbert nahm rasch das Wort, um eine andere Meinung zu äußern. „Nein", sagte er mit großem Ernst, „es ist die Hand Gottes. Der eine wird angenommen – und der andere verlassen. Und wir fragen uns, warum." Er hielt einen Augenblick inne. „Aber nur Gott selbst hat eine Antwort darauf, denn bei ihm allein steht Leben – und Tod. Oder, wie es die Bibel ausdrückt: ‚Unsere Zeit steht in seinen Händen'."

Felicity schüttelte den Kopf, und ihre sonst glatte Stirn legte sich in Falten. Das eben Gehörte schien ihr gar nicht zu behagen. „Jetzt bringen Sie auch noch Gott mit hinein, aber das ist doch im Grunde auch nichts anderes, Sir Gilbert", fuhr sie in einem mehr ernsten Ton fort. Wer die leichtsinnige Felicity kannte, hätte ihr dies kaum zugetraut. „Es ist doch Schicksal, nicht wahr?"

„Nein", erwiderte Sir Gilbert nachdenklich. „Es ist doch ein Unterschied. Wenn unser Leben vom Schicksal regiert würde, dann wären wir wie – wie Marionetten an der Schnur. Alles wäre für uns schon im voraus fertig geplant, und unser ganzes Leben würde automatisch danach ablaufen, ganz gleich, was wir entscheiden oder durchzuführen versuchen. Aber wenn wir Gott in dieses Gespräch bringen, wie Sie es eben nannten, gewinnt das Ganze ein völlig anderes Gesicht. Gott hat uns die Macht verliehen, selbst zu denken, zu wählen und zu entscheiden."

Felicity seufzte. „Du liebe Zeit! Das hört sich alles so kompliziert an – nicht wahr, Derrick?" Es war, als suche sie Hilfe bei ihrem Begleiter, der bisher schweigend neben ihr gesessen und dem Gespräch nur zugehört hatte.

Derrick Jones schien überhaupt nicht verwirrt zu sein, als er nun so plötzlich in die Unterhaltung hineingezogen wurde. Mit einem milden Lächeln streckte er den Arm aus und berührte die Hand des Mädchens an seiner Seite. „Für uns ist das alles viel zu kompliziert, meine Liebe", murmelte er, „wo wir doch soviel wichtigere Dinge zu bedenken haben."

„Ach ja, natürlich!" Die leise Berührung seiner Hand hatte genügt, um ihre Aufmerksamkeit von dem bisher alles beherrschenden Gesprächsthema auf das zu lenken, was ja eigentlich ihr großer persönlicher Triumph heute werden sollte; mit einer eleganten Bewegung hob sie ihre linke Hand, um allen den einsamen Diamanten zu zeigen, der an ihrem Ringfinger glitzerte. Jetzt war sie wieder ganz das oberflächliche, blasierte junge Mädchen. „Wollen Sie uns beiden nicht gratulieren?"

Deborah starrte sie entgeistert an. So hatte sie also ihre Pläne verwirklicht... Arme, törichte Felicity! Es gab so vieles, was sie ihr jetzt sagen wollte. Aber sie würde damit warten müssen, bis sie einmal allein waren.

Im Gedanken an die freudige Erregung, die durch diese Ankündigung bei den Gästen ausgelöst würde, strahlte Frau Lee übers ganze Gesicht. Das wäre ein ausgezeichnetes Gegenmittel gegen die allgemeine Niedergeschlagenheit über das Unglück, die schon den ganzen Nachmittag das Haus bedrückte; und entgegen ihren früheren Hoffnungen war sie jetzt ehrlich froh darüber, daß der Ring – dieser Ring – nicht an Deborahs Finger steckte. Sicher stand für Deborah noch etwas Besseres in Aussicht.

„Das ist aber eine freudige Überraschung!", sagte sie begeistert. „Es kommt nicht oft vor, daß wir eine Verlobung im Hause haben – das werden wir feiern müssen, ehe die beiden wieder abreisen, nicht wahr, Deborah?", fügte sie, zu ihrer Tochter gewandt, hinzu.

„Ja, natürlich!" Deborah zwang sich zu einem Lächeln.

Felicity lächelte vielsagend. „Wenn Sie schon wollen, Frau Lee, können Sie gleich eine doppelte Feier ansetzen, weil wir Ende des Monats heiraten werden."

„Heiraten?", wiederholte Frau Lee kraftlos. „So schnell?"

„Nun, wir fanden keinen Grund, um es aufzuschieben, nachdem wir uns einmal füreinander entschieden haben", bemerkte Derrick Jones kühl. „Ich muß nächste Woche wieder in die Stadt zurück, darum dachten wir, hier gleich alles zu erledigen."

„Ja, ist das nicht aufregend?" gluckste Felicity, indem sie sich bei ihrem Bräutigam unterhakte. „Ich sagte Derrick, daß ich gern hier in Rocklea Cove heiraten würde, und er ist mit allem einverstanden, wie ich es mir gedacht habe. Wir wollen uns in deiner kleinen Kirche trauen lassen, Deborah. Nach meiner Meinung sollte jeder in einer Kirche heiraten."

Sir Gilbert, der bis jetzt unbemerkt das frisch verlobte Paar beobachtet hatte, und dem Gespräch gefolgt war, räusperte sich, um jetzt auch das Wort zu nehmen. „Es geht hier um mehr, als nur eben in einer Kirche zu heiraten, mein liebes Mädchen!" Der sanfte Tadel in diesen Worten war nicht zu überhören. „Die Ehe ist etwas von Gott Verordnetes. Sie ist ein feierlicher Vertrag – eine heilige Verpflichtung. Ich meine, daß junge Menschen oft gar zu leichtfertig in die Ehe treten." Wieder räusperte er sich. „Ich hoffe sehr, Sie haben sich das reiflich überlegt, Felicity, bevor Sie sich zu einem so ernsthaften Schritt verpflichten."

„Ja, das habe ich!" Felicity wich dem durchdringenden Blick Sir Gilberts aus und schaute zu Deborah hinüber, die ihr einen flehenden Blick zuwarf. „Ich habe mir wirklich sehr viel Gedanken hierüber gemacht – um ehrlich zu sein, habe ich nur darauf gewartet, daß Derrick mit dieser Frage herausplatzt!" fügte sie kichernd hinzu.

Sir Gilbert schüttelte den Kopf. „Soweit ich sehen kann, wissen Sie noch recht wenig voneinander."

Felicity lehnte ihren Blondschopf gegen die Schulter ihres Bräutigams und seufzte zufrieden. „Ich würde Derrick immer und überall vertrauen", säuselte sie und streichelte seine Hand.

Sir Gilbert runzelte die Stirn. „Sie sind sehr vertrauensselig, mein liebes Kind – vielleicht zu sehr."

„Entschuldigen Sie, Sir!" Derrick Jones warf verächtlich

den Kopf in den Nacken und straffte sich mit einer jähen Bewegung, die Felicity in ihrer zärtlichen Haltung rauh störte. Es schien, als habe er Felicity vergessen, als er jetzt den Mann ihm gegenüber mit einem herausfordernd feindseligen Blick anstarrte. „Sie empfehlen mich ja nicht gerade durch das, was Sie da sagen, nicht wahr?" Er machte den krampfhaften Versuch, dabei zu lächeln.

Sir Gilbert Chesterfield saß hochaufgerichtet in seinem Sessel, indem er, vielleicht ganz unbewußt, in die ihm sonst gewohnte, dienstliche Art verfiel. „Herr Jones", entgegnete er mit ruhiger Würde, „ich kenne Sie nicht gut genug, um Ihnen etwas anderes als nur einen ganz bescheidenen, aber guten Rat zu geben, den – dessen bin ich ziemlich sicher – Sie doch nicht annehmen würden."

„Und warum sollte ich von Ihnen einen Rat annehmen?" entgegnete er patzig, „schließlich bin ich doch kein Kind mehr!"

„Nein." Eingehend musterte Sir Gilbert das harte, berechnende Gesicht des Mannes, der vor ihm saß, wie bei einem Patienten, bei dem er eine Diagnose zu stellen versuchte. Mit ebenso unbekümmerter Offenheit fuhr er fort: „Ich würde sagen, Sie haben schon eine Menge in Ihrem Leben verdient – schwer verdient vielleicht, Herr Jones?"

Jones' schmale Lippen verzogen sich zu einem zynischen Lächeln. „Ich nehme an, Sie wollen mir jetzt ein Rezept geben. Nun – dann mal weiter, Doktor!"

Sir Gilbert ließ weiter seinen festen, durchdringenden Blick auf ihm ruhen. „Nun, wenn ich Ihnen etwas zu verordnen hätte", sagte er langsam und mit Nachdruck, „würde ich sicher nicht empfehlen, was Sie offensichtlich im Sinn haben – eine überstürzte Ehe mit einem Mädchen, das so sehr viel jünger ist als Sie, sowohl an Alter als auch Erfahrung."

„Oh, Sir Gilbert – wie konnten Sie das nur tun?" Felicity, die außer sich war, hatte das Gespräch unterbrochen, bevor ihr Bräutigam sich eine passende Antwort ausdenken konnte. „Zu versuchen, sich zwischen uns zu drängen und unser Glück zu zerstören!"

Sie schien den Tränen nahe zu sein. Der strenge Ausdruck auf Sir Gilberts Gesicht wich. „Aber bitte, meine Liebe", sagte er freundlich, „so habe ich es doch nicht gemeint. Ich meinte, ich könnte Ihnen helfen, Ihr Glück zu bewahren. Aber ich werde jetzt nichts mehr sagen. Ich möchte Sie nicht aufregen."

„Ich glaube, wir haben alle einen sehr aufregenden Tag hinter uns", ließ sich jetzt auch Frau Lee vernehmen, die immer großes Unbehagen verspürte, wenn sie irgendeine Unstimmigkeit zwischen ihren Gästen feststellen mußte. „Außerdem ist es Teezeit – sollten wir deshalb jetzt nicht lieber ins Speisezimmer hinübergehen? Nein, Sir Gilbert, Sie bleiben besser hier und ruhen sich noch aus", fügte sie noch hinzu, als er sich anschickte, aufzustehen, „ich werde Ihnen etwas Gutes hereinbringen lassen. Wir müssen Sie gut pflegen", schloß sie lächelnd.

Sir Gilbert erwiderte ihr Lächeln. „Vielen Dank, Frau Lee. Aber soviel Mühe brauchen Sie sich mit mir nicht zu machen – ich bin bald wieder wohlauf."

„Sie sollten sich um Sir Gilbert keine Sorgen machen, Frau Lee", sagte Derrick Jones kalt, „wenn er so gut wie bei anderen weiß, was ihm selbst nottut. Er macht anderen Leuten ja so gern Vorschriften!"

„Oh, Derrick – bitte!" bat Felicity, indem sie besorgt seinen Arm umklammerte.

Sir Gilbert erhob sich. „Es tut mir leid", sagte er freundlich, indem er von einem zum anderen blickte. „Ich hätte meine Bemerkungen für mich behalten sollen. Hier war wohl kaum die Zeit und der Ort, um ‚amtlich' zu werden, nicht wahr?"

Erleichtert darüber, daß Sir Gilbert offensichtlich Versöhnung zu stiften suchte, schlug Constance Lee jetzt einen zwanglosen Ton an. „Ich glaube, wir müssen Sie entschuldigen, weil Sie ja ein Herzspezialist sind, Sir Gilbert", sagte sie lächelnd.

„So?" Jones verzog ironisch seinen Mund. „Ein Experte in Herzenssachen – doch ohne eigene Erfahrung, he?"

„Mag sein", antwortete Sir Gilbert mild. Er wollte sich auf keine weiteren Streitgespräche einlassen.

„Gehen wir doch jetzt hinüber."

Frau Lee lud ihre Gäste mit einer höflichen Geste ein, sich zum Speisesaal hinüberzubemühen, während Felicity, die „sehr gekränkt" war, davonschlüpfte, um sich erst wieder in Ordnung zu bringen. Deborah, die ihre Gelegenheit gekommen sah, allein einige Worte mit ihr zu wechseln, eilte ihr schnell nach.

;„Felicity – nur einen Augenblick!" rief sie ihr nach, als sie hinter ihr her den Korridor entlangeilte. „Ich möchte dich gern sprechen."

Felicity, die jetzt vor ihrer Zimmertür stehenblieb, schüttelte heftig den Kopf. „Ich glaube, es ist heute schon mehr als genug gesagt worden, Debbie – wirklich zu viel!"

„Aber Sir Gilbert hat recht, Felicity", wehrte sie jetzt ab. „Du überstürzt alles zu sehr."

„Und wenn schon?" gab Felicity zurück. „Das ist meine Sache. Sir Gilbert ist ein alter Griesgram! Ich wollte ihn schon bitten, an meinem Hochzeitstag Brautvater zu sein, aber jetzt ist mir die Lust dazu vergangen. Ich werde jetzt wohl Murray an seiner Stelle bitten, wenn er dann noch hier ist."

Deborah blickte sie überrascht an. „Und was ist mit deinen eigenen Leuten, Felicity?"

Heftig wandte sie sich zu ihrer Freundin um. „Hör jetzt gut zu, Debbie – ich bin eine Waise, hörst du? Und ich habe überhaupt keine Verwandten mehr. Das glaubt Derrick. Das glauben alle hier – und ich will nicht, daß du mich verpfeifst!"

Sie stürzte hastig in ihr Zimmer und hinüber zu ihrem Frisiertisch, wo sie einen Lippenstift nahm, um neues Rot aufzutragen; gleichzeitig beobachtete sie durch den Spiegel, wie entsetzt Deborah dreinschaute, als sie jetzt herüberkam und neben ihr stehenblieb.

„Das kannst du doch nicht tun, Felicity!" rief Deborah erschrocken aus, „du kannst doch deine Ehe nicht schon mit Betrug und Lüge beginnen!"

Felicity lächelte. „Ach, reg dich nicht so darüber auf, Debbie – so schlimm ist das alles gar nicht! Ich erzähle ihm eben nicht alles über mich. Und ich wage auch zu behaupten, daß Derrick mir auch vieles verschwiegen hat, wenn es darauf hinausläuft."

„Das sollte mich auch gar nicht wundern!" sagte Deborah eindringlich.

Aber es standen beiden noch mehr Überraschungen bevor. Wenn sie es nur vorher gewußt hätten!

16

Sonntags wurde der Tee im Hause immer früher gereicht, als sonst die Abendmahlzeit an Wochentagen. So blieb den Gästen ein langer Abend. Und während der Ferienzeit gab es immer eine Anzahl von Veranstaltungen, unter denen sie wählen konnten. Die Vergnügungshalle in der Stadt war die ganze Woche über abends geöffnet und schien auch niemals Mangel an Gästen zu haben. Die eine und einzige öffentliche Halle, derer sich Rocklea Cove rühmen konnte, wurde an Sonntagabenden abwechselnd als Filmtheater und Tanzhalle benutzt; beide Veranstaltungen waren immer gut besucht, denn an den Sonntagnachmittagen fanden gewöhnlich sportliche Veranstaltungen an der Küste statt, die eine beträchtliche Zahl von Tagesausflüglern in die Stadt brachten, von denen viele dablieben, um abends die Reihen der fröhlichen Zecher zu vermehren.

Die Fremdenheime sahen auch eigene Veranstaltungen zur Unterhaltung ihrer Gäste vor, und auch Constance Lee hatte immer darauf gesehen, daß Endcliffe Lodge in dieser Hinsicht den anderen Häusern nicht nachstand. An jedem Sonntag während der Hauptsaison veranstaltete sie einen besonderen Abend im geräumigen Ballsaal, an dem Artisten und Künstler zur Unterhaltung der Gäste beitrugen. Danach trank man dann immer noch gemütlich eine Tasse Tee. Für heute abend hatte sie sich „The Travelling Troubadours" verpflichtet – eine Schauspielgruppe, die letztes Jahr sehr schnell in der Welt des Showgeschäftes aufgestiegen war, und mit denen sie schon vor Monaten einen Vertrag für den heutigen Abend gemacht hatte.

Nach dem jedoch, wie ihr augenblicklich zumute war,

und im Blick auf all das, was sich seit jenem unvergeßlichen Wochenende zugetragen hatte, hätte Constance Lee die Travelling Troubadours am liebsten weit weg gewünscht. Aber wie sie gehört hatte, befanden sie sich bereits in der Stadt, und auch der Abend war überall angekündigt worden; und um nicht das Vertrauen der Künstler und auch ihrer Gäste zu enttäuschen, konnte sie nichts weiter dagegen unternehmen. Aber danach sollte in Endcliffe Lodge an den Sonntagabenden alles anders werden, das nahm sie sich fest vor.

Die Travelling Troubadours sollten mit ihren Darbietungen nicht vor halb neun Uhr beginnen; so blieb für Frau Lee und Deborah, aber auch für die Gäste nach dem Tee noch etwa eine Stunde Zeit. Zur Erleichterung aller verabschiedete sich Sir Gilbert zeitig, um schlafen zu gehen, indem er erklärte, eine gute Nachtruhe sei für ihn jetzt das Nötigste, um wieder ganz auf die Beine zu kommen. Deborah hielt sich bereit, um ihrer Mutter den Abend vorbereiten zu helfen. Felicity jedoch schien sehr unruhig. „Was hältst du davon, wenn wir zum Krankenhaus fahren und sehen, wie es Murray geht?" schlug sie Deborah vor. „Derrick könnte uns leicht in einer Stunde hin- und auch wieder zurückfahren."

Deborah schüttelte den Kopf. Sie zweifelte nicht, daß Derrick die etwa fünfzig Kilometer in einer Stunde schaffen könnte, aber sie hatte im stillen den Verdacht, daß Felicity diesen Vorschlag noch mit einer tieferen Absicht geäußert hatte. Wahrscheinlich wollte sie ihm jetzt schon die Bitte wegen ihrer Hochzeit vortragen.

„Nein, Felicity – trotzdem danke ich dir für die Einladung", entgegnete Deborah entschieden. „Ich möchte nicht hinfahren. Ich denke, es ist für Murray besser, wenn ihm heute abend weitere Aufregungen erspart bleiben."

„Oh, ich bin sicher, daß er froh sein würde, Besuch zu bekommen!" Felicity hatte es sich offensichtlich fest in den Kopf gesetzt.

„Nun, dann tu, was du dir vorgenommen hast, Felicity

– aber laß mich dabei bitte aus dem Spiel!"

„Na schön!" Wenige Minuten später sahen Deborah und ihre Mutter, daß Felicity mit ihrem Verlobten davonfuhr.

„Hoffentlich bist du nicht meinetwegen hiergeblieben, Deborah", bemerkte ihre Mutter.

„Nein, Mutter – ich wollte sowieso nicht mitfahren", erklärte das Mädchen. Dann fuhr sie lächelnd fort. „Nur an eine Stelle würde ich heute abend liebend gern hingehen – zum Abendgottesdienst in die Kirche!"

„Warum fährst du nicht hin?" ermunterte ihre Mutter sie. „Hier hält dich nichts davon ab."

„Aber du könntest doch Hilfe brauchen, Mutter."

Constance Lee schüttelte den Kopf. „Ich komme schon zurecht, Deborah. Ich werde heute abend hier meine Pflichten wahrnehmen, weil ich muß", sagte sie offen, „aber mit meinen Gedanken werde ich auch in der Kirche sein – bei dir."

„Oh, Mutter!" Leidenschaftlich schlang Deborah die Arme um den Hals ihrer Mutter und gab ihr einen Kuß.

„Du solltest dich beeilen, sonst kommst du noch zu spät", wehrte ihre Mutter ab und machte sich etwas unwillig aus ihrer Umarmung frei. „Nimm den Wagen – und fahre vorsichtig, ja?"

„Ja Mutter, natürlich!"

Der älteren Frau standen die Tränen in den Augen, als sie in der rückwärtigen Halle stand und ihrer Tochter nachwinkte.

Aber als das Mädchen verschwunden war, nahm sich Constance Lee zusammen und gewann ihre Haltung wieder. Sie konnte es sich jetzt nicht leisten, hier herumzustehen und trüben Gedanken nachzuhängen. Sie hatte ihre Aufgabe – ein Haus voller Menschen, denen sie verpflichtet war.

Die Travelling Troubadours kamen schon eher an, aber die Zuschauer fanden sich noch früher im Saal ein. Das Programm war heute abend zweifellos nach aller Geschmack, denn es hatte den Anschein, als wollten alle

Gäste des Hauses dabeisein. Viele der Gäste nahmen ihre Plätze schon eine volle Stunde vorher ein, und bald füllte sich der Ballsaal, der für diese Gelegenheit besonders hergerichtet worden war, mit Menschen, die vor gespannter Erwartung und Aufregung durcheinandersummten.

Mit einem merkwürdig beklommenen Gefühl im Herzen wandte sich Constance Lee von der immer größer werdenden Menschenmenge ab, die mit gespannten Gesichtern den Beginn des Abends erwartete. Zum ersten Mal in den zehn Jahren, da sie dieses Haus als Besitzerin führte, hatte sie das Empfinden, mit diesen Menschen nichts gemeinsam zu haben. Dies würde das letzte Mal sein, daß sie ihren Gästen diese Art von Unterhaltung bot, gelobte sie sich, ob nun am Sonntagabend – oder an irgendeinem anderen Tag.

Von Photographien her, die sie von den Künstlern auf Plakaten in der Öffentlichkeit gesehen hatte, und von ihrem Auftreten im Fernsehen erkannte sie die Künstler sofort. Aber ihnen jetzt persönlich aus allernächster Nähe zu begegnen, war außerordentlich ernüchternd. Denn außerhalb der hellen Scheinwerfer mit all ihrem Glanz auf der Bühne, sahen diese Menschen doch recht gewöhnlich aus.

Im Privatleben waren sie die Farr-Familie – Bennie und Bertha Farr, mit ihren beiden heranwachsenden Kindern, Sohn Sonny und Tochter Honey. Sie reisten mit einem Wohnwagen und Lastauto durchs Land, wohnten im Wohnwagen und benutzten den Lastwagen zum Transport ihrer Bühnenausrüstung. Sie traten hauptsächlich als Gruppe auf, indem sie eine vierköpfige Musikkapelle bildeten und abwechselnd moderne Balladen und Volkslieder vortrugen. Wo Sonny und Honey hinkamen, rissen sie mit ihren Volksliedern die Zuhörer zu Begeisterungsstürmen hin, während Bennie und Bertha mit ihren gewagten dramatischen Einaktern und akrobatischen Vorführungen einen bunten und rasanten Wirbel des ‚Lebens' boten. Es hieß, daß sie als Travelling Troubadours das ganze Land zum Lachen und Singen gebracht hätten. Aber sie selbst sahen nicht besonders glücklich aus, dachte Frau Lee, als sie aus dem Haus trat, um sie zu begrüßen. Eben waren sie mit ihrem Lastwagen vor dem Haus vorgefahren.

Bennie, ein blasser, mürrisch blickender Mann mittleren Alters, saß am Steuer des Wagens; neben ihm eine kräftig gebaute, muskulöse Frau, während hinten aus dem Lastwagen mißmutig zwei jugendliche Köpfe herausschauten. Offenbar waren Sonny und Honey mit dem Gerät mitgefahren.

Bertha Farr, die offenbar Organisationsleiter und Manager der Gruppe war, sprang vom Wagen und schritt auf Constance Lee zu, die ziemlich unschlüssig auf der Treppe stand, die zum Haupteingang hinaufführte.

„Frau Lee?" fragte sie mit einer tiefen, rauhen Stimme.

„Ja – Frau Farr?" Constance Lee war sichtlich verwirrt und wußte nicht, was sie sagen sollte, da sie merkte, daß die Augen der Frau fest auf ihr Gesicht gerichtet waren. „Hier entlang."

Einen umfangreichen Koffer in der Hand, schritt Bertha Farr die Stufen hinauf, während die übrigen der Gruppe schweigend auf weitere Anweisungen warteten. „Wir werden einen Raum zum Umziehen brauchen, nicht zu weit von der Halle entfernt", kündigte sie an. „Wir haben eine ganz schöne Menge Sachen hereinzubringen."

„Ja, hier geht es entlang", wiederholte Frau Lee. „Brauchen Sie irgendwelche Hilfe?"

Die Frau schüttelte den Kopf. „Nein, das können die schon machen."

Sie drehte sich um und gab denen im Wagen ein Zeichen, und schon im nächsten Augenblick herrschte um den Wagen herum ein reges Treiben; Bennie und die beiden langhaarigen, aber recht klein wirkenden Teenager arbeiteten miteinander, um das Gepäck abzuladen. Dabei wurde kein einziges Wort gesprochen.

Bertha Farr schien es auch gewohnt zu sein, danebenzustehen, während die anderen die schwere Arbeit taten; denn sie machte keine Anstalten, ihnen zu helfen, außer daß sie ihnen den Raum zeigte, den Frau Lee für ihre Zwecke hatte herrichten lassen.

Und während die anderen sich abmühten, die schweren Gepäckstücke hereinzuschleppen, stand Bertha Farr gegen den Empfangstisch gelehnt; dabei starrte sie ihre Gastgeberin weiter in beinahe unverschämter Beharrlichkeit an.

„Wissen Sie", sagte sie schließlich mit derselben rauhen, barschen Stimme, „ich meine, ich hätte Sie schon irgendwann einmal gesehen."

Constance Lee fuhr bei diesen Worten erschrocken hoch. „Nein, ich bin sicher, das kann nicht sein", sagte sie hastig. „Sie sind noch nie hiergewesen, Sie müssen mich mit jemand anderem verwechseln."

„Nein." Bertha Farrs dunkle Augen wurden noch schmaler unter dem zerknitterten Seidenschal, den sie um den Kopf gebunden hatte und den sie jetzt zwischen den Fingern zerknüllte. „Ich vergesse niemals ein Gesicht, das ich einmal gesehen habe – besonders ein so schönes –"

„Also, wirklich –!" Vor Unbehagen schoß Frau Lee das Blut in die Wangen.

Aber die andere Frau schien eher laut zu denken, als daß sie versuchte, Höflichkeit zu wahren. „Ich habe es gleich", sagte sie nachdenklich. Dann schnalzte sie plötzlich mit den Fingern. „Jetzt weiß ich's – ich habe ein Bild von Ihnen in meinem Sammelalbum."

„Ein Bild von mir?" Jetzt lachte Frau Lee lauthals. „Das ist unmöglich, Frau Farr! Mein Bild ist nie veröffentlicht worden."

„Nein – das hier ist eine alte Postkarte – eine Familienaufnahme. Wenn Sie das Bild sehen, werden Sie sich daran erinnern." Während dieser Worte öffnete Bertha Farr ihren Handkoffer und nahm ein ziemlich abgenutztes, mit Stoff bezogenes Album heraus, dessen Seiten mit einer alten, ausgefransten Schnur zusammengebunden waren.

„Das hier habe ich immer bei mir", fuhr sie fort, während sie das Buch auf den Tisch vor sich legte. „Ich weiß selbst nicht, warum – ich nehme an, aus reiner Sentimentalität."

Constance Lee wurde blaß, und das Lächeln erstarb auf ihren Lippen, als sie sah, wie die Frau die stark abgenutzten Seiten mit schwerfälliger, aber entschlossener Hand umblätterte. Rasch eilte sie in Gedanken die vielen Jahre zurück. Nur ein einziges Mal war ein Familienbild von ihnen gemacht worden...

„Da haben Sie's!" rief Bertha Farr triumphierend aus. „Erinnern Sie sich jetzt daran?" Ihr unerbittlicher Finger wies auf eine Postkarte, auf der drei Menschen abgebildet waren – ein junger Mann in Militäruniform, neben ihm eine junge Frau und zwischen ihnen ein kleines Mädchen...

Erinnern? Constance Lee nickte stumm. Natürlich erinnerte sie sich. Die Aufnahme war an dem Tage gemacht worden, als Andrew aus dem Militärdienst entlassen wurde. Wie glücklich sie alle drei aussahen – Mann und Frau mit ihrer kleinen Tochter. Wie glücklich waren sie gewesen.

„Ja, Sie sind es wirklich." Bertha Farr blickte der Frau neben ihr scharf ins Gesicht und dann wieder auf die Photographie. „Wissen Sie, diese Aufnahme muß vor fast zwanzig Jahren gemacht worden sein, und Sie haben sich in dieser Zeit kaum verändert."

Es war ihr, als höre sie die Stimme der Frau aus weiter Ferne, denn das einzige, was Constance Lee bewußt war, war diese Photographie.

„Wo haben Sie dieses Bild her?" brachte sie schließlich stammelnd hervor.

Die Hand immer noch auf dem Buch, blickte Bertha Farr jetzt auf, und ihre Augen begegneten sich. „Es hat Andrew gehört", sagte sie rauh.

„Dann – müssen Sie ihn gekannt haben?"

Bertha Farr lachte kurz auf. „Du liebe Zeit – das dürfen Sie gleich noch einmal sagen!"

Constance Lee straffte sich. „Dann hat er – Ihnen dieses Bild gegeben?"

„Nein." Sie stieß einen Seufzer aus. „Ich fand es – nachdem er gegangen war. So habe ich es behalten. Es war alles, was ich hatte."

Ganz langsam begann Frau Lee der tiefere Sinn dieser Worte aufzugehen, und in ihrem Herzen wußte sie jetzt die Antwort auf die Frage, die ihr auf den Lippen brannte, noch bevor sie diese in Worte fassen konnte. „Dann – waren Sie die andere Frau in seinem Leben?"

Bertha Farr warf ihr einen langen, abschätzenden Blick zu. „Wie töricht sind Sie gewesen!" sagte sie schließlich. „Andrew hat nie eine andere begehrt als Sie allein. Es hat nie eine andere Frau gegeben, jedenfalls, soweit es ihn betraf."

Constance Lee krallte sich krampfhaft an der Kante des Tisches fest, um sich selbst unter Kontrolle zu behalten. „Aber Sie – er –"

„Ja, ich weiß. Damals waren eine Menge Geschichten darüber in Umlauf – und Sie haben das alles geglaubt."

„Nun, ich . . ."

„Sie wollten Andrew nicht glauben, als er es Ihnen zu erklären versuchte – Sie wollten ihm überhaupt nicht zuhören", fuhr Bertha Farr unerbittlich fort. „Aber jetzt, da ich Ihnen über den Weg gelaufen bin nach all den Jahren, sollten Sie besser darauf vorbereitet sein, mir zuzuhören!"

Constance Lee blickte besorgt in die Runde. „Würden Sie – könnten wir – ich würde lieber vertraulich mit Ihnen reden, Frau Farr."

Bertha Farr warf einen Blick auf die Uhr. „Es ist jetzt keine Zeit, um förmlich zu sein", sagte sie unnachgiebig. „Ich kann Ihnen die ganze Geschichte in wenigen Sätzen erzählen – so wie es wirklich gewesen ist. Dann muß ich aber machen, daß ich noch zu meiner Vorstellung zurechtkomme."

Constance Lee schluckte hart. „Dann erzählen Sie weiter", sagte sie matt. Sie fühlte instinktiv, daß sie sich auf Bertha Farr verlassen konnte, daß sie ihr die Wahrheit sagen würde, wenn sie sich äußerlich auch sehr rauh gab.

„Ich bin immer schon im Showgeschäft tätig gewesen", begann sie, „und dadurch bin ich auch Andrew begegnet – als wir für die Truppen Vorstellungen gaben. Ich spielte damals überwiegend Theater, und es fanden sich immer ein oder zwei von den Burschen, die selber gern mitspielten. Sie hatten es gern – es machte ihnen Spaß. Aber Andrew war von allen der Beste. Er zeigte wirkliche Begabung für die Schauspielkunst und war auch sehr erpicht darauf. Wir waren schon ein eindrucksvolles Paar, als wir zusammen spielten, Andrew und ich – wir bekamen immer mächtig viel Applaus."

Sie hielt einen Augenblick inne. Die Erinnerung an jene glücklichen Tage ließ ein Lächeln auf ihrem Gesicht erscheinen. Aber sie wurde rasch wieder ernst, als sie in ihrer Erzählung fortfuhr.

„Ich habe mit aller Macht versucht, ihn dazu zu überreden, daß er nach seiner Entlassung aus der Armee mit mir zusammen zum Theater ginge. Wir hätten gemeinsam eine großartige Karriere machen können. Aber er wollte nicht. Er sagte, das könne er Ihnen und dem Baby nicht antun, sich auf so etwas einzulassen." Sie holte tief Luft. „Ich fürchte, ich habe mir damals keine Gedanken über Sie und das Baby gemacht. Was dann danach geschah, geht ganz auf mein Konto – Andrew hatte nichts damit zu tun. Ich liebte ihn und wollte ihn unbedingt für mich haben. Um das zu erreichen, wäre mir alles recht gewesen. Ich rechnete mir aus, wenn es einen Skandal gäbe, würden Sie sich von ihm scheiden lassen. Aber es kam anders, als ich es mir gedacht hatte."

„Ja." Constance Lee brachte nur ein heiseres Flüstern heraus.

„Aber selbst dann gab ich noch nicht auf. Ich wollte ihn haben – komme, was da wolle. Aber er war zu anständig, um bei so etwas mitzumachen. Und außerdem wollte er keine andere als nur Sie. Aber ich liebe ihn immer noch –

und werde ihn immer lieben." Sie schloß das Album verhältnismäßig sanft. „Und um seinetwillen habe ich Ihnen immer schon sagen wollen, daß er immer seine Ehre bewahrt hat – er ist Ihnen niemals untreu gewesen – das kann ich beschwören!"

Constance Lee vergrub ihr Gesicht in den Händen. „Oh, Andrew", flüsterte sie gebrochen.

Auf dem Gesicht der anderen Frau erschien ein weicherer Ausdruck, und sie legte schwer ihre Hand auf Frau Lees Schulter. „Wissen Sie, welchen Fehler wir Frauen haben?" fragte sie mit einem etwas schiefen Lächeln. „Wir lieben zuviel!"

Constance Lee blickte auf, ihr Gesicht war schneeweiß, und ihre Lippen bebten. „Nein", sagte sie unsicher, „mir macht es Sorge, daß ich – zu wenig geliebt habe!"

„Ach, nun komm doch endlich, Ma!" ließ sich jetzt brummend eine ungeduldige Stimme vom Flur her vernehmen. „Mach schon!"

Als sie sich umschauten, sahen sie einen leuchtenden Blondschopf, der ihnen den jüngsten Sproß der Travelling Troubadours ankündigte. Sie trug ein schwarzes Trikot und eine rote Satinbluse. Über ihrer Schulter hing eine Gitarre.

„Das hier ist meine Tochter Honey", sagte Bertha achselzuckend. „Ich nehme nicht an, daß Ihre Tochter auch so eine geworden ist?"

„Eh – nein", gab Frau Lee mit einem Seufzer der Erleichterung zur Antwort, als Frau Farr das schicksalschwere Album in den Koffer zurücklegte und davonging.

So konnte die Vorstellung beginnen.

Die Travelling Troubadours gaben eine glanzvolle und glitzernde Schau und boten ihren Hörern ein Programm voller Gesang und Gelächter. Aber die Dame des Hauses war nicht dabei.

Unbemerkt hatte sie sich still in ihr eigenes Zimmer zurückgezogen. Dort fiel sie vor ihrem Bett auf die Knie und schluchzte, als wollte ihr das Herz brechen.

17

Nachdem sie sich winkend von ihrer Mutter verabschiedet hatte, fuhr Deborah frohen Herzens davon. Daß ihre Mutter sie nicht nur ermuntert hatte, zum Gottesdienst zu fahren, sondern zum Ausdruck gebracht hatte, daß sie selbst auch am liebsten dabeigewesen wäre! Wie wunderbar erhörte doch Gott ihre Gebete...

Es war ein angenehmer Abend zum Fahren. Der Sturm war vorüber, und alles lag wieder ruhig und friedlich da. Der Wind hatte sich gelegt, der Himmel war klar, und die regennassen Felsen, der Sand und das kümmerliche Gestrüpp glitzerten im goldenen Glanz der untergehenden Sonne. Sogar das Meer hatte seine graue, düstere Färbung verloren, dachte Deborah, als sie im Vorbeifahren die weite, schimmernde Wasserfläche sah. Auf derselben Straße war sie heute mit ihrer Mutter und Sir Gilbert gekommen, aber jetzt sah sie irgendwie verändert aus... Sie blickte umher. Es war ein feiner Unterschied, den man nicht genauer beschreiben konnte. Vielleicht war es der Sturm – nach einem Sturm sahen die Dinge nie ganz genau so aus wie vorher... Und so war es auch im Leben, dachte sie weiter nach. Irgendeine tiefe, überwältigende Erfahrung – und das Leben blieb nicht so, wie es vorher war.

Ganz in ihre Gedanken versunken, wurde ihr plötzlich bewußt, daß sie an der Kreuzung falsch abgebogen war. Statt den direkten Weg nach Rocklea Ridge und der Kirche zu nehmen, war sie auf einen holprigen, sandigen Nebenweg eingebogen, der – ja, sie wußte selbst nicht genau, ob er überhaupt irgendwo hinführte! Es war eine einsame, wenig benutzte Straße, nicht viel mehr als ein breiter Fußweg, und je weiter sie darauf fuhr, desto wahrscheinlicher erschien es ihr, daß er in einer Sackgasse enden würde.

Deborah wurde sehr unbehaglich zumute, als sie den Wagen jetzt durch eine Mulde schweren, nassen Sandes steuerte. Wenn sie sich hier festfuhr ... Sie sollte eigentlich zurückfahren, aber die Straße war sehr eng geworden und sie fand keinen passenden Platz, um den Wagen zu wenden, keinen Platz, der ihr dafür überhaupt geeignet schien, um dieses Manöver wagen zu können. So blieb ihr nichts anderes übrig, als weiterzufahren und zu hoffen, daß es weiter vorn wieder besser würde.

Aber der Tag ging schon in Dämmerung über, und Deborahs Unbehagen wuchs, als der Wagen sich mühsam seinen Weg bis zur Spitze der Bodenerhebung bahnte und sie erkannte, daß sie nur noch wenige Meter weiterfahren konnte; denn die Straße vor ihr war nicht viel mehr als ein schmaler Fußweg.

Sie ließ den Wagen langsam ausrollen und überlegte dabei immer noch, was sie jetzt wohl tun könnte. Da tauchte plötzlich aus der Dämmerung vor ihr die Gestalt eines Mannes auf, der auf sie zukam.

Er hatte keine Kopfbedeckung auf und ging mit langsamen, lockeren Schritten, als koste er die Freude am Gehen voll aus; offensichtlich hatte er den Wagen und seinen Insassen noch gar nicht bemerkt. Aber Deborah erkannte ihn augenblicklich, obwohl sie sich nicht erinnern konnte, ihn je schon ohne seine Lederkappe gesehen zu haben. Es war Andrews, der Bootsmann.

Jetzt wartete sie nicht länger, sondern öffnete die Wagentür und sprang hinaus. „Oh, Herr Andrews!" rief sie und eilte ihm mit großen Schritten entgegen.

Erschrocken blickte er auf, langte rasch in die Tasche seines Mantels, zog die vertraute Lederkappe hervor und setzte sie sich hastig auf.

„Nanu, Fräulein Debbie!" rief er überrascht aus. „Das hätte ich nicht gedacht, Sie hier draußen zu sehen!"

Sie stieß einen Seufzer der Erleichterung aus. „Und ich bin auch überrascht, Sie hier zu treffen, Herr Andrews. Ich bin so froh ..."

„Ich auch – wenn ich Ihnen helfen kann, Fräulein Debbie", erwiderte er schnell. „Fehlt dem Wagen irgend etwas?"

Deborah lachte. „Nein, dem Wagen kann ich keine Schuld geben, Herr Andrews – ich bin selbst schuld. Ich bin falsch abgebogen, hinten an der Weggabelung."

Jetzt mußte er lächeln, und seine dunklen Augen funkelten schalkhaft zwischen dem spitzen Schirm seiner Kappe und dem Dickicht seines Bartwuchses. „Das kann ich Ihnen kaum glauben, Fräulein Debbie – daß Sie in den falschen Weg einbiegen!"

Deborah erwiderte sein Lächeln. „Das ist wieder einmal ein Zeichen dafür, daß man immer gut achtgeben muß, nicht wahr? Ich meinte, mich hier in dieser Gegend mit den Wegen auszukennen; aber ich bin noch nie auf dieser Straße gewesen."

„Nein, ich glaube, die wenigsten kennen diesen Weg, Fräulein Debbie. Ich selbst gehe oft hier entlang – ich liebe diesen Weg ganz besonders. Aber es kommt nicht oft vor, daß ich hier jemandem begegne."

„Jedenfalls bin ich sehr froh, daß Sie gerade hier sind, Herr Andrews." Deborah schilderte ihm mit wenigen Worten, wie es ihr ergangen war und schloß dann mit einer hilflosen Geste. „Hier werde ich den Wagen niemals wenden können. Ich weiß wirklich nicht, was ich tun soll."

Der alte Bootsmann ging zum Wagen hinüber. „Nun, wäre es Ihnen recht, wenn ich das für Sie besorgte, Fräulein Debbie?"

Überrascht über diesen seinen Vorschlag blickte sie ihn an. „Können Sie denn fahren, Herr Andrews? Ich meine, einen Wagen lenken?"

„Oh ja", sagte er ruhig. „In der Zeit, wo Sie das Wort aussprechen, werde ich den Wagen schon für Sie gewendet haben. Das geht sehr schnell bei mir."

„Ja, bitte, Herr Andrews, dafür wäre ich Ihnen sehr dankbar."

Gebannt schaute sie ihm zu, wie er sich flink ans Steuer setzte und mit wenigen Wendungen, die den Meister verrieten, die kleine Limousine wieder in die richtige Fahrtrichtung brachte.

„Das hätten wir, Fräulein Debbie – jetzt können Sie wieder weiter", sagte er, indem er ausstieg und ihr die Tür zum Einsteigen aufhielt.

Aber Deborah zögerte immer noch und blickte ihren Begleiter mit unverhohlenem Staunen an. „Das sieht so einfach aus – wenn Sie es machen, Herr Andrews. Ich bin immer so nervös, wenn irgend etwas Unvorhergesehenes passiert – wie das hier."

Er blickte besorgt zu ihr herüber. „Werden Sie allein zur Hauptstraße zurückfahren können, Fräulein Debbie?"

„Na ja", gab sie zu, „mir wäre schon lieber, wenn Sie mir den Wagen bis zur Hauptstraße zurückfahren könnten, Herr Andrews – wenn es Ihnen nichts ausmacht."

„Natürlich nicht, Fräulein Debbie", beeilte er sich zu sagen, „es ist mir ein Vergnügen."

Wenige Minuten später lenkte der alte Bootsmann, das Mädchen auf dem Beifahrersitz neben sich, den kleinen Wagen mit unverkennbarer Geschicklichkeit und Sicherheit über die holprige und ziemlich gefährliche Straße.

Deborah verfolgte jede seiner Bewegungen mit einer Ehrfurcht, die ein Anfänger in Gegenwart eines Meisters empfindet. „Wissen Sie, Herr Andrews", brachte sie schließlich schüchtern hervor, „Sie können wunderbar fahren."

Seine sonnengebräunten, schwieligen Hände faßten das Lenkrad fester. „Ja, ich bin schon sehr viel gefahren, Fräulein Debbie."

„Ja, dessen bin ich sicher", gab sie ihm recht, indem sie im stillen bewundernd zur Kenntnis nahm, mit welchem Geschick er auch tiefe Bodenwellen und tückische Höcker überwand.

„Während des Krieges, auf den Transporten, sind wir durch dick und dünn gefahren – das kann ich Ihnen sagen."

„Oh!" rief Deborah überrascht, „das hätte ich nicht gedacht – hm – das ist –." Sie hielt mitten im Satz inne.

Der alte Bootsmann blickte flüchtig zu ihr herüber. „Das hätten Sie wohl nie gedacht, was?" gab er schlagfertig zurück.

Deborah lachte. „Oh, wirklich nicht. Ich überlegte gerade . . ."

„Ja, Fräulein Debbie, reden Sie weiter?"

„Nun, ich überlegte gerade, daß Sie ja eigentlich viel zu alt sind, um im letzten Krieg noch dabeigewesen zu sein, Herr Andrews. Ich habe Sie bisher immer für sehr alt gehalten. Aber vielleicht liegt das nur an Ihrem dichten Bart – und Sie sind schließlich noch gar nicht so alt. Du liebe Zeit, das tut mir aber leid!" fügte sie rasch hinzu, als sie den starren Ausdruck um seinen Mund bemerkte. Er blickte stur geradeaus. „Ich werde wohl zu persönlich?"

„Nein – das ist schon recht", brachte er schwer atmend hervor. „Aber der Krieg ist schon so lange her, Fräulein Debbie – ich würde sagen, daß Sie damals noch gar nicht auf der Welt waren."

„Ja und nein", sagte sie, und ihre Gedanken gingen weit in die Vergangenheit zurück. „Der Krieg muß schon zu Ende gewesen sein, aber ich meine mich noch daran zu erinnern, wie ich meinen Vater in Uniform gesehen habe – als ich noch sehr klein war."

„So?" Er hob seine dunklen Augenbrauen unter dem tiefen Deckel seiner Mütze. „Da sind wir ja schon – jetzt können Sie selbst den Wagen wieder übernehmen."

Sie waren inzwischen wieder auf die Hauptstraße gelangt, und Deborah bemerkte, daß sie dafür weniger Zeit gebraucht hatten, als sie selbst vorhin. „Ich danke Ihnen sehr, Herr Andrews", sagte sie, „nur – mir wäre es lieber, wenn Sie nicht dauernd Fräulein Debbie zu mir sagen würden."

„Warum denn?" gab er überrascht zurück. „Für mich sind Sie immer Fräulein Debbie gewesen."

„Ja, das weiß ich, Herr Andrews", stimmte sie ihm zu. „Sie sind immer so höflich zu mir. Aber – wo ich jetzt erwachsen bin – sollten wir nicht endlich auf die Förmlichkeiten verzichten?"

„Ich weiß nicht . . ."

„Sehen Sie", fuhr Deborah fort, die sich für diesen Gedanken zu erwärmen begann, „ich empfinde es immer als eine gewisse Schranke zwischen uns, wenn Sie mich mit Fräulein anreden. Ich würde gern das Gefühl bekommen, daß wir jetzt wirkliche Freunde sind, Herr Andrews, auf gleicher Ebene – wenn Sie wissen, was ich damit meine."

Er schüttelte traurig den Kopf, als Deborah ihn besorgt ansah. „Ich fürchte, daraus kann nie etwas werden – Fräulein Debbie." Seine Stimme klang plötzlich müde und verzweifelt. „Trotzdem war es ein sehr netter Gedanke von Ihnen."

„Ich sehe trotzdem nicht ein, warum das nicht möglich sein soll", fuhr das Mädchen beharrlich fort. „Schließlich nennen mich ja alle in der Stadt nur Deborah."

„Ja, schon, aber bei mir ist das etwas anderes", fuhr der alte Bootsmann nüchtern fort. „Ich gelte in dieser Stadt nichts."

„Aber doch, natürlich haben Sie ein gutes Ansehen!" protestierte sie. „Jeder kennt Sie und achtet Sie."

„Danke, Fräulein Debbie – aber das verstehen Sie nicht. Sehen Sie, ich bin nach meiner sozialen Stellung unbedeutend – Ihre Mutter dagegen ist eine sehr selbstbewußte und stolze Frau."

„Meine Mutter?" Deborah schien überrascht. „Oh, Sie kennen meine Mutter nicht, Herr Andrews. Erst heute hat sie gesagt, daß sie in all den Jahren, wo Sie jetzt in Rocklea Cove leben, noch nie ein Wort mit Ihnen geredet hat."

Er nickte. „Das ist es ja gerade, was ich meine – zu einem Teil, jedenfalls, Fräulein Debbie."

„Dann werde ich Sie ihr eben vorstellen müssen – wie

sich das gehört. Sie würden sicher meine Mutter jetzt nicht wiedererkennen, selbst wenn Sie sie vorher gekannt hätten – denn es ist etwas Wunderbares geschehen. Sie ist jetzt ein anderer Mensch – sie hat sich bekehrt!"

„Oh!" Ein seltsamer Ausdruck lag in seinen Augen, als er sich umwandte, um ihr kurz in die Augen zu schauen, und sich dann ebenso rasch wieder abwandte.

„Vielleicht wissen Sie nicht, was ich meine, Herr Andrews."

Er seufzte wieder. „Das macht nichts, Fräulein Debbie – ich muß jetzt sowieso gehen. Wenn jetzt Ihre Mutter daherkäme und mich hier bei Ihnen im Wagen sitzen sähe . . ."

„Nein, wirklich, Herr Andrews, Sie haben meine Mutter völlig falsch verstanden!" wehrte sie jetzt ab. „Ich habe ihr oft von Ihnen erzählt und bin sicher, daß sie Ihnen gern einmal persönlich begegnen würde. Sie brauchten nur gelegentlich einmal bei uns hereinzuschauen."

„Ach nein, Fräulein Debbie." Er stand schon auf der Straße, nur seine Hand lag noch auf der Wagentür. „Ich fürchte, das Haus Ihrer Mutter ist nicht der rechte Ort für mich!"

„Oh, Sie werden es sich sicher noch anders überlegen, Herr Andrews", fuhr sie beharrlich fort. „Wissen Sie, Simon ist auch in unser Haus gekommen, um sich meine Muschelsammlung anzuschauen, und Mutter war sehr nett zu ihm. Und er ist uns fremder als Sie es sind."

Der alte Bootsmann straffte sich. „Übrigens, da fällt mir gerade ein", sagte er hastig, als sei er darauf bedacht, möglichst rasch das Thema zu wechseln, „heute morgen habe ich mit Simon gesprochen, und er hat mich gebeten, Ihnen etwas auszurichten – falls ich Sie zufällig treffen sollte, Fräulein Debbie."

„Oh – hat er das wirklich?" Das Gesprächsthema von vorhin geriet ihr rasch in Vergessenheit, als sie jetzt das Bild des gutgekleideten jungen Mannes beschwor, den sie ihrer Mutter vorgestellt hatte.

„Ja. Ich sollte Ihnen ausrichten, daß er Sie zu sprechen wünscht. Er sagte, er habe das Gefühl, Ihnen noch eine Erklärung schuldig zu sein.”

Deborah lächelte. „Oh, darüber braucht er sich keine Gedanken zu machen. Aber ich wäre sicher sehr froh, wenn ich ihn sähe. Sie können ihm sagen, Herr Andrews, daß er jederzeit bei uns zu Hause vorsprechen kann.”

Der alte Bootsmann lächelte schlau. „Nun, Fräulein Debbie, aus der Art, wie er das sagte, entnehme ich, daß er nicht im Sinn hatte, bei Ihnen im Haus vorzusprechen. An Ihrer Stelle würde ich einfach abwarten. Wenn er Sie wirklich sehen will, wird er sich schon etwas Passendes ausdenken.”

„Ja, natürlich.” Wie schon so oft in all den Jahren, mußte sie auch jetzt wieder über die Weisheit des alten Bootsmannes staunen.

„Jetzt muß ich Sie aber endlich fahren lassen, Fräulein Debbie . . . ” Es schien, als verabschiede er sich nur widerwillig von ihr. „Was werden Sie jetzt tun?”

Lächelnd schüttelte Deborah den Kopf. „Ich weiß es selbst nicht sicher. Um in die Kirche zu fahren, ist es jetzt zu spät – oh, sehen Sie, Herr Andrews”, rief sie aus, „ist das nicht Simon, der da herankommt?”

Der alte Bootsmann wandte sich in die Richtung, in welche sie zeigte. „Ja, ich glaube, er ist es”, sagte er bedächtig.

Deborah wußte, daß es Simon war, noch bevor sie ihn in der hereinbrechenden Dämmerung des Spätsommerabends deutlich erkennen konnte. Eine Stimme in ihrem Inneren sagte ihr, daß es Simon war und daß dies eine folgenschwere Begegnung werden sollte.

„Nanu, Sie beide hier!” begrüßte sie der junge Mann, freundlicher, als Deborah es erwartet hatte.

„Ja”, gab Old Andy lächelnd zur Antwort, „und ich habe eben Fräulein Debbie Ihre Botschaft ausgerichtet.”

„Danke, Andy”, antwortete der junge Mann kurz. „Aber es braucht Sie nicht zu bekümmern, Simon”, versicherte sie ihm, „Sie müssen mir nichts erklären – wenn Sie es nicht unbedingt wollen."

„Aber ich will es", sagte er entschlossen und blickte ihr dabei gerade in die Augen. „Ich möchte Sie sprechen, Deborah, je eher, desto besser. Ich war eben auf dem Wege zum Heim und versuchte, Sie zu sehen. Aber da wir uns jetzt hier begegnet sind, ist mein Haus nicht weit entfernt – und da wir hier in unserem Freund eine gute Anstandsperson bei uns haben" – er nickte bei diesen Worten dem alten Bootsmann freundlich zu – „kommen Sie vielleicht jetzt mit mir, um für ein Weilchen mein Gast zu sein – das heißt, wenn Sie nichts anderes vorhaben", fügte er hastig hinzu.

„Nein." Deborah schüttelte den Kopf. „Eigentlich wollte ich ja zum Abendgottesdienst fahren, aber ich bin auf die falsche Straße geraten – und jetzt ist es schon zu spät geworden, um noch hinzufahren."

„Gut, dann ist das geklärt. Das heißt, wenn es Ihnen auch recht ist, Andy", fügte er noch hinzu, indem er sich an den Alten wandte.

Old Andy nickte kurz, zum Zeichen, daß er einverstanden sei.

Deborah blickte unschlüssig zum Wagen und dann zum alten Bootsmann hinüber. „Wenn es Ihnen nichts ausmacht, das Lenkrad wieder zu übernehmen, Herr Andrews", schlug sie vor, „dann könnten wir ja jetzt gemeinsam hinfahren."

Old Andy schien über diesen Vorschlag überrascht und erfreut zu sein. „Sicher, gern, Fräulein Debbie!" stimmte er ohne Zögern zu. „Kommen Sie, Simon, steigen wir ein."

18

Es war schon fast dunkel, als Old Andy den Wagen vor „Florence Ville" anhielt und Simon, der das knarrende kleine Törchen öffnete, sie über den überwucherten Gartenweg zum Haus führte.

„Es ist kein eindrucksvoller Eingang", sagte er beinahe entschuldigend. „Aber ich empfange nicht oft Besuch."

„Nein – bestimmt nicht", stimmte ihm Deborah zu, die sich noch lebhaft daran erinnerte, wie feindselig er ihr und Murray entgegengetreten war, als er mit seinem Wagen in der Nähe liegengeblieben war.

„Tatsächlich ist dies das erste Mal", fuhr Simon fort, „daß ich überhaupt jemanden einlade, mein Haus zu betreten, seit ich hier bin."

„Und vermutlich bin ich der erste, der ungebeten gekommen ist – als ich Sie heute morgen besuchte, nicht wahr?" bemerkte Old Andy herzlich.

„Nun", war die ehrliche Antwort, „Sie werden sicher der erste gewesen sein, den ich nicht hinausgeworfen habe!" Simon hatte sich inzwischen an die Spitze gesetzt und stand jetzt oben auf einem kleinen Aufgang mit sehr ausgetretenen Stufen, der zu der massiven Eingangstür des alten Hauses hinaufführte. „Geben Sie acht, daß Sie nicht stolpern", warnte er, indem er eine kleine, aber sehr lichtstarke Taschenlampe hervorzog und den Abschnitt des Weges beleuchtete, den sie noch zu überwinden hatten.

Es wirkte ziemlich unheimlich, als der helle Lichtstrahl über den verwahrlosten Garten huschte, dessen verfilztes Dickicht nur hier und da durch die vermodernden Skulpturen unterbrochen wurde, auf die Deborah schon aufmerksam geworden war, als sie zum ersten Mal über den eingebrochenen Zaun blickte; auch jetzt erschauerte sie leicht. Welche Geheimnisse mochte dieser alte Ort wohl zu erzählen wissen?

Die Atmosphäre der Unwirklichkeit verstärkte sich noch, als Simon den Schlüssel quietschend in dem schweren, alten Schloß drehte und sich dann mit der Schulter gegen die Tür stemmte, um sie so weit zu öffnen, daß sie alle hindurchkonnten. Im nächsten Augenblick standen sie in einer weiten, dumpfigen Halle, die durch den dünnen Strahl der Taschenlampe kahl und unheimlich wirkte. Ihre Schritte hallten hohl auf dem hölzernen Fußboden wider.

„Ich habe mich nie um den Haupteingang gekümmert – ich benutze immer die Seitentür", fuhr Simon fort. „Aber die Räume, in denen ich wohne, habe ich mir ganz gemütlich eingerichtet."

„Daran gibt es keinen Zweifel", stimmte Old Andy zu, als er daran dachte, was er bei seinem vorigen Besuch heute morgen gesehen hatte. „Ist alles in Ordnung, Fräulein Debbie?" Fürsorglich und beruhigend legte er seine Hand auf ihre Schulter.

„Ja – danke, Herr Andrews", flüsterte sie atemlos vor Spannung.

Dann blieb Simon stehen, öffnete auf der linken Seite eine Tür und schaltete ein Licht an. „So, jetzt sind wir da", sagte er kurz. „Kommen Sie nur herein und nehmen Sie Platz."

„Oh!", keuchte Deborah atemlos. Sie blieb wie angewurzelt stehen und blickte in den Raum. War sie eben noch durch ein halbzerfallenes und verwahrlostes Haus gegangen, so fand sie sich jetzt plötzlich in einem wunderschön eingerichteten Zimmer mit gedämpfter Beleuchtung. Welch eine Veränderung! Sie hatte das Gefühl, als träume sie.

„Gehen Sie ruhig hinein", hörte sie jetzt wieder Simon sagen. „Dies hier ist mein Wohnzimmer." Old Andy, dessen Hand immer noch auf ihrer Schulter lag, schob sie sanft vorwärts.

„Das ist hier wirklich ein feiner Platz, nicht wahr?" sagte der Bootsmann anerkennend, als sie nun das Zimmer betraten.

„Ja!" Das war das einzige, was Deborah hervorbrachte, die sich immer noch in fassungslosem Staunen im Zimmer umschaute: moderne, formschöne Möbel, der weiche, kostbare Teppich und die farbenfrohen Behänge beeindruckten sie sehr. Im Vergleich zu diesem würde sogar Endcliffe Lodge verblassen.

„Sie haben es hier sehr gemütlich, Simon", sagte sie schüchtern, als sie sich mit Old Andy auf das Sofa setzte und Simon sich in einen der beiden Sessel sinken ließ, die den altmodischen Kamin einrahmten; dieser wurde von einem modernen Schirm verdeckt, vor dem ein kleiner elektrischer Ofen stand. „Man würde niemals vermuten . . ."

„Nein, ich habe hier ein gutes Versteck gefunden." Simon stieß einen Seufzer der Zufriedenheit aus, als er sich jetzt in seinem Stuhl zurücklehnte; sein Kopf und seine festen, ebenmäßigen Züge hoben sich eindrucksvoll gegen die hellfarbene Polsterung ab. „Am Äußeren dieses Hauses habe ich überhaupt nichts gemacht, daß es nicht so aussehen soll, als ob jemand darin wohnt. Und ich habe meine Wohnung auf dieser Seite des Hauses aufgeschlagen, die von der Straße her nicht eingesehen werden kann. Um ganz sicher zu gehen, mache ich nachts die Fensterläden fest zu. So glaube ich nicht, daß viele von meinem Aufenthalt hier wissen."

Deborah schüttelte den Kopf. „Haben Sie diese Geheimnistuerei denn nötig, Simon?"

„Ja", sagte er kurz. Der entspannte Ausdruck in seinem Gesicht wich jenem verbissenen und entschlossenen Blick, der sein Gesicht wie eine Maske erstarren ließ.

Besorgt, sie könnte seine freundliche und herzliche Stimmung verderben, wechselte Deborah rasch das Thema. „Sie müssen ja ein richtiger Künstler sein, wenn Sie das hier alles selbst gemacht haben", sagte sie bewundernd, mit einer weitausladenden Geste. Wie wirkungsvoll waren die

Wandbehänge angebracht worden, um die häßlichen Stellen an den rissigen und verfärbten Wänden zu verdecken! Und es waren teure Stoffe, die dafür verwendet worden waren! Die Beschaffenheit der Möbel, wie überhaupt alles hier im Raum zeigte, daß die Kostenfrage dabei keine Rolle gespielt hatte .

„Ich nehme wohl schwerlich fremde Hilfe in Anspruch", sagte er scharf.

Der alte Bootsmann räusperte sich, als wolle er sich jetzt auch am Gespräch beteiligen. „Fräulein Debbie muß wahrscheinlich dasselbe denken wie ich, als ich herkam, Simon", sagte er. „Sie haben es hier so hübsch und ordentlich, daß man denken könnte, hier hat die Hand einer Frau mitgewirkt."

„Nein, das stimmt nicht." Der junge Mann saß aufrecht da, jeder Nerv gespannt. „So etwas kann es hier nicht geben – in meinem Heim", stieß er heiser hervor, „niemals kann ich eine Frau bitten, ihr Leben mit mir zu teilen."

Entschlossen wandte er seinen Blick ab, und Deborah verspürte plötzlich ein trockenes, würgendes Gefühl in sich hochsteigen. „Wollen Sie damit sagen – daß Sie nicht frei sind?" platzte sie unbesonnen heraus.

„Nein, ich bin nicht frei!" Er sprang aus seinem Sessel auf. „Niemals will ich frei sein!"

„Nur ruhig, nur ruhig, mein Junge!" sagte Old Andy beschwichtigend. „Wenn es um Ihre Ehe geht . . . "

„Ehe?" rief er bitter. Heftig drehte er sich herum. „Ich bin nicht verheiratet! Habe ich Ihnen nicht eben gesagt, daß ich niemals eine Frau darum bitten kann, ihr Leben mit mir zu teilen – daß ich also nie heiraten kann!"

„Aber warum denn, Simon?" Es war Old Andy, der dieser Frage weiter beharrlich nachging. Deborah machte gar nicht erst den Versuch, etwas zu sagen; sie war zu tief in ihren Gefühlen aufgewühlt; Worte wären hier unmöglich gewesen!

„Warum?" wiederholte Simon bitter die Frage des Alten, indem er ruhelos im Zimmer auf und ab zu gehen begann. „Sagen Sie mir doch, warum, Andy – warum es so viel Unglück, Ungerechtigkeit und sinnloses Leid auf der Welt gibt! Warum – warum das alles?"

Der alte Bootsmann schüttelte den Kopf. „Darauf kann ich Ihnen keine Antwort geben, Simon – ich weiß es auch nicht", sagte er langsam. „Aber ich glaube, manchmal fügen wir uns selbst viel Leid zu – und auch anderen – dadurch, daß wir selbst Böses tun."

„Ich rede jetzt nicht davon, daß einer Böses tut und dann dafür leiden muß – das ist nur gerecht, glaube ich. Aber was ist mit denen, die das Böse tun und am Leid anderer schuld sind, und dann doch unbehelligt davonkommen?"

„Oh nein, mein Junge – niemand kann sich alles erlauben." Old Andys Worte verrieten das Maß an Weisheit, die aus der eigenen Erfahrung kommt. „Es ist so, als wenn man den Samen aussät und dann die Ernte einbringt. Wir ernten, was wir gesät haben – Gutes oder Böses. Das sagt die Bibel. Ich habe es am eigenen Leibe erfahren", schloß er mit einem Seufzer.

Simon unterbrach sein rastloses Auf und Ab und richtete seine dunklen Augen fest auf das Gesicht des alten Bootsmannes. „Kommen Sie mir nicht mit der Bibel und frommen Sprüchen, Andy!" rief er ärgerlich. „Aus diesem Buch hat man mir mehr als genug vorgelesen, als ich noch ein Kind war. Es hat wohl kaum jemals eine Frau gegeben, die so fromm und gottesfürchtig war wie meine Mutter – und was hat sie schließlich davon gehabt?"

„So dürfen Sie nicht reden, Simon!" unterbrach ihn jetzt Deborah, die ihre Sprache wiedergefunden hatte. „Die Bibel weiß die Antwort auf alle unsere Fragen."

Simon, der über seinem heftigen Gefühlsausbruch im Augenblick die Gegenwart des Mädchens zu vergessen schien, wandte sich jetzt beim Klang ihrer Stimme mit einem Ruck zu ihr um. Alle Farbe war aus seinem Gesicht gewichen.

„Dann muß ich wohl annehmen, daß Sir Gilbert Chesterfield Ihnen alles über mich erzählt hat?" sagte er dumpf.

„Nein, Simon", sagte sie hastig, „Sir Gilbert hat mir nichts von Ihnen erzählt, und ich bin sicher, daß er so etwas auch niemals tun würde!"

„Nein – da haben Sie recht." Mit einem Seufzer ließ sich Simon wieder in seinem Sessel nieder. „Da bin ich Sir Gilbert gegenüber ungerecht gewesen. Er gehört zu den Menschen, die einem den Glauben an Gott und die Menschen wiedergeben können, wenn das überhaupt jemand kann."

„Er ist ein edler und aufrichtiger Christ."

„Dann werden Sie wohl den jungen Murray Chesterfield heiraten?" fuhr er in beinahe verletzender Offenheit fort.

„Auf keinen Fall, nein!" rief sie entrüstet. „Wie kommen Sie darauf?"

Er zuckte die Schultern. „Nun, Murray braucht doch dazu die Zustimmung seines Onkels, glaube ich. Und sicher würde Sir Gilbert nichts gegen Sie einzuwenden haben, Deborah."

Deborah schüttelte den Kopf. „Das hat wirklich nichts mit Sir Gilbert zu tun. Es ist nichts zwischen Murray und mir. Und zwar zuallererst deshalb, weil er kein Christ ist. Ich könnte nie jemand heiraten, der meinen Glauben an Gott nicht mit mir teilt. Und dann liebe ich ihn auch gar nicht. Und wenn ich einmal heirate, dann nur aus Liebe. Man kann sich doch nicht in jemand verlieben, nur weil andere Leute es so haben wollen – nicht wahr?"

„Nein, ich glaube, das geht nicht." Simon war jetzt ruhiger und sprach vernünftiger. „Und ich glaube, daß es auch umgekehrt gehen kann. Man kann nichts daran machen, daß man sich verliebt – selbst wenn man weiß, daß es hoffnungslos ist – daß nie etwas daraus werden kann – ."

Der brennende Blick seiner dunklen Augen, die ihr fest ins Gesicht blickten, ließ ihr Herz schneller schlagen. Sicher...

„Die Liebe ist das Größte auf der Welt", sagte sie ernst. Es war fast nur ein Flüstern, als spreche sie laut ihre Gedanken aus. „Die Liebe überwindet alle Hindernisse – und alle Schwierigkeiten."

„Ich würde auch gern glauben, daß es so ist, Fräulein Debbie", mischte sich jetzt unerwartet der alte Bootsmann wieder ins Gespräch. „Aber es tut wohl, Sie reden zu hören."

Simon schüttelte den Kopf. „Nichts kann das Problem überwinden, mit dem ich mich abquäle, - nichts", sagte er, als habe er alle Hoffnung darauf aufgegeben.

„So schlimm kann es sicher nicht sein", wandte Deborah schüchtern ein, als wolle sie ihm neuen Mut machen.

Simon streckte sich und holte tief Atem. „Wissen Sie, ich habe Sie heute abend hierher gebeten, weil ich entschlossen war, Ihnen alles zu erzählen. Ich fühlte, daß ich es Ihnen schuldig sei – weil Sie mir soviel geholfen haben. Aber nun, da ich Ihnen Auge in Auge gegenübersitze, bringe ich es nicht über mich. Ich bin ein Feigling – ein widerlicher Feigling!" Er vergrub sein Gesicht in den Händen. „Sie werden Sir Gilbert danach fragen müssen – er kann Ihnen mein Geheimnis erzählen."

Wie einer inneren Weisung folgend, stand sie auf und ging zu seinem Stuhl hinüber. Sanft legte sie ihm die Hand auf die Schulter.

„Ich möchte Sir Gilbert nicht danach fragen", sagte sie ruhig, „ich warte, bis Sie es mir selbst sagen können, Simon."

Er blickte auf. Die tiefen Furchen auf seinem Gesicht verrieten, daß er viel Leid durchmachen mußte. „Dann werden Sie es niemals erfahren, Deborah. Und vielleicht ist es auch besser so." Er schluckte. „Ich werde bald mit meiner Arbeit zum Abschluß kommen, deretwegen ich hierher gekommen bin – dank der Hilfe, die Sie mir mit jenen gelben Muscheln geleistet haben."

„Ja, wirklich?" Deborah atmete auf, dankbar darüber,

daß sich das Gespräch jetzt angenehmeren Themen zuwandte.

„Ja, ich bin sicher, daß ich bald habe, wonach ich so lange suchte, wenn ich genügend solcher gelben Muscheln bekommen könnte – dann hätte ich meine Forschungsaufgabe gelöst."

„Aber es könnte doch sein, daß keine Muscheln dieser Art mehr dort zu finden sind, Simon. Es ist schon endlos lange her, daß ich einige davon dort aufhob."

„O ja doch, ich glaube es doch", sagte er voller Zuversicht. „Heute morgen habe ich draußen beim Leuchtturm einige gefunden."

„Ja, an einer Stelle der Küste, die auf Meilen hin die gefährlichste ist", erklärte der alte Andy vorwurfsvoll. „Ich habe ihm gesagt, wenn er sich dort noch weiter hinauswagt, setzt er sein Leben aufs Spiel."

„Aber ich muß sie haben. Ich kann jetzt nicht aufhören." Entschlossen streckte er sein Kinn vor. „Ich werde hinausgehen und diese Muscheln holen, koste es, was es wolle. Und wenn ich meine Forschungsarbeiten abgeschlossen habe, werde ich der Welt vielleicht etwas Lohnendes hinterlassen können – auch wenn es mich das Leben kostet!"

„Oh, Simon, das dürfen Sie nicht sagen!" rief Deborah mit bewegter Stimme. „Sie sprechen, als bedeute Ihnen Ihr Leben nichts. Sie – Sie vergessen, daß es jemand anderem sehr – sehr viel bedeuten könnte." „Nein, Deborah." Er sprach langsam und wohlüberlegt. „Es wäre besser so. Sie werden es auch eines Tages verstehen – wenn Sie alles erfahren."

„Aber Simon ..."

„Ich muß zu Ende führen, was ich mir vorgenommen habe – und ich glaube, ich habe es bald geschafft. Und wie das Ganze auch endet – dann werde ich für immer aus Ihrem Leben verschwinden."

„Nein – nein!" rief sie leidenschaftlich mit abgewandtem Gesicht.

„Es muß sein, Deborah”, sagte er freundlich und nahm ihre Hand in die seine. „Gott weiß, wie heiß ich mir wünsche, daß es anders sein könnte!”

Deborah verspürte ein unbändiges Verlangen, in Tränen auszubrechen und sich an der breiten Brust eines mitfühlenden Menschen auszuweinen. Im nächsten Augenblick hatte sie, sehr zur Überraschung des alten Bootsmannes, ihre Arme um ihn geschlungen und schluchzte an seiner Schulter.

„Aber, aber, mein liebes, liebes Kind”, flüsterte er heiser und strich mit seiner rauhen, aber zartfühlenden Hand über ihr Haar.

19

Murray Chesterfield hatte sich nach dem Unfall gut erholt, wenn er auch noch einige Tage länger im Krankenhaus bleiben sollte, um sicherheitshalber noch unter ärztlicher Aufsicht zu sein. Aber er konnte aufstehen und umhergehen und durfte auch Besucher empfangen, wie er seinem Onkel telefonisch mitteilte; und als Sir Gilbert merkte, daß sein Neffe besonders auf seinen Besuch bedacht war, mietete er gleich einen Wagen und fuhr hin.

„Du siehst wirklich gut aus, mein Junge", bemerkte Sir Gilbert, als sie beide in dem kleinen Empfangsraum des South-Coast-Gemeindekrankenhauses Platz nahmen. Durch ein breites Fenster konnte man weit in das von der Sommersonne beschienene Land hinaussehen.

„Onkel Gilbert, ich habe mich im Leben nicht besser gefühlt als jetzt", erklärte der junge Mann eifrig. „Darüber wollte ich mit dir reden."

„So – ?" Während Sir Gilbert seinen Neffen erwartungsvoll anschaute, sagte ihm der entschlossene Gesichtsausdruck des jungen Mannes, daß es mehr als nur seinen allgemeinen Gesundheitszustand zu besprechen gab.

„Ich habe hier in diesem Krankenhaus eine wunderbare Erfahrung gemacht, Onkel Gilbert, und wollte dir davon erzählen – ehe du es von anderer Seite erfährst."

Sir Gilbert nickte verständnisvoll. Etwas von dem Leuchten, das auf dem Gesicht des jungen Mannes stand, spiegelte sich auf seinem wider, und sein Herz war tief bewegt in Dankbarkeit gegen Gott, da er schon im voraus ahnte, was sein Neffe ihm sagen wollte. Aber er sagte nichts. Es war Murrays Geschichte, nicht seine.

„Ich hätte nie gedacht, daß mir das passieren könnte –

aber nun ist es geschehen", fuhr Murray schlicht und ehrlich fort. „Onkel Gilbert, es ist ein Wunder geschehen, ich habe mich bekehrt. Ich habe jetzt Frieden mit Gott."

Sir Gilbert streckte ihm spontan die Hand hin. „Gott sei Lob und Dank!" sagte er inbrünstig. „Murray, ich habe lange darum gebetet."

Murray Chesterfield nickte. „Ja, Onkel, ich weiß. Ich habe über sehr vieles nachgedacht, während ich hier gelegen habe – und nicht nur wegen des Schreckens, den ich bei dem Unfall bekam. Es war ein eindringlicher Ruf."

„Gott geht geheimnisvolle Wege – daran gibt es keinen Zweifel", sagte Sir Gilbert ehrfürchtig.

„Ja, es liegen einige wahrhaft erstaunliche Gesichtspunkte in all diesem Geschehen. Weißt du, der junge Mann, der bei mir war – der getötet wurde – war ein eifriger Christ. Seine Mutter hat es mir erzählt. Sie ist auch eine Christin. Sie hat mich ein paar Mal hier besucht – sie wohnt mit ihrer Familie in der nächsten Stadt. Weißt du, sie ist eine Witwe mit drei Kindern – und er war der Älteste. Er hatte an den Wochenenden Überstunden gemacht, um seine Familie finanziell zu unterstützen, und da mußte dies Schreckliche geschehen! Ich dachte, daß sie darüber bitter geworden wäre, aber das war nicht der Fall. Weißt du, was sie sagte?"

„Etwas, was nur ein Christ angesichts einer solchen Tragödie sagen könnte", sagte Sir Gilbert mitfühlend.

Murray nickte. „Sie sagte, es sei besser, daß ihr Junge abgerufen worden sei, als daß ich umgekommen wäre – weil der Tod für ihn kein Unglück wäre; denn er sei ein Christ. Sie sagte, der Gedanke, daß er nun beim Herrn sei, wäre ihr lieber, als daß ich ohne Christus und ohne Hoffnung in die Ewigkeit dahingegangen wäre – und das war ihre ehrliche Überzeugung. Ich kann dir sagen, das stimmte mich sehr nachdenklich."

„Dessen bin ich sicher."

„Ich fing an zu begreifen, daß Gott mir eine große Gnade erwies, als er mein Leben vor dem Tode bewahrte –

eine Gnade, die ich ganz und gar nicht verdient hatte. Dann machte ich eine Bestandsaufnahme meines persönlichen Lebens und kam zu der Erkenntnis, daß ich auf die Liebe und Gnade Gottes überhaupt keinen Anspruch hatte, weil ich ihn ganz bewußt aus meinem Leben ausklammerte. Und diese Erkenntnis ließ mir keine Ruhe. Diesmal war ich noch einmal davongekommen, aber ich wußte, daß ich eines Tages schließlich doch dem Tod ins Auge zu schauen hätte. Und obwohl ich es keinem Menschen je eingestanden habe, Onkel Gilbert, ich hatte immer Angst vor dem Sterben, auch in meinem Beruf als Arzt. Und wie würde es mir gehen, wenn ich selbst auch einmal diesen bitteren letzten Weg gehen müßte?"

Sir Gilbert nickte. „Ich weiß", sagte er mitfühlend. „Ich selbst befand mich auch einmal in genau der gleichen Situation."

Murray fuhr in seiner Erzählung fort. „Ich konnte keine Ruhe finden. Ich wußte, daß ich etwas tun mußte. Dann fand ich zu meiner großen Überraschung eine Bibel auf meinem Nachttisch – offenbar hatte jemand für jedes Bett im Krankenhaus eine Bibel gestiftet.

So begann ich, wirklich in echter Verzweiflung, darin zu lesen. Aber es half mir nicht viel weiter."

„Nein – ?"

Auf Murrays Gesicht erschien ein trauriges Lächeln. „Mein Blick fiel auf den Vers: ‚Fürchtet euch nicht vor denen, die den Leib töten und die Seele nicht können töten; fürchtet euch aber vielmehr vor dem, der Leib und Seele verderben kann in der Hölle'." Er machte eine Pause. „Ich sage dir, das sind grimmige, schreckliche Worte."

„Ja."

„Ich schloß die Bibel und legte sie weg. Ich fürchtete mich, beim Weiterlesen vielleicht ein Wort zu finden, das mich noch tiefer in die Angst trieb. Dann besuchte mich Pastor Trewman noch einmal. Es war gar nicht geplant gewesen, daß er noch einmal bei mir hereinschaut. Sicher muß ihn der Herr als Erhörung auf meine unausgesprochenen Gebete selbst hergeschickt haben – "

„Damit hat er auch meine Gebete erhört", warf Sir Gilbert ruhig dazwischen. „Du warst noch ein ziemlich kleiner Junge, als ich das erste Mal versuchte, dich zu Christus zu führen, kurz, nachdem ich mich selbst bekehrt hatte. Du wirst dich wohl kaum noch daran erinnern – aber du wolltest nicht auf mich hören."

„Ja, Onkel, ich erinnere mich noch genau." Bedauernd schüttelte Murray den Kopf.

„Seit jener Zeit", fuhr Sir Gilbert jetzt fort, „habe ich niemals aufgehört, für dich zu beten, daß du Jesus Christus als deinen Heiland erkennen und ihm dein Leben übergeben möchtest. Und jetzt – "

„Jetzt sind deine Gebete erhört worden, Onkel Gilbert. Pastor Trewman hat mir den Weg gezeigt. Es war so einfach, wie er es mir erklärte – schon ein Kind hätte es verstehen können. Er schlug seine Bibel auf und las solche Worte vor: ‚Der Sünde Sold ist der Tod; Gottes Gabe aber ist ewiges Leben in Christus Jesus, unserem Herrn.' Und ‚das Blut Jesu Christi, des Sohnes Gottes, macht uns rein von aller Sünde' – du siehst, ich kann sie schon auswendig. Weil ich sie fest in meinem Herzen habe!"

„Ich weiß – oh, Murray, wenn ich dir doch nur sagen könnte, wie sehr ich mich freue, diese Worte aus deinem Munde zu hören!" rief Sir Gilbert mit Leidenschaft.

Murray lächelte. „Ich glaube, ich weiß es, Onkel Gilbert, weil ich es jetzt ebenso empfinde. Es ist wunderbar, wie sich mein Leben verändert hat, seit ich Buße tat, mich Gott zuwandte und Jesus Christus als meinen Heiland annahm. Ich fühle, daß ich ein anderer Mensch geworden bin."

„Du bist auch ein anderer Mensch", versicherte ihm Sir Gilbert mit Überzeugung. „Kennst du diesen Vers – ‚Ist jemand in Christus, so ist er eine neue Kreatur; das Alte ist vergangen, siehe, es ist alles neu geworden'? Dasselbe geschieht, wenn man Christ wird."

„Ja, das ist wirklich wahr", stimmte Murray ihm nachdenklich zu. „‚Das Alte ist vergangen' – soweit es mich betrifft. Die Dinge, die mir vorher so wichtig waren – die könnten mich jetzt nicht mehr soviel umtreiben." Er stand auf und machte ein paar Schritte durchs Zimmer. „Das Leben ist jetzt anders, oder ich sehe es jetzt mit anderen Augen, Onkel Gilbert." Er machte eine weitausladende Geste. „Es erscheint jetzt so groß und weit – und herausfordernd. Ich weiß jetzt, was es ist. Vorher bin ich nur immer umhergetappt, ohne Sinn und Ziel – und alles im Leben habe ich mehr als ein Spiel aufgefaßt. Aber jetzt, da ich Christus gefunden habe, hat das Leben für mich einen Sinn bekommen."

Der ältere Mann hörte aufmerksam zu. Beinahe besorgt fragte er: „Und was soll jetzt werden, Murray? Was willst du jetzt mit deinem Leben anfangen?"

Murray Chesterfield holte tief Atem. „Ich bin mir noch nicht ganz sicher, Onkel Gilbert. Aber über eines bin ich mir schon klargeworden. Ich werde der Mutter jenes verunglückten Jungen helfen. Was ich auch tue, ich werde genug Geld verdienen, um für die Ausbildung ihrer Kinder aufzukommen – das ist das Mindeste, was ich tun kann."

Sir Gilbert nickte zustimmend. „Ein ausgezeichneter Gedanke, mein Junge – da stehe ich ganz hinter dir. Du brauchst dir keine Sorgen zu machen, wie du das nötige Geld beschaffen sollst."

Murray Chesterfield wandte sich um und blickte seinen Onkel entschlossen und mit großer innerer Bewegung an. „Das ist sehr großzügig von dir, Onkel Gilbert. Und ich weiß auch all das andere dankbar zu würdigen, was du für mich bisher getan hast. Aber das muß jetzt aufhören. Ich werde jetzt mit Gottes Hilfe auf meinen eigenen Füßen stehen."

„Gut für dich, mein Junge!"

„Aber das ist noch nicht alles, ich muß dir noch mehr sagen, Onkel", fuhr der junge Mann etwas unsicher fort. „Ich hoffe sehr, daß du darüber nicht gekränkt bist, aber ich habe beschlossen, nun doch nicht deine Praxis zu übernehmen, wie ich es erst vorhatte, Onkel Gilbert."

Der ältere Mann schöpfte tief Atem, einen unergründlichen Ausdruck auf seinem gütigen Gesicht. „Sprich nur weiter", sagte er leise.

Murray Chesterfield wandte den Blick ab. Er fürchtete, wenn er sähe, wie seine Worte den gütigen Onkel kränkten, könnte er von seinem Vorhaben abkommen. „Ich könnte nicht weiter von deiner Berühmtheit, deinem Geld und deiner Arbeit leben, Onkel Gilbert. Herr Trewman hatte recht, als er mir einmal sagte, man könne nicht in Stellvertretung leben, wie er es nannte. Du hast aus deinem Leben einen Erfolg gemacht, und ich möchte aus dem meinen etwas Lohnendes machen."

„Und das wäre – ?" Wenn Murray sich jetzt zu seinem Onkel umgedreht hätte, wäre ihm der sonderbar gespannte Ausdruck auf seinem Gesicht nicht entgangen; aber Murray blickte zum Fenster, das ihm eine weite Aussicht bot, als würden ihm damit neue Möglichkeiten und seinem neuerwachten Herzen weite, neue Horizonte eröffnet. „Ich bin mir noch nicht sicher", sagte er langsam. „Es gibt so große Not in der Welt – unter all den kleineren Völkern, von denen ich in den Nachrichten gehört habe – wenn es nach mir ginge, würde ich auch als Missionsarzt hinausgehen."

Sir Gilbert Chesterfield erhob sich und ging hinüber zu dem jungen Mann, dem er freundlich die Hand auf die Schulter legte. „Wenn du das tust, mein Junge, dann wären alle meine Gebete erhört!"

Überrascht drehte sich Murray zu ihm um. „Du meinst – ?"

Sir Gilbert lächelte. „Das ist etwas, worüber ich mit dir nie gesprochen habe, Murray; denn ich wußte: Wenn es je dazu kommen sollte, müßte es deine Einsicht – und auch deine Entscheidung sein, in Einklang mit dem, was du selbst als den Willen Gottes über deinem persönlichen Leben erkennst. Aber ich habe immer gehofft und gebetet, den Tag zu erleben, an dem du die Arbeit übernimmst, die ich mir seit meiner Bekehrung vorgenommen hatte."

Jetzt mußte auch Murray lächeln. „Du willst doch nicht

etwa sagen, daß du selbst auch Missionsarzt werden wolltest?"

„Ja, ich hatte den Wunsch. Es war mir eine große Enttäuschung, daß meine Krankheit mich daran hinderte. Aber Gott hat mir seine Güte erwiesen. Ich hatte die Freude, anderen zu helfen, hinauszugehen, und so die Arbeit praktisch zu unterstützen. Aber wenn du hinausgehst, Murray, werde ich mit Freuden alles, was ich besitze, in deine Arbeit investieren, falls es nötig sein sollte. Und um diese Hilfe zu erhalten, brauchst du nicht erst zu warten, bis ich gestorben bin."

Murray schien von diesen Worten vollkommen überwältigt. „Also wirklich, Onkel Gilbert, ich weiß nicht, was ich dazu sagen soll!" rief er aus.

Sir Gilbert strahlte. „Wir wollen es im Gebet bewegen und warten, daß der Herr uns da recht führt!" sagte er zuversichtlich. „Und wenn du daran denkst, in die Arbeit der Mission zu gehen, wird sicher auch Deborah ganz hinter dir stehen. Sie ist doch ein liebes Mädchen!"

Murray antwortete nicht gleich, sondern begann nervös an seiner lose sitzenden Krawatte herumzufingern. „Ich – eh – habe auch über Deborah nachgedacht, Onkel Gilbert. Ich habe mir eben alles durch den Kopf gehen lassen, seit ich hier bin, und – wie ich dir schon sagte, es ist jetzt nicht mehr alles, wie es vorher war." Er schwieg einen Augenblick. „Seitdem Christus in mein Leben gekommen ist, hat sich alles verändert: meine Standpunkte, meine Ziele, ja sogar meine Gefühle haben sich gewandelt. Deborah hatte recht – das habe ich jetzt erkannt. Ich war nie wirklich in sie verliebt. Ich glaube, ich fühlte mich deshalb zu ihr hingezogen, weil sie so ganz anders ist, als alle Mädchen, denen ich je begegnete. Und als sie mir eine klare Absage erteilte, war ich um so fester entschlossen, mich doch nicht geschlagen zu geben. Aber das gehört jetzt alles der Vergangenheit an." Wieder hielt er inne. „Sicher werden Deborah und ich immer gute Freunde sein, aber nicht mehr, Onkel Gilbert. Es tut mir leid, wenn ich dich da enttäusche, wo du dir Hoffnungen gemacht hast", sagte er lächelnd.

„Nun, offen gestanden, bin ich enttäuscht. Aber ich bin über deine Worte überhaupt nicht erstaunt", sagte Sir Gilbert unerwartet; „denn von dem her, was ich gesehen habe, ist mir der Gedanke gekommen, daß sie vielleicht schließlich Simon ihre Liebe zuwenden könnte."

Murray lächelte. „Genau das habe ich mir auch gedacht. Und das hat mich in meinem Entschluß bestärkt, Simons Geheimnis zu entdecken, was immer es auch sei. Aber jetzt besteht mein einziges Interesse an Simon darin, ihm zu helfen, wenn ich könnte, ihn nicht zu kränken – oder Deborah."

Sir Gilbert nickte. „So geht es zu, wenn wir die Liebe Gottes in unseren Herzen haben. Wir werden Christus ähnlicher. Und er würde niemals eine empfindliche Seele kränken oder verletzen. Er versuchte immer, zu helfen und zu heilen."

„Ja", stimmte ihm Murray nachdenklich zu, „es gibt eine Menge von Grundsätzen, nach denen man als Christ leben muß, nicht wahr? Ich fürchte, da habe ich noch vieles hinzuzulernen."

„Du bist schon dabei, es zu lernen, mein Junge", ermutigte ihn Sir Gilbert. „Der Herr selbst wird dich Schritt für Schritt führen und für alles sorgen, was du brauchst. Er hat dir schon dieses Gefühl verliehen, daß du dich für andere mit verantwortlich weißt – ." Murrays Gesichtsausdruck änderte sich bei diesen Worten.

„Ja, im Augenblick ist es gerade die kleine Felicity, um die ich mir Sorgen mache."

„Felicity?" Bei diesem so unvermittelten Themawechsel hob Sir Gilbert die Augenbrauen.

Murray lächelte. „Ja, sie geht mir nicht mehr aus dem Sinn, seit die beiden am vergangenen Sonntagabend zu mir herüberkamen und sie mich bat, ob ich nicht den Brautvater bei ihrer Hochzeit am Samstag machen wollte." Er wurde ernst. „Ich wollte ihr keine Absage geben, weil sie keine eigenen Verwandten mehr hat, und es schien ihr sehr viel daran zu liegen, daß ich ihr diesen Wunsch erfülle. Aber jetzt tut es mir fast leid, daß ich zugesagt habe, weil ich lieber überhaupt nicht daran teilnehmen möchte. Noch dazu, wo ich sehe, daß sie sich diesem nichtsnutzigen, oberflächlichen Jones an den Hals wirft – sie heiratet ihn ja nur seines Geldes wegen."

Sir Gilbert schüttelte den Kopf. „Nun, sie will es wohl nicht anders haben." Er schwieg einen Augenblick. „Und wenn eine Frau das Geld über den Mann stellt, dann kann niemand etwas daran ändern, das weiß ich nur zu gut!"

Bei diesen Worten wirkte Sir Gilbert auf einmal müde und alt. Besorgt blickte der junge Mann ihn an. „Was ist denn, Onkel Gilbert? Fühlst du dich nicht wohl?"

Sir Gilbert lächelte traurig, als er den Kopf schüttelte. „Nein, mein Junge – es sind nur Erinnerungen, weiter nichts." Er schöpfte tief Atem. „Meine Erinnerungen trugen mich in eine ferne Zeit zurück."

„Ja?"

Wieder seufzte Sir Gilbert und sagte dann: „Vielleicht hast du dich schon machmal gefragt, warum ich nie geheiratet habe – ?"

„Hm – " Murray zuckte mit den Schultern und versuchte, sich gleichgültig zu geben. „Schließlich hat das nichts mit mir zu tun, Onkel Gilbert."

„Nein – aber als du eben von Felicity sprachst, stieg die Erinnerung an all das wieder in mir hoch." Wieder schwieg er eine Weile. „Ich war auch einmal verliebt – ich wage sogar zu behaupten, daß ich es noch heute bin – , und aus dem Grunde habe ich nie geheiratet."

„Aber– " Murray blickte ziemlich verdutzt.

„Ich könnte dir ja auch ebensogut die Geschichte erzählen", fuhr Sir Gilbert in demselben müden Tonfall fort. „Wir liebten uns sehr – Sylvia und ich, so hieß sie. Und wir wollten heiraten. Aber ich hatte in jener Zeit als junger Arzt schwer um meine Existenz zu kämpfen. Und dann kam ein anderer daher, als ich gerade abwesend war, um mir auf dem Land eine bescheidene Praxis aufzubauen." Wieder hielt er inne. „Ich vermute, sie war völlig von ihm hingerissen. Er hatte viel Geld – weit mehr, als ich in jener Zeit jemals verdienen konnte. Sie schrieb mir nur kurz, daß sie einen anderen heiraten werde."

„Und hat sie das wirklich getan?"

Sir Gilbert schüttelte den Kopf. „Ich nehme es an – genau weiß ich es nicht."

„Und du hast nicht versucht, sie zurückzugewinnen?"

„Nein. Ich war zu stolz – oder vielleicht zu tief verletzt. Ich weiß nicht, was aus ihr geworden ist. Ich hörte nie wieder etwas von ihr."

„Darum also hast du nie geheiratet, Onkel Gilbert!" sagte Murray mitfühlend.

Sir Gilbert streckte sich. „Die Chesterfields verschenken ihre Liebe nur einmal, mein Junge." Er lächelte. „Ob du wohl auch dieser unserer Familientradition folgen wirst?"

„Das frage ich mich auch", wiederholte Murray nachdenklich, und seine Augen suchten den fernen Horizont.

20

Der Sonnabendmorgen dämmerte schließlich herauf, hell und klar – der Tag, den Felicity so ungeduldig herbeigesehnt hatte. Immer wieder malte sie sich im voraus die Feier in der kleinen Kirche aus, aus der sie als Frau Derrick Jones hervorgehen würde – zu einem besseren oder einem schlimmeren Leben in der Ehe. Aber Felicitys Herz war munter und fröhlich, als sie sich in Gedanken ausmalte, was vor ihr lag. Lange schon, bevor der Tag herangekommen war, versetzte sie das ganze Haus in ein leichtes Fieber aufgeregter Erwartung. Sogar Deborah, die in ihrem Herzen immer noch ernsthafte Bedenken hinsichtlich des zukünftigen Glücks Felicitys hegte und von bösen Ahnungen erschreckt wurde, mußte sich von der allgemeinen Welle der Begeisterung mitreißen lassen. Und um ihrer Freundin willen beschloß sie, so fröhlich und unbefangen wie möglich bei den Vorbereitungen zur Hochzeit mitzuwirken.

Es war das erste Mal, daß unter den Gästen von Endcliffe Lodge eine Hochzeit ausgerichtet wurde, und Frau Lee war sich ihrer Verpflichtungen als Besitzerin eines Hotels wohl bewußt. Sie hatte das großzügige Angebot gemacht, nach der Feier in der Kirche eine stille Hochzeitstafel im Hause vorzubereiten, da Felicity anscheinend keine Verwandten hatte, die diese Verpflichtung für sie übernehmen konnten. Aber Derrick Jones hatte dieses Angebot für sie beide abgelehnt. Es sollte eben nur eine stille Hochzeit sein, darauf hatte er bestanden. Gleich nach der kirchlichen Feier sollten sie beide abreisen, um kurze Flitterwochen an einem nicht näher genannten Ort zu verbringen. Er hatte Felicity bei der Vorbereitung der Hochzeit völlig freie Hand gelassen, aber wenn sie erst einmal verheiratet wären, würde er selbst die Zügel übernehmen. „Und so möchte ich es auch gern haben", sagte Felicity mit einem Seufzer der Zufriedenheit und klammerte sich fest an den Arm ihres Bräutigams. Insgeheim war Constance Lee über diese Lösung erleichtert, und so brauchte sie nur darauf zu sehen, daß sie die Lage im Haus unter Kontrolle behielt und an dem Gottesdienst in der Kirche teilnahm, der auf Samstag nachmittag vier Uhr festgelegt worden war.

Derrick Jones hatte zu verstehen gegeben, daß er am Vorabend der Hochzeit nicht in Endcliff Lodge anwesend sein werde – mit Rücksicht auf die bestehenden Sitten, hatte er Felicity erklärt. Er habe sich in dem Hotel ein Zimmer genommen, in dem sie auf der ersten Station ihrer Hochzeitsreise übernachten würden, sagte er weiter. Er werde ihr noch mitteilen, wo das sei; es solle noch sein Geheimnis bleiben. Aber er deutete an, daß es viele Meilen von Rocklea Cove entfernt sei, und Felicity hatte nur einmal lachend ihren Protest dagegen angemeldet. „Solange du nicht so weit weg bist, daß du nicht rechtzeitig zur Hochzeit dasein kannst, soll es mir schon recht sein, Derrick, Liebster!" Ein unangenehmer Schauder lief ihr über den Rücken, als sie plötzlich daran dachte, ob diese gräßliche Möglichkeit zur Wirklichkeit werden könnte.

Aber Derrick strömte eine große Beruhigung aus, als er die zitternde Felicity in die Arme schloß und ihr im schützenden Dunkel der Auffahrt nach Endcliffe Lodge eine gute Nacht wünschte. „Ich werde bestimmt rechtzeitig dasein, meine Süße – noch vor dir", sagte er, indem er ihr liebkosend über das Haar strich. „Ich werde dasein – und vor der Kirche auf dich warten."

Mit diesen Worten, die ihr immer noch in den Ohren nachklangen, hatte Felicity tief und fest geschlafen und erwachte leichten und frohen Herzens, um ihren Hochzeitstag zu begrüßen.

Deborah hatte sich bereit gefunden, ihr beim Ankleiden

behilflich zu sein. Das blaßrosa Kleid aus echter Shantungseide, das sie für diese Gelegenheit gekauft hatte, mit Hut, Handschuhen, Schuhen und Handtasche, die sich farblich angenehm davon abhoben, gefiel Deborah gut. „Ich trage dies deshalb", erklärte ihr Felicity, „damit ich mich hernach nicht erst noch zur Reise umziehen muß. Das ist vernünftig, nicht wahr, wenn wir unmittelbar nach der Trauung abreisen!"

„Ja, natürlich."

Deborah hatte sich auch bereit erklärt, mit der alten Frau Forrester zu sprechen, daß sie die Blumen zum Sonntag bereits am Samstag nachmittag für die Hochzeit in die Kirche bringen möchte.

Die alte Dame hatte sich gleich zur Mitwirkung bereit erklärt; aber als Deborah dann den Vorschlag machte, ob sie nicht zu dieser festlichen Gelegenheit einige Rosen in die Kirche stellen könnte, schüttelte Emily Forrester den Kopf. „Nein, da bin ich anderer Meinung als Sie, meine Liebe", sagte sie nachdenklich. „Ich möchte meine Rosen denen vorbehalten, die auch wirklich ihre tiefere Bedeutung verstehen können; dieses Paar aber kenne ich zu wenig. Aber ich habe andere Blumen da, die auch sehr hübsch wirken", fügte sie lächelnd hinzu. „Warten Sie mal – ich habe sehr hübschen Fingerhut im Garten. Ja, ich glaube, daß rosa und weißer Fingerhut zu diesem Anlaß gerade das Richtige ist." Deborah, die wußte, welche tiefere Bedeutung die alte Dame hinter ihren Blumen sah, blickte sie fragend an. Warum war es gerade Fingerhut, der ihr für diese Gelegenheit so geeignet erschien, fragte sie sich. Der Ausdruck, der jetzt auf Emily Forresters Gesicht lag, zeigte Deborah, daß sie jetzt keine weiteren Fragen stellen durfte, sondern die Antwort darauf schon zu späterer Zeit erhalten würde.

Auch für Murray Chesterfield gab es eine Menge ungelöster Fragen, die seine Gedanken beschäftigten, als er sich ziemlich widerstrebend auf seine Rolle als Brautführer vorbereitete. Am liebsten hätte er darum gebeten, ihn aus gesundheitlichen Gründen von dieser Verpflichtung zu entbinden, denn er war erst zwei Tage zuvor aus dem Krankenhaus entlassen worden. Aber wenn er ehrlich war, mußte er zugeben, daß er sich kaum je in seinem Leben besser gefühlt hatte, trotz allem, was er in den letzten Tagen durchmachen mußte. Eine neue, nie gekannte Kraft durchströmte ihn, seit er sich zu Christus bekehrt hatte. Er fand auch Zeit, ein ruhiges Gespräch mit Deborah zu führen; mit ihr, so vertraute er später seinem Onkel an, würde er ganz besonders herzlich und fest in Freundschaft verbunden sein. Denn keine verstand seine neue Lage so gut wie Deborah, die sich herzlich freute, daß er zum Glauben an Christus gefunden hatte. Sie versicherte ihm, daß sie seine früheren Annäherungsversuche als vergangen und erledigt betrachtete, soweit es sie betreffe. „Ich bin sicher, daß der Herr uns führen wird, einen jeden auf seinem eigenen Lebensweg", sagte sie voller Zuversicht, die in seinem Herzen ein williges Echo fand, „und meine Gebete werden Sie immer begleiten, Murray."

Er hatte das Empfinden, als habe sie ihn mit diesen Worten gesegnet. Und es stieg die Frage in seinem Herzen hoch, ob es wohl auch in Gottes Absicht liege, daß in seinem neuen Leben Platz für die Liebe und Treue einer guten und gläubigen Ehefrau sei – oder ob er, wie sein Onkel Gilbert, menschlich gesprochen, allein durchs Leben gehen müsse ...

Sir Gilbert hatte es fertigbekommen, sich aus aller Aufregung herauszuhalten. Er hatte Felicity seine Glückwünsche schon gleich nach dem Mittagessen ausgesprochen und entschuldigte sich im voraus dafür, daß er nicht beim Gottesdienst dabei sein werde. Er sagte, das würde wirklich eine zu große Anstrengung für ihn bedeuten. Und Felicity, die vor Aufregung übersprudelte, als die Stunde der Trauung immer näher rückte, nahm seine Entschuldigung gutgelaunt an.

„Aber Sie werden mir doch noch Lebewohl zuwinken, wenn wir mit dem Taxi wegfahren, nicht wahr, Sir Gilbert?” bat sie ihn eindringlich.

„Nun, gern, meine Liebe”, sagte er freundlich. Er sah ihr nach, wie sie davoneilte. Ein hübsches, kleines, schutzloses Geschöpf, dachte er bei sich – so leicht zu verletzen und so schutzbedürftig – und doch anscheinend so voller Dünkel . . .

Es war ein schöner, sonniger Nachmittag. Sir Gilbert begab sich in den Garten, wo er sich dicht bei der Auffahrt in einem Gartenstuhl niederließ, von dem aus er gut die Haustür von Endcliffe Lodge im Auge hatte, damit er der Braut, wie versprochen, noch einmal zuwinken konnte, wenn Murray sie später zum Taxi geleitete. Aber bis dahin war es noch fast eine Stunde, wie er bei einem Blick auf seine Uhr erkannte.

Er wußte nicht, wie lange er so, halb wachend, halb schlafend dagesessen hatte; plötzlich fuhr er erschrocken hoch, als er das laute Brummen eines Motors und das Knirschen von Wagenrädern auf dem kiesbestreuten Fahrweg vernahm. Es mußte das bestellte Taxi sein.

Aber es war nicht das Taxi. Sir Gilbert entspannte sich wieder, als er ein kleines Auto älterer Bauart in geringer Entfernung von der Haustür halten und eine schlicht gekleidete, verhärmt aussehende Frau aussteigen sah.

Es ist eine Fremde, dachte Sir Gilbert. Wahrscheinlich ein neuer Gast, der ankam. Aber sie schien zu zögern, als sei sie nicht sicher, in welche Richtung sie sich zu wenden habe. Da sonst niemand in der Nähe war, hatte er den Gedanken, ob er nicht vielleicht hinübergehen und ihr seine Hilfe anbieten sollte.

Er erhob sich und ging zum Kiesweg hinüber. Beim Klang seiner Schritte drehte sich die Frau um und blickte ihm ins Gesicht, immer noch zögernd, offensichtlich immer noch unschlüssig.

„Guten Tag”, begann er freundlich. „Könnte ich Ihnen vielleicht irgendwie behilflich sein?”

Sie trat einen Schritt näher auf ihn zu – eine Frau von guter Haltung, etwa mittleren Alters, aber vorzeitig ergraut. Ihr Gesicht, das einmal sehr hübsch gewesen sein mochte, war von tiefen Furchen durchzogen und gespannt. „Vielen Dank – ", begann sie, wobei ein flüchtiges Lächeln über ihr Gesicht huschte.

Beide traten einen Schritt näher aufeinander zu, und ihre Augen begegneten sich. Und in dem kurzen, atemlosen Schweigen, das folgte, schienen die Jahre wie eine Buchrolle zurückzurollen .

„Sylvia!" rief Sir Gilbert in ungläubigem Staunen.

„Gilbert!" stieß sie keuchend, kaum hörbar, hervor.

„Nach all den vielen Jahren – !" Mit einem warmen, freundlichen Lächeln streckte er ihr seine Hand hin.

Sie hob kaum merklich ihre Hand, über der sie einen Handschuh trug, ließ sie aber nervös wieder herunterfallen und wandte sich von ihm ab. „Oh, Gilbert –!" stieß sie unsicher hervor. „Ich – ich – hätte nie gedacht –!"

„Und ich hätte es auch nie für möglich gehalten", sagte er warm. „Das ist sicher eine unverhoffte Freude, Sylvia!"

„Freude?" keuchte sie, indem sie sich ihm wieder zuwandte und ihn mit ihren großen, ausdrucksvollen blauen Augen anblickte.

„Ja, natürlich!" sagte er rasch. „Willst du dich nicht für einige Minuten setzen, Sylvia, daß wir miteinander reden können?" Er wies auf den Platz, den er gerade freigemacht hatte.

Seufzend fügte sie sich ins Unvermeidliche und nickte. Wenig später saßen sie beide nebeneinander und blickten zum Haupteingang von Endcliffe Lodge hinüber.

„Nun erzähle mir mal, wie es dir gegangen ist", fuhr Sir Gilbert jetzt fort. „Du weißt, ich habe nie mehr etwas von dir gehört, seit . . . "

„Oh, Gilbert!" Mühsam zwang sie sich, ruhiger zu werden. „Ich glaube, ich sollte dich jetzt lieber Sir Gilbert nennen." Sie lächelte matt. „Ich weiß alles über Ihre großartige Laufbahn und was Sie im Leben erreicht haben – Sie sehen, ich habe das alles von ferne verfolgt, Sir Gilbert . . . "

„Für dich werde ich immer schlicht Gilbert bleiben,

Sylvia", sagte er leise.

„Danke", sagte sie und schöpfte jetzt sichtlich Zutrauen. „Weißt du, du hast dich gar nicht verändert, Gilbert."

„Und du auch nicht." Er blickte sie lange prüfend an, als versuche er, die Bedeutung der tiefen Linien in ihrem Gesicht und des unglücklichen Ausdrucks ihrer Augen zu ergründen. „Aber du hast kein leichtes – oder glückliches – Leben gehabt, Sylvia?"

„Nein", sagte sie müde und blickte vor sich hin. „Aber es war meine eigene Entscheidung – ihn zu heiraten, meine ich. Darum kann ich keinem anderen die Schuld dafür geben."

„Dann hast du ihn wirklich geheiratet – den anderen Mann, der in dein Leben trat?"

Sie nickte. „Ja, ich habe ihn geheiratet", sagte sie grimmig, „und seitdem ist kein Tag – keine Stunde – vergangen, an dem ich diesen Schritt nicht bereut hätte."

Er streifte sie mit einem flüchtigen Blick. „Dann hast du nicht das bekommen, was du dir wünschtest, Sylvia?"

„Nein, Gilbert – aber ich glaube, ich habe das bekommen, was ich verdiente." Sie raffte sich auf, ruhig weiterzusprechen und ihre Nervosität unter Kontrolle zu bekommen. „Tief in meinem Innern wußte ich, daß ich ihn nicht hätte heiraten sollen, weil ich ein Christ war – er aber überhaupt an nichts glaubte. Und ich war noch so jung – wir beide waren – "

„Und ich schien dir zu alt zu sein!"

„Nein, das nicht gerade. Aber der Altersunterschied zwischen uns schien damals beträchtlich zu sein. Und er hatte doch so vieles zu bieten ... " Sie machte eine Pause. „Aber ich war im Unrecht. Und für diesen Fehler habe ich bezahlt – ich bezahle noch heute dafür", fügte sie müde hinzu.

Ein kurzes Schweigen folgte. „Du armes Mädchen", murmelte Sir Gilbert schließlich.

Sie lächelte traurig, als sie jetzt den Kopf schüttelte.

„Ich will kein Mitleid, Gilbert. Ich hätte überhaupt nichts gesagt, wenn du nicht danach gefragt hättest. Und du bist sehr freundlich zu mir gewesen." Sie schluckte mühsam. „Du könntest jetzt auch genausogut die ganze Geschichte hören. Seit ich ihn heiratete, habe ich keinen Augenblick Frieden oder Glück empfunden. Und als ich herausbekam, auf welche Weise er das viele Geld verdiente, wollte ich nicht einen Pfennig davon mehr anrühren. Ich habe mir eine Arbeit gesucht, um für mich selbst zu sorgen. Er hat niemals für mich Geld ausgegeben – und das kümmert ihn noch nicht einmal. Um so mehr Geld hat er dadurch für andere Frauen gehabt."

„Oh!" Sir Gilbert blickte grimmig. „Sicher lebst du nicht mehr mit ihm zusammen!"

Sie nickte. „Ja, das ist ein Teil des Preises, den er zu zahlen hat. Er hat viele Male versucht, sich von mir scheiden zu lassen, aber ich habe nicht eingewilligt."

„Warum, Sylvia?" Sir Gilbert blickte sie fragend an. „Du denkst doch nicht etwa, daß du ihn eines Tages bekehren wirst?"

Sie schüttelte den Kopf. „Jetzt nicht mehr, früher habe ich diesen Gedanken einmal gehabt. Das war aber wirklich der einzige Grund, mit dem ich mich dafür rechtfertigen wollte, ihn geheiratet zu haben. Ich redete mir ein, daß ich ihn bekehren könnte, wenn wir erst einmal verheiratet wären. Ich hätte es schon damals wissen müssen, daß so etwas nicht möglich ist. Aber das wurde mir schon kurze Zeit später klar." Sie krampfte ihre Hände ineinander. „Es ist mit ihm von Jahr zu Jahr schlimmer geworden, und es ist nur der Gnade Gottes zu verdanken, daß er mich nicht mit sich in die Tiefe gezogen hat."

„Du willst dich wirklich nicht von ihm scheiden lassen?" Fragend blickte Sir Gilbert sie an.

„Nein." Sie blickte ihm offen ins Gesicht. „Glaubst du im Ernst, daß ich das tun sollte – um ihn freizugeben, damit er das Leben anderer Frauen ruiniert? Solange er nach dem Gesetz mit mir verheiratet ist, ist wenigstens noch ein Hindernis vorhanden."

„Oh!"

Sie blickten beide auf und sahen Felicity auf der Treppe stehen. Sie trug ihr Hochzeitskleid und winkte fröhlich herüber, während sie darauf wartete, daß Murray sie zu dem Taxi geleitete, welches inzwischen vorgefahren war, während sie beide im Gespräch vertieft waren.

„Sie sind aber zeitig!" bemerkte Sir Gilbert mit einem Blick auf seine Uhr, als Murray erschien und Felicity hinunterbegleitete und ihr dann beim Einsteigen behilflich war.

„Wünschen Sie mir Glück, Sir Gilbert!" rief Felicity fröhlich.

Sir Gilbert machte keine Anstalten, sich von seinem Stuhl zu erheben. Er beantwortete den Gruß, wie versprochen, indem er ihr zuwinkte. Auch Murray winkte seinem Onkel kurz zu, ehe er Felicity in den Wagen folgte, der rasch davonfuhr.

„Wer war das, Gilbert? Dein Sohn?" Obwohl sie sehr leise sprach, war deutlich die Spannung in ihrer Stimme zu spüren.

„Nein. Das war mein Neffe Murray."

„Er - er sah so aus wie du damals, mußte ich eben denken. Damals, als du noch jung warst."

Sir Gilbert lächelte. „Ja, ich glaube, wir ähneln uns ziemlich. Auch er hat den Beruf des Arztes ergriffen. Ich liebe den Jungen sehr." Er hielt inne. „Du siehst, ich habe nie geheiratet."

„Oh!" Nervös zupfte sie an ihrer Handtasche. „Das zu hören überrascht mich."

Sir Gilbert seufzte. „Oh nein, Sylvia. Darüber brauchst du nicht erstaunt zu sein. Ich wollte dich haben, und als daraus nichts wurde - gab es sonst niemanden mehr für mich."

Sie wandte sich ihm voll zu. Ihre Lippen zitterten, und ihre Augen füllten sich mit Tränen, die sie verzweifelt niederzukämpfen versuchte. „Gilbert", sagte sie traurig,

„ich habe dein Leben zugrunde gerichtet, nicht nur mein eigenes - und glaube mir, das tut mir sehr leid."

Sir Gilbert erhob sich. „Du bist nicht allein an allem schuld, Sylvia. Wenn ich nicht so stolz und töricht gewesen wäre - aber das gehört jetzt alles der Vergangenheit an . . .", sagte er ergeben. „Aber ich halte dich ja hier nur auf. Du willst doch zweifellos zu Frau Lee. Erwartet sie dich?"

Sie schüttelte den Kopf. „Nein, ich komme unangemeldet."

„Nun, wenn du sie sprechen willst, werden wir uns beeilen müssen, daß wir ins Haus kommen. Denn sie will auch zu der Hochzeit - Felicitys Hochzeit. Das Mädchen, das eben mit meinem Neffen abgefahren ist." Sir Gilbert lächelte. „Sie hat keine Angehörigen mehr, und Murray hat sich bereit erklärt den Brautführer zu machen - aber ich glaube, er ist etwas nervös dabei."

„Oh, ich hoffe, daß alles gut verläuft", sagte Sylvia gedankenverloren, als Sir Gilbert ihr beim Aufstehen behilflich war und sie zusammen die Treppe hinauf und ins Haus gingen.

„Oh, da kommt ja Frau Lee mit ihrer Tochter", sagte Sir Gilbert, als er seiner Begleiterin die Tür aufhielt, um sie hineingehen zu lassen. Deborah und ihre Mutter kamen ihnen entgegen, fertig zum Gang in die Kirche.

Als sie die Fremde erblickte, trat Constance Lee rasch näher, wobei sie Sir Gilbert und dann die Frau an seiner Seite fragend ansah.

„Hier ist eine alte Freundin von mir, Frau Lee. Wir erkannten uns nach langen Jahren wieder, als sie draußen vorfuhr, und hatten uns einiges zu erzählen", erklärte Sir Gilbert. Dann wandte er sich seiner Begleiterin zu. „Ich fürchte, ich erinnere mich nicht mehr an deinen Namen, Sylvia - deinen jetzigen Namen."

Sie zuckte innerlich zusammen. Wenn sie sich vorstellte, daß er sie jetzt als seine Frau hätte vorstellen können, wenn sie nicht so töricht gewesen wäre, das Gold für wertloses Zeug wegzuwerfen .

„Ich heiße Jones", sagte sie und trat entschlossen einen Schritt näher. „Frau Jones", wiederholte sie, an Constance Lee gewandt. „Und ich bin aus einem ziemlich ungewöhnlichen Anlaß hierhergekommen, Frau Lee. Ich suche nämlich meinen Mann."

„Ja?" Frau Lee blickte erstaunt. „Nun, wenn ich Ihnen helfen kann, Frau Jones..."

„Ich glaube, Sie können mir helfen, Frau Lee. Ich vermute, er ist ein Gast Ihres Hauses." Das Blut begann ihr in die Wangen zu schießen. Daß sie so etwas in Gegenwart von Gilbert Chesterfield zugeben mußte! Das Maß ihrer Demütigung war voll.

„Ja. Derrick Jones. Befindet er sich hier?"

Es folgte ein Augenblick entsetzten, erschrockenen Staunens, als Frau Lee, Deborah und Sir Gilbert die volle Bedeutung dieser eben geäußerten Frage dämmerte. Drei erschrockene Augenpaare waren auf sie gerichtet.

„Hier – hier muß ein Mißverständnis vorliegen, Frau Jones." Frau Lee war die erste, die ihre Sprache wiederfand. „Wir hatten einen Derrick Jones hier, aber er ist gestern abend abgereist."

Sylvia Jones streckte entschlossen ihr Kinn vor. „Können Sie mir denn sagen, wo er jetzt ist?"

Constance Lee atmete hörbar ein. „Nun, wenn es derselbe Mann ist – dann wartet er jetzt an der Kirche – um sich mit Felicity Marsden trauen zu lassen!"

21

Im Augenblick trafen sie die Worte Constance Lees wie ein Keulenschlag. Mühsam versuchte sie, ihre Fassung wiederzufinden.

„Ich wußte, wie schlecht er ist", keuchte sie, „aber ich hätte niemals gedacht, daß er so weit gehen würde!"

„Wenn es stimmt, was Sie sagen, Frau Jones", folgerte Constance Lee schnell, „wird er sich aus dem Staube machen – dann wird er überhaupt nicht zur Hochzeit erscheinen!"

„Ich hoffe aus tiefstem Herzen, daß Sie recht haben – um des armen Mädchens willen", antwortete Sylvia Jones mitfühlend. „Aber ich fürchte, wir können nicht damit rechnen."

„Sie glauben doch nicht im Ernst, daß er das durchsetzen wird?" Constance Lees Zuversichtlichkeit machte einer plötzlichen Bestürzung und Unruhe Platz.

„Ich weiß nicht, was ich davon halten soll!" Sylvia Jones schaute auf ihre Uhr. „Sagen Sie", fuhr sie hastig fort, „können wir das Mädchen erreichen? Um welche Zeit soll die Hochzeit stattfinden?"

„Um vier Uhr – in der Kirche – "

„Aber wenn es das Mädchen ist, das ich vorhin wegfahren sah, als ich draußen saß – sie ist doch schon eine ganze Zeit fort. Ist es von hier weit bis zur Kirche?" Offensichtlich versuchte sie krampfhaft, einen vernünftigen Gedanken zu fassen, um einen Ausweg aus dieser unmöglichen Situation zu finden.

„Nein – zur Kirche ist es von hier nicht weit; wenn man den Wagen nimmt, nur ein paar Minuten", warf Deborah dazwischen, die jetzt auch ihre Sprache wiedergefunden hatte. „Aber Felicity war zeitig fertig, und Murray wollte sie noch ein bißchen herumfahren, um die Wartezeit auszufüllen. Darum könnten sie eben erst dort angekommen sein."

Sylvia Jones machte einen Schritt auf die Tür zu. „Dann werde ich jetzt gehen", sagte sie kurz, „wenn mir nur jemand den Weg zeigen könnte. Wir haben nicht mehr viel Zeit – es ist schon fünf Minuten vor vier!"

Constance Lee blickte rasch zu Deborah hinüber und dann wieder zu der Frau, die so unerwartet ihren Weg gekreuzt hatte. „Meine Tochter hier – Deborah –, die könnte Ihnen am besten helfen. Sie weiß mehr über die Kirche als wir alle."

„Ich danke Ihnen."

„Es würde wirklich schneller gehen, wenn ich Sie selbst hinführe", erbot sich Deborah, als ihr einfiel, daß der Wagen draußen vor dem Haus zur Fahrt in die Kirche schon bereitstand.

Frau Jones war einverstanden, und wenige Minuten später waren sie schon auf dem Wege. Frau Lee entschloß sich, zu Hause zu bleiben, um im Falle weiterer Entwicklungen zugegen zu sein, und Sir Gilbert hielt es für klug, nach der unerwarteten Aufregung der vergangenen halben Stunde eine Ruhepause zu machen. So hatte Deborah nur die aufgeregte Frau Jones neben sich im Wagen. Ein gespanntes Schweigen lag zwischen ihnen.

Als sie dann hinaus auf die Hauptstraße kam, fuhr Deborah so schnell, wie sie es wagen konnte, in Richtung auf Rocklea Ridge und die kleine Kirche, die für sie ein Sinnbild des Friedens und der erquickenden Ruhe geworden war. Aber was würde wohl heute dort auf sie warten?

„Da sind wir schon!" rief Deborah, als schließlich die Kirche in Sicht kam. „Wir sind noch zu rechter Zeit gekommen; sie sind noch nicht hineingegangen. Da steht auch Felicity am Tor – sie läßt sich gerade fotografieren."

Felicity genoß sichtlich diese Stunde, die ganz ihr gehörte. Wohlig sonnte sie sich in den milden Strahlen der Nachmittagssonne; sie versuchte, möglichst gut ins Bild zu kommen, während der Berufsfotograf fachgerecht mit seiner Kamera hantierte. Währenddessen wartete Murray Chesterfield geduldig im Hintergrund. Arme, törichte Felicity, dachte Deborah – wie wenig wußte oder ahnte sie von der Bombe, die gleich ihre trügerischen Träume zerreißen sollte!

Es standen nicht viele Leute herum; meist waren es Gäste des Hauses, die von der Stimmung des Augenblicks angesteckt waren und ihren Mitgästen ihre Glückwünsche zum Ausdruck bringen wollten; dazu kamen die paar Leute aus dem Ort, die, wenn sie irgend konnten, niemals eine Hochzeit – oder auch ein Begräbnis – versäumten. Diejenigen, die noch nicht in der Kirche Platz genommen hatten, standen draußen in kleinen Gruppen herum, um alles genauestens zu beobachten. Es war schon vier Uhr vorbei, und die Braut würde nicht mehr pünktlich zum Gottesdienst erscheinen. Aber das schien Felicity gar nicht zu bekümmern, die ganz von dem Fotografieren in Anspruch genommen schien.

Deborah hielt den Wagen auf der gegenüberliegenden Straßenseite an, und da zufällig gerade Murray Chesterfield zu ihr herübersah, gab sie durch einen Wink zu verstehen, er solle rasch zu ihr herüberkommen. Gleichzeitig legte sie beschwichtigend die Hand auf den Arm ihrer Begleiterin. „Murray wird schon wissen, was wir jetzt am besten tun sollen", versuchte sie Frau Jones zu beruhigen.

Die ältere Frau musterte mit einem schnellen Blick die Umgebung. „Er ist hier", sagte sie kurz, „dort drüben steht sein Wagen; dabei zeigte sie auf den leuchtendroten Sportwagen, der im Schatten eines nahen Baumes geparkt war und den Deborah auch sogleich erkannte.

„Ja, er muß hier sein", stimmte ihr Deborah zu, während Murray mit schnellen, entschlossenen Schritten auf sie zueilte.

„Was ist denn, Deborah?" Fragend blickte er abwechselnd die beiden Frauen an und versuchte herauszufinden, warum ihn die beiden so gespannt ansahen. „Es ist doch hoffentlich Onkel Gilbert nichts passiert?"

„Oh nein!" Deborah gelang es, ein beruhigendes Lächeln aufzusetzen, während sie den Kopf schüttelte. „Es hat nichts mit Sir Gilbert zu tun. Es geht um Felicity - und die Hochzeit", fuhr sie atemlos fort. „Es muß alles abgeblasen werden, Murray!"

„Abgeblasen?" stieß der junge Mann verdutzt hervor. „Um Gottes willen, warum denn?"

„Weil -" begann Deborah. Mitten im Satz brach sie ab.

Sylvia Jones trat einen Schritt näher. „Weil Derrick Jones bereits verheiratet ist", sagte sie fest. „Ich bin seine Frau."

„Was?" stieß Murray entgeistert hervor. „Wenigstens, ich meine, es kann doch nicht - verzeihen Sie", stammelte er, völlig verwirrt.

Sylvia Jones lächelte ihm matt zu. „Sie brauchen sich nicht zu entschuldigen. Ich kann gut verstehen, daß dies einen schweren Schlag für Sie bedeutet und für alle, die etwas damit zu tun haben."

„Puh!"Murray pfiff leise durch die Zähne. „Ich schätze, es wird auch für Derrick ein schwerer Schlag sein, wenn er Sie hier findet. Wahrscheinlich wird er alles leugnen", fügte er warnend hinzu.

Sylvia Jones schüttelte den Kopf. „Auch das würde nichts an der Sache ändern", sagte sie mit einem Seufzer. „Ich habe die amtlichen Urkunden bei mir."

„Er ist dort drinnen, wissen Sie", fuhr Murray fort, indem er mit dem Kopf zur Kirche hinwies. „Er war schon da, als wir ankamen. Ich vermute, daß er beim Pastor ist."

„Dann werde ich auch hineingehen", sagte Sylvia Jones entschlossen, „je eher wir diese unangenehme Sache durchgestanden haben, desto besser!"

„Aber Felicity ist ja auch noch da", warf Deborah ängstlich dazwischen. „Wer soll es Felicity sagen?" Der Fotograf war inzwischen fertig geworden, und Felicity blickte sich jetzt suchend nach ihrem Begleiter um.

Murray warf einen unruhigen Blick in die Richtung, wo sie stand. „Ich glaube, du kannst dich jetzt am besten um Felicity kümmern, Deborah" - unwillkürlich war er in das vertraute Du übergewechselt, das ja eigentlich schon lange unausgesprochen zwischen ihnen stand - „sie hält viel von dir, und sie wird sich ganz bestimmt furchtbar aufregen. Ich glaube nicht, daß ich ihr jetzt überhaupt nützlich sein kann. Aber ich werde mich jetzt um Frau Jones kümmern und sie zu Pastor Trewman bringen."

„Gut", stimmte ihm Deborah zu, „so wird es wohl das beste sein. Felicity wird schon unruhig, darum will ich jetzt schnell zu ihr gehen."

„Gut." Murray schien sichtlich erleichtert zu sein. „Und wir wollen jetzt Derrick und den Pastor aufsuchen. Kommen Sie, Frau Jones."

„Nimm den Seitenweg und benutze die Seitentür, Murray", schlug Deborah vor, als sie sich von ihr entfernten. „Dann könnt ihr den vielen Leuten aus dem Wege gehen."

Sie waren bald ihren Augen entschwunden, als Deborah jetzt zu Felicity hinübereilte, die überrascht und ziemlich verwirrt war, als sie mit einmal ihrer Freundin gegenüberstand.

„Wo ist Murray?" wollte sie wissen, als Deborah zu ihr trat, „er hat mich doch nicht etwa im Stich gelassen?"

Deborah lächelte unsicher. „Er - eh - er mußte in einer dringenden Sache zum Pastor, und dafür soll ich jetzt nach dir sehen."

„Aber ich will nicht mit dir zusammen in die Kirche einziehen, Debbie!" widersprach ihr Felicity ungeduldig.

Deborah nahm sie beim Arm. „Nein, natürlich nicht. Aber, Felicity - angenommen, du würdest überhaupt nicht in die Kirche einziehen? Angenommen, die ganze Hochzeit müßte abgeblasen werden, was dann?"

„Oh, Deborah!" Felicity warf ihrer Freundin lächelnd einen kritischen Blick zu. „Wie kannst du so etwas Dummes und Lächerliches sagen?"

„Wirklich, Felicity – ich meine es ganz ernst!" fuhr Deborah fort, ihre Stimme war nur ein aufgeregtes Flüstern. „Es ist etwas passiert ..."

„Was kann schon passiert sein?" kam die ungeduldige Frage. „Derrick ist hier – ich bin hier – und Murray ist auch zur Stelle. Jedenfalls war er hier, bis du kamst und alles durcheinandergebracht hast, Deborah." Zornig blitzten jetzt ihre Augen auf. „Du hast dich ja immer dagegen gestellt, daß ich ihn heirate – und solltest du irgend etwas unternommen haben, um dies zu vereiteln, Deborah, werde ich es dir niemals verzeihen!"

„Aber Felicity, ich habe doch gar nichts getan – du mußt mir glauben!" Deborahs Stimme zitterte vor innerer Erregung und Besorgnis über das hilflose Mädchen. „Aber du wirst furchtbar gekränkt werden – und das tut mir so leid." Sie schwieg einen Augenblick. „Es ist Derrick."

„Was ist mit Derrick?" Felicity schien plötzlich zu begreifen. „Was wolltest du mir sagen?"

Deborah schüttelte den Kopf. „Es hat keinen Sinn, Felicity, hier können wir nicht darüber reden, wo so viele Menschen herumstehen. Gehen wir doch lieber zu Pastor Trewman – er wird dir alles erklären."

Deborah versuchte, sie zu dem Seitenweg zu geleiten, der in die Kirche führte; immer noch hielt sie den Arm ihrer Freundin fest, die sich ihr widersetzte. „Ich gehe überhaupt nirgendwo hin", kreischte sie hysterisch, wobei sich ihre Stimme beinahe überschlug, „bis du mir sagst, was passiert ist!"

„Bitte, Felicity, mach uns keinen Auftritt hier draußen", bat Deborah. „Komm doch bitte mit mir nach drinnen."

Felicity versuchte mit aller Kraft, sich von Deborah loszumachen. „Du willst mich nur aufhalten", keuchte sie, „aber das wirst du nicht – keiner wird mich daran hindern, daß ich jetzt zu Derrick gehe."

Deborah gab sich innerlich einen Ruck, die unangenehme Aufgabe zu erfüllen. Wenn es keinen anderen Weg gab, mußte sie es Felicity selber sagen.

„Es ist noch jemand bei Derrick", – sie senkte ihre Stimme zu einem Flüstern – „Murray hat sie mit hineingenommen."

„Sie?" Mit einem Schlag veränderte sich der Ausdruck auf ihrem Gesicht. „Wer – wen meinst du?"

Deborah hatte große Mühe, die Worte zu finden. „Frau Jones – sie sagt, daß sie schon mit ihm verheiratet ist. Sie behauptet, seine Frau zu sein." Deborahs Stimme zitterte. „Oh, Felicity, du Ärmste!" brach es voller Mitgefühl aus ihr hervor.

Aber Felicity stand wie angewurzelt.

„Ich – ich glaube es nicht!" stieß sie schließlich keuchend hervor. „Das ist alles nicht wahr!"

„Nun, das werden wir bald sehen. Sie werden jetzt alle in der Sakristei sein, Pastor Trewman wird schon die Wahrheit herausfinden. Gehen wir."

Felicitys Widerstand war jetzt völlig gebrochen, und sie ließ sich widerstandslos von Deborah führen. Schwach und elend war ihr zumute, tausend widersprechende Gedanken rasten durch ihren Kopf, und sie war dankbar für den stützenden Arm ihrer Freundin. Das konnte doch unmöglich wahr sein .

Was in der darauffolgenden halben Stunde geschah, war Felicity später nur noch unklar in Erinnerung. Wie sie in die Sakristei gekommen war und dort so etwas wie ein Meer von Gesichtern vor sich gesehen hatte – unter ihnen auch das Gesicht des Mannes, der ihr die Ehe versprochen hatte. Sie erinnerte sich, Stimmen gehört zu haben – Behauptungen – Erklärungen . . . Aber bei Felicity waren alle diese Worte überflüssig. Ein Blick auf Derrick Jones und das tiefunglückliche und entschlossene Gesicht der Frau, die neben ihm stand, hatte sie von dem wahren Tatbestand überzeugt.

„Oh, Derrick - wie konntest du so etwas tun!" rief sie leidenschaftlich. Sie bedeckte ihr Gesicht mit den Händen und sank ohnmächtig in einem Stuhl zusammen.

Als sie wieder zu sich kam, lag sie auf einer provisorisch zurechtgemachten Liege. Deborah saß an ihrer Seite, während die große, kräftige Gestalt von Pastor Trewman vom Fußende her auf sie herabsah.

Felicity strich sich mit feuchtkalter Hand über den schmerzenden Kopf und versuchte sich an das zu erinnern, was geschehen war. Dann stand ihr plötzlich wieder alles vor Augen, und sie brach in hemmungsloses Weinen aus. „Was soll ich bloß tun?" schluchzte sie. „Das werde ich niemals überleben, ich sterbe vor Scham!"

„Nein, das werden Sie nicht" sagte der Pastor in seiner knappen, sachlichen Art, „Sie werden leben und in Zukunft um vieles klüger sein, Felicity!"

Felicitys Tränen versiegten ebenso plötzlich, wie sie gekommen waren. Sie hatte nicht erwartet, daß der Pastor bei dem allen so wenig Mitgefühl zeigen würde . „Sie verstehen mich nicht", fuhr sie voller Selbstmitleid fort, „Sie wissen gar nicht, was ich alles durchgemacht habe!"

Myles Trewman straffte seine großen, breiten Schultern. „Nun, Sie könnten dem ebenso die Stirn bieten, meine Liebe. Es war eine überstürzte Heirat, und Sie haben sich in Wirklichkeit selbst in dieses Unglück hineingeritten, das wissen Sie ja."

Felicity schoß das Blut in die Wangen. „Das ist aber ein schrecklich unfreundliches Wort - für einen Pfarrer", platzte sie ärgerlich heraus.

Myles Trewman ließ sich durch diese Bemerkung anscheinend nicht im geringsten beeindrucken. „Trotzdem ist es so, wie ich sage, meine Liebe", fuhr er freundlich, aber schonungslos fort. „Schließlich haben Sie jenen Mann nie wirklich geliebt. Sie haben ihn nur geheiratet, weil Sie das von ihm zu bekommen hofften, was Sie sich wünschten. Und wenn Sie ehrlich gegenüber sich selbst sind, werden Sie, glaube ich, zugeben müssen, daß Sie ihn selbst in dieses

Abenteuer hineingelockt haben."

Felicity wandte sich ab und vergrub ihr Gesicht in dem kleinen Samtkissen, auf dem ihr Kopf ruhte. „Ich - ich wollte ihn haben", gab sie unter Schluchzen zu. „Das ist doch kein Verbrechen?"

Myles Trewman ging zu ihr und nahm ihre Hand. „Sie haben noch viel zu lernen, meine Liebe", sagte er ernst. „Aber ich glaube, einen Anfang haben Sie schon gemacht - wenn Sie Ihr heutiges bitteres Erlebnis nur gelehrt hat, daß es für eine Frau nichts Kostbareres gibt als die Liebe eines treuen, ehrenhaften und gottesfürchtigen Mannes. Wenn Sie sich mit etwas anderem begnügen, kann das nur tiefes Unglück für Sie bedeuten."

Mitfühlend legte Deborah ihre Hand auf Felicitys Kopf. „Der Pastor hat recht, Felicity", sagte sie ruhig. „Eines Tages wirst du die wahre Liebe finden, dessen bin ich sicher - ich werde jedenfalls dafür beten."

Felicity setzte sich auf und schlang ihre Arme um den Hals ihrer Freundin. „Ach, bring mich nach Hause, Deborah", bat sie. Die Tränen strömten ihr übers Gesicht.

Als sie nach draußen kamen, sah Deborah, daß schon alle fort waren. Sie mußten sehr lange in der Sakristei gewesen sein; und da sie ihre Uhr vergessen hatte, konnte sie nicht sagen, wie spät es inzwischen geworden war. Sie blickte umher, als sie Felicity einsteigen half und schickte sich an, auch selbst einzusteigen. Was mochte wohl inzwischen mit ihrem Fahrgast von vorhin geschehen sein? Vielleicht waren Sylvia Jones und ihr leichtsinniger Gatte zusammen weggefahren ... Ja, so war es auch. Aber nicht in der Gemütsverfassung, wie Eheleute sonst die Kirche verlassen .

„Bei jedem Schritt, den ich mache, spionierst du mir nach", knurrte Derrick Jones wütend. Er kniff seine Augen zu einem schmalen Schlitz zusammen, als er den Motor des roten Sportwagens aufheulen ließ. Entschlossen war seine Frau zu ihm in den Wagen gestiegen. „Warum willst du nicht endlich in eine Scheidung einwilligen und mich freigeben? Dann wären wir beide endlich frei."

Sie schüttelte den Kopf. „Nein, wir werden niemals frei sein können", sagte sie hoffnungslos. „Als wir geheiratet haben, geschah das unter dem Wort: ‚bis daß der Tod euch scheidet'."

Auf seinem Gesicht erschien ein häßlicher Ausdruck. „Dann willst du es also so haben?"

Wieder schüttelte sie den Kopf. „Nein", sagte sie müde, „aber nur so kann es geschehen."

Mit einem teuflischen Auflachen trat er das Gaspedal bis zum Anschlag durch und beschleunigte den Wagen auf die Kante des Riffes zu.

„Bis zum Tode, he?" kreischte er. In seinen Augen loderte ein unheimliches, fanatisches Feuer. „Gut, du sollst bekommen, was du willst – dafür werde ich sorgen!"

„Oh, Derrick – halt!" schrie sie in höchster Angst und versuchte, ihm das Lenkrad zu entwinden.

Aber es war schon zu spät. Der rote Sportwagen hob sich von der Straße ab und sauste zischend über die Kante des Riffes hinweg und taumelte, sich überschlagend, den tiefen Abgrund zum Meer hinunter.

22

Simon war der erste, der am Unfallort eintraf, denn Simon war tatsächlich dabeigewesen, als es geschah.

Er hatte in gewohnter Weise unten am Fuße des Riffs gearbeitet, in dem seichten Wasser, das die gezackten Felsen während der Ebbe des späten Nachmittags glucksend umspülte. Er war völlig in seinem Suchen vertieft, da er jedes Teilchen, das er aus dem Wasser aufhob und in die Hand nahm, in allen Einzelheiten untersuchen mußte. Da wurde er plötzlich durch ein lautes, explosionsartiges Geräusch auf den Klippen über ihm aufgeschreckt.

Erschrocken aufblickend, sah er eine Lawine von losem Geröll an der Steilwand des Riffs herabdonnern und, begleitet von einer Wolke von Staub und Rauch, in geringer Entfernung ins Meer klatschen. Dann sauste ein massiver Gegenstand an ihm vorbei und tauchte zischend und mit einem lauten Aufklatschen ins Meer.

Als sich die Wand von Gischt und Wasserstaub verzogen hatte, bemerkte er, daß der Gegenstand ein Auto war oder genauer, was von einem kleinen, roten Wagen übriggeblieben war. Diesen Wagen hatte er doch schon irgendwo einmal gesehen, erinnerte er sich plötzlich.

Schneller, als man es erzählen kann, sammelte Simon die Instrumente, mit denen er gearbeitet hatte, in seinen Ranzen ein, den er über der Schulter trug. Dann versuchte er, so rasch wie möglich an das Wrack heranzukommen, indem er sich mit einiger Mühe den Weg durch das seichte Wasser und die scharfen Felsen bahnte.

Trotzdem dauerte es nur wenige Minuten, bis er dicht genug herangekommen war, um die Gestalt eines Mannes zu erkennen, der hinter seinem Lenkrad eingeklemmt war.

Er trat noch dichter heran, aber als er eben den Arm ausstreckte, um den Verunglückten herauszuziehen, erkannte er, daß hier jede Hilfe zu spät kam. Der Fahrer dieses Wagens war tot. Kein Zweifel: Er war auf der Stelle getötet worden ... Simon lehnte sich weiter vor, um das Wrack noch näher in Augenschein zu nehmen, da fiel sein Blick auf das Gesicht dieses Mannes. Er stieß einen Schrei des Entsetzens aus, als er ihn wiedererkannte ...

Er hätte dieses Gesicht überall wiedererkannt, wenn es jetzt auch durch die Wucht des Aufpralls verzerrt und bis zur Unkenntlichkeit entstellt war. Es war Derrick Jones – der Mann, den er einmal, gar nicht weit von hier entfernt, niedergeschlagen hatte, um ihn von Deborah Lee abzuwehren.

Deborah! Deborah könnte bei ihm im Wagen gesessen sein.

Betäubt vor Schreck, der ihn bei diesem Gedanken durchzuckte, blickte er ängstlich die verbogene, verworrene Masse an, die einmal der Beifahrersitz gewesen war; aber zu seiner Erleichterung war dieser Platz unbesetzt. Jones mußte allein gefahren sein – dem Himmel sei Dank! Dann fiel ihm plötzlich ein abgerissenes Stück Stoff auf, bei dessen Anblick ihm der Atem stockte. Es war ein Stück von einem Frauenkleid, das sich im zerbrochenen Türscharnier verfangen hatte!

So war also doch jemand bei ihm gewesen – einer, der bei dem Aufprall hinausgeschleudert worden war. Und es könnte Deborah gewesen sein!

Der Gedanke an diese furchtbare Möglichkeit brachte Simon augenblicklich in Schwung. Krampfhaft blickte er in die Runde, ob er nicht irgendwo eine Spur oder einen Anhaltspunkt über den Verbleib des vermißten Fahrgastes entdecken könnte. Aber das Meer wogte wieder ruhig auf und ab, und das einzige, was er sehen konnte, waren die dunklen Spitzen der zerklüfteten Felsen, die mit dem langsamen Zurückgehen der Flut sichtbar wurden. Da sah er plötzlich, weiter draußen auf dem Meer, eine dunkle, treibende Gestalt an die Oberfläche kommen und dann langsam wieder versinken, um nur noch als ein schwacher Schatten unter der gekräuselten Oberfläche sichtbar zu bleiben.

Jetzt zögerte Simon nicht länger. Diesen Menschen mußte er jetzt bergen!

Es war eine Frau, wie er feststellte, als er sie erreicht hatte. Aber zu seiner unsagbaren Erleichterung war es nicht Deborah. Es war jemand, den er noch nie gesehen hatte – eine Frau in mittleren Jahren; zweifellos war sie in dem verunglückten Wagen mitgefahren, denn sie war voll bekleidet, nur daß ihr Rock arg zerfetzt war und sie selbst Schnittwunden und Abschürfungen an Gesicht und Händen davongetragen hatte.

Als er sie aufhob, lag sie schlaff und scheinbar leblos in seinen Armen, anscheinend hatte auch ihre Atmung ausgesetzt. Aber in dem sicheren Gefühl, daß es noch möglich sein müsse, sie wieder ins Leben zurückzuholen, kämpfte er sich mit seiner Last mühsam zum Fuße des Riffes zurück, wo er die Bewußtlose auf ein breites und flaches Felsstück niederlegte, um sogleich mit der Mund-zu-Mund-Beatmung zu beginnen.

Es schien ihm wie eine Ewigkeit, bis seine kräftigen Wiederbelebungsversuche endlich belohnt wurden: Wie er ängstlich gehofft hatte, begann die Frau wieder schwach zu atmen. Jetzt mußte er, selber am Ende seiner Kraft, überlegen, was weiter zu tun sei. Die Frau brauchte dringend einen Arzt, aber er konnte nicht mit ihr die Spitze des Riffes erklimmen. Dann erinnerte er sich, daß er eins von Old Andys kleinen Booten in einer Felsnische unweit von hier vertäut hatte. Er hatte es später bei seinen eigenen Forschungsarbeiten benutzen wollen, aber jetzt bot ihm das kleine Boot die einzige Hoffnung, die Frau zu einem Arzt zu bringen. Wenn er die Frau in das Boot legen und zu der Anlegestelle auf der anderen Seite des felsigen Vorgebirges rudern könnte, würden ihm andere zu Hilfe kommen. Mindestens würde doch Old Andy dort sein.

Und Old Andy war dort, wie Simon zu seiner großen Erleichterung feststellte, als er schließlich am Ziel seiner gefahrvollen und schwierigen Fahrt angekommen war. Sie trugen die immer noch bewußtlose Frau zum Steg, und während der alte Bootsmann sie so bequem wie nur möglich auf einem Stück sauberer, trockener Segelleinwand zu betten suchte, machte sich Simon auf die Suche nach dem nächstgelegenen Telefon.

Es gab keinen ortsansässigen Arzt in der Stadt; aber da ihm eingefallen war, daß Murray Chesterfield Arzt war, rief Simon im Fremdenheim an, in der Hoffnung, entweder Murray oder Sir Gilbert in diesem dringenden Notfall zu Hilfe rufen zu können.

Es war Murray, der auf Simons dringende Bitte ans Telefon kam, und er war sofort bereit zu helfen, als er die Geschichte hörte. „Ich werde sofort hinkommen!" versicherte er Simon.

Und als er wenige Minuten später auf dem Schauplatz erschien, war er nicht allein. Er wurde von Sir Gilbert begleitet - einem tatkräftigen und energischen Sir Gilbert, für den ein neues Leben begonnen zu haben schien; denn er zeigte großes Interesse an dem Fall und leistete seinem Neffen bereitwillig bei der dringenden ersten Behandlung der Verunglückten Hilfe.

Auf ihr Geheiß rief Simon telefonisch den Krankenwagen des South-Coast-Krankenhauses, der sofort herübergeschickt wurde. Und es war noch keine Stunde seit dem Unglück vergangen, da lag Sylvia Jones schon auf der Bahre, um ins Krankenhaus gebracht zu werden. Der einzige, noch unklare Punkt war, wer sie auf der halbstündigen Fahrt dorthin begleiten sollte.

„Überlaß das mir, Murray", bat Sir Gilbert ernst. „Du weißt, daß sie mir mehr als ein Patient bedeutet."

Der junge Mann, der während der entscheidenden Minuten schon seine eigenen stillen Beobachtungen gemacht hatte, nickte mitfühlend. „Schon gut, Onkel Gilbert", stimmte er zu, „aber du solltest eigentlich noch einen anderen mitnehmen."

„Wenn ich Ihnen irgendwie eine Hilfe sein kann", erbot sich jetzt Simon, „würde ich gern bis zum Schluß dabeisein, um zu sehen, wie es ausgeht, wo wir nun schon einmal so weit gekommen sind."

„Nichts, was mir gelegener wäre", erklärte Sir Gilbert freudig. „Aber Sie haben schon so viel getan . . ."

Simon machte eine verächtliche Handbewegung. „Nicht mehr als auch jeder andere unter diesen Umständen getan hätte."

„Nun, immerhin hat Ihr promptes Eingreifen ihr zweifellos das Leben gerettet", mischte sich jetzt Murray ins Gespräch. „Sie scheint keine ernsthaften Verletzungen zu haben, und es sieht ganz so aus, als würde sie durchkommen."

„Dank sei Gott dafür!" murmelte Sir Gilbert leise.

Aber es blieb immer noch ein letzter Rest geheimer Befürchtung, bis der Arzt im Krankenhaus endlich Murrays vorläufige Voraussage bestätigte, als er eine gute Stunde später erklärte, daß sie außer Lebensgefahr sei.

„Ich werde immer tief in Ihrer Schuld stehen für das, was Sie heute getan haben, mein Junge", begann Sir Gilbert bewegt, als er und Simon sich in dem kleinen Wohnzimmer beruhigt in ihren Sesseln zurücklehnten, nachdem sie so lange auf den Bescheid des Arztes gewartet hatten. „Sie haben das Leben eines - eines Menschen gerettet, der mir sehr teuer ist."

Simon wirkte sehr befangen. „Oh, ich bin nur froh, daß ich dort war, Sir Gilbert. Und es macht mir Freude, zu wissen, daß es Ihnen soviel bedeutet - weil ich zu sagen wage, daß ich Ihnen etwas schulde, Sir Gilbert - "

„Wirklich?" Sir Gilbert blickte seinen Begleiter überrascht an.

„Ja - Sie hätten mir sehr viel Unannehmlichkeiten bereiten können, wenn Sie sich entschlossen hätten, alles auszuplaudern."

„So etwas würde ich wohl niemals getan haben, mein

Junge – nicht ohne Ihre Zustimmung", erwiderte Sir Gilbert rasch. „Sie sollten mich besser kennen, ehe Sie so etwas sagen."

„Ja, Sir Gilbert, das sollte ich wirklich – mein Vater sprach immer sehr hoch von Ihnen. Aber trotzdem möchte ich Ihnen sagen, daß ich Ihnen für Ihr Schweigen dankbar bin."

Sir Gilbert seufzte. „Dieses Unglück heute hat mir wieder lebhaft Ihre eigene Familientragödie in Erinnerung gerufen –"

„Ja". Der junge Mann sprach sehr beherrscht.

„Und wieder steigt heute der brennende Wunsch in mir hoch, daß ich damals für Sie hätte tun können, was Sie heute für mich getan haben – aber das sollte nicht sein, Gott hat es anders gewollt."

„Ja, und er hat unser aller Leben völlig ruiniert!" rief Simon voller Bitterkeit. „Oh, es hat keinen Zweck, Sir Gilbert, niemals werde ich die Dinge so sehen können wie Sie! Sie können mir nicht erzählen, daß Gott gütig ist, wenn er zuläßt, daß unschuldige Menschen wegen der Bosheiten anderer leiden müssen. Das ist nicht recht!"

Sir Gilbert schüttelte nachdenklich den Kopf. „Ich weiß, es gibt viele Dinge in diesem Leben, die wir nicht verstehen oder hinreichend erklären können, weil Gottes Wege nicht die unseren sind. Aber wenn ich daran denke, daß Gott seinen eigenen Sohn leiden ließ – den Gerechten für die Ungerechten – den Unschuldigen für die Schuldigen, um uns verlorene und von ihm abgefallene Geschöpfe wieder zu sich zurückzuholen, dann fällt es mir nicht mehr schwer, Glauben zu haben, zu glauben, daß eines Tages, wenn wir die Absichten Gottes mit uns besser erkennen, all diese Geheimnisse auch ihre Erklärung finden werden."

Simon machte eine ungeduldige Gebärde. „Das klingt theoretisch alles schön und gut, Sir Gilbert, aber es sind die harten, brutalen Tatsachen, die mir so zusetzen."

„Aber Rex – oh, es tut mir leid!" Sir Gilbert unterbrach sich mit einem Ruck, als ihm bewußt wurde, daß er, ohne es zu wollen, den Namen ausgesprochen hatte, unter dem er den jungen Mann immer gekannt hatte.

In Simons Gesicht wechselte die Farbe und er lächelte. „Schon gut", sagte er mühsam. „Ich habe mich nur schon so sehr an den Namen ‚Simon' gewöhnt, seit ich hier in Rocklea Cove bin, daß der alte Name mich beinahe erschreckt hat."

Sir Gilberts Gesicht hellte sich auf. „Vielleicht sollten Sie auch weiter ‚Simon' bleiben und den alten Namen mit dem Rest Ihrer Vergangenheit begraben", schlug er vor. „Dann könnten Sie vielleicht wirklich ein neues Leben beginnen."

Der junge Mann schüttelte den Kopf. „Nein, das geht nicht", sagte er müde. „Man kann doch die Vergangenheit nicht auslöschen, indem man nur eben die Tür hinter ihr zumacht!"

„Nein", gab ihm Sir Gilbert recht, „aber es ist doch wirklich nicht Ihre Vergangenheit, nicht wahr?"

„Es ist die Vergangenheit meiner Familie, und ich bin mit ihr fest verflochten – ich kann mich nicht aus ihr herauslösen und freikommen."

„Ja, aber Sie brauchen doch darüber nicht Ihr ganzes Leben zugrunde zu richten – und vielleicht sogar das anderer Menschen noch mit", fuhr Sir Gilbert beharrlich fort. „Sie haben sich selbst den Weg zu einer erfolgversprechenden Laufbahn verbaut."

Simon straffte sich. „Ich werde aber etwas sehr Lohnendes mit meinen Nachforschungen hier vollbringen – das können Sie doch nicht leugnen!"

„Ja, aber Sie können auch nicht immer so weitermachen wie jetzt, Simon."

Simon erhob sich. „Ich hoffte, heute nacht alles zum Abschluß bringen zu können, um ehrlich zu sein."

„Zum Abschluß bringen?" Sir Gilbert blickte ihn erschrocken an. „Was meinen Sie damit?"

Simon holte tief Luft. „Ich stehe dicht vor einer großen Entdeckung. Ich glaube, die gelben Muscheln, auf die Deborah mich gebracht hat, sind die Antwort, und ich wollte heute abend einen letzten ‚Fischzug' unternehmen."

„Und daß Sie heute nachmittag in diese Angelegenheit verwickelt wurden und mit herüberkommen mußten, hat Ihre Pläne über den Haufen geworfen?"

„Nein – ich habe immer noch vor, nach unserer Rückkehr hinauszufahren, weil heute nach meiner Berechnung die Nacht ist, in der ich sie sicher bekommen kann – und es würde wohl auch nicht allzu spät dabei werden."

Jetzt stand auch Sir Gilbert auf. „Wir sollten dann jetzt doch lieber die Rückfahrt antreten, Simon – ich möchte Sie nicht aufhalten", sagte er warm. „Sie wissen doch, alles, was ich für Sie tun kann . . ."

Simon, der bisher ruhelos im Zimmer auf und ab gegangen war, blieb plötzlich stehen. „Sie meinen das auch so, Sir Gilbert, nicht wahr?" fragte er.

Sir Gilbert blickte überrascht. „Ja, natürlich. Warum?"

Simon kam herüber und blieb an seiner Seite stehen. „Weil da etwas ist, was Sie für mich tun könnten - etwas, was ich mich selbst nicht zu tun getraue."

„Ja - und was ist es?"

Der junge Mann stand hochaufgerichtet und gespannt da, seine Hände krampften sich zusammen. „Wollen Sie nicht für mich zu Deborah gehen, Sir Gilbert - und ihr - alles sagen?"

Der ältere Mann hob seine Brauen. „Wenn Sie es so wollen, Simon", sagte er langsam, „will ich es gern für Sie tun. Aber es ist doch Ihr Geheimnis. Warum sagen Sie es ihr nicht selbst?"

Simon schüttelte den Kopf. „Ich kann nicht - ich wage es nicht!" schrie er heiser vor Erregung.

„Und warum nicht?" drängte Sir Gilbert weiter. „Glauben Sie nicht, daß sie es verstehen würde?"

Der junge Mann wandte sich ab. „Vor Deborah fürchte ich mich nicht - sondern vor mir selbst." Seine Stimme bebte vor innerer Bewegung. „Ich - ich liebe sie, Sir Gilbert. Ich habe es, glaube ich, von Anfang an gewußt, seit ich ihr das erste Mal begegnet bin. Und als mir heute der Gedanke kam, daß sie vielleicht in dem Wagen von Jones gesessen haben könnte, da ist mir erst recht klargeworden, wieviel sie mir bedeutet."

„Warum gehen Sie dann nicht zu ihr und sagen es ihr – sagen ihr alles?"

Simon schüttelte den Kopf. „Nein – nein! Wenn ich sie wiedersehe, werde ich sie nie mehr gehen lassen können. Und das kann ich nicht – es wäre ein großes Unrecht!"

„Vielleicht würde Deborah das alles am besten beurteilen können", entgegnete Sir Gilbert leise.

Simon wandte sich ihm wieder zu und blickte dem älteren Mann offen ins Gesicht. „Ich habe mir vorgenommen, Deborah nie wiederzusehen", sagte er mit feierlicher Entschlossenheit. „Es kann in der Tat sein, daß ich überhaupt niemand mehr nach meiner Expedition heute abend wiedersehe. Ich muß mich in sehr gefährliche Wasser hinauswagen."

„Müssen Sie wirklich hinaus?" Es war, als klänge durch die Frage Sir Gilberts eine dringende Bitte hindurch.

„Ja, ich muß", kam die entschlossene Antwort. „Wenn es mir gelingt, werde ich von hier weggehen – zurück in die Stadt, um dort meine Forschungsarbeit zu vollenden." Er schwieg. „Wenn ich nicht zurückkehren werde, so ist es mein Wunsch, daß Sie, Sir Gilbert, die schriftlichen Aufzeichnungen über meine Nachforschungen und Experimente an sich nehmen und vielleicht zu gegebener Zeit an der Stelle weiterarbeiten, wo ich aufhören mußte. Ich möchte meine Arbeit gern in Ihren Händen wissen, weil ich weiß, daß Sie sie verstehen."

„Danke, Simon", sagte Sir Gilbert mit etwas belegter Stimme. „Und Deborah – ?"

Simon nahm die Hand des älteren Mannes fest in die seine. „Ich lasse sie auch in Ihren Händen – Sie werden schon wissen, was zu sagen ist", sagte er schlicht. „Ich möchte nur, daß sie weiß, daß alles, was ich hier tue, aus Liebe zu ihr geschieht."

„Dafür werde ich sorgen", sagte Sir Gilbert feierlich.

Simon zögerte. „Sie werden es ihr bei der nächsten Gelegenheit sagen?"

Sir Gilbert nickte. „Heute abend noch sage ich es ihr", versprach er.

23

Erst spät an jenem Abend kam Sir Gilbert aus dem Krankenhaus zurück, und erst kurz vor dem Abendbrot fand er Gelegenheit, mit Deborah zu sprechen. Er hatte ziemlich lange darauf warten müssen, als er sich in eine der abgeschlossenen Nischen des Gesellschaftsraumes zurückgezogen hatte und sich dort nach all den unerwarteten Anstrengungen und Aufregungen ein wenig ausruhte.

„Ach, hier sind Sie, Sir Gilbert!" Lächelnd kam Deborah auf ihn zu und brachte ihm auf einem Tablett ein Glas heiße Milch und ein paar Kekse.

„Das ist sehr freundlich von Ihnen, meine Liebe", sagte er anerkennend und nahm ihr das Tablett ab, „aber ich habe nicht damit gerechnet, daß man mich hier bedient."

„Sie sehen so müde aus, Sir Gilbert", fuhr das Mädchen fort. „Und ich nehme an, Sie sind nur noch aufgeblieben, um noch etwas zu essen."

„Nein." Sir Gilbert setzte sich in seinem Stuhl auf und blickte ihr gerade ins Gesicht. „Ihretwegen bin ich aufgeblieben, um mit Ihnen zu sprechen."

„Mit mir?" wiederholte das Mädchen überrascht. „Aber, Sir Gilbert, ich will wirklich nicht, daß Sie meinetwegen aufbleiben."

Sir Gilbert schüttelte den Kopf. „Nein, meine Liebe, es ist wirklich nicht Ihretwegen", beruhigte er sie, „sondern ich habe Simon versprochen ..."

„Simon?" Sie zog heftig die Luft durch die Nase, als sie den Namen noch einmal aussprach.

„Ja", fuhr er in seiner ruhigen und doch bestimmten Art fort, „Simon war heute abend mit mir drüben im Krankenhaus, und er hat mich besonders gebeten, ob ich nicht heute abend noch zu Ihnen gehen und mit Ihnen reden möchte. Es schien ihm sehr dringend zu sein, und ich versprach, mein Bestes zu tun - darum bin ich nun hier."

„Aber - was in aller Welt ist denn, Sir Gilbert?" fragte das Mädchen besorgt.

Sir Gilbert senkte die Stimme zu einem mehr vertraulichen Ton. „Simon hat mich gebeten, Ihnen sein Geheimnis zu sagen - er will, daß Sie alles erfahren, Deborah."

„Warum sagt er es mir dann nicht selbst?" wollte sie wissen. Ihr Herz begann wild zu pochen, obwohl sie sich insgeheim fest vorgenommen hatte, bei der Erwähnung seines Namens ruhig zu bleiben.

„Ich kann Ihnen auch das sagen, meine Liebe." Sir Gilbert nahm das Tablett, das er immer noch in der Hand hielt, und stellte es auf das breite Fenstersims dicht neben seinem Stuhl. Er stand auf und trat neben sie, indem er ihr freundlich die Hand auf die Schulter legte. „Gehen wir doch auf den Balkon hinaus", schlug er vor. „Dort draußen können wir besser sprechen."

Durch ein Kopfnicken gab sie zu verstehen, daß sie einverstanden sei. Sanft, aber doch bestimmt ließ sie sich aus dem Zimmer auf den Balkon hinaus führen, der jetzt verlassen dalag und ihnen beiden die Gelegenheit bot, ungestört miteinander zu sprechen.

Unter dem sanften Mantel der Nacht, die so beruhigend wirkte, und begleitet von dem gedämpften Rauschen des Meeres, das aus der Tiefe zu ihnen heraufkam, begann Sir Gilbert die Geschichte zu erzählen, die ihm so dringend ans Herz gelegt worden war .

„Natürlich heißt er in Wirklichkeit nicht ‚Simon', das wissen Sie ja."

„Für mich wird er immer ‚Simon' heißen", warf Deborah unwillkürlich dazwischen.

„Ja, dessen bin ich sicher", stimmte Sir Gilbert ihr zu. „Und ich glaube, daß der Name ihm inzwischen auch einiges bedeutet - weil er als Simon seine tiefe Liebe entdeckt hat - für..." Er schwieg einen Augenblick. „Sie wissen doch, wen er liebt, nicht wahr, Deborah?"

Ihre Wangen brannten, und ihr Herz klopfte wie rasend. Einen Augenblick zögerte sie. „Er – er hat mir nie gesagt –", brachte sie stammelnd hervor.

„Vielleicht nicht mit Worten", fuhr Sir Gilbert fort. „Aber die Liebe hat ihre eigene Sprache, Deborah – eine Sprache, die unmittelbar zum Herzen spricht. Und ich glaube, Sie wissen, was Sie wirklich in Ihrem Herzen empfinden, meine Liebe, gerade so, wie es sicher auch Simon von sich weiß."

Deborah bedeckte das Gesicht mit den Händen. „Oh ja", bekannte sie mit einem erstickten Schluchzen, „ich liebe ihn! Aber ich habe es noch vor niemandem ausgesprochen – nicht einmal mir selbst habe ich es einzugestehen gewagt – weil es so hoffnungslos ist!" schloß sie verzweifelt.

Ihr ganzer Körper bebte von unterdrücktem Schluchzen, und Sir Gilbert legte fest seinen Arm um ihre Schultern. „Meine liebe Deborah", tröstete er sie, „es mag vielleicht jetzt hoffnungslos aussehen, aber ich bin sicher, daß Sie dennoch Grund zur Hoffnung haben. Glauben Sie mir, Simon ist jetzt nicht mehr sehr fern von Gott, und wenn wir für ihn beten..."

„Und wie ich immer für ihn bete!" rief sie und kämpfte mit den Tränen.

„Dann wird Gott Ihre Gebete erhören – vielleicht noch heute nacht." Sir Gilbert sprach in ruhiger Gewißheit. „Ich bin voller Zuversicht, daß Gott Ihrer beider Liebe füreinander gebrauchen wird, um ihn aus dem dunklen Abgrund herauszuholen, in den er gefallen ist, und ihm seinen verlorenen Glauben wiederzugeben – den Glauben an Gott, an sich selbst und an seine Mitmenschen. Die Liebe einer guten, gläubigen Frau kann das für einen Mann vollbringen, wissen Sie. An der Kraft ihres Glaubens kann er sich selbst wieder hochziehen, wenn sie sich fest genug an all das hält, was sie glaubt – und das kann sie, mit Gottes Hilfe."

Deborah hörte ihm schweigend zu. In ihrem Herzen

legte sich der Sturm ihrer Gefühle, als sie seinen starken, tröstenden Worten lauschte. Aber doch hegte sie noch einen Zweifel in ihrem Herzen.

„Ich – ich weiß nicht sicher, ob er mich wirklich liebt, Sir Gilbert - denn, würde er mir nicht vertrauen, wenn er mich liebte? Sehen Sie, er sagt mir überhaupt nichts."

„Nicht, daß er Ihnen nicht vertraut, Deborah – er traut sich selbst nicht. Er fürchtet, wenn er sich Ihnen selbst erklärt, werde er nicht die Kraft aufbringen, zu dem nein zu sagen, um das zu bitten oder das anzunehmen er kein Recht zu haben glaubt."

„Aber warum nur?" kam ihre ungeduldige Frage zurück. „Was ist es nur, was immer wieder wie eine unsichtbare Mauer zwischen uns liegt, von dem er nicht zu sprechen wagt?"

Sir Gilbert schöpfte tief Atem. „Das ist es gerade, worum er mich bat, daß ich es Ihnen erzählen möchte, Deborah. Es ist eine tragische Geschichte, und ich glaube, er hat sie noch keinem Menschen erzählt. Mir brauchte er nicht erst davon zu erzählen, weil ich ein alter Freund der Familie war – und von Anfang an alles miterlebt habe."

„Oh – ich verstehe!"

„Sein Vater war ein sehr guter Freund von mir", fuhr Sir Gilbert fort. „Eine Zeitlang haben wir zusammen studiert, ich wurde Arzt, während er in die medizinische Forschung ging. Und er hat eine bedeutende Forschungsarbeit geleistet, für die er hoch geehrt wurde. Das war kurze Zeit vor seinem tragischen Tod. Er hieß Sir Howard Peterson, und Rex, den Sie unter dem Namen ‚Simon' kennen, war sein einziger Sohn. Er hing sehr an seinen Eltern. Sie waren wunderbare und vorbildliche Christen, und auch er machte seiner Erziehung alle Ehre – ein feiner junger Mann. Auch er studierte Medizin und hätte eine glänzende Laufbahn einschlagen können. Aber dann geschah das grauenvolle Unglück, das schließlich beiden Eltern das Leben kostete und sein eigenes Leben völlig aus der Bahn warf."

„Wie – wie geschah es?" flüsterte Deborah, als Sir Gilbert einen Augenblick innehielt.

„Sie waren auf der Heimfahrt von einer Versammlung, als ein anderer Wagen in sie hineinraste – ein gestohlenes Auto, das der Polizei zu entkommen suchte. Der Unfall ereignete sich in unmittelbarer Nähe meines Hauses, und ich war der erste Arzt, der an der Unfallstelle erschien. Aber ich konnte nur sehr wenig helfen – obwohl ich glaube, daß Simon meinte, ich hätte das Leben seines Vaters retten können. Der arme Junge erlitt durch all das einen so schweren inneren Schock, daß er nicht mehr aus noch ein wußte. Aber es lag wirklich nicht in meiner Macht, seinem Vater noch helfen zu können. Sir Howard starb, noch bevor sie ihn ins Krankenhaus einlieferten."

„Und – seine Mutter?"

Sir Gilbert seufzte. „Wir konnten ihr Leben retten – aber manchmal ist mir dies eine schwere Frage, auf die ich keine Antwort finde. Es gehört zu den Dingen, die wir nie verstehen werden, bis Gott die verworrenen Fäden vor unseren Augen enthüllt – wenn seine Zeit gekommen ist." Er schwieg. „Lady Peterson erholte sich wieder, obwohl sie nie ganz über das schreckliche Unglück hinwegkam. Infolge ihrer Verletzungen blieb sie ein halber Krüppel und behielt eine schrecklich entstellte Narbe im Gesicht, die ihr seelisch keine Ruhe ließ, so daß sie schließlich einen völligen Zusammenbruch erlitt. Simon gab seine Studien auf, um sie zu pflegen – er wollte sie nicht in eine Anstalt bringen. Er scheute keine Kosten, um das medizinische Gutachten der besten Ärzte einzuholen. Aber die Antwort lautete immer gleich: hoffnungslos. Zwei Jahre sorgte er rührend für sie – das müssen zwei schreckliche Jahre für ihn gewesen sein. Ich glaube, daß er während dieser Zeit den Entschluß faßte, selbst in die medizinische Forschung zu gehen und nicht eher aufzuhören, bis er etwas entdeckt hätte, was vernarbtes menschliches Zellgewebe wieder voll funktionsfähig macht – und sollte er darüber sein ganzes Leben zubringen – oder gar verlieren!"

„Oh!" Deborahs Gesicht hellte sich auf. „Dann muß es das sein, was er hier in Rocklea Cove treibt."

„Ja. Nur ist er jetzt geradezu besessen von diesem Gedanken, es endlich zu entdecken. Sehen Sie, die letzte Tragödie ereignete sich im vergangenen Jahr, als seine Mutter sich das Leben nahm. Für Simon war das ein furchtbarer Schlag. Er schien damit alles zu verlieren – all sein Vertrauen, seinen Glauben – all seine Hoffnung. Ich versuchte, vernünftig mit ihm zu reden, und auch andere haben es versucht. Aber es war zwecklos. Er hatte sich eingeredet, das, was mit seiner Mutter geschehen war, offenbare eine Schwäche – eine erbliche, krankhafte Belastung – in seiner Familie. Er sehe es als seine Pflicht an, diese schlimme Erbanlage mit ihm, dem einzigen Überlebenden der Familie, aussterben zu lassen. So gab er den Gedanken auf, sich je noch einmal mit Medizin zu befassen, und schloß sich monatelang von allen Menschen ab. Ich nahm an, daß er seine Forschungen weiter betrieb – jedenfalls hoffte ich es. Aber ich verlor seine Spur, bis ich hierher kam und entdeckte, daß er sich hier unter einem neuen Namen niedergelassen hat und seine Arbeit weiterführt."

Deborah lächelte. „Ich glaube, wir haben ihm den Namen gegeben – oder zumindest Herr Andrews, der Bootsmann. Ich glaube, Simon selbst wollte unbemerkt und unbekannt bleiben."

„Ja, sicher – bis er Ihnen begegnete, Deborah. Aber Sie stürzten ihn in neue Probleme. Sehen Sie, er hatte nicht damit gerechnet, daß er sich verlieben würde. Er hatte sich fest vorgenommen, als Einsiedler zu leben – und zu sterben, wobei ihm seine Arbeit der einzige Grund war, noch weiterzuleben. Und glauben Sie mir, das ist wirklich alles, was ihn jetzt noch hält. Er glaubt, daß alles andere für ihn in unerreichbarer Ferne liegt – auch Sie!"

Deborah machte eine hilflose Bewegung. „Aber weiß er denn nicht, daß ich ihn liebe – und daß all das, was ich eben von Ihnen gehört habe, daran nichts ändern wird?"

„Er weiß, daß Sie ihn lieben – dessen bin ich sicher,

Deborah. Aber niemand wird ihn jemals davon überzeugen, daß er ein Recht habe, Ihnen seine Liebe zu gestehen – keiner, außer Ihnen, vielleicht."

Entschlossen warf Deborah ihren Kopf in den Nacken. „Ja, natürlich werde ich ihn überzeugen – armer, lieber Simon! Er soll nicht eine Minute länger mehr so in Ungewißheit sein. Könnten wir jetzt nicht gleich zu ihm gehen, Sir Gilbert?"

Sir Gilbert schüttelte den Kopf. „Ich fürchte, wir könnten ihn jetzt gar nicht besuchen, meine Liebe. Er wollte heute abend auf seine, wie er es nannte, ‚letzte Expedition' gehen. Er glaubt, daß er in einem frischen Haufen jener gelben Muscheln das finden wird, wonach er sucht, und er wollte heute nacht hinausfahren, um sie zu holen. So werden wir wohl bis zum Morgen warten müssen."

Unwillkürlich umklammerte Deborah fest Sir Gilberts Arm. „Aber er darf dort nicht hinausfahren!" rief sie aufgeregt. „Es ist zu gefährlich. Sie hätten ihn aufhalten sollen, Sir Gilbert!"

„Ich konnte ihn nicht halten, meine liebe Deborah – niemand konnte es. Als er mit mir sprach, war sein Entschluß schon unwiderruflich gefaßt."

„Aber wissen Sie wenigstens, wo er hinwollte?" Ihre Stimme zitterte vor innerer Erregung. „Er müßte dann ja gerade aufs Meer hinaus, hinter dem Leuchtturm von Dover Point. Und dort gibt es gefährliche Klippen und tückische Untiefen!" Sie blickte hinaus auf die weite Wasserfläche unter ihnen, die jetzt völlig im Dunkel lag, und sah den Strahl des Leuchtturms, der in regelmäßigen Abständen in der Ferne aufblitzte. „Das wird er nie schaffen – oder wenn er wirklich bis dorthin gelangt, wird er nie zurückkehren!" schrie sie verzweifelt.

Mitfühlend ergriff Sir Gilbert die Hand des Mädchens. „Ich glaube, er wußte um die Gefahr, aber trotzdem fühlte er, daß er hinaus muß", sagte er leise. „Ich glaube nicht, daß er sich um sich selbst Gedanken machte. Um die Wahrheit zu sagen, ich glaube, nichts, was ihm passiert, könnte schlimmer sein, als daß er ohne Sie weiterleben müßte."

Deborah krampfte ihre Hände ineinander. „Aber so muß es doch nicht gehen! Oh, ich muß zu ihm – ich muß!"

Und sie machte eine Bewegung, als wolle sie in Richtung des Leuchtturms davonstürzen, aber Sir Gilbert hielt sie zurück. „Wir können jetzt nichts tun, Deborah, außer daß wir ihn in Gottes Hand legen. Sie würden ihn in der Dunkelheit nie finden und ihn auch nicht aufhalten, selbst wenn Sie ihn fänden. Sie würden nur selbst mitten in die Gefahr hineinrennen und uns nur noch mehr Sorge und Kummer machen, als wir ohnedies schon haben. Wir können nur bis zum Morgen warten."

Deborah gewann mühsam ihre Fassung wieder. „Ja, ich glaube, Sie haben recht, Sir Gilbert", sagte sie müde. „Aber es wird eine sehr lange Nacht für uns werden!"

Und es wurde eine lange und bange Nacht.

Soviel sie auch versuchte, sich mit Sir Gilberts Worten zu trösten, und sooft sie auch den Mann, der jetzt völlig ihr Leben und Denken auszufüllen schien, der bewahrenden Macht Gottes anbefahl, konnte sie doch keine Ruhe finden. Ja, je mehr sie für ihn betete, desto stärker fühlte sie sich gedrungen, hinauszugehen und ihn zu finden. Vielleicht könnte er noch irgendwo in Reichweite sein ... Vielleicht brauchte er gerade jetzt Hilfe, die sie ihm bringen könnte.

Es war noch dunkel, etwa noch eine volle Stunde bis Tagesanbruch, als sie sich leise aus dem Haus davonstahl und den so oft begangenen sandigen Weg hinabging, um einsam den Morgen zu erwarten.

Das Leuchtfeuer von Dover Point vor sich, ging sie unentwegt weiter, bis sie schließlich nach Rocklea Ridge kam, in der Nähe der Stelle, wo sie Simon das erste Mal zwischen den Felsen gesehen hatte.

Mit ängstlichen Blicken suchte sie die Klippen und den Strand ab, konnte aber nichts sehen. Die Dunkelheit schien sich noch mehr verdichtet zu haben, und sogar die kleine Taschenlampe, die sie bei sich trug, gab nur sehr wenig

Licht. Vielleicht würde sie oben auf der Spitze des Riffes mehr sehen können, nahe der Kirche – und dem kleinen Häuschen von Emily Forrester... Als sie etwas höher hinaufgeklettert war, konnte sie deutlich das Licht im Fenster der alten Dame herüberleuchten sehen und hatte gleich das tröstende Gefühl, nicht mehr so ganz allein zu sein. Natürlich würde die alte Dame jetzt fest schlafen, aber das freundliche, kleine Licht gab ihr Mut in ihrer Einsamkeit.

Da hörte sie plötzlich in einiger Entfernung Schritte. Schnell drehte sie sich um und sah, daß sie nicht allein war, denn dort kam die alte Frau Forrester selbst vom Riff her auf sie zu.

„Ich bin's nur, Frau Forrester – Deborah!", rief sie rasch. „Bleiben Sie dort – ich komme schon!"

Wenige Augenblicke später standen sie beide oben auf dem sicheren, breiten Weg. „Ich konnte heute nacht nicht schlafen – ich weiß selbst nicht, warum", erklärte die alte Dame. „Vielleicht deshalb, weil ich dort unten ein Licht sah – gerade unten hinter dem Leuchtfeuer. Es befand sich eine lange Zeit dort – ich habe es genau beobachtet. Und dann verschwand es plötzlich – es ist noch nicht lange her."

„Sie – haben Sie niemand gesehen?" fragte das Mädchen atemlos.

Emily Forrester schüttelte den Kopf. „Nein, dafür ist die Nacht zu finster, meine Liebe. Aber ich konnte keine Ruhe finden. Ich hatte das bestimmte Gefühl, daß dort draußen jemand in Not ist. So zog ich mir nur rasch den Mantel über und kam heraus, um hier auf den Anbruch des Tages zu warten. Sobald es Tag wird, werde ich es selbst sehen können, was dort unten vorgeht."

Deborah ließ sich neben der alten Dame auf einem breiten, glatten Felsen nieder. „Ich werde mit Ihnen wachen, Frau Forrester", sagte sie heiser, „weil mir auch sehr bange zumute ist. Ich bin sicher, daß einer da unten ist – ich bin gewiß, daß es Simon ist!"

„Nun, wir werden es erst erfahren, wenn der Morgen anbricht, meine Liebe. Wir müssen nur geduldig warten", sagte die alte Dame.

„Ich weiß, daß wir warten müssen – oh, Frau Forrester, beten Sie nur, daß Simon nichts zustößt!"

Die alte Dame faßte die Hand des Mädchens. „Wir müssen uns selbst und unsere Lieben in Gottes Hand legen, dann wird alles gut werden. Er ist unsere Hilfe in den Nöten, die uns getroffen haben. Versuchen wir, mit dem Psalmisten zu sprechen: ‚Meine Seele wartet auf den Herrn mehr als die Wächter auf den Morgen'."

Als die letzte Stunde dieser dunklen Nacht endlich verstrich und am Himmel die ersten Silberstreifen des anbrechenden Tages erschienen, hielt sich Deborah verzweifelt an die Wirklichkeit jener Bibelworte. Was ihnen das Morgenlicht auch enthüllen würde, Gott war ihre Hoffnung .

Als es dann rasch heller wurde, trat sie noch dichter an den Rand der Klippe und spähte hinab. Da stieß sie einen gellenden Schrei aus. Denn dort unten erkannte sie die Gestalt eines Mannes, der sich in höchster Lebensgefahr an ein schmales Felssims anklammerte, die brodelnden Wasser und die dunklen, zackigen Felsen dicht unter sich. Sie konnte seine Züge nicht erkennen, aber eine innere Stimme sagte ihr, wer es war.

„Es ist Simon!" rief sie atemlos. „Er muß die ganze Nacht dort gewesen sein, aber möglicherweise hält er es nicht mehr sehr lange aus. Ich steige jetzt hinunter und versuche, ihm zu helfen!"

„Nein, nein, Kind!" rief die alte Dame in höchster Aufregung. „Sie dürfen nicht dorthin – es wird Ihr Tod sein. Und außerdem wird dazu ein Mann gebraucht. Gehen Sie zu dem alten Herrn Andrews und bitten Sie ihn, herüberzukommen. Er wird der einzige sein, der hier helfen kann."

„Nein!" rief Deborah wieder. „Ich sehe deutlich, was da unten geschehen ist – sein Boot ist ihm abgetrieben. Es hat sich dort unten in den Klippen verfangen. Wenn ich hinuntergehen kann, um das Boot frei zu bekommen, werde ich es zu ihm zurückrudern. Dann ist er in Sicherheit."

„Das werden Sie niemals tun, Deborah – nicht bei der schweren See", warnte Frau Forrester eindringlich. „Gehen Sie schon und holen Sie Herrn Andrews. Sie werden dafür nicht lange brauchen."

Aber Deborah blieb hartnäckig. „Nein, Frau Forrester – ich wage es nicht länger hinauszuschieben – es könnte sonst zu spät sein. Ich sehe mich schon vor. Mir wird nichts passieren!"

Die alte Dame konnte nur noch den Kopf schütteln, als das Mädchen rasch über dem Rand der Klippe verschwand. „Es muß doch jemand zu Old Andy gehen und ihn zu Hilfe holen", sagte sie zu sich selbst.

Dann drehte sie sich entschlossen um und schritt in die Richtung des Riffes, auf dessen Rückseite die Hütte des alten Bootsmannes lag.

24

Eine einsame Gestalt im grauen Licht des dämmernden Morgens, wandte Emily Forrester den Klippen den Rücken und schritt durch die Sanddünen. Hier fiel das Gehen nicht leicht, besonders, wenn jemand alte und nicht mehr ganz sichere Füße hatte.

Aber die alte Dame schickte ein stilles Gebet zum Himmel, Gott möge ihr Kraft geben, um ihr Vorhaben auszuführen, und drängte vorwärts. Es war wirklich keine Zeit mehr zu verlieren, sagte sie sich immer wieder besorgt. Denn selbst wenn sie den alten Bootsmann antraf, würde er eine gewisse Zeit brauchen, um nach Dover Point hinauszugelangen, wo die beiden Menschen vielleicht dringend seine Hilfe brauchten... Denn was konnte Deborah schon ohne fremde Hilfe auszurichten hoffen, in jenen gefährlichen Wassern – außer daß sie ihr eigenes Leben mit demjenigen des Mannes, den sie zu retten versuchte, in höchste Gefahr brachte?

Ihre Angst wuchs, als sie versuchte, noch schneller voranzukommen. Aber sie mußte sich auf der Kuppe des sandigen Hügels erst einmal verschnaufen, durch die Anstrengung des Aufstiegs völlig außer Atem. Und es liegt noch ein weiter Weg vor mir, dachte sie bei sich selbst, als sie zu der Schlucht im Riff hinüberschaute, von der aus der holprige Pfad in Richtung auf das Haus des Bootsmannes abzweigte. Sie beschattete ihre Augen vor dem immer heller werdenden Glanz am östlichen Himmel und sah noch einmal hin.

Über der Spitze des Riffes war plötzlich ein Mann zum Vorschein gekommen, der sich auf sie zu bewegte, wie es schien. Sie blieb stehen und sah dem Näherkommenden erwartungsvoll entgegen. Dann erkannte sie zu ihrer großen Erleichterung, daß es der bärtige Bootsmann selbst war.

„Oh, Andy!" rief sie und stolperte fast, als sie ihm zur Begrüßung entgegeneilte. „Welch eine Gebetserhörung, daß ich Sie hier gerade treffen muß!"

Old Andy lächelte und legte grüßend seine Hand an den Schirm seiner Ledermütze. „Ich mache nur meinen üblichen Morgenspaziergang, Frau Forrester."

„Ich wollte gerade zu Ihnen, um Sie zu holen", fuhr die alte Dame fort. In ihrer Angst und Aufregung sprach sie etwas unzusammenhängend. „Ein Mann ist in den Felsen dort unten eingeschlossen – kommen Sie doch hier herüber und sehen Sie selbst!"

Etwas zweifelnd folgte ihr der Bootsmann, als sie einige Schritte zurückging und mit dem Finger auf die zerklüftete Ausbuchtung in den Felsen wies, die jetzt deutlich zu sehen war. „Sehen Sie – " Mitten im Satz brach sie ab und stieß einen Schrei des Entsetzens aus. „Oh, er ist ja gar nicht mehr da!"

Andy nahm die alte Dame beim Arm. „Sie sind zu aufgeregt, Frau Forrester."

„Aber er war bestimmt dort – wir sahen ihn", rief die alte Frau heftig. „Und Deborah sagte, daß es Simon ist."

„Deborah?"

„Ja. Ich habe sie so gebeten, nicht hinzugehen – aber sie wollte nicht auf mich hören. Sie stieg hinunter und wollte versuchen, ihn zu retten, und ich wollte Sie jetzt zu Hilfe holen, weil ich fürchte, daß sie dort auf den Felsen zerschmettert wird – daß sie beide dabei umkommen!"

„Na, na, Frau Forrester, beruhigen Sie sich doch, bitte!" sprach Andy beruhigend auf sie ein, indem er seine Hand noch fester um ihren Arm legte. „Sicher ist es nicht so schlimm wie Sie denken. Überlassen Sie das mir, ich werde hinuntergehen und sehen, was ich tun kann. Wissen Sie, Sie haben jetzt das Ihre getan. Ich denke, Sie sollten jetzt heimgehen und sich ein wenig ausruhen." Er lächelte. „Später werde ich dann bei Ihnen vorbeikommen und

Ihnen sagen, was gewesen ist."

„Ich danke Ihnen", sagte die alte Dame. „Ich werde auf Sie warten, um von Ihnen Näheres zu hören."

„Ich werde so bald wie nur möglich zurück sein", versprach er, als sich ihre Wege trennten.

Aber als er dem Rand des Riffes zueilte, schienen seine sichere Haltung und sein Selbstvertrauen rasch zu schwinden, und er blickte gespannt und besorgt. Was war wirklich geschehen, war seine bange Frage. Er sollte nicht lange darüber im Zweifel bleiben.

Als er dann von der Spitze des Riffes auf die brodelnde See und die Klippen unter sich hinunterblickte, blieb ihm fast das Herz stehen. Dort unten nämlich war die schlanke Gestalt eines Mädchens zu sehen, das verzweifelt mit der kochenden See und den tückischen Unterströmungen kämpfte, die er nur zu gut kannte. Krampfhaft angeklammert hing sie an einem der kleinen Boote, die ihm gehörten, während Woge auf Woge sie durchnäßte und sie fast mit sich fortriß.

Ein zweiter, rascher Blick in die Richtung, auf die sie offensichtlich zusteuerte, machte ihm augenblicklich klar, was dort unten vorging. Emily Forresters Geschichte war nur zu wahr! Ein Mann klammerte sich dort hilflos mit letzter Kraft an den Felsen fest, dicht über einem brodelnden Wasserwirbel, der ihn jeden Augenblick zu verschlingen drohte – zweifellos derselbe Mann, den er vorhin schon auf einem höhergelegenen Felsvorsprung gesehen hatte und der jetzt allmählich den Halt verlor und langsam abglitt, um schließlich in den Wassern umzukommen.

Andy hätte die beiden Gestalten in diesem verzweifelten Drama auch erkannt, wenn er nicht den wilden Schrei gehört hätte, den ihm der Wind zutrug, als er sich selbst an den gefährlichen Abstieg zu den Felsen drunten machte . . . „Deborah – zurück! Zurück!"

Für kurze Zeit verlor Andy sie aus den Augen, als er seinen Abstieg fortsetzte. Aber er wußte, daß Simons flehentliches Rufen nutzlos war, denn Deborah war nicht das Mädchen, das umkehrte. Besonders, wenn der Mann, den sie liebte, in Lebensgefahr war.

Als er die Felsen am Fuß des Riffes erreichte, blieb er noch einmal stehen, um die Situation voll zu erfassen.

Innerhalb nur weniger Minuten hatte sich die Szene völlig verändert. Simon war nicht mehr zu sehen. Der Felsvorsprung, an den er sich angeklammert hatte, war kahl und leer. Das kleine Boot war verlassen und trieb wie ein leichtes Stück Kork auf dem Wasser. Und wo war Deborah geblieben? Plötzlich gewahrte er zwei Köpfe, die bei dem tosenden Wirbel zwischen den Felsen an die Oberfläche kamen. Simon war ins Wasser geglitten – und Deborah unternahm den verzweifelten Versuch, ihn zu retten.

Andy zögerte keine Sekunde länger. Indem er Jacke und Mütze wegwarf, stürzte er sich kopfüber in die wilde See, ergriff das kleine Boot und kämpfte sich zu dem Wirbel hinüber – nicht mit der rasch schwindenden Kraft eines alten Mannes, sondern mit der Energie und dem Schwung eines Mannes, der im besten Alter ist. Hätte jemand diese gewaltige Leistung mitangesehen, wäre ihm die Vorstellung von dem „alten Bootsmann", die er all die Jahre in ihm erweckt hatte, restlos zerschlagen worden.

Aber niemand wurde Zeuge dieser Rettungstat. Ungeachtet der eigenen Sicherheit erreichte er schließlich den Strudel und fand zwei besinnungslose Menschen vor. Simon, völlig entkräftet und erschöpft, aber sonst anscheinend unverletzt, war auf einen der Felsen gezerrt worden, wo er verhältnismäßig sicher war – das war Deborahs letzte Anstrengung gewesen, bevor sie von den Wellen gegen dieselben Felsen geworfen und dabei bewußtlos geworden war. Aber sie war nirgends zu sehen. Und als er jetzt auf der Suche ringsum das Wasser abtastete, glaubte er einige schreckliche Sekunden lang, daß er zu spät gekommen wäre. Aber als er noch einmal hinabgetaucht war, brachte er die schlaffe, leblose Gestalt des Mädchens auf seinen starken Armen an die Oberfläche. Und keiner hörte den verzweifelten Schrei, der sich seinem Munde entrang, als er auf ihr zerschundenes und blutendes Gesicht herabblickte – niemand, außer dem einen, dessen Ohr immer offen ist für den Schrei seiner Kinder ... Zum ersten Mal nach vielen Jahren betete Andy. Er meinte, vergessen zu haben, wie man betet, aber er rang sich die Worte so schlicht und aufrichtig aus dem Herzen, daß sie ganz gewiß bis zum Thron der Gnade gelangten. „Oh Gott", rief er stoßweise, „erbarme dich – erbarme dich ... "

Es war auch niemand da, der mit ansehen konnte, welche übermenschliche Anstrengung es ihn kostete, sie beide in dem kleinen Boot ans Ufer zu bringen; niemand konnte ihm bei der schweren und wichtigen Entscheidung behilflich sein, welchen von beiden er für gewisse Zeit verlassen sollte, um den anderen auf dem Rücken mühsam die steile Wand des Riffes hinaufzuschleppen – in Emily Forresters kleines Haus, wo man am nächsten Erste Hilfe leisten und einen Arzt herbeiholen konnte.

Er ließ den immer noch besinnungslosen Simon im Boot zurück, das er fest an den Felsen vertäute. Er kämpfte sich gerade mit seiner teuren Last auf den Armen das steile Riff hoch, als er plötzlich bemerkte, daß er von der Spitze des Riffes aus von zwei Männern beobachtet wurde. Einer von den beiden kam ihm sofort zu Hilfe, nachdem er ihn erblickt hatte.

„Warten Sie nur – ich komme schon!" Die Stimme kannte er. Und bevor er voll begreifen konnte, was geschah, war Murray Chesterfield schon an seiner Seite, faßte mit an und half ihm über das letzte, sich endlos dehnende Wegstück bis zur Spitze des Riffes, wo Sir Gilbert sie beide besorgt erwartete.

„Wie kommen Sie denn hierher?" keuchte Andy atemlos. „Wie konnten Sie das erfahren?"

Während Murray sich besorgt über das bewußtlose Mädchen beugte, erklärte Sir Gilbert mit wenigen Worten, wie sie beide hierhergekommen waren.

„Ich wußte, daß Simon vorhatte, gestern abend hierher zu kommen – und ich dachte, Deborah könnte auch herkommen. So konnte ich keine Ruhe finden. Sobald es hell wurde, machte ich Murray den Vorschlag, daß wir vielleicht hierher gehen sollten für den Fall, daß wir gebraucht werden. Wir sind Frau Forrester auf dem Weg begegnet und sie sagte uns, wo Sie zu finden sind."

Andy schöpfte tief Atem. „So hat Gott mein Gebet von vorhin auf wunderbare Weise erhört", sagte er sachlich. „Ich kann Ihnen gar nicht sagen, wie sehr ich gebetet habe, als ich Deborah dort unten fand."

„Sie braucht auch jetzt noch Ihre Gebete", mischte sich jetzt auch Murray ins Gespräch. „Sie hat eine böse Verletzung davongetragen und außerdem viel Blut verloren."

Seine beiden Begleiter tauschten besorgte Blicke. „Sie wollen damit doch nicht sagen – ?" begann Andy atemlos.

„Sie braucht sofort ärztliche Hilfe", fuhr Murray barsch fort. „Wir werden sie dort in das kleine Haus bringen müssen – ich würde nicht wagen, sie irgendwohin mit dem Wagen zu fahren. Andy, wenn Sie mir helfen, können wir sie behutsam tragen. Bis zu Frau Forrester ist es nicht weit. Und dann werde ich sie bei dir lassen, Onkel Gilbert, während ich schnell ins Heim laufe und meine Instrumententasche hole, um Erste Hilfe zu leisten. Und ich glaube, wir müssen auch Frau Lee verständigen."

„Ja, Murray", entgegnete Sir Gilbert „ich glaube, du hast recht."

Andy sagte nichts. Schweigend, mit grimmigem Gesicht befolgte er Murrays Anweisungen. Den schlaffen und zerschundenen Körper des Mädchens zwischen sich, gingen sie langsam über das Riff und auf das kleine, weiße Häuschen zu, wo Emily Forrester sie schon ängstlich erwartete.

„Und was ist mit Simon?" wagte Sir Gilbert zaghaft zu fragen, als sie sich dem Tor des Häuschens näherten.

„Ich kann allein mit ihm fertig werden", sagte Andy kurz. „Ich glaube, bei ihm wird schon alles in Ordnung sein, wenn er erst einmal zu sich kommt. Ich werde ihn zu mir bringen – dazu können wir noch ein Stück das Boot benutzen. Es wird so leichter sein. Ich gehe jetzt zu ihm zurück, wir sehen uns dann später wieder." Sie legten das Mädchen behutsam auf Emily Forresters Bett. Dann drehte sich Andy rasch um und ging wortlos davon.

„Es setzt ihm schlimm zu", bemerkte Sir Gilbert, der dem Davongehenden mit den Augen gefolgt war.

„Nun, er hat in der letzten Stunde auch eine Menge durchgemacht", sagte Murray, der sich schnell vorbereitete, seine Patientin allein zu lassen und so schnell er konnte, zum Heim zurückzueilen. „Aber wenn er nicht dagewesen wäre, dann wäre Deborah überhaupt nicht hier, sondern irgendwo auf dem Grunde des Strudels – das kann sein Trost sein."

Aber Andy war nicht gerade getröstet, als er zum Boot und zu Simon zurückkehrte. Seine Hände zitterten, als er das Stück Treibholz aufhob, das er als Ruder benutzt hatte, und das Schiff ins Wasser schob, um an einer besser zugänglichen Stelle der Küste an Land zu gehen. So tief war er in Gedanken, daß er nicht zu bemerken schien, wie sein Fahrgast sich zu rühren begann. Erst als Simon sich unter großer Anstrengung in eine halb sitzende Stellung hochgearbeitet hatte, schien Andy wahrzunehmen, daß er auf dem Boden des Bootes lag.

„Wo bin ich?" fragte er verwirrt und blickte erstaunt um sich. „Haben Sie mich rausgeholt, Andy? Wo bringen Sie mich jetzt hin?"

„Fürs erste in meine Goldgrube – bis Sie wieder zu sich kommen", sagte der Bootsmann und zwang sich dabei zu einem Lächeln. „Was dann wird – nun, wir werden sehen."

„Was ist denn? Was ist passiert?" fragte Simon und versuchte, sich mit der Hand über den schmerzenden Kopf zu streichen. Aber seine Hände und Finger waren steif und vor Kälte taub; und auch seine Füße und Beine ließen sich nur schwer bewegen.

Andy schüttelte sich, um aus seinen Träumen aufzuwachen. „Es wird Ihnen besser gehen, wenn Sie erst ein wenig aufgetaut sind – Sie sind jetzt nur sehr erschöpft. Ich weiß nicht, wie lange Sie da draußen an dem Felsen gehangen haben."

Simon ließ sich wieder zurücksinken und schloß die Augen. „O ja – jetzt erinnere ich mich wieder. Ich verlor das Boot und strandete." Plötzlich erhob er sich wieder mit einem Ruck. „Aber wo ist Deborah? Sie war doch auch dort, nicht wahr?"

„Ja, Deborah sah Sie und fuhr hinaus, um Sie zu bergen."

Simon nickte. „Ja, ich erinnere mich, daß ich ihr zurief, sie solle zurückgehen."

„Aber sie hat Ihren Ruf nicht befolgt." Der Bootsmann blickte mit einem bedeutungsvollen Kopfschütteln zu dem jungen Mann hinunter. „Sie fuhr hinaus und hat Ihnen das Leben gerettet."

Nur langsam begann Simon in seinem immer noch verwirrten Geist zu begreifen, was die Worte des Bootsmannes bedeuteten. Er wandte seinen Kopf zur Seite, als wolle er sein Gesicht vor dem brennenden Blick Andys verbergen. „Oh, Gott möge mir beistehen!" stöhnte er.

„Ich glaube, Sie sollten lieber sagen ‚Gott helfe ihr!' " sagte der Bootsmann grimmig.

„Warum?" Simon stützte sich auf dem Ellenbogen auf. „Wo ist sie?"

Andy seufzte. „Sie befindet sich in guten Händen. Murray Chesterfield kümmert sich in Emily Forresters kleinem Haus um sie. Aber sie hat eine böse Verletzung, glaube ich." Seine Stimme verlor sich in einem ängstlichen Zittern.

Simons ohnehin schon bleiches Gesicht wurde aschfahl. „Ich muß zu ihr – und sie sehen!" stieß er heiser hervor. „Andy, lassen Sie mich zu ihr!"

„Sobald Sie sich wieder genügend erholt haben und wir uns anständig angezogen haben, gehen wir zusammen zu ihr." Andy sprach plötzlich sehr bestimmt, wie man es sonst nicht bei ihm gewohnt war.

„Ja – das ist gut", pflichtete ihm Simon bei. Ihm fiel

plötzlich eine Veränderung im Wesen seines Begleiters auf, die er sich nicht erklären konnte. Vielleicht hing es auch nur damit zusammen, daß er selbst von dem hinter ihm liegenden Erlebnis noch ganz benommen und verwirrt war, aber Old Andy schien sich plötzlich völlig verändert zu haben...

Eine Stunde später befanden sie sich beide in dem schmucken, kleinen Häuschen, das aus nur zwei Räumen bestand. Simons Lebensgeister wurden durch eine Tasse dampfenden Tees rasch wieder geweckt. Und als er sich dann auch völlig umgezogen hatte, nachdem ihm sein Freund aus dem hohen Schrank am Fußende des Bettes einen fast neuen Anzug gab, wurde ihm langsam klar, daß er nicht träumte, als er Old Andy mit einem Rasiermesser in der Hand zu einem kleinen Wandspiegel hinübergehen sah.

„Was haben Sie vor?" wollte er wissen.

Andy antwortete nicht gleich, aber als er sich umdrehte, um seinen Freund anzuschauen, war die eine Hälfte seines Bartes schon dem Rasiermesser zum Opfer gefallen.

„Ich habe nur zu lange den anderen etwas vorgespielt, Simon", sagte er langsam. In seinen dunklen Augen brannte ein tiefes und starkes Feuer. „Aber jetzt glaube ich, daß ich mir das Recht erworben habe, mich selbst bekannt zu machen als der, der ich wirklich bin. Und ich habe die Absicht, es auf mich zu nehmen." Er schwieg und blickte dem jungen Mann offen ins Gesicht. „Und wenn Sie den Rat eines Menschen annehmen wollen, der dazu ein Recht hat, Simon – dann werden Sie sich auch – Deborah gegenüber – offenbaren. Schieben Sie es nicht solange auf, bis es zu spät ist."

Simon gab keine Antwort. Eine Fülle von Fragen jagten sich in seinem Gehirn, aber er schien sie nicht in Worte fassen zu können. Aber das schien jetzt auch nicht wesentlich, denn beide Männer waren in Gedanken viel zu sehr mit sich selbst beschäftigt, als sie nun auf das kleine, weiße Haus oben auf dem Riff zugingen...

In Emily Forresters kleinem Haus herrschte ein lebhaftes Treiben, als sie an die Gartenpforte kamen. Fragend blickten sich die beiden Männer an. Wie würden sie sich beide denen da drinnen ankündigen?

‚Old Andy' – sauber rasiert, gepflegt, eine eindrucksvolle Gestalt in einem eleganten Anzug, den er lange Zeit nicht getragen hatte, trat als erster vor, stieß das Gartentörchen auf und schritt über Emily Forresters Gartenweg, der auf beiden Seiten von ihren geliebten Rosen eingerahmt war.

Auf halbem Wege zur Haustür blieb er stehen, Simon dicht hinter ihm. Die Stimmen drinnen waren jetzt deutlicher zu unterscheiden; aber über ihnen allen hörte er eine Stimme, die ihn in Erinnerung einen unendlich weiten Weg zurückführte . . .

„Der arme Old Andy!" ließ sich jetzt Constance Lees Stimme vernehmen, „daß ausgerechnet er Deborah das Leben gerettet hat. Oh, Sir Gilbert, ich muß ihn sehen und ihm danken."

„Er kommt schon, Frau Lee." Es war die Stimme Sir Gilberts. „Kommen Sie, ich bringe Sie zu ihm!"

Andy blieb wie angewurzelt stehen, als sich jetzt die Haustür öffnete und Sir Gilbert beiseite trat, um seiner Begleiterin den Vortritt zu lassen. Vor seinen Augen stand das Bild einer energischen, kräftigen und attraktiven Frau, die ihm mit ausgestreckten Armen entgegeneilte.

„Herr Andrews", begann sie. Dann stand auch sie wie erstarrt. Denn der Mann, den sie da vor sich sah, war nicht der bärtige, alte Bootsmann, sondern der Mann, dem sie vor so langer Zeit ihre Liebe und Treue geschenkt hatte – älter geworden, auf seinem Gesicht die Spuren des Leides, das sie in ihrer Blindheit über ihn gebracht hatte . . ., der Mann, für den sie unaufhörlich gebetet hatte, seitdem sie selbst in ihrem Leben die Liebe und Vergebung Gottes erfuhr.

„Andrew!" stieß sie krampfhaft hervor. „Oh, Andrew!"

„Constance!" murmelte er und trat auf sie zu.

Im nächsten Augenblick lagen sie sich in den Armen. Vergessen war der Schmerz der langen Jahre der Trennung in diesem einen Augenblick höchster Glückseligkeit, die ihre Herzen durchflutete wie der süße und betäubende Duft der herrlichen Rosen, die an beiden Seiten des Weges blühten.

25

Simon schaute zu, als Andrew und Constance Lee Arm in Arm davongingen, um in der Abgeschiedenheit und dem Frieden von Emily Forresters Garten ganz allein zu sein. Dann schritt er auf die Vorhalle zu, von der aus Sir Gilbert ihm schon entgegenkam.

„Simon!" rief der ältere Mann bewegt und schüttelte ihm warm die Hand. „Gott sei Dank, daß Sie gerettet sind! So hat Gott auch dieses Gebet erhört!"

„Ja – aber was ist mit Deborah?" fragte er besorgt. „Wie geht es ihr?"

„Sie ist auf dem Wege der Besserung."

„Simon –." Sir Gilbert nahm ihn beim Arm. „Gehen wir doch ein wenig in den Garten. Ich habe Ihnen etwas zu sagen . . ."

Simon warf ihm einen kurzen Blick zu. „Was wissen Sie über Deborah – ?"

Sir Gilbert nickte. „Ja – und ich fürchte, daß es Ihnen nicht leicht fallen wird, diese Nachricht zu verkraften." Er seufzte.

Heftig wandte sich Simon zu ihm um und blickte ihm gerade ins Gesicht, die Augen vor plötzlicher, namenloser Furcht weit aufgerissen. „Was ist es?" drängte er. „Ich will die Wahrheit wissen, Sir Gilbert."

Sir Gilbert seufzte. „Sie sollen die Wahrheit erfahren, mein Junge. Ich könnte Ihnen nie etwas vormachen oder die Wahrheit bemänteln – wenn dies auch das Schlimmste ist, was ich Ihnen jemals sagen mußte."

Simon straffte seine Schultern und streckte entschlossen das Kinn vor, als mache er sich darauf gefaßt, körperlich einen schweren Schlag hinzunehmen. „Erzählen Sie weiter", sagte er mühsam.

„Nun, Deborah wurde heftig auf die Felsen geschleudert, nachdem sie Sie mit letzter Kraft auf die Felsen gezerrt hatte, wo Sie in Sicherheit waren. Also wirklich, wenn Andy nicht gewesen wäre ..."

„Ja, ich weiß – er hat ihr das Leben gerettet. Aber er hat mir davon nichts gesagt. Ich hörte, wie Frau Lee ihm dankte, als sie aus dem Haus trat."

Sir Gilbert lächelte. „Das ist die glückliche Seite der Geschichte, Simon – daß Mann und Frau nach Jahren der Einsamkeit und der Mißverständnisse nun wieder vereint sind."

„Dann – ist Andy wirklich Deborahs Vater?"

„Ja, ich dachte es mir, schon bald nachdem ich ihm begegnet bin. Ich meinte, er hätte sich Ihnen vielleicht schon anvertraut."

„Nein", sagte Simon nachdenklich. „Aber ich wußte, daß er heute hierher kommen würde, um sich Deborah zu erkennen zu geben – das hat er mir gesagt. Erst als ich Zeuge der Begegnung zwischen ihm und Frau Lee wurde, begann ich die Zusammenhänge zu begreifen."

„Gott hat das alles für sie bewerkstelligt, Simon – er sorgt dafür, daß ‚denen, die ihn lieben, alle Dinge zum Besten dienen'. Und ich bin gewiß, daß von ihm her auch aus dem tragischen Teil dieser Geschichte noch etwas Gutes erwachsen wird."

Simon tat einen tiefen Atemzug. „Erzählen Sie schon weiter, Sir Gilbert!"

Es war zu sehen, daß es Sir Gilbert schwerfiel. Dennoch fuhr er in seiner Erzählung fort: „Sie hat eine klaffende Wunde, die auf der einen Gesichtshälfte von oben bis unten verläuft. Wir haben getan, was wir konnten und nichts unversucht gelassen, Murray und ich. Aber es wird trotzdem eine tiefe Narbe zurückbleiben – eine sehr entstellende Narbe ..." Er schwieg. Gespannt beobachtete er den jungen Mann, als ihm jetzt die volle Bedeutung dieser Worte bewußt zu werden begann.

Tiefes Entsetzen zeichnete sich jetzt auf Simons Gesicht ab, und als er endlich wieder Worte fand, war seine Stimme kaum mehr als ein Flüstern. „Dann soll also – dasselbe noch einmal über mich kommen – was ich schon – bei meiner Mutter erleben mußte?"

Mitfühlend drückte Sir Gilbert seinen Arm. „Ja – und nein", sagte er rasch. „Die Narbe – ja, daran kann wohl die medizinische Wissenschaft nichts mehr ändern. Sie wird künftig mit dieser schlimmen Narbe leben müssen. Aber, was am Ende daraus erwächst, Simon, das liegt in Ihrer Hand. Daß ein Sieg anstatt einer Tragödie daraus wird!"

Ein schwacher Schimmer von Hoffnung schien jetzt in die dunklen, unglücklichen Augen Simons zurückzukehren. „Sie meinen – wenn meine Forschungsarbeit Erfolg hat und ich die Lösung des Problems finde, wie man vernarbtes menschliches Zellgewebe wieder gesund und funktionsfähig macht?"

Sir Gilbert nickte. „Ja, das ist die eine Seite, Simon. Und ich bin gewiß, daß Sie früher oder später darin erfolgreich sind. Aber Deborah will mehr als eine Hoffnung, deren Erfüllung vielleicht noch weit entfernt in der Zukunft liegt."

„Mehr?" Simon schaute ihn verdutzt an. „Was könnte ich ihr denn mehr geben?"

„Sich selbst – und Ihre Liebe", sagte Sir Gilbert schlicht. „Sie werden ihr dies doch nicht abschlagen wollen – jetzt, nach allem, was zwischen Ihnen geschehen ist, nicht wahr?"

Simon machte eine Gebärde der Hilflosigkeit. „Ich würde ihr nichts abschlagen, was ihr zu geben in meiner Macht steht. Ich würde sie noch morgen heiraten, Sir Gilbert – nur, ich weiß, daß das nicht richtig wäre!"

„Was haben Sie doch für ein törichtes, verbohrtes und verbittertes Herz, junger Mann", erwiderte Sir Gilbert mit ungewöhnlicher Schärfe. „Das Hindernis existiert nur in Ihrer Vorstellung. Die tüchtigste medizinische Autorität hat es Ihnen versichert und Ihnen alle Bedenken nehmen wollen, Sie aber wollen es nicht annehmen. Sie sind bitter und verärgert über das, was Ihren Eltern zugestoßen ist, und Sie denken, die einzige Antwort darauf wäre, daß Sie sich zu Ihrem eigenen Märtyrer machen. Aber das ist keine Antwort. Sie richten damit nur Ihr – und Deborahs Leben zugrunde."

Simon schüttelte den Kopf. „Deborahs Leben ist jetzt ruiniert", sagte er dumpf, „und im Grunde genommen bin ich daran schuld, wie Sie sagen."

„Das habe ich nicht gesagt", wies Sir Gilbert rasch seinen Vorwurf zurück. „Von diesem Unglück habe ich überhaupt nicht gesprochen, Simon."

„Nein. Aber es bleibt doch die Tatsache, Sir Gilbert, daß Deborah auf Kosten ihres eigenen Lebens das meine gerettet hat. Oh, ich weiß schon, was Sie jetzt sagen: Sie wird weiterleben. Aber das ist doch kein Leben mehr für sie – sondern nur ein tiefunglückliches Dahinexistieren mit einer solch furchtbaren Entstellung. Ich weiß – ich habe gesehen, was meine Mutter durchmachen mußte. Ach, hätte Deborah mich doch nur auch sterben lassen. Es war ein zu hoher Preis – und das nur, um mir das Leben zu retten."

„So dürfen Sie nicht reden, Simon", sagte Sir Gilbert nachdenklich. „Derjenige, der das Opfer bringt, weiß den wahren Wert einer Sache zu ermessen, wenn es ein Opfer ist, das aus der Liebe entspringt. Sehen Sie, die Liebe sieht alles mit anderen Augen. Die Liebe mißt uns selbst einen Wert bei, den wir uns selbst niemals zumessen würden. Die Liebe bringt das Opfer – und rechnet nicht nach, was es kostet." Er schwieg. „Genauso ist es bei Deborah auch gewesen."

Simon schluckte mühsam. „Weiß sie schon – hiervon?"

„Noch nicht. Aber wenn sie es erfährt, ändert das an der Sache gar nichts. Niemals wird sie auf den Gedanken kommen, daß die Kosten zu hoch waren – denn Deborah liebt Sie!"

Vor innerer Bewegung krampfte Simon seine Hände ineinander. „Glauben Sie etwa, ich liebte sie nicht?"

brachte er gequält hervor, „sie bedeutet mir jetzt mehr als je zuvor!"

„Dann sagen Sie es ihr doch, Simon – sagen Sie es ihr!" bat Sir Gilbert ihn mit großem Ernst. „Überzeugen Sie Deborah davon, dann wird keiner von Ihnen beiden Angst vor der Zukunft haben müssen."

„Wie könnte ich das? Was kann ich ihr denn schon bieten?" fragte er in hoffnungsloser Niedergeschlagenheit.

„Sie können sie bitten, Ihre Frau zu werden. Das müssen Sie jetzt. Können Sie sich vorstellen, was sie denken wird, wenn Sie das nicht tun?"

Jetzt trat ein anderer Ausdruck auf sein Gesicht. „Sicher würde sie niemals meinen, daß ich dies zwischen uns stehen lasse."

Sir Gilbert schüttelte den Kopf. „Sie könnte es doch meinen, Simon. Sehen Sie, sie weiß genau, was Sie über Ihre Mutter empfunden haben."

„Aber das war etwas anderes!" Mit zitternder Hand strich sich Simon über die pochende Stirn, und es schien fast so, als wäre es ihm plötzlich wie Schuppen von den Augen gefallen. „Das war etwas anderes! Was meiner Mutter zustieß, lag außerhalb ihrer Kontrolle. Es war das Ergebnis der Schuld eines anderen – ein furchtbares Unglück, das hätte vermieden werden können. Aber dies hier ist etwas anderes. Deborah hat es gewollt – sie tat es für mich!"

Sir Gilbert nickte. In seinen Blicken lag derselbe Glanz, der sich jetzt auch über das Gesicht Simons auszubreiten begann, als er seine letzte und schwerste Frage stellte: „Und die Narbe, Simon?"

Simon tat einen tiefen und schweren Atemzug. „Das ist auch etwas anderes", sagte er langsam, „weil es diesmal einen tieferen Sinn haben wird. Es wird mich immer an das erinnern, was sie für mich getan hat – und uns immer nur noch fester zusammenbinden."

Sir Gilbert ergriff seine Hand. „Das haben Sie gut gesagt, mein Junge. Und ich weiß, Deborah wird denken, daß es nicht umsonst gewesen ist, wenn Sie ihr das sagen. Sie wird es verstehen – weil sie weiß, was es für sie selbst bedeutet, durch das Opfer eines anderen gerettet zu sein. Wir alle wissen es, die dem Kreuz des Herrn Jesus Christus Auge in Auge gegenübergestanden haben – wo er starb, damit wir leben sollten."

Simon schüttelte den Kopf. „Ich glaube, das gehört nicht in diesen Zusammenhang", sagte er unsicher.

„Doch!" mischte sich jetzt eine freundliche, kräftige Stimme aus dem Hintergrund ins Gespräch. Als sie sich beide umwandten, standen sie Myles Trewman gegenüber, dem treuen Pastor, der anscheinend immer wußte, wo Kummer und Sorge war, und der sich immer seinen Leuten zur Verfügung stellte, wenn sie Rat, Zuspruch oder Trost brauchten.

„Myles!" rief Sir Gilbert, der ehrlich erfreut war, seinen alten Bekannten begrüßen zu können. „Wie gut, dich hier zu sehen. Und du kommst gerade zurecht, um Simon zu erklären ..."

„Die Bedeutung des Kreuzes?" Der Pastor brachte für ihn den Satz zu Ende.

„Ja, darüber sprachen wir gerade, als du zu uns tratest."

Myles Trewman schüttelte den Kopf. „Die Bedeutung des Kreuzes Christi werde ich niemals erklären können, Gilbert – du auch nicht. Sogar die Engel im Himmel können es nicht begreifen – wie der Sohn Gottes sich seiner himmlischen Herrlichkeit entäußern und auf die Erde herabkommen konnte, um den schändlichen Tod am Kreuz auf sich zu nehmen. Er liebte die Menschen so sehr, daß er für sie starb – er gab sein Leben, damit du und ich leben sollten. Wenn ich euch das erklären soll, Gilbert – ich kann es nicht!"

Sir Gilbert lächelte. „Ich glaube, ‚erklären' war hier nicht der richtige Ausdruck, Myles. Aber ich höre dich so gern über diese Dinge reden. Ich kann anscheinend immer etwas lernen, wenn ich dir zu Füßen sitze."

„Das einzige, was wir alle tun können, ist, daß wir am

Fuße des Kreuzes sitzen und dort das wunderbare Geheimnis seiner Liebe in unser Herz eindringen lassen", fuhr Myles Trewman fort. „Und das ist das Wunder daran – es war kein Unglücksfall oder das Werk niederträchtiger Menschen. Er hätte nicht ans Kreuz zu gehen brauchen – es war nur Liebe, die ihn dazu trieb. Er wollte sterben – für mich und für dich."

Er blickte von einem zum andern, und sein Blick blieb auf Simon ruhen. „Die beste Gelegenheit, dies zu erkennen, gibt Gott uns immer dann, wenn etwas geschieht – wie heute morgen, Simon."

Simon nickte. „Ja, Herr Trewman, jetzt beginne ich langsam, in all dem einen Sinn zu erkennen – dank Ihnen und Sir Gilbert." Er schwieg einen Augenblick. „Ich habe viele Sorgen und tiefes Unglück in meinem Leben durchlitten, habe an Gott gezweifelt und mich gegen ihn aufgelehnt. Und ich habe immer gedacht, daß er mich mit all dem straft – jetzt aber erkenne ich, daß er mich vielleicht etwas lehren will, was ich auf andere Weise niemals gelernt hätte."

„Dessen bin ich sicher, Simon", warf jetzt Sir Gilbert dazwischen.

„Ja", fuhr der Pastor jetzt fort, „denken Sie immer daran, daß Gott lieber verzeihen als strafen will. ‚Er handelt nicht mit uns nach unsern Sünden' –"

Simon lächelte. „Ja, das habe ich früher schon einmal gehört. Sie müssen nämlich wissen, daß die Bibel mir ganz und gar nicht so fremd ist, wie Sie vielleicht annehmen. Ich wurde in einem gläubigen Elternhaus groß – und es ist mir immer noch etliches davon in Erinnerung. Sagen Sie, gibt es da nicht auch ein Wort, wo es heißt ‚und durch seine Wunden sind wir geheilt'?"

„Oh ja –" Myles Trewman und Sir Gilbert sahen sich gegenseitig mit einem vielsagenden Blick an und sahen dann den jungen Mann an, der sich jetzt auf dem Weg vorantastete, der ihn aus der Finsternis zum Licht führen sollte. Sie wiederholten nun gemeinsam den Vers, der ihnen beiden so kostbar geworden war. „Er ist um unserer Missetat willen verwundet und um unserer Sünde willen zerschlagen; die Strafe liegt auf ihm, auf daß wir Frieden hätten, und durch seine Wunden sind wir geheilt."

Und während Simon diesen Worten lauschte, brachen sie den letzten Widerstand seines störrischen und rebellischen Herzens. Bewegt ergriff er jeden der Männer, die Gott gebraucht hatte, um ihn zur Buße und zum Glauben zu führen, bei ihrer Hand und beugte sein Haupt in demütiger Ergebung. „Oh Gott", betete er, „ich kann es nicht begreifen – aber ich glaube es dennoch. Hilf du meinem Unglauben!"

Und der Gott, dessen Ohren immer offenstehen, auch für den schwächsten Ruf seiner schwachen und irrenden Kinder, erhörte sein Gebet und gab sich ihm zu erkennen.

So betrat wenige Minuten später ein völlig verwandelter Simon in Begleitung Sir Gilberts und des Pastors das kleine Haus, gehalten durch die Kraft seines neugefundenen Glaubens und bereit, jede Entscheidung oder Aufgabe auf sich zu nehmen, die ihm die nächsten Stunden bringen mochten.

26

Jener Morgen sollte sich vielen Menschen mit seinen dramatischen Ereignissen tief in die Erinnerung eingraben – Emily Forrester inbegriffen; denn schon viele Jahre war Dover Cottage nicht mehr Schauplatz von soviel aufregender Geschäftigkeit gewesen.

Normalerweise wäre die alte Dame auch heute ruhig ihren häuslichen Pflichten nachgegangen und hätte sich für den Gang zum Gottesdienst gerüstet, den sie so sehr liebte. Aber jetzt, wo es in ihrem Hause so ungewohnt lebhaft zuging und so viele Menschen ein und aus gingen, hatte sie tatsächlich beinahe vergessen, daß heute Sonntag war...

Zuallererst war es heute morgen das Erlebnis auf den Klippen vor Anbruch des Tages und ihre Begegnung mit Deborah gewesen, was ihr viel Aufregung verursacht hatte. Und als sie dann wenig später den alten Bootsmann traf, hatte sie darüber auch all das vergessen, was sonst ihr Denken ausfüllte. Old Andy hatte versprochen zurückzukommen und ihr zu erzählen, was Deborah und Simon unten bei den Felsen begegnet war... Er war bis jetzt noch nicht zurückgekommen, dachte sie, als sie jetzt das Feuer im Küchenherd schürte und den Wasserkessel wieder füllte, um den Vorrat an kochendem Wasser nicht ausgehen zu lassen. Aber er würde schon kommen; er hatte ihr ja sein Wort gegeben. Und als ein Mann, der in jedem Fall sein Wort hält, hatte Old Andy auf sie schon immer Eindruck gemacht. Vielleicht mußte er sich jetzt erst einmal von den Strapazen erholen. Nach dem zu urteilen, was die anderen ihr bereits erzählt hatten, mußte er ein wahres Meisterstück vollbracht haben, indem er Deborah und Simon ganz allein, ohne fremde Hilfe, gerettet hatte. Sie hatte jedenfalls jetzt schon genug Leute um sich, ohne daß sie sich um Old Andy Gedanken machte ...

Sir Gilbert und Murray Chesterfield, die das verletzte Mädchen zu ihr hereintrugen, waren die ersten gewesen. Dann war Murray davongeeilt und kurze Zeit später mit Frau Lee und Felicity zurückgekommen. Felicity war ihnen gar nicht lästig gefallen, im Gegenteil: Seitdem sie ins Haus gekommen war, schien von ihr ein wohltuender Strom von Kraft auszugehen, wie ein Bollwerk der Ruhe stand sie inmitten all der aufgeregten Menschen; sie half den beiden Ärzten bei ihrer Operation, als wäre sie für diese Aufgabe geschult. Auch jetzt half Felicity immer noch dem jungen Arzt bei seiner Patientin. Was aber dann mit Frau Lee geschehen war, konnte die alte Dame immer noch nicht ganz fassen. Sie hatte sich im Wohnzimmer aufgehalten und mit Sir Gilbert gesprochen; aber jetzt schienen sie beide verschwunden zu sein. Na ja.

Froh darüber, daß es jetzt im Augenblick etwas ruhiger im Hause geworden war, ging Emily Forrester ins Wohnzimmer hinüber und ließ sich wohlig in einen der Chintzsessel sinken, die man näher an das offene Kaminfeuer geschoben hatte. Die Wärme des offenen Feuers war ihr in den kühlen Stunden des frühen Morgens sehr willkommen gewesen, und sie war jetzt froh, sich die kleine Mühe gemacht zu haben, im Kamin Feuer zu machen. Wie wohl tat ihr jetzt die Wärme, die sich im ganzen Zimmer ausgebreitet hatte. Froh, einige Minuten wohlverdienter Ruhe genießen zu können, lehnte sie sich in ihrem Sessel zurück. Es war noch früh am Tage – eben erst hatte es neun geschlagen. Aber sie war schon vor Tagesanbruch aufgestanden und bis jetzt noch nicht wieder zur Ruhe gekommen. So war es kein Wunder, daß sie jetzt schläfrig zu werden begann.

Die gedämpften Geräusche und Stimmen aus dem vorderen Schlafzimmer, das zu einer Krankenstation geworden zu sein schien, begannen allmählich leiser zu werden, und sie war schon fast eingenickt. Da ließ sie das Geräusch sich von draußen nähernder Schritte und Stimmen mit einem Ruck hochfahren. Da waren sie also alle wieder zurück – und stürmten alle plötzlich verstärkt wieder auf sie ein!

Im ersten Augenblick war sie ganz verwirrt gewesen. Dann erkannte sie zuerst das Gesicht des Pastors. Sie trat auf ihn zu, um ihn mit einem freundlichen Lächeln in ihrem Haus willkommen zu heißen. Seine starke und freundliche Nähe bedeutete ihr in diesem Augenblick einen inneren Halt, als sie das Meer von Gesichtern vor sich sah, das sie am Anfang verwirrte. Sir Gilbert war bei dem Pastor, und neben ihnen stand ein blasser, stiller junger Mann – das mußte wohl Simon sein, durch Deborah hatte sie schon viel von ihm gehört . . . Dann Frau Lee, Deborahs Mutter; sie stützte sich auf den Arm eines großen, breitschultrigen Mannes, den sie noch nie gesehen hatte, und der ihr trotzdem irgendwie vertraut vorkam. Sie wollte eben ihre Frage in Worte fassen, da erschien Murray Chesterfield und eine sehr blasse Felicity in der Tür. Aller Augen waren plötzlich auf die beiden gerichtet.

„Wie geht es ihr?"

Diese ängstliche Frage stand allen auf den Lippen geschrieben, aber Murray war der erste, der das Wort nahm.

„Sie wird wieder gesund werden – jetzt schläft sie", beruhigte sie Murray. Dann führte er Felicity weiter ins Zimmer. „Aber ich glaube, daß unsere ‚Krankenschwester' jetzt dringend eine Ruhepause braucht", fügte er hinzu, indem er lächelnd zu dem Mädchen an seiner Seite hinuntersah. „Sie hat großartige Arbeit geleistet."

„Ja, wirklich", pflichtete ihm Sir Gilbert bei. „Ich weiß gar nicht, was wir ohne sie hätten machen sollen."

„Meinen Glückwunsch, Felicity!" kam jetzt auch die freundliche Stimme des Pastors.

Vor Freude und Verwirrung schoß Felicity das Blut in die blassen Wangen. „Ach, ich habe doch gar nicht viel getan", wehrte sie ab, „ich führte doch nur aus, was man mir auftrug!"

„Das haben Sie aber mit großem Erfolg gemacht", betonte Murray und führte sie zu einem Stuhl. „Wissen Sie, Felicity, ich glaube, Sie würden eine wunderbare Krankenschwester abgeben", sagte er mit ehrlicher Bewunderung.

„Oh, danke, Murray!" Lächelnd sah Felicity zu ihm auf und strich sich dabei eine Strähne ihres blonden Haares aus der Stirn.

Murray mußte sie immer noch anschauen, als er sich jetzt auf der Lehne ihres Sessels niederließ. Ohne den falschen Glanz, mit dem sie sich sonst umgab – wozu sie heute entweder keine Zeit oder Lust gefunden hatte –, hatte sie heute etwas Besonderes an sich, das ihn stark berührte und das er früher nie an ihr bemerkt hatte. War das wirklich dasselbe Mädchen –?

„Du hast heute auch großartige Arbeit geleistet, Murray!" Diese wohlgezielte Bemerkung Sir Gilberts riß ihn aus seinen Gedanken.

„Oh, Onkel Gilbert, ich wüßte nicht, daß ich das Lob dafür in Anspruch nehmen könnte", sagte der junge Mann offen. „Ich will gern zugeben, daß ich ziemlich nervös und aufgeregt dabei war. Und wenn ich nicht gespürt hätte, daß der Herr selbst neben mir steht ..."

„Nur auf diese Weise können wir etwas Lohnendes vollbringen", sagte Myles Trewman zustimmend, „nämlich als ‚Gottes Mitarbeiter'. Sie haben eine große Entdeckung gemacht, Murray."

Der junge Mann nickte. „Ja, wenn wir sehen, wie wir alles bewerkstelligen konnten und wie alles gelaufen ist, müssen wir sagen: Gott ist bei uns gewesen. Wenn Frau Forrester hier nicht zuerst Hilfe geholt hätte – und wenn Andy nicht so mutig ..."

Er hielt mitten im Satz inne, da er plötzlich bemerkte, daß die Beschreibung des alten Bootsmannes auf keinen der Anwesenden paßte. Erstaunt blickte er sich im Zimmer um. „Wo ist Andy?"

„Hier", meldete sich eine ruhige, wohltönende Stimme. Aller Augen waren plötzlich auf die gepflegte, sauber rasierte Gestalt neben Frau Lee gerichtet.

Constance Lee trat vor. Ihre Hand hielt die Hand des Mannes an ihrer Seite so fest, als wolle sie dieselbe nie mehr loslassen.

„Nein", sagte sie, „Old Andy, der Bootsmann, ist nicht hier." Eine erwartungsvolle Stille senkte sich plötzlich über den Raum. „Pastor Trewman – Frau Forrester – Sie alle hier" – ihre Stimme zitterte –, „Gott hat uns endlich zusammengeführt. Ich darf Ihnen allen hiermit Andrew Lee, meinen Mann und Deborahs Vater, vorstellen."

„Na – das ist aber eine frohe Überraschung!" Alle gaben plötzlich ihrem freudigen Erstaunen Ausdruck und wünschten alles Gute. Myles Trewman war der erste, der mit ausgestreckten Armen auf sie zuging und ihnen beiden von Herzen gratulierte. „Gott segne Sie!" sagte er bewegt.

Andrew Lee räusperte sich. „Gott hat mich weit mehr gesegnet, als ich es verdient habe", sagte er heiser. „Ich habe kaum noch zu hoffen gewagt, daß meine Frau mich noch einmal bei sich aufnimmt, nachdem all das zwischen uns getreten war."

„Es war alles meine Schuld!" bekannte Constance Lee. „Wenn ich nur nicht so eifersüchtig gewesen wäre – so bereit, gleich das Schlimmste zu glauben."

„Nein, Constance", unterbrach sie jetzt Andrew entschlossen. „Ich bin der einzig Schuldige – nicht du." Er wandte sich zum Pastor. „Ich bin meiner Frau niemals untreu gewesen. Aber ich habe in einer Weise gehandelt, daß unsere Beziehung zueinander in den schrecklichen Verdacht geriet – darum bin ich im Unrecht gewesen. Ich habe später meinen Irrtum eingesehen, als ich den Schaden angerichtet hatte."

„Ja", stimmte ihm jetzt wieder der Pastor zu. „So vergibt Gott auch, und nur so kann er uns lehren, einander zu vergeben. Jene Höhen können wir nicht ohne seine Liebe und Gnade in unseren Herzen erreichen."

Constance Lee nickte. „Das weiß ich – jetzt", sagte sie stockend.

„Aber ich konnte doch auch nicht erwarten, daß sie mir

vergibt, wenn sie die Situation gar nicht kannte", sagte Andrew mit Nachdruck. „Sehen Sie, ich habe meiner Frau nie gesagt, daß ich Interesse an der Schauspielkunst hatte. Ich erzählte ihr auch nichts von meinen Verbindungen mit jener anderen Frau. Und als sie davon erfuhr, war es schon zu spät."

Emily Forrester, die neben dem Pastor stand und bisher still zugehört hatte, nahm an dieser Stelle das Wort, indem sie beider Hände ergriff. „Mein lieber Mann und ich hatten miteinander eine lange und glückliche Ehe – fast fünfzig Jahre waren uns vergönnt" sagte sie mit leuchtenden Augen, „und wir haben uns immer an die schlichte Regel gehalten: niemals irgendein Geheimnis voreinander zu haben. Und wenn uns irgend etwas zum Problem wurde, legten wir alles im Gebet Gott hin."

„Danke, Frau Forrester!" Constance Lee legte einen Arm um die Schulter der alten Dame und drückte ihr einen freundschaftlichen Kuß auf die Wange. „Andrew und ich wollen noch einmal ganz neu miteinander beginnen und uns immer an das erinnern, was Sie eben gesagt haben."

„Das werden wir bestimmt!" Jetzt ergriff auch Andrew ihre Hand und drückte sie fest.

„Weiß eigentlich Deborah schon etwas davon?" ließ sich jetzt Murray vernehmen, der leise mit den anderen gesprochen hatte.

„Nein", sagte Frau Lee. „Aber sobald sie aufwacht, wollen wir ihr die wunderbare Neuigkeit mitteilen, Murray – das heißt, wenn Sie meinen, daß sie gesundheitlich dieser Nachricht gewachsen ist."

Murray spitzte seinen Mund. „Nun, ich weiß nicht recht. Es könnte sie vielleicht zu sehr aufregen."

„Da bin ich nicht ganz Ihrer Meinung", sagte Andrew nachdenklich. „Zwischen uns hat immer ein festes Band bestanden. Und manchmal dachte ich, daß sie gespürt hat, wir gehörten zueinander, obgleich sie nie erfuhr, wer ich wirklich bin." Er schluckte. „Und daß sie mir all diese Jahre ein solches Vertrauen entgegenbrachte, war das einzige, was die Hoffnung in meinem Herzen wachhielt."

„Ja, Murray", bemerkte Sir Gilbert, „Deborahs Vater hat recht – dessen bin ich sicher."

Aber Murray schien immer noch Bedenken zu haben. „Deborah hat selbst eine Menge, womit sie erst einmal fertig werden muß, und sie wird all das Neue, was jetzt über sie hereinbricht, nur schrittweise aufnehmen können. Sie hat viel durchgemacht. Und die Nachwirkungen dieses Unfalls werden ihr noch zu schaffen machen, wenn sie alles erfährt."

Simon trat jetzt einen Schritt vor. „Wir werden gemeinsam damit fertig werden, Deborah und ich", sagte er entschlossen. „Sobald sie sich genügend erholt hat, werde ich sie heiraten, das heißt, wenn Sie Ihre Zustimmung dazu geben, Frau Lee." Ehrerbietig verbeugte er sich vor Deborahs Mutter. „Ich glaube, die Zustimmung ihres Vaters habe ich schon", fuhr er lächelnd fort. „Andy – oder besser Herr Lee – weiß, was ich für Deborah empfinde. Ich liebe sie, Frau Lee, und meine soziale Stellung erlaubt es mir, ihr ein gutes und angenehmes Leben zu bieten."

Constance Lee streckte ihm ihre Hand hin. „Ich - ich glaube wirklich nicht, daß das so wichtig ist, Simon", sagte sie mit Tränen in den Augen. „Solange Sie einander lieben, ist schon alles gut – denn Liebe ist das Wichtigste auf der Welt."

„Ich weiß", sagte er und erwiderte fest ihren Händedruck. „Gott ist mein Zeuge, Frau Lee, daß Deborah immer der Mensch sein wird, dem ich alle Liebe und Zuneigung zuwende – bis ich sterbe."

Constance Lee lächelte, gestützt auf den starken Arm ihres Gatten, der sie jetzt näher an sich zog. „Danke, Simon. Mehr hätte ich von Ihnen für meine Tochter nicht erbitten können."

„Und ich auch nicht", pflichtete ihr jetzt Andrew bei und legte bewegt dem jungen Mann seine Hand auf die Schulter.

„Ja", mischte sich nun auch der Pastor mit einem

Augenzwinkern ins Gespräch, „es sieht ganz so aus, als müßten wir die Kirche für eine neue Hochzeit ausschmücken, Frau Forrester."

„Vielleicht sogar für eine Doppelhochzeit, mein lieber Myles!" ließ sich jetzt lebhaft Sir Gilbert vernehmen; „denn sobald sich Sylvia gesundheitlich genügend erholt hat, werde ich sie bitten, meine Frau zu werden."

„Meinen Glückwunsch, Onkel Gilbert!" rief Murray aufgeregt. „Diesen Schritt hättest du schon längst tun sollen!"

„Ja", erwiderte Sir Gilbert gedankenvoll. „Wir werden eine Menge verlorener Jahre aufholen müssen, und das alles nur, weil wir so stolz und töricht waren."

Myles Trewman wandte sich Murray zu und hob warnend seinen Zeigefinger. „Daraus sollten Sie jetzt lernen, junger Mann", sagte er scherzhaft.

Murray Chesterfield, der immer noch auf der Lehne von Felicitys Sessel saß, sah aus, als sei er in Gedanken weit weg. „Ja, ich hoffe, daß ich eines Tages auch heiraten werde", sagte er sinnend. „Aber jetzt habe ich erst noch eine Aufgabe vor mir, für die ich mich rüsten muß. Ich will Missionsarzt werden – ich weiß, daß Gott mir diese Aufgabe fürs Leben bestimmt hat. Und nach all dem, was er für mich getan hat, kann ich nicht nein sagen."

Myles Trewman blickte ihn freundlich an. „So sei es", sagte er weise. „Gehorsam ist immer der Weg zum Segen gewesen."

„Ja, Gott wird dich bestimmt dafür segnen, mein Junge!" Sir Gilbert kam jetzt auf ihn zu, um seinem Neffen die Hand zu schütteln. „Eines kannst du sicher wissen – du wirst nicht allein hinausgehen!"

„Das ist wahr!" stimmte ihm der Pastor zu; er blickte auf seine Uhr. „Ich fürchte, ich muß Sie jetzt bald verlassen. Es ist schon bald Zeit, daß der Gottesdienst anfängt."

Felicity blickte rasch auf. „Könnte ich mitkommen, Herr Trewman? Ich – ich würde heute früh gern zur Kirche gehen – das heißt, wenn ich hier nicht mehr gebraucht werde", fügte sie eilig hinzu.

Murray Chesterfield legte ihr die Hand auf die Schulter. „Ich glaube, man kann uns hier für etwa eine Stunde gut entbehren", sagte er mit einem Lächeln, „wenn Onkel Gilbert so freundlich ist und bei der Patientin bleibt."

„Gern!" Sir Gilbert war ohne Zögern gleich einverstanden.

Dann ergriff Andrew wieder das Wort. „Meine Frau und ich würden auch gern kommen, Herr Trewman – sobald wir Deborah alleinlassen können." Er schlug die Augen nieder. „Wir möchten unser gemeinsames Leben aufs neue dem Herrn weihen, wie wir jetzt auch gemeinsam ein neues Leben angefangen haben."

„Ja." Constance Lee brachte nur ein Flüstern heraus.

Die alte Frau Forrester strahlte über das ganze Gesicht. „So hat Gott all unsere Gebete erhört – alles, worum wir ihn baten, und noch viel mehr!" erklärte sie mit Inbrunst. „Deborah und ich hatten ein heimliches Abkommen getroffen, für alle die zu beten, die ihr lieb und teuer waren – Sie alle waren in unsere Gebete eingeschlossen", fügte sie erklärend hinzu. „Welch eine Freude für Deborah, wenn sie all diese wunderbaren Neuigkeiten erfährt!"

Jetzt erhob sich Murray Chesterfield, der die gespannten und besorgten Gesichter vor sich sah. „Ich glaube – es könnte jetzt jemand hineingehen", schlug er vor. Aus der Art, wie er das sagte, war deutlich herauszuhören, daß er jetzt nicht an einen dienstlichen Besuch dachte ...

Andrew und Constance Lee waren die ersten, die an das Bett ihrer Tochter traten, dicht gefolgt von Simon.

„Deborah!" flüsterte ihre Mutter; würgend stieg es in ihrer Kehle hoch, als sie den zerzausten Schopf und das stille, blasse Gesicht ihrer Tochter auf dem Kissen sah.

Beim Klang der vertrauten Stimme rührte sie sich und drehte ihren Kopf so, daß der dicke Verband auf ihrer rechten Gesichtshälfte voll zum Vorschein kam. Dann öffnete sie langsam die Augen und blickte auf. „Mutter!" Das Sprechen machte ihr sichtlich Mühe. „Und Herr

Andrews ...”

Andrew trat einen Schritt näher, wobei er seine innere Bewegung nur gewaltsam unterdrücken konnte. „Ich dachte, du würdest mich jetzt nicht erkennen – wo ich meine alte Verkleidung nicht mehr trage”, begann er verlegen.

Deborah versuchte zu lächeln; aber da ihr zerschundenes Gesicht es unmöglich machte, war es nur in ihren Augen zu lesen. „Ja, ich weiß – ich weiß, wer du bist.” In ihren Augen blitzte ein frohes Feuer. „Ich glaube, ich habe es schon lange gewußt. Du bist mein Vater!”

„Oh, Deborah – meine liebe Tochter!” Er ergriff die Hand, die schlaff auf der Decke lag, neigte sein Haupt und brach in Tränen aus, derer er sich nicht schämte.

Constance Lee legte ihren Arm um seine bebenden Schultern, Tränen der Freude in den Augen. „Wir haben uns wiedergefunden, Deborah”, sagte sie leise. „Und nichts soll uns mehr trennen.”

Deborah breitete weit ihre Arme aus, als wolle sie beide umarmen. „Küßt mich – ihr beide!” flüsterte sie. Ein kleiner Seufzer der Zufriedenheit entrang sich ihr, als sie ihre Lippen auf der Stirn spürte ...

Aber als dann Simon an ihr Bett trat, wandte sie sich ab und versuchte, ihr Gesicht in den Kissen zu vergraben.

„Deborah, Liebste!” begann er heiser.

Sie aber stieß einen leichten Schrei aus. „Nein, Simon – nein! Sag das nicht –”

„Ich muß – und ich will es!” Er ließ sich auf der Kante ihres Bettes nieder und nahm ihre zitternde Hand in die seine. „Deborah, ich liebe dich! Ich habe dich immer geliebt – und ich frage dich, ob du meine Frau werden willst.”

„Nein – nein!” Die Schmerzen, die ihr das Sprechen bereitete, waren nichts gegen den unerträglichen Schmerz in ihrem Herzen. „Daraus kann jetzt nie mehr etwas werden, Simon. Ich kam, um dir zu sagen, daß ich dich heiraten wollte – daß dem nichts mehr im Wege stünde. Aber jetzt – ist alles anders.”

„Nein!” widersprach er ihr sanft. „Der einzige Unterschied gegenüber früher ist, daß wir uns jetzt näher sind als je zuvor – deswegen." Bei diesen Worten kniete er neben ihrem Bett nieder und drückte einen Kuß auf den schweren Verband, der ihr Gesicht entstellte.

Tränen traten ihr in die Augen. „Nein, Simon – das kann nicht sein. Siehst du, ich weiß, was du um deine Mutter empfunden hast – und – und ich weiß – ich könnte dich jetzt nie glücklich machen. Diese schreckliche Narbe, die mein Gesicht entstellt, würde immer zwischen uns stehen."

Simon schüttelte den Kopf, leidenschaftlich bohrte sich der Blick seiner dunklen Augen in die ihren. „Deborah", sagte er ernst, „ich habe vieles gelernt – durch das Leiden meiner Mutter – und an dem, was du um meinetwillen gelitten hast. Ich habe den Sinn des Kreuzes Jesu Christi erkannt."

„Oh, Simon!" hauchte sie.

Er beugte sich noch näher zu ihr herab, sie spürte sein Gesicht an ihrer Wange und hörte ihn sagen: „Liebste, ich habe etwas von der umwandelnden Macht der Liebe erfahren. Und das Schönste an dir wird für mich immer – dies hier sein!" Mit großer Zärtlichkeit berührte er ihren Verband. „Das ist der Preis für meine Erlösung – der Maßstab deiner Liebe. Oh, Deborah, meine Liebste!"

„Simon – oh, Simon", rief sie wieder. Im nächsten Augenblick hatte er fest seine Arme um sie geschlungen.

Myles Trewman, der im Hintergrund des Zimmers stand, wandte sich ab, um die Tränen zu verbergen, die ihm jetzt in den Augen standen – er hatte einen neuen Entschluß gefaßt. Die unerwarteten Ereignisse des Morgens, an denen er hatte teilnehmen dürfen, hatten ihn jetzt dazu geführt, daß er den vorbereiteten Predigttext der Gemeinde nicht predigen würde, die in wenigen Minuten seine Botschaft erwartete. Er hatte sich überlegt, welches Wort er wohl nehmen könnte, um in seiner Predigt das auszusprechen, was ihn im innersten Herzen bewegte.

Jetzt hatte er ein Wort gefunden. „Denn Liebe ist stark wie der Tod... Ihre Glut ist feurig und eine Flamme des Herrn, so daß auch viele Wasser die Liebe nicht auslöschen und Ströme sie nicht ertränken können."

ENDE

Marjorie Buckingham: DOROTHEA

MARJORIE BUCKINGHAM

DOROTHEA

SCHULTE & GERTH

1

HERZLICHEN GLÜCKWUNSCH!

Dorothea Marmann nickte zustimmend, als sie sich im Spiegel ihres Schlafzimmers betrachtete.

Dieser bezaubernde Lippenstift war schon ein Fortschritt, sagte sie sich. Schade, daß sie ihn nicht schon eher benutzt hatte! Alle meinten das – alle, außer ihrer Familie! Schon bei dem Gedanken, ihnen jetzt beim Kaffeetisch gegenübersitzen zu müssen, schnitt sie eine Grimasse.

Wie würden sie reagieren, wenn sie ihr Rouge sahen? Schon im voraus wußte sie die Antwort - Vaters Blick voll offener Mißbilligung, der etwas mildere, aber nicht weniger nachdrückliche Protest ihrer Mutter, und sogar Michael und Thomas, ihre Brüder, würden sagen, sie solle den Lippenstift sein lassen. Alle waren gegen sie!

Ja, alle waren gegen sie, und niemand teilte ihre Meinung. Schon immer war das so! Leider! In ihr begann es zu kochen.

Man stelle sich nur ein junges Mädchen vor, das versucht, mit der Zeit zu gehen und einen so frommen und würdevollen Namen wie „Dorothea" trägt! „Geschenk Gottes" bedeutet dieser Name. Die junge Dame konnte ihn einfach nicht mehr ausstehen. Ihre Eltern hatten sie nie gefragt, ob sie so heißen wolle. Sie versuchten immer, in alles eine geistliche Bedeutung hineinzulegen – auch in die Namen ihrer Kinder.

Davon hielt Dorothea nichts. Ihre Töchter - falls sie einmal welche hätte - sollten auf jeden Fall andere, moderne Namen bekommen. Sonja vielleicht, oder Jasmin oder Pia - auf jeden Fall etwas ganz Apartes. Aber so etwas wie Dorothea! . . . Oh, wie sie diesen Namen haßte!

Die Kolleginnen im Büro nannten sie alle Dorli. Das war zwar eine Abkürzung ihres Namens, klang aber nicht so geschraubt wie Dorothea. Sie mochte es gern, wenn man sie so nannte. Und überhaupt hatte sie ihre Kolleginnen gern, weil sie gleiche Ansichten vertraten und nicht so fromm waren wie ihre Eltern und Geschwister. Am Arbeitsplatz, unter ihresgleichen, fühlte sie sich wohler als in ihrem Elternhaus.

Eines der jungen Mädchen hatte ihr sogar dabei geholfen, in einem Kosmetiksalon den Lippenstift zu kaufen. Sie selbst hatte so wenig Ahnung von diesen Dingen, daß man ihr alles hätte andrehen können, wenn Inge nicht dabei gewesen wäre.

Der Lippenstift hatte weit mehr gekostet als beabsichtigt, aber Inge meinte, er sei genau der richtige für sie - und Inge kannte sich aus in solchen Sachen.

Würde ihre Familie je herausfinden, daß sie ihr Geld für solche vergänglichen Dinge ausgab, wäre ein Donnerwetter fällig.

Bei Familie Marmann wurde sparsam gelebt. Die Familie! Ach ja, auf die Familie mußte man ständig Rücksicht nehmen - vor allem, weil man die Jüngste war. Alle schienen zu glauben, sie würde niemals erwachsen. Dabei fühlte sie sich schon so erwachsen! Denn seit heute zählte sie achtzehn Lenze!

Trotzig warf sie ihren Kopf zurück. Ab heute würde alles anders werden! Alle sollten endlich begreifen, daß sie einen eigenen Kopf hatte - und daß sie so leben würde wie andere Mädchen in dieser Welt - zum Beispiel ihre

Kolleginnen im Büro. Abends gingen sie oft zu Parties oder ins Kino. Es waren junge Mädchen, die das taten, was sie wollten - ohne auf eine altmodische, fromme Familie hören zu müssen. Es waren wahrscheinlich Mädchen mit einem netten, modernen Zuhause. Sie dagegen . . .

Das Haus an sich machte ihr gar nicht soviel aus, obwohl sie schon oft gewünscht hatte, es wäre nicht ganz so altmodisch mit seinem grauen Schieferdach und den großen Erkerfenstern, die fast vom Boden bis zur Decke der Zimmer reichten, mit der massiven Haustür mit dem schweren Messinggriff und den Einsätzen aus buntem Glas an jeder Seite. Aber „Karmel" - so nannte man dieses Haus in Erinnerung an die Geschichte des Propheten Elia auf dem Berge „Karmel" - war von jeher das Heim der Familie Marmann gewesen.

In dieses Haus hatte David Marmann vor fast dreißig Jahren seine junge Braut gebracht. Und hier war jedes der fünf Kinder geboren. Hier hatten sie gespielt, gelacht und herumgetollt, zuerst als Kinder, dann als Teenager, bis sie nun erwachsen wurden.

Freud und Leid hatten sie im Laufe der Jahre abwechselnd erlebt, doch „Karmel" war unverändert geblieben. Das Haus sah immer gleich freundlich und einladend aus. Zweifellos hatte es auch die Charaktere seiner Bewohner mitgeformt. Sogar die Jüngste hatte nichts gegen das Haus an sich einzuwenden, trotz ihrer augenblicklichen rebellischen Stimmung.

Natürlich barg es keinen Luxus, keine unnötigen Gegenstände. Die Möbel waren solide und einfach, man sah auf den ersten Blick, daß sie nicht mehr neu waren. Auch die Teppiche zeigten ziemliche Abnutzungserscheinungen. Deshalb hatte ihre Mutter mit genialem Sinn für alles Häusliche auf die schlimmsten Stellen kleine farbenfrohe Brücken gelegt. Und das Ganze sah eigentlich sehr gut aus.

Dorothea brauchte keine Hemmungen zu haben, ihre Freundinnen hierher einzuladen. Die Wohnung hinderte nicht daran - aber die Familie selbst. Alle waren so schrecklich rückständig.

Meine Eltern sind hoffnungslos altmodisch, dachte sie seufzend. Nicht, daß sie alt an Jahren waren - obwohl der Krieg nicht spurlos an ihnen vorübergegangen war - , aber ihre Ansichten waren museumsreif, fand sie.

Paul, den ältesten Sohn, zu verlieren, war sehr schlimm für sie alle gewesen. Dorotheas Erinnerungen an ihren großen Bruder waren ziemlich dunkel, obwohl ein schönes Foto von ihm in Uniform einen Ehrenplatz am Kamin des Eßzimmers hatte. Sie war noch ein kleines Mädchen gewesen, als er weg mußte, aber er hatte ihr immer geschrieben. Wunderbare Briefe, so daß sie manchmal weinen mußte. Sie hatte sie alle aufbewahrt; immer noch lagen sie ganz unten in ihrer Schublade. Gelegentlich, auch jetzt noch, nahm sie sie heraus und las darin. Um keinen Preis auf der Welt würde sie sich davon trennen wollen.

Sie erinnerte sich auch noch gut an den Abend, an dem sie die Nachricht erhalten hatten, daß Pauls Schiff untergegangen war, ohne daß jemand lebend geborgen werden konnte. Zum erstenmal, soweit ihre Erinnerung zurückreichte, war der Tod in den Familienkreis eingedrungen. Sie war verstört gewesen und hatte sich gefragt, wie ihre Eltern das furchtbare Unglück aufnehmen würden. Aber ihr Vater hatte an diesem Abend das Familiengebet gesprochen wie sonst auch; nur seine Stimme klang etwas heiser, als er den Abschnitt aus der Bibel vorlas, und manchmal schien es, als habe er Schwierigkeiten, die Worte zu erkennen. Trotzdem las er bis zu Ende. An eine Stelle aus dem verlesenen Abschnitt erinnerte sie sich genau: „Tod, wo ist dein Stachel? Hölle, wo ist dein Sieg?"

Die ganze Familie war versammelt gewesen: ihre beiden

Brüder, Michael und Thomas, ihre Schwester Miriam und Jürgen, ganz frisch verheiratet, ihre Mutter und ihr Vater und sie selbst, natürlich. Auch erinnerte sie sich, daß Miriam und Jürgen nach der Lesung eine Liedstrophe gesungen hatten. Sie sangen immer sehr schön, aber an diesem Abend verschmolzen ihre Stimmen noch herrlicher als je mit den Worten: „Wir werden unsere Geliebten eines Tages in der Herrlichkeit des Himmels wiedersehen . . ."

In jener Nacht hatte Dorothea ihre erste Lebenskrise durchzukämpfen. Paul war tot! Sie war wie betäubt. Aber als der erste Schock vorüber war, brachen tausend Fragen über sie herein. Fragen über den Sinn des Todes und des Lebens. Warum? Warum war das geschehen? Warum gerade Paul? Und wie war er dem Tod in seiner letzten Stunde begegnet?

Die Antwort auf diese Fragen wußte sie eigentlich genau - aus seinen Briefen, die er geschrieben hatte. Jeder seiner Briefe brachte die gleiche Gewißheit zum Ausdruck: „Ob ich hier durchkomme oder nicht - ich weiß, daß wir uns alle wiedersehen werden, wenn nicht hier auf Erden, dann in den ‚vielen Wohnungen', die der Herr Jesus uns in seines Vaters Haus bereitet hat. Ich habe mein Vertrauen auf ihn gesetzt, und ich habe keine Angst . . ."

Aber dann war ihr, Dorothea, plötzlich der Gedanke gekommen - angenommen, es hätte *sie* getroffen und nicht Paul! Angenommen, der Tod wäre zu *ihr* gekommen . . . Hätte sie die gleiche Gewißheit gehabt?

Sie war unter dem gleichen Dach groß geworden, von den gleichen Eltern erzogen. Jeden Abend bei Tisch, ihr ganzes Leben lang, hatte sie gehört, wie aus der Bibel vorgelesen wurde. Sie hatte auch Gebete gelernt, schon, als sie noch ganz klein war und auf Muttis Schoß saß. Regelmäßig war sie mit der ganzen Familie zur Kirche gegangen. Aber im Angesicht des Todes hätte nichts davon ihr Gewißheit geben können. Alles schien ihr bedeutungslos, sogar die Tatsache, daß sie sich erst kürzlich in die Gemeinde hatte aufnehmen lassen.

Wieso hatte sie das überhaupt getan? Auf diese Frage fand sie eigentlich keine richtige Antwort. Nur, weil es eben „recht" war, dies zu tun? Weil ihre Familie es von ihr erwartete? Weil es den unangenehmen und peinlichen Fragen ein Ende machte, die ihr ständig gestellt wurden?

Dorothea Marmann war in dieser Nacht ehrlicher mit sich selbst gewesen als je zuvor. Aber als der Morgen graute, sah alles nicht mehr so schlimm aus. Das Leben und die Welt um sie herum waren wieder Wirklichkeit geworden; Tod und Ewigkeit schienen sehr fern. Es war töricht gewesen, sich alles so zu Herzen zu nehmen, schalt sie sich selbst. Und mit einem für sie typischen Achselzucken wies sie die ganze Angelegenheit weit von sich. So war Dorothea Marmann. Ernst und tiefsinnig konnte sie nie lange sein . . .

Die Mädchen im Büro, ja, die waren prima. Sie hatten ihr eine ganze Menge beigebracht, vieles, was sie zu Hause nie gelernt hätte. Anfangs fühlte sie sich sehr unsicher dort. Aber jetzt akzeptierte man sie als eine der ihren. Sie hatte wirklich einige nette Freundinnen gefunden. Und als sie ihnen von ihrer „rückständigen" Familie erzählte, kam jede gleich mit ein paar guten Vorschlägen.

„Ich weiß etwas, Dorli, wir werden dir an deinem Geburtstag eine Freikarte für eine rasante Kinovorstellung schenken!" meinte Inge Deiger schließlich. „Das wäre doch ein guter Anfang für dich!"

„Ach", wandte Dorli ein, „meine Eltern werden es mir sowieso nicht erlauben, mitzugehen."

„Pah!" spöttelte ihre Freundin leichtfertig, „du wirst dich doch nicht dein ganzes Leben lang von deiner Familie gängeln lassen! Ich möchte den sehen, der versucht, mich daran zu hindern, das zu tun, was ich will!"

„Auf jeden Fall, Dorli, wirst du jetzt achtzehn, und da kannst du selbst entscheiden", warf Rosa Best, auch eine ihrer wohlmeinenden Ratgeberinnen, ein.

„Natürlich kannst du das, Dorli", erscholl ein ermutigender Chor von Stimmen. „Geh aus mit uns und zeig es ihnen!"

So arrangierten sie alles für den Abend ihres Geburtstages. Alles war „fix und fertig", wie Inge es ausdrückte; nur mußte sie es noch der Familie beibringen.

Dorli seufzte schwer bei diesem Gedanken. Die Mädchen hatten es leicht, ihr gute Ratschläge zu geben. Sie hatten keine Ahnung, welche Schwierigkeiten das für sie mit sich brachte . . .

„Dorothea!" – die Stimme ihrer Mutter aus dem Eßzimmer riß sie aus ihrer Träumerei. „Dorothea, Liebes, das Essen ist fertig!"

Dorothea schüttelte sich. Der Klang dieses verhaßten Namens feuerte ihre müden Sinne an. Er gehörte zu den Dingen, die sie entschlossen war, abzustellen. Sie würde darauf bestehen, „Dorli" genannt zu werden.

„Ich komme!" rief sie, hastig den letzten Hauch Farbe auf ihren Wangen verteilend. Wenn sie schon ihr Make-up sehen würden, wollte sie es wenigstens ordentlich auftragen, überlegte sie mit einem boshaften Lächeln.

Zufrieden mit ihrem „kultivierten" Aussehen, selbstbeherrscht und ruhig, wie es die Gelegenheit erforderte, drehte sie sich um und ging mit sehr bedächtigen Schritten aus dem Zimmer, durch den langen Flur ins Eßzimmer, wo sie stehenblieb, um zu sehen, was sie dort erwartete.

Der Tisch war mit dem besten Silber und Porzellan gedeckt – des festlichen Anlasses wegen. In der Mitte der Kaffeetafel stand der Kuchen, den ihre Mutter gebacken hatte, verziert mit achtzehn Kerzen. Die ganze Familie war aufgestanden, denn alle warteten darauf, daß Dorothea hereinkäme. Man sah es ihren Gesichtern an, daß sie sich freuten, als sie das Eßzimmer betrat - eine große, schlanke Gestalt in einem braunkarierten Kostüm, das blonde, wellige Haar aus dem Gesicht genommen, die leuchtenden, dunklen Augen und die feinen, regelmäßigen Gesichtszüge.

David Marmann, ein ziemlich hochgewachsener Mann, mit stahlgrauem Haar und einem freundlichen Blick hinter goldumränderten Brillengläsern, rieb sich seine Hände in Vorfreude.

„Komm her, Geburtstagskind!" rief er fröhlich. „Heute abend bist du unser Ehrengast, Dorothea."

Sie erstarrte. Jeder schien zu denken, sie sei acht - und nicht achtzehn! Jetzt oder nie . . .

„Vati, und ihr anderen auch!" protestierte sie, „ich möchte nicht, daß ihr mich weiterhin Dorothea nennt. Ich hasse diesen Namen. Von jetzt an möchte ich Dorli genannt werden."

„Aber - !"

Sie starrten sie alle erstaunt an, bis Thomas' lustiges Kichern die Stille durchbrach - Thomas, der fast einen Kopf größer war als seine Mutter und der sein „kleines Schwesterchen", wie er sie zu nennen pflegte, besonders gern hatte.

„Warum denn, Kleines!" rief er, „das klingt ja ungewohnt aggressiv!"

„Ja, das bin ich auch." Dorli warf ihren Kopf trotzig zurück. „Wenn sich ein Mädchen mit achtzehn nicht durchsetzt, dann wird sie es nie schaffen."

„Nun gut, aber", begann Michael, ihr älterer Bruder, in seiner bedächtigen Art, „ich meine, ‚Dorothea' ist ein großartiger Name."

Dorothea gab keine Antwort, als sie einen Schritt näher kam; und sie vermied es absichtlich, Michaels Blicken zu begegnen. Wenn er einen so anschaute, dann lag in seinem Blick etwas, wobei man sich ganz seltsam und unsicher fühlte. Bei ihrer Schwester Miriam konnte es einem ähnlich gehen. Zum Glück war Miriam wenigstens verheiratet!

„Und wir meinen das auch, nicht wahr, Vater?" sagte Elisabeth Marmann lächelnd zu ihrem Mann.

„Ja", stimmte der sofort zu, „wenn man an all das denkt, was dieser Name bedeutet: ‚Geschenk Gottes', ‚Gabe Gottes'. Dieser Name gibt deinem Leben einen besonderen Wert."

Dem stimmte auch Michael zu.

„Und wenn man ein Geschenk Gottes ist, dann bekommt man auch alles andere von Gott geschenkt, alles", warf Thomas noch ein.

„Ja, ja, schon gut", sagte Dorli ungeduldig und ging zu ihrem Platz und setzte sich. „Ich habe nicht um eine Bibelstunde gebeten. Kommt, laßt uns anfangen zu essen."

Ihr Vater schaute sie fragend an: „Das klingt, als ob du es eilig hättest, mein Kind", bemerkte er. Dann wandelte sich plötzlich sein Gesichtsausdruck, als er die künstliche Farbe auf ihren Wangen und Lippen entdeckte. „Liebes, was hast du denn mit deinem Gesicht gemacht?" sagte er ein wenig entsetzt.

Dorli knirschte mit den Zähnen. Jetzt war der Augenblick gekommen. „Oh, ich versuche halt, ein bißchen mehr aus mir zu machen - das ist alles, Vati", sagte sie und bemühte sich, dabei ganz ruhig und gelassen zu erscheinen; aber ihr Herz klopfte heftig, und die warme, natürliche Farbe, die in ihre Wangen stieg, machte das Make-up völlig unnötig.

„Damit sehe ich doch besser aus, findest du nicht?"

fügte sie ziemlich kühn hinzu, und man merkte, daß sie nicht nur dieses Make-up damit meinte, sondern ganz allgemein fragte.

„Es sieht ganz scheußlich aus", erklärte Thomas mit brüderlicher Offenheit, „mach's ab!"

Die Augen des Mädchens schimmerten gefährlich. „Ich denke nicht daran, es wieder abzumachen!" sagte sie trotzig.

David Marmann klopfte mit den Fingern auf den Tisch zum Zeichen, daß er etwas Wichtiges zu sagen hätte. „Sage mir bitte", fragte er ruhig, „warum möchtest du dieses Make-up auflegen?"

„O, nun ja." Dorothea war etwas aus der Fassung gebracht. Eine solche Reaktion hatte sie nicht erwartet. „Ja, das weiß ich auch nicht genau. Alle schminken sich doch", sagte sie ziemlich gedehnt.

„Und deshalb willst du es auch tun?" fragte ihr Vater beharrlich.

„Nein, so ist das nun auch wieder nicht. Schau, Vati, wenn ein Mädchen kein Make-up auflegt, hat sie heute nicht die geringste Chance."

„Wie meinst du das, Dorothea?" mischte sich nun auch Michael in das Gespräch, der geneigt war, immer der Erörterungsweise seines Vaters zu folgen.

Dorli errötete noch mehr. „Bei den jungen Männern natürlich!" sagte sie ungeduldig.

„Und das ist genau der Punkt, an dem du dich irrst", erklärte ihr Bruder, „ein Mann liebt das Natürliche an einer Frau."

„Ja, aber – "

„Glaubst du, ich hätte Ruth irgendwie anziehend gefunden, wenn sie sich mit Puder und Farbe zugekleistert hätte?"

„Nein! Aber du bist ja auch ganz anders, Michael."

Dorothea seufzte. Es hatte keinen Zweck, ihm etwas klar machen zu wollen; seine Ansichten waren so gesetzt und gefestigt, obwohl er erst vierundzwanzig war. Vielleicht lag es daran, daß er Theologie studierte, obgleich er eigentlich schon immer so gewesen war, dachte sie. „Die meisten jungen Männer sehen diese Dinge anders als du", fügte sie laut hinzu.

„Nun gut, ich kenne mich da nicht so genau aus", meinte Thomas mit einem fröhlichen Augenzwinkern, „also, mir fällt da mindestens *ein* junger Mann ein, der sehr interessiert ist an Dorothea - und zwar ohne die Hilfe von Make-up!"

Herr Marmann nickte zustimmend. „Und Stefan Weller ist ein sehr netter junger Mann!"

„Ach, Stefan!" Dorli zuckte gleichgültig die Achseln. „Er geht mir langsam auf die Nerven. Er will absolut kein 'Nein' als Antwort annehmen. Ich weiß nicht, wie ich es ihm beibringen soll, daß ich ihn nicht mag."

Frau Marmann lächelte kopfschüttelnd. „Nun, sehr große Fortschritte scheint er ja nicht gemacht zu haben - trotz seiner Beharrlichkeit. Manchmal bist du richtig grob zu ihm, weißt du das?"

„Ja, Mutter; aber das ist seine Schuld!" Die Stimme des Mädchens klang richtig feindselig. „Ich habe ihm oft genug gesagt, daß ich ihn nicht will - er ist nicht mein Typ. Ich verstehe nicht, warum er nicht mit den anderen Mädchen aus der Kirche anbändelt."

„Dazu könnte er schon Lust bekommen", gluckste Thomas, „wenn er dich mit dem Geschmiere auf deinem Gesicht sehen würde."

„Werde nicht persönlich, Tom!" Sie gab ihrem Bruder einen scherzhaften Klaps. „Ich dachte schon, von dir könnte ich Unterstützung erwarten, aber du bist genauso wie die anderen."

Thomas Marmann schüttelte den Kopf. „Es tut mir leid, Kleines, aber ich kann das nicht leiden; es ist das gleiche, als ob man eine Lilie vergolden wollte."

„Nun - trotzdem danke", sagte die Schwester, aus ihrer Kälte ein bißchen auftauend durch das kleine Kompliment, das sie im Satz ihres Bruders empfand.

„Ja, Dorothea, gerade das ist es", sagte ihre Mutter ruhig, „auch der größte Aufwand an Make-up kann keiner Frau echte Anmut und wirklichen Charme geben; und wenn sie beides hat, dann ist Make-up in einem solchen Maß überflüssig."

„Ja, das stimmt", pflichtete David Marmann seiner Frau bei und schaute sie glücklich lächelnd an. „Deine Mutter hat nie irgendwelche künstlichen Schönheitsmittel benutzt, und bitte verrate mir, wo kann man eine charmantere und schönere Frau finden?"

Frau Marmann wurde verlegen. „O David!" protestierte sie gleich.

Aber ihr Vater hatte schon recht, das mußte auch seine Tochter zugeben, als sie zu ihrer Mutter hinüberschaute. Es war etwas Anziehendes an ihr, sogar in ihrer großen Küchenschürze, aber es wäre schwierig gewesen zu sagen, worin das Geheimnis ihrer Schönheit lag. Man konnte sie nicht gerade eine hübsche Frau nennen, aber es umgab sie etwas Schönes, etwas, das in ihrem strahlenden Lächeln lag, im Glanz ihrer Augen und in der sanften, weichen Linie ihrer Lippen. Und irgendeine Art von Make-up würde nur gestört haben, das wußte sie. Sie wäre nicht mehr sie selbst, wenn irgend etwas Künstliches an ihr wäre. Aber bei Dorothea war das wieder anders. Sie lebte in einer anderen Welt. Und ihre Familie verstand das nicht.

„Heutzutage ist das anders", beharrte sie verbissen. „Die Leute starren einen ja an, wenn man ohne Make-up 'rumläuft. Man fällt regelrecht auf.”

„Es bedeutet natürlich eine Unterscheidung, Dorothea”, stimmte Vater ihr zu. Im Ernst der Diskussion hatte er ganz vergessen, daß seine Tochter nicht mehr so genannt werden wollte. „Und meiner Meinung nach ist das einer der Gründe, aus denen christliche Mädchen darauf verzichten sollten. Ohne Make-up fällt ein Mädchen gleich auf als eine, die anders ist als die Menge. Trotzdem wollen wir jetzt erst einmal hören, was die Bibel dazu zu sagen hat.”

Seiner Gewohnheit nach griff Herr Marmann zur Bibel, die immer griffbereit auf dem Schrank stand. Er blätterte in ihren abgegriffenen Seiten. „Hier hab' ich's: Der erste Petrusbrief, drittes Kapitel, das sich auf christliche Frauen bezieht - 'Euer Schmuck soll nicht auswendig sein mit Haarflechten und Goldschmuck oder Kleiderpracht, sondern der verborgene Mensch des Herzens im unvergänglichen Schmuck des sanften und stillen Geistes! Das ist köstlich vor Gott'.”

Dorli schaute ihre Mutter noch einmal an. Ja, da war eine Schönheit, die mit äußerlichem Schein überhaupt nichts zu tun hatte. Aber sie entschloß sich, mit ihrer Verteidigung wieder anzufangen, sonst würden sie es so weit bringen, daß sie ihr Make-up wieder wegmachte - nach all der Mühe und dem Geld, das sie investiert hatte!

„Aber, Vater”, protestierte sie mit einem ziemlich gezwungenen Lachen, „du wirst doch sicher nicht erwarten, daß ich in der Bibel nachschlage, um zu erfahren, was ich anziehen soll und was nicht!”

Das Gesicht ihres Vaters hatte einen ernsten Ausdruck. „Gottes Wort ist unser Führer in allen Dingen, Dorothea”, sagte er ruhig, während seine Hand das Buch, das er so sehr liebte, fast streichelte.

„Ach, das ist mir egal”, rief sie trotzig. „Ich bin jetzt achtzehn, und ich habe nicht vor, die einzige zu sein, die kein Make-up benutzt.”

„Aber es gibt hundert andere Mädchen, die es auch nicht tun”, unterbrach sie ihre Mutter. „Deine Schwester, zum Beispiel. Miriam hat nie in ihrem Leben Make-up verwendet.”

Unter dem Schutz der langen, weißen Tischdecke ballte die Achtzehnjährige krampfhaft ihre Hände. Miriam, immer Miriam! Immer stellte man ihr Miriam als Muster hin. Es war schlimm, eine ältere Schwester zu haben. Jeder erwartete, daß man genauso wäre wie sie; daß man alles täte, was sie tat. Nein, auf keinen Fall wollte sie sein wie Miriam. Sie war eben von Natur aus anders. Miriams gesetzliches, muffiges Leben würde sie niemals leben können - sie würde natürlich auch nie einen Mann heiraten wollen wie Jürgen Weber! Nein, sie würde ihr eigenes Leben führen, und gleich jetzt wollte sie damit beginnen. Dann würde sie später sagen können, daß sie richtig zu leben begonnen hatte, als sie achtzehn war.

Tief in ihrem Herzen spürte sie etwas Angst, aber sie versuchte, ihre Befürchtungen zu unterdrücken. Es lag nur an der Familie, sagte sie sich. Die machte sie traurig. Hart mußte Widerstand geleistet werden, wenn sie jemals frei sein wollte.

„Was geht mich Miriam an!” rief sie heftig. „Ich bin Dorli - und nur einmal jung!”

Ihr Vater legte seine Hand auf ihre Schulter. Sein liebevolles Lächeln verbarg die Sorge, die er im Herzen fühlte. „Und du bist auch nur einmal achtzehn, mein Kind”, sagte er und wechselte damit bewußt das Thema.

„Wie wär's mit dem Geburtstagskuchen?”

„Ja, los Dorothea!” rief auch Thomas, „es ist Zeit, daß du die Kerzen ansteckst.”

„Ja, natürlich!” meinte auch Frau Marmann mit einem Lächeln, „wir warten alle darauf, dir unser Geburtstagsständchen zu bringen."

„O, ja", das Geburtstagskind wurde ein wenig freundlicher, „in Ordnung."

Und die schwere Diskussion war für einen Augenblick in dem folgenden fröhlichen Durcheinander vergessen. Während die Kerzen brannten, das Licht im Eßzimmer angemacht wurde und sie einander die Hände gaben im warmen Glanz der brennenden Kerzen, sangen sie: „Viel Glück und viel Segen auf all deinen Wegen . . . "

2

BÖSE AHNUNGEN

Im Haus „Karmel" war solche Fröhlichkeit nichts Ungewöhnliches. Wenn einer aus der Familie Geburtstag hatte, gab es immer Kuchen und eine festlich gedeckte Kaffeetafel.

Manchmal wurde Frau Marmann ein wenig sentimental, wenn sie an die immer größer werdende Zahl der Kerzen dachte, die sie dazu brauchte. „Unsere Familie wird langsam erwachsen, David", sagte sie dann oft versonnen zu ihrem Mann.

„Ja, Mutter", stimmte er ihr dann immer zu, und auch er ließ seine Gedanken zurückwandern durch die Jahre – Jahre, die, trotz all ihrer Mühe und Anstrengung, sie fester miteinander verbunden hatten und die ihnen soviel von der Güte und Gnade des Herrn gezeigt hatten.

Obwohl weiter nichts gesagt wurde an diesem Abend, war es sicher nicht schwer zu erraten, was sie dachten, als sie der Jüngsten in ihrer Familie zuschauten, wie sie ihre achtzehn Kerzen ausblies und den Kuchen in der traditionellen Weise anschnitt.

„Geburtstage sind doch etwas Großartiges", bemerkte Herr Marmann, als sich die laute Fröhlichkeit ein wenig gelegt hatte.

„O ja, das ist wahr!" sagte auch Dorli, und ihre Augen glänzten. Dieser Geburtstag auf jeden Fall, dachte sie.

„Das ist etwas, was wir alle haben - Geburtstag", meinte Thomas philosophisch.

„Und für Christen gibt es noch eine andere Art 'Geburtstag'", warf schließlich Michael nachdenklich ein.

„Ja, Michael, da hast du recht", pflichtete ihm sein Vater bei, „denn der Christ ist wiedergeboren durch den Glauben an den Herrn Jesus Christus."

Nur Dorothea wurde es etwas ungemütlich zumute bei dieser neuen Richtung, die das Gespräch einschlug. „Beeilt euch doch bitte ein bißchen mit dem Kaffee", sagte sie ungeduldig, „es ist schon ganz schön spät geworden."

„Aber wir haben es doch nicht eilig", sagte Frau Marmann, „schon gar nicht, wenn jemand Geburtstag hat."

„Ich will aber heute abend ausgehen, Mutter - und wenn ich mich nicht beeile, werde ich zu spät kommen", sagte Dorli. Es sollte nur ganz beiläufig klingen.

Ihr Vater zog die Augenbrauen hoch. „Ausgehen?" fragte er, „wohin denn?"

Dorli zögerte einen Augenblick, bevor sie zu antworten wagte. „Na ja, die Mädchen im Büro haben mich eingeladen", begann sie etwas unklar, „und wir haben ausgemacht, uns um halb acht zu treffen."

„Ja, aber wohin wollt ihr denn gehen?" fragte David Marmann beharrlich, während er seine Tochter prüfend anschaute.

Die Gefragte rang die Hände. „Wirklich, Vati, ich kann nicht einsehen, warum ich über jede Kleinigkeit Rechenschaft geben sollte. Schließlich bin ich jetzt achtzehn - und kein kleines Kind mehr!"

Herr Marmann lächelte traurig. Gerade jetzt schien sie ihm sehr wenig erwachsen. „Das klingt nicht erwachsen, was du da sagst", gab er ihr zur Antwort.

Dorothea senkte die Augen. Es war schon schlimm genug, daß sie sich selbst nicht so wichtig vorkam wie sie erscheinen wollte. „Ihr behandelt mich alle wie ein Baby, bloß weil ich die Jüngste bin!" rief sie richtig zornig.

„Nein, Kind, das stimmt nicht." Die Mutter lächelte nachsichtig. „Du mußt verstehen, Dorli, es lebt nicht jeder nur für sich selbst. Wir sind eine Familie, und jeden geht es etwas an, was der andere tut."

„Ich kann beim besten Willen nicht einsehen, daß es irgend jemand etwas angeht, was ich tue", war Dorlis rasche Antwort.

David Marmann schüttelte den Kopf. „Ein jeder geht den anderen etwas an; ob uns das nun gefällt oder nicht", sagte er entschieden. „Wir freuen uns gemeinsam, und wir leiden gemeinsam - daran können wir nichts ändern; Gott hat das so gemacht."

„Schon gut, Vater", sagte die Tochter etwas verzweifelt. „Wenn ihr mich jetzt bitte entschuldigen wollt . . . "

Sie schickte sich an, vom Tisch aufzustehen, aber das Gesicht ihres Vaters war streng, als er sie bat zu bleiben. „Einen Augenblick noch, mein Kind", sagte er, „du scheinst das ganz und gar falsch zu verstehen. Ich habe nicht vor, deine Freiheit unnötig einzuschränken. Wir haben dich schließlich gelehrt, was falsch und was richtig ist. Und du mußt jetzt selbst entscheiden, was du tun willst. Aber auf einem bestehe ich trotzdem - ich muß wissen, wohin du gehst."

Die Entschlossenheit in seiner Stimme sagte ihr, daß sie keine andere Wahl hatte, als sich zu fügen.

„Na gut, wenn du es unbedingt wissen mußt", sagte sie widerwillig, „ich gehe ins Kino."

Jetzt war es heraus! Sie sah die ganze Tischgesellschaft herausfordernd an; denn sie wartete auf Protest, den zu hören sie ganz sicher war.

Aber David Marmann zeigte nicht das geringste Zeichen innerer Bewegung, als er ruhig sprach: „Ist gut, Dorothea. Das war alles, was ich wissen wollte."

Sie starrte ihn in sprachlosem Erstaunen an. „Willst du jetzt nicht sagen, daß ich nicht dahin gehen sollte?" forderte sie ihn noch ein letztes Mal heraus.

Der Vater aber schüttelte nur den Kopf. „Das würde wohl nicht viel Zweck haben, oder?" sagte er fast etwas grob. „Du wirst doch schließlich das tun, was du willst."

Das Mädchen wurde rot. „Ja, schon - ach, ich weiß nicht! Also, man kann doch nie sagen, was man bei dieser Familie erwarten soll!"

Irgendwie fühlte sie sich enttäuscht, daß ihre revolutionäre Ankündigung so ruhig hingenommen worden war. Das Ganze schien schon nicht mehr so anziehend, wenn man keine Widerstände in den Weg gelegt bekam.

„Es ist schade, Dorothea, daß du heute abend nicht zu Hause bist", sagte ihre Mutter bedauernd. „Miriam hat heute nachmittag angerufen, daß sie und Jürgen heute abend zu deinem Geburtstag kommen. Enttäuscht werden sie schon sein, wenn du nicht da bist! Ich wußte ja nicht, daß du weg wolltest."

„Und ich wußte ja nicht, daß sie kommen wollten!" stieß Dorothea gereizt hervor. „Sie sagen doch sonst immer, daß sie wegen des Babys abends nicht mehr weg können."

„Das können sie ja auch nicht. Aber Jürgens Mutter ist hier, und da bleibt sie bei dem Kleinen, während die beiden bei uns vorbeischauen."

„Nun ja, das tut mir leid", räumte Dorli, nun ein bißchen gnädiger gestimmt, ein. „Ihr müßt ihnen eben sagen, daß ich sie ein andermal sehen werde." Sie stand auf und rückte ihren Stuhl an den Tisch. „Ich muß jetzt gehen und mich beeilen, damit ich fertig werde."

Und ohne eine weitere Entgegnung abzuwarten, drehte sie sich auf dem Absatz um und verließ das Zimmer.

Einen Augenblick herrschte völlige Stille, dann wandte sich Michael zu seinem Vater. „Weißt du, Vati", sagte er, und in seiner Stimme lag schon etwas Kritik, „ich glaube, du hast eben eine Gelegenheit Dorothea gegenüber verpaßt."

„Ja, Vater, sie hat darauf gewartet, daß du etwas sagtest", meinte auch Thomas.

„Was hätte ich denn sagen sollen?" fragte David Marmann lächelnd.

Thomas überließ es Michael zu antworten. Schließlich wollte er ja einmal Pastor werden, und da müßte er eigentlich schon einige Vorschläge machen können.

Aber Michael war sich selbst nicht ganz sicher. „Ich weiß es auch nicht genau", wandte er ein, „aber du bist doch nicht einverstanden mit dem, was sie tut!"

„Natürlich nicht!" antwortete sein Vater mit Nachdruck. „Aber Dorothea weiß das; und es hat keinen Zweck, ihr das noch einmal zu sagen, meine ich. Schlimm ist nur, daß ihr Herz nicht im reinen ist mit Gott."

„Ja, ich glaube, da hast du recht", stimmte ihm Michael zu. „Weißt du, es ist mir gerade eingefallen, daß wir es für selbstverständlich gehalten haben, daß Dorothea . . . "

„Ja, man denkt, alle Schafe seien sicher in der Hürde", sagte Frau Marmann traurig.

„Wir müssen für sie beten", schlug Thomas vor, der immer an etwas Praktisches dachte.

Eilige Schritte kamen durch den Flur, im nächsten Moment stand Dorli in der Tür.

„Ich gehe jetzt!" sagte sie kurz.

Sie sah sehr gut aus in ihrem neuen, schwarzen Mantel, und ihr kleiner Hut saß flott auf der einen Seite ihres Kopfes.

„Du wirst doch nicht zu spät nach Hause kommen?" fragte ihre Mutter ängstlich.

„Ich weiß noch nicht, wann ich heim komme", sagte sie ausweichend. „Die Mädchen haben mich nach der Vorstellung zum Abendessen eingeladen."

„Dennoch mußt du nicht so spät kommen", beharrte ihr Vater. „Mutter und ich werden aufbleiben und warten, bis du zurück bist."

„O Vati, das ist wirklich nicht nötig - nicht meinetwegen!" Und sie lächelte, als sie ihnen zuwinkte: „Macht's gut!"

Schweren Herzens und mit ernsten Gesichtern hörten sie, wie sich ihre Schritte entfernten. Viel fröhlicher waren sie noch nicht geworden, als Miriam und Jürgen eine halbe Stunde später ankamen.

Miriam Weber war eine gutaussehende, junge Frau; ihre Gesichtszüge ähnelten sehr denen ihres Bruders Michael. Aber sie hatte wiederum auch soviel von ihrer Mutter, daß ihr Mann jedesmal, wenn sie einen Besuch in „Karmel" machten, sagte, sie würde später einmal „genau wie Mutter" sein, wenn sie älter würde.

„Aber Mutter ist doch nicht alt, Liebster!" pflegte sie dann immer lachend zu protestieren.

„Sicherlich nicht, Liebes", sagte er darauf und umarmte sie herzlich, „aber du weißt schon, wie ich das meine."

Jürgen Weber liebte die Familie seiner Frau; und sie wiederum achtete ihn sehr hoch. Schon lange bevor er irgendeinen persönlichen Anspruch auf ihre Zuneigung hatte, hatte sie ihn durch seine Arbeit in der Gemeinde und sein christliches Zeugnis kennengelernt. Als er dann später bei Herrn Marmann um die Hand seiner älteren Tochter angehalten hatte, gaben die Eltern gerne den Segen zu dieser Verbindung.

Er saß auf der Lehne des mit Kattun bezogenen Sessels, der gewöhnlich für Miriam reserviert war, wenn sie wieder einmal einen Besuch in ihrem alten Zuhause machte. „Ihr schaut heute abend alle so ernst", bemerkte er, von einem zum anderen schauend. „Was ist denn los?"

Herr Marmann lächelte und versuchte, ihn zu beruhigen. „Ach, nichts, womit wir euch belasten sollten, Jürgen", sagte er ausweichend.

„Wo ist Dorothea, Mutter?" fragte Miriam. Sie fühlte,

daß ihre kleine Schwester irgendwie verantwortlich war für die drückende Atmosphäre.

„Sie ist ausgegangen, Miriam", sagte ihre Mutter seufzend.

„Ausgegangen? An ihrem Geburtstag?" Miriam versuchte gar nicht erst, ihr Erstaunen zu verbergen. „Wohin ist sie denn gegangen?"

Frau Marmann blickte fragend zu ihrem Mann, der ihr gleich zu Hilfe kam.

„Es ist wahr, wir machen uns Sorgen um deine Schwester, Miriam", gab er nicht ganz ohne Zurückhaltung zu.

„Warum, Vati - was ist denn mit ihr?" fragte Miriam beunruhigt. „Ist sie krank?"

David Marmann schüttelte den Kopf. „Nein, nicht physisch, Gott sei Dank. Aber seelisch ist etwas nicht in Ordnung mit ihr, fürchte ich."

Und als er zu Ende gesprochen hatte, saß er in tiefes Nachdenken versunken da, das Kinn auf die Hände gestützt.

Jürgen Weber nickte. „Mir ist es schon immer so vorgekommen, als sei Dorothea ganz anders als der Rest der Familie."

„Ja, sie ist ein sonderbares Mädchen", gab ihr Vater zu, „und erst heute abend habe ich gemerkt, wie wenig ich sie eigentlich verstehe."

„Sie ist fest entschlossen, ihren eigenen Weg zu gehen", seufzte Frau Marmann.

Jürgen Weber blickte von einem zum andern. „Meiner Meinung nach besteht das Problem darin - wenn ich das so sagen darf -, daß Dorothea nicht wiedergeboren ist", meinte er offen, „obgleich sie ein Mitglied der Kirche ist."

Herr Marmann senkte den Kopf. „Ich weiß es", sagte er traurig, „ich weiß es. Und ich kann nicht umhin, mich zu fragen, ob es meine Schuld ist, daß sie nicht wiedergeboren ist."

„Bestimmt nicht, da bin ich ganz sicher", sagte Miriam

beruhigend.

Frau Marmann wischte sich eine Träne von der Wange. „Wir haben versucht, unsere Kinder in Liebe und Ehrfurcht vor dem Herrn aufzuziehen”, sagte sie mit zitternder Stimme, „aber bei Dorothea scheinen wir erbärmlich versagt zu haben.”

„Ganz und gar nicht, Mutter.” Miriam sprang auf und ging zu ihrer Mutter hinüber. Tröstend legte sie den Arm um ihre Schultern. „Mehr hättet ihr gar nicht tun können, Mutti. Du weißt doch, was die Bibel sagt: 'Erziehe ein Kind auf dem Weg, den es gehen soll; und wenn es groß ist, wird es nicht von ihm weichen.' Dorothea wird wieder vernünftig werden.”

„Ja”, fuhr Jürgen fort, „die Erziehung, die sie bekommen hat, wird ihr immer Kraft geben. Was sie in ihrem Elternhaus gelernt hat, wird sie niemals vergessen. Und wir müssen für sie beten - ein jeder von uns. Gott schweigt nicht zu Gebeten für Kinder, die vom Wege abgekommen sind - das weiß ich”, schloß er mit einem bedeutsamen Lächeln.

„O ja.” David Marmann hob seinen Kopf. Und am Ausdruck seines Gesichtes war es abzulesen, daß die schwere Last ihm etwas abgenommen worden war. „Ich danke dir, Jürgen - ich danke dir, daß du mich daran erinnert hast.”

Miriam ging hinüber zu ihrem Vater und gab ihm einen herzlichen Kuß auf die Wange. „Du hast nicht versagt in deiner Pflicht gegenüber Gott oder Dorothea”, sagte sie sanft. „Nur ist deine Aufgabe noch nicht beendet - das ist alles.”

Und er lächelte sogar wieder ein wenig, als er sagte: „Ich glaube, daß du recht hast.” Und in seiner Stimme lag ehrliche Überzeugung.

3

EIN ABEND MIT FREUNDEN

„Komm! Los, Dorli! Nimm dir doch ein Brötchen!"

Dorothea Marmann schaute den Teller mit den leckeren Schinkenbrötchen gelangweilt an. „Nein, danke, Inge. Ich habe überhaupt keinen Hunger."

„Was? Keinen Hunger nach so vielen Stunden im Kino? Ich verhungere gleich!" Und ohne eine weitere Antwort abzuwarten, biß Rosa in ein dickbelegtes Schinkenbrötchen.

Die anderen Freundinnen - Inge Deiger, Marion Nikolas und Margret Holm - ließen es sich ebenfalls schmecken. Nur Dorli schien keine Lust zu haben; und gerade um sie ging es doch dabei!

Inge Deiger, die unbestrittene Führerin der kleinen Gruppe, setzte ihre Tasse nieder und schaute den Ehrengast dieses Abends ziemlich kritisch an. „Was ist nur mit dir los, Dorli?" fragte sie. „Hat dir die Vorstellung nicht gefallen?"

Dorothea strengte sich offensichtlich an, bei der Sache zu sein. „O doch, es war schon in Ordnung!"

„Also, ich meine, es war wirklich zum Totlachen!" gluckste Margret übermütig.

„Die beste Vorstellung seit Monaten!" erklärte auch Marion.

Dorli äußerte weiter nichts dazu. Sie durfte kaum zugeben, daß die abendliche Unterhaltung weit unter ihren Erwartungen geblieben war. Schließlich hatte man ihr zu Ehren alles so vorbereitet! Es würde sehr undankbar klingen . . . Und doch stimmte es. Die fremde Kino-Atmosphäre hatte in Dorli ein seltsam bedrückendes Gefühl hinterlassen. Sie wußte nicht, wie sie es abschütteln konnte. Was sie dort auf der Leinwand gesehen hatte, konnte nicht spurlos an ihr vorübergehen. Die andern schienen den Film mit Wonne genossen zu haben; so konnte doch nichts Schlechtes dabei gewesen sein! Mühsam versuchte sie, sich selbst zu beruhigen. Oder lag es vielleicht nicht am Programm? War es nicht vielmehr die Auseinandersetzung mit ihrer Familie, ehe sie hergekommen war? Hatten ihre Eltern und Geschwister sie nicht zu dieser Laune gebracht?

„O, es war schon sehr nett heute abend, wirklich", sagte sie und versuchte dabei, es vor allem sich selbst klarzumachen, daß das, was sie da sagte, auch stimmte. „Es wird jetzt langsam spät." Voll Unbehagen schaute sie auf ihre Armbanduhr.

„Spät?" fragte Rosa, ziemlich überrascht. „Wieso denn, Dorli, der Abend hat doch erst angefangen!"

Die anderen stimmten ihr lautstark zu.

„Ja, schon; aber meine Mutter und mein Vater bleiben extra auf und warten auf mich."

Inge lachte: „Dabei werden sie bald müde werden, Dorli, schon nach den ersten paar Nächten!"

Margret kicherte: „Das hat meine Mutter schon lange aufgegeben. Ich komme nach Hause, wenn es mir paßt – ha, ha, ha!"

„Mütter und Väter sind alle gleich", sagte Marion weise. „Sie sind eine Generation zurück, das ist das Problem mit ihnen. Aber einmal, da bringt man es fertig, sie zu 'erziehen'. So schlimm ist das gar nicht."

„Nein, das Beste ist es, wenn man nicht in seinem Heimatort arbeitet, wenn man in eine andere Stadt gehen kann und dort ein eigenes Zimmer hat – ihr wißt ja, was für ein leichtes, freies Leben ich habe!" erklärte Rosa Best, die in solchen Diskussionen immer das letzte Wort hatte. Sie war auf dem Lande zu Hause; und sie hielt sich für eine Expertin in solchen Fragen. Schließlich wohnte sie ja schon mehr als zwei Jahre allein hier in der Stadt. Alles, was ihre Eltern von ihren „Heldentaten" wußten, war das, was sie in ziemlich unregelmäßigen Briefen nach Hause zu schreiben geruhte. Jeder Rat, den sie ihr gaben, wurde schnell beiseite gelegt; schließlich war das nur eine Sache von Feder und Papier – und Papier war geduldig.

Dorli lächelte, während sie ihren Freundinnen zuhörte. Was für großartige Mädchen! Die besten Freundinnen, die man haben konnte. Rosa wußte soviel über das abenteuerliche Leben draußen; Marion hatte so viele Freunde und war überall beliebt; und Margret fand an jeder tierisch ernsten Sache immer noch eine lustige Seite – unmöglich konnte man lange düsteren Gedanken nachhängen, wenn sie in der Nähe war. Manche Leute sagten, sie hätte „Stroh im Kopf", aber Dorli fand das nicht. Und Inge, ja – sie war so vernünftig, so praktisch, immer so freundlich und hilfsbereit. Inge hatte für sie schon vom ersten Tag an, den sie im Büro gearbeitet hatte, Interesse gezeigt. Sie hatte ihr praktisch alles beigebracht, was sie selbst wußte. Inge allein verdankte sie auch das Wagnis, endlich ihr eigenes Leben zu beginnen. Das Band der Freundschaft zwischen ihnen war immer stärker geworden, und jetzt waren sie unzertrennliche Freundinnen.

Für Inge Deiger empfand Dorli eine warme Herzlichkeit und eine aufrichtige Zuneigung; sie war ein großes und hübsches Mädchen, aber von dem Leben, das sie führte, verstand Dorli so gut wie nichts. „Armes Ding!" so hatte sie Inge mehr als einmal sagen hören. „Sie hat noch nicht viel vom Leben gesehen. Ich werde ihr ein wenig davon zeigen!"

Und so wandte sich Dorothea Marmann hauptsächlich an Inge, wenn sie Rat auf ihrem neuen Weg in die Freiheit brauchte.

„Du willst doch nicht an deinem ersten Abend so früh zu Hause sein wollen", meinte Inge. „Dann erwarten sie dich später immer um die gleiche Zeit, wenn du jetzt schon gehst!"

Nein, so spät wollte sie wirklich nicht in ihr Elternhaus zurückkommen. Sie schaute ganz entsetzt auf die Uhr, als sie schließlich vor der Haustür stand und den Schlüssel in der Handtasche suchte.

„Karmel" schien mißbilligend die Stirn über sie zu runzeln, jedenfalls schien es so im hellen Licht der Straßenlaterne, die lange Schatten über die Büsche und Bäume des verwilderten Gartens warf.

Ihre Eltern waren vielleicht doch zu Bett gegangen, dachte sie, als sie auf dem Kiesweg zur Veranda ging. Aber nein, das Licht, das durch die Fenster des Wohnzimmers schien, erzählte seine eigene Geschichte. Trotzdem, sie wollte sich nicht fürchten, sondern den kommenden Minuten kühn ins Auge sehen. Schließlich kann einem niemand verbieten, an seinem achtzehnten Geburtstag einmal länger auszugehen. Schon gar nicht, wenn man eingeladen wurde. Da galt es, höflich zu sein - und nicht als Mauerblümchen einfach zu verduften. Und außerdem hatte sie auch noch den Zug verpaßt. So verging eine weitere halbe Stunde. Ja, sie hatte schon gute Gründe, falls ihre Eltern eine Erklärung wünschten - und sie würden sie gewiß mit Fragen überhäufen.

Die Haustür war noch nicht verschlossen. Daher huschte Dorli leise in den Hausflur, ohne sich bemerkbar zu machen. Sie lauschte. Aus dem Wohnzimmer hörte man keinen Ton. Vielleicht schlummerten sie ein wenig beim Kamin. Dann könnte sie schon ihren Hut und ihren Mantel ablegen, und es würde nicht mehr so schlimm aussehen. Man würde nicht ganz genau wissen, wann sie heimgekommen wäre.

Lautlos versuchte sie, durch den Flur zu gehen, aber die Dielen knarrten merklich unter ihren Füßen.

„Bist du es, Dorothea?" rief der Vater vom Wohnzimmer her.

„Ja, Vati", sagte sie mit angehaltenem Atem und ging mit ruhigen, sicheren Schritten ins Zimmer.

Ein Blick auf die müden und traurigen Gesichter dort zeigte, daß sie noch keinen Schlaf gefunden hatten.

„Wir dachten schon, dir sei etwas passiert, Liebes", sagte die Mutter etwas vorwurfsvoll. „Es ist doch schon so spät."

„Ja." Der Vater schaute auf die Uhr. „Vielleicht nennst du das jetzt neuerdings früh?" meinte er mit einem verzerrten Lächeln.

Dorli biß sich auf die Lippen. „Nein, das nicht", gab sie zu. „Ich wollte nicht so spät sein, aber wenn man mit einer Gruppe geht, kann man nicht so schnell wieder gehen."

„Ja, das ist schwer - ich weiß das." David Marmann schaute seine Tochter mit einem langen, festen Blick an; aber sie senkte rasch die Augen. „Es ist immer leichter, mein Kind, bei der Menge zu bleiben, als wieder von ihr loszukommen."

„O, wir haben nichts Schlimmes getan!" rief sie verteidigend. „Wir haben uns ein wenig nach dem Abendessen unterhalten!"

„Schlimm ist nur, daß so viele Leute nicht wissen, wann es Zeit ist, 'Gute Nacht' zu sagen", fuhr ihr Vater fort, noch immer mit der gleichen beherrschten Stimme.

Frau Marmann griff zur Kaffekanne, die noch auf dem Herd stand. „Ich habe etwas zu trinken für dich verwahrt, mein Kind", sagte sie und nahm eine leere Tasse. „Ich hoffe, daß er noch warm ist."

Dorothea winkte ab. „Mach' dir keine Mühe, Mutter. Ich möchte nichts mehr trinken. Ich habe mit den Mädchen zu Abend gegessen."

„Na, wie du willst, Dorothea." Frau Marmann setzte sich wieder in ihren Sessel. „Und wie hat es dir gefallen?"

„O!" Sie war ein bißchen aus der Fassung gebracht. „Es war alles sehr nett."

David Marmann zog das Lieblingskissen seiner Tochter näher zum Feuer. „Setz' dich doch und erzähl' uns alles", sagte er freundlich.

Die Tochter fügte sich; fühlte sich aber augenscheinlich nicht sehr wohl dabei. „Da gibt es nicht viel zu erzählen, wirklich nicht", begann sie. Plötzlich sah sie ein Päckchen, hübsch und geschmackvoll verpackt, auf dem kleinen Tischchen in der Ecke des Kamins liegen. „O, was ist denn das?" fragte sie neugierig.

Ihre Mutter lächelte. „Das ist für dich, Dorothea. Miriam und Jürgen haben es heute abend zu deinem Geburtstag mitgebracht."

Froh über diese Ablenkung, öffnete die Beschenkte es eifrig; Päckchen machten sie immer neugierig. „Ich möchte gern wissen, was das ist", murmelte sie, während sie an dem Bändchen herumfummelte.

„Das haben sie nicht verraten", bemerkte der Vater lächelnd.

Aber bald hatte sie Schleife und Papier gelöst, und ein wunderschönes, in schwarzes Leder gebundenes Buch kam zum Vorschein. „O!" rief sie aus; doch dann wurde ihr Gesicht plötzlich lang: „Es ist eine Bibel!"

Herr Marmann weidete seine Augen daran, als sie das Buch in der Hand hielt. „Was für ein hübsches Exemplar!" sagte er fast ein wenig verträumt.

„Ja!" erwiderte Dorli zerstreut. Und ihre Gedanken waren weit weg. Wenn man sich das vorstellt - eine Bibel als Geburtstagsgeschenk! Was würden die Mädchen im Büro sagen? Aber natürlich, es war eine typische Idee von Miriam und Jürgen.

„Haben sie etwas hineingeschrieben?" fragte die Mutter einen Augenblick später.

Dorli schlug das Titelblatt um. „O ja, da steht etwas!" Sie hielt das Buch ihrer Mutter hin. „Möchtest du es sehen, Mutti?"

Frau Marmann schüttelte den Kopf. „Ich habe meine Brille nicht dabei, Kind. Lies es bitte vor!"

Dorli räusperte sich. „Da steht 'Für Dorothea. Wir wünschen Dir einen fröhlichen Geburtstag und Gottes reichen Segen für das kommende Jahr, Deine Miriam und Jürgen'."

„O, und wie ist es mit einem Widmungsvers?" fuhr die Mutter fort. „Haben sie nicht eine Bibelstelle zitiert?"

Das Mädchen schaute noch einmal in's Buch. „Hm - ja..."

„Dann lies doch bitte, Kind." Diesmal bat der Vater darum.

Dorothea schluckte kräftig. Alle Augen waren auf sie geheftet, das wußte sie. Aber sie schaute nicht auf, während sie zu lesen begann: „'Gedenke an deinen Schöpfer in deiner Jugend, ehe denn die bösen Tage kommen und die Jahre herzutreten, da du wirst sagen: Sie gefallen mir nicht. Prediger 12, Vers 1'."

Sie hörte auf zu lesen und schloß still das Buch. Niemand sprach. Herr und Frau Marmann schwiegen in unausgesprochener Übereinstimmung; und das Geburtstagskind schien mit ihren eigenen Gedanken beschäftigt zu sein. Plötzlich sprang sie auf.

„Ich sollte jetzt zu Bett gehen", sagte sie und ging vom Kamin weg, während sie noch sprach.

„Ja, wir sollten alle schon längst schlafen", bemerkte Herr Marmann. „Wir müssen morgen früh aufstehen, um pünktlich im Gottesdienst zu sein."

Frau Marmann stimmte zu.

4

STEFAN TRITT EIN

Welch strahlender Wintermorgen! Die Luft war klar und frisch, doch die Sonne schien schon warm vom wolkenlosen Himmel. So entschloß sich Familie Marmann, zu Fuß zur Kirche zu gehen. Sie wollten den herrlichen Morgen genießen.

Normalerweise fuhren sie mit dem Auto, vor allem, wenn es regnete oder wenn die ganze Familie zu Hause war; aber heute waren sie nicht vollzählig. Seit Michael auf der Universität war, mußte er jeden Sonntag an einem anderen Ort eine Predigt anhören. Und Thomas, ein eifriger Mitarbeiter in der Kirche, ging meistens sehr früh von zu Hause weg, um noch irgendeinen notwendigen Dienst vor Beginn des Gottesdienstes zu tun. So gingen heute Herr und Frau Marmann mit ihrer Tochter allein zur Kirche.

Wie vertraut war ihnen dieser Weg! Dorli hätte ihn mit geschlossenen Augen nicht verfehlt. Jeden Sonntag, an den sie sich erinnerte, zog sie ihre besten Kleider an und ging mit ihrer Familie zur Kirche. Immer in die gleiche Kirche! Marmanns waren hier unter dem Schatten des kleinen, bescheidenen Gotteshauses aufgewachsen. Gleich hinter der Straßenecke konnte man das Gebäude sehen. Was für eine Plage, Sonntag für Sonntag dort hinzugehen! Dorli seufzte. Aber im großen und ganzen - sie mußte es zugeben - hatte sie hier in der Kirche und früher in der Sonntagsschule viele glückliche Stunden verbracht.

An einige der vielen Versammlungen erinnerte sie sich noch besonders gut: an Gemeindefeiern und Erntedankfeste, Weihnachts- und Ostergottesdienste. All das hatte einen bleibenden Eindruck in ihrem jungen Leben hinterlassen. Nicht zuletzt waren es auch die Familienfeiern, an denen Dorli ja oft selbst beteiligt war.

Miriams Hochzeit würde sie nie vergessen. Die Kirche war gedrängt voll von Freunden und Gratulanten; und jeder hatte dem jungen Paar, Miriam und Jürgen Weber, Gottes reichen Segen gewünscht . . .

Wenige Wochen später geschah jedoch etwas sehr Trauriges. Der Gedenkgottesdienst, als der Name „Paul Marmann" in goldenen Buchstaben auf die Ehrentafel in der Kirche geschrieben worden war. Und wann immer sie die Melodie von „Führe mich, o freundliches Licht" von der Orgel her hörte, wurde sie an diesen Tag erinnert . . . Auch der Gottesdienst war beeindruckend, als sie mit einer Gruppe gleichaltriger junger Leute als Mitglied in die Kirche aufgenommen worden war. Sie lächelte in Gedanken an all die edlen Entschlüsse, die sie damals gefaßt hatte und an die im folgenden ziemlich schwachen Versuche, sie auch in die Tat umzusetzen. Eigentlich hatte sie gar nicht richtig verstanden, was sie damals tat, stellte sie jetzt fest. Wenn man älter wird, sieht man manches anders. Natürlich wollte sie der Kirche nicht ganz den Rücken kehren, aber sie hatte ebensowenig vor, sich in dem Maße von der Religion regieren zu lassen, wie ihre Eltern und Geschwister es taten.

„O, da ist ja Stefan!" bemerkte Frau Marmann, und sie lächelte erfreut, als sie an die Kirchenpforte kamen. „Er steht ja heute morgen an der Tür!"

„Er ist einer der besten Türhüter und Platzanweiser, die wir haben", erklärte Herr Marmann begeistert. „Man fühlt sich gleich wie zu Hause."

Dorothea war die einzige, die sich heute nicht zu freuen schien. Welche Hoffnung hätte sie auch haben können, ihm auszuweichen, wenn er an der Tür stand und die Gesangbücher verteilte!

„Guten Morgen, Frau Marmann, guten Morgen, Herr Marmann." Der junge Mann lächelte freundlich, als er ihnen die Bücher hinhielt. „Ein sehr schöner Morgen, nicht wahr?"

„O ja, es ist wirklich herrlich heute morgen", entgegnete David Marmann gutgelaunt.

„Und dein freundliches Gesicht hier an der Tür macht ihn noch schöner, Stefan", flüsterte Frau Marmann mit einem ermutigenden Lächeln.

„Ich danke Ihnen", sagte er, und sein Gesicht hellte sich dabei vor Freude auf. „Und wie geht es Dorothea heute morgen?" fügte er hinzu, indem er sich dem Mädchen zuwandte, das versuchte, ungesehen im Hintergrund zu bleiben.

Sie blickte ihn kühl an. „Gut, danke", sagte sie nur kurz.

Ohne ein weiteres Wort zu entgegnen, nahm sie das Buch, das er hinhielt. Dann folgte sie ihren Eltern in das Seitenschiff der Kirche; sie war sich bewußt, daß ihr seine dunklen eindringlichen Augen ständig folgten. Aber für sie war es nur ärgerlich und störend. Er war so beharrlich.

Sie saßen in der Bank, die eigens für Familie Marmann reserviert war, ziemlich in der Mitte der Kirche. Neben Dorli war heute ein Platz frei, weil Thomas sich bereit erklärt hatte, die Schriftlesung zu übernehmen. Und deshalb saß er weiter vorn. Aber als sie aufstanden, um das zweite Lied zu singen, schlüpfte jemand lautlos auf diesen Platz und stand dann neben ihr.

Sie brauchte sich nicht erst umzudrehen, um zu wissen, daß es niemand anderes war als Stefan.

„Darf ich?” flüsterte er.

Dorli gab keine Antwort. Er hatte ja schon Besitz genommen von dem Platz und würde wohl kaum wieder weichen. Und der Gottesdienst ging weiter.

Aber Dorotheas Gedanken waren nicht recht bei der Sache. Jedesmal, wenn sie ihren Kopf ein wenig zur Seite drehte, sah sie die kräftige, etwas breite Gestalt in dem grauen Mantel neben sich. Und jedesmal, wenn sie ein wenig auf ihrem Platz herumrutschte, konnte sie die klaren Konturen seines starken, unerschütterlichen Gesichtsausdruckes erkennen. Dieses Gesicht hatte Charakter und Entschiedenheit. Von den Kirchenleuten wurde Stefan Weller sehr geschätzt. Jeder mochte ihn gern. Jeder, außer Dorothea. Nicht, daß sie etwas gegen ihn hätte, aber er ging ihr ganz einfach auf die Nerven. Er war so reif und bedächtig in allem, was er tat. Vieles hielt er für selbstverständlich. Er schien nicht zu verstehen, daß sie Freude und Entspannung lieber außerhalb der Gemeinde suchte. Ihm war die Atmosphäre in der Kirche ein Stück Herrlichkeit, und er meinte, auch andere müßten so empfinden. Obwohl Stefan nur ein paar Jahre älter war als Dorli, war seine Lebensführung doch schon fest fundiert. Er war bestimmt eine Persönlichkeit, aber ganz und gar nicht ihr Typ . . .

Die Mädchen im Büro wollten sie in den nächsten Wochen mit einigen jungen Männern bekannt machen, unter denen sie sicher eher ihren Typ zu finden hoffte . . .

Das Schlußlied wurde angesagt. Während sie umständlich versuchte, die Seite aufzuschlagen, hatte Stefan das Lied längst gefunden und reichte ihr sein Buch. Sie nahm es und murmelte dabei undeutlich irgend etwas, das wie „danke” klang; aber während der ganzen langen Liedstrophe blieben ihre Augen unverwandt auf der Seite des Gesangbuches gerichtet. Dann kam der Segen, und der

Gottesdienst war beendet.

„Wie bist du heute morgen hergekommen, Dorothea?” fragte Stefan sie direkt, als sie aufstanden, um zu gehen.

„Wir sind zu Fuß gegangen”, antwortete sie nicht gerade in freundlichem Ton.

Trotzdem schien ihn das ganz und gar nicht zu verwirren. „Darf ich dich dann bitte nach Hause begleiten?” fragte er freundlich.

Sie warf ihren Kopf zurück: „Das ist wirklich nicht nötig. Ich bin doch mit meinen Eltern gekommen!”

„O, sie werden bestimmt nichts dagegen haben.” Er sagte das ganz ruhig. Dorli wußte, daß er recht hatte. „Ich gehe mit dir nach Hause, denn ich möchte gern mit dir reden.”

Sie sah ein, daß ein weiteres Abwehren sinnlos wäre, und so schlenderten sie nebeneinander weiter, als die Kirchentüre hinter ihnen ins Schloß fiel.

„Kommst du heute nachmittag zur Bibelstunde, Dorothea?” begann er, als sie die Straße hinuntergingen.

„Ich möchte nicht, daß du mich Dorothea nennst!” sagte sie schnippisch und in ärgerlichem Ton. „Ich habe das Gefühl, daß du es nur tust, um mich zu ärgern.”

„Nein.” Und er sah sie mit seinem langen, festen Blick an, unter dem ihr jedesmal eine Röte ins Gesicht stieg. „Mir gefällt der Name nur, das ist alles. Und ich finde, daß er zu dir paßt.”

Sie drehte ihren Kopf beiseite. „Ich finde das ganz und gar nicht!” sagte sie beharrlich. „Und du kannst ruhig wissen, daß ich jetzt, da ich achtzehn bin, mein Leben auf meine eigene Weise führen werde. Und ich habe nicht vor, mir von jemand etwas aufdiktieren zu lassen!”

Er kam ein wenig näher, aber sie wich ihm aus. „Nun, ich will dir doch nichts aufdiktieren – Dorli.” Mit augenscheinlicher Mühe sprach er diesen Namen aus. „Ich wollte dich gerade fragen, ob wir nicht Freunde werden könnten."

„O, sei nicht albern, Stefan!" rief sie sofort. „Wir könnten nicht einmal fünf Minuten lang Freunde sein. Wir würden uns ständig streiten."

„Aber wieso denn?" Er blieb stehen und schaute sie an. „Warum sollten wir uns denn streiten, Dorli?"

„Ach du liebe Zeit, das weiß ich auch nicht!" Sie machte eine hilflose Geste. „Also wirklich, Stefan, du bist unmöglich! Siehst du, jetzt streiten wir schon."

Aber er lächelte nur. „Es gehören zwei dazu, um sich zu streiten, vergiß das nicht!"

Sie rang die Hände; und noch immer hatte sie das gleiche Gefühl von Hilflosigkeit. „Und zu einer Freundschaft gehören ebenfalls zwei!" gab sie sofort zurück. „Ich könnte nie wirklich mit dir befreundet sein."

„Warum denn nicht?" fragte er beharrlich weiter und stellte sich ihr vorsätzlich in den Weg, als sie versuchte, an ihm vorbeizugehen. „Sag es mir, Dorli."

„Nun - " Sie richtete sich stolz und selbstbewußt auf, doch ihre Lippen zitterten, und ihre Augen funkelten wie Feuer. „Wenn du es unbedingt wissen willst - du bist nicht mein Typ!"

Sein Gesichtsausdruck veränderte sich jedoch nicht. „Und was meinst du damit?" fragte er eindringlich.

Sie holte tief Luft. „Nun, ich will jemanden, der mich zu Parties und allen vergnüglichen Veranstaltungen ausführt, und der mir mein Leben abwechslungsreich und lustig macht. Man lebt ja schließlich nur einmal!"

„Ja", sagte er gedankenvoll, „und genau deshalb kann man es sich nicht leisten, sein Leben wegzuwerfen."

„Ich würde mein Leben wegwerfen, wenn ich so leben würde wie du!" stieß sie schnell hervor. „Das Leben ist doch nicht interessant, wenn man vieles nicht tun darf, was man gern möchte. Ich will und ich werde frei sein!"

Stefan Weller schüttelte den Kopf. „Niemand kann freier sein als ich es bin", sagte er langsam.

Sie lachte verächtlich. „Erzähl' mir nicht, du seist frei und könntest tun, was dir beliebt!"

„Warum nicht? Natürlich!" sagte er ganz einfach.

„Ja nun, warum gehst du dann nicht einmal aus und amüsierst dich?" fragte sie herausfordernd.

Er schaute ihr geradewegs in die Augen. „Weil ich dazu keine Lust habe, Dorli." Seine Stimme klang ernst und überzeugend.

Dorothea Marmann seufzte verärgert. „Es hat nicht den geringsten Zweck, sich mit dir herumzustreiten, Stefan. Du bist ganz und gar unmöglich!"

Noch immer lächelte er unerschütterlich. „Der Herr Jesus ist mir genug", fuhr er fort. „Du wirst sicher nicht erwarten, daß ich in der Welt herumplätschere, wenn ich längst etwas Besseres gefunden habe, oder?"

Sie zuckte die Achseln. „Meinetwegen, so lange du zufrieden bist", sagte sie gleichgültig.

Einen Augenblick gingen sie gemeinsam weiter, ohne ein Wort zu sagen.

„Dorothea", begann er noch einmal, aber etwas zögernd, „ich wünschte, du erlebtest die Freude, die Jesus geben kann."

Das junge Fräulein warf ihren Kopf zurück. „Ich kann beim besten Willen nicht verstehen, was das mit dir und mir zu tun hat", antwortete sie steif.

„Wirklich nicht?" Er nahm ihren Arm. „Doch, Dorli, es hat damit zu tun - eine ganze Menge sogar."

„Das glaube ich nicht", behauptete sie, ohne aufzuschauen, damit sie seinem Blick nicht begegnete. „Wir sind jetzt sowieso hier angekommen, wo wir uns verabschieden müssen."

Inzwischen standen sie vor der Haustür. Sie öffnete und ging hinein. Dann drehte sie sich noch einmal nach ihm um.

„Meinst du Abschied für immer?"

„Ja, natürlich!" sagte sie mit stolzem Blick.

„Na ja", sagte er verbissen ohne ein Zeichen innerer Bewegung, „wenn du dich jemals anders besinnst, oder wenn du einmal einen Freund brauchen solltest - ich bin immer für dich da."

„Danke" sagte sie, und es klang, als ob sie sich noch über ihn lustig machen wollte. „Das ist schön zu wissen."

Er sagte nichts mehr, aber seine Augen schauten ihr noch lange unverwandt nach, als die Haustür schon geschlossen war.

5

FAMILIENRAT

„Hallo! Guten Tag!"

Thomas Marmann war gerade von einer frühen Abendvorlesung nach Hause gekommen; er warf sein Buch auf die Couch und stellte sich gegen den altmodischen Marmorkamin, mit dem Rücken zum Feuer.

„Und wo ist Dorothea?" fügte er hinzu, während er sich im Zimmer nach ihr umschaute.

Thomas hatte nie die Gewohnheit abgelegt, zuerst nach seiner kleinen Schwester zu fragen, wenn er nach Hause kam und sie nicht schon irgendwo zu sehen war. Wenn sie noch nicht zu Hause war, konnte er seine Enttäuschung kaum verbergen - besonders jetzt, wo sie ihnen allen so viel Sorgen machte.

Frau Marmann schaute seufzend von ihrer Näharbeit auf. „Es tut mir leid, Thomas, sie ist wieder ausgegangen", sagte sie mit einem müden, traurigen Klang in der Stimme.

„Hm", Thomas spitzte die Lippen. „Und wohin diesmal?"

Michael, der am Schreibtisch an der anderen Seite des Zimmers saß, blickte von seinen Büchern auf. „Kannst du's dir nicht denken?" sagte er schnell.

Thomas lächelte grimmig. „Na ja - so ungefähr!" gab er traurig zu.

Herr Marmann schüttelte den Kopf. „Sie ist wieder zu einer ‚Party' gegangen", sagte er betont, „wir können das absolut nicht gutheißen."

„Sie erzählt uns sehr wenig von dem, was auf diesen Parties so vor sich geht, ihr werdet das auch gemerkt haben", meinte Michael gedankenvoll.

„Ja", seufzte Frau Marmann, „sie sagt uns sehr wenig darüber. Und gerade das macht es so schwer."

„In der besten Gesellschaft hält sie sich wahrscheinlich nicht auf", fuhr Herr Marmann fort, „das ist offensichtlich."

Michael legte seinen Füller hin und lehnte sich in seinem Sessel zurück. „Hör zu, Vater - du mußt jetzt etwas mit Dorothea unternehmen", sagte er mit unerwarteter Schärfe. „Wenn sie so weitermacht, weißt du genau, wo sie landen wird."

Herr Marmann starrte ins Feuer. „Ja - ich weiß", klangen seine trübsinnigen Worte.

Michael stand aus seinem Sessel auf und ging zu den anderen. „Ja, Vati, kannst du sie nicht daran hindern?" fragte er.

„Ja, genau das, Vater", meinte auch Thomas. „Schließlich hast du ja die Autorität - du kannst doch einfach ‚Nein' zu all dem sagen!"

„Sie hat zuviel Freiheit", bemerkte Michael, und in seinen Worten schwang ein wenig Tadel mit.

Elisabeth Marmann schaute ihren Sohn an und lächelte. „Ihr alle habt die gleiche Freiheit gehabt, Michael", sagte sie sanft. „Nur, Dorothea benutzt diese Freiheit anders als ihr."

„Und zwar so, wie es nicht gut für sie ist", ergänzte der Vater traurig.

„Dann hast du um so mehr Grund, ihr nicht mehr soviel Freiheit zu lassen; jedenfalls meiner Meinung nach", sagte Michael entschieden. Als eifriger Theologiestudent machte er sich oft Gedanken über die Probleme des einzelnen und der Völker. Seine Ratschläge waren ziemlich drastisch.

Herr Marmann schaute auf. „Aber wenn man nicht die Freiheit hat, etwas Falsches zu tun, hat man keine Möglichkeit mehr, sich auch für das Richtige zu entscheiden - hast du das auch bedacht, mein Sohn?”

Das Gesicht des jungen Mannes zeigte Erstaunen. „Nein, Vater - daran habe ich nicht gedacht”, gestand er ehrlich.

„Das ist die Freiheit, die uns Gott schenkt”, fuhr der Vater fort. „Die Freiheit, um zu wählen zwischen gut und böse, zwischen falsch und richtig. Du kennst die Worte, die Gott zu seinem Volk im Alten Testament sprach: ‚Ich habe vor euch hingestellt den Weg des Lebens und den Weg des Todes; also wählt das Leben’.”

„Aber konnte er sie nicht dazu bringen, das ‚Leben’ zu wählen?” fragte Thomas interessiert.

„Nun”, David Marmann schien seine Worte sorgfältig abzuwägen, „wenn Gott uns zwingen würde, das Richtige zu tun, dann hätten wir keinen freien Willen mehr; dann wären wir lediglich Maschinen. Das würde den Zweck verhindern, den Er hatte, als Er uns schuf.”

Michael kam herüber und setzte sich auf den Kohlenkasten neben dem Sessel seines Vaters. „Sprich weiter, Vater”, sagte er mit ungewohnter Demut, „ich lerne eine ganze Menge dabei.”

Der Vater lächelte. „Wir müssen alle noch sehr viel lernen, mein Sohn, wenn wir an die grenzenlose Weisheit Gottes denken.”

„Und doch kritisieren wir sein Tun manchmal ein wenig, nicht wahr?” warf Thomas in seiner geraden, offenen Art ein. „Ich meine, wir sehen, daß vieles nicht in Ordnung ist und sagen dann: ‚Warum fährt Gott nicht einfach dazwischen, warum tut er nichts?’ Und während wir so fragen, ist Er längst dabei, alles auf Seine Art zu lenken.”

„Ja, und Gottes Wege sind höher als unsere Wege", sagte Herr Marmann grüblerisch, „und Seine Gedanken sind höher als unsere Gedanken. Wir können Ziel und Zweck Ihm überlassen."

Einen Augenblick sagte keiner ein Wort, dann sprach Frau Marmann: „Ja, das müssen wir auch bei unserem Mädchen tun", sagte sie gelassen.

„Du hast recht, Mutter", stimmte Thomas in einem warmen und herzlichen Ton zu. „Aber unsere Gebete für Dorothea scheinen noch nicht viel erreicht zu haben, was meint ihr?"

„Vielleicht will Gott unseren Glauben prüfen." Michael, der sich anscheinend schon etwas von der Weisheit seines Vaters zu eigen gemacht hatte, sagte dies.

Herr Marmann nickte zustimmend. „Da bin ich ganz sicher, mein Junge", sagte er mit Überzeugung. „Gott hält sich an Sein Versprechen, und zu der Zeit, die Er für richtig hält, wird Er uns eine Antwort auf unsere Gebete geben."

„Dann ist alles, was wir tun können, im Gebet nicht nachzulassen", meinte Thomas ein wenig ungeduldig.

„Aber Gebet vermag vieles zu ändern, Thomas." Mutters Worte klangen sanft und überzeugt.

Er lächelte. „Ja, Mutter - ich weiß." Und er beugte sich zu ihr hinunter und gab ihr einen Kuß auf die Wange. „Deine Gebete haben sehr viel für mich getan."

„Und für mich auch", dankte Michael ihr herzlich.

Elisabeth Marmann wischte sich eine Träne aus dem Gesicht. „In unseren Kindern haben wir doch einen großen Segen erfahren, nicht wahr, Vater?" sagte sie mit zitternder Stimme.

„O ja, das ist wahr", antwortete ihr Mann innig.

„Aber wir auch in unseren Eltern . . ."

„Und in unserem Zuhause."

Ein plötzliches Schellen an der Haustür erschreckte sie alle.

Herr Marmann schaute auf die Uhr. „Gäste!" rief er, „und es ist doch schon gleich neun Uhr!"

„Und ich habe auch noch meine alten Hausschuhe an!" Frau Marmann schaute erschrocken auf ihre Füße.

Thomas aber war schon aufgesprungen und ging mit großen Schritten zur Tür. „Ich sehe nach, wer da ist."

Sie hörten, wie die Tür geöffnet wurde und Stimmen näher kamen. Thomas führte den Besucher zu ihnen ins Zimmer.

Es war Stefan Weller. Fröhlich begrüßten sie den unerwarteten Besucher und hießen ihn herzlich willkommen.

„Es ist schön, dich einmal wieder zu sehen, Stefan", sagte Frau Marmann freundlich. „Setz dich doch und mach es dir bequem!"

„Vielen Dank", entgegnete Stefan lächelnd. „Ich fürchte, ich bin ein ziemlich später Besucher, aber ich will nicht lange bleiben. Ich hatte nur zufällig Licht bei Ihnen gesehen, als ich vorbeiging. Und da dachte ich, ich könnte vielleicht für ein paar Minuten hereinkommen."

„Wir freuen uns sehr darüber, Stefan", versicherte ihm Frau Marmann. „Thomas, zieh' bitte den Stuhl etwas dichter zum Feuer. Stefan ist es sicher kalt."

„Ja, herzlichen Dank, Frau Marmann. Es ist wirklich ziemlich frisch draußen."

Einen Augenblick später war es ganz gemütlich, und Stefan fühlte sich wohl bei Marmanns, die ihn von der Kirche recht gut kannten; aber er war das erste Mal bei ihnen zu Hause.

Sie unterhielten sich eine Zeitlang über Dinge, die von gemeinsamem Interesse waren; und Marmanns fanden Stefans Gesellschaft sehr angenehm.

„Hm – ich vermute, Dorothea ist wohl nicht zu Hause?"

fragte er mit etwas Zurückhaltung.

Frau Marmann schüttelte bedauernd den Kopf. „Nein, es tut mir leid, sie ist nicht da. Aber ich werde ihr sagen, daß du hier gewesen bist."

„O nein, bitte nicht!" sagte er hastig. „Es wäre mir lieber, wenn Sie Dorothea nichts von diesem Besuch sagen würden. Es sei denn, sie würde Sie fragen. Und das halte ich nicht für sehr wahrscheinlich."

„Wie du willst, Stefan", stimmte Herr Marmann zu. „Wir überlassen das ganz dir."

Der junge Mann sah etwas verwirrt aus. „Ich - ich glaube, Sie werden sich fragen, weshalb ich gekommen bin?" begann er, indem er sich an alle wandte. „Hat Dorothea irgend etwas gesagt?"

„Überhaupt nichts", antwortete Herr Marmann stellvertretend für die anderen.

„So." Stefan schwieg wieder für einen Augenblick, dann fuhr er fort: „Letzte Woche auf unserem Heimweg von der Kirche haben Dorothea und ich uns über Verschiedenes unterhalten, aber ich fürchte, ich bin nicht sehr weit gekommen", fügte er mit Bedauern hinzu.

„Wirklich, Stefan, du hast sehr viel Geduld", sagte Frau Marmann und schüttelte den Kopf, „aber ich glaube, Dorothea weiß im Moment gar nicht, was sie will."

Stefan lächelte. „O, sie weiß genau, was sie will, Frau Marmann, oder glaubt jedenfalls, daß sie es weiß. Und nun sind wir nicht einmal mehr Freunde; natürlich nur von ihr aus gesehen."

„Ach!" Ihre Gesichter zeigten Enttäuschung und Bestürzung.

„Trotzdem ist sie mir noch lange nicht gleichgültig", fügte er sofort hinzu, „und ich bin heute abend hergekommen, weil ich dachte, daß Sie sich vielleicht Sorgen um sie machen."

„Selbstverständlich machen wir uns Sorgen um sie", sagte Herr Marmann mit Nachdruck. „Wir haben uns wirklich gerade über Dorothea unterhalten als du kamst."

„Ja, nun - ich wollte eigentlich nur, daß Sie wissen, daß Dorothea mir nicht gleichgültig ist und ich mir wie Sie Gedanken um sie mache."

„Danke, Stefan!" sagte Frau Marmann. „Es bedeutet uns sehr viel, das von dir zu hören."

Stefan lächelte. „Und ich wollte auch, daß Sie wissen, daß Ihrer Tochter nie ein Freund fehlen wird, solange ich ihr helfen kann", sagte er fest. „Das war alles." Und dann erhob er sich und wollte gehen.

„Bleib doch noch und trinke eine Tasse Tee mit uns", nötigte ihn Frau Marmann. „Das Wasser kocht in ein paar Minuten."

„Nein, trotzdem danke schön, Frau Marmann - aber ich hatte nicht vor, länger zu bleiben. Es ist besser, wenn ich mich jetzt auf den Weg mache."

Herr Marmann stand auf und streckte seine Hand aus. „Noch einmal, herzlichen Dank, Stefan", sagte er. „Du warst die Antwort auf unsere Gebete heute abend."

„Ja, du hast eine Last von uns genommen, Stefan", versicherte ihm Frau Marmann. „Wir sind dir von ganzem Herzen dankbar."

Stefan Weller knöpfte seinen Mantel sorgfältig zu, denn es war draußen schon ziemlich kalt. Leise, etwas stockend, sagte er: „Alles, was ich für Dorothea tun könnte, würde mir eine große Freude sein, weil - nun, verstehen Sie - ich liebe sie."

6

ES GEHT RUND

Es war Frühstückszeit in dem großen Gebäude der Firma Dohl & König. Dorli, gewöhnlich die erste, hatte schon den Kaffee aus der Kantine geholt und den Tisch fertig gedeckt, als der Rest der „Großen Fünf" sich einfand. Diesen Namen hatten sie sich schon lange gegeben.

Dorli und ihre Freundinnen arbeiteten in verschiedenen Abteilungen. Während der Arbeitszeit sahen sie sich kaum, darum genossen sie das regelmäßige gemeinsame Frühstück um so mehr.

„War es gestern abend nicht wunderbar?" Inge, noch ganz atemlos vom schnellen Treppensteigen, warf sich auf ihren Stuhl und begrüßte begeistert ihre Kolleginnen.

„Ganz sagenhaft!" klang es von Marion ebenso begeistert.

Margret kicherte. „Ich schlafe heute morgen noch halb und bringe nichts Richtiges fertig."

Dorli gähnte, als sie sich eine Tasse Kaffee eingoß. „Ja, ich bin auch noch ganz schön müde. Es waren einfach zu viele Parties, glaube ich, und zu viele späte Abende."

„Ach, es läßt sich ertragen, Dorli!" erwiderte Rosa vergnügt.

Inge nickte zustimmend. „Ja, langsam macht sie sich, nicht wahr?" sagte sie und lächelte dabei ihren Schützling an. „Gestern abend war ich ganz stolz auf dich, Dorli. Du warst der Mittelpunkt der Party."

„Oh, danke, Inge!" Dorli freute sich über das Kompliment. „Ich bin froh, daß ich dir keine Schande gemacht habe."

„Das wirst du nie fertig bringen!" versicherte ihr Inge Deiger herzlich. „Du bist eine sehr gute Schülerin gewesen."

Dorli lachte. „Und ihr seid alle ausgezeichnete Lehrer gewesen! In den letzten Monaten habe ich eine ganze Menge bei euch gelernt."

Rosa betrachtete sie kritisch. „Du bist auch nicht mehr das gleiche Mädchen, Dorli, kein 'Mauerblümchen' mehr", sagte sie entschieden. „Wir haben einiges an dir geändert."

Ja, das hatten sie wirklich, mehr, als sie ahnten. Sie hatte das bißchen Schüchternheit und Befangenheit verloren, das sie einmal so anziehend und gewinnend gemacht hatte. Sie war zwar immer noch ein reizendes Mädchen, hatte aber ein aufgeklärtes und selbstsicheres Auftreten angenommen, das nicht recht zu ihr passen wollte. Obwohl gerade das in den Kreisen, in denen sie verkehrte, sehr bewundert wurde. Und keine Party schien ohne ihre fröhliche Gesellschaft und Schlagfertigkeit vollkommen zu sein. Denn Dorothea Marmann genoß die hektische Reihe der Vergnügungen in vollen Zügen. Anfangs hatte sie sich mit beträchtlichem Zittern auf ihren selbstgewählten Weg gewagt, aber jeder einzelne Schritt hatte es ihr leichter gemacht, den nächsten zu tun, bis schließlich ihre Befürchtungen ganz in den Hintergrund getreten waren.

Nur die Familie machte sie noch immer unruhig, wenn sie mit ihnen zusammen war. Aber rasch vergaß sie ihre ernsten, mißbilligenden Gesichter, sobald sie fort war – und sie war in dieser Zeit nicht viel zu Hause. Auch in dieser Woche war sie jeden Abend ausgegangen. Aber dank Inges Ratschlägen und den „harmlosen" kleinen Notlügen, die sie ihr beigebracht hatte, hatte Dorli unerfreuliche Auftritte vermeiden können.

„Das sind keine schlimmen Lügen, Dorli", hatten ihre Freundinnen ihr erklärt, als sie noch im Zweifel gewesen war. „Sie schaden keinem etwas und vermeiden eine Menge Ärger."

„Dein Vater sollte nicht soviel fragen", sagte Rosa leichthin.

„Er will immer wissen, wohin ich gehe", versuchte Dorli zu erklären. „Ich muß es ihm sagen."

„Ich sage meinem Vater überhaupt nichts!" rief Marion überlegen.

„Hm", brummte Dorli tief in Gedanken, als sie den Spiegel aus ihrer Tasche zog und ein wenig mehr Lippenstift auftrug. „Vielleicht ist dein Vater anders."

Inge lachte. „Deine schreckliche Familie möchte ich doch zu gern einmal kennenlernen! Das wäre bestimmt äußerst interessant."

„Oh ja", kicherte Margret, während sie ihre Apfelsine schälte. „Wir müßten alle kommen und dich einmal besuchen. Das gäbe einen Spaß!"

Dorli machte ein entsetztes Gesicht. Sie könnte sich nichts Unmöglicheres vorstellen, als ihre Freundinnen bei sich zu Hause in „Karmel". Das alte Haus würde bis zu den Fundamenten erzittern.

„Ihr würdet dann keine Lust mehr für einen zweiten Besuch haben", warnte Dorli sie ernsthaft. „Mein Vater würde euch alle ein Gebet sagen lassen, bevor ihr wieder geht."

„Ha, ha, ha!" gluckste Margret. „Ich habe meine sämtlichen Gebete vergessen."

Marion schaute auf ihre Armbanduhr. „Vergeßt nicht, es wird langsam Zeit. Ich will noch 'mal runter auf die Straße!"

Inge sprang auf. „Oh ja, ich auch!" rief sie. „Heute ist eine besondere Sammelaktion in der Stadt für die Waisenkinder - oder irgend so jemand!"

„Du hast wohl heute deinen barmherzigen Tag?" fragte Marion ziemlich skeptisch.

„Nein, das nicht." Inge gab offen zu, was sie eigentlich so anzog. „Aber das Glücksrad, das sie da unten auf der Straße haben, interessiert mich. Wenn man Glück hat, kann man für zwanzig Pfennig einen wertvollen Preis gewinnen."

„Doch, das macht viel Spaß!"

„Und außerdem hilft man damit den Waisenkindern", fügte Inge tugendhaft hinzu.

„Dann kommt - wir wollen alle 'runtergehen!" schlug Marion vor. „Wir müssen uns nur beeilen!"

„Ja, komm, Dorli!"

Ein paar Minuten später standen sie am Rand der müßigen Menge, die sich um einen der geschmückten Stände gebildet hatte, der zu dieser Gelegenheit an der Ecke des Bürgersteigs einer belebten Geschäftsstraße errichtet worden war.

Dorli schaute neugierig und interessiert zu. Sie hatte nie zuvor ein Glücksrad so nah vor sich gesehen. Es war faszinierend. Natürlich, ihre Familie hatte etwas gegen Glücksspiele jeder Art. Aber es machte viel Spaß, fand sie jetzt, wie sie so dastand und den Mann beobachtete, der ein Megaphon in der Hand hielt und rief:

„Kommen Sie, meine Damen! Ein paar Seidenstrümpfe für zwanzig Pfennige. Es sind nur noch ein paar Lose im Glücksrad! Wer wird der Glückliche sein? Seidenstrümpfe für zwanzig Pfennige! Greifen Sie zu - worauf warten Sie noch?"

Inge kramte ihren Geldbeutel heraus. „Komm, Dorli", drängte sie. „Irgend jemand muß ja gewinnen - kauf dir ein Los!"

Dorli zögerte. Was in aller Welt würde man zu Hause sagen?

„Kommen Sie, greifen Sie zu!" rief der Mann mit dem Megaphon wieder. „Das letzte Los! Wer nimmt das letzte Los? Und dann geht's rund! Ah ja, die Dame dort drüben!"

„Ach, jetzt haben wir es verpaßt!" rief Inge enttäuscht. „Aber es macht ja nichts. Diesmal schauen wir nur zu, und beim nächsten Mal kaufen wir uns ein Los."

Dorli dachte nicht mehr an ihre Befürchtungen, als sie das bunte Rad betrachtete. Beim Drehen verschwammen Rot, Grün, Blau und Gelb zu einem blendenden, schwindelerregenden Kreislauf der Farben. Es drehte sich so schnell, daß es ihr schon vom Zuschauen fast schwindlig wurde. Plötzlich entstand eine Aufregung in der Menge, als das Rad seine Geschwindigkeit verringerte und langsam auslief. Wer würde die Glückliche sein? Ja, das war ungeheuer spannend, dachte Dorli. Das nächste Mal wollte sie auch mitmachen.

Sie öffnete ihre Geldbörse - das war gar nicht so einfach in dem Gedränge - und nahm zwanzig Pfennige heraus. Dann schob und drückte die Menge, und das Geld fiel ihr aus der Hand. Sie hörte, wie es auf den Bürgersteig fiel. Gerade war sie dabei, den tapferen Versuch zu machen, es wiederzubekommen, da hörte sie eine vertraute Männerstimme neben ihr sagen: „Darf ich, Dorothea?"

Erschrocken schaute sie auf. Dann stand sie Stefan Weller gegenüber!

„Was?" keuchte sie. „Du schon wieder!"

Er nickte. „Ich habe gerade versucht, mich hier durch die Menge zu zwängen und habe kaum erwartet, dich hier zu finden, Dorothea."

Der milde Vorwurf in seiner Stimme entging ihr natürlich nicht. Deshalb warf sie stolz ihren Kopf zurück. „Nun, man kann nie wissen!” sagte sie keck.

„Auf jeden Fall freue ich mich trotzdem, daß ich dir helfen kann”, fuhr er fort und bückte sich nach dem Geld. Als er sich wieder aufrichtete, sah sie, daß er es in den Fingern hielt.

„Danke!” sagte sie, ohne ihn anzusehen. Sie streckte ihre Hand aus, um das Geld entgegenzunehmen.

Aber er gab es nicht aus der Hand. Statt dessen schien er zu überlegen.

„Was wirst du damit machen - Dorli?” fragte er einige Augenblicke später. Und dabei schaute er sie fest an.

Ihre Augen schleuderten wahre Blitze. „Ich werde mir ein Los für das Glücksrad kaufen, wenn du es unbedingt wissen willst!” sagte sie trotzig.

Ruhig wie immer schüttelte er den Kopf. „Nein, Dorothea”, sagte er langsam, „das glaube ich nicht, für dieses Geld jedenfalls nicht.” Und er ließ die beiden Münzen in seine Handfläche gleiten.

Dorli stampfte mit dem Fuß auf. „Gib es her!” rief sie wütend. „Es gehört mir!”

„Dir, um damit zu spielen?” fragte er. „Nein, das glaube ich nicht.”

Ihre Augen glitzerten böse. „Das geht dich gar nichts an, Stefan Weller!” fuhr sie ihn an. „Kümmere dich um deine eigenen Angelegenheiten. Und überhaupt möchte ich wissen, was dabei sein soll, wenn man ein Glückslos für zwanzig Pfennige kauft.”

Sie standen jetzt etwas beiseite. Der größte Teil der Menge hatte sich näher an den Stand herangedrückt und wartete schon auf neue „Spannung”. „Auch das ist Glücksspiel”, antwortete er langsam. „Erst sieht es ganz harmlos aus, gerade so wie dieses - aber trotzdem ist es ein Glücksspiel. Dabei fängt es an.”

„Was? Mit zwanzig Pfennigen?" unterbrach sie ihn voll Verachtung.

„Im Prinzip ist es das gleiche", beharrte er unerschüttert. „Es ist das gleiche Fieber, das aus Menschen eingefleischte Spieler werden läßt und sie damit in den Ruin treibt. Ich würde nichts damit zu tun haben wollen."

„Nein - du natürlich nicht! Du hast ja auch einen viel zu engen Horizont!"

Er begegnete ihrem wütenden Blick mit seinen ruhigen Augen. „Nun, Dorothea, du weißt, was in der Bibel steht: 'Eng ist der Weg, der zum Leben führt . . .'"

Aber sie war nicht in der Stimmung, sich eine Moralpredigt anzuhören. „Eng?" rief sie bitter. „Erzähl' mir nichts vom 'engen' Weg! Den habe ich achtzehn Jahre lang gehabt. Jetzt nehme ich 'mal zur Abwechslung den 'breiten'!"

„Nun - " Er holte tief Luft. „Sei vorsichtig, Dorli - er ist verräterisch. Du könntest stolpern und fallen."

„Ach was, ich nicht!" sagte sie hochmütig.

„Na gut", antwortete er, und seine Augen waren immer noch mit dem gleichen festen und fragenden Blick auf sie gerichtet, „ich kann dir nur sagen, daß es eine ganze Menge Leute gibt, die dich genug lieben, um zu hoffen und zu beten, daß du nicht fallen wirst."

„Und wenn es doch passieren würde", sagte sie mit fast unverschämtem Stolz, „dann würde ich genug Gesellschaft haben."

„Ja - unglücklicherweise", antwortete Stefan. Und er stand da und sah zu, wie sie wegging.

7

EIN NEUES WAGNIS

„Hört mal her! Wie wär's damit?"

Inzwischen war mehr als eine Woche vergangen. Inge Deiger stand vor dem Schwarzen Brett der Firma und deutete begeistert auf einen neuen Anschlag, der heute morgen für die Angestellten angeheftet worden war.

„Was denn?" Die „Großen Fünf" standen im Augenblick um sie herum.

„Der Wanderverein macht am nächsten Sonntag ein Picknick. Habt ihr Lust?"

Als Antwort hörte sie begeisterte Zustimmung.

„Ich gehe mit! Das wird prima!"

„Auf mich kannst du zählen, Inge!"

„Das finde ich toll! Sonntage sind zu Hause sowieso eine schreckliche Plage."

Nur eine hatte noch nichts gesagt. Dorothea Marmann blieb still. Ein Picknick - ein Picknick am Sonntag! In der letzten Zeit hatte sie sehr viel unternommen, was ihre Eltern nicht gerne sahen; aber ein Picknick am Sonntag! Nein, sie würde nie den Mut aufbringen, zu fragen, ob sie gehen dürfe. Sie würde sich ausschließen müssen.

„Und wie ist es mit dir, Dorli?" Inge wandte sich mit der unvermeidlichen Frage an sie. „Du kommst doch selbstverständlich mit?"

Dorli schüttelte den Kopf. „Ach nein, Inge - wirklich! Ich - ich kann nicht!"

„Aber warum denn nicht?" Alle schauten sie jetzt erstaunt an.

Sie wurde rot. „Ach, es ist wegen meiner Familie! Das könnt ihr nicht verstehen. Ihr wißt nicht, wie ein Sonntag bei uns zu Hause aussieht. Ich würde nie die Erlaubnis bekommen, mitzugehen."

„Aber warum willst du erst noch viel fragen?" warf Rosa ein. „Komm doch einfach mit. – Wer viel fragt, bekommt auch viele Antworten."

„Aber das muß ich!" protestierte Dorli. „Ihr müßt verstehen, wir gehen sonntags immer in die Kirche."

„Na, es würde dir bestimmt nicht weh tun, wenn du einmal nicht hingingest!" sagte Marion ziemlich ungeduldig.

Dorli war ein bißchen verwirrt. „Oh, *mir* macht es nichts aus, wenn ich nicht zur Kirche gehe – *ich* ginge viel lieber zum Picknick", beeilte sie sich zu erklären. „Das sind nur meine Eltern und Geschwister. Sie würden das ganze Haus auf den Kopf stellen, wenn ich das nur erwähnen würde."

Im Geiste hörte sie schon ihren Vater reden: „Der Sonntag ist der Tag des Herrn, Dorothea – der Tag, an dem wir Ihn ehren. Es entsteht nichts Gutes, wenn man Gott das nimmt, was rechtmäßig Ihm gehört."

„Ich weiß etwas!" Inge Deiger hatte eine glänzende Idee. „Wie wäre es, wenn du für das ganze Wochenende zu mir nach Hause kämst, Dorli? Dann könnten wir am Sonntag zusammen zum Picknick gehen, ohne daß du zu Hause genaue Auskunft über das geben mußt, was wir bei uns gemacht haben."

„Ja, das stimmt, Dorli! Du weißt ja – 'Was ich nicht weiß, macht mich nicht heiß'!"

Dorli schaute schon ein wenig fröhlicher drein. „Nun ja, das ist natürlich eine Möglichkeit, Inge", räumte sie ein. „Aber ich bin auch noch nie an einem Wochenende von zu Hause weg gewesen!"

„Noch nicht? Na, dann wird es ja langsam Zeit, 'kleines Schulmädchen'", fand Inge entschieden, „und erst recht wegen des Picknicks."

„Ja, geh' doch mal weg und amüsier' dich!"

Weggehen . . . weggehen . . . Ja, sie würde einmal weggehen müssen, wenn sie jemals wirklich frei sein wollte, überlegte sie. Das Wochenende wäre vielleicht schon ein ganz guter Anfang . . .

„Deine Mutter und ich billigen diese Art von Wochenende gar nicht, Dorothea", sagte Herr Marmann mit Nachdruck, als sie an diesem Abend davon anfing. „Der Weg abwärts geht schrittweise, ein kleiner Anfang, und dann geht's immer tiefer . . . "

„Ach, Vati, sei nicht albern!" protestierte Dorli. „Es ist doch nichts dabei, das Wochenende bei einer Freundin zu verbringen!"

„Aber wir kennen doch diese Leute gar nicht, zu denen du gehen willst", sagte Frau Marmann zweifelnd. „Wir haben ja noch nicht einmal Inge gesehen."

„Sie ist ein sehr nettes Mädchen", erklärte die Tochter lebhaft. „Sie ist meine beste Freundin."

„Sie wäre sehr willkommen, wenn sie einmal zu uns käme, das weißt du. Wir würden sie gern kennenlernen – auch alle deine anderen Freundinnen."

„Du mußt sie irgendwann einmal in unser Haus einladen, Dorothea."

Dorli lächelte ironisch. „*Hierher* könnte ich meine Freundinnen niemals einladen", sagte sie nachdrücklich. „Ihr würdet ihnen sicherlich eine Predigt halten."

„Predigten sind manchmal eine sehr gute Sache", sagte Herr Marmann nachdenklich. „Die meisten Leute hören nicht genug davon."

„Gehen die Eltern von Inge auch sonntags in die Kirche, Dorli?” fragte ihre Mutter und kam damit wieder zum eigentlichen Thema zurück, „denn wenn du zum Wochenende dahin gehst . . . ”

„Wir werden natürlich in die Kirche gehen, Mutter!” versicherte Dorli schnell. „Ich habe Inge gesagt, daß wir sonntags immer in die Kirche gehen.” Und sie tröstete sich damit, daß wenigstens ihr letzter Satz keine Lüge war.

„Das war richtig so”, sagte ihr Vater zustimmend. Aber Dorli kam es vor, als blickten seine Augen durch sie hindurch, deshalb wich sie seinem Blick aus.

„Es ist ganz egal, was andere Leute tun, Dorothea, ich hoffe, daß du nicht vergißt, daß der Sonntag der Tag des Herrn ist.”

„Ja, Vati”, sagte Dorli seufzend, denn sie dachte, daß es der leichteste Weg sei, ihm einfach zuzustimmen.

Sehr beeindruckt schien Herr Marmann nicht von dieser Antwort zu sein. Er warf seiner Tochter einen Blick zu, der sagen sollte, daß es viel zu schön wäre, um wahr zu sein. „Warum will Inge eigentlich, daß du das Wochenende mit ihr verbringst?” fragte er. „Seht ihr euch im Büro nicht schon jeden Tag?”

Dorli hoffte, ruhiger zu wirken, als sie sich tatsächlich fühlte. „Nein, Vati, während der Arbeitszeit sehen wir uns nicht viel. Wir sind in verschiedenen Abteilungen, weißt du.” Sie zögerte einen Augenblick und sagte dann: „Außerdem lädt Inge alle ihre Freundinnen der Reihe nach einmal ein. Ich kann mir denken, daß es bei ihr zu Hause ganz nett ist.”

Herr Marmann zuckte die Achseln. „Na gut, Dorothea”, sagte er sehr langsam, „du kannst am Wochenende hingehen, aber nur unter einer Bedingung.”

„Ja?” Sie hielt vor Spannung den Atem an.

„Unter der Bedingung, daß du die Gastfreundschaft erwiderst und Inge für ein Wochenende zu uns einlädst!"

„Ach, Vati!"

„Natürlich, Dorothea, das ist nicht mehr als richtig", stimmte Frau Marmann ihrem Mann zu, „etwas anderes kannst du gar nicht machen."

Dorli zögerte. Sie war sich darüber völlig im klaren, daß sie durch weitere Worte nichts mehr erreichen würde. So gern sie am Wochenende zu Inge wollte – dennoch war der Preis ganz schön hoch. Aber sie mußte einverstanden sein, wenn sie weiterhin am Kontakt mit ihren Freundinnen interessiert war – Sie mußte zum Picknick kommen. Sonst würden die andern gänzlich die Geduld mit ihr verlieren und ihr sagen, sie wäre grenzenlos rückständig. Außerdem gab es ja noch die Möglichkeit, daß Inge die Einladung nicht annahm; ein Wochenende in „Karmel" würde ihr bestimmt nicht imponieren. Es fiel ihr ja nie schwer, glaubwürdige Ausreden zu finden . . .

„Na meinetwegen", war sie nach einigem Zögern endlich einverstanden. „Ich werde Inge auch einladen – irgendwann."

In bester Laune bereitete sich Dorothea auf ihr Wochenende in „Freiheit" vor. Inge hatte darauf bestanden, daß sie gleich am Freitagabend nach Büroschluß zu ihr käme. Dorli fand das ganz toll. Je eher sie den Einschränkungen zu Hause entfliehen konnte, desto besser, meinte sie und holte tief Luft.

Familie Deiger wohnte in einer modernen Villa im Stadtzentrum. Ein elegantes Haus! Pastellfarbige venezianische Vorhänge und teure Übergardinen ließen schon von der Straße aus ahnen, wie es drinnen sein könnte. Vor dem Haus war ein gepflegter kleiner Stadtgarten und eine Terrasse.

Dorlis Herz klopfte vor Spannung, als sie Inge über

die drei halbrunden Treppenstufen bis zur Haustür folgte. Sie hatte sich schon immer gewünscht, in einem solchen Haus zu wohnen, das so ganz anders war als ihr altmodisches, bescheidenes Elternhaus.

Hier war die Wohnung wirklich „up to date". Dicke, weiche Teppiche lagen auf dem Fußboden und paßten in Form und Farbe ausgezeichnet zu den eleganten, modernen Möbeln. Und was hier alles stand! Dinge, die es bei ihr zu Hause nicht gab: Aschenbecher und Zigarettenpackungen, Flaschen mit ihr unbekannten Etiketten, Cognacgläser, die noch vom Abend zuvor auf dem Kamin standen; Illustrierte mit bunten, herausfordernden Bildern lagen achtlos verstreut herum. Ein leichter Tabakdunst schien wie eine Decke über dem Wohnzimmer zu hängen. Ja, alles war ganz anders; aber was tatsächlich anders war, hätte sie nicht genau sagen können.

Herr Deiger saß in seinem Sessel und war in den Sportteil seiner Abendzeitung vertieft; er schaute nicht einmal auf, als sie hereinkamen.

„Du brauchst ihn gar nicht zu beachten", flüsterte Inge, „er ist ein alter Brummbär!"

Sie ließ Dorli stehen, wo sie gerade stand, und schlich sich selbst hinter ihren Vater und schnipste ihm die Zeitung aus der Hand.

„Was zum Teufel – ?" fragte er und drehte sich fluchend um.

„Hast du nicht gesehen, daß wir Besuch haben?" fragte sie, indem sie auf ihre Freundin deutete. „Willst du nicht wenigstens 'Guten Tag' sagen, Paps?"

Als Antwort nickte Herr Deiger nur und murmelte, mit seiner Pfeife im Mund, etwas Unverständliches, nahm seine Zeitung und las sofort weiter.

Eine elegant gekleidete Frau von etwa vierzig Jahren kam herein. „Oh, das ist Dorli – " begann sie, erfreut lächelnd.

„Ja, Mami", sagte Inge, indem sie ihre Freundin vorstellte. „Wir sind ein bißchen spät - ich hoffe, ihr habt nicht mit dem Essen auf uns gewartet?"

„Nein, nein!" sagte Frau Deiger ungezwungen. „Das ist noch nicht fertig. Ich war den ganzen Nachmittag weg und habe Bridge gespielt; ich dachte, Sylvia würde . . . "

„Das ist recht - schon wieder an mir herumnörgeln!" schrie Sylvia Deiger launisch. „Ihr glaubt wohl, ich würde hier alles machen. Wartet ab, bis ich alt genug und mit der Schule fertig bin und arbeiten gehen kann - dann werde ich's euch schon zeigen!"

„Aber Sylvia!" erinnerte sie ihre Mutter, „vergiß nicht, wir haben Besuch."

Die vierzehnjährige Sylvia stemmte ihre Hände in die Hüften. „Das ist mir egal!" rief sie trotzig. „Du hättest zu Hause sein sollen und das Essen selber kochen können! Ich habe es in dieser Woche jeden Abend machen müssen."

„He, jetzt reicht's aber!" brummte eine Stimme hinter der Zeitung. „Du kannst gleich was erleben, wenn du so mit deiner Mutter sprichst."

„Es ist aber wahr!" beharrte sie mit Nachdruck. „Mir reicht's jetzt! Es ist mir völlig egal, ob wir heute abend noch etwas zu essen kriegen oder nicht."

Inge Deiger lachte; sie hatte bemerkt, daß ihre Freundin etwas verwirrt war. „Beachte mein kleines Schwesterchen am besten gar nicht!" sagte sie leichthin. „Sie hat öfters ihren Koller . . . "

Sylvia stampfte mit dem Fuß auf. „Ich habe keinen Koller. Und ich bin auch nicht dein 'kleines Schwesterchen', Inge! Du hast es nötig, so zu reden - du bekommst ja alles, was du willst!"

„Sylvia findet es schrecklich, die Jüngste zu sein", erklärte Inge. „Sie meint, sie käme überall zu kurz."

Dorothea spürte, daß sie jetzt etwas sagen müßte, um die Situation zu entspannen. „Na ja", begann sie etwas unsicher, „ich kann sie gut verstehen. Es ist furchtbar, die Jüngste in einer Familie zu sein. Alle glauben, man würde niemals erwachsen werden."

Und sofort fand Sylvia den neuen Gast ganz interessant. „Dann bist du wohl auch die Jüngste?" Damit standen die beiden gleich auf freundschaftlichem Fuß.

Als das Essen endlich kam, saßen schon alle ganz hungrig um den Tisch.

„Worauf wartest du noch, Dorli?" fragte Inge, als sie selbst sich schon Messer und Gabel genommen hatte. „Fang' doch an!"

Dorothea Marmann kam mit einem Schlag wieder zu sich. Durch die Macht der Gewohnheit hatte sie darauf gewartet, daß man vor dem Essen beten würde. Aber sie war ja nicht zu Hause. Niemand schien sich für ein Tischgebet zu interessieren. Also nahm auch sie Messer und Gabel und fing an zu essen.

Das Essen und danach das Abräumen und Aufwaschen nahm viel Zeit in Anspruch. Als sie endlich damit fertig waren, wurde auch Herr Deiger ein wenig geselliger; in der Zwischenzeit hatte er jede Seite seiner Zeitung sorgfältig „durchgekämmt". Als schließlich seine Frau ein Kartenspiel vorschlug, war er gern dazu bereit.

„Wir spielen zu viert", fuhr Frau Deiger fort, „du und ich – Dorli und Inge spielen zusammen."

„Oh, es tut mir leid, aber ich kann nicht Karten spielen", sagte Dorli entschuldigend.

„Das macht nichts, Dorli", tröstete sie ihre Freundin, „du wirst das schnell lernen."

Dorli schien trotzdem noch etwas zu zweifeln. „Und was ist mit Sylvia?" meinte sie.

„Ich schaue zu!" sagte Sylvia behaglich.

„Du mußt sowieso bald schlafen gehen, Liebling", ermahnte die Mutter.

Das Mädchen zog ein Gesicht, das ihre Mutter wohl nicht gesehen haben mochte; jedenfalls sagte sie nichts.

So begann das Spiel. Dorli empfand genau, daß die leuchtenden Augen von Inges kleiner Schwester jeder ihrer Bewegungen folgten. Sie fühlte sich dabei etwas unbehaglich. Nicht, weil sie weder Ahnung noch Erfahrung im Spielen hatte, sondern überhaupt. Man wurde ganz verlegen, wenn man sich so genau beobachtet wußte, ohne sicher zu sein, ob man auch das Richtige tat.

„Um was spielen wir heute abend, Paps?" fragte Inge aufgeräumt.

„Manche Leute spielen grundsätzlich nicht um Geld", bemerkte Frau Deiger zu ihrem Gast gewandt, „aber wir setzen immer ein paar Pfennige, um das Spiel interessanter zu machen."

Inges Augen funkelten. „Los, Dorli! Vielleicht gewinnen wir so viel, daß wir unsere Ausgaben für das Picknick damit bezahlen können. Wir wollen sehen, was sich machen läßt."

Dorli erinnerte sich an Stefan und das Glücksrad und an die zwanzig Pfennige. Auch dachte sie daran, wie ruhig und friedlich sie bei ihr zu Hause den Abend verbringen würden. Ihre Gedanken weilten bei den Vorhaltungen, die sie ihr machen würden, wenn sie sie jetzt sähen. Und ihr Herz verhärtete sich.

Warum sollte sie sich um ihretwillen Gedanken machen, fragte sie sich. Sie tat ja nichts Schlimmes – sie spielte Karten im Haus einer Freundin.

„Ja, in Ordnung, Inge!" sagte sie unbekümmert. „Wir wollen sehen, was sich machen läßt!"

Ins Bett hüpfte dann einige Stunden später eine strahlend glückliche – und um zwei Groschen reichere Dorli. Sie teilte das Zimmer mit ihrer Freundin. „Oh, das war wirklich ein wunderbarer Abend, Inge!" rief sie begeistert.

„Ja, mir hat es auch gefallen!" pflichtete Inge ihr bei. „Und noch dazu hast du gleich an deinem ersten Abend gewonnen. Du mußt unter einem glücklichen Stern geboren sein!"

„Meinst du wirklich?" murmelte Dorli schläfrig. Und kurz darauf war sie eingeschlafen; dieser lange und aufregende Tag hatte sie müde gemacht.

8

EIN KAPITEL VOLLER UNFÄLLE

Ein strahlender, verheißungsvoller Sonntagmorgen! Früh, als die andern noch schliefen, sprangen Inge und Dorli in bester Laune aus dem Bett. Wie konnte das auch anders sein bei dem bevorstehenden Picknick!

„Ich bin gespannt, wie es heute wird." Dorli sagte es eigentlich nur zu sich selbst, als sie die Vorhänge zur Seite zog, um die goldenen Sonnenstrahlen hereinzulassen.

„Es wird natürlich gut!" rief Inge fröhlich. „Schau dir doch nur das Wetter an!"

Dorli blinzelte noch immer durch die Fensterscheiben. „Da hinten ist aber schon eine große, dunkle Wolke", meinte sie ein wenig zweifelnd.

Doch Inge lachte nur. „Nun komm schon, du alter Schwarzseher! Wenn wir uns jetzt nicht beeilen, werden wir zu spät kommen - und wenn wir den Bus an der Kreuzung um halb neun verpassen, wird es für uns heute überhaupt kein Picknick mehr geben."

„O ja, richtig, Inge!"

So wurde Dorli rasch von ihren Befürchtungen abgelenkt - und ihre Befürchtungen betrafen nicht nur das Wetter!

Mit echter Begeisterung trafen sie die letzten Vorbereitungen für diesen vielversprechenden Tag.

Außer ihnen beiden war noch niemand aufgestanden; so machten sie sich das Frühstück selbst. Für Inge war das nichts Neues.

„Meine Mutter ist doch wirklich klasse", sagte sie großmütig, als sie sich von dem Kuchen nahm. „Solange man ihr nicht in den Weg kommt, kann man genau das tun, was man will."

„Das ist auf jeden Fall ziemlich bequem", antwortete Dorli. Sie verglich in Gedanken damit die Aufmerksamkeit und ängstliche Fürsorge ihrer eigenen Mutter.

„Ja, das stimmt", pflichtete ihr Inge bei, als sie mit geübter Hand ihre Frühstücksbrote einpackte. „Laß uns noch eine Tasse Kaffee trinken, dann müssen wir aber gehen."

Dorli blickte sich in der unaufgeräumten Küche um und wandte ein: „Wollen wir nicht erst das Geschirr spülen? Wir können es doch nicht stehen lassen?!"

„Natürlich können wir das. Sylvia soll's machen!" sagte Inge lachend. „Sie wird zwar nicht begeistert sein, wird es aber doch machen. Manchmal ist es ganz gut, eine kleine Schwester zu haben."

Fünf Minuten später eilten die beiden Freundinnen aus dem Haus, ohne sich von jemandem zu verabschieden.

„Hast du deine Eintrittskarte, Dorli?" fragte Inge, als sie zum Bus hasteten.

Dorli griff in ihre Tasche. „Ja, sie ist hier. Ich darf sie auf keinen Fall verlieren!"

Aber in dem Durcheinander, in dem sie sich mit etwa dreißig anderen jungen Leuten einen Platz in dem Sonderbus für das Picknick suchten, wurden die Karten überhaupt nicht kontrolliert; so blieb die Karte den ganzen Tag in ihrer Tasche.

Viele der jungen Leute waren ziemlich ungehobelt und laut. Dorli fand das nicht sehr imponierend. Dauernd grölten und lachten und brüllten sie, so daß es ihr ganz schwindelig im Kopf wurde. Sie atmete erleichtert auf, als sie endlich an ihrem vereinbarten Picknickplatz ankamen.

In wenigen Minuten war der Bus leer. Die meisten

quetschten sich schon hinaus, bevor der Fahrer die Türen alle richtig geöffnet hatte. Nur Dorli, so schien es, zögerte ein wenig.

„Los, komm!" gellten ihr übermütige Stimmen von außen entgegen. „Spring doch!"

Und Dorli sprang.

Aber als sie auf dem Boden ankam, stieß sie einen Schmerzensschrei aus, denn ihr Fuß war in eine tief ausgefahrene Wagenspur geraten, die man, weil sie von Grasbüscheln verdeckt gewesen war, nicht bemerkte. Dabei hatte sie sich nun den Fuß verstaucht.

„Oh!" rief Inge bestürzt, „was ist denn los?"

Dorli verzog vor Schmerz das Gesicht und gab keine Antwort. In einem Augenblick hatte sich ein neugieriger, aber sympathischer Haufen gebildet.

„Was ist denn passiert?"

„Hast du dir den Fuß verletzt? Es ist doch keine Verstauchung, oder?"

„Was für ein Pech!"

Ihre Freundinnen eilten sofort herbei und stießen die anderen aus dem Weg. „Aber, Dorli, wie konnte denn das passieren? Komm, wir wollen versuchen, dir zu helfen."

Dorli biß die Zähne zusammen. „Ich - ich kann den Fuß jetzt einen Augenblick nicht bewegen, aber es wird gleich wieder in Ordnung sein."

Inge, praktisch wie immer, war die erste, die einen konkreten Vorschlag bei der Hand hatte. „Es ist am besten, wenn wir sie wieder in den Bus tragen. Kommt mal her, Jungs, helft mir!"

Und ehe Dorli irgend etwas einwenden konnte, hatten starke Arme sie hochgehoben und auf den Boden des Busses gelegt, wo vorher irgend jemand noch schnell ein paar Mäntel ausgebreitet hatte.

„Ein Glück, daß ich meine Erste-Hilfe-Tasche mitgenommen habe", sagte Marion triumphierend, als sie eine kleine Ledertasche hervorzog. „Hier, geht mir aus dem Weg, und laßt mich erst einmal einen Blick darauf werfen!"

Ihre berufsmäßige Art machte einen großen Eindruck auf sie. Schließlich waren sie nur zu froh, dabeistehen zu können und die Handgriffe verständnisvoll und interessiert zu beobachten. Wenn Marion jemals darüber froh gewesen war, daß sie den Erste-Hilfe-Lehrgang mitgemacht hatte, dann sicherlich jetzt.

„Es ist keine Verstauchung", verkündete sie endlich, als sie sich alles genau angesehen hatte. „Sie hat sich nur eklig den Fuß vertreten. – Ich werde dir eine Binde darum machen, Dorli. Wenn du den Fuß einen Augenblick ruhig hältst, dann müßte er bald wieder in Ordnung sein; es ist nichts Ernstes."

„Ernst genug", sagte Inge brummig. „Wie soll sie denn so mitwandern?"

Marion schüttelte bedeutungsvoll den Kopf. „Es ist besser, wenn sie vorerst noch nicht mit dem Fuß auftritt. Jedenfalls nicht sofort."

Dorli versuchte zu lächeln. „Ich – ich habe sowieso nicht viel Lust zu wandern", sagte sie und biß wieder die Zähne zusammen, als Marion sich mit nicht gerade zarten Fingern an die verletzte Stelle machte. „Geht ihr doch ruhig – macht euch keine Gedanken um mich. Das wird schon irgendwie in Ordnung gehen."

Nach einigen Einwendungen entschlossen sie sich schließlich doch, ihrem Plan gemäß bis zum Mittagessen zu wandern. Nur Dorlis engste Freundinnen sollten bei ihr zurückbleiben, um sie zu trösten. Auch dies noch gegen ihren Willen.

„Also wirklich", protestierte sie, „ich will euch doch nicht den ganzen Tag verderben. Ich kann auch allein hier bleiben. Laßt mich in Ruhe und wandert mit!"

„Nein", antwortete Inge mit Nachdruck, „ich bleibe, Dorli. Schließlich habe ich dich ja dazu überredet, überhaupt mitzukommen."

„Aber du kannst doch nichts dafür, Inge!"

„Natürlich nicht; aber ich wäre eine schöne Freundin, wenn ich dich jetzt hier allein ließe." Und zu den anderen gewandt, sagte sie: „Es ist wirklich nicht notwendig, daß ihr alle hierbleibt. Marion, du hast getan, was du konntest. Und ihr anderen könnt jetzt nichts weiter tun. Dorli und ich werden hierbleiben, geht ihr nur!"

Wie immer taten die „Großen Fünf", was Inge sagte. Und so dauerte es nicht lange, bis Rosa, Marion und Margret der Wandergruppe gefolgt waren. Dorli und sie aber blieben allein zurück.

„Es tut mir furchtbar leid, Inge", sagte Dorli unglücklich, „daß ich dir diesen Tag so verdorben habe."

„Ach, redest du einen Unsinn! Mit mir ist doch alles in Ordnung; aber wie geht es dir? Für *dich* tut es mir leid!"

Dorli tat es für sich selbst eigentlich auch sehr leid! Sie mußte sich sehr zusammenreißen, um nicht in Tränen auszubrechen. Wer hätte auch gedacht, daß es so kommen würde! Es war noch nicht ganz elf Uhr. Der ganze Tag lag noch vor ihnen. Welch eine Plage für sich selbst und alle anderen! Ganz zu schweigen von den Fragen, mit denen man sie zu Hause bestürmen würde.

„Ich habe keine Ahnung, was ich meinen Eltern erzählen soll, Inge", begann sie, nachdem sie eine Weile schweigend vor sich hingestarrt hatte.

„Mhm, das ist natürlich ein Problem", meinte Inge nachdenklich. „Wir werden uns eine hübsche kleine Geschichte ausdenken müssen, fürchte ich."

Dorli schüttelte verdrießlich den Kopf. „Ich glaube, das ist hoffnungslos. Meinen Eltern kann man nichts vormachen, sie würden es doch herausbringen."

„Aber wieso denn?" versuchte Inge ihre trübsinnige Freundin ein wenig aufzumuntern. Dabei versuchte sie, optimistischer zu wirken, als sie in Wirklichkeit war. „Du kannst doch einfach sagen, daß es passiert ist, als du aus der Kirche kamst, daß du auf der Treppe gestolpert bist. Sie werden nicht im Traum daran denken, daß du auf einem Picknick warst!"

„Nein, das kann ich mir auch nicht vorstellen", fuhr Dorli fort, aber damit waren ihre Zweifel nicht ganz weg. „Aber dann werden sie mich über den Gottesdienst ausfragen."

„Na gut! Dann sagst du eben, daß es schon auf dem Weg in die Kirche passiert ist. Schließlich hat es so weh getan, daß du dich nicht mehr auf den Gottesdienst konzentrieren konntest."

Dorli mußte lächeln. „Das ist eine gute Idee – sofern es klappt."

„Ich sehe keinen Grund, warum es nicht klappen sollte", beharrte Inge voll Zuversicht. „Und überhaupt, wenn es wirklich nicht klappt, Dorli, was ist schon dabei, am Sonntag zu einem Picknick zu gehen?!"

Aber Dorothea Marmann war sich da gar nicht so sicher. Ihre Gedanken wanderten zurück nach Hause zu ihrer Kirchenbank. Ihre Mutter und ihr Vater würden jetzt dort sitzen. Ihr Platz würde leer sein. Die anderen Leute würden sich vielleicht nach ihr erkundigen. Sie waren ja alle so daran gewöhnt, sie dort zu sehen. Schließlich dachte sie daran, ob auch Stefan sie vermissen würde. Er fehlte niemals im Gottesdienst. Der ziehende Schmerz in ihrem Fußgelenk war nicht gerade dazu angetan, sie aufzumuntern. Fast wünschte sie, auch zu Hause in der Kirche zu sein.

„Es ist sowieso kein besonders schöner Tag", lenkte Inge ab; „es sieht nach Regen aus."

Und es begann tatsächlich zu regnen. Der Tag, der so verheißungsvoll mit blauem Himmel und Sonnenschein begonnen hatte, war über Mittag düster und drohend geworden. Ein stürmischer Westwind war aufgekommen, und die Wolkendecke verdichtete sich. Erst war es ein nebelartiger Nieselregen, der aber bald einem kräftigen Dauerregen Platz machte.

Inge und Dorli sahen mit einer gewissen inneren Befriedigung zu, als die anderen durch und durch naß und mit schmutzigen Schuhen zurückkamen. Die beiden hatten es trocken und sauber im Omnibus gehabt.

„Schließlich ging es uns doch besser als ihnen", stellte Inge beruhigt fest.

„Ja, ich glaube auch", antwortete Dorli, aber ihre Stimme klang trotzdem ziemlich trostlos.

Es war zu naß, um noch einmal hinausgehen zu können. Und so zog sich der Nachmittag endlos hin, während sie versuchten, sich auf dem engen Raum, in den sie eingesperrt waren, ein wenig zu amüsieren. Der Lärm war geradezu nervenaufreibend, und Dorli bekam immer stärker werdende Kopfschmerzen. Sie war wirklich erleichtert, als sie sich entschlossen, wieder zurückzufahren, weil das Wetter um etwa vier Uhr noch keine Anzeichen einer Besserung zeigte.

Auf Inges Bitten hin hatte der Fahrer sie direkt vor Deigers Haus abgesetzt. Auf Inges Arm gestützt, konnte Dorli mühsam den Weg bis ins Haus hinein humpeln.

„Na, wie war das Picknick?" fragte Sylvia neugierig.

„Ach, es war ein kompletter Reinfall", sagte Inge voll Abscheu. „Aber steh' nicht so dumm 'rum und starr' uns an, Sylvia. Siehst du nicht, daß Dorli sich den Fuß vertreten hat? Geh und tu' irgend etwas – schnell!"

Dorli griff nach dem Arm ihrer Freundin. „Ich sollte jetzt wirklich nach Hause gehen, Inge. Ich habe dir heute wirklich schon genug Ärger gemacht."

„Was für ein Unsinn, Dorli! Du bist an diesem Wochenende mein Gast, und ich werde mich auch um dich kümmern. Dein Fuß muß wieder ganz in Ordnung kommen, bis du nach Hause gehst – ein guter Schlaf kann Wunder wirken. Komm her, Sylvia", sagte sie in einem befehlenden Ton, in dem sie mit ihrer kleinen Schwester zu reden pflegte, „komm schon, und hilf mir, Dorli auf die Couch zu heben! Oder geh, und mach uns eine Tasse Kaffee. Ich habe einen furchtbar schweren Kopf!"

Sylvia gehorchte bereitwillig. Die Tatsache, daß das Picknick ein Reinfall gewesen war, schien sie in eine außerordentlich gute Stimmung versetzt zu haben. Das war sozusagen ein Ausgleich dafür, daß sie hatte zu Hause bleiben müssen.

Kurz darauf lag Dorli bequem, gestützt durch viele Kissen, auf der Couch im Wohnzimmer. Wenige Minuten später brachte Sylvia drei Tassen Kaffee auf einem Tablett herein.

„Ich kann es nicht zulassen, Dorli, daß du morgen zur Arbeit gehst", sagte Inge mit Nachdruck. „Es ist besser, wenn du deinen Knöchel ruhig hältst."

„Nein, das brauche ich nicht", erklärte Dorli tapfer. „Es ist mir weit lieber, auf Krücken zur Arbeit zu gehen, als sie zu Hause alle dumm um mich herum stehen zu haben. Stell' dir bloß mal vor, daß ich eher nach Hause käme, als sie mich erwartet haben. Noch dazu mit einem verletzten Fuß! Nein, das will ich mir lieber nicht vorstellen!"

„Ich meine doch, daß du *hier* bleiben solltest, Dorli", beeilte sich ihre Freundin hinzuzufügen. „Du kannst dich morgen den ganzen Tag hier ausruhen und gehst dann um die gleiche Zeit heim, als ob du von der Arbeit kämst. Und bis dahin wird dein Fuß bestimmt wieder völlig in Ordnung sein; und wenn nicht, können wir ja meinen Vater bitten, dich im Auto 'rüber zu fahren. Das wird er dieses Mal bestimmt machen."

„Das hängt ganz von seiner Laune ab", sagte Sylvia und schnitt eine Grimasse.

„Ach, bis dahin werde ich wieder gut allein laufen können", protestierte Dorli, selbst aber nicht ganz überzeugt von dem, was sie sagte.

Am Montagabend sah es mit ihrem Fuß noch kaum besser aus, obwohl sie ihn die ganze Zeit still gehalten hatte. Dorothea war sehr niedergedrückt und nahm Herrn Deigers Angebot - das für seine Verhältnisse sehr freundlich ausgefallen war -, sie nach Hause zu fahren, dankbar an.

„Ich kann mit dir nach Hause gehen, Dorli, wenn du meinst, daß das etwas nützt", bot sich Inge an, denn sie war ehrlich gespannt auf das, was Dorli zu Hause erzählen würde.

„Nein, Inge! Trotzdem, vielen Dank", antwortete Dorli mit Nachdruck. „Es ist schon besser, wenn ich das allein durchstehe."

„Na gut, dann erzähle deine Geschichte und beharre darauf!" gab ihr die Freundin als Warnung mit auf den Weg.

Aber Dorli nickte nur. Das war leichter gesagt als getan, dachte sie bei sich.

Beharrlich lehnte sie Herrn Deigers Angebot ab, sie bis ins Haus zu bringen, als sie vor „Karmel" ankamen. Sie stieg aus und blieb so lange vor der Tür stehen, bis das Auto außer Sichtweite war; dann drehte sie sich um und humpelte langsam den Weg bis zum Haus. Das war eine gehörige Anstrengung bei diesen starken Schmerzen.

Eigentlich wollte sie durch die hintere Tür hineingehen, wie sie es gewöhnlich tat, wenn sie von der Arbeit kam. Aber als sie näher trat, sah sie, daß die vordere Tür aufgelassen worden war. Und noch bevor sie sich überlegen konnte, durch welche Tür sie hineingehen wollte, kam der Vater ihr schon entgegen und begrüßte sie. Offensichtlich hatte er nach ihr Ausschau gehalten.

„Dorothea!" Die Freude beim Anblick seiner Tochter verwandelte sich schnell in Sorge, als er ihren angespannten und schmerzvollen Gesichtsausdruck bemerkte und sah, wie sie langsam auf ihn zu hinkte. „Was ist denn - hast du dich verletzt? Was hast du denn gemacht?"

„Ach nichts, Vater - es ist nicht schlimm. Ich - ich habe mir halt den Fuß ein bißchen vertreten, das ist alles." Sie gab sich große Mühe, daß das, was sie sagte, ganz beiläufig klang; aber sie war doch froh, daß sie sich an den starken Arm ihres Vaters lehnen konnte, der ihr gleich zu Hilfe kam und sie über die Veranda ins Haus trug.

„Hier sind wir, Mutter!" rief er, während er Dorli dabei half, sich in den nächstbesten Sessel zu setzen.

Frau Marmann kam sofort angelaufen. „O Dorothea, Kind, was in aller Welt ist denn mit dir los?" rief sie besorgt, als sie in das Zimmer geeilt kam und ihre Tochter herzlich umarmte. „Du bist doch nicht verletzt, oder?"

„Was ist denn hier los?" Thomas war auch gleich erschienen; er war genauso überrascht und erschrocken wie seine Eltern. „Doch nichts Schlimmes, hoffe ich?"

Dorlis Lippen zitterten, und sie mußte sich mit äußerster Kraft zusammennehmen, um nicht in Tränen auszubrechen. Sie waren alle so besorgt um sie - so ehrlich besorgt.

„Ich - ich - ach, es ist wirklich nichts Schlimmes", brachte sie schließlich hervor. „Ich habe mir nur den Fuß ein wenig vertreten."

„Laß mich mal danach sehen!" Es lag etwas Linderndes darin, wie ihr Vater den verletzten Fuß in seine starken, ruhigen Hände nahm.

„Ich glaube nicht, daß der Fuß verstaucht ist; aber du hast ihn dir ganz schön vertreten", sagte er und schüttelte den Kopf. „Wie hast du das nur gemacht?"

Das Mädchen hatte nicht den Mut aufzusehen. „Ich - ich weiß nicht genau", murmelte sie mit zitternder Stimme. „Ich glaube, ich muß ausgerutscht sein."

„Wann ist es denn passiert? Heute?"

Sie schüttelte den Kopf. „Nein - gestern."

„Am Sonntag?"

„Ja, wir kamen gerade aus der Kirche, nein, ich meine, wir gingen gerade hinein, und da bin ich auf den Stufen ausgerutscht." Ihr Herz klopfte so laut, daß sie glaubte, sie würden es alle hören. Und ihr Gesicht war über und über rot. Das war die erste vorsätzliche Lüge gewesen, die sie ihren Eltern erzählt hatte. Und wenn sie ihr ins Gesicht schauen würden, dann müßten sie - darin war sie sich völlig sicher - erkennen, daß sie log.

„Und seit Sonntag ist es schon wie jetzt und ist nicht behandelt worden?" Ihr Vater runzelte die Stirn. „Du hättest gleich zum Arzt gehen müssen."

„Es ist ja behandelt worden! Marion hat den Fuß verbunden."

„Marion?" wiederholten Herr und Frau Marmann gleichzeitig und warfen sich gegenseitig erstaunte und bedeutungsvolle Blicke zu.

„O!" Dorli wünschte, sie könnte in den Boden versinken. „Hab' ich - hab' ich Marion gesagt?" wiederholte sie schwach.

„Ja", sagte ihr Vater mit Nachdruck. „Aber du hast uns gar nichts davon gesagt, daß Marion auch mit euch gehen würde."

„Nein, na ja - sie war ja auch nicht mit."

„Aber Kind, sie muß doch mitgewesen sein, wenn sie dir den Knöchel verbunden hat", widersprach ihre Mutter sanft.

„Nun, sie war ja auch - nein, ich meine, sie war nicht mit! Ach, ich weiß nicht mehr, was ich rede!" Völlig durcheinander brach sie in Tränen aus und bedeckte ihr Gesicht mit ihren Händen.

Ihr Vater legte seinen kräftigen Arm um ihre Schultern. „Nun, deshalb mußt du nicht weinen, Kind", sagte er freundlich aber bestimmt. „Beruhige dich wieder, und sage uns genau, was passiert ist. Das ist alles, was wir wissen wollen."

Aber sie hörte nicht auf zu weinen. „Es - es hat keinen Zweck, daß ihr mich jetzt fragt", schluchzte sie, und die Tränen liefen ihr die Wangen hinunter. „Ihr habt mich so durcheinander gebracht, daß - daß ich nicht mehr weiß, was ich rede. Ich weiß nicht, warum ihr euch alle gleich auf mich stürzen mußtet, sobald ich hereinkam."

„Aber hör doch zu, Dorothea -"

Das war Thomas' erster Beitrag zu der Unterhaltung, aber sie schnitt ihm das Wort ab.

„Halt deinen Mund, Tom - das geht dich nichts an!" Sie nahm ihr Taschentuch heraus und betupfte damit ihre Augen, die vor lauter Tränen so trübe waren, daß sie das verräterische Stückchen Papier nicht sehen konnte, das aus ihrer Tasche geflattert war, als sie das Taschentuch herausgezogen hatte.

Aber Herr Marmann hatte es bemerkt und bückte sich, um es aufzuheben. Er hielt es lange in seiner Hand. Dann sprach er in ruhigem Ton, während er ihr das kleine Stück Papier hinhielt: „Gehört das dir?"

Irgend etwas in seinem ruhigen, bestimmten Tonfall ließ sie aufschauen, und ihr Gesicht wurde bleich. Sie brauchte es gar nicht erst in die Hand zu nehmen oder gar zu fragen, was es war. Das wußte sie nur zu genau. Ein Blick genügte.

„O!" keuchte sie bestürzt. „Was - wo - ?"

„Das ist aus deiner Tasche gefallen", fuhr ihr Vater fort, immer noch in dem gleichen festen Ton, seine Augen unlösbar auf sie geheftet. „Weißt du, was das ist, Dorothea?"

„Ja", hauchte sie atemlos. Es war ihre Karte für das Picknick am Sonntag!

Noch immer ruhte der Blick des Vaters auf ihr, seine scharfen, eindringlichen Augen schienen durch sie hindurchzusehen. „Und gehört das dir?" fragte er langsam.

Sie nickte. Es war sinnlos, weiterhin zu versuchen, ihre Eltern zu täuschen. Die Wahrheit war jetzt heraus, und alles nur durch ihre Unachtsamkeit und Dummheit! Wie dumm hatte sie sich angestellt!

Herr Marmanns Gesicht war ernst. „Dann bist du auch gestern nicht zur Kirche gegangen?" fragte er beharrlich weiter. „Du bist zu einem Picknick gegangen?"

Durch ihre eigene Unachtsamkeit war sie jetzt in die Enge getrieben und gefangen im Netz der Lügen, das sie selbst gespannt hatte. Sie war ganz verzweifelt, rang die Hände und warf ihren Kopf trotzig zurück. „Und was ist dabei, wenn ich es wirklich getan hätte?"

David Marmann erhob warnend den Finger, während er den verhängnisvollen Zettel noch in der Hand hielt. „Ich kann dich nur daran erinnern, Dorli", sagte er ernst, „daß die Bibel recht hat, wenn sie sagt, daß sich die Sünde selbst verrät."

„Also, wirklich, Vater!" rief die Tochter ungeduldig, „es wird wohl jeder denken, daß es eine ganz schreckliche Sünde ist, wenn man am Sonntag zu einem Picknick geht!"

„Die Sünde, die ich meine, ist die Sünde zu lügen, Dorothea", antwortete ihr Vater fest, „und nicht nur einmal, sondern öfters. Du hast mit diesem Picknick nicht nur den Tag des Herrn entweiht, sondern du hast diese Sünde noch unendlich verschlimmert, indem du gelogen hast, um sie zu verdecken."

„Ja, Dorothea, das hast du damit getan!" sagte auch die Mutter erschüttert. „Wenn du so gern zu dem Picknick gehen wolltest, warum hast du dann nichts davon gesagt?"

„Das hätte ich so einfach sagen sollen?" Dorli lachte hysterisch auf. „Das hätte ein Theater gegeben! Dir oder Vati kann ich doch nie etwas sagen. Ihr seid so – so –"

Herr Marmann lächelte traurig. „Wie sind wir, Kind?"

Sie zuckte hilflos die Achseln. „Ach, ich weiß nicht – ich habe heute wirklich genug. Laßt mich in Frieden!" Unter großer Anstrengung erhob sie sich von ihrem Sessel. „Ich –

ich kann nicht mehr. Ich gehe jetzt schlafen!"

„Und dein Tee, Kind?" warf ihre Mutter rasch ein.

Dorlis Lippen zitterten, und die Tränen standen ihr wieder in den Augen. „Ich möchte keinen Tee", schluchzte sie. Und ohne irgend etwas Weiteres abzuwarten, ging sie mit hocherhobenem Kopf zur Tür. Der stechende Schmerz in ihrem Knöchel ließ sie bei jedem Schritt zusammenzucken, aber sie war entschlossen, weder um Hilfe zu bitten, noch sie anzunehmen.

Schweigend sahen sie ihr zu; dann wandte sich Herr Marmann seufzend zu seiner Frau. „Wie wäre es mit einem Tee für uns, Mutter?" schlug er vor.

„Ja, Liebling - natürlich", antwortete sie zustimmend. „Er ist ja längst fertig."

„Und was ist mit Dorothea, Vati?" warf Thomas etwas ungeschickt ein.

Der Vater sah seinen Sohn mit einem beruhigenden Lächeln an. Er wußte genau, daß Thomas diese Auftritte mit seiner Schwester haßte. „Wir werden später noch einmal nach ihr schauen, Junge", sagte er ruhig. „Ich denke, wir sollten sie im Moment am besten allein lassen."

„Ja natürlich, Vater", pflichtete Michael ihm bei, der gerade den Schluß der Szene noch mitgekriegt hatte. Er hatte allerdings genug gehört, um den Verdacht zu haben, daß es um etwas ziemlich Ernstes gehen mußte.

Das Abendessen verlief sehr schweigsam. Am Tisch wurde kaum etwas gesprochen. Niemand erwähnte Dorlis Namen. Der leere Stuhl neben ihnen redete seine eigene Sprache.

Nach dem Abendessen sprach Herr Marmann dann einen Gedanken aus, den er offensichtlich lange überlegt hatte. „Ich glaube, ich sollte Inge Deiger anrufen, Mutter", sagte er, „sie haben doch Telefon, nicht wahr?"

Frau Marmann nickte. „Ja, Liebling. Es wäre schon

richtig, ihr zu danken, daß sie sich so nett um Dorothea gekümmert hat."

„Und ich dachte, wir sollten sie auch zu einem Wochenende bei uns einladen. Wäre dir das kommende Wochenende recht?"

„Ja, selbstverständlich", versicherte Frau Marmann gleich. „Ich würde mich freuen, wenn Inge zu uns käme, je früher, desto besser."

David Marmann stand entschlossen auf und ging zum Telefon. Bald war er mitten im Gespräch mit Inge, von dem sie nur Teile mitbekamen. „Kann ich Inge sprechen? . . . Ja, Dorotheas Vater, mhm. Dorli? Ach, sie ist schlafengegangen . . . Ja, es hat sie ziemlich mitgenommen . . . Wir wollten uns bei dir bedanken, daß du dich nach ihrem Unfall so nett um sie gekümmert hast - wir wollten die Gastfreundschaft gern erwidern, Inge . . . Du würdest gern kommen? Ja, immer - das nächste Wochenende? Sehr gut. Du kannst das mit Dorothea noch genau ausmachen, wenn ihr euch wieder trefft, Inge. Wir freuen uns immer, die Freundinnen unserer Tochter kennenzulernen."

Herr Marmann sah viel fröhlicher aus, als er wieder zu den anderen zurückkam. „Inge Deiger wird das nächste Wochenende zu uns kommen", verkündete er eifrig. „Und jetzt müssen wir alle darum beten, daß der Herr diesen Besuch in irgendeiner Weise zum Guten nutzt."

„Das wird er, Liebling", sagte Frau Marmann in stillem Vertrauen.

„Ich bin gespannt, was Dorothea sagt, wenn sie das erfährt", meinte Thomas ein wenig besorgt.

Herr Marmann blickte gedankenverloren drein. „Vielleicht ist es das Beste, wenn wir ihr die Neuigkeit gleich bringen - und wenn du noch eine Tasse Tee hast, Mutter -"

Ihr Gesicht hellte sich auf. „Das ist eine gute Idee. Jetzt wird sie bestimmt Lust auf eine Tasse Tee haben."

Aber als Herr Marmann einen Augenblick später mit einer Tasse in der Hand die Treppe hinaufstieg und bei seiner Tochter anklopfte, erhielt er eine nicht gerade ermunternde Antwort.

„Darf ich hereinkommen, Dorothea?" fragte er mit ruhiger und fester Stimme.

„Wenn du unbedingt willst –" klang ihm eine gedämpfte, heisere Stimme aus dem Inneren des Raumes entgegen.

Er öffnete die Tür und trat ein.

Sie hatte sich gar nicht erst die Mühe gemacht, sich auszukleiden. Sie lag auf ihrem Bett, das Gesicht halb im Kopfkissen vergraben, genauso, wie sie sich vor einer halben Stunde hingeworfen hatte, und bewegte sich nicht, als ihr Vater hereintrat.

Er kam herüber zu ihrem Bett, stellte die Tasse auf ihrem Nachttischchen ab und hob die Steppdecke auf, die sie achtlos auf den Boden geworfen hatte, und legte sie behutsam über ihre Füße. „Es wird dir sonst kalt werden, mein Kind", begann er etwas ungeschickt.

„Das ist mir egal!" antwortete sie mürrisch.

„Ich habe dir eine Tasse Tee mitgebracht."

„Ich will ihn nicht!" Sie grub ihr Gesicht noch weiter in ihr Kopfkissen ein.

Er legte seine Hand auf ihre Schulter. „Mein liebes Kind", sagte er bestimmt, „das hat doch keinen Zweck! Setz' dich auf und nimm die Tasse Tee – ich habe dir etwas zu sagen. Komm jetzt."

Einerseits zögerte sie nachzugeben, aber andererseits war sie auch neugierig, was er ihr wohl sagen wollte. Schließlich wandte sie ihm ihr verquollenes, tränennasses Gesicht zu.

Ihr Anblick traf David Marmann schwer. Sie sah so entsetzlich unglücklich aus. Die Anstrengungen dieses Wochenendes hatten sie bleich und erschöpft gemacht, und ihre Augen waren vor lauter Weinen ganz rot. Wenn es doch nur Tränen der Reue gewesen wären! Es tat ihr leid - ja, leid, daß ihre Täuschungen entdeckt worden waren. Das war aber auch alles. Der Ausdruck ihres Gesichtes sagte ihm klar, daß es nicht tiefer ging.

Mit leicht zitternder Hand nahm sie die Tasse Tee, die er ihr hinhielt. „Ich habe mit deiner Freundin Inge telefoniert” begann er, aber sie unterbrach ihn gleich.

„Und hast sie ausgeschimpft, nicht wahr?”

Er schüttelte nur lächelnd den Kopf. „Nein. Ich habe ihr nur gedankt, daß sie sich nach deinem Unfall um dich gekümmert hat. Deshalb habe ich sie auch für ein Wochenende zu uns eingeladen.”

„Und was hat sie darauf gesagt?” fragte Dorli mit angehaltenem Atem.

„Sie sagte, daß sie sehr gern kommen würde.”

„Und wann?”

„Nächstes Wochenende.”

„O, Vater!” Sie lachte gezwungen und hysterisch. „Das ist also meine Strafe, nicht wahr?” Ihre Lippen bebten. „Ich wußte, daß ihr euch etwas einfallen lassen würdet!”

Er zog seine Augenbrauen hoch. „Wenn die Freundin eingeladen wird, das sollte doch keine Bestrafung sein.”

„Nein, normalerweise nicht - aber hier, bei euch!” schrie sie leidenschaftlich. „Du und Mutter - und die Jungs - ihr seid alle so engstirnig!”

David Marmann nickte weise. „Mag sein. Aber der enge Weg ist der sichere Weg, vergiß das nicht”, warnte er sie ernst. „Du weißt, daß wir zwischen zwei Wegen wählen können - dem breiten und dem schmalen Weg. Der breite Weg führt in den Tod und die Verdammnis, aber der schmale Weg führt zum Leben.”

Ihre Augen flackerten feindlich. „Ich kann mir denken, daß du meinst, ich sei auf dem breiten Weg, nicht wahr?”

Traurig schüttelte er den Kopf. „Wenn du zu Lüge und Täuschung deine Zuflucht nimmst und Gottes Gebote mißachtest - was soll ich dann anders denken?"

Sie rang ihre Hände. „Ich wollte ja nicht lügen - ihr habt mich erst dazu getrieben. Ihr macht ja immer ein solches Theater, wenn ich sage, wohin ich wirklich gehe."

„Nein, Dorothea", unterbrach sie ihr Vater mit Bestimmtheit und gleichzeitig mit tiefer Traurigkeit in der Stimme, „davor brauchst du in Zukunft keine Angst mehr zu haben. Deine Mutter und ich wissen, daß du jetzt alt genug bist, um deinen eigenen Lebensweg zu wählen. Wir werden dir alle Entscheidungen selbst überlassen; trotzdem werden wir weiterhin für dich beten und dir unseren Rat anbieten, wenn es uns nötig erscheint. Nur denke daran, mein liebes Kind", fuhr er bewegt fort, „die Bibel sagt: ‚da ist ein Weg, der richtig scheint' - der interessant und anziehend aussieht - 'und sicher'. Aber das ist er nicht, mein Kind. Er ist gefährlich. Voll von Fallen und Schlingen. Das ist der Weg des Teufels - und er wird dich in den Untergang führen."

Sein Ernst und seine Aufrichtigkeit berührten sogar ihr aufbegehrendes Herz. Er war hoffnungslos altmodisch, aber wenigstens meinte er es gut. Er war wirklich lieb.

Sie legte ihre Hand auf seinen Arm. „Vati", sagte sie, und in ihrer Stimme lag wieder etwas von ihrem einstigen Liebreiz, den er so sehr an ihr mochte, „du brauchst dir um mich keine Sorgen zu machen. Mir wird nichts Böses geschehen. Ich will nur das Leben ein wenig genießen, so lange ich jung bin - und eine schöne Zeit erleben wie die anderen Mädchen auch. Da ist doch nichts Schlimmes dran, oder?"

Er beugte sich zu ihr hinunter und küßte ihre heiße, feuchte Wange. „Nein, mein kleines Mädchen", sagte er zärtlich. „Jeder will seinem Leben das Beste abgewinnen.

Dein Fehler ist, daß du den falschen Weg nimmst. Auf diesem Weg wirst du nicht finden, was du suchst - es ist der schmale Weg, der zum Leben führt."

Er spürte, wie sie wieder innerlich erstarrte; und mit dem gleichen alten Trotz sagte sie: „Na gut, Vater, aber es gibt eine Menge Leute, die sich für diesen Weg entscheiden - ich werde immer ausreichend Gesellschaft haben!"

„Ja", antwortete er seufzend. „'Denn die Pforte ist weit, und der Weg ist breit . . . '"

O ja, der Weg ist breit, Dorothea Marmann! Breit genug, um immer wieder Menschen auf seine glatten und schönen Abhänge zu ziehen - auch breit genug für dich, wenn du diesen Weg gehen willst. Aber sei gewarnt, Dorothea Marmann - denn der Abstieg ist sicher und leicht, aber der Weg zurück ist lang und mühsam, jeder Schritt führt über Dornen und Steine, die dir die Füße aufritzen und zerquetschen werden, wenn du - möglicherweise umsonst - die schmale Pforte suchst, die zum Leben führt. Denn denke daran, Dorothea Marmann - „es werden wenige sein, die sie finden . . . "

9

INGE MACHT EINIGE ENTDECKUNGEN

Am nächsten Samstag, pünktlich um drei Uhr, ging Dorli zur Haltestelle, um ihre Freundin abzuholen. Jetzt war Inges bedeutungsvolles Wochenende gekommen!

Zum erstenmal seit ihrem Unfall konnte Dorli das Haus wieder verlassen. Die unfreiwillige Ruhe hatte ihrem Fuß gut getan. Ohne zu humpeln konnte sie nun wieder gehen.

Sie mußte nicht lange auf ihre Freundin warten. Kaum war sie an der Haltestelle angekommen, traf auch schon der Bus ein.

Inge und Dorli hatten sich einige Zeit nicht mehr gesehen - eben seit jenem denkwürdigen Wochenende -, und so gab es viel zu erzählen. Arm in Arm schlenderten sie dahin. Dorli hatte es nicht sehr eilig, mit ihrer Freundin nach Hause zu kommen. Ehrlich gesagt, hatte sie ziemlich Angst vor der Feuerprobe, die vor ihr lag. Am liebsten hätte sie ihre Ankunft bis zur Kaffeezeit aufgeschoben.

Inge verstand die Besorgnis ihrer Freundin ganz und gar nicht; sie schien sich sogar auf dieses Wochenende zu freuen.

„Das wird phantastisch, Dorli", meinte sie erwartungsvoll.

„Versprich dir nicht zuviel! Heute 'bist du dran', Inge."

Über solch tierischen Ernst konnte Inge aber nur lachen. „Wie meinst du das?"

„Nun, sie haben das mit dem Picknick 'rausgekriegt;

und ich bin sicher, daß Vati dich ausfragen und dir gehörig die Meinung sagen wird - so ist er. Er überlegt sich alles ganz genau."

Doch Inge schien belustigt. „Das wird amüsant, Dorli! Eine ganz neue Erfahrung für mich!"

„Hm." Dorli zog eine Grimasse. „Das wird eine schöne neue Erfahrung werden. Du kennst meine Familie noch nicht!"

„Deine ach so schreckliche Familie!" Inge drückte freundschaftlich Dorlis Arm. „Du hast mich wirklich ganz schön neugierig gemacht - ich sterbe fast vor Spannung! Obwohl ich eigentlich sagen muß, daß dein Vater am Telefon sehr nett zu mir war."

„O ja", räumte Dorli lächelnd ein, „Vati ist nett, daran fehlt es nicht."

„Was ist es denn?"

Ehe Dorli antworten konnte, hatte sie jemand von hinten eingeholt und klopfte ihr auf die Schulter.

„Hallo, Dorothea!" rief eine vertraute Stimme.

Sie wandte sich um und entdeckte Michael, der sich freundlich grinsend mit einem Stoß Bücher unter dem Arm zu ihnen gesellte.

„O, hallo - Michael!" erwiderte sie wenig begeistert. „Kommst du mit nach Hause?"

„Ja", sagte er herzlich. „Ich bin heute ein wenig später als sonst." Mit einem Lächeln wandte er sich an Inge. „Darf ich dir den Koffer abnehmen? Er ist gewiß zu schwer für dich."

Inge war sehr überrascht. Soviel Höflichkeit hatte sie nicht erwartet. „Hm - vielen Dank", sagte sie lächelnd und überließ Michael ihren Koffer.

„Nun, Dorli, würdest du uns bitte miteinander bekannt machen?" fuhr er fort und schaute seine Schwester dabei ein wenig vorwurfsvoll an.

„O, das tut mir leid!" sagte Dorli nicht gerade liebevoll. „Inge, das ist mein Bruder Michael - Michael, das ist meine Freundin Inge Deiger."

„Es freut mich, dich kennenzulernen, Inge." Michael sagte es mit warmen, herzlichen Worten. „Wir haben uns alle auf dieses Wochenende gefreut."

„Ich auch", meinte Inge ehrlich.

Dorli sagte weiter nichts dazu. Schweigend gingen sie einen Augenblick weiter, während Inge in Gedanken irgend etwas zusammenrechnete. Das mußte der Bruder sein, der Pfarrer werden wollte. Studiert hatte er auf jeden Fall schon. Er würde sicher einmal ein guter Pastor werden, dachte sie. Seine Stimme klang so sympathisch. Und er schien ganz anders zu sein als alle die jungen Männer, die sie bis jetzt kennengelernt hatte.

„Wir sind schon da!" Michael öffnete die große, hölzerne Gartentür und wartete, bis die Mädchen hereinkamen. „Willkommen in ‚Karmel'!"

„O, ist das euer Haus, Dorli?" Inges Augen glänzten vor eifrigem Interesse.

„Ja", gestand Dorli brummig, „mit eurem ist das natürlich nicht zu vergleichen."

„Aber ich finde es ganz herrlich hier!" erklärte Inge, die noch ganz überwältigt war von der herben Schönheit dieses alten, grauen Hauses mit seinem altmodischen, verwilderten Garten.

„Findest du wirklich, Inge?" Dorli lächelte ihre Freundin dankbar an. Inge war doch ein netter Kerl.

„Seht, da ist auch Vati", sagte Michael und führte sie den Gartenweg entlang. „Er arbeitet im Garten, wie immer."

Herr Marmann hatte sie schon gesehen und kam ihnen über den Rasen entgegen.

„Es freut mich sehr, daß du gekommen bist, Inge",

sagte er aufrichtig, als er ihr die Hand zum Gruß schüttelte. „Die Freundinnen unserer Tochter sind uns immer willkommen."

„Das ist sehr nett, Herr Marmann, danke." Diese einfachen, ruhigen Worte, seine freundlichen Augen und der herzliche Händedruck machten es ihr leicht, über die anfängliche Fremdheit hinwegzukommen. Dorlis Vater war wirklich ganz anders, als sie ihn sich vorgestellt hatte.

„Ich hoffe, ihr werdet mich entschuldigen", fuhr er fort, indem er auf seine schweren Stiefel und auf seinen blauen Arbeitsanzug schaute, „aber es gibt im Garten soviel zu tun, daß ich diesen Nachmittag nicht ungenutzt lassen kann. Am Samstag ist der einzige Tag, an dem ich mir Zeit dafür nehmen kann."

„O, mein Vater geht samstags immer zum Fußball oder zu irgendeinem Rennen", warf Inge ein, ängstlich um eine Unterhaltung bemüht, „und macht dann am Sonntag den Garten; aber er sieht dann nie ordentlich aus."

Herr Marmann schüttelte den Kopf. „Außer dem Allernötigsten wird bei uns sonntags nichts gearbeitet, Inge."

Dorli spürte, daß die Unterhaltung jetzt in gefährliche Bahnen geraten könnte und versuchte, das Thema zu wechseln. „Wo ist denn Thomas, Vati?" fragte sie rasch.

„O, Thomas ist unten auf dem Sportplatz mit seinen Sonntagsschuljungs."

Inge lachte. „Man sollte meinen, daß er sonntags genug mit ihnen zusammen ist. Er muß sie sehr gern haben."

„O ja, das stimmt", pflichtete ihr Herr Marmann bei, „und sie finden, daß Thomas einfach klasse ist."

„Nun komm, Inge." Dorli nahm ihre Freundin am Arm. „Michael hat deinen Koffer hineingebracht; Mutter wird schon auf uns warten."

Inge ließ sich nicht zweimal bitten. Ihre ersten Eindrücke von Familie Marmann hatten sie freudig überrascht. So war sie auch ganz gespannt auf Dorlis Mutter.

„Hier sind wir, Mutti!“ rief Dorli, als sie mit Inge durch die Haustür in den Flur trat.

Frau Marmann kam ihnen schon entgegengeeilt. Sie sah richtig häuslich in ihrer mit Blumen bedruckten Schürze aus. Die frisch gebügelte Bluse darunter paßte gut zu ihr. „Schön, daß du da bist, Inge“, sagte sie und gab ihr einen herzlichen mütterlichen Kuß auf die Wange. „Ich schiebe gerade noch mein letztes Kuchenblech in den Ofen, aber ich mache euch gleich eine Tasse Kaffee. Legt doch erst einmal ab. Dorli, bringe Inge bitte hinauf, und kommt bald wieder runter, sobald ihr fertig seid.“

Die Aussicht auf eine Tasse Kaffee in Frau Marmanns Küche, aus der ihr ein verführerischer Duft von frisch gebackenem Kuchen in die Nase stieg, sagte Inge durchaus zu. „O, wie fein!“ rief sie fröhlich.

Für Inge war in Dorlis Zimmer noch ein zweites Bett aufgestellt worden; doch noch immer wirkte der Raum groß und luftig. Die hohe Decke ließ das Zimmer so geräumig erscheinen, daß sogar die schweren, alten Zedernmöbel winzig wirkten.

Inge zog die Luft tief ein. „Das ist dein Zimmer, Dorli?“

„Ja“, sagte sie und dachte dabei an Inges modern eingerichtetes Zimmer. „Es würde, glaube ich, nicht mehr ganz so schlecht aussehen, wenn ich neue Möbel hier drin hätte.“

„Bloß nicht, Dorli!“ rief Inge schnell. „Moderne Möbel würden es nur verderben. Gerade so, wie es ist, sieht es ganz wunderschön aus.“

Dorli aber zuckte nur die Achseln. „Du würdest dich bedanken, wenn du hier leben müßtest!“ sagte sie seufzend.

Inge ging hinüber zum Fenster und schaute hinaus. Die Bäume unten im Garten sahen richtig nackt aus vor dem leuchtenden Hintergrund des gelben Jasmins, der in Girlanden über das Spalier und den Zaun hing. Während sie so hinausschaute, entdeckte sie ein Rotkehlchen, das munter von Ast zu Ast flatterte, sich auf einem Zweig nahe beim Fenster ein wenig ausruhte und eine hübsche kleine Melodie zwitscherte.

„Du süßes, kleines Ding", murmelte sie. Dann wandte sie sich wieder ihrer Freundin zu. „Weißt du, Dorli, hier ist es irgendwie so . . . so friedlich."

Dorli lachte. „Ja, da hast du recht, Inge. Aber ich möchte sagen, daß es ein bißchen zu friedlich für mich ist, ein bißchen zu langweilig."

Auf Inge Deigers Gesicht zeigte sich ein ungewöhnlich nachdenklicher Ausdruck. „Nun, du kannst es glauben oder nicht, Dorli - aber so, wie es mir jetzt scheint, würde ich bestimmt sehr gern hier leben."

„Ich hätte nichts dagegen, mit dir zu tauschen", erwiderte Dorli schnell, „aber du wärst es bald leid."

Inge war immer noch tief in Gedanken, als sie sich vom Fenster abwandte und zurück zu dem Bett ging, das man für dieses Wochenende für sie vorbereitet hatte. „Ich weiß nicht, Dorli, ich bin sicher . . . " sagte sie sinnend.

„Ein Abend wird dir gerade reichen", warnte Dorli sie nachdrücklich; dennoch hatte es sie nicht aus der Fassung gebracht, daß ihre Freundin anscheinend mehr Sympathie für ihre Familie als für sie selbst empfand. „Warte nur, bis Vater mit den Familiengebeten anfängt!"

„Gebete?" Inge sah sie verblüfft an. „Was meinst du damit?"

In Dorotheas Augen zeigte sich ein Schimmer von Befriedigung. Endlich hatte sie es doch fertiggebracht, ihren Gast aus der glühenden Träumerei aufzuschrecken. Warum auch nicht? Wenn das Haus Inge schon so bezauberte und faszinierte, so mußte sie auf der Hut sein, damit sie ihren Hauptverbündeten im Kampf um Freiheit und Unabhängigkeit nicht verlor. Es war schon schlimm genug, die Familie zu ertragen, aber wenn sie nun auch noch Inge für sich gewinnen würden . . .

„Warte erst einmal ab! Jetzt wollen wir zuerst hinuntergehen. Mutter wartet bestimmt schon mit dem Kaffee auf uns."

Inges Koffer stand zwar immer noch unausgepackt da – sie hatten ihn im Moment ganz vergessen – aber sie erhoben sich und gingen zur Tür hinaus.

Inge ließ sich Kaffee und Kuchen gut schmecken. Sie schien sich vorgenommen zu haben, alles an diesem Wochenende zu genießen. Es machte ihr Spaß, mit Frau Marmann über den Nachmittagskaffee zu plaudern und bestand darauf, nachher das Geschirr abzutrocknen. Es gefiel ihr, draußen in der Sonne in dem großen Korbsessel zu sitzen und mit ihrer Freundin über all das zu reden, was seit letztem Sonntag passiert war. Und sie fand es wunderschön, durch den Garten zu spazieren und Michael zuzuhören, der ihr alles Mögliche über die verschiedenen Bäume und Sträucher im Garten erzählte. Als Thomas, eine große, schlanke, sportliche Gestalt in grauen Flanellhosen und Pullover, dann heimkam, genoß sie es, zu erfahren, was er mit seinen jungen „hoffnungsvollen Talenten" alles unternahm. Als dann Miriam und Jürgen, die extra ihretwegen eingeladen worden waren, mit dem Baby ankamen, schien sie sogar liebevoll mit dem kleinen Mädchen zu spielen. Sie fühlte sich ganz wie zu Hause – wahrscheinlich, weil man sie wie einen alten Bekannten behandelte; als die Zeit des Abendessens gekommen war, hatte sie alle Scheu und jegliches Gefühl von Fremdheit verloren.

Ihr Platz war zwischen Michael und Thomas. Nie zuvor war sie bei Tisch so gut und nett versorgt worden. Die beiden errieten jeden ihrer Wünsche. Das war eine ganz neue Erfahrung für Inge, und sie wußte sie wohl zu würdigen. Bei ihr zu Hause war jeder darauf bedacht, daß er selber alles bekam, was er wollte; oder sie überließen es Sylvia, der Jüngsten, sie zu bedienen. Sylvia wiederum tat das nie ohne Murren und Widerwillen. Aber hier war das ganz anders.

Während sie an ihrer zweiten Tasse Tee nippte, die Thomas ihr eingegossen hatte, als er aufgestanden war, um seiner Mutter nachzugießen, versuchte sie, diese neuen Eindrücke zu verarbeiten und zu einem einigermaßen klaren Ergebnis zu kommen. Was war es eigentlich, was den Unterschied zwischen dieser und ihrer eigenen Familie ausmachte? Das Haus? Nun ja, das war wohl anders. Aber der Unterschied, den sie sich zu erklären versuchte, lag gewissermaßen über diesem ganzen Haus. So empfand sie es jedenfalls. Es war etwas, das zu ihrem Herzen sprach und ihr gleichzeitig das Gefühl gab, es müßte schön sein, immer hier zu bleiben. Was war es nur? Die Menschen? Ja, Herr und Frau Marmann waren ganz anders als ihre Eltern. Man konnte sie nicht miteinander vergleichen. Dorlis Eltern waren sehr viel älter; vielleicht lag es daran. Aber Herr und Frau Weber - oder Miriam und Jürgen, wie sie von ihr genannt werden wollten - waren doch auch nicht alt, und doch waren auch sie ganz anders! Auch Dorlis Brüder, Michael und Thomas. Sie kannte eine ganze Menge junger Männer, aber niemanden, der so war wie Michael und Thomas Marmann. Natürlich, Michael wollte Pastor werden, da mußte er ja anders sein als andere. Von ihm erwarteten die Leute schon etwas ganz anderes als von anderen jungen Männern. Aber Thomas? Sie mochte Thomas eigentlich sehr gern. Ihre Augen folgten jeder seiner Bewegungen, als er jedem den Tee eingoß. Sie hätte gern gewußt, ob er eine Freundin hatte; und wenn ja, wie würde sie aussehen, wie wäre sie wohl in ihrer Art? Sie konnte sich nicht genau vorstellen, was für ein Mädchen zu ihm passen würde. Dann schaute er sie plötzlich an, als ob er wüßte, daß sie ihn die ganze Zeit beobachtet hatte; und ihre Augen trafen sich wie zufällig. Das

Blut stieg ihr ins Gesicht, und verwirrt schlug sie die Augen nieder. Sie hatte nicht gewollt, daß er sah, wieviel Interesse sie an ihm hatte.

So versuchte sie, seinem Blick aus dem Wege zu gehen, und ihre Augen streiften durch das ganze Zimmer, bis sie an einer Stelle verweilten; das hatte sie bis jetzt noch nicht bemerkt. Ein großer, eingerahmter Spruch, der über dem Kamin hing. Sie las die Worte und spürte mit einem Schlag, daß sie das Geheimnis dieser Familie endlich entdeckt hatte; obwohl sie nur ganz ungefähr vermuten konnte, was dieser Spruch bedeutete: „Christus ist das Haupt dieses Hauses; der ungesehene Gast bei jedem Essen; der stille Zuhörer bei jedem Gespräch."

Immer wieder wanderten Inges Augen fragend zu diesem Spruch zurück.

Dorli hatte keine Schwierigkeiten, ihre Freundin angenehm zu unterhalten, denn nach dem Essen brachte jeder gute Vorschläge; aber es waren die beiden Jungen, die an diesem Tag alles in die Hand nahmen.

„Interessierst du dich für Bücher, Inge?" fragte Michael. Damit kam er gleich zu seinem Lieblingsthema.

„Nun, ich fürchte, so sehr viel habe ich noch nicht gelesen", gestand sie.

„Deine Bücher würden Inge sowieso nicht interessieren, Michael", warf Dorli ein. „Er befaßt sich nämlich immer nur mit schwierigen Dingen", fügte sie hinzu.

„Das kann man aber nicht sagen", meinte Thomas. „Ich finde im allgemeinen immer etwas Passendes dabei."

„Ja, Thomas, *wenn* du mal liest; aber meistens bastelst du doch an deiner Sendeanlage herum!" neckte ihn seine Schwester.

Thomas Gesicht leuchtete auf. „Hättest du Lust, dir meinen Radio- und Sendeapparat anzuschauen? Er ist draußen in meiner Höhle – in meinem Außenquartier."

„O ja, sehr gern", sagte Inge eifrig.

„Na gut, dann komm mit mir." Er zeigte ihr den Weg, und sie folgte ihm.

Ihr Wissen über Radios und Sender beschränkte sich auf Schlager- und Unterhaltungssendungen; so war sie hoffnungslos überrumpelt, als sie vor der erstaunlichen Ansammlung elektrischer Geräte stand.

„Mir scheint, du bist wohl ein Radiotechniker, Thomas, oder irgend so etwas?" fragte sie ein wenig verschüchtert.

Thomas lachte. „Das ist nur so ein Hobby von mir. Weißt du, Inge, mit diesem Apparat kann ich Sender aus der ganzen Welt hören."

„Wirklich?" staunte sie, angesteckt von seiner Begeisterung.

„Ja", fuhr er fort, „das geht schon. Dennoch interessiert mich das Senden mehr als das Empfangen. Man hat dadurch so viele Möglichkeiten in der Missionsarbeit."

„Ach!" Inge war über alle Maßen enttäuscht. „Dann willst du also auch Pastor werden?"

Thomas schüttelte den Kopf. „Nein, ich fühle mich nicht dazu berufen. Ich studiere im Moment Naturwissenschaften, aber welche Arbeit Gott einmal für mich haben wird, das weiß ich jetzt noch nicht. Natürlich interessiere ich mich für die Arbeit der Mission", fügte er hinzu.

„Ja, wirklich?" Inge kam es vor, als würde ihr der Boden unter den Füßen wegschwimmen.

Aber Thomas merkte nichts von ihrer Enttäuschung und fuhr voll Begeisterung fort. „Ich gehöre zu einer Gruppe junger Leute, die sich bemühen, durch das Radio die ganze Welt mit dem Evangelium zu erreichen."

„Los, komm, Inge! Es ist zu kalt hier draußen!" unterbrach Dorli sie. „Komm mit ins Wohnzimmer, zum Kamin!"

Thomas entschuldigte sich vielmals: „Ja, Inge, hier muß

dir ja kalt sein. Ich habe gar nicht daran gedacht. Ich denke nie an etwas anderes, wenn ich hier bei meinen Geräten bin."

„Das macht nichts, Thomas", versicherte Inge. „Es hat mich ja auch so interessiert, daß ich es gar nicht gemerkt habe."

„Es ist wirklich sehr kalt. Geh' nur hinein mit Dorli - ein andermal zeige ich dir mehr davon!"

„In Ordnung, Thomas - das ist aber ein Versprechen!" sagte Inge lachend, als sie mit ihrer Freundin hinausging.

Der Rest der Familie war mit irgendeiner notwendigen Arbeit beschäftigt, so waren die Mädchen für einen Augenblick allein, als sie vor dem Kamin saßen.

„Thomas ist doch ein netter Junge?" flüsterte Inge.

„O ja, er ist ein prima Kerl", stimmte ihr Dorli zu.

„Ich kann mir gut vorstellen, daß er bei den Mädchen sehr beliebt ist", begann Inge wieder.

„Was? Thomas?" Dorli lachte. „Der schaut doch nur ein Mädchen an, das in der einen Hand eine Bibel hält und in der anderen ein Gesangbuch! Ich fürchte, du bist nicht gerade sein Typ, Inge", fügte sie spitz hinzu.

Inge seufzte. „Ja, das glaube ich auch", sagte sie trübsinnig.

Dorli lehnte sich hinüber und stieß sie freundschaftlich an. „Na, Inge, was ist denn los mit dir?" neckte sie ihre Freundin. „Du siehst der alten, lustigen Inge schon gar nicht mehr ähnlich."

Inge fuhr auf. - „Ich habe gerade ein bißchen nachgedacht, Dorli, das war alles."

„Na komm, pfeif doch auf all die anderen!" meinte Dorli leichthin.

Inge holte tief Luft. „Ja, Dorli", sagte sie langsam, „ich habe gerade gedacht, wie gut du es doch hast."

„Wer? Ich?" keuchte Dorli verdutzt. „Wieso denn? Wie

kommst du denn darauf?"

Inge war ernst und nachdenklich. „Ich meine, daß du es gut hast, ein solches Zuhause zu haben. Das meine ich ehrlich, Dorli!"

„Also, das hab' ich gern!" erwiderte Dorli unwillig. „Und du bist es doch, die mir immer erzählt hat . . ."

„Ja, Dorli, ich weiß", gab Inge zu. „Aber sieh, woher sollte ich denn wissen – "

Sie konnte den Satz nicht zu Ende sprechen, denn es kam gerade jemand herein. Und kurz darauf saßen sie in gemütlicher Runde um den Kamin.

Der Abend ging schnell vorbei, obwohl es der seltsamste Samstagabend war, den Inge je erlebt hatte. Wie langweilig und uninteressant würde es klingen, wenn sie das ihren Freundinnen erzählen würde! Und dennoch mußte sie eingestehen, daß es ihr wirklich gefiel!

Eine ganze Weile saßen sie nur da und unterhielten sich vor der wärmenden Glut des Feuers. Und der freundliche Austausch von Meinungen und Ansichten erwies sich als sehr interessant und lehrreich. Eines gefiel Inge an den Marmanns besonders: sie unterhielten sich, ohne zu streiten. Das gab es bei ihr zu Hause nie. Wenn die ganze Familie Deiger auch nur fünf Minuten zusammensaß, konnte man mit Sicherheit sagen, daß sie sich über irgend etwas stritten. Das war wahrscheinlich auch eine Erklärung dafür, warum sie zu Hause solche Geselligkeit nicht kannten. Dann schlug irgend jemand Musik vor. Sie war so eifrig dabei wie die anderen, und sie versammelten sich rund um das Klavier. Bei ihr zu Hause gab es kein Klavier – Klaviere waren längst nicht mehr modern. Aber Inge liebte gute Musik, und während sie gebannt dem Spielen und Singen der herrlichen Harmonie der Stimmen lauschte, faßte sie den Gedanken, daß ein Klavier eine eigene Persönlichkeit besitzen müsse. Oder gab es lediglich die Persönlichkeit derer wieder, die darauf spielten? Sie dachte noch immer darüber nach, als Thomas etwas ganz Besonderes einfiel. Er holte einen Teil seines Sendeapparates herein; und sie alle hörten gespannt zu, als eine Missionsstation über Kurzwelle das „Vaterunser" in vielen verschiedenen Sprachen übertrug. Thomas konnte bei jeder Version gleich sagen, welche Sprache es war; dadurch wurde das Ganze noch interessanter. Inge allerdings konnte nur die Version in ihrer eigenen Sprache erkennen. Sie hatte so wenig Ahnung von religiösen Dingen.

Nach einem heißen Kaffee und Pflaumenkuchen am Abend entstand eine gemütliche Stille. Inge fragte sich, was wohl jetzt kommen würde.

Herr Marmann nahm die Bibel vom Schrank herunter; und Dorli warf ihrer Freundin schnell einen triumphierenden Blick zu. Jetzt kam es also .

„Ich sollte vielleicht zuerst erklären, Inge", begann Herr Marmann, an seinen Gast gewandt, „wir pflegen jeden Abend gemeinsam zu beten. Manchmal singen wir auch noch einige Lieder dazu - gerade wie's kommt. Aber wir lesen immer ein kurzes Stück aus der Bibel, und wir beten danach einen Augenblick. Meine Frau und ich tun das, seit wir verheiratet sind, auch wenn wir Besuch haben. Wir hoffen, daß es dir nichts ausmachen wird, Inge?"

„Nein, natürlich nicht", antwortete Inge schnell, aber sie schien plötzlich nervös und unsicher. Wie würde das jetzt werden? Davor also hatte Dorli sie gewarnt.

„Nun", fuhr Herr Marmann fort, indem er sich an die ganze Gesellschaft richtete, „was wollen wir heute abend lesen?" Normalerweise nahmen sie sich ein Buch aus der Bibel vor und lasen die Kapitel nacheinander. Aber bei besonderen Gelegenheiten pflegte Herr Marmann jemanden zu bitten, seinen Lieblingstext vorzuschlagen.

Miriam meldete sich als erste zu Wort: „Könnten wir

vielleicht das lesen, Vater, was ich am liebsten mag? Du weißt schon."

„Und meinen Lieblingstext müssen wir auch einmal lesen", warf Thomas ein. „Deinen kann man leicht erraten, Miriam - das dreiundfünzigste Kapitel aus Jesaja!"

„Du willst immer nur das hören, Miriam", protestierte Dorli, fast ein wenig ärgerlich. „Fällt dir sonst nichts ein?"

Miriam lächelte strahlend. „Dieses Kapitel wird uns immer am liebsten bleiben - Jürgen und mir - und ganz besonders der fünfte Vers. Das war dieses Kapitel für uns beide schon, bevor wir uns kennenlernten; denn wir wurden beide durch diesen gleichen Vers bekehrt. Sonderbar, nicht wahr?" fügte sie hinzu und wandte sich mit ihrer Frage an Inge, weil die anderen alle diese Geschichte schon kannten.

„Ja", antwortete Inge zustimmend, denn sie wußte sonst nichts darauf zu sagen.

„Vater, lies dann bitte jedenfalls den fünften Vers, wenn wir schon nicht das ganze Kapitel lesen wollen."

So schlug Herr Marmann seine Bibel auf, und noch bevor er diese Stelle genau hatte, sprach er die Worte: „Aber er ist um unsrer Missetat willen verwundet, und um unserer Sünde willen zerschlagen. Die Strafe liegt auf ihm, auf daß wir Frieden hätten, und durch seine Wunden sind wir geheilt."

Er hielt inne, und zu aller Erstaunen war es gerade Inge, die sprach - Inge, die aufmerksam auf jedes Wort des Textes gehört hatte. „Ich habe nicht einmal verstanden, worum es überhaupt ging!" gestand sie und warf Miriam und Jürgen einen fragenden Blick zu.

Miriam erkannte sofort ihre Chance. „Ich will dir sagen, Inge, wie es dazu kam, daß dieser Vers eine so große Bedeutung für mich gewann. Als ich noch ein kleines Mädchen war und in die Sonntagsschule ging, bekamen wir dort immer eine kleine Auszeichnung, wenn wir einen Bibelvers auswendig sagen konnten. Dieser Vers gehörte zu denen, die ich schon damals auswendig konnte. Dazu war ich noch die einzige von unserer Gruppe, die die schwierigen Worte dieses Textes zusammenbrachte. Ich war natürlich sehr stolz darauf und wiederholte ihn darum bei jeder Gelegenheit. Eines Tages sagte mein Sonntagsschullehrer zu mir: ‚Miriam, von den kleinen Wörtern in diesem Text will ich einige ändern, und du sollst dann den Vers in seiner neuen Form lernen. – Aber er ist um *meiner* Missetat willen verwundet, und um *meiner* Sünde willen zerschlagen. Die Strafe liegt auf ihm, auf daß *ich* Frieden hätte, und durch seine Wunden bin *ich* geheilt.' Damals habe ich angefangen, diesen Vers so zu sagen."

Miriam machte eine kleine Pause in ihrer Geschichte, denn sie merkte, daß Inges Augen unablässig auf sie gerichtet waren. „Zuerst dachte ich", fuhr sie lächelnd fort, „daß der Lehrer es einfach müde geworden war, den Vers in der alten Form zu hören. Aber bald begann ich zu verstehen, was für ein himmelweiter Unterschied zwischen ‚unsrer Missetat' und ‚meiner Missetat' besteht. Der Vers meint den Tod des Herrn Jesus Christus am Kreuz – das hatte man mich gelehrt. Und ich glaubte, daß er für *unsere Sünden* gestorben ist. Aber als ich erkannte, daß er für *meine Sünden* gestorben ist – daß er, wenn sonst kein einziger Sünder auf der Welt gewesen wäre, ganz allein für *mich* gestorben wäre – das war doch etwas ganz anderes! Ich bekehrte mich zu ihm und nahm ihn als meinen persönlichen Heiland und Retter an."

„Und ich machte genau die gleiche Erfahrung", sagte ihr Mann und wandte sich Inge zu. „Ich habe einmal zufällig ein Lesezeichen mit einem Bibelspruch aufgehoben, das eines Abends aus dem Bücherkasten der Kirche gefallen war. Gewöhnlich las ich solche Lesezeichen nicht;

aber auf diesem stand ein Vers aus Jesaja, und wo sonst das Wörtchen ‚unser' erscheint, war dort ein freier Platz gelassen. Und dabei stand die Einladung, an dieser Stelle den eigenen Namen zu setzen. Weil ich sonst gerade nichts Besseres zu tun hatte, nahm ich meinen Kugelschreiber und schrieb meinen Namen dorthin, so daß sich der Vers folgendermaßen las: ‚Aber er ist um *Jürgen Webers* Missetat willen verwundet und um *Jürgen Webers* Sünde willen zerschlagen. Die Strafe liegt auf ihm, auf daß *Jürgen Weber* Frieden hätte, und durch seine Wunden ist *Jürgen Weber* geheilt.' Dann steckte ich das Lesezeichen in die Tasche und hatte es bald wieder vergessen."

„Und was geschah dann?" fragte Inge, die offensichtlich an dem Ausgang des Ganzen interessiert war.

„Es fiel mir einmal wieder in die Hand, als ich gerade irgend etwas in meinen Taschen suchte, und aus purer Neugier schaute ich genauer darauf und las es. Diesmal las ich natürlich ‚Aber er ist um Jürgen Webers Missetat willen verwundet –', und plötzlich dämmerte es in mir. Ich erkannte, daß der Herr Jesus Christus den Tod am Kreuz an *meiner* Stelle starb und daß er die Strafe für *meine* Sünden auf sich nahm. Und genau in diesem Augenblick – ich erinnere mich noch sehr gut daran – kniete ich nieder und dankte ihm, daß er sein Leben für mich dahingegeben hatte. Das ist der Grund, weshalb dies mein Lieblingsvers geworden ist."

„Ach!" sagte Inge, und auf ihrem Gesicht lag ein ganz seltsamer Ausdruck.

Herr Marmann brach die nachfolgende Stille, indem er diesen Vers noch einmal las. Dann beendete er mit einem kurzen, andächtigen Gebet die Familienandacht, indem er sie alle der Gnade und Liebe Gottes befahl.

Sie erhoben sich, um schlafen zu gehen, und sagten einander „Gute Nacht".

Inge war sehr still, als sie zusammen mit Dorli das Wohnzimmer verließ und die Treppe hinauf zu ihrem Zimmer ging. Aber auf dem Treppenabsatz blieb sie plötzlich stehen und rief: „Ach, ich habe ja mein Strickzeug unten beim Kamin liegen gelassen - ich laufe schnell zurück und hole es."

„Ist gut", meinte Dorli, „in der Zeit decke ich dann schon die Betten auf."

So eilte Inge die Treppen wieder hinunter auf die Wohnzimmertür zu, die offen gelassen worden war. Sie klopfte trotzdem zögernd und vernahm sofort ein „Herein". Herr und Frau Marmann waren als einzige noch unten. Frau Marmann räumte noch das letzte Geschirr vom Abendessen weg, und ihr Mann zerteilte die letzten Reste der Glut im Kamin mit einer alten Messingzange.

Er drehte sich um, als sie hereinkam. „Ach, du bist's, Inge", sagte er erstaunt. „Ein bißchen vergeßlich, was?" fragte er augenzwinkernd.

„Nein - gewöhnlich nicht, Herr Marmann." Sie erschien ziemlich aufgeregt. „Ich - ich fürchte, ich habe meine Gedanken bei anderen Dingen gehabt."

„Es liegt da drüben auf dem Hocker, Inge", sagte Frau Marmann. „Ich habe es gerade aufgehoben."

„O, vielen Dank, Frau Marmann."

Inge hielt das Strickzeug wieder in der Hand, aber es schien, als wollte sie noch etwas sagen, wie sie so dastand und nervös die Wolle zwischen ihren Fingern drehte.

„Ist irgend etwas, Inge?" fragte Frau Marmann freundlich.

„O ja", platzte sie heraus. „Ich - ich wollte Ihnen nur sagen, daß mir das schrecklich leid tut, was am letzten Wochenende passiert ist, das Picknick meine ich. Es war ganz allein meine Schuld."

David Marmann schüttelte den Kopf. „Nein, Inge, das

würde ich nicht sagen; obwohl es sehr großzügig von dir ist, daß du die ganze Schuld auf dich nehmen willst!"

„Dorothea ist auch nicht frei von Schuld", fügte Frau Marmann hinzu.

Inges Lippen zitterten. „Aber ich habe den Plan zurechtgemacht. Es war nur meine Idee, daß sie bei mir zu Hause bleiben und vortäuschen sollte, wir wären zur Kirche gegangen."

„Aber Dorothea war damit einverstanden", sagte Frau Marmann seufzend.

„Ja - aber ich habe sie dazu überredet - und es tut mir leid." Sie hielt einen Moment inne und kniff die Augen zusammen, um die Tränen zurückzuhalten. Aus irgendeinem unerklärlichen Grund hatte sie das Bedürfnis zu weinen. Nur mit höchster Anstrengung konnte sie sich zusammennehmen. „Ich - ich hätte Dorli nie dazu überredet, Sie zu täuschen, wenn - wenn ich gewußt hätte, daß sie ein so schönes Zuhause hat. Und ich werde das nie wieder tun. Das ist ein Versprechen - wenn Sie es annehmen wollen?"

„Natürlich nehmen wir es an!" sagte Herr Marmann mit heiserer Stimme und nahm ihre Hand in die seine.

„Gott möge dich segnen, mein liebes Kind", flüsterte Frau Marmann und nahm sie herzlich in den Arm.

Inges Herz war so voll, daß sie keinen Ton herausbrachte. Mit halbunterdrücktem Schluchzen drehte sie sich um und eilte hinaus.

10

EIN FREMDER

„Komm, Inge, los! Was ist nur mit dir?" fragte Marion ungeduldig. „Du hast kaum einen Ton gesagt, seit du hier am Tisch sitzt!"

„Tatsächlich nicht?" sagte Inge zerstreut und schaute die anderen der „Großen Fünf" mit einem ziemlich schwachen Lächeln an, als sie wie gewohnt beim Kaffee zusammensaßen.

„Ja, das stimmt!" meinte auch Rosa. „Es ist sonst gar nicht deine Art, launisch zu sein."

„Es tut mir leid", entschuldigte sich Inge lachend, „aber was soll ich denn sagen?"

„Du könntest mir zum Beispiel sagen, um wieviel Uhr wir uns am Samstag zum Tanzen treffen wollen", warf Dorli rasch ein. „Du hast mir versprochen, daß du mich mitnimmst, Inge."

„Oh", rief Inge bestürzt, „das habe ich ganz vergessen!"

„Aber ich nicht", versicherte Dorli. „Ich kann es kaum abwarten. Was müssen wir noch vorbereiten?"

Inge holte tief Luft. „Schau, Dorli", begann sie entschlossen, „ich habe keine große Lust, dich dorthin mitzunehmen. Ich glaube auch nicht, daß es deinen Eltern recht wäre."

Dorothea Marmann blickte sie erbittert an. „So weit kommt es noch, Inge, daß du anfängst, mir zu erzählen, was meiner Familie recht ist und was nicht."

„Es tut mir leid, Dorli, vielleicht hätte ich das nicht sagen sollen. Aber jetzt, da ich deine Familie kennengelernt habe . . .”

Dorli warf den Kopf zurück. „Um meine Familie brauchst du dir keine Gedanken zu machen. Das kannst du ruhig mir überlassen. Von dem Tanz werde ich nichts erzählen. Ich werde einfach sagen, ich ginge zu einer kleinen Feier.”

Sie war erstaunt, daß ihre Freundin über diesen Vorschlag gar nicht glücklich zu sein schien. Und dabei hatte Inge ihr bisher doch immer solche Vorschläge gemacht.

„Nein, Dorli”, sagte sie schnell, „tu das nicht. Sag' ihnen die Wahrheit.”

„Was?” Dorli brachte vor Erstaunen den Mund nicht mehr zu. „Nach allem, was ich von dir gehört habe . . .”

„Inge zieht andere Saiten auf”, war Marions zynischer Kommentar.

„Du besserst dich wohl, Inge?” meinte Rosa mit einem kleinen ironischen Lächeln.

Inge Deigers Gesicht wurde rot; aber sie blieb bei dem, was sie gesagt hatte. „Nun ja”, gab sie offen zu, „ich habe mir die Sache ein bißchen spät überlegt – in mancher Hinsicht jedenfalls.”

„Oh, Gott!” Marion warf die Arme in drolliger Bestürzung hoch. „Ich möchte gern wissen, was dann aus den ‚Großen Fünf' wird?”

Margret gähnte. „Inge, da ist noch etwas, was ich wirklich gern wissen möchte”, begann sie ganz harmlos. „Wenn man sagt, man will ein neues Leben beginnen – was wird dann aus dem alten?”

Inge wirkte unsicher. „Woher soll ich das wissen?” gab sie ausweichend zur Antwort. „Wirklich, Margret, dir fallen manchmal die unmöglichsten Sachen ein!”

Die anderen beeilten sich, Margret zu verteidigen und

protestierten laut.

„Nein, Inge, das ist nichts anderes als der gesunde Menschenverstand!"

„Margret hat doch recht."

„Wirklich, Inge, es liegt viel Wahres in dem, was Margret sagt", erklärte Dorli, denn sie war äußerst verärgert über die neuen Ideen ihrer Freundin. „‚Ein neues Leben beginnen', meinetwegen, schön und gut; aber man kann doch nicht so einfach vergessen oder wegwischen, was vorher gewesen ist. Diesen Tanz da, zum Beispiel - das war schließlich ein Versprechen."

Inge seufzte. „Na gut, Dorli", sagte sie zögernd, „wenn du so darüber denkst, dann werden wir hingehen, aber sehr wohl fühle ich mich nicht dabei, dich dorthin mitzunehmen."

„Du scheinst dich ja bei gar nichts mehr wohlzufühlen, wenn du mich fragst!" gab Dorli ein wenig ärgerlich zurück.

Rosa lachte. „Das ist allein deine Schuld, Dorli", sagte sie belustigt. „Schließlich hast du sie ja zu euch nach Hause eingeladen, und seitdem ist sie völlig verändert."

Inge sah in Gedanken Dorlis Zuhause vor sich. Verändert? Ja, das war sie seit ihrem Besuch dort. Sie hatten recht. Nach diesem Wochenende bei Marmanns war sie nicht mehr die gleiche Inge Deiger. Ihr bisheriges Leben befriedigte sie nicht mehr, seit sie diese Familie und ihre Lebensweise kennengelernt hatte. Sie waren irgendwie anders, wertvoller.

„Ja, Inge, was haben sie denn am vergangenen Wochenende mit dir gemacht?" Die gutmütigen Neckereien unterbrachen ihre Gedanken; sie schaute mit einem ernsten Gesicht auf die belustigten Freundinnen. „Ich weiß nicht", sagte sie seufzend. „Aber ich wünschte, ihr könntet alle solch ein Wochenende bei Dorlis Familie verbringen, es würde euch nichts schaden."

„Dorli schadet es anscheinend doch", meinte Margret, und alle mußten lachen, weil sie ihre große Einsicht so ernsthaft darlegte.

„Na ja, ich bin eben das schwarze Schaf in unserer Familie!" antwortete Dorli fröhlich. „Trotzdem werde ich mir mein Leben so einrichten, wie es mir paßt. Ich habe keine Lust, mir ihretwegen Gedanken zu machen."

„Aber sie werden sich deinetwegen Gedanken machen", erinnerte Inge sie sofort.

Sie zuckte nur die Schultern. „Meinetwegen, das ist ihre Sache!" sagte sie leichthin. „Jetzt hör endlich auf, dir um mich oder meine Familie irgendwelche Gedanken zu machen. Samstag abend machst du mich mit irgendeinem ‚hübschen jungen Helden' bekannt. Dann ist alles schon wieder in Ordnung!"

Inge Deiger runzelte die Stirn. „Hm, wenn ich mir vorstelle, daß du zu ihm auch nicht freundlicher sein wirst, als du es letzten Sonntag zu dem jungen Mann in der Kirche warst; weißt du, dann habe ich herzlich wenig Lust, dich überhaupt irgend jemand vorzustellen."

„Ach - Stefan?" Dorli verzog verächtlich den Mund, dennoch war sie ein wenig rot geworden. „Wenn die Jungs auf dem Tanz ihm auch nur eine Spur ähnlich sind, verzichte ich darauf, jemanden kennenzulernen."

Inge schüttelte gedankenvoll den Kopf. „Da brauchst du dir keine Sorgen zu machen", sagte sie bestimmt, „solche Jungs wie ihn gibt es dort nicht."

Es gab sie dort wirklich nicht! Als Dorli sich da endlich in einem Wirbel von Freude und Ausgelassenheit fand, auf den sie sich so lange gefreut hatte, waren ihre Gedanken von keinem weiter entfernt als von Stefan Weller. Sie dachte nur an das Glück des Augenblicks. Die ausgelassene Menge, Musik, Bewegung und Rhythmus, diese

Atmosphäre sorgloser Hingabe – das war das Leben, sagte sie sich. Als dann ein großer, gutaussehender dunkler Fremder auf sie zukam, sie um den nächsten Tanz bat, mit einer sanften, weichen Stimme „darf ich bitten?" sagte, ohne sich erst vorzustellen, da klopfte ihr Herz heftig, und sie spürte, daß sich ihre Träume jetzt erfüllen würden.

Zuerst zögerte sie ein wenig, aber er war hartnäckig, mit einem Lächeln auf den Lippen, das zwei Reihen schöner, weißer Zähne unter einem dichten Schnurrbart zeigte. Bevor sie sich erst richtig besonnen hatte, führte er sie schon in die Mitte der Tanzfläche.

Die nächsten Minuten verflogen wie im Traum; als dann die Musik aufhörte und sie stehen blieben, schaute sie ihn mit strahlenden Augen an. „Danke!" sagte sie, noch ganz außer Atem.

Er ließ sie nicht aus seinen Armen. „Es ist sehr warm hier drinnen", sagte er und näherte sein Gesicht ein wenig dem ihren. „Wollen wir einen Augenblick hinausgehen?"

Sie hatte nichts dagegen – warum auch? Seine Aufmerksamkeit schmeichelte ihr, und sein Benehmen flößte ihr Vertrauen ein. Sie hätte gern gewußt, wer das wohl war.

„Ja, hier ist es besser, nicht wahr?" sagte er sanft, als sie zusammen auf dem kleinen Balkon standen, der sich an den großen Saal anschloß und dennoch verhältnismäßig abgeschieden war.

„O ja, viel besser!" stimmte sie ihm zu. Die frische Luft kühlte ihre erhitzten Wangen und tat ihr gut.

„Ich glaube, jetzt ist es an der Zeit, daß ich mich vorstelle", fuhr er fort, „Georg ist mein Name."

„Ich freue mich sehr, Sie kennenzulernen, Herr Georg."

„Nein, nein!" Er lachte zärtlich, als seine Finger ihre Hand umschlossen. „Lassen Sie den ‚Herrn' weg! Ich heiße Georg Felden. Meine Freunde nennen mich nur Georg."

Dorli lachte nun auch. „Das sieht mir wieder mal

ähnlich", gestand sie. „Ich heiße Dorothea Marmann; und meine Freunde nennen mich Dorli."

„O, darf ich Sie auch so nennen?" fragte er galant. Sie versuchte, ihre Hand zurückzuziehen; aber er hielt sie nur noch ein wenig fester. „Sie können mich nennen, wie Sie wollen", antwortete sie leichthin, „so lange Sie nicht auf die Idee kommen, mich Dorothea zu nennen, diesen Namen hasse ich!"

Er schaute sie einen Augenblick lang an, ohne etwas zu sagen. Dieser Blick vertiefte das Rot ihrer glühenden Wangen noch mehr, und sie war froh, daß sie im Dunkeln stand und nicht im grellen Licht des Tanzsaales. „Ich weiß einen Namen für Sie", flüsterte er, „ich werde Sie meine kleine Prinzessin nennen."

Er hielt inne, denn er hörte Schritte, die sich rasch näherten.

„Dorli!"

Der Klang ihres Namens überraschte sie beide, und sie wandte sich hastig um.

„Bist du hier, Dorli?"

Das war Inge Deigers Stimme. Sie wußte es sofort, obwohl nicht einmal genug Licht war, um die Züge des großen, schlanken Mädchens zu erkennen, das dort in der Türöffnung stand und fragend nach ihnen blickte.

„Ja, Inge?" Das klang ein wenig ungeduldig. „Was willst du denn?"

Inge Deiger kam einige Schritte näher, blieb aber in der Entfernung stehen, von der man sich unterhalten kann, ohne zu schreien. „Ich habe nach dir gesucht, Dorli." Sie warf einen raschen Blick auf Dorlis Begleiter. „Es ist Zeit, wir müssen jetzt gehen."

„Gehen?" wiederholte sie widerwillig. „Also, sei doch nicht albern, Inge! Kein Mensch sonst kommt auf die Idee, jetzt schon nach Hause zu gehen."

Georg Felden lachte. „Wahrhaftig nicht! Wir haben gerade angefangen, uns ein bißchen zu amüsieren - der Abend hat doch erst begonnen!"

Inge betrachtete ihn, während er sprach, mit kritischem Blick; sie war sicher, daß er das ebenfalls tat, so gut es ging, denn viel konnte man in diesem Zwielicht nicht erkennen. Was er von ihr hielt, konnte sie nur raten; denn er sagte nichts, was von besonderer Bedeutung hätte sein können. Dennoch fühlte sie, daß er eine Schranke von Feindlichkeit aufrichtete. Ihr persönlicher Eindruck von diesem verbindlichen, gepflegten Fremden war eine instinktive Abneigung. Warum sie ihn nicht mochte, hätte sie schlecht erklären können. Nein, sie wußte es selber nicht. Aber es lag so etwas Besitzergreifendes in seiner Stimme, das sie erstaunte und zugleich verärgerte. Er sprach fast, als ob Dorli ihm gehöre, und doch kannte er sie erst ein paar Minuten. Inge blieb beharrlich. Die Sache würde nicht so leicht sein, wie er sich das dachte. Da waren schließlich noch Dorlis Freunde, mit denen er rechnen mußte.

„Los, Dorli, komm", sagte sie und übersah ihn kühl. „Wir müssen jetzt allmählich gehen."

Ehe Dorli Zeit für eine Antwort fand, sprach Felden an ihrer Stelle. „Du brauchst dir keine Gedanken um Busse oder Züge zu machen, ich habe ja mein Auto dabei, Dorli - ich werde dich selbstverständlich nach Hause bringen." Wieder spürte Inge, daß er in Wirklichkeit nicht mit Dorli sprach, sondern mit ihr. In seinen Worten lag eine indirekte Herausforderung für sie.

„Na, siehst du!" rief Dorli eifrig. „Du brauchst dir meinetwegen nicht den Kopf zu zerbrechen - Georg wird mich nach Hause bringen."

„Mit Vergnügen", stimmte er ihr zu und nickte zur besonderen Betonung mit dem Kopf.

„Nein, Dorli." Inge kam einen Schritt näher. „Ich habe

dich mit hierhergebracht, und ich werde dich auch wieder nach Hause bringen. Und zwar, so bald du fertig bist."

„Ich bin aber nicht fertig!" gab sie patzig zurück. „Bis ich fertig bin, das dauert noch eine ganze Weile!"

„Na gut", sagte Inge. „Ich werde warten." Und sie lehnte sich gegen das Balkongeländer, als ob sie gekommen wäre, um zu bleiben.

Einen Augenblick lang sagte keiner ein Wort. Dann brach Felden das Schweigen, als er sich mit einem leisen Lächeln Inge zuwandte. „Sie wollen mir Ihre Freundin nicht anvertrauen?" fragte er und versuchte, seiner Stimme einen freundlichen Klang zu geben.

Inge schüttelte den Kopf. „Darum geht es nicht", sagte sie, bestrebt, höflich zu sein. „Es ist nur, weil Dorli noch nie hier gewesen ist und ich mich wirklich verantwortlich für sie fühle. Ich habe ihrer Familie versprochen . . ."

„Laß meine Familie aus dem Spiel!" rief Dorli erhitzt. „Ich bin völlig frei und werde das tun, was mir paßt!"

Felden lachte. „Nun, wir wollen keine weiteren Worte darüber verlieren!" sagte er leichthin. „Wie ist es, wenn ich Sie beide heimfahre?"

Inge war nicht zu überreden. „Nein - trotzdem vielen Dank", sagte sie rasch. „Wir haben ja nicht weit zu gehen. Das ist schon in Ordnung."

„Wirklich, Inge!" protestierte Dorli erbittert. „Du kannst einem tatsächlich alles verderben!"

„Aber das hatten wir so vereinbart, Dorli - das weißt du", erinnerte Inge sie. „Du warst damit einverstanden, daß wir zusammen kommen und auch wieder zusammen gehen würden, oder nicht?"

„Ja, schon, aber . . ."

Felden zündete sich eine Zigarette an. „Nun", sagte er sanft, „wenn das so ist, dann wollen wir deiner Freundin heute lieber ihren Willen lassen - aber es muß ja nicht das letzte Mal gewesen sein", fügte er hinzu, und seine Stimme flüsterte nur noch.

„Ja", sagte Dorli zitternd, „das - das glaube ich auch."

Er nahm sie beim Arm. „Und", fuhr er fort, indem er in Inges Richtung blickte, „wenn deine Freundin so gut ist und deinen Mantel von der Garderobe holt, dann wollen wir außen herum gehen und sie beim Haupteingang treffen."

Augenscheinlich war sie hier nicht erwünscht, dachte Inge. Aber da sie ja erreicht hatte, was sie wollte, schien ihr jetzt keine andere Möglichkeit zu bleiben, als nachzugeben.

„Na gut", sagte sie schließlich. „Und wie lange? Fünf Minuten?"

Georg Felden nickte zum Zeichen seines Einverständnisses.

Der Nachhauseweg war nicht gerade heiter. Dorli war schlechter Laune, weil Inge sie ihres gerade gefundenen Bewunderers beraubt hatte; aber auch Inge war nicht in bester Stimmung. Während Dorlis schlechte Laune sich allmählich aufzuhellen begann, wenn sie an die schönen Versprechungen dachte, die ihr der „hübsche Held" gemacht hatte, gab es für Inge nichts weiter als eine zunehmende Last von Furcht und Selbstvorwürfen. Wenn sie Dorli doch nur nicht zu diesem Tanz mitgenommen hätte! Sie hätte nicht nachgeben sollen. Seitdem sie die Marmanns kennengelernt hatte, war ihr sowieso nicht wohl dabei gewesen. Sie hätte diesen Abend einfach abblasen sollen. Vielleicht wäre Dorli dann aber allein gegangen? Nun, das wäre dann ja ihre eigene Verantwortung gewesen - so aber fühlte sie sich verantwortlich. Es war ihre Schuld, daß Dorli diesen Georg Felden kennengelernt hatte. Und wo würde das enden?

„Wirklich, Dorli, an ihm ist etwas, etwas, das mir nicht

gefällt", sagte sie, nachdem ihre Freundin ihr von Georg Feldens Charme vorgeschwärmt hatte.

„So? Was denn?" fragte sie ungeduldig.

Inge schüttelte den Kopf. „Das weiß ich nicht - ich weiß nicht, was es ist. Aber es ist irgend etwas. Ich würde ihm nicht zu sehr trauen, wenn ich du wäre."

Dorli lachte und warf trotzig den Kopf zurück. „Du hast eine Menge Ratschläge auf Lager, Inge, aber die Ratschläge sind ganz anders als die, die du mir noch vor einer Woche gegeben hast!"

Inge nickte mit unglücklichem Gesicht. „Ja, Dorli, ich weiß", gab sie zu. „Aber was ich dir da gesagt habe, war falsch - das habe ich jetzt eingesehen."

Dorli lachte erneut. „Das kann ich aber nicht erkennen, Inge! Ich weiß, daß ich dir eine ganze Menge zu verdanken habe. Ich hätte mich nie in dieses Leben hineingewagt, wenn du mir nicht geholfen hättest - und schau doch, was ich alles verpaßt hätte!"

„Ach, Dorli!" Diese Worte trafen Inge Deiger wie eine Kugel mitten ins Herz. „Ich - ich habe einen Fehler gemacht - wirklich, das habe ich!" rief sie ernst. „Das Leben, in das ich dich geführt habe, enthält nichts. Es ist - leer!"

Mittlerweile waren sie bei der Pforte von „Karmel" angekommen, denn Inge hatte darauf bestanden, ihre Freundin bis vor ihr Haus zu bringen; und nun drehte sich Dorli um, die Hand auf der Türklinke, und schaute ihre Begleiterin völlig verwirrt an.

„Ganz ehrlich, Inge, ich kann dich nicht mehr verstehen!" sagte sie offen. „Du hast dich vollkommen verändert."

Inge war für einen Augenblick ganz still, als sie zu dem Mädchen an ihrer Seite schaute; und an ihm vorbei zu dem stattlichen, alten Haus im Hintergrund, das wie ein Wächter über ihnen beiden wachte. Und die Ereignisse dieses

Abends standen Inge erneut vor Augen. Dann wurde sie wieder erinnert an die ehrlichen, warmherzigen Leute, die sie in diesem Haus kennengelernt hatte, an das Gespräch, dem sie gelauscht hatte, an die Worte aus der Bibel und Herrn Marmanns Gebet. Plötzlich wurde sie überwältigt von der unheimlichen Menge des Bösen, das sie getan hatte. Sie hatte ihre Freundin aus der Sicherheit und Geborgenheit dieses Hauses geführt - wohin? Inge hatte genug Erfahrung, obwohl sie noch so jung war, um zu wissen, daß der Weg, den sie Dorothea Marmann gewiesen hatte, voller Fallen und Gefahren war. Aber wie sollte sie sie jetzt warnen, wenn sie sie noch kurz zuvor dazu ermutigt hatte? Und wie sollte sie sie zurückführen, nachdem sie sie so erfolgreich auf diesen Weg gedrängt hatte?

„Ich wünschte, du würdest mit mir umkehren, Dorli!" brach es aus ihr heraus, und ihre Stimme war gespannt vor innerer Bewegung.

Doch Dorli lachte nur. „Du vergißt, Inge - ich bin bereits umgekehrt, und ich genieße das ungeheuer. Gute Nacht, du alte Schwarzseherin!" sagte sie noch und winkte ihr fröhlich zu.

Das Gartentor öffnete und schloß sich wieder hinter ihr. Inge blieb so lange stehen und schaute ihr nach, bis Dorlis Schatten verschwunden und der Widerhall ihrer Schritte über den Gartenweg verklungen war.

Wie Inge hier nun noch eine Weile einsam auf dem Bürgersteig stand - sie merkte nicht, wie lange - begann sie heftig zu schluchzen. Das tränennasse Gesicht bedeckte sie mit ihren kalten Händen. Ihr ganzer Körper bebte.

„O Gott!" flüsterte sie gebrochen, „was kann ich nur tun? Was habe ich getan?"

11

INGE FASST EINEN ENTSCHLUSS

Miriam Weber legte den Telefonhörer nieder und wandte sich mit strahlendem Gesicht ihrem Mann zu.

„Jürgen!" rief sie eifrig. „Inge hat angerufen - Inge Deiger!"

„Ja?" Jürgen Webers Gesicht hellte sich ebenfalls auf. Er erinnerte sich gut an das Mädchen, denn seit jenem Wochenende beteten sie beide täglich für sie. „Warum hat sie angerufen?"

„Sie möchte gern kommen und mit uns sprechen!"

„O! Ist das wirklich wahr?" Jürgen schien dies für eine sehr bedeutungsvolle Entwicklung zu halten. „Wann denn?"

„Heute nachmittag! Sie ist schon auf dem Weg zu uns. Ach, Jürgen, ist das nicht eine wunderbare Antwort auf unsere Gebete?!"

„Ja, wirklich!" stimmte ihr Mann ihr bewegt zu. „Aber irgend etwas muß sie beunruhigen, sonst würde sie wohl nicht kommen wollen."

„Sie sagt, sie habe etwas auf dem Herzen . . ."

Jürgen nickte gedankenvoll. „Wir haben doch gespürt, daß der Herr an jenem Abend zu ihr redete - nicht wahr, Liebes?"

„Ach Jürgen!" Miriam seufzte zufrieden, als sie ihren Kopf gegen die Schulter ihres Mannes lehnte. „Das ist fast zu schön - wenn man bedenkt, daß sie uns gefragt hat, ob sie herkommen darf!"

Jürgen legte in einer herzlichen Umarmung seinen Arm um sie. „Du hättest sie bitten sollen, bis zum Kaffee hier zu bleiben", überlegte er.

„Das habe ich doch", antwortete Miriam schnell, „und sie hat mir herzlich dafür gedankt und gesagt, daß sie gern bleibt."

„Dann kann sie nämlich zu unserem Hausbibelkreis heute abend hierbleiben - und man weiß ja nie, vielleicht hört sie etwas, was ihr hilft."

„Wir wollen dafür beten, Jürgen."

Seit der Geburt der kleinen Petra hatte sich das Problem ergeben, wie es mit dem Gottesdienstbesuch werden sollte. Sie waren bis dahin immer gemeinsam zur Kirche gegangen. Daß jetzt nur einer gehen sollte und der andere beim Baby blieb, gefiel ihnen gar nicht. Also gingen sie gemeinsam zum morgendlichen Gottesdienst und nahmen das Baby mit, zur Zeit des Abendgottesdienstes aber blieben sie beide zu Hause. Und nachdem das Baby zu Bett gebracht worden war, luden sie ihre Nachbarn zu einem Hausbibelkreis in ihrem Wohnzimmer ein. Anfangs wollten die Nachbarn nicht so gern kommen, denn sie gingen sonst nie in eine Kirche oder christliche Gemeinschaft. Doch die freundliche Gastlichkeit der Familie Weber lockte sie aus ihren Vorbehalten; und so dauerte es nicht lange, bis diese Zusammenkünfte eine feste Einrichtung wurden. Miriam spielte Klavier, und Jürgen leitete das Singen in seiner freundlichen, einfachen Art, wobei er es immer so einzurichten wußte, daß ihre Lieder nicht nur schöne, leicht singbare Melodien hatten, sondern daß die Texte klares Evangelium enthielten. Die Leute waren jedesmal sehr beeindruckt. Dieses kleine „Treffen" dauerte niemals länger als eine Stunde. Kurz vor Schluß servierte Miriam ihnen noch eine Tasse Tee. Das gab eine herzliche und lockere Atmosphäre. Während Miriam und Jürgen diese Abende als ein Zeugnis für Jesus gestalteten, beteten sie, daß doch einer von ihren Besuchern den Weg zu Christus finden möge. Bisher hatten sie noch keine sichtbaren Ergebnisse. In diese kleine Versammlung wollten sie Inge Deiger an diesem Sonntag einladen.

Es klingelte. Inge Deiger wurde herzlich empfangen. Jürgen hatte den Kamin kräftig aufgeheizt. Das Wasser im Kupferkessel kochte für den Tee. Miriam Weber gehörte zu den Leuten, die sagen, daß eine gute Tasse Tee fast eine göttliche Einrichtung zu nennen sei, weil sie Kontakt zwischen Menschen schaffe und oft den Anfang zu einem herzlichen Gespräch bilde. Wer kann zählen, wieviel Tränen bei einer Tasse Tee vergossen wurden? Wieviel alte Bande wieder neu geknüpft wurden? Wieviel verhärtete Herzen verwandelt wurden? Wenn man darüber nachdenkt, wird man ihr gern zustimmen. Auch Inge Deiger konnte sich ihrem herzerwärmenden Einfluß nicht lange verschließen. So saß sie bald gemütlich vor dem Kamin, eine dampfende Tasse Tee in der Hand, und gewann Vertrauen zu den beiden jungen Christen und bat um ihren Rat.

„Es ist wegen - Dorothea", begann sie, und die große Sorge, die sie über ihre Freundin bewegte, schwang in ihren Worten mit. „Ich mache mir solche Sorgen um sie."

Jürgen Weber nickte. „Du nicht allein, Inge", sagte er bedeutungsvoll.

„Wir alle - die ganze Familie - sind sehr beunruhigt über sie", fügte Miriam hinzu und seufzte.

Es war offensichtlich, daß sie versuchten, sie zu beruhigen, doch Inge war nicht so leicht zu trösten.

„Natürlich machen Sie sich Gedanken um sie, denn sie gehört ja zu Ihnen", sagte sie, „aber meine Sorge ist etwas anders." Und sie zupfte nervös mit ihren Fingern an ihrem Rock herum.

„Was meinst du, Inge?" Diese Frage kam wie aus einem Munde.

„Sehen Sie", fuhr Inge fort, und ihre Erregung steigerte sich noch, „was Dorli betrifft, haben Sie alle ein reines Gewissen, ich aber nicht."

„Wieso?" fragte Miriam, als sie über den gebeugten Kopf des Mädchens hinweg ihren Mann ansah.

Inge schaute auf. Tränen standen in ihren Augen. „Ich werde mich immer schuldig fühlen - wenn Dorlis Leben ruiniert ist - weil ich sie auf diesen falschen Weg gebracht habe!"

Dies waren so schwere Worte, daß Miriam und Jürgen fast den Atem anhielten. Es gab nichts, was sie als Trost sagen konnten, aber sie wollten sie auch nicht verdammen.

„Ich habe immer gedacht, ich tue ihr etwas Gutes damit - wenn ich ihr helfe, sich ein bißchen zu amüsieren", sprach Inge weiter. „Aber jetzt, wo es zu spät ist, erkenne ich, daß alles falsch war!"

„Aber vielleicht ist es ja noch nicht zu spät, Inge!"

Sie schüttelte den Kopf. „Ich fürchte, es ist doch zu spät", sagte sie ohne Hoffnung. „Gestern abend, als wir vom Tanz nach Hause kamen, versuchte ich, mit ihr zu sprechen; natürlich hat sie mir nicht zuhören wollen. Aber dafür kann ich nicht sie verantwortlich machen", fügte sie rasch hinzu, „sondern mich allein."

Miriam fühlte Mitleid mit dem jungen Mädchen. „Ich glaube nicht, daß es allein deine Schuld ist, Inge. Du konntest doch gar nicht wissen - " meinte sie vorsichtig.

Inge Deiger schaute ihnen beiden gerade ins Gesicht. „Ganz ehrlich", sagte sie, und zwar mit einem Ernst, der ihnen sehr zu Herzen ging, „ich habe nie gewußt, daß es im Leben noch etwas Besseres gibt als das, wofür ich gelebt habe - bis ich dann eines Tages bei Dorli zu Hause war und Sie und Ihre ganze Familie kennengelernt habe und hörte, was Sie sagten." Sie hielt einen Augenblick inne. „Es klingt Ihnen sicherlich schrecklich - aber bis dahin habe ich über Gott niemals nachgedacht."

Sie warteten, daß Inge fortfahren würde. Doch sie war so mit ihren eigenen Gedanken beschäftigt, daß sie schwieg.

„Und jetzt - " forschte Miriam weiter.

„Ach, das weiß ich nicht!" Inge stellte ihre leere Teetasse ab und stützte ihr Kinn mit dem Ellbogen auf den Knien in die Hände. „Immer wieder habe ich nachgedacht, aber irgendwie scheine ich keinen Schritt weiter zu kommen. Ich weiß einfach nicht, wo ich anfangen soll!"

„Oder wo du neu anfangen sollst - ist es nicht vielmehr das, Inge?" fragte Jürgen in warmem Ton.

Sie nickte. „Ja - ich glaube schon", gab sie zu und versuchte, die Tränen zurückzuhalten. „Das ist es, was ich gern möchte - neu anfangen. Aber wie eins der Mädchen im Büro neulich zu mir sagte, hat es nicht viel Zweck, ein neuer Mensch zu werden, wenn man nicht weiß, was aus dem alten werden soll."

„Ja, Inge - aber es gibt Einen, der das weiß!" warf Jürgen rasch ein.

„Sie meinen - ?" Sie schaute ihn gespannt an.

„Ich meine", fuhr er fort, „daß Gott versprochen hat, unsere Vergangenheit auszulöschen, wenn wir durch den Herrn Jesus Christus zu Ihm kommen. Er sagt: ‚Denn ich will ihnen ihre Missetat vergeben und ihrer Sünde nimmermehr gedenken'."

Inge schüttelte den Kopf. „Ach, das kann er damit nicht meinen!" wandte sie seufzend ein.

„Was kann er damit nicht meinen, Inge?" sie schauten sie fragend an.

„Das kann doch nicht bedeuten, daß Gott all das Böse, das wir getan haben, ganz vergessen will! Das kann ich einfach nicht glauben!"

„Aber das ist es, was ‚Vergebung' bedeutet, Inge!" erklärte Jürgen voll Ernst. „So vergibt uns Gott. Er löscht all unsere Schuld aus und wirft sie für immer hinter sich."

Doch sie war noch immer nicht überzeugt. „Ja, sicher, aber ich glaube, daß das davon abhängt, was man getan hat", überlegte sie. „Es gibt Leute, die wohl niemals etwas sehr Schlimmes angestellt haben, und ich kann mir vorstellen, daß Gott ihre Sünden vergißt - aber was mich betrifft - ich - ich kann nicht erwarten, daß Er meine Sünden auslöscht! Es sind viel zu viele!" Sie bedeckte ihr Gesicht mit ihren Händen und brach in Tränen aus.

Verständnisvoll setzte Miriam sich an ihre Seite. „Inge, Liebes", sagte sie tröstend und legte ihren Arm um Inges bebende Schultern, „es spielt überhaupt keine Rolle, was wir getan haben oder wie schlecht wir gewesen sind - wenn uns unsere Sünden wirklich leid tun, dann brauchen wir sie Gott nur zu bekennen und Ihn im Namen des Herrn Jesus Christus um Vergebung zu bitten. Dann wird Er es tun, Inge!"

„Ja - " schluchzte Inge, ohne ihren Kopf zu heben, „aber wenn man etwas getan hat, was andere Menschen verletzt - vielleicht sogar ihr Leben ruiniert hat - dann ist das etwas anderes! Gott kann so etwas nicht einfach wegwischen - so ohne weiteres vergeben!"

„Doch, Inge, da täuschst du dich!" Diese eifrige Antwort kam von Jürgen. Die Tränen hatten ihn zwar etwas verwirrt, aber solch einen Aufschrei konnte er nicht unbeantwortet lassen. „Es gibt nur eine Sünde, die Gott nicht vergeben kann, und das ist die Sünde, den Herrn Jesus Christus nicht als Gottes Sohn und Retter anzunehmen.

Schau, Er ist für uns gestorben - für unsere Sünden, und wenn wir Sein Opfer für uns nicht annehmen, dann kann Gott uns nicht vergeben. Es gibt nichts anderes, das unsere Sünden wegwaschen kann, als nur das Blut Jesu Christi."

Eine ganze Weile schwiegen sie alle, aber dann sprach Inge wieder. „Angenommen - angenommen, daß alles so ist, wie Sie es gesagt haben", begann sie und wischte sich die Tränen ab. „Angenommen, daß Gott mir wirklich vergibt, was wird dann aus Dorli? Sehen Sie, das ist es, was mir am Herzen liegt! Das alles kann nichts an der Tatsache ändern, daß Dorli auf dem falschen Weg ist; und das ist sie erst durch mich."

„Nun, die Sache hat zwei Seiten", sagte Jürgen gedankenvoll. „Dorli ist Gott für ihr Leben selbst verantwortlich. Und sie wird sich vor Gott dafür verantworten müssen, wie sie es lebt. Sie kann Gut von Böse unterscheiden; und sie könnte noch immer den rechten Weg wählen, wenn sie es nur wollte. Dabei spielt es keine Rolle, wie sehr du oder irgend jemand sonst sie beeinflußt. Und dann gibt es auch noch diese Möglichkeit - wenn du selbst zum Herrn Jesus gekommen bist und dein Vertrauen in Ihn setzt, dann kann er vielleicht dich dazu gebrauchen, Dorli wieder zu Ihm zurückzubringen."

Inges Gesicht hellte sich auf. „Glauben Sie das wirklich?" rief sie. „Das wäre ja wunderbar! Ich will alles tun - alles - um das Böse, das ich getan habe, wieder gutzumachen und Dorli zu Gott zurückzubringen."

Miriams Hand lag noch immer auf ihrer Schulter. „Das allererste, Liebes", sagte sie sanft, als sie ihren Kopf nahe zu ihrem beugte, „ist, daß du selbst mit Gott ins reine kommst."

„Ja", sagte Inge zitternd, „ich weiß. Das will ich gern. Deshalb - deshalb bin ich ja eigentlich heute hierher gekommen. Ich - ich dachte, Sie würden mir mehr von dem erzählen, worüber sie bei Dorli zu Hause sprachen." Sie blickte von einem zum anderen, mit Tränen in den Augen, aber lächelnd. „Erinnern Sie sich?"

„Natürlich erinnern wir uns", antwortete Jürgen für sie beide. „Wir haben davon gesprochen, wie wir den Herrn Jesus Christus als unseren Heiland kennengelernt und erfahren haben."

„Wir werden niemals müde, davon zu sprechen", fügte Miriam hinzu und drückte ihr herzlich die Hand.

Und so sprachen sie zusammen über die Dinge, die ewig sind, während die Zeit für sie allzu schnell verging. Plötzlich merkte Miriam, daß sie sich mit dem Abendessen sehr beeilen mußten, wenn sie rechtzeitig fertig werden wollten, um ihre Gäste zu empfangen. Denn um diese Zeit fand ihre Zusammenkunft mit den Nachbarn statt.

Inge zeigte starkes Interesse, als man ihr von dem kleinen wöchentlichen Hausbibelkreis erzählte. Und sie freute sich sehr, daß sie daran teilnehmen durfte, so wie es Miriam und Jürgen geplant hatten. Alles war sehr neu für sie, und sie genoß jeden Augenblick. Ein oder auch zweimal war sie in einem Gottesdienst gewesen, aber niemals in einer so herzlichen Atmosphäre. Irgend etwas war hier, was ihr von Anfang an gefiel. Sie wußte selbst nicht genau, was es war; aber sie fühlte, daß es gut war, hier zu sein. Es mag die freundliche Art von Herrn und Frau Weber gewesen sein, so daß sich jeder bei ihnen wohl fühlte; und wenn man kurz zuvor noch ein Fremder gewesen war wie Inge, so fühlte man sich wenig später als einer von ihnen. Es mag auch die Musik gewesen sein; denn unter Miriams geschickten Fingern schien das Klavier fast zu sprechen. Gespannt lauschte Inge den wundervollen Melodien. Es mag das Singen gewesen sein; denn Jürgen legte alles, was er hatte, hinein. Obwohl ihr die meisten Lieder unbekannt waren, stimmte sie bald ebenso herzlich wie die andern mit ein. Es mögen auch die paar kurzen Worte gewesen sein, die Jürgen zur Einleitung eines neuen Liedes sprach und denen sie mit eifrigem Interesse folgte. Vielleicht wirkten auch alle diese Faktoren zusammen. Sicher kam es daher, daß der Herr selbst unter ihnen war und ihre einfache Versammlung mit seiner Gegenwart segnete, so daß ihre Augen plötzlich durch die Kraft des Heiligen Geistes aufgetan wurden, um den Herrn in all seiner Herrlichkeit zu erkennen. Es war ein einzigartiger Abend für Inge, und sie traf eine klare und echte Herzensentscheidung für Jesus.

Das geschah, nachdem Jürgen der Versammlung erzählt hatte, was Christus für ihn bedeutete und was Er für sie alle tun würde, wenn sie ihr Vertrauen in Ihn setzten, und während sie sangen:

„So wie ich bin, so muß es sein, nicht meine Kraft, nur Du allein. Dein Blut wäscht mich von Flecken rein, o Gottes Lamm ich komm, ich komm . . ."

Das war die Antwort auf die einfachen Worte, daß Inge Vergebung, Frieden und innere Kraft fand - Vergebung für die Sünden ihrer Vergangenheit, Frieden inmitten der Unruhe und Ungewißheit der Gegenwart und Kraft, um die Zukunft zu meistern, was immer sie auch bringen würde. Miriam und Jürgen priesen Gott, daß er ihr Gebet erhört hatte. Sie freuten sich gemeinsam über den ersten der Verlorenen, der durch das Zeugnis ihres kleinen Kreises seinen Retter und Heiland gefunden hatte.

12

DIE FROHE BOTSCHAFT WEITERSAGEN

Zehn Uhr war schon vorbei, als Inge an diesem Abend nach Hause kam. Als sie die Tür öffnete, schien alles mäuschenstill. Leise schloß sie die Tür hinter sich, doch da sah sie Licht in der Diele und dann auch im Wohnzimmer; wahrscheinlich war Besuch da. Ihr Herz klopfte heftiger, als sie näher kam.

Vor weniger als einer Stunde noch war sie bei Miriam und Jürgen gewesen. Es klang immer noch in ihren Ohren, was sie ihr zum Abschied als Aufforderung gesagt hatten: „Erzähle dem ersten, dem du heute abend begegnest, daß dein Leben nun dem Herrn Jesus Christus gehört, Inge. Du wirst sehen, es ist leichter, wenn du es ihnen heute statt morgen sagst. Und du selbst wirst durch dein Zeugnis für den Herrn die größte Freude und Stärkung im Glauben erleben."

Noch stand sie vor der Tür des Wohnzimmers. Würde sie Kraft genug haben? Wer würde ihr zuerst begegnen? Was sollte sie ihm sagen? Würden sie es überhaupt verstehen? Sie zweifelte sehr daran und wäre der Situation gern entwischt. Natürlich, es gab einen Ausweg – zumindest für heute abend. Sie könnte gleich zu Bett gehen. Niemand würde wahrscheinlich nach ihr fragen. So hätte sie bis morgen Zeit. Aber sie schämte sich dieses Gedankens, kaum daß sie ihn zu Ende gedacht hatte. Das wäre feige, rügte sie sich selbst. Nein, heute abend mußte sie sprechen, egal, was passieren würde.

„Herr, hilf mir!" flüsterte sie, als sie noch zweifelnd im Flur stand. Eine der Doppeltüren, die ins Wohnzimmer führten, war nur angelehnt. Leise Radiomusik war das einzige Geräusch, das sie vernahm. Sie horchte, aber sie hörte keine Stimmen. Vielleicht . . .

Auf dem dicken Florteppich hörte man ihre zaghaften Schritte. Leise ging sie durch den Flur ins Zimmer hinein. Es war leer, abgesehen von der einsamen Gestalt ihrer Schwester Sylvia, die am Kartentisch beim Kamin saß, auf dem sie ihre Schulbücher ausgebreitet hatte.

Inge fühlte sich unsagbar erleichtert. Es würde nicht so schwer sein, mit ihrer Schwester allein zu sprechen.

„Ich bin's bloß, Sylvia", sagte sie laut, als sie ins Zimmer trat.

Sylvia Deiger hob erschreckt ihren geröteten Kopf.

„O, Inge", rief sie ärgerlich. „Du kannst einen ganz schön erschrecken! Ich wünschte, du würdest nicht immer so leise hereinschleichen."

Inge ging hinüber zum Kamin. „Es tut mir leid, Sylvia", sagte sie freundlich. „Ich wollte dich nicht erschrecken. Wo sind übrigens die anderen?"

„Ach, Mutti und Vati sind nebenan eingeladen." Sylvia legte ihren offenen Füller hin und streckte sich müde. „Sie wollten sich einen schönen Abend machen und sind seit dem Abendessen dort." Sie schmollte. „Ich hätte mitkommen können, wenn ich nicht noch diese dämlichen Hausaufgaben hier zu machen hätte. Ich sitze schon seit mehr als zwei Stunden dran!"

„Das ist wirklich lange", meinte Inge teilnehmend. „Das muß doch bald reichen."

„Das reicht auch!" Sylvia Deigers Geduld schien ziemlich am Ende zu sein. „Um die Wahrheit zu sagen, weißt du, mir reicht langsam alles hier!" Und sie stieß ihr französisches Wörterbuch verächtlich vom Tisch.

„Du bist müde, Sylvia, das ist alles.” Inge schaute ihre jüngere Schwester besorgt an. „Ich glaube, das war für einen Abend auch zuviel.”

„Das ist recht so!” Sylvias feuriges Temperament flammte im Augenblick auf. „Sobald du reinkommst, fängst du an, an mir herumzumeckern!”

„O, Sylvia, Kind – ”

„Vielen Dank, du brauchst mich nicht ‚Kind’ zu nennen!” Das Mädchen warf seinen Kopf unwillig zurück. „Wenn es mir paßt, mir meine Hausaufgaben auf Sonntagabend aufzuheben, dann hebe ich sie mir eben auf – basta!” Sie holte mit ihrer Hand weit aus und fegte einige lose Blätter Papier vom Tisch auf den Boden.

Ohne ein Wort zu sagen, bückte Inge sich, hob sie alle auf und legte sie sorgfältig wieder auf den Tisch, während Sylvia ihre Schwester skeptisch von der Seite her beobachtete. Diese kleine Geste hatte sie nicht erwartet.

„Ich habe das eben nicht so gemeint, Sylvia”, fuhr Inge fort, noch immer mit der gleichen, unerschütterlichen Stimme. „Ich habe nur gemeint, daß sie dir zuviel aufgeben. Vielleicht kann ich dir ja ein wenig helfen – ” Sie lehnte sich über die Schultern ihrer Schwester. „Obwohl ich wahrscheinlich mein ganzes Französisch mittlerweile vergessen habe.”

Sylvia Deiger saß auf ihrem Stuhl und schaute ihre Schwester mit offenem Mund und verständnislosem Blick an. „Was ist denn heute abend mit dir passiert? Du bist so anders.”

Inges Wangen begannen zu glühen. „O, Sylvia”, rief sie voller Eifer, „etwas ganz Wunderbares ist mir heute abend passiert – ich will es dir gern erzählen!”

„Mir erzählen?” keuchte Sylvia, die ihre Schwester immer weniger verstand. „O, Inge!”

Sylvia fühlte sich durch das Vertrauen ihrer großen

Schwester geehrt und war deshalb sehr interessiert. Die Sorgen mit ihren Hausaufgaben hatte sie plötzlich ganz vergessen, und ihre schlechte Laune verflüchtigte sich wie eine Regenwolke vor der Sonne.

„Du wirst sehr überrascht sein”, versuchte Inge ihre Schwester auf das vorzubereiten, was sie ihr erzählen wollte.

„Bestimmt?” fragte Sylvia mit Behagen. „Na gut, erzähl’!”

Und so begann Inge Deiger mit ihrer wunderbaren Geschichte. Zuerst ein wenig zögernd, doch allmählich gewann sie immer mehr Vertrauen, als sie weitersprach. Ihre Schwester hörte mit großen Augen atemlos jeder Einzelheit des Wochenendbesuches bei Familie Marmann zu. Sylvia war sehr beeindruckt, und Inge wurde dadurch ermutigt, offen weiterzusprechen.

„Ich wünschte, Sylvia, du könntest Dorlis Familie kennenlernen - sie sind großartig!” sagte sie feierlich. „Zuerst habe ich gar nicht begriffen, was sie so von all den Leuten unterschied, die ich sonst kenne; doch dann merkte ich, daß das daran lag, daß sie Christen sind - weil sie Christus in ihrem Herzen haben. Und gleichzeitig hatte ich das Gefühl schrecklicher Unzufriedenheit mit meinem bisherigen Leben - es erschien mir plötzlich so leer, so sinnlos. Ich wollte das auch haben, was sie besaßen; aber ich hatte keine Ahnung, wie ich es bekommen könnte.”

Sylvia nickte. „Ja, ich weiß, Inge”, sagte sie zustimmend und ganz unerwartet. „An unserer Schule sind ein paar solcher Mädchen - Christinnen, meine ich. Und die sind irgendwie anders. Ich habe mich oft gefragt - ” Seufzend brach sie den angefangenen Satz ab.

Inges Gesicht glühte vor Eifer. „Was hast du dich gefragt, Sylvia?”

Sylvia zuckte die Achseln. „Ach, ich weiß nicht”, antwortete sie ausweichend.

Aber Inge war entschlossen, diese unerwartete Gelegenheit wahrzunehmen. „Ich weiß, Sylvia", fuhr sie rasch fort, „du hast dich oft gefragt, wie man Christ wird, nicht wahr? Und ob Christus für dich das gleiche tun kann, was Er auch für diese Mädchen getan hat?"

Sylvia rutschte auf ihrem Stuhl hin und her. „Meinetwegen, kann sein, daß ich mich das gefragt habe", gab sie zögernd zu.

„Ja, Sylvia, ich kann dir das jetzt sagen, weil ich selbst Christin geworden bin. Ich habe heute abend dem Herrn Jesus Christus mein Leben übergeben. Ich habe ihn als meinen persönlichen Heiland angenommen. Das war es, was ich dir sagen wollte."

Sie hatte es weitergesagt - ihr wunderbares Geheimnis. Und mit heftig klopfendem Herzen wartete sie auf die Reaktion ihrer Schwester. Aber der Spott und die Verachtung, die sie erwartet hatte, kamen nicht. Statt dessen schaute Sylvia sie mit offenen, fragenden Augen an. „Wie denn, Inge?" Ihre Stimme hatte sich zu einem Flüstern abgeschwächt. „Wie hast du das gemacht?"

Gemeinsam weinten sie, als Inge von ihrem inneren Kampf erzählte, von ihrer Sorge um Dorli und der Schuld, die sie an dem veränderten Lebenswandel ihrer Freundin trug, die unglücklichen Stunden, die sie während des Tanzes verlebt hatte. Sie erzählte davon, wie sie durch die Hilfe von Miriam und Jürgen so weit gekommen war, ihre Schuld zu bekennen und zu glauben, daß Jesus ihre Sünden vergeben würde, damit sie ein anderes Leben anfangen konnte - ein neues Leben mit dem Herrn Jesus Christus.

Sylvia hörte zu. Auf ihrem Gesicht war ein ungewohnter Ausdruck zu erkennen; ihre Sehnsucht nach diesem neuen Leben ließ sie fast rührend erscheinen. Als Inge fertig erzählt hatte, wurden sie beide ganz still.

Inge wartete auf weitere Fragen ihrer Schwester. Nach einer kleinen Pause sprach Inge noch ein stilles Gebet – das einzige Gebet, das sie wirklich beten konnte. „Herr, hilf mir!" war der Ruf ihres Herzens zum Himmel, „Herr, hilf mir, Sylvia zu helfen!"

Plötzlich brach Sylvia das Schweigen. „Weißt du, Inge, ich habe eine Frage: Glaubst du, daß du auch danach leben kannst? Ich meine, nur reden, das ist nicht so schwer. Aber morgen, wenn du Mutti und Vati gegenüberstehst; und Dorli und all den Mädchen im Büro – wie wird es dann werden?"

Inge blickte sie ruhig, aber entschlossen an. „Daran habe ich auch schon gedacht, Sylvia, und es schien mir ziemlich schwer. Aber jetzt macht es mir gar nichts mehr aus; jetzt, wo Christus mir Kraft gibt. Ich bin sicher, daß Er mir da hindurchhelfen wird. Sieh nur, wie Er mir heute abend geholfen hat. Ich war schrecklich nervös, als ich hereinkam. Ich wußte nicht, wie ich anfangen sollte."

„Ja, das kann ich mir vorstellen. Aber du warst wunderbar, Inge!"

Inge lächelte und schüttelte den Kopf. „Das bin nicht wirklich ich, Sylvia, das ist Christus in mir", sagte sie schlicht. „Und irgendwie spüre ich, daß es immer so sein wird. Ich vertraue Ihm, Sylvia, in jedem Fall."

Zitternd ergriff Sylvia die Hand ihrer Schwester, die Augen mit Tränen gefüllt. „Ich will Ihm auch vertrauen, Inge", flüsterte sie, „wenn Er für mich auch das tun will, was Er für dich getan hat!"

Die Freude dieses Augenblicks wird für Inge unvergeßlich bleiben. Noch am nächsten Morgen spürte sie dieses Glück, als sie früh aufstand und das Frühstück bereits fertig hatte, als ihre Mutter in der Küche erschien. Sylvia war auch nicht viel später.

Frau Deiger traute ihren Augen nicht, als sie in der Tür stand und sah, wie Inge Brotscheiben toastete und Sylvia den Tisch deckte.

„Was ist denn hier los?" keuchte sie. „Was hat das denn zu bedeuten?"

„Eine Überraschung für dich, Mutti!" lachte Sylvia.

„Wir wollen mit dir und Vati heute morgen beim Kaffeetrinken über etwas reden, Mutti - " begann Inge.

„Das hätte ich mir doch gleich denken können!" seufzte Frau Deiger. „Ich glaube nicht, daß ihr zwei auch jemals nur einen Handgriff hier macht, ohne daß am Ende doch etwas für euch dabei herausspringt."

„Was ist denn hier schon wieder los?" brummte auch Herr Deiger, während er im Morgenrock hereinkam. „Kann in diesem Haus denn nicht einmal fünf Minuten lang Frieden sein?"

„Gleich gibt's was", warnte ihn seine Frau. „Die beiden wollen wieder etwas von uns."

„Hm!" grunzte Herr Deiger mit finsterem Gesicht. „Ich kann euch gleich verraten, daß keiner von euch beiden auch nur einen roten Pfennig von mir kriegt. Ich könnte euch ständig zustecken. Ein Mann, der eine Frau und zwei Töchter hat, müßte ein Millionär sein, wenn er mit seinem Geld zurechtkommen will."

Frau Deiger richtete sich mit größter Würde auf. „Ich halte nicht viel von einem Mann, der um ein paar Pfennige brummt, die er für seine Frau ausgibt", sagte sie eisig.

„Davon habe ich überhaupt nichts gesagt!" erwiderte ihr Mann.

„Natürlich hast du das!"

Zu anderen Zeiten hätten sich die Mädchen auf die verschiedenen Seiten geschlagen, und der schönste Familienkrach wäre im Gang gewesen. Aber heute morgen wechselten sie nur ein paar Blicke und sagten gar nichts. Sie hatten diesen Tag mit einem gemeinsamen Gebet begonnen und fühlten sich nun gestärkt für das Gefecht, das zweifellos folgen würde; denn sie hatten sich entschlossen, den Eltern jetzt ihre Entscheidung für Jesus Christus zu erzählen. Wenn sie alle am Frühstückstisch saßen, so malten sie es sich aus, wäre dafür der günstigste Augenblick.

„Ich will euch meine Geschichte zuerst erzählen", begann Inge in ihrer direkten Art, nachdem der erste morgendliche Streit vorüber war und ihr Vater gerade den letzten Rest von seinem Schinken mit Ei verzehrte. „Gestern abend bin ich Christin geworden."

„Du lieber Gott!" keuchte Frau Deiger. „Und was warst du vorher? Ein Heide?"

Inge nickte. „Nun ja, Mutti - praktisch gesehen schon."

Herr Deiger ließ Messer und Gabel fallen. „Das ist eine Beschimpfung, wenn du so etwas zu deinen Eltern sagst", rief er heftig. „Schließlich bist du konfirmiert."

„Und wir haben euch in die Sonntagsschule geschickt, bis ihr so großartige Ideen bekamt, daß ihr nicht mehr hingegangen seid!" fügte ihre Mutter hinzu.

„Ich weiß, Mutti", versuchte Inge zu erklären, „und ich mache weder dich noch Vati irgendwie dafür verantwortlich. Aber alle diese Dinge machen aus einem Menschen noch keinen Christen - getauft werden oder in die Sonntagsschule gehen, meine ich - oder sogar zur Kirche gehen. Ein Christ ist man erst dann, wenn man an den Herrn Jesus Christus glaubt und ihn als seinen eigenen Heiland annimmt."

„Ja, das stimmt!" warf Sylvia ein, die bemüht war, sich in dieser Sache mit ihrer Schwester zu verbünden. „Inge und ich haben gestern abend darüber gesprochen; und auch ich habe den Herrn Jesus Christus als meinen Retter angenommen. Und ich bin jetzt, genau wie Inge, eine Christin."

Während der Mahlzeit ging es bei den Deigers oft hoch her; aber diese Ankündigung kam wie ein Blitz aus heiterem Himmel. Herr Deiger, der zur Frühstückszeit nie in der besten Laune war, schlug mit der Faust auf den Tisch, daß die Tassen auf den Untertassen klirrten.

„Ich möchte wissen, wer diesen ganzen Unsinn in eure Köpfe gebracht hat", fauchte er, „auf jeden Fall dulde ich das nicht! Hört ihr, ihr zwei? Das gibt es nicht!"

Sylvia war weiß im Gesicht und fühlte sich ganz und gar nicht wohl in ihrer Haut; verstohlen blickte sie zu Inge hinüber, die zu ihrer Beruhigung völlig gelassen schien.

„Wir wollen nichts tun, was du nicht billigst, Vati", sagte sie ruhig. „Aber wenn du mehr davon gehört hast, was das alles bedeutet, bin ich sicher, hast du nichts mehr dagegen."

„Ich will davon nichts mehr hören, kein einziges Wort!" erklärte ihr Vater aufgeregt.

„Du kannst sicher sein", meinte Frau Deiger, „daß es nicht lange anhalten wird. Mal wieder etwas Neues, nehme ich an, was sonst?!"

„Nein, Mutti." Inge schüttelte den Kopf und sprach mit überzeugender Stimme, „das ist für immer."

„Wir werden ja sehen", meinte der Vater verärgert. „Ich kann ja sowieso nicht mehr viel bei dir ausrichten, du bist alt genug, um einen eigenen Weg zu gehen. Aber deiner Schwester werde ich es austreiben, und wenn es das Letzte sein sollte, was ich tue!"

Inge drückte Sylvias Hand beruhigend. „Das wird nicht so leicht sein, wie du dir das vorstellst, Vati", warnte sie ihn. „Wir sind nicht allein. Christus ist immer bei uns."

Herr Deiger hatte auf diese Erklärung keine Antwort.

Inge entschuldigte sich, da sie sowieso schon eilen müsse, um ihren Zug zur Arbeit noch zu kriegen. So wurde das Thema, jedenfalls für diesen Augenblick, abgebrochen.

Kaum war sie im Büro angekommen, als ihre Freundinnen auch schon Bemerkungen über ihre ungewöhnlich gute Laune machten.

„Inge ist heute morgen gut in Form", bemerkte Marion ziemlich spitz. „Sie muß ein tolles Wochenende verbracht haben!"

„Ja, das habe ich auch!" antwortete sie spontan.

„Wohl wegen dem Tanz am Samstagabend, hm, Inge?" Dorli blinzelte die anderen bedeutungsvoll an. „War es nicht wunderbar?"

Inge schaute ihre Freundin fest an. „Du weißt, was ich davon gehalten habe, Dorli", sagte sie ernst.

Rosa lachte. „Ja, Dorli hat uns erzählt, was für ein Spielverderber du gewesen bist, Inge. Das sieht dir aber gar nicht besonders ähnlich - du mußt wohl schlechte Laune gehabt haben."

„Na ja, darüber ist sie ja ganz schnell hinweggekommen, wenn es das war", meinte Marion. „Jetzt ist sie ja wieder ganz in Ordnung."

„Sie muß gestern einen guten Tag gehabt haben, um wieder lustig zu werden", warf Margret ein, während sie eifrig damit beschäftigt war, ihre Nägel zu feilen.

„Ja, das stimmt", sagte Inge. „Der gestrige Tag hat für mich mehr als jeder andere bedeutet."

„Los, komm!" riefen sie im Chor. „Erzähl uns alles! Was hast du denn gemacht?"

Margret hörte mit der Maniküre einen Augenblick auf und sagte mit arglosem Lächeln: „Auf jeden Fall mußt du lange weg gewesen sein, Inge!"

Inge schüttelte den Kopf. „Nein, Margret, das war ich gar nicht, wie kommst du denn darauf?"

„Nun, anscheinend bist du doch zu spät aufgestanden, um dein Make-up aufzulegen”, beharrte sie mit einer Verbissenheit, die sie alle zum Lachen brachte.

„Du hast tatsächlich kein Make-up, Inge!”

„Lieber Gott, ich habe gedacht, daß ich diesen Tag nie erleben würde!”

„Warum machst du dich denn jetzt nicht zurecht, Inge?”

Inge hätte im Moment keine künstlichen Mittel nötig gehabt, um ihre Wangen zu röten. Ihr Gesicht war über und über rot.

„Nun ja”, begann sie, als sie sich schließlich Gehör verschaffen konnte, „mit dem Make-up habe ich aufgehört - und mit all diesen Dingen - seit gestern abend!”

Sie starrten sie an, als ob sie dächten, sie wäre verrückt geworden.

„Aber wieso denn, Inge?” riefen sie. „Was in aller Welt ist denn mit dir passiert?”

Inge holte tief Luft, um diesen Schwall von Fragen zu beantworten.

„Ich habe jetzt etwas Besseres gefunden, wofür ich leben kann”, sagte sie ohne Zögern. „Gestern abend habe ich mein Leben Jesus Christus übergeben, und mit seiner Hilfe werde ich ein neues Leben führen.”

Mit einem Schlag waren die „Großen Fünf” ruhig. Was sollten sie auf eine solche Erklärung sagen? Sie hätten sie auslachen können, aber ihre Ernsthaftigkeit hinderte sie daran. Sie hätten mir ihr reden können, aber es war offensichtlich, daß sie nicht umzustimmen war. Sie hätten sie ausfragen können, aber das war ein Gebiet, von dem sie alle keine Ahnung hatten; alle außer Dorli. Aber auch sie sagte nichts - obwohl ihr Gesichtsausdruck Bände sprach. Als Inge ihrem Blick begegnete, spürte sie ihre brennende Feindseligkeit und ihren Haß. Widerspruch hatte sie bei ihrer Freundin erwartet, aber nicht solche Feindschaft.

„Dorli", begann sie, als sie allein waren, „ich habe gehofft, daß du mich verstehen würdest."

„O, sie haben dich großartig eingefangen!" sagte sie nur voll Verachtung. „Ehrlich, Inge, ich glaubte, du hättest mehr Verstand."

Inge lächelte trotz dieses verletzenden Schlages. „Das ist das Allervernünftigste, was ich je getan habe, Dorli - da bin ich ganz sicher."

Dorli warf ihren Kopf zurück. „Na gut, mach, was du willst! Nur versuch' bitte nicht, mich zu bekehren. Das ist alles!"

„O, Dorli, Liebes!" Inge ergriff den Arm ihrer Freundin. „Ich wünschte, daß ich das könnte!"

Dorothea Marmann befreite sich aus diesem Griff. „Laß mich allein!" rief sie böse. „Davon habe ich mein Leben lang genug gehört; dazu brauche ich nicht auch noch dich! Ich habe gedacht, du wärest meine Freundin -"

„Das bin ich doch, Dorli - wirklich!" rief sie ernst. „Und ich werde es dir beweisen, irgendwann!"

„Wenn du wolltest, könntest du es jetzt beweisen!" Dorli zuckte die Achseln, drehte sich um und ging.

13

STEFAN MACHT EINE INTERESSANTE ENTDECKUNG

Herr und Frau Marmann saßen allein im Wohnzimmer.

Zu jener Zeit waren sie oft allein. Michael wohnte an seinem Studienort und kam nur zum Wochenende nach Hause. Obwohl er mittlerweile sein Predigtpraktikum abgeschlossen hatte, sahen sie ihn nicht oft.

Thomas stand kurz vor der Abschlußprüfung; nach dem Essen zog er sich in seine „Höhle" zurück, um zu „büffeln". Bis zum Abendbrot sah ihn niemand mehr. Aber dann kam er mit dem gesunden Appetit eines zweiundzwanzigjährigen jungen Mannes ins Eßzimmer.

Von Dorli hatten sie in den letzten Wochen auch nur sehr wenig gesehen.

„Zu Hause" schien für Dorli nichts anderes mehr zu bedeuten als ein bequemer Ort, wohin man ging, um zu schlafen und zu essen. Abends stürmte sie herein, um noch hastig das Abendessen zu verschlingen - wenn sie nicht gerade in der letzten Minute anrief, daß sie in der Stadt zum Essen eingeladen sei. Oder man sah sie, wenn sie an der Tür erschien, fertig angezogen für ihre abendliche Unterhaltung, um noch ein flüchtiges „Aufwiedersehen" zu sagen. Von ihren Vergnügungen erzählte sie nicht mehr und gab nur knappe Antworten auf die Fragen der Eltern. Oft hatten diese den Verdacht, daß ihre Tochter der vollen Wahrheit auswich; doch sie behielten ihre Gedanken weise für sich, tief traurig, wenn sie sahen, wie wild sie den Vergnügungen nachjagte. Über den Wert und die harmonische Atmosphäre ihres Elternhauses, zu dem sie ja immer noch gehörte, schien sie überhaupt nicht nachzudenken.

So klammerten sich die besorgten Eltern an den einen Trost, der ihnen blieb - an das Gebet. Mit unermüdlicher Treue beteten sie für ihre eigensinnige Tochter und trösteten sich gegenseitig mit dem Versprechen Gottes, das bis in Ewigkeit gilt und auf das ihr Leben gegründet war.

„Sind Blumen für mich gekommen, Mutti?"

Bei dem Klang ihrer Stimme schauten sie auf, als sie ihren Kopf zur Tür hereinsteckte und fragend nach ihrer Mutter blickte.

„O, ja, Kind!" Frau Marmann legte ihre Stopfarbeit nieder. „Ich habe ganz vergessen, es dir zu sagen. Dort sind sie, hinter der Tür. Der Kasten war zu groß, um ihn wie sonst auf die Flurgarderobe zu stellen, wo du ihn gleich gesehen hättest."

Herr Marmann schaute von seiner Zeitung auf. „Dieser junge Mann gibt aber eine Menge Geld für dich aus, Dorothea", bemerkte er und schüttelte mißbilligend den Kopf.

„Findest du, Vati?" Sie trat ins Zimmer und fand auch gleich, wonach sie suchte - einen großen Kasten, der das Zeichen eines bekannten Blumengeschäfts der Stadt trug.

„Ja", begann ihr Vater noch einmal, „viel zuviel."

„Was ist es denn diesmal?" fragte ihre Mutter, als Dorli ungeduldig die Verpackung öffnete. „Nicht schon wieder Orchideen?"

„Das würde mich gar nicht wundern!" gab die Tochter in dreistem Ton zurück, den sie sich erst in der letzten Zeit angeeignet hatte. „Er sagt immer, daß ich nur das Beste haben solle."

„Damit mag er recht haben", gestand ihr Vater ein, wobei er noch immer in dem gleichen strengen Ton sprach, „dennoch gefällt es uns nicht, wenn du so viele teure Geschenke annimmst - besonders, weil wir diesen Mann noch nicht einmal gesehen haben."

Dorli warf ihren Kopf zurück. „Na ja - schließlich ist er ja mein Freund und nicht eurer!"

„Das nicht, aber trotzdem möchten wir deine Freunde kennenlernen, Kind", erinnerte sie ihre Mutter. „Warum bringst du ihn nicht mal zum Abendessen mit?"

Dorli lachte voll heraus, doch ihr Lachen schien etwas Unangenehmes zu haben. „Hierher soll ich ihn bringen?" wiederholte sie. „Das wäre wirklich das Letzte, was ich machen würde!"

„Wieso denn?" kam es von ihrem Vater, der sie fragend anblickte. „Du wirst dich doch deines Zuhauses nicht schämen, oder deiner Eltern, hm?"

„Das hat damit nichts zu tun, Vati! Ihr wißt ganz genau, warum ich Georg nicht mit nach Hause bringe. Sobald er hereinkommt, würdet ihr ihm eine Bibel in die Hand drücken. Ich habe keine Lust, weitere Risiken einzugehen nach dem, was mit Inge passiert ist."

„Da brauchst du keine Angst zu haben; das würden wir nicht tun, Dorothea", antwortete Herr Marmann. „Obwohl es ihm ganz sicher nichts schaden würde."

„Aber es muß ihm doch sonderbar vorkommen, daß du ihn nicht hereinbittest, Kind!" warf ihre Mutter ein. „O nein, es liegt ihm nicht viel daran, andere Leute kennenzulernen", meinte sie leichtfertig.

Das war auch so. Georgs Haltung, so lieb sie ihr in diesem Fall auch war, verwirrte sie doch ein wenig; denn er war ebenso bemüht, nicht mit ihrer Familie zusammenzutreffen wie sie. Wenn sie ihm vorschlug, an der Straßenecke auf sie zu warten und nicht bei ihnen zu klingeln, war er sofort einverstanden. Und wenn er sie nach Hause brachte, stellte er das Auto niemals direkt vor „Karmel" ab. Das war ihr natürlich recht, aber manchmal kam es ihr doch sonderbar vor. Dennoch behielt sie ihre heimlichen Zweifel für sich, denn sie war entschlossen, daß keine Wolke ihre glückliche Zweisamkeit überschatten sollte. Während der wenigen kurzen Monate, die sie ihn kannte, lebte sie wie in einem Traum, in dem seine bezaubernde Stimme und seine reizenden Komplimente Musik für ihre Ohren waren. Er nannte sie seine „Prinzessin", und er war natürlich ihr „Märchenprinz". Sie wußte nicht viel von ihm. Er wollte niemals von sich reden – nur von ihr. Sie war natürlich glücklich, Mittelpunkt seines Interesses zu sein. Er bewunderte ihre Kleider und übersah nie, wenn sie ein neues anhatte. Er erinnerte sich an alles, was sie ihm erzählte. Manchmal hatte sie das Gefühl, daß er auch ihre Gedanken erriet. Aber darüber brauchte sie sich nicht zu wundern: noch immer wurde sie leicht rot und verriet sich damit.

Jenen Tanzabend, als er ihr gesagt hatte, daß er nicht ohne sie leben könne, würde sie nie vergessen ... Sie vergrub ihr Gesicht in die Blumen, durch die er zu ihr sprach. Es war wunderbar zu wissen, daß sie einem Menschen soviel bedeutete – einem jungen Mann, der so phantastisch war wie Georg Felden, so charmant, so liebenswürdig ...

„Und wo gehst du heute abend hin?" fragte der Vater.

Diese Frage brachte sie wieder in die Wirklichkeit zurück.

„Ins Theater, und anschließend wollen wir in einem schicken Restaurant essen." Plötzlich schaute sie auf die Uhr. „Ich muß mich beeilen – sonst bin ich zu spät!"

Sie nahm die Blumen und eilte aus dem Zimmer.

Elisabeth Marmann legte ihr Nähzeug nieder. „O, David!" rief sie, von Traurigkeit überwältigt, „ich kann einfach nicht glauben, daß das unser Kind ist."

Ihr Mann schüttelte den Kopf. „Sie hat uns hinter sich gelassen, Mutter", sagte er mit heiserer Stimme, „und alles, hinter dem wir stehen, fürchte ich."

„Hör mal!" Mit dem scharfen Gehör hatte Frau Marmann das leise Geräusch von Fußtritten vernommen. „Da ist jemand an der Tür. Ich glaube nicht – "

Sie hatten beide den gleichen Gedanken: Hatte dieser geheimnisvolle Herr Felden vielleicht beschlossen, zur Abwechslung mal bei ihnen zu klingeln? Doch sie hatten sich getäuscht. Der Besucher war niemand anders als Stefan Weller; und natürlich war jetzt auch kein anderer willkommener bei ihnen als gerade dieser junge Mann, der sie schon einige Zeit nicht mehr besucht hatte.

„Es ist nett, daß du wieder einmal bei uns vorbeischaust", rief Frau Marmann herzlich, als ihr Mann ihn ins Zimmer geleitete. „Komm, setz dich!"

Stefan lächelte dankbar. „Sie heißen mich hier immer so lieb willkommen, Frau Marmann, aber ich will nicht lange bleiben. Ich war nur auf dem Weg zu einer Versammlung in der Kirche."

„Nun, ein paar Minuten wirst du doch noch Zeit haben!" sagte Herr Marmann freundlich. „Mach es dir bequem!"

Stefan lachte. „Na gut, aber nur ein paar Minuten." Er setzte sich auf den Stuhl, den Herr Marmann ihm in die Nähe des Kamins gestellt hatte.

„Eigentlich bin ich wegen eines Buches für Thomas gekommen", erklärte er. „Am Sonntag sprachen wir darüber, und ich habe ihm ein Exemplar davon besorgen können."

„Das ist sehr nett von dir, Stefan", bemerkte Frau Marmann, „Thomas wird sich freuen."

„Ich gehe und sage ihm, daß du hier bist", schlug Herr Marmann vor. „Oder du kannst auch selbst zu ihm gehen, wenn du willst, Stefan. Du weißt doch, er ist in seiner

‚Höhle' und lernt, wie immer."

Stefan stand auf. „Vielen Dank, Herr Marmann; vielleicht gehe ich rüber zu ihm. Dann brauche ich Sie auch nicht noch einmal zu stören."

„Das Zimmer am Ende des Flurs, Stefan", erklärte Frau Marmann, als er zur Tür ging.

„Danke, Frau Marmann."

Aber gerade, als er in Höhe der Tür stand, blieb er stehen, weil er sich rasch nähernde Schritte hörte. Und im nächsten Augenblick stand er Dorli gegenüber, die gerade ins Wohnzimmer gehen wollte, um ihren Eltern, wie in letzter Zeit üblich, nur hastig „Aufwiedersehen" zu sagen.

„Stefan!" mehr brachte sie nicht heraus; und zu ihrem größten Ärger wurden ihre Wangen feuerrot.

„O, hallo Dorothea!" antwortete er und zeigte seine Überraschung nicht, obwohl sie spürte, daß seine Augen jede Einzelheit ihrer Erscheinung betrachteten. „Du willst ausgehen?"

„Ja", sagte sie steif. „Ich habe eine Verabredung und bin schon spät. So mußt du mich entschuldigen."

„Ach das macht gar nichts, Dorothea", versicherte er ihr. „Ich wollte auch gerade gehen. Dann können wir ja zusammen gehen."

Sie blitzte ihn böse an. „Ich treffe einen Freund an der Ecke", deutete sie kühl an.

Er lächelte. „Nun, ich denke doch, du wirst mir erlauben, dich bis dahin zu begleiten?" fragte er höflich.

Sie zuckte die Achseln; und das alte Gefühl von Hilflosigkeit kam ihr von neuem. Sie war ihm nicht gewachsen. Er schien sie immer dahin zu bringen, wo er wollte. „Wenn du willst!" sagte sie gleichgültig. Aber er würde sie begleiten, das wußte sie.

Stefan legte das Buch auf den Tisch. „Wenn Sie das

Thomas bitte mit einem Gruß von mir geben würden, Frau Marmann. Ich werde nicht auf ihn warten. Dorothea scheint in Eile zu sein. Und ich habe auch nicht mehr viel Zeit. Wir werden zusammen gehen."

Sie sagten „Aufwiedersehen"; und bevor sie es richtig bemerkt hatte, ging sie schon mit Stefan den Gartenweg hinab. Jedenfalls war sie froh, aus dem Haus zu sein. Die kühle Abendluft tat ihren glühenden Wangen gut und beruhigte ihr heftig klopfendes Herz. Sonderbar, Stefan Weller so in die Arme zu laufen! Was für ein unfreundliches Schicksal stand wohl dahinter?

„Häng dich bei mir ein, Dorothea", sagte er, als sie fast auf dem Gartenweg gestolpert wäre. „Es ist schon ziemlich dunkel heute abend."

Aber sie lehnte ab. „Vielen Dank, es ist ja nichts passiert!" sagte sie kurz. Ohne ein weiteres Wort kamen sie bei der Gartentür an.

„Es ist schon lange her, seit ich dich das letzte Mal gesehen habe", begann er wieder, als sie auf die Straße hinaus traten. „Du bist in der letzten Zeit auch nicht mehr in der Kirche gewesen."

„Nein!" sagte sie scharf. „Ich habe anderes zu tun gehabt."

„Was denn?" fragte er; und diese Frage war typisch für ihn.

„Also, wirklich, Stefan!" Das klang sehr ärgerlich. „Du stellst Fragen – !"

„O, tut mir leid", entschuldigte er sich. „Vielleicht hätte ich das nicht fragen sollen – aber ich kann es mir ja sowieso denken. Du gehst jeden Abend aus und machst dir eine ‚schöne' Zeit."

„Und was ist dabei?" fragte sie spitz. Sie spürte, daß er sich über sie lustig machte, obwohl davon in seiner Stimme nicht die geringste Andeutung zu finden war.

„Ich weiß ja nicht", sagte er harmlos. „Aber das war es doch, was du immer wolltest, nicht wahr, Dorothea?"

„Ja!" sagte sie trotzig.

Schweigend gingen sie einen Augenblick weiter.

„Und du hast einen charmanten jungen Mann kennengelernt, der genau ‚dein Typ' ist", fuhr Stefan fort. „Einen, der dir alles bieten kann, was du wünschst."

„Da hast du vollkommen recht!" antwortete sie lebhaft. „Und ich treffe ihn jetzt dort an der Ecke, und deshalb sage ich dir ‚Gute Nacht'!"

„Willst du mich ihm nicht vorstellen?" fragte er mit einem Augenzwinkern. „Ich hätte Lust, diesen Mann kennenzulernen, der alle Eigenschaften eines Kavaliers besitzt!"

Aber sie war nicht zum Scherzen aufgelegt. Sie konnte Georgs Auto, das an der Ecke auf sie wartete, bereits sehen; und sie fühlte sich gar nicht wohl in ihrer Haut.

„Ich fürchte, daß Georg daran nicht allzuviel Interesse haben wird - gute Nacht", sagte sie kurz. Und im nächsten Augenblick ließ sie ihn stehen.

„Georg" murmelte er, als er sie über die Straße gehen sah. „Wo habe ich diesen Namen erst neulich gehört?"

Er sah einen großen, dunkelhaarigen Mann aus dem Auto steigen, der Dorothea freundlich begrüßte. Erst half er ihr beim Einsteigen, dann stieg er selber auch ein. Zusammen fuhren sie davon.

Plötzlich erinnerte Stefan sich.

„Georg Felden!" rief er laut. „Jetzt weiß ich's!" Sein Gesicht verhärtete sich. „Das treibt er jetzt also! Hm, wir werden ja sehen!"

14

HERR FELDEN WIRD ABGEWIESEN

„Ja, bitte?" Georg Felden schaute vom Papierstapel auf seinem Schreibtisch auf, als seine Privatsekretärin hereinkam.

„Ein Brief für Sie, Herr Felden." Sie reichte ihm einen versiegelten, mit der Schreibmaschine beschriebenen Umschlag. „Ein Bote brachte ihn soeben herein und sagte, es wäre sehr wichtig. Ich mußte ihm versprechen, Ihnen diesen Brief sofort zu geben."

„Ja - danke schön!" sagte er und runzelte die Stirn, als er den Brief in Empfang nahm und die Adresse las: *„Persönlich.* Herrn Georg Felden."

Mit seiner üblichen Ungeduld riß er den Umschlag auf und zog ein sorgfältig gefaltetes Stück Papier heraus. Der Brief selbst war handgeschrieben; es stand nicht viel darauf - nur ein paar Zeilen mitten auf dem Papier.

Er faltete es auseinander und las, während sich die Falten auf seiner Stirn vertieften.

„Wer hat das abgegeben, sagten Sie?" rief er seiner Sekretärin nach, die gerade die Tür hinter sich schließen wollte.

„Ein Bote, Herr Felden."

„Ja, aber wer hat es gebracht?" fragte er ungeduldig, „ein Mann, eine Frau oder ein Kind?"

Die Sekretärin seufzte. Herrn Feldens Launen waren manchmal ziemlich anstrengend.

„Ein Botenjunge hat den Brief hier abgegeben, Herr Felden - ein junger Mann."

„Ja, aber wer war es? Kannten Sie ihn nicht?" fragte er beharrlich mit ärgerlicher Stimme.

Sie schaute ihn leicht überrascht an. Irgend etwas schien ihn nervös gemacht zu haben.

„Nein, ich habe ihn noch niemals vorher gesehen, Herr Felden. Aber warum denn? Stimmt irgend etwas nicht?" fügte sie hinzu und beobachtete ihn voll Neugier. „Sie sind so aufgeregt."

Mit einiger Anstrengung gelang es ihm, sich selbst wieder in die Gewalt zu bekommen. „Nein, nein, es ist nichts!" sagte er schnell, als ob er bemüht wäre, ihren Verdacht zu ersticken. „Bloß ein Brief von einem alten Bekannten, das ist alles!" Und während er sprach, legte er den Brief wieder zusammen, steckte ihn in den Umschlag und dann in seine Westentasche.

Die Sekretärin zögerte. „Wollen Sie den Brief gleich beantworten, Herr Felden?" fragte sie vorsichtig, womit sie ein letztes Mal versuchte, mehr über den Inhalt dieses Briefes zu erfahren. Denn es kam sehr selten vor, daß er sich von Privatangelegenheiten bei der Arbeit stören ließ. Ja wirklich, seine Angestellten wußten so wenig von seinem Privatleben, daß er unter ihnen als ein ‚gewisses Geheimnis' galt. Es wurde gemunkelt, daß er von weither gekommen wäre, um dieses Geschäft zu übernehmen, aber niemand wußte etwas Genaues.

„Nein", sagte er nur kurz auf ihre Frage. „Es gibt nichts zu beantworten." Seine Augen blickten zu Boden. „Sie können gehen."

Als er wieder allein war, saß er einen Augenblick unbeweglich da, tief in Gedanken versunken. Sogar die vielen Aufgaben seines großen Geschäftes vergaß er einen Augenblick lang. Dann zog er den Brief wieder aus seiner

Tasche und las ihn noch einmal:

„Felden – Wenn Dorothea Marmann bis zum Ende der Woche die Wahrheit noch nicht weiß, werde ich sie ihr selbst sagen. Ihr Wohl wird immer mein erster Gedanke sein. Stefan Weller.”

Das war alles. Aber es schien Herrn Felden einen ganz schönen Schlag versetzt zu haben. Jedenfalls dachte das seine Sekretärin, als sie ihn durch die Glasscheibe beobachtete, die sein Büro von dem ihren trennte. Sie hätte viel darum gegeben, diesen Brief lesen zu dürfen. Vielleicht kam er von dem hübschen jungen Mädchen, mit dem ihn neuerdings das Geschwätz der Klatschbasen in Verbindung brachte. In der letzten Zeit war er ziemlich oft mit ihr gesehen worden: in teuren Clubs und Hotels und anderen exklusiven Vergnügungsstätten. Es wurde gesagt, daß sie um einige Jahre jünger sei als er. Dennoch wurde behauptet, die Sache sei ernst. Herr Felden hatte immer betont, daß „Geschäft Geschäft sei”, und er liebte es gar nicht, durch irgend etwas von der Arbeit abgehalten zu werden. Derselbe Herr Felden dehnte in der letzten Zeit seine Mittagspausen ziemlich aus, da mußte doch was dahinter stecken! Und noch dazu dieser „persönliche” Brief.

Plötzlich bemerkte er, daß man ihn beobachtete, wenn auch aus sicherer Entfernung. Georg Felden sammelte seine zerstreuten Gedanken und machte einen lobenswerten Versuch, sich wieder auf seine Arbeit zu konzentrieren, die vor ihm lag; doch sein Versuch blieb ohne Erfolg. Am Nachmittag wurde es noch schlimmer. Schließlich gab er es auf, erhob sich und griff nach seinem Hut.

„Ich gehe”, sagte er zu seiner Sekretärin, als er krachend die Tür hinter sich zuwarf.

Unwillkürlich schaute sie auf die Uhr. Halb vier. Das war etwas sehr Ungewöhnliches bei Herrn Felden, daß er um diese Zeit schon ging, dachte sie bei sich selbst.

„Wegen eines Geschäftes", fügte er rasch hinzu, als er ihre Überraschung bemerkte. „Und ich kann noch nicht sagen, wann ich zurückkomme. Wenn mich irgend jemand sprechen will, muß er eben bis morgen früh warten."

„Geht in Ordnung, Herr Felden." Sie folgte ihm mit den Augen bis zur Tür.

„Verdammte Type!" murmelte er, als er draußen auf dem Flur war. „Sie verpaßt wirklich nichts." Er hielt einen Augenblick inne, um auch ganz sicher zu sein, daß sich der Brief in seiner Westentasche befand; dann ging er eilig weiter.

Nun, da er draußen war, lenkte er seine Schritte ins Einkaufszentrum der Stadt.

*

Es war Kaffeezeit. Dorothea Marmann unterhielt ihre Freundinnen mit Erzählungen - Erzählungen, die sie bis jetzt noch nicht hatte loswerden können. In dieser Zeit gab es soviel zu erzählen, daß die andern der „Großen Fünf" kaum zu Wort kamen. Was sie erzählte, drehte sich natürlich nur um Georg Felden.

„Er ist einfach wunderbar", seufzte sie, als sie wieder einmal eine ausgedehnte Wiederholung seines Charmes, seiner guten Eigenschaften und all seiner sonstigen Vorzüge beendet hatte.

„Was halten denn deine Eltern von ihm, Dorli?"

Diese ernüchternde Frage kam natürlich von Inge Deiger.

„Ach, meine Eltern?" Sie zuckte die Achseln. „Ich halte ihn schön fern von meinen Eltern, darauf kannst du dich verlassen!"

„Er ist wohl nicht ganz ihr Typ, hm?" meinte Rosa.

„Nein, wirklich nicht“, stimmte Dorli ihr eifrig zu. „Es ist eine ganz schöne Belastung, solch ein Zuhause, wie ich es habe.“

Inge, als einzige von den „Großen Fünf“, schien anderer Meinung. „Sag so etwas nicht, Dorli!“ bat sie. „Eines Tages wirst du Gott dafür danken, daß du ein solches Elternhaus hattest.“

„Fang nicht wieder an zu predigen, Inge!“ gab Dorli schnippisch zur Antwort. „Langsam bin ich das leid!“

„Laß sie doch in Frieden, Inge! Davon hört sie zu Hause wirklich genug!“

„Nirgends ist es so schö-ö-ön wie zu Hause“, trällerte Margret unbeschwert.

Irgend jemand warf einen Teelöffel, der Margret um ein Haar an den Kopf geflogen wäre.

„Hör' auf mit dem Quatsch!“

„Das müßte eigentlich Dorlis Erkennungsmelodie sein!“ lachte Marion.

Dorli schüttelte den Kopf. „Nirgends ist es so schön wie zu Hause - von mir aus. Aber ich gehe lieber heute als morgen. Ich warte nur noch auf die Gelegenheit, dann sehen sie mich zu Hause so schnell nicht mehr.“

„Sag', wann es dir paßt, Dorli!“ Rosa nahm sie ganz unerwartet beim Wort. „Eine Freundin von mir sucht jemand, der ihre ‚Junggesellenbude' übernehmen will. Allerdings nur für ein halbes Jahr, während sie verreist ist.“

„Nein!“ rief Dorli, die ganz gespannt vor Aufregung über diese neue Möglichkeit war.

„Doch. Und es ist ein Traum von einer Wohnung! Mit allen Schikanen und sehr hübsch eingerichtet.“

„Das würde mir gefallen!“ seufzte Dorli sehnsüchtig.

Inge blickte erschrocken drein. „Das ist sicher viel zu teuer; so etwas kannst du dir doch gar nicht leisten!“

warnte sie die Freundin.

Diese lachte. „Meinst du? Das kann man nie wissen. Mit ein wenig Glück! Gestern abend habe ich dreißig Mark gewonnen. Georg sagte, daß ich seine Glücksfee sei - wir gewinnen immer, wenn wir zusammen spielen."

„Dreißig Mark!" wiederholte Marion. „Du spielst aber mit einem ganz schön hohen Einsatz!"

„Jetzt verstehe ich!" lachte Rosa. „Du wirst langsam ein eingefleischter Spieler!"

Dorli gluckste. „Nun, dafür müßt ihr Inge verantwortlich machen. Sie hat es mir beigebracht!" Und sie zeigte mit dem Finger auf Inge.

Inge nickte ernst. Sie wollte nicht gern an diese traurige Tatsache erinnert werden. Wie oft schon tat ihr die erste „Nachhilfestunde" im Kartenspielen leid, die sie Dorli gegeben hatte! Damals hatte sie sie dazu ermuntert, damals bei sich zu Hause. Wenn sie damals gewußt hätte . . .

„Ja, ich habe es dir beigebracht, Dorli", sagte sie traurig. „Ich wünschte nur, ich könnte dir wenigstens etwas von dem beibringen, was ich seitdem gelernt habe!"

„Wir wollen deine Predigten nicht hören, Inge!" rief Marion.

Inge lächelte. „Es scheint ohnehin nicht viel Sinn zu haben, leider!"

Rosa schaute sie tückisch an. „Das kann man nie wissen, Inge! Vielleicht werden wir eines Tages auch ganz brav!"

„Ein Glück", sagte Dorli unbeschwert, „daß ich Georg habe, der mir alles beibringt, was ich wissen will."

Daß Georg Feldens Name schon wieder erwähnt wurde, war einfach zu viel für Inge. „Ach, Dorli, er richtet dich zugrunde!" rief sie impulsiv, „merkst du das denn nicht?"

Dorlis Gesicht wurde rot vor Zorn. „Überlege gut, was du sagst, Inge!" warnte sie mit Nachdruck. „Er ist mein

Freund, vergiß das nicht!"

Marion roch Ärger. „Ach, nun hört doch auf, ihr zwei! In der letzten Zeit scheint ihr euch ständig zu streiten!"

Inge biß sich auf die Lippe. Ja, Marion hatte recht. Dorli und sie waren dauernd verschiedener Meinung; doch das brachte sie ganz und gar nicht weiter. Sie mußte wohl ihre Taktik ändern.

„Es ist Zeit, wir müßten eigentlich alle schon wieder an unserem Arbeitsplatz sein", bemerkte sie und wechselte damit das Thema. „Wir dehnen unseren Nachmittagskaffee immer allzulange aus."

Aber keiner von den anderen nahm diesen Hinweis zur Kenntnis. Inge stand auf und ging allein; die anderen bemerkten es noch nicht einmal, weil Dorli inzwischen mit einer neuen Erzählung begonnen hatte.

Inge achtete sehr darauf, bei ihrer Arbeit pünktlich zu sein. Diese rühmenswerte Eigenschaft besaß sie allerdings erst seit ihrer Bekehrung. Von da an nahm sie es selbst mit den kleinen Dingen genau, denn auch dadurch konnte sie ein Zeugnis für ihren Herrn ablegen. Eigentlich waren es nur Kleinigkeiten: Pünktlichkeit, gewissenhaft sein mit allem, was ihr vorgelegt wurde, hilfsbereit gegen jeden und, wenn sich die Gelegenheit bot, auch ein wenig mehr tun, als man von ihr erwartete. Wann immer sie Christus auf diese Art und Weise bezeugte, wurde ihr die Gegenwart des Herrn neu bewußt und ihr Glaube sehr gestärkt.

Auf dem Weg an ihren Arbeitsplatz mußte sie an der Auskunftsstelle vorbei. Sie bemerkte, daß die Stelle nicht besetzt war, daß aber jemand davor wartete.

Sie ging auf den Mann zu, der dort mit dem Rücken zu ihr stand. „Kann ich Ihnen behilflich sein?" begann sie.

„O ja, bitte!" Er drehte sich rasch um, und sie standen sich gegenüber – jetzt allerdings nicht mehr als Fremde.

„Herr Felden!" keuchte sie.

Er lächelte. „Sie sind Inge, nicht wahr?"

Sie nickte nur, denn sie war wie betäubt, sagte aber nichts.

„Sie werden mir doch diese Vertraulichkeit nicht übelnehmen?" fuhr er sanft fort. „Aber ich glaube, wir sind einander niemals richtig vorgestellt worden. Dennoch – Dorlis Freunde sind auch meine Freunde."

Inge ging einen Schritt zurück. „Ich wünschte, ich könnte das gleiche sagen, Herr Felden", antwortete sie kühl.

Seine Augen verengten sich, aber sein Gesicht zeigte noch immer den gleichen milden Ausdruck, „Ach, bitte, Inge – ich habe gerade gedacht, was für ein Glück ich doch gehabt habe, daß Sie hier sind. Ich wollte Sie gerade um einen Gefallen bitten."

„Was für einen Gefallen, Herr Felden?" Bei diesen Worten spürte sie, wie ihr Atem schneller ging.

Er senkte seine Stimme zu einem vertraulichen Ton. „Ich wollte nur ein paar Worte mit Dorli sprechen. Würden Sie sie bitte herholen, ja?"

Mit bleichem, aber entschlossenem Gesicht schüttelte Inge den Kopf. „Ich fürchte, nein, Herr Felden", sagte sie fest. „Es ist verboten, hier während der Arbeit persönlichen Besuch zu empfangen."

„Aber Sie könnten es mir zu Gefallen trotzdem tun?"

Wieder schüttelte sie den Kopf. „Nein", sagte sie beharrlich, „das kann ich nicht."

Sein Gesichtsausdruck veränderte sich. „Sie meinen – Sie wollen nicht?" knurrte er ärgerlich.

Sie schaute ihm gerade in die Augen. „Das stimmt, Herr Felden", sagte sie offen, „selbst wenn ich es könnte, würde ich es nicht tun."

Georg Felden wurde nur mit Mühe Herr über seine

innere Bewegung. Er war es nicht gewöhnt, daß man seine Pläne durchkreuzte. So ein dummes, junges Ding wie Dorlis Freundin war ihm sicherlich noch nie in den Weg gekommen.

„Vielen Dank!" sagte er ironisch. „Jetzt weiß wenigstens jeder von uns genau, wo der andere steht."

„Ja", sagte sie mit trockenen Lippen.

„Ich werde das nicht vergessen", fügte er mit kalter, berechnender Miene hinzu.

Bei seinen Worten begann sie zu verstehen. Und während sie ihn auf seinem Rückzug beobachtete, kam er ihr wie ein unheilvoller Schatten vor, der über ihrem und über Dorlis Leben lag.

15

STEFANS UNERWARTETE NACHRICHT

Eine vergnügungsreiche Woche lag hinter Dorli. Jetzt, am Samstagabend, sollte das kommen, was ihr Georg als „Höhepunkt" versprochen hatte: ein Tanzabend und vorher ein „großes" Essen. Doch sie war nach dieser Woche fast zu müde, um das alles richtig zu genießen.

„Was ist mit dir, Schatz?" fragte er zärtlich, als sie ihm zum zweiten Mal für diesen Abend einen Tanz abschlug.

Sie schaute ihn lächelnd an. „Ich bin einfach zu müde, Georg, das ist alles", gestand sie, wobei sie sich noch bemühen mußte, ein Gähnen zu unterdrücken.

Er legte seinen Arm um sie. „Das geht doch nicht, meine kleine Prinzessin!" sagte er aus Spaß. „Komm, wir gehen an die Bar und trinken etwas, dann wird es dir schon wieder besser gehen."

Gern ließ sie sich von ihm aufhelfen. Als er sie hinausgeleitete, hängte sie sich an seinen Arm.

„Worauf hast du Lust, Schatz?" fragte er, und sein Gesicht war dem ihren dabei sehr nahe.

Doch Dorli fühlte sich schrecklich übermüdet. Am liebsten hätte sie geweint. Denn trotz ihres sicheren Auftretens, das sie sich in der letzten Zeit angewöhnt hatte, war ihr diese Art von Leben doch ziemlich neu. Das tägliche Ausgehen bis spät in die Nacht hinein forderte nun seinen Tribut.

Sie schaute zu ihrem Begleiter auf, und ihr Gesicht sah trotz einer Menge Make-up müde und bedrückt aus.

„Ich - ich glaube, es klingt furchtbar albern", ihre Stimme stockte, „aber ich möchte am liebsten nach Hause gehen!"

„Wieso albern? Aber natürlich können wir nach Hause gehen, Liebling!" lachte Felden sanft.

„Du - du bist nicht böse?" Sie schaute ihn ängstlich an.

„Böse?" wiederholte er und zog sie ein wenig näher an sich. „Dein Wunsch ist mir Befehl, mein Engel. Ich will dich allezeit nur glücklich machen. Das weißt du doch, oder?"

Seine Stimme war so weich und sanft, seine Worte so lieb und tröstend, und die Berührung seiner Hand belebte ihren müden Körper. „Du bist so verständnisvoll, Georg!" seufzte sie zufrieden und lehnte ihren Kopf an seine Schulter. „Du bist einfach wunderbar!"

Statt einer Antwort drückte er sie noch fester an sich. Langsam, ohne ein Wort zu sprechen, gingen sie zur Tür.

Die kalte Luft draußen ließ sie zittern. Fürsorglich half er ihr, den Mantel zu schließen, weil ihr dünnes Abendkleid keinen Schutz gegen die grimmige Kälte bot.

„Willst du hier auf mich warten, bis ich das Auto geholt habe, ja?" fragte er besorgt.

„Nein, Georg." Sie hängte sich an seinen Arm. „Ich gehe mit dir."

So gingen sie zusammen dorthin, wo er sein Auto abgestellt hatte; ein Weg von etwa fünf Minuten, in einem ruhigeren Teil dieser Straße. Er half ihr beim Einsteigen und setzte sich dann hinter das Lenkrad.

„Jetzt sind wir gleich zu Hause!" sagte er fröhlich und versuchte damit, ihre müden Sinne wieder zu beleben.

Aber es sollte nicht ganz so leicht sein, denn sein Wagen sprang nicht an, sooft er es auch probierte; mit jedem Versuch wuchs sein Ärger. Ungeduldig zog er die verschiedenen Kontrollknöpfe am Armaturenbrett, trat mit seinem Fuß auf das Gaspedal, öffnete schließlich die

Motorhaube und fingerte an der Maschine herum, bis ihm der Schweiß auf der Stirn stand. Doch alle seine Mühe war zwecklos. Das Auto sprang einfach nicht an.

„Vielleicht hast du kein Benzin mehr drin", meinte Dorli, denn sie wollte auch irgendwie helfen.

„Natürlich habe ich noch Benzin drin!" schnauzte er sie ärgerlich an. „Siehst du denn nicht, daß die Benzinuhr ‚voll' anzeigt?"

Ihre Lippen zitterten. Das war ein ganz anderer Georg, der so zu ihr sprach. „Es tut mir leid", sagte sie verängstigt.

Er richtete sich auf, wischte seine öligen Finger am Taschentuch ab und versuchte zu lächeln, damit sie seine schlechte Laune nicht so sehr merkte.

„Das habe ich nicht so gemeint, Liebling", fügte er hastig hinzu. „Ach, dieses verdammte Auto - sich so aufzuspielen, wenn ich dich nach Hause bringen will! Das kann jetzt noch Stunden dauern!"

Sie stand neben ihm auf der Straße. „Um mich brauchst du dir keine Sorgen zu machen - ich kann ja zur Straßenbahn gehen", schlug sie vorsichtig vor.

Er lachte. „Das geht wirklich nicht, Liebes. Wir sind mehr als einen Kilometer von der nächsten Station entfernt. Nein, wenn ich das Auto nicht in ein paar Minuten zum Laufen bringe, dann werde ich versuchen müssen, für dich ein Taxi zu finden. Irgendwie wirst du schon nach Hause kommen."

„Sie suchen ein Taxi?" Sie waren beide überrascht, als sie die tiefe Stimme eines Mannes ganz dicht neben sich hörten, denn keiner hatte sein Kommen bemerkt.

„Ist irgend etwas nicht in Ordnung?" fuhr der Mann fort. Als dann das Licht der Straßenlampe auf sein Gesicht fiel, erkannten sie ihn beide.

„Stefan!" keuchte Dorli.

Wenn sie ein bißchen weniger verwirrt gewesen wäre, hätte sie merken müssen, daß Georg weit weniger überrascht war als sie. Sie verspürte keine Lust, sie einander vorzustellen. Außerdem schien eine Vorstellung gar nicht nötig zu sein.

„Ach ja - ‚herumschnüffeln' wie gewöhnlich - was?" Felden legte so viel Widerwillen und Ärger in seine Stimme, wie er nur konnte.

Aber Stefan ließ sich nicht aus der Ruhe bringen. „Ich habe mich ein wenig umgeschaut", gab er zu, „aber ein solches Vergnügen konnte ich wohl kaum voraussehen."

„Was machst du hier?" fragte Dorli unruhig.

„Ich bin gerade hier vorbeigegangen!" antwortete er beiläufig. „Möglicherweise ist das sogar gut. Vielleicht kann ich irgendwie helfen?"

Feldens Lippen wurden schmal wie ein Strich. „Wenn ich Ihre Hilfe brauche, dann werde ich Sie darum fragen - vielen Dank!"

Stefan überhörte den Spott, der in seinen Worten lag. „Von Autos verstehe ich nicht sehr viel", fuhr er fort, „aber ich könnte Dorothea für Sie nach Hause bringen."

Die Blicke der beiden Männer trafen sich, und jeder wußte genau, wo der andere stand. Und während Felden wegen seines Betruges in die Enge getrieben schien, war Stefan Weller voll Vertrauen, weil er wußte, daß er zuletzt doch gewinnen würde.

„Sie sind zu freundlich!" höhnte Felden. „Aber ich glaube, ich bin doch noch in der Lage, mich um meine Sachen selbst zu kümmern!"

„Ja, und eine junge Dame lassen Sie hier in der Kälte auf der Straße stehen und sich den Tod holen!"

„Um mich braucht ihr euch keine Gedanken zu machen!" protestierte Dorli und schaute besorgt von einem zum andern.

Aber die Spannung dieses Zusammentreffens am Ende einer solch ermüdenden Woche, das war einfach zu viel für sie, plötzlich wankte sie unsicher hin und her.

„Wir müssen uns doch um dich Sorgen machen!" sagte Stefan schnell, trat einen Schritt auf sie zu und stützte sie mit seinen starken Armen. „Du bleibst keinen Augenblick länger hier. Ich hole sofort ein Taxi!"

Sie war einfach zu müde, um Widerstand zu leisten und ließ sich von ihm führen. Georg Felden schaute den beiden nach. Wütend biß er sich auf die Lippen; doch weniger, weil ihn das Versagen seines Autos ärgerte. Es war etwas anderes.

„Es mußte wohl so kommen - eines Tages", murmelte er vor sich hin, „aber ich bin nicht besiegt, Stefan Weller - noch nicht!"

*

Erst als sie im Taxi saßen, kam Dorli wieder richtig zu sich. Und sofort begann sie, fast hysterisch, ihm Vorwürfe zu machen und ihn zu beschimpfen.

„Ich wollte nicht mit dir kommen - das weißt du ganz genau!" rief sie in sinnlosem Protest. „Du hast dich ganz gemein gegen mich benommen. Aber das tust du ja immer!"

„Nein, Dorothea, das ist nicht wahr - du weißt, daß das nicht wahr ist", sagte er in einem Ton, der ihren Ausbruch zügelte und sie in die Schranken wies.

„Jedenfalls hast du dich ganz gemein Georg gegenüber benommen!" erklärte sie. „Und ich weiß nicht, was er jetzt von mir denken wird!"

Stefan schüttelte den Kopf. „Ich glaube, daß er sich im Moment mehr Sorgen darum macht, was du jetzt von ihm denken wirst."

„Wie meinst du das?" fragte sie. „Georg kann doch

nichts dafür, wenn sein Auto nicht anspringt."

„Es geht nicht um sein Auto", sagte Stefan grimmig. „Es ist etwas viel Ernsteres!"

„Ich weiß nicht, wovon du sprichst!" rief sie ungeduldig.

Stefan schaute sie ernst an. Irgend etwas in seinem Gesichtsausdruck zwang ihr eine gewisse Aufmerksamkeit ab, wenn auch gegen ihren Willen.

„Dorothea", begann er, „da ist etwas, das du eigentlich wissen solltest – "

„Über Georg?" unterbrach sie ihn gleich.

„Ja."

„Dann werde ich nicht hinhören, was du sagst!" Trotzig warf sie den Kopf zurück. „Ich glaube nicht, was man hinter dem Rücken eines anderen erzählt."

„Ich rede nicht hinter seinem Rücken", erklärte Stefan beharrlich. „Felden weiß genau, was ich dir jetzt hier sage. Darüber brauchst du dir keine Gedanken zu machen."

„Was weiß er?" Diese letzte Erklärung hatte sie etwas bereiter gemacht zuzuhören.

„Felden weiß, was ich dir jetzt erzählen werde", wiederholte er noch einmal. „Ja, er hätte mir sogar diese unerfreuliche Pflicht abnehmen können, wenn er Mut genug gehabt hätte, es dir selbst zu sagen."

Dorli hatte sich nun vom Angriff auf Verteidigung umgestellt. „Trotzdem kann ich nicht einsehen, was das mit dir zu tun hat, Stefan Weller!"

Er schaute sie an, und sein Blick machte sie ziemlich unsicher. „Dein Wohl hat eine ganze Menge mit mir zu tun, meine Liebe", sagte er verbissen. „Ich kann das nicht sehen, wie du dich an diesen Georg Felden wegwirfst."

Sie drehte sich um. „Was weißt du denn über Georg?" fragte sie unwillig.

„Eine ganze Menge mehr, glaube ich, als du", erwiderte er, ohne auch nur einmal seinen Blick von ihrem Gesicht zu wenden. „Was weißt du denn schon von ihm? Hat er dir jemals etwas von seinen persönlichen Dingen erzählt?"

Sie fühlte sich unsicher. Natürlich hatte Georg ihr sehr wenig von sich selbst erzählt; aber von allen Leuten würde sie das Stefan am allerwenigsten eingestehen!

„Ich habe ihn nie danach gefragt!" sagte sie mit soviel Würde, wie sie in ihrer Erschöpfung noch aufbringen konnte.

Einen Augenblick lang herrschte Schweigen; dann begann Stefan wieder. Und seine Worte kamen langsam und überlegt. „Du solltest ihn aber einmal fragen - und zwar nach seiner Frau."

Das ahnungslose junge Mädchen starrte ihn wie betäubt an. „Seine - Frau?" wiederholte sie leise.

Stefan Weller lehnte sich zurück, als ob er sich auf den nun kommenden Sturm vorbereiten wollte.

„Ja", sagte er noch immer in demselben festen, gleichmäßigen Tonfall. „Georg Felden ist verheiratet."

Dorothea öffnete den Mund, um zu sprechen; aber sie konnte nicht. Georg Felden - *verheiratet!* Eine unaussprechlich große Dunkelheit schien sie zu umschließen, und sie drohte zu ersticken. Der Motor des Autos klang ihr wie das Tosen des Ozeans, der sie verschlingen wollte. Instinktiv hielt sie sich mit den Händen die Ohren zu, um das Geräusch nicht mehr hören zu müssen.

Georg Felden - *verheiratet!* Das Taxi fuhr schneller. Lichter, Straßen, Gebäude; alles verschwamm ihr vor den Augen. Näher - näher . . . Gleich würden sie gegen die Mauer prallen. Sie zog den Kopf ein, um ihnen auszuweichen und schrie plötzlich auf, als ihr Kopf das Rückenpolster des Wagens berührte.

„Dorothea - Dorli!"

Stefans Stimme klang, als käme sie von ganz weit her. Aber die Berührung seines Armes, der sie zu beruhigen suchte, brachte sie wieder zu Bewußtsein; und sie wand sich frei.

„Laß mich in Ruhe!" rief sie hysterisch.

Er zog sich wieder zurück, denn er war erleichtert, daß sie sich von ihrem Zusammenbruch erholt hatte.

„Dorothea, es tut mir leid, daß ich dich so aufgeregt habe", begann er etwas ungeschickt, „aber – "

„Leid?" Krampfhaft rang sie die Hände, und ihr Atem kam in schnellen, kurzen Zügen. „Dir tut nichts leid – im Gegenteil, du kannst froh sein! Du warst schon immer auf Georg eifersüchtig. Aber du brauchst dir gar nicht einzubilden, daß du irgendeine Chance hättest. Weil – weil – ich hasse dich! Damit du es weißt!"

Sonderbarerweise entflammte ihr Zorn nicht gegen den Mann, der sie betrogen hatte, sondern gegen den, der ihr diesen wundervollen Glückstraum zerstört hatte. Der Boden war ihr unter den Füßen weggeglitten, und sie fand sich am Rand eines furchtbaren Abgrunds. Und dafür machte sie nicht Georg Felden, sondern Stefan Weller verantwortlich!

„Ich kann mir denken, daß das für dich ein schrecklicher Schlag ist, Dorothea."

„Es ist einfach absurd – lächerlich!" keuchte sie, als ob sie sich selbst überzeugen wollte. „Das kann nicht wahr sein!"

Stefan holte tief Luft. „Nun, ich habe es dir gesagt", antwortete er seufzend, „und muß es dir überlassen, meine Worte nachzuprüfen, wenn du mir nicht glaubst."

Die Woge blinder, sinnloser Wut, die ihre erste Reaktion gewesen war, war inzwischen verebbt, und sie schaute ihn mit bleichem Gesicht an. „Woher weißt du das eigentlich?"

Das Taxi hielt an, und Stefan schwieg eine Weile, während er die Hand schon auf dem Türgriff hatte.

„Ich kenne ihn von der Armee her", sagte er langsam. „Jeder kannte ihn dort. Er machte seiner Frau das Leben zur Hölle, bis sie ihn schließlich verließ. Als ich ihn gestern abend sah und seinen Namen hörte, wußte ich, daß er es war." Er hielt einen Augenblick inne und fuhr dann fort: „Er weiß, daß ich darüber informiert bin. Ich habe ihm einen Brief geschrieben: wenn er es dir nicht selber sagen würde, dann würde ich es tun. - Das ist die ganze Geschichte. Den Rest mußt du von Felden selbst erfahren."

Sie gab keine Antwort; er half ihr aus dem Wagen, bezahlte den Fahrer und brachte sie bis zur Gartentür.

„Karmel" schaute wie ein stiller Wächter auf sie herab und zeichnete sich wie ein Bollwerk gegen den Himmel ab - einen Himmel, der dunkel und drohend aussah.

„Gute Nacht, Dorothea." Seine Stimme klang barsch und heiser, weil er sich mit aller Kraft zusammennehmen mußte; denn wie gern hätte er sie in seine Arme genommen, um sie vor all dem Unglück zu beschützen, das bald über sie hereinbrechen mußte.

„Gute Nacht", sagte sie gleichgültig und wandte sich dem Haus zu.

Er blieb stehen und schaute so lange, bis „Karmel" sie in seinen friedlichen Schatten aufgenommen hatte. Dann seufzte er erleichtert auf. Die Zukunft war sicher für Dorothea Marmann - mit einem solchen Zuhause.

16

FAMILIENOPPOSITION

„Wie schön, Dorli, daß du heute abend wieder einmal bei uns hier zu Hause bist", sagte Frau Marmann herzlich zu ihrer Tochter, als sie ihren Sessel näher zum Kamin stellte.

„Ja, heute sind wir mal alle zu Hause, nicht wahr?" sagte Thomas fröhlich, während er in die Runde schaute.

Das war bei Marmanns schon lange nicht mehr vorgekommen. Einer fehlte meistens, aber heute abend war die Familie vollzählig.

Herr und Frau Marmann waren sehr selten außer Haus. Es wäre außergewöhnlich gewesen, wenn man die zwei abgenutzten Sessel, die jeden Abend vor den Kamin gestellt wurden, einmal leer gefunden hätte. Auch jetzt saßen sie wieder dort; David mit seiner Zeitung und Elisabeth mit ihrem Nähkorb. Die dunkle Wolke, die sie die ganze Zeit überschattet hatte, schien heute abend verschwunden zu sein, weil sie endlich wieder einmal alle zusammen saßen.

Michael mußte an diesem Wochenende nicht zur Universität. Mit einigen anderen Studenten sollten sie einem Evangelisten bei der Gestaltung einer Missionswoche helfen. Als erfahrener Prediger, der diese Veranstaltung leiten sollte, schätzte er die Mitarbeit einiger Studenten. Michael war die Aufgabe zugefallen, die erste Predigt zu halten. Nachdenklich saß er an seinem Schreibtisch. Er hatte die Bibel in verschiedenen Übersetzungen und einige

Nachschlagewerke und Kommentare vor sich liegen. Mit ganzer Konzentration widmete er sich der Aufgabe, seine Predigt vorzubereiten. Und doch schienen die Resultate nicht sehr befriedigend, denn sein Notizpapier war noch völlig leer. Ehrlich gesagt, fiel es ihm heute abend ziemlich schwer, sich zu konzentrieren. Er hatte einen harten Tag hinter sich. Vom frühen Morgen an hatte er zusammen mit dem Evangelisten Besuche gemacht. Was er dabei gesehen und gehört hatte, beeindruckte ihn tief. Diese Art des Dienstes war ganz neu für ihn und darum eine wertvolle Erfahrung.

Thomas hatte sich am Ende des Tisches niedergelassen; er war dabei, so etwas Ähnliches wie ein Puzzlespiel für seine Sonntagsschuljungen vorzubereiten. Den Unmengen von Einzelteilen nach zu urteilen, die er um sich herum verteilt hatte, würde er dazu viele Stunden brauchen. Gewöhnlich machte er solche Vorbereitungsarbeiten draußen in seiner „Höhle"; aber diesmal war er drinnen geblieben, um auch mal einen Abend mit der ganzen Familie zusammenzusein. Es kam ja äußerst selten vor, daß beide - Michael und Dorli - am selben Abend zu Hause waren.

Hinter Dorlis Anwesenheit heute abend lag eine lange Geschichte - eine Geschichte, von der ihre Familie nichts wußte. Seit dem letzten Wochenende war sie völlig verändert; sie hatten das wohl bemerkt, konnten den Grund dafür aber nicht finden. Fast den ganzen Sonntag war sie mit rasenden Kopfschmerzen und Fieber im Bett geblieben. Trotzdem ging sie am Montag wie gewöhnlich zur Arbeit und kehrte am Abend in besserer Stimmung zurück. Sie war sogar fest entschlossen gewesen auszugehen, obwohl die ganze Familie geschlossen protestierte. Ach, wenn sie nur gewußt hätten, wie nutzlos ihr Protest war. Denn Dorli hatte an diesem Morgen eine Karte bekommen - inzwischen war sie schon in ihrem Schmuckkästchen versteckt – , die einem wundervollen Strauß roter Rosen beigelegt war; man hatte sie ihr ins Büro gebracht! Und auf der Karte stand: „Komm heute abend zu mir, und ich werde dir alles erklären. Rote Rosen bedeuten Liebe. G. F."

Natürlich war sie gegangen. Von ihm selbst hatte sie dann die andere Seite der Geschichte gehört. Er erzählte ihr von dem unglücklichen Leben, das er bisher geführt hatte, und was für ein schrecklicher Fehler seine Ehe gewesen war; wie seine Frau ihn verlassen hatte; was für unglückliche Tage dann folgten . . . „Ich habe das Glück nie kennengelernt, bis ich dich fand, Liebling", hatte er ihr gestanden. Doch noch immer waren Zweifel in ihrem Herzen gewesen.

„Warum hast du mir das alles nicht früher gesagt, Georg? Warum hast du mich betrogen?" hatte sie ihn gefragt. Und seine Antwort war ihr sehr zu Herzen gegangen: „Was ich getan habe, war falsch, mein Engel, ich weiß, aber ich konnte mich nicht dazu überwinden, es dir zu sagen; es hätte ja sein können, daß ich dich dann verloren hätte. Ich kann doch ohne dich nicht leben!" Und er fuhr fort: „Ich hoffe, daß die Scheidung in der nächsten Zeit durchkommen wird. Wenn du willst, dann könnten wir uns ja so lange nicht treffen, bis ich wieder ein freier Mann bin – oder wir könnten so weiterleben wie bisher, weil wir ja wissen, daß wir sobald als möglich heiraten werden; so wäre das eben wie eine lange Verlobungszeit. Aber ich will dir die Entscheidung überlassen und dich nicht beeinflussen, und ich möchte auch nicht, daß du diesen Entschluß übereilt triffst." Er fand, sie könne ruhig noch einen Tag darüber nachdenken. Morgen würden sie sich dann nicht sehen, erst wieder am Mittwoch zur gewohnten Zeit und am gewohnten Ort. Wenn sie dann nicht dasein würde, wüßte er, daß sie ihn so lange nicht sehen wollte, bis er die ganze unglückliche Angelegenheit hinter sich gebracht haben würde. Wenn sie aber käme, so sagte er, würde das bedeuten, daß Stefan Wellers verächtlicher Versuch, sie auseinanderzubringen, gescheitert wäre, und daß ihre Liebe zu ihm gesiegt habe, daß er unsagbar glücklich sein würde. Aber er würde natürlich ihre Entscheidung bis Mittwoch abwarten - seine Zukunft liege in ihrer Hand . . .

Deshalb blieb Dorli Dienstagabend zu Hause. Aber sie war keine sehr gesprächige Gesellschafterin. Und die Familie, die ja nicht wußte, welch schwere Last sie niederdrückte, meinte, daß ihr vielleicht nicht gut sei. Sie hatte sich ein wenig beiseite gesetzt und stickte ein paar Perlen auf ihr neuestes Abendkleid. Als man sie bat, sich doch näher zu ihnen zu setzen, antwortete sie nur, daß sie hier besser sehen könne. Und sie konnten nichts daran ändern.

„Du solltest heute abend einmal früh schlafen gehen, Dorothea", sagte der Vater freundlich. „Du bist sonst immer so spät ins Bett gekommen."

„Du siehst wirklich sehr müde aus, Liebes", fügte ihre Mutter besorgt hinzu.

Sie meinten es alle beide gut, denn das bleiche und übermüdete Gesicht ihrer Tochter tat ihnen leid; doch Dorli war nicht gerade in der Verfassung, sich gute Ratschläge anzuhören.

„Ach, du lieber Gott!" rief sie ärgerlich, „könnt ihr mich nicht einen Augenblick in Ruhe lassen? Ich bin keine fünf Minuten in diesem Haus, ohne daß einer etwas an mir herumzumeckern hat!"

Thomas schaute von seiner Arbeit auf und blickte seine Schwester offen an. „Ja, Dorli", begann er lächelnd, „ich weiß ja nicht, wer an dir immer etwas auszusetzen hat, aber, ehrlich, du siehst auch nicht so aus, als wärest du mit allem zufrieden! Du siehst so richtig fertig aus."

„O, herzlichen Dank!” Ihre Augen blitzten gefährlich. „Herzlichen Dank für das Kompliment!”

„Und”, fuhr Thomas ebenso offen und freimütig fort, „wenn du wirklich in den letzten drei Monaten eine schöne Zeit gehabt hast, dann sieht man es dir auf jeden Fall nicht an!”

„Findest du?” antwortete sie barsch. „Tom, wenn mich deine Meinung interessiert, dann werde ich dich danach fragen.”

Thomas lachte. „Du hast sie eben gerade gehört, auch wenn du nicht danach gefragt hast, Kleines!”

„Aber Kinder!” rief Frau Marmann, „wir wollen doch diesen Abend nicht mit einer Streiterei verderben.”

„Wer streitet denn?” fragte Dorli angriffslustig. „Jetzt sagt ihr ganz bestimmt, daß ich damit angefangen hätte!”

„Bitte, Dorothea!” David Marmann nahm seine Brille ab und begann, sie mit unruhiger Hand zu putzen. „Es ist nicht nötig, daß du so sprichst. Wir sind schließlich eine Familie. Wir gehören alle zusammen, und wir haben uns doch alle lieb, da sollte es uns auch möglich sein, in einem netten Ton miteinander zu reden.”

Dorli seufzte, aber sie sagte nichts. Eine neue Lektion, dachte sie.

„Das hat der Familienkrach anderen Gemeinschaften voraus”, fuhr ihr Vater fort. „Freunde können Angst haben, offen zu uns zu sprechen, wenn sie uns damit vielleicht verletzen können. Aber davor braucht man im Familienkreis keine Angst zu haben. Wenn wir etwas sagen, dann nur, weil wir es gut miteinander meinen. Denn das Wohl des einen ist unser aller Wohl. Du weißt doch, wir sind alle ‚Reben eines Weinstocks’, wie die Bibel es ausdrückt.”

Als die Bibel erwähnt wurde, wandte man die Aufmerksamkeit wieder einmal Michael zu; und jemand fragte ihn, ob seine Predigt Fortschritte mache.

„Na ja", sagte er zögernd, „ein wenig weiter bin ich schon, immerhin habe ich jetzt einen Text."

Ja, Michael hatte einen Text gefunden. Er war ihm während der kleinen Streiterei eingefallen, während er sich in Gedanken über seine Schwester, über ihre Erscheinung klar wurde. Er war oft weg von zu Hause, und da hatte er von ihrem veränderten Wesen nicht soviel mitbekommen wie die anderen. Darum verstörte es ihn jetzt aber auch um so mehr. Ihre reizende Mädchenhaftigkeit war verschwunden. Sie wirkte abgeklärt und selbstsicher - wie jemand, der die Welt kennt. Die Illusionen waren ihr wahrscheinlich genommen, obwohl sie das sicher nicht zugegeben hätte. Aber die zynische Linie um ihren Mund herum erzählte ihre eigene Geschichte, und offensichtlich war sie unglücklich. Michael erriet wohl den Grund ihrer Nervosität und Reizbarkeit. Alles hatte für sie die Anziehungskraft des Neuen verloren, und hinter dem glänzenden Schein war sonst nichts mehr zu finden. Nun war sie auf der Suche nach neuen Abenteuern, neuem Glück. Ja, Michael hatte seinen Text gefunden. Er stand bei Kolosser 3, Vers 2: „Trachtet nach dem, was droben ist, nicht nach dem, was auf Erden ist . . ."

„Wir sollten alle kommen und deine Predigt hören, Michael", sagte der Vater herzlich.

„O ja, Vater! Ich hoffe, ihr werdet es tun und euch in die erste Reihe setzen. Es wird gut sein, wenn ich auch ein paar bekannte Gesichter vor mir habe."

„Es wird sicher ein guter Gottesdienst", meinte Frau Marmann ermunternd.

„Ich weiß etwas!" Thomas hatte plötzlich eine Idee. „Du könntest doch deinen Freund mitbringen, Dorli! Wie heißt er doch noch mal?"

„Georg?" Dorli verzog den Mund. „Georg sollte mit

dorthin kommen? Du hast eine sonderbare Phantasie!"

„Wieso denn?!" fuhr Thomas unerschrocken fort, „stell dir doch vor, wie stolz du sein kannst, wenn du ihn Michael vorstellst! Michael würde dann wie ein richtiger Pfarrer ihm die Hand geben und sagen: ‚Herr Georg – '"

„Nein, er heißt doch nicht Georg mit Nachnamen!" unterbrach ihn Dorli ungeduldig. „Ich habe euch das schon hundertmal gesagt. Er heißt Felden – Georg Felden."

„Felden?" Michael wandte sich in seinem Sessel um und schaute sie entsetzt an. „Hast du *Georg Felden* gesagt?"

Dorli wurde bleich.

„Ja", sagte sie mit verhaltenem Atem und fragte sich in Gedanken, was das wohl zu bedeuten habe.

„Georg Felden!" Michael runzelte die Stirn. „Hm, das ist sonderbar!"

„Was ist sonderbar?" Thomas schaute seinen Bruder fragend an.

„Dieser Name – das ist doch kein häufiger Name." Die Falten auf Michaels Stirn vertieften sich. „Ich habe heute eine Frau Felden kennengelernt. Die Frau von Herrn Georg Felden – "

„Das kann nicht sein, Michael!"

Nun war es Dorli, die entsetzt schaute; dieser spontane Ausruf war ihr herausgerutscht, bevor sie überlegt hatte. Als sie dann den scharfen, forschenden Blick ihres Vaters auf sich spürte, wußte sie, daß sie sich zusammennehmen mußte; oder sie würden alle ihr Geheimnis erfahren.

„Wir haben sie heute nachmittag besucht", fuhr Michael fort, als hätte er die Unterbrechung überhaupt nicht registriert. „Die arme Frau Felden!" Er schien ganz in Gedanken verloren zu sein.

Einen Augenblick lang herrschte völlige Stille.

„Eine traurige Geschichte, Michael?" begann sein Vater.

Michael nickte. „Ja." Er seufzte. „Es gibt Männer, die sind wahre Schurken, selbst wenn sie ein Dutzend gute Ausreden für ihr Verhalten finden."

„Siehst du, Dorli!" sagte Thomas halb ernst, halb scherzhaft zu seiner Schwester. „Das sollte dir eine Warnung sein!"

Dorli schien seltsam verstört.

„Das ist höchstens eine Bestätigung für mich!" rief sie heftig, während sie das zarte Abendkleid, an dem sie eben noch gestickt hatte, mit nervösen Fingern zerdrückte. „Willst du damit sagen, daß Georg ein Schurke ist?"

„Keineswegs, Dorothea", sagte ihr Vater fest. „Obwohl es sonderbar anmutet - das habe ich dir schon oft gesagt -,daß dein Freund sich bisher noch nicht deiner Familie vorgestellt hat. Wenn seine Absichten ehrenhaft sind - "

„Natürlich sind sie das!" rief sie unwillig. „Er hat mir alles erzählt."

„Was alles?" fragte der Vater sofort. „Was meinst du damit, Dorothea?"

Ihr Gesicht wurde noch bleicher, als sie merkte, was für einen Fehler sie gemacht hatte. Hilflos senkte sie ihre Augen vor dem fragenden Blick ihres Vaters.

„Ich - ich - ach, gar nichts!" stammelte sie nur. Plötzlich spürten alle die sonderbare Atmosphäre von Verdacht, die in der Luft zu liegen schien, eine Art von schleichendem Übel, das sie alle mit eisigem Griff bedrohte.

„Da muß doch etwas sein, Kind", beharrte Herr Marmann unnachgiebig. „Du verheimlichst uns etwas. Sag uns, was es ist!"

Die Tochter sprang auf. Das bestickte Abendkleid fiel

auf den Fußboden. Ihre Lippen zitterten. Ihre Augen zeigten einen flackernden, verzweifelten und doch fast fanatischen Glanz. Sie war in die Enge getrieben, und sie wußte es. Es war ausgeschlossen, dieser ihrer Familie standzuhalten - immer schienen sie am Ende doch den Sieg davonzutragen.

„Warum könnt ihr mich nicht in Ruhe lassen?" schrie sie hysterisch. „Immer habt ihr etwas an mir auszusetzen! Ihr - ihr! Man könnte sich wünschen, tot zu sein!"

„Aber Dorothea!" widersprach ihre Mutter in sanftem, aber vorwurfsvollen Ton. „So etwas solltest du nicht sagen!"

„Ich sage, was mir paßt!"

„Nimm dich zusammen!" Herr Marmann war aufgesprungen. Er schaute seine Tochter fest und unerbittlich an. Sonst war er ein friedlicher, gütiger Mann, aber in Augenblicken der Krise hielt er das Steuer mit fester, starker Hand.

„Dorothea!"

Michael Marmann sann die ganze Zeit über die tragische Geschichte nach, die er am Nachmittag gehört hatte. Nun legte er seinen Füller hin und sprang von seinem Sessel auf, während ein Stück handgeschriebenes Papier unbeachtet auf den Boden flatterte.

„Dorothea!" schrie er voll Entsetzen, als ihm diese furchtbare Möglichkeit aufging. „Dorothea, dein Freund, das kann doch nicht - der Mann dieser Frau Felden sein?"

Sie schwieg. Man hörte nur ihr hysterisches Schluchzen, während sie ihr Gesicht mit beiden Händen bedeckte.

„Das kann er wohl sein!" sagte Herr Marmann grimmig. „Und ich werde es mir zur Aufgabe machen, die Wahrheit herauszufinden - sogar mit dem Risiko, daß ich dich verletze, Dorothea", fügte er etwas milder hinzu. „Das ist meine Pflicht."

Einen Augenblick herrschte gespannte Stille. Und dann schaute Dorli auf; alle blickten voll Spannung auf ihr bleiches, tränennasses Gesicht.

„Du kannst dir die Mühe sparen, Vater!" schrie sie mit rücksichtsloser Unbeherrschtheit. „Ich kenne die Wahrheit - Georg hat sie mir gesagt!"

„Was hat er dir gesagt?"

Die Atmosphäre war wie elektrisiert.

„Doch nicht, daß er verheiratet ist?"

Sie warf den Kopf zurück. Ein trotziger Ausdruck lag auf ihrem blassen Gesicht. Um ihre Lippen spielte ein bitteres, zynisches Lächeln.

„Doch, das hat er mir gesagt!"

Jetzt war es heraus, und sie fühlte sich ruhiger, gelassener, als sie auf die betäubten und verwirrten Gesichter um sich her blickte. Ihre Worte hatten sie wie ein tödlicher Schlag getroffen.

„Er hat eine Frau", fuhr sie fort, bemüht, ihre Geschichte bis zu Ende zu erzählen, „aber sie war ihm untreu - und er wird mich heiraten, sobald die Scheidung durchgegangen ist."

„Dorothea!"

Dieser entsetzte Ausruf kam von allen gleichzeitig: von ihrem Vater, ihrer Mutter und ihren beiden Brüdern.

„O Dorothea! Nein, nein!" Elisabeth Marmann konnte ihren Ohren nicht trauen.

„Du mußt verrückt sein, Dorli!" platzte Thomas unzweideutig heraus.

„Du weißt nicht, was du redest!" Michaels Reaktion fand in weniger malerischen Worten Ausdruck.

David Marmann hob seine Hand zu ernster Warnung. „Niemals, mein Kind", sagte er eindrucksvoll, „niemals darfst du so etwas tun wollen!"

Doch sie hatte schon wieder mehr Selbstvertrauen und

war dabei, ihre Stellung zu behaupten.

„Wieso denn?" verteidigte sie sich. „Was ist denn Schlechtes daran?"

„Was daran Schlechtes ist?" Die Stimme ihres Vaters zitterte vor Zorn, der aus der Liebe zu den reinen und heiligen Dingen entstanden war. „Wieso? Allein der Gedanke ist eine Beleidigung des allmächtigen Gottes! Mein Kind, habe ich dich nicht das Gesetz des Herrn von Kind an gelehrt?" Er griff mit der Hand nach der Bibel, die auf dem Kamin lag. „Weißt du nicht, was der Herr über die Ehe sagt und über Scheidung - und über Ehebruch?"

Mit seiner Hand, die dieses Buch sehr genau kannte, schlug er das Matthäus-Evangelium auf; aber noch ehe er begonnen hatte zu lesen, unterbrach ihn seine Tochter. Die Zeit war vorbei, wo ein warnendes Wort Gottes sie noch hätte erreichen können, wo sie überhaupt noch die Bereitschaft gehabt hätte, es zu hören. Der Weg, den sie gewählt hatte, war breit - so breit, daß es leicht war, die warnenden Zeichen zu übersehen, die am Rand des Abgrunds aufgestellt waren.

„Mir aus der Bibel etwas vorzulesen, hat überhaupt keinen Sinn, Vater", teilte sie ihrem Vater den verhängnisvollen Entschluß mit. „Ich bin fest entschlossen - "

Er schaute sie an, das Buch in der Hand, und auf seinem Gesicht spiegelte sich etwas, das an die Propheten des Alten Testaments erinnerte.

„Du bist fest entschlossen?" wiederholte er ernst. „Entschlossen zu was?"

Sie warf den Kopf zurück, als sie ihm antwortete: „Ich bin fest entschlossen, zu Georg zu halten, Vater. Wir lieben uns. Und darauf kommt es an!"

„Nein!" sagte ihr Vater eindringlich, „das ist nicht das einzige, was zählt. Schließlich liegt in der Ehe noch eine moralische Forderung. Sie ist von Gott bestimmt."

„Ach, aber heute sieht man das Ganze doch ein wenig anders, Vater. Du bist wirklich altmodisch!"

„Meinst du?" Er lächelte traurig, als er zu seiner Frau hinüberging und ihr seine Hand auf die Schulter legte. „Ja, da magst du recht haben, daß wir altmodisch sind – deine Mutter und ich. Wir haben uns ein Heim nach ‚altmodischen' Grundsätzen aufgebaut. Aber dieses Heim hat seine Probe bestanden, Dorothea, es hat seine Probe bestanden."

Nur selten wurde ihr Vater sentimental. Dorli wurde es allmählich ungemütlich zumute.

„Aber die Zeiten sind heute anders!" protestierte sie ungeduldig. „Alles hat sich geändert."

„Das Gesetz des Herrn hat sich nicht geändert, Dorothea." David Marmann schüttelte den Kopf. „Und wenn du vorsätzlich sündigst, nachdem du die Wahrheit gehört hast, ist die Strafe heute noch die gleiche wie immer – dann kannst du nur noch Gottes Gericht erwarten."

Doch diese ernsten Worte ließen Dorothea Marmann völlig kalt. Gottes Gericht schien ihr sehr weit weg. Und Georg Feldens überredende Schmeicheleien waren für sie noch immer sehr nahe, absolut real. Vor weniger als vier Stunden hatte er noch seine Arme um sie gelegt. Und doch schien es schon so lange her. Nein, sie würde ihn niemals aufgeben können. Einer konnte ohne den anderen nicht mehr leben.

„Darüber brauchst du dir keine Sorgen zu machen, Vati!" sagte sie leichthin. „Das ist mein Problem. Schließlich bin ich alt genug, um meine Entscheidungen zu treffen."

Doch Herrn Marmanns Ernst milderte sich nicht. „Ja, das wissen wir", stimmte er ihr mit klarer, ausgeglichener Stimme zu, „aber solange du in diesem Haus bist, gibt es bestimmte Prinzipien, nach denen wir dich bitten zu handeln. In diesem Haus war die Sache des Herrn immer das Wichtigste. Du kannst nicht erwarten, daß wir diesen Grundsatz jetzt ändern, Dorothea." Er räusperte sich. „Wenn du es ablehnst, Georg Felden aufzugeben – "

Sie holte tief Luft. Dies war der Augenblick, in dem sie ihren Trumpf ausspielen konnte. Es war ihr ganz klar, worauf ihr Vater hinauswollte; und sie hatte nicht vor zu warten, bis man ihr sagen würde, daß sie gehen sollte.

„Ist schon gut, Vati", sagte sie lächelnd. „Ich habe auch schon daran gedacht. Ich fühle mich schon eine ganze Weile nicht mehr wohl zu Hause; und wie sich die Dinge nun entwickelt haben, glaube ich, ist es das Beste, wenn ich gehe."

„Aber Dorli, du kannst doch nicht von zu Hause weggehen!" Thomas erlitt einen Schock nach dem anderen.

Sie warf den Kopf zurück. „Nun, ich habe keine Lust, hier zu bleiben und mich für den Rest meines Lebens wie ein Kind herumkommandieren zu lassen."

Tiefer Schmerz war auf David Marmanns Gesicht zu lesen. Trotzdem blieb er bestimmt und entschlossen. „Dies ist hier dein Zuhause, Dorothea", sagte er langsam, „und die Tür wird für dich niemals verschlossen sein, vergiß das nicht. Sie ist nur gegen das Böse geschlossen, das du hereinbringen willst. Das ist alles."

Sie seufzte. „Wir werden uns nie wieder Auge in Auge gegenüberstehen, Vati – das ist sicher", sagte sie in gequältem Ton. „Ich glaube bestimmt, daß es für beide Seiten besser ist, wenn ich weggehe und mein eigenes Leben führe."

„Aber wohin willst du gehen, Liebes?" warf ihre Mutter mit zitternder Stimme ein.

Sie lächelte. „Eins von den Mädchen im Büro wird mir eine möblierte Wohnung vermitteln, Mutti. Ich habe mich schon darum gekümmert. Das geht in Ordnung."

„Tu nichts überstürzt, mein Kind", warnte sie der Vater, als er wieder zu seinem Sessel ging.

Es schien, als ob die Diskussion zu einem Ende gekommen sei. Doch keiner von ihnen hätte die Beschäftigung wieder aufnehmen können, der er sich vorher gewidmet hatte. Einer nach dem anderen sagte „Gute Nacht" und verließ das Zimmer. Alle, bis auf Michael, der noch immer an seiner Predigt arbeitete.

Als er sich nun allein an seinem Schreibtisch fand, nahm er seinen Füller wieder zur Hand und suchte auch nach dem Papier, auf das er seinen Text geschrieben hatte. Aber er fand den Zettel nicht; er war einfach nicht mehr da. So hatte er keine andere Wahl, als noch einmal von vorn anzufangen. Er war ja sowieso nicht weit gekommen, tröstete er sich.

So nahm er ein neues Blatt Papier und wollte anfangen zu schreiben. Sein Text? Michael hielt einen Moment inne. Seine Hand ruhte auf der Bibel, die offen vor ihm lag. Und während er darauf blickte, las er die Worte: „Manchem gefällt ein Weg wohl; aber zuletzt bringt er ihn zum Tode."

Und plötzlich wußte er: das war *sein* Text – das sechzehnte Kapitel der Sprüche, Vers fünfundzwanzig. „Manchem gefällt ein Weg wohl . . ." Ja, darüber würde er predigen.

17

EINE WOHNUNG FÜR ZWEI

„Ach, Inge, wenn du jetzt doch nicht weggingest!" Sylvia Deiger saß auf dem Bett ihrer Schwester und schaute nachdenklich vor sich hin. „Es wird hier zu Hause ohne dich schrecklich sein."

Inge hörte für einen Augenblick auf, noch die letzten Sachen in ihren Koffer zu packen, um ihrer kleinen Schwester einen Kuß auf die Wange zu geben.

„Wahrscheinlich bleibe ich gar nicht so lange weg, Sylvia", sagte sie tröstend. „Sobald Dorli wieder zur Vernunft kommt und sich entschließt, nach Hause zurückzugehen, werde ich sofort wiederkommen. Darauf kannst du dich verlassen. Aber ich kann Dorli in ihrer neuen Wohnung doch nicht einfach sich selbst überlassen."

Inge Deigers Entschluß, mit ihrer Freundin in die neue Wohnung zu ziehen, war das Ergebnis von langen, ernsten Gebeten; und sicher waren auch die innigen Gebete von Dorlis Familie daran nicht ganz unbeteiligt. Ihnen lag das Wohl ihrer geliebten Tochter nicht weniger am Herzen, auch wenn sie ihnen im Moment Kummer bereitete.

Nicht einmal für einen Augenblick vergaß Inge, daß sie es gewesen war, die Dorothea auf diesen gefährlichen Weg geführt hatte. Seit ihrer Bekehrung hatte sie nie aufgehört, darum zu beten, daß Gott ihr eine Gelegenheit gäbe, alles Falsche wiedergutzumachen und ihre Freundin vor den Folgen ihres Unrechts zu schützen. Nun schien diese Gelegenheit gekommen.

Trotz der Entfremdung, die Inges Bekehrung für sie beide mit sich gebracht hatte, sah Dorli in ihr noch immer ihre beste Freundin; in unzählbaren Fällen half Inge ihr, und immer konnte sie sich auf sie verlassen. Inge war die geborene Führerpersönlichkeit, und Dorli brauchte jemanden, der ihr sagte, was sie tun sollte, der alle möglichen Dinge für sie regelte. Kaum jemand hatte wohl eine solche Freundin, die so hilfsbereit war wie Inge.

Dorli hatte die Wohnung erst einmal gesehen und war sehr froh, die geschäftliche Seite der Verhandlungen Inge überlassen zu können. Seit Inge ganz sicher war, daß sie an Dorlis Entschluß, von zu Hause wegzugehen, nichts würde ändern können, ergab sie sich in ihre selbstgewählte Aufgabe mit für sie typischer Gewissenhaftigkeit. Die Wohnung bestand aus einem Schlafzimmer, einem Wohnzimmer, einem Bad und einer kleinen Kochnische; alles war sehr hübsch und bequem eingerichtet. Inge registrierte jede Kleinigkeit. Bald war der Mietvertrag geschlossen. Doch vorher hatte sie von dem Besitzer die Erlaubnis eingeholt, daß er nichts dagegen hatte, wenn sie zu zweit hier wohnen würden; denn dazu hatte sie sich, wenigstens für die erste Zeit, fest entschlossen. Das Schlafzimmer war groß genug, um noch ein zweites Bett darin aufzustellen. Doch von alledem erfuhr Dorli nichts, denn Inge hatte sich das als eine Überraschung ausgedacht, die ihre Freundin erst am letzten Tag des Umzugs erfahren sollte. Es war für sie nicht schwer, diesen Plan vor Dorli zu verbergen, da sie sich sowieso weiter nicht darum kümmerte; denn sie war so von ihren eigenen Zukunftsplänen in Anspruch genommen und hatte sich von Georg Felden wieder von neuem so den Kopf verdrehen lassen, daß sie für ihre neue Wohnung kaum einen Gedanken verwendete. Und an ihre Eltern, denen das Herz brach, weil sie mit ansehen mußten, wie ihr jüngstes

Kind dabei war, den Schutz und die Sicherheit des elterlichen Hauses zu verlassen, dachte sie erst recht nicht.

„Was halten denn Dorlis Eltern davon, daß du mit ihr in die neue Wohnung ziehen willst, Inge?" fragte Sylvia, die ihrer Schwester in diesem nicht leichten Entschluß letztlich doch zustimmte.

Inge schüttelte den Kopf. „Ich habe ihnen nichts davon gesagt, Sylvia, denn ich möchte auf jeden Fall vermeiden, daß Dorli etwas davon erfährt. Aber nachdem wir dort eingezogen sind, werde ich ihnen schreiben. Außer dir habe ich niemandem ein Wort davon erzählt."

Sylvia lächelte. „Und ich werde bestimmt nichts verraten, Inge."

„Das weiß ich, Sylvia!" Inge umarmte ihre Schwester herzlich.

Ihre Eltern konnten sich gar nicht genug wundern über das herzliche und verständnisvolle Verhältnis, das sich zwischen ihren beiden Töchtern seit ihrer Bekehrung entwickelt hatte. Der ständige alte Streit gehörte nun der Vergangenheit an. Doch sie hatten nicht nur aufgehört zu streiten, sondern jede nahm nun besonders teil an den Interessen der anderen - auch wenn es ihnen selbst nichts oder sogar Nachteile einbrachte. Herr und Frau Deiger hatten der Sache anfangs sehr skeptisch gegenüber gestanden; aber allmählich mußten sie zugeben, daß an dem neuen Leben der beiden „irgend etwas dran war"; obwohl sie sich nicht erklären konnten, was. Sie wußten zum Beispiel nicht, daß Inge und Sylvia ihre Kraft aus der „Stillen Zeit" am frühen Morgen schöpften, die sie täglich gemeinsam verbrachten; sie lasen dann in der Bibel, beteten zusammen, empfahlen einander der Güte des Herrn, baten Ihn um Segen für den ganzen Tag. Diese Kraft, die ihnen in ihren gemeinsamen Andachten geschenkt wurde, hielt den Angriffen und Stürmen des Tages stand.

Herrn Deigers Drohung, daß er „es seiner jüngeren Tochter schon austreiben werde", hatte nicht gerade viel Erfolg gehabt. Dennoch registrierte er ihre veränderte Haltung ihm und ihrer Mutter gegenüber mit sichtlicher Befriedigung. Er erklärte, schließlich habe er ihr doch noch ihre Unverschämtheiten ausgetrieben und ihr Respekt und Gehorsam beigebracht. Sie würde ihm nicht mehr solche Sorgen machen wie seine ältere Tochter bisher. Doch es war ihm nicht in den Sinn gekommen, daß dies nicht sein Verdienst, sondern daß es Jesus Christus in ihrem Herzen war, der ihr half, ihre Eltern zu achten und zu ehren, obwohl diese nicht viel taten, um sich Achtung und Ehrerbietung zu verschaffen.

Aber Sylvia wußte ja selbst kaum, was mit ihr geschehen war. Sie wußte nur, daß der Herr Jesus Christus in ihr Herz gekommen war und ihr Leben völlig verändert hatte. Er verhalf ihr zum Sieg in allen Schwierigkeiten, das wußte sie. Und so lernte sie, ihm allmählich immer mehr zu vertrauen. Seine Güte half ihr, geduldig zu sein, wo sie früher ungeduldig und schlecht gelaunt gewesen wäre. Seine Gegenwart machte das Leben für sie lebenswert. Oft sprach sie mit Inge über diese Dinge, denn Inge machte ähnliche Erfahrungen wie sie. Sie lernte viel von ihrer älteren Schwester, denn Inge gab ihr die Botschaften weiter, die sie bei den Zusammenkünften in der Wohnung bei Webers oder in anderen Versammlungen gehört hatte, zu denen Sylvia nicht gehen konnte. Und gerade diese Gemeinschaft war es, die Sylvia Deiger während der Abwesenheit ihrer Schwester am meisten vermissen würde. Inge hatte ihren Eltern gesagt, daß sie ein paar Wochen bei Dorli bleiben wollte, um ihr in ihren neuen vier Wänden behilflich zu sein, bis sie sich dort eingerichtet haben würde. Ihre Eltern hatten nichts einzuwenden. Sylvia allein wußte um die tieferen Gründe dieser Entscheidung.

„Ich glaube nicht, daß Dorli dir vor Dankbarkeit um den Hals fallen wird, wenn sie merkt, was du vorhast, Inge", meinte Sylvia besorgt.

„Das erwarte ich auch gar nicht!" erwiderte Inge offen. „Aber du wirst für mich beten, nicht wahr, Sylvia?"

„Natürlich, Inge, immer!"

Inge richtete sich auf, nachdem sie mit einiger Anstrengung den Koffer zugemacht hatte.

„Sylvia, vergiß eins nicht", sagte sie in tröstendem, zuversichtlichem Ton, „wir wissen doch, daß wir niemals allein sind - wir beide. Erinnerst du dich noch an den Vers für den heutigen Tag?"

„Selbstverständlich!"

Sie hatten es sich zur Gewohnheit gemacht, jeden Morgen einen Vers aus der Heiligen Schrift auswendig zu lernen; und jetzt wiederholten sie ihren letzten Vers gemeinsam, der ihnen ein wunderbares Versprechen und eine zuverlässige Verheißung war: „Siehe, ich habe dir geboten, daß du getrost und freudig seist. Laß dir nicht grauen, und entsetze dich nicht; denn der Herr, dein Gott, ist mit dir in allem, was du tun wirst."

Nach ein paar kurzen Augenblicken, die sie betend zusammen verbracht hatten, verabschiedeten sich die beiden Schwestern voneinander. Und Inge Deiger begab sich an ihre selbstgewählte Aufgabe, von der sie glaubte, daß sie von Gott bestimmt und gewollt sei.

*

Das Abschiednehmen bei Dorothea Marmann sah ganz anders aus. Beharrlich hatte sie jede Hilfe von seiten ihrer Familie abgewiesen und gesagt, daß sie ein Taxi rufen würde, das sie und ihr Gepäck in ihre neue Wohnung brächte. Das tat sie dann auch; und nun blieb ihr nur noch

„Aufwiedersehen" zu sagen, denn ihre Sachen hatte sie schon verstaut, und das Taxi wartete.

„Ich gehe jetzt!" sagte sie fröhlich. „Aufwiedersehen, Mutti! Aufwiedersehen, Vati!"

Nicht das geringste Zeichen von Bedauern oder traurigen Gefühlen war in ihrem Abschiednehmen zu erkennen. Tatsächlich spürte sie nichts dergleichen. Ganz im Gegenteil, sie war sogar sehr gespannt und aufgeregt. Schließlich wurde sie jetzt die letzten Beschränkungen ihres alten Zuhauses los! Die Freiheit, die sie sich schon so lange gewünscht hatte, war nun zum Greifen nahe. Darum sah Dorothea Marmann auch so strahlend aus, als sie an der Schwelle eines völlig neuen Lebensabschnittes stand.

Nur Herr und Frau Marmann waren zu Hause. Michael war wegen seiner Missionsarbeit fort, und Thomas war von einer späten Vorlesung an der Universität noch nicht zurückgekommen. Beide, David und Elisabeth Marmann, waren entschlossen, daß es bei dem Abschied keine feindlichen Gefühle oder Groll geben sollte - jedenfalls soweit es sie betraf.

„Aufwiedersehen, Dorothea!" Herr Marmann umschloß die Hand seiner Tochter mit seinen beiden Händen und küßte sie herzlich. „Und denk daran, Liebling", fügte er heiser hinzu, „in unserem Haus wird immer ein leerer Platz sein - bis du wieder zurückkommst."

Elisabeth Marmann nahm ihre Tochter in ihre Arme; und obwohl sie sich sehr bemühte, sich zusammenzunehmen, füllten sich ihre Augen mit Tränen. „Gott segne dich - mein liebes Kind!" flüsterte sie.

Dorli befreite sich aus der engen Umarmung ihrer Mutter und wandte sich um, um zu gehen.

„Aufwiedersehen!" sagte sie noch einmal und winkte leicht mit der Hand.

Sie standen an der Tür und schauten ihr nach, wie sie davoneilte und die Gartentür hinter sich schloß. Dann stieg sie in das wartende Auto.

Sogar als das Taxi schon längst davongefahren war, blieben die Eltern noch dort stehen; denn sie dachten: vielleicht kommt sie doch wieder zurück. Aber Dorothea Marmann hatte noch einen langen Weg vor sich, ehe sie wieder einen Fuß in dieses Haus setzen würde.

Nun führte David Marmann seine Frau wieder in ihr stilles Heim, und seine Hand lag sanft und tröstend auf ihrer Schulter . . .

Das Taxi setzte Dorli vor dem großen Wohnblock ab, in dem sie in Zukunft ihr Zuhause haben würde. Aber so ganz genau wußte sie gar nicht, wo ihre Wohnung lag. Eine Treppe mußte sie hinaufgehen, daran erinnerte sie sich noch. Schließlich nahm sie ihre Koffer und ging auf den Eingang zu.

Bei einer Wohnung im ersten Stock stand die Tür offen, die einen freundlichen Lichtstrahl herausfallen ließ. Irgend jemand kam eilig die Treppe heruntergelaufen. Einen Augenblick später hörte sie eine wohlbekannte Stimme.

„Dorli!"

„Hallo, Inge!" rief sie vergnügt. „Was machst du denn hier?"

Inge Deiger lachte, nahm ihrer Freundin einen der beiden Koffer ab und führte sie hinauf.

„Ich habe mir gedacht, daß dir jemand beim Aus- und Einpacken helfen sollte, Dorli!"

Dorli war erleichtert, in dieser fremden Umgebung ein bekanntes Gesicht zu sehen; erleichterter, als sie zugegeben hätte. „Um ehrlich zu sein, Inge, hier im Dunkeln wußte ich gar nicht genau, welches meine Wohnung war."

„Hier geht's lang! Komm!"

Dorli folgte ihr die Steintreppen hinauf, durch einen engen Flur und schließlich hinein in ihre Wohnung.

„Na siehst du, Dorli!" rief sie triumphierend. „Willkommen zu Hause!"

Sie trat in das angenehm warme, kleine Wohnzimmer; der Gasofen brannte, eine Vase mit frischen Blumen stand auf dem Tisch neben einem Tablett mit einer Teekanne, zwei Tassen und zwei Untertassen.

„O, Inge!" rief sie glücklich. „Es sieht alles wunderbar aus! Du hast dir aber zuviel Arbeit gemacht."

„Bring deinen Koffer ins Schlafzimmer, Dorli." Inges Augen zwinkerten neckisch. „Und wenn du dann Hut und Mantel abgelegt hast - "

„Aber - ?!" Dorli blieb erstaunt vor der Tür zum Schlafzimmer stehen. „Zwei Betten, Inge?" rief sie und schaute ihre Freundin fragend an.

„Ja, Dorli - dein Bett und mein Bett!" antwortete sie und zeigte dabei mit der Hand auf jedes der beiden Betten.

„Dein Bett, Inge?" fragte Dorli gedehnt. Sie wußte nicht, was sie von der ganzen Sache halten sollte. „Aber - ich verstehe nicht - "

„Wirklich nicht?" Inge ließ sich lächelnd auf dem Bett nieder, auf das sie eben als ihres gezeigt hatte. „Nun, dann will ich es dir erklären. Ich bin hierher gekommen, um zu bleiben."

„Um zu bleiben?" wiederholte Dorli verdutzt. „Aber weswegen denn?"

Inges Gesicht wurde ernst. „Ich will hier bei dir wohnen, Dorli, wenigstens eine Zeitlang, bis du dich eingelebt hast. Hier ist zuviel Arbeit, wenn du sie allein und nach Büroschluß machen solltest. Außerdem glaube ich, daß du jemanden brauchst, der sich um dich kümmert. Schließlich bist du es doch nicht gewöhnt, allein auf dich gestellt zu sein, nicht wahr?"

Im Augenblick wußte Dorli nicht, ob sie sich freuen oder ärgern sollte. Inge war natürlich ziemlich eigenmächtig bei der ganzen Sache verfahren. Aber andererseits war sie ihr in vieler Hinsicht sehr nützlich gewesen. Und sie mußte zugeben, daß sie eigentlich sehr froh war, ihre Freundin jetzt hier vorzufinden.

„Na, das sieht ja aus, als hätte ich gar nichts dazu zu sagen!" protestierte sie. „Du hättest mich ja wenigstens einmal fragen können, Inge!"

Inge lächelte heiter. „Ich hatte es mir als eine Überraschung für dich gedacht."

Ob sie wollte oder nicht, allmählich legte sich ihr Ärger. „Wirklich, Inge, du bist das Letzte!" erklärte sie verzagt. „Aber glaube ja nicht, daß immer alles so läuft, wie du dir das denkst", warnte sie Inge, wenn es auch nicht sonderlich überzeugend klang. „Ich habe nicht vor, mir von irgend jemand Vorschriften machen zu lassen."

Inge lachte. „Ich bin nicht hergekommen, um dir Vorschriften zu machen, Dorli."

„Das vielleicht nicht. Aber ich denke, weil du mich nicht ganz aus den Augen lassen wolltest!" provozierte Dorli sie in einem scherzhaften Ton. „Aber wir wollen von Anfang an einiges klarstellen. Ich werde es nicht dulden, wenn sich irgend jemand in meine Angelegenheiten einzumischen versucht, Inge. Und sobald du anfängst, mir ‚Predigten zu halten', kannst du gehen!"

Inge schüttelte den Kopf. „Ich werde dir keine ‚Predigten halten', Dorli. Darüber brauchst du dir keine Sorgen zu machen. Aber wenn du jemals einen wirklichen Freund brauchst – "

„Schon gut!" Dorli brachte sie mit einer Handbewegung zum Schweigen. „Fang bitte nicht wieder damit an, Inge, nicht heute abend!"

Inge sprang auf. „Ich habe ja den Kessel auf dem Herd stehen! Sobald du ausgepackt hast, werden wir eine Tasse Tee trinken."

Dorli brauchte nicht lange zum Auspacken; und bald saßen sie beim Abendessen, das Inge zubereitet hatte.

„Ach, liebe Zeit!" seufzte Dorli, während sie versuchte, ein Gähnen zurückzuhalten. „Ich bin ganz schön müde!"

„Du hast auch einen hektischen Tag hinter dir, Dorli. Komm, geh' doch gleich schlafen. Wenn ich hier alles aufgeräumt habe, komme ich nach."

„Vielleicht, Inge." Sie hatte ja wirklich große Lust, sofort ins Bett zu gehen, denn sie war übermüdet von diesem anstrengenden Tag. „Ich müßte dir eigentlich erst noch beim Spülen helfen."

„Unsinn. Ich bin im Handumdrehen fertig. Du legst dich jetzt gleich und erzählst mir, wie das Bett ist!"

Zehn Minuten später, als Inge gerade das Licht in der Küche ausknipsen wollte, hörte sie vom Schlafzimmer eine schläfrige Stimme: „Das Bett ist wunderbar, Inge! Ich schlafe schon fast."

„Gut. Ich komme auch gerade. Ach, die Milchflaschen!" Sie kam zur Schlafzimmertür: „Augenblick noch, Dorli. Ich muß erst die Milchflaschen runterbringen."

Aber Dorli war schon so müde und hörte gar nicht mehr so recht hin.

Inge nahm die Milchflaschen in die Hand und ging hinaus. Die Luft war ziemlich kühl. Sie knöpfte ihre Strickjacke bis oben hin zu, während sie die Treppen hinunterging. Als sie unten war, stellte sie die Flaschen neben die anderen, die die übrigen Hausbewohner schon hingebracht hatten, und wollte gerade wieder die Treppe hinaufgehen, als sie merkte, daß sie nicht allein war.

Ein großer, schlanker Mann war völlig geräuschlos hereingekommen und stand nun hinter ihr. Sie drehte sich um und sah ihm ins Gesicht. Es war - Georg Felden!

„Oh!" rief sie und hielt sich am Geländer fest. „Sie haben mich aber ganz schön erschrocken, Herr Felden."

Auch er schien etwas überrascht. „Das ist wirklich ein unerwartetes Vergnügen", sagte er ironisch. „Ich wollte mal nach Dorli schauen."

Inge schaute ihn fest an. „Sie ist oben - im Bett", gab sie ihm Auskunft; sie sprach in abweisendem Ton.

Er kam einen Schritt auf sie zu. „Würden Sie vielleicht so freundlich sein, ihr zu sagen, daß ich hier bin?"

Inge schüttelte den Kopf. „Ich möchte sie heute abend nicht mehr stören, Herr Felden. Sie ist sehr müde."

Er wollte sich an ihr vorbeidrücken; doch sie merkte, was er vorhatte und versperrte ihm den Weg.

„Es ist jetzt zu spät für einen Besuch, Herr Felden", sagte sie, und ihr Atem ging schnell.

Er rief irgend etwas Unverständliches. Und einen Augenblick lang glaubte sie, daß er sie beiseite stoßen wollte. Aber er nahm sich offensichtlich - wenn auch mit großer Anstrengung - zusammen.

„Was haben Sie überhaupt hier zu tun?" fragte er unfreundlich.

Inge schaute ihn offen an, wie jemand, der nichts zu verbergen hat. „Ich kümmere mich bloß ein wenig um die Interessen meiner Freundin", sagte sie ruhig.

„Und kommen meinen dabei in die Quere?" knurrte er. „Na ja, Sie werden ja sehen, daß es sich nicht lohnt!" Er drehte sich auf dem Absatz um und ging fort.

Inge bewegte sich nicht, bis seine Gestalt völlig außer Sicht war. Dann ging sie mit heftig klopfendem Herzen die Treppen wieder hinauf.

Ob Dorli wohl irgend etwas gehört hatte? Aber darüber brauchte sie sich wirklich keine Gedanken zu machen, denn diese schlief fest wie ein Murmeltier!

18

DÜSTERE TAGE

Der Winter ging vorbei. Der Frühling kam und brachte das Versprechen von schöneren, sonnigeren Tagen mit. Und bald machte der Frühling schon dem Frühsommer Platz. Der alte, wilde Garten um „Karmel" herum hatte sein eintöniges Winterkleid abgeworfen und ein weiches Gewand von leuchtendem Grün angezogen. Die schlafenden Blumenzwiebeln erwachten zu neuem Leben; sie durchbrachen die Erde und streckten bald ihre bunten Blüten der Sonne entgegen. Die kahlen, trockenen Zweige begannen, wunderschön zu blühen, und die Vögel bauten sich auf den Bäumen und unter dem Dachvorsprung ihre Nester. Dann kamen die wärmeren Tage mit herrlichen Farben und Düften der frühen Sommerblumen.

Ja, das Leben in „Karmel" ging weiter. Und doch war eine merkwürdige Veränderung da. Vielleicht konnte man das von außen gar nicht so empfinden. Aber wenn man genau hingeschaut hätte, hätte man gesehen, daß David Marmanns Schritte schwerer und ein wenig langsamer waren, während er im Garten arbeitete, und daß sein Rücken ein wenig krummer war, als ob ihm seine Arbeit im Garten, die er sonst so sehr liebte, eine Last geworden wäre. Sein Gesicht zeigte einen traurigen, sinnenden Ausdruck, wie wenn man einen stillen Schmerz zu tragen hat. Elisabeth Marmann war oft bei ihm im Garten und half mit, obwohl ihr die vielen Pflichten im Haushalt dazu eigentlich keine Zeit ließen. Wenn sie bei ihm war, schien es ihm besser zu gehen. So viele Jahre hatten sie beide schon zusammen verbracht. Sie hatten ihr Schiff durch ruhiges und stürmisches Wetter gelenkt; sie kannten beides, Glück und Kummer, Lachen und Weinen. Jetzt, in dieser zentnerschweren Prüfung, war es der feste Glaube und die Zuversicht seiner Frau, die David Marmann immer wieder aufrichteten.

„Ach, David - Gott ist treu", erinnerte sie ihn jedesmal, wenn ihre Hoffnung schwand und die Last der Ängste schwer auf ihnen lag.

Ihre jüngste Tochter hatte nichts mehr von sich hören lassen, seit sie vor nunmehr vier Monaten ihr Elternhaus verlassen hatte. Wenn sie überhaupt etwas von ihr hörten, dann nur durch Gerüchte und vom Hörensagen; doch was sie da hörten, ließ ihre Befürchtungen und ihr Leid nur noch größer werden. Der Name Dorothea Marmann wurde immer mit dem Georg Feldens in Verbindung gebracht, und es war kein Geheimnis, daß seine Frau in einem Scheidungsprozeß gegen ihn stand. Dessen ungeachtet gingen Dorli und Felden offen zusammen; bei vielen Gelegenheiten waren sie gemeinsam zu finden. Und es schien, als verlebten sie eine glückliche Zeit; jedenfalls soweit man das aus den Bildern schließen konnte, die von ihnen ab und zu in der Gesellschaftsspalte der Zeitung erschienen.

Für die Familie Marmann war es ein großer Trost zu wissen, daß Inge Deiger noch immer bei Dorli wohnte und sich so gut wie möglich um das Wohl ihrer Freundin kümmerte. Doch sie machte keinen Besuch in „Karmel", weil sie Angst hatte, daß dies ihre ohnehin gespannten Beziehungen noch schwieriger machen könnte. Denn es war ganz klar, daß sie beide, die so nah beieinander wohnten und ein so grundverschiedenes Leben führten, sich allmählich gegenseitig auf die Nerven gingen und einer vom andern ein gewisses Maß an Geduld forderten. In der letzten Zeit war Dorli noch dreister, rücksichtsloser und leichtsinniger geworden; über die Warnungen und Bitten ihrer Freundin lachte sie nur noch. Doch Inge wußte, daß ihre einzige Chance darin lag, die Freundschaft zwischen sich und ihr aufrechtzuerhalten, wenn sie ihre Fehler irgendwie wiedergutmachen wollte. Deshalb war sie ängstlich darauf bedacht, sie nicht unnötig zu verärgern. Sie gab sich damit zufrieden, eine hilfreiche „Plage" zu sein, wie Dorli es ausdrückte. Irgendwie brachte sie es immer fertig, da zu sein, wenn Felden kam, so daß er die Freiheit dieser Wohnung niemals ausnützen konnte. Deswegen ging sie nur sehr selten aus; und niemals brachte Dorli Felden mit nach Hause, ohne daß Inge ein „Trio" daraus machte, sehr zum Ärger der beiden.

„Ich kann dich nicht mehr verstehen, Inge – du scheinst den Wink wohl nicht zu bemerken", bemerkte Dorli bissig. Und nicht nur einmal.

Inge behielt ihre Gedanken für sich, aber sie dachte nicht daran, auf solch einen „Wink" zu reagieren. Sie war sicher, daß sie in den häuslichen Angelegenheiten für Dorli so unentbehrlich geworden war, daß sie sie wohl nie hinauswerfen würde. Deshalb behielt Inge still ihre bisherige Taktik bei; sie versuchte, nach Möglichkeit das Schlimmste zu verhindern. Alle Unverschämtheiten von Dorli, die sonst einen Abbruch ihrer Beziehungen mit sich gebracht hätten, übersah sie einfach.

Es war für Inge alles andere als ein leichtes Leben. Doch sie fand immer wieder Gnade und Stärkung durch ihre Gebete, in denen sie sich beständig der Führung des Herrn empfahl. Sicher brachten ihr auch die vielen Gebete Kraft, die von anderen für sie vor den Thron Gottes gebracht wurden.

Regelmäßig schrieb sie an Marmanns. Meistens war es

nur ein kurzer Brief, in dem sie ihnen mitteilte, daß es Dorli gut ging und sie bat, weiterhin für sie zu beten. Aber sie sagte darin nichts von den vielen Schwierigkeiten, die sie hatte und auch nichts von den schweren Ahnungen, die sie manchmal wegen Dorlis Schicksal überkamen.

Diese Briefe wurden sehnsüchtig erwartet, nicht nur von Herrn und Frau Marmann, die sie viele Male lasen, sondern auch von Michael und Thomas, die genauso sehnsüchtig darauf warteten, etwas von ihrer Schwester zu hören.

Michael war in den letzten Monaten nicht oft zu Hause gewesen; aber jetzt hatte er sein letztes Examen hinter sich. Nun war er ein paar Tage zu Hause, bis er in sein erstes Pfarramt eingeführt werden würde - ein kleines Dorfkirchlein. Dort erwartete ihn ein Pfarrhaus und eine freundliche Haushälterin, bis er seine Pläne, seine junge Braut mitzubringen, würde erfüllen können. Es würde ein großer Tag für Familie Marmann sein, an dem Michael sein erstes Amt antreten sollte. Sie wollten alle an dieser Feierlichkeit teilnehmen. Doch ein kleiner Schatten trübte ihre Freude: Dorothea würde nicht dabei sein. Aber der letzte Brief, den Inge geschrieben hatte, schien ein wenig hoffnungsvoller zu sein . . . „Mir scheint, daß Dorothea allmählich etwas unzufrieden ist mit dem Leben, das sie führt; vielleicht beginnt der Herr nun doch, auf unsere Gebete zu antworten. Wir können nur weiterhin glauben und vertrauen . . ." Mit doppeltem Eifer fuhren sie nun mit ihrer Fürbitte fort.

Auch Thomas' Examen war vorbei; jetzt hatte er den Kopf frei von den Gedanken um sein Studium und dachte nun mehr an seine Schwester und an die Treue, mit der sich Inge Deiger um sie kümmerte. Auch er war zuversichtlich, daß ihre Gebete zuletzt doch nicht unbeantwortet bleiben würden. Er begann zu erkennen, daß sie diesem Mädchen so viel Dankbarkeit schuldeten, wie sie niemals würden zurückzahlen können. Allein die Briefe, die sie ihnen schickte - was für ein Trost waren sie, besonders für seine Eltern.

Ohne irgend jemand etwas zu sagen, hatte Thomas einen Entschluß gefaßt: Er wollte zu Inge gehen und ihr persönlich für alles danken, was sie tat und ihr sagen, wie wichtig ihre kurzen Briefe für sie waren. Außerdem bestand die Möglichkeit, daß er Dorli begegnen würde, obwohl das nicht sehr wahrscheinlich war, wie er sich selber eingestand; denn um die Zeit, wenn er seinen Besuch machen wollte, würde sie bestimmt schon ausgegangen sein.

Inge bekam selten Besuch in dieser Wohnung; und als es kurz nach acht Uhr klingelte, während sie schon das Essen für den nächsten Tag vorbereitete, war sie richtig erschrocken. Wer konnte das nur sein?

Sie ging eilig zur Tür, öffnete, und vor ihr stand Thomas Marmann.

„Hallo! Tom!" entfuhr es ihr, und sie wurde sofort rot, weil sie ihn wie einen guten, alten Bekannten angesprochen hatte. Wenn Dorli von ihm sprach, sagte sie immer nur „Tom"; und ehe sie es recht bemerkt hatte, hatte sie es auch gesagt.

„Hallo, Inge!" antwortete er lächelnd. „Dorli ist wohl nicht zu Hause?"

Inge schüttelte den Kopf. „Nein, Tom, es tut mir leid. Sie ist ausgegangen."

„Na ja, das macht nichts!" sagte er, als habe er nichts anderes erwartet. „Schließlich bin ich ja auch nur gekommen, um dich zu besuchen."

„Oh!" Inge war freudig überrascht. „Nun, dann komm doch bitte herein."

Er war der erste aus seiner Familie, der Dorlis neue

Wohnung sah. Sehr interessiert schaute er sich alles an.

„Es ist wirklich sehr hübsch hier", sagte er anerkennend. „Ich glaube, die meiste Arbeit machst du wohl?"

Sie nickte. „O ja, Dorli hat nicht viel Zeit. Sie geht sehr oft aus."

Er schaute sie mit offener Bewunderung an. „Weißt du, Inge, es ist wunderbar, daß du dies alles für Dorli tust - du bist eine wirkliche Freundin für sie."

Inges Augen füllten sich mit Tränen. „Das war ich aber nicht immer", sagte sie seufzend.

„Ach, aber du hast das doch alles inzwischen wieder gut gemacht, Inge - sogar mehr, als nur wieder gut gemacht, finde ich."

Sie schüttelte den Kopf. „Ich glaube, daß es nichts gibt, was die Schuld wiedergutmachen könnte, wenn man jemand auf den falschen Weg geführt hat - jemanden, den man liebt", sagte sie traurig.

„Aber wenn du sie wieder zurückbringen kannst?" ermunterte sie Thomas.

Inge seufzte. „Ja, ich glaube, daß am Ende alles wieder gut werden muß - aber manchmal frage ich mich - "

„Denk doch an deinen letzten Brief, Inge!" erinnerte Thomas sie. „Ich bin ja gekommen, um dir zu sagen, wieviel deine Briefe für uns zu Hause bedeuten, ganz besonders für Mutti und Vati. Es ist sehr lieb von dir, dir diese Mühe zu machen."

Der ehrliche Ernst seiner Worte machte sie verlegen. „Ach, Tom, das ist wirklich nur sehr wenig, wenn du bedenkst, was deine Familie für mich getan hat!" sagte sie rasch.

„Davon weiß ich gar nichts", entgegnete er.

„Aber natürlich!" Ihr Gesicht leuchtete auf. „Ich verdanke deiner Familie - alles! Wenn ich damals dieses Wochenende nicht bei euch zu Hause verbracht hätte,

Tom, dann hätte ich vielleicht den Herrn Jesus Christus nie als meinen Retter erkannt."

Thomas Marmann lächelte. „Du hast nicht gewußt, daß wir an jenem Abend alle für dich gebetet haben, oder doch?"

„Nein", sagte sie und lächelte. „Aber es war eine besondere Atmosphäre - ich habe es gespürt. Und gerade deshalb glaube ich, daß Dorli durch unsere Gebete doch irgendwie beeinflußt werden muß - sie muß."

Thomas' Gesichtsausdruck änderte sich. „Dein letzter Brief schien weit hoffnungsvoller, Inge."

Sie schaute ihm in die Augen. „Was ich geschrieben habe, ist wahr, Tom - sie ist nicht mehr zufrieden. Auf diesem Weg wird sie nicht mehr lange weiter gehen, das sehe ich deutlich."

„Und meinst du wirklich, daß dies ein Wendepunkt sein könnte?"

Sie zögerte. „Ich glaube schon - so oder so." Sie holte tief Luft. „Ich will auf gar keinen Fall deine Mutter oder deinen Vater beunruhigen; aber weil du gekommen bist, Tom, werde ich dir sagen, was ich wirklich denke."

„Ja?" sagte er mit angehaltenem Atem.

„Ich - ich glaube, daß es jetzt zu einer Krise kommen wird. Entweder wird Georg Felden sie vollständig für sich gewinnen, oder sie wird ihn aufgeben. Eins davon wird geschehen."

„Und du meinst - ?"

„Ich - ich weiß es nicht! Ach, Tom!" In ihrer Aufregung klammerte sie sich an seinen Arm. „Wir müssen für sie beten - wir müssen!"

Er ergriff ihre Hand; denn er war bewegt durch ihre Sorge für einen Menschen, der ihm so viel bedeutete.

„Wir beten doch für sie, Inge - und für dich", versicherte er ihr. „Wir tragen beide diese Last. Wollen wir sie nicht im Gebet vor den Herrn bringen - gemeinsam?"

„O ja, bitte!" rief sie voll Ernst.

Und Seite an Seite knieten sie nieder zum Gebet, während Thomas Marmann Gott bat, daß seine Schwester von ihrem falschen Weg umkehren möchte, und daß Er Inge Kraft und Mut für ihre Aufgabe geben möge.

„Ich danke dir", sagte Inge, als sie aufgestanden waren und er gehen wollte.

Er nahm ihre Hand. „Gott segne dich, Inge", sagte er mit heiserer Stimme.

„Tom", sagte sie zögernd und schaute ihn mit strahlenden Augen an, „ich habe noch etwas, was ich dich schon immer fragen wollte."

„Was denn, Inge?" fragte er ein wenig neugierig.

Ein natürliches Rot stieg ihr in die Wangen. „Erinnerst du dich noch an den ersten Abend, den ich bei euch verbracht habe, als dein Vater gebetet hatte und Miriam von ihrem Spruch erzählte?"

„Ja", antwortete er; doch er war noch immer ganz verwundert, weil er nicht wußte, worauf sie hinauswollte.

„Und du hast gesagt, daß wir eines Abends auch den Text lesen müßten, der dich bekehrt hat."

„Wirklich? Hab' ich das gesagt?" sagte er lächelnd.

Das Rot auf ihren Wangen wurde dunkler. „Ich - ich habe dich immer fragen wollen, was dein Text ist."

„Aber selbstverständlich!" antwortete er bereitwillig. „Diesen Vers werde ich nie vergessen - Jesaja eins, Vers achtzehn."

„Jesaja eins, Vers achtzehn", wiederholte sie. „Vielen Dank, Tom. Ich werde ihn nachlesen."

Und sobald er gegangen war, nahm sie ihre Bibel zur Hand. Jesaja eins, Vers achtzehn . . . Da stand der Vers: „So kommt denn, und laßt uns miteinander rechten, spricht der Herr. Wenn eure Sünde gleich blutrot ist, soll sie doch schneeweiß werden; und wenn sie gleich ist wie Scharlach, soll sie doch wie Wolle werden."

Wieder und wieder las sie den Vers. Dann nahm sie einen Stift und unterstrich sorgfältig jedes Wort. Es war ein herrlicher Vers - sein Vers.

Ungewollt fiel ihr eine heiße Träne auf das bedruckte Papier. Sie war froh, daß er es nicht sehen konnte.

19

DORLI BEGINNT ZU VERSTEHEN

„Ach, du willst doch ausgehen, Dorli?"

Inge Deigers Stimme klang enttäuscht, als sie sah, wie ihre Freundin vor dem Spiegel ihre Kosmetika ausbreitete.

„Ja", sagte Dorli unverbindlich.

„Du hast doch gesagt, du wolltest heute abend früh schlafen gehen."

„Na und wenn schon?" Dorothea Marmann warf ihren Kopf zurück. „Nun hör' doch endlich mit der alten Leier auf, Inge!"

„Ich weiß nicht, wie du das durchhältst, jeden Abend so spät ins Bett." Inge versuchte, ein wenig das Thema zu wechseln. „Ich wäre längst vollkommen fertig!"

Dorli lächelte herablassend in den Spiegel. „Natürlich wärst du das. Du bist jetzt schließlich so ein richtiges Heimchen am Herd geworden. Früher bist du auch ausgegangen, erinnerst du dich noch?"

„Ja", gab Inge reumütig zu, „aber die Sache war es trotzdem nicht wert. Findest du nicht, daß alle diese Tanzveranstaltungen und Parties immer wieder gleich sind? Man wird sie bald leid."

Dorli gähnte. „Ja, das stimmt schon. Georg und ich sind jetzt wohl überall hier in der Stadt gewesen, wo man nur hingehen kann. Gestern abend hat er auch gemeint, es wäre nun Zeit, daß wir uns nach etwas Neuem umschauen."

Inge gab sich Mühe, damit man ihr nicht anmerkte, wie großes Interesse sie an dieser kleinen Bemerkung hatte.

„Und wohin wollt ihr heute abend gehen?"

Dorli zuckte die Achseln. „Ich weiß auch nicht. Georg hat mir nur sagen lassen, daß er mich heute abend sehen will - dringend."

„Wieso denn?" fragte Inge sofort. „Ist irgend etwas nicht in Ordnung?"

Wieder zuckte Dorli nur die Achseln.

„Aber wie kommst du denn darauf?" Inge beobachtete, wie Dorli bei diesen Worten ungewöhnlich aufgeregt und nervös wurde.

„Irgend etwas ist nicht in Ordnung, Dorli." Inge stand nun neben ihr. „Du weißt das ganz genau. Du hast etwas auf dem Herzen."

Dorli wandte sich zur Seite, um nach ihren Handschuhen und ihrer Handtasche zu schauen. „Und wenn es so ist - was geht es dich an?" wehrte sie ab.

Inge hatte ihre Gelegenheit erkannt.

„Dorli", drängte sie sie in ernstem Ton, „laß uns darüber reden! Du weißt doch, daß einem das oft schon hilft."

Aber Dorothea Marmann schüttelte den Kopf.

„Es hat keinen Zweck, mit dir darüber zu reden, Inge, du würdest das doch nicht verstehen."

„Ist es wegen Georg?" fragte Inge rasch, und ihr Herz klopfte heftig.

„Nein."

„Dann ist es wegen seiner Frau!"

Sie hatte eigentlich nur geraten und doch damit genau ins Schwarze getroffen.

Dorli schaute sie ärgerlich und finster an. „Woher weißt du das?" fragte sie.

„Sie hat dir doch schon eine ganze Weile Kummer gemacht", fuhr Inge beharrlich fort und beobachtete ihre Freundin dabei ganz genau.

„Nein, das ist nicht wahr!" leugnete sie störrisch. „Es ist erst, seit ich sie gestern abend sah."

„Du hast sie also schon einmal gesehen?"

„Ja, aber erst gestern abend."

„Und was hat sie gesagt?"

Dorli war sichtlich nervös. „Ach, sie hat natürlich eine ganz andere Geschichte erzählt - aber ich glaube Georg. Sie hat ihn nie richtig behandelt, und doch behauptet sie, sie liebe ihn!"

Einen kurzen Augenblick herrschte Stille. Dann sprach Inge: „Trotzdem, Dorli, sie ist seine Frau."

Dorli wurde wieder unzugänglicher. „Jedenfalls liebt er mich - und ich habe nicht vor, ihn aufzugeben."

„Aber er liebt dich doch nicht wirklich, Dorli!" rief Inge leidenschaftlich. „Wenn er dich wirklich liebte, würde er sich um deinen guten Ruf etwas mehr Sorgen machen!"

Dorotheas Augen blitzten böse und gefährlich. „Rede nicht so von Georg!"

Aber Inge konnte nicht schweigen. Die Zeit war jetzt gekommen, und sie würde sprechen.

„Es ist wahr, Dorli! Und noch mehr; du liebst ihn auch nicht wirklich! Er hat dich nur in einen Himmel der Illusionen gehoben - das ist alles. Vielleicht wirst du auch eines Tages einmal erkennen, was wirkliche Liebe ist."

Dorli verzog den Mund. „Du wirst doch wohl nicht eifersüchtig werden, hm?" meinte sie spöttisch.

„Nein, wirklich nicht!" entgegnete Inge erhitzt. „Für die ganze Welt würde ich nicht mit dir tauschen! Du trampelst auf allem herum, was gut und ehrlich und ernsthaft ist, aber du wirst dafür bezahlen müssen! So wahr Gott im Himmel ist, wirst du dafür bezahlen!"

Dorothea Marmann starrte ihre Freundin an, schockiert über deren Gefühlsausbruch. So hatte Inge noch nie zu ihr gesprochen. Ihre Worte wirkten ernüchternd, wie eine kalte Dusche.

„Du liebe Zeit, Inge!" Lachend versuchte sie, darüber hinwegzugehen. „Du scheinst zu glauben, ich käme ganz auf den Hund, wie man so sagt."

Inge Deigers Herz brannte noch immer vor Entrüstung – die Entrüstung eines Menschen, der zusehen muß, wenn alles Gute und Wahre mit Füßen getreten wird.

„Du bist auf dem besten Weg direkt zur Hölle, Dorli!" schrie sie wieder. „Und wenn du dich nicht besinnst, bevor es zu spät ist, kannst du nachher nicht sagen, dich hätte niemand gewarnt."

Dorli nahm ihre Handschuhe und ihre Tasche, doch ihre Hände zitterten dabei; dann ging sie zur Tür.

„Es hat überhaupt keinen Sinn, mit dir zu reden!" antwortete sie; und das, was sie sagte, sollte ganz beiläufig klingen. „Ich weiß nicht, was heute abend mit dir los ist - du bist hysterisch."

Sie schlug die Tür hinter sich zu und war fort.

Georg Felden wartete an der Treppe auf sie. „Was ist nur mit dir, Liebling?" sagte er und nahm ihre Hand. „Du bist so erhitzt!"

Sie lachte; doch ihr Lachen klang ein wenig gezwungen.

„Ach, weiter nichts!" sagte sie obenhin. „Inge und ich haben uns wieder einmal gestritten, das ist alles."

Er drückte ihre Hand. „Ich weiß nicht, wie du es bei diesem Mädchen aushältst, Liebste! Ich könnte sie keine fünf Minuten ertragen!"

„Ach, so schlimm ist sie nun auch nicht, Georg. Sie meint es schon gut", gab sie zu. „Nur wenn sie mir Predigten hält, kann sie mich auf die Palme bringen."

„Nun, wir wollen das jetzt alles vergessen!" sagte er lachend, während er ihr beim Einsteigen in sein Auto half. „Hättest du Lust zu einem Spaziergang am Strand, um deine Aufregung ein bißchen abzukühlen?"

Ja, das wollte sie gern.

Für diese Jahreszeit war der Abend sehr warm. Viele Leute schlenderten am Strand entlang. Er blieb stehen, um ihr Eis und ein erfrischendes Getränk zu kaufen. Sie gingen die Promenade auf und ab. Es war schon ziemlich spät, als sie sich an einem Plätzchen niederließen. So oft sie hier waren, trafen sie niemals jemanden an.

„Du wolltest mir doch etwas sagen, Georg", erinnerte sie ihn, während sie ihn erwartungsvoll anschaute.

Er seufzte. „Ja, meine kleine Prinzessin, aber ich finde es furchtbar, diesen wunderschönen Abend zu verderben."

„Wieso? Ist es denn etwas so Schlimmes?"

„Ja", sagte er sanft, und sein Gesicht war dem ihren ganz nah. „Ich habe schlechte Nachricht für dich."

„Über - über die Scheidung?" Sie hielt den Atem an.

„Ja", sagte er wieder. „Meine Frau hat den Prozeß gegen mich fallen lassen, und sie wird ihn auch nicht wieder aufnehmen."

Dorothea Marmann schien es, als greife eine eisige Hand nach ihrem Herzen.

„Oh, Georg, deine Ehe wird dann nicht geschieden werden können?" stammelte sie.

„So ist es, Liebling", flüsterte er und drückte sie noch fester an sich. „Aber deshalb wird sich für uns nichts ändern."

Sie befreite sich aus seiner Umarmung. „Oh doch, Georg!" rief sie verstört. „Wir werden nicht heiraten können!"

Er lachte - ein tiefes, einschmeichelndes Lachen, das ihrem Herzen eine leise Vorahnung gab.

„Aber was macht denn das, mein Engel? Wir lieben uns doch, du und ich."

Sie fühlte, wie sich ein lähmender Schrecken über ihre Glieder legte. „Aber Georg!" protestierte sie. „Wir müssen doch heiraten!"

„Warum, Liebling?" Wieder lachte er. „Was macht das schon? Die Ehe ist nur eine Form."

Sie holte tief Luft, als ihr plötzlich die Worte ihres Vaters in den Sinn kamen. „Die Ehe ist von Gott eingesetzt . . . "

„Wir werden zusammen irgendwohin gehen, weit weg – wir beide zusammen." Seine Stimme klang jetzt sehr einschmeichelnd. „An irgend einen Ort, wo wir zusammen ein neues Leben beginnen können – nur wir beide, du und ich."

Sie fühlte die Wärme seiner Zärtlichkeit; doch mit rasendem Puls und heftig klopfendem Herzen versuchte sie wieder, sich seiner Umarmung zu entziehen.

„Nein, Georg, nein!" schrie sie verzweifelt.

„Aber warum denn, Liebling, warum?" fragte er in bittendem Ton und ließ ihre Hand nicht los.

Sie versuchte zu sprechen, aber die Worte versagten ihr. Wie hätte sie ihm erklären sollen, daß die Gesichter der ehrlichen, aufrechten Männer, die sie kannte, Männer wie ihr Vater, wie Michael und Thomas, ja, und auch wie Stefan Weller, wie eine undurchdringliche Wand zwischen ihr und dem Abgrund standen, der unter ihren Füßen gähnte.

„Dorli, du liebst mich doch, nicht wahr?" Die gleiche sanfte und einschmeichelnde Stimme flüsterte wieder in ihr Ohr. „Wir lieben uns."

In ihrem Kopf klopfte es, als wollte er platzen . . . „Er liebt dich nicht wirklich." Es war Inge Deigers leidenschaftliche Stimme, die sie zu hören glaubte. „Er liebt dich nicht wirklich, und du liebst ihn auch nicht, Dorothea."

„Oh, Georg!" seufzte sie.

„Du mußt, Liebling, du mußt 'ja' sagen!" Wieder legte er seinen Arm um sie und zog sie an sich. „Es ist der einzige Weg zum Glück - für uns beide."

Und wieder waren es Inge Deigers Worte, die in ihrem Kopf wie Feuer brannten. „Du bist auf dem besten Weg direkt zur Hölle, Dorothea Marmann."

Der Weg zum Glück? Seine Worte schienen leer und bedeutungslos.

„Ach, Georg!" schluchzte sie. „Ich kann nicht, ich kann nicht!"

„Du mußt!" schrie er leidenschaftlich. Sein Griff um ihren Arm wurde noch fester.

„Hör auf! Laß mich - du tust mir weh!" schrie sie hysterisch und machte sich mit fast übermenschlicher Anstrengung frei.

Sein Griff lockerte sich. Er stand ihr gegenüber und schaute ihr ins Gesicht. Doch sein Blick ließ sie zurückprallen.

„Georg", bat sie, „wenn du mich wirklich liebtest, dann - dann würdest du mich nicht darum bitten. Nein, das könntest du nicht!"

„So! Das ist also deine Meinung?" Georg Feldens sanfter, glatter Charme fiel ab wie eine Maske, und sein Mund verzog sich zu einem verächtlichen Lächeln. „Na gut, dann bin ich fertig mit dir!" Und er stieß sie mit einer Brutalität von sich, die ihr ein heißes, brennendes Rot in die Wangen trieb.

„Georg!" schrie sie hilflos. „Hör mir zu."

„Das hast du alles nur dir selber zuzuschreiben, du Dummkopf!" rief er wild. „Sie hätte den Prozeß sicher weiterlaufen lassen, wenn du ihr nicht gesagt hättest, du würdest mich niemals aufgeben! Und jetzt spielst du genau in ihre Hände - und machst mich lächerlich!"

Es war ein schrecklicher Schock für sie. Nun hatte sie den wahren Georg Felden entdeckt, der sich bislang so erfolgreich hinter dem äußeren Anstrich von Eleganz und Charme verborgen hatte. Plötzlich überkam sie eine Woge von Selbstmitleid.

„Und was wird aus mir?" rief sie erbärmlich.

„Aus dir?" Er lachte rauh und grausam auf. „Du hast für mich keinen Zweck mehr, wenn dir meine Bedingungen nicht passen. Ich bin fertig mit dir!"

„Georg!"

Aber ihr Schrei hallte an dem einsamen Strand wider, ohne beantwortet zu werden; denn Georg Felden war gegangen und ließ sie allein in der dunklen Nacht . . .

20

FRAU MARMANN

Frau Marmann fiel plötzlich ein, daß sie die Zeitung noch nicht gelesen hatte. Nicht, daß es ihr so sehr wichtig war; es war mehr eine Gewohnheit, am Abend nach der Arbeit noch einmal in die Zeitung zu schauen.

Heute abend war sie allein zu Hause. Ihr Mann hatte Michael zum Zug gebracht und ihn auf seiner ersten Etappe der Fahrt zu seiner Kirche und seinem neuen Heim begleitet. Sie hatte eigentlich auch mitgehen wollen; aber schließlich war sie doch zu müde gewesen, und Michael meinte, es sei wirklich nicht nötig, daß sie mitkäme. „Wir werden uns doch am Sonntag wiedersehen, Mutter. Darum bleibe jetzt zu Hause und ruhe dich aus", hatte er ihr in seiner rücksichtsvollen Art zugeredet.

So blieb sie zu Hause. Jetzt war sie sogar froh darüber. Denn während sie noch in ihrer Tasche nach der Brille suchte, sank sie müde in ihren Sessel zurück.

Die Ruhe tat ihr gut. So ließ sie die Zeitung ungeöffnet in ihren Schoß sinken, schloß die Augen und hing ein paar Minuten ihren Gedanken nach.

Ja, am Sonntag würde sie Michael wiedersehen – die Verwirklichung ihrer Hoffnungen und Träume, wenn ihr ältester Sohn in die Verantwortung eines Pastors eingeführt werden würde. Sie hatten immer gehofft, daß wenigstens eines ihrer Kinder sich für einen Beruf im vollzeitigen Dienst des Herrn entscheiden würde. Mit Freuden hatten sie Michaels geistliche Entwicklung unter vielen

Gebeten beobachtet. Er würde ein sehr guter Prediger werden, dessen war sich Elisabeth Marmann ganz sicher. Und wenn er eine Frau hatte, die ihm bei seiner Arbeit helfen würde . . . Ruth Foster war ein nettes und wertvolles Mädchen, genau so, wie sie sich die zukünftige Frau ihres Sohnes gewünscht hatte. Sie war froh, daß er heiraten würde, denn für einen Mann war es nicht gut, allein zu sein .

Ihre Gedanken wanderten weiter zu Thomas. Er war ein ganz anderer Typ als sein Bruder. Sie würde es gern sehen, wenn auch er eine Familie gründen würde, doch er schien gar kein Interesse an Mädchen zu haben. Die Mission fesselte ihn so sehr, daß Frau Marmann manchmal dachte, daß vielleicht dort seine weitere Aufgabe liegen könnte. Doch darüber machte sie sich noch keine Gedanken, sondern überließ alles Gottes Führung. Sie konnte beruhigt sein, daß Thomas das geistliche Fundament, das er zu Hause bekommen hatte, nie vergessen würde. Sicher konnte Gott auch einen gläubigen Wissenschaftler gebrauchen.

Und dann dachte sie an Miriam und Jürgen. Welch ein Trost waren die beiden immer für sie gewesen! Und welche Freude war es für sie, sehen zu können, wie sie die christlichen Traditionen in lebendiger Weise in ihrem Heim weiterführten und gemeinsam als Familie dem Herrn dienten. Miriam hatte einen charakterfesten, gläubigen Mann; und sie selbst war eine ausgezeichnete Ehefrau und Mutter. Was konnte sich eine Mutter mehr für ihre Tochter wünschen?

Und schließlich kamen Elisabeth Marmanns Gedanken zu Dorothea - der armen, geliebten Dorothea. Ihre Augen wurden immer, wenn sie für ihr jüngstes Kind, ihr Kleines, betete, trübe. Dennoch war sie im Herzen ruhig und zuversichtlich; die innere Gewißheit hielt sie aufrecht, daß eines Tages der Familienkreis wieder vollständig sein würde. Ob schon bald - oder ob es noch lange dauern würde - das wußte sie nicht. Ihr Glaube war so fest und ihr Vertrauen so unerschütterlich, daß die Zeit dabei nicht viel bedeutete. Es war ihr genug zu wissen, daß Gott treu ist und daß ihr Kind nirgendwo hingehen konnte, wo Seine Liebe es nicht zu erreichen vermochte.

Nun nahm Frau Marmann sich doch noch ihre Zeitung vor. David würde bald zurückkommen, und sie hätte dann noch nicht einmal hineingeschaut! Sie setzte ihre Brille auf, öffnete das Blatt und ließ ihre Augen schnell über die erste Seite gleiten. Plötzlich schien sie wie versteinert. Mit weit geöffneten Augen starrte sie auf eine große, dickgedruckte Überschrift: „Tragischer Tod einer Frau aus bester Gesellschaft". Und darunter stand: „Frau Geraldine Felden, einst eine umschwärmte Schönheit aus der höchsten Gesellschaftsschicht und Frau des bekannten Finanzmanns Georg Felden, wurde heute tot im Schlafzimmer ihrer Wohnung aufgefunden. Es wird vermutet, daß Frau Felden an einer Überdosis Schlaftabletten gestorben ist. Neben ihr lag ein Brief. Die Polizei ermittelt noch."

Das konnte doch nicht wahr sein! Frau Marmann schien von diesem Schock wie gelähmt.

Tot! Georg Feldens Frau war tot - Selbstmord! Weil ihr Mann seine Liebe einer anderen Frau geschenkt hatte. Und diese andere Frau war . . . Nein - nein! Elisabeth Marmann schrie auf vor Entsetzen. Es hatte keinen Sinn, darüber nachzudenken, es war zu schrecklich, um es sich vorzustellen. Und doch konnte sie diese Sache nicht ignorieren. Es war die Wahrheit. Dorothea Marmann - ihre eigene Tochter - spielte mit in dieser schmutzigen Tragödie!

Sie schauderte. Die Zeitung fiel ihr aus den Händen

auf den Fußboden, während sie noch immer wie versteinert auf die weiße Wand gegenüber starrte. Aber sie sah die Wand nicht, auch nicht das Zimmer; sie sah gar nichts. Sie sah nur die schrecklichen Bilder, die sie sich in ihrem Inneren zurechtmachte. Gerichtssäle, Verhandlungen, Kreuzverhör, die Berichte der Zeitungen - dieser Schatten würde für immer auf Dorotheas Namen bleiben. Wie würde sie dies alles durchhalten? Das konnte sie unmöglich! Sie war noch ein Kind - ein armes, liebes, törichtes Kind - ihr Kind!

Elisabeth Marmann raffte sich plötzlich auf. Als sie aufstand, wankte sie hin und her. Aber sie mußte Dorothea sofort finden - und sie trösten, beschützen und ihr helfen. Sie mußte sie ihrer Liebe versichern. Sie mußte sie vor einem Skandal bewahren, der ihr noch das letzte bißchen ihres guten Rufes und Charakters nehmen würde. Sie mußte jetzt zu Dorothea gehen und sie nach Hause holen!

Hastig legte sie sich einen Schal um die Schultern und eilte sofort zur Tür; ohne sich selbst kaum bewußt zu sein, was sie tat. Aber sie wußte, wo Dorothea wohnte, obwohl sie noch niemals dort gewesen war. Sie würde den Bus nehmen. Sie drückte beide Hände gegen ihre pochenden Schläfen. David - David würde nach Hause kommen und sich wundern, daß sie nicht da war. Aber sie konnte unmöglich warten, bis er kam. Es könnte dann schon zu spät sein. Sie würde ihm eine Nachricht hinterlassen und die Zeitung daneben legen. Dann würde er es verstehen.

Mechanisch holte sie Papier und einen Stift aus der Schublade. Dann schrieb sie mit zitternder Hand: „David, lies die Abendzeitung. Ich bin gegangen, um Dorothea heimzuholen. Bete für uns. Deine Elisabeth."

Sie legte ihm die Zeitung mit der Notiz an einen Platz, der nicht zu übersehen war, wenn er ins Zimmer käme. Dann eilte sie den Gartenweg entlang, öffnete die Tür und ging hinaus in die Nacht.

Die Hitze des Tages hatte in einem kräftigen Gewitter geendet. Jetzt regnete es heftig, und der Wind war kalt und schneidend. Aber Elisabeth Marmann spürte von alledem nichts. Sie merkte nicht einmal, daß sie ihren Mantel vergessen hatte und naß bis auf die Haut wurde. Sie dachte nur an eins: Dorothea war in Not, die Tochter brauchte sie, sie mußte sie nach Hause holen .

Die Liebe und Sorge um ihr Kind trieben sie durch die dunkle, kalte Nacht. Gewaltsam blies der Wind ihr entgegen, als wolle er sie zwingen, zurückzukehren. Der Regen schlug ihr ins Gesicht, so daß sie kaum etwas sehen konnte. Aber auch ohne etwas zu sehen, würde sie den Weg zumindest bis zur Ecke der Straße gefunden haben.

Aber als sie dann bei der Ecke angekommen war, blieb sie bestürzt stehen. Sie mußte jetzt den Bus nehmen, doch sie wußte nicht genau, von welcher Straßenseite aus.

Sie zögerte. Eine endlose Lichterkette verwirrte sie und machte sie ganz benommen; sie hielt sich eine Hand über die Augen, um sie vor der Blendung zu schützen. Aber die nasse Straße reflektierte diese Lichter so stark, daß sie sie noch immer nicht richtig sah. Lichter, überall Lichter. Die Dunkelheit war besser gewesen, sicherer, nicht so verwirrend .

Und wieder ein Licht - noch heller als die anderen. Der Bus! Ja, das mußte der Bus sein. Sie mußte ihn unbedingt erreichen - schnell mußte sie die Straße überqueren. Sie durfte den Bus auf keinen Fall verpassen - sie mußte zu Dorothea kommen. Ihre Tochter brauchte sie. Sie eilte vom Bürgersteig herunter.

Eine Hupe klang schrill durch die Nacht, Reifen quietschten, Bremsen blockierten, und dann ein unheilvolles Krachen.

Sofort kamen Passanten herbeigestürzt und blickten entsetzt auf den Menschen, der da schwer verletzt auf der Straße lag.

„Es ist eine Frau!"

„Es muß doch jemand einen Arzt holen - und den Krankenwagen!"

Ein Fremder machte sich den Weg frei durch die umstehende Menge.

„Treten Sie zurück, bitte - treten Sie dort zurück!" befahl er und beugte sich über die Verletzte.

Ein Augenblick gespannter Ruhe, dann erklang wieder der Ruf: „Man muß einen Krankenwagen rufen!"

Doch der Fremde richtete sich auf und schüttelte den Kopf. „Sie brauchen sich nicht mehr zu beeilen", sagte er in ernstem Ton. „Unsere Hilfe kann ihr nichts mehr nützen." Voll Schrecken murmelte man „Sie ist - tot."

21

DIE SUCHE

Dorothea Marmann war allein in ihrer Wohnung. Das laute Ticken der Küchenuhr war das einzige Geräusch, das die unheilvolle Stille beständig durchbrach. Dorothea saß am Tisch, vor sich ausgebreitet die Abendzeitung. Wie gebannt starrte sie auf den Bericht der „Felden-Tragödie".

Es war die Wahrheit - es mußte ja die Wahrheit sein, sagte sie sich immer wieder selbst. Das war nichts anderes als Ironie des Schicksals! Wenn Feldens Frau doch nur gewußt hätte, was zwischen ihnen in jener Nacht vorgefallen war - wenn sie doch nur gewußt hätte, daß sie, Dorothea Marmann, mit Georg Felden ein für allemal fertig war! Oder war es eher so, daß er mit ihr fertig war? Doch ihr Stolz lehnte es ab, die Sache so zu sehen. Sie haßte Georg Felden, jedenfalls versuchte sie, sich das selbst klarzumachen. Dennoch, es waren noch keine achtundvierzig Stunden her, seit sie seiner Frau gesagt hatte, daß sie ihn liebte und ihn niemals aufgeben würde!

Wieder schaute sie auf die Zeitung. „Tragischer Tod einer Frau aus der besten Gesellschaft". Das Gesicht kalkweiß, stand sie von ihrem Stuhl auf und durchschritt in ihrer Aufregung nervös das Zimmer.

Der Gedanke traf sie wie ein tödlicher Schlag. Ihr war kalt, sie fühlte sich schwach und krank. Die Antwort, die sie Frau Felden gegeben hatte, hatte sie dazu getrieben! Sie schauderte. Ein Leben, das in ihrer Hand gelegen hatte - das bedeutete es doch schließlich! Und sie - Dorothea Marmann - war nun verantwortlich!

Wie hätte sie auch beweisen sollen, daß die Rolle, die sie in dieser Tragödie gespielt hatte, eine indirekte und unwissentliche gewesen war?! Wie hätte sie beweisen sollen, daß zu dieser Zeit zwischen ihr und Georg Felden schon alles aus war?! Und wie sollte sie sie davon überzeugen, daß er sie getäuscht, verspottet, ja sogar zurückgestoßen hatte, als sie endlich das Richtige getan und es abgelehnt hatte, sich bis auf sein Niveau zu erniedrigen?! Niemand würde ihr glauben - welchen Grund hätte sie auch, das zu erwarten? Alle würden das Schlechteste von ihr denken. Aber konnte sie sie dafür tadeln? Das hatte sie alles selbst über sich gebracht, dachte sie bitter. Sie war geblendet gewesen - geblendet . . .

Aber sicher gab es noch einen Ausweg für sie!

Wieder nahm sie die Zeitung zur Hand und las den Artikel.

Sie befeuchtete ihre trockenen Lippen mit der Zunge, während ihr Schweißperlen auf der Stirn standen und ihre Augen wie Feuer brannten. Doch, es gab noch einen Weg . .

Die Wohnung war ganz dunkel, als Inge Deiger die Tür aufschloß und nach dem Lichtschalter tastete.

Es war natürlich nichts Ungewöhnliches, daß Dorli nicht zu Hause war; aber nach allem, was geschehen war, machte sie sich nun doch Sorgen. Seit der Szene, die sich am Abend zuvor abgespielt hatte, hatten sie kaum zwei Worte miteinander gewechselt, und sie hatte Dorli den ganzen Tag nicht zu Gesicht bekommen. Inge hatte seit kurzer Zeit besondere Aufgaben im Büro übertragen bekommen und war deshalb in eine ganz andere Abteilung gekommen als Dorli und mußte auch abends häufig länger arbeiten.

Inge hatte nicht gewagt, diese Arbeit abzulehnen, obwohl sie gerade jetzt viel lieber zu Hause bei Dorli gewesen wäre.

Inge machte in der Küche Licht an und warf einen Blick auf die Küchenuhr. Plötzlich erblickte sie auf dem Tisch ein Blatt Papier. Vielleicht hatte Dorli ihr etwas hinterlassen. Sie trat an den Tisch und schaute auf das Papier. Es war Dorlis Handschrift.

„Ich bin am Ende meiner Kraft - ich will einen langen Spaziergang machen, ich will nachdenken . . . ” war einer der Sätze auf dem Blatt Papier.

Inge legte den Zettel wieder hin und schaute auf die Uhr. Wann hatte sie das wohl geschrieben? Und wo war Dorli jetzt?

Sie hielt einen Augenblick inne, um für ihre Freundin zu beten, die sie immer noch liebte, obwohl so viele Schwierigkeiten und Meinungsverschiedenheiten zwischen sie getreten waren.

Konnte sie jemals vergessen, daß sie selbst Dorothea auf den breiten Weg geführt hatte? Aber sie war sich ganz gewiß, daß Gott ihr vergeben hatte, denn damals wußte sie ja gar nicht, was sie tat - dennoch war es für sie nicht einfach, auch sich selbst zu vergeben und diese Sache zu vergessen. Kurz entschlossen lief sie hinaus in die Nacht, um auch den letzten Teil ihrer Aufgabe an Dorothea Marmann zu erfüllen.

Thomas Marmann und Stefan Weller wären beinahe vor der Treppe zusammengestoßen, weil sie beide zur gleichen Zeit und aus dem gleichen Grund zu Dorlis Wohnung wollten. Kein Wort der Erklärung war nötig, und nach einem kurzen Gruß setzten beide ihren eiligen Weg die Treppen hinauf fort.

„Es ist jemand zu Hause”, sagte Thomas hoffnungsvoll, als sie den Flur erreicht hatten. „Die Tür ist offen, drinnen ist Licht.”

„Ja”, sagte Stefan nur und klopfte kräftig an die Tür. Aber niemand antwortete.

„Sonderbar", meinte Thomas. Und sie klopften noch einmal, doch wieder mit dem gleichen Ergebnis.

„Ich denke, wir gehen am besten hinein", sagte Stefan entschlossen. „Irgend etwas ist nicht in Ordnung. Es scheint, als ob sie die Wohnung in aller Eile verlassen hätten."

„Ja, tatsächlich!" rief Thomas und ging voraus.

In der Küche brannte Licht. Sie kamen hinein, und ihr erster Blick fiel auf den Zettel, der noch auf dem Küchentisch lag. Sie hoben ihn auf und lasen ihn.

„Stefan!" rief Thomas entsetzt. „Verstehst du, was das bedeuten kann?"

Stefan nickte ernst. „Wir müssen sie finden!" sagte er mit heiserer Stimme. „Wir müssen sie finden!"

„Natürlich, aber wo? Wo kann sie sein?" rief Thomas hilflos.

„Der Strand, wo sie oft mit Felden war", antwortete Stefan kurz. „Das ist noch der wahrscheinlichste Ort. Du gehst in die eine und ich in die andere Richtung."

Thomas Marmann, im Augenblick gar nicht in der Lage, etwas Planvolles zu tun, hatte nichts gegen diese Anordnung einzuwenden.

„Ja, das wollen wir", stimmte er ihm zu und eilte schon zur Tür.

„Gott möge uns beide begleiten!" fügte Stefan aus tiefstem Herzen hinzu.

Das Wetter war schlecht in dieser Nacht; als sie beide von verschiedenen Seiten an der Küste ankamen, bot sich ihren Augen ein trostloses Bild. Es regnete heftig, und sie konnten kein menschliches Wesen entdecken. Ein starker Wind hatte das Meer aufgepeitscht, das Brüllen der See war ohrenbetäubend.

Thomas schlug den Mantelkragen hoch und stapfte weiter. Es erschien ihm unsinnig, jetzt hier jemanden zu suchen; keine Menschenseele schien da zu sein. Er hoffte nur, daß Stefan mehr Glück hatte als er .

Doch plötzlich begann sein Herz schneller zu klopfen, als er jemanden auf sich zukommen sah. Als die Gestalt näher kam, erkannte er, daß es eine Frau war - der Wind trieb ein wildes Spiel mit ihrem Haar, sie hielt den Kopf gesenkt.

Er rannte auf sie zu. Konnte es wirklich wahr sein, daß er sie gefunden hatte? Dann erkannte er plötzlich ihr Gesicht, als sie schon fast vor ihm stand.

„Inge?" Er war erstaunt. „Was machst du denn hier?"

„Ach, Tom!" rief sie völlig erschöpft, „ich kann sie nicht finden, und - und ich suche schon seit Stunden nach ihr!"

Sie wankte, und er stützte sie mit seinem Arm. „Inge!" rief er besorgt, „du bist ja vollkommen fertig!"

„Ich - ich bin so froh, daß du gekommen bist, Tom! Ich hätte jetzt nicht mehr weitersuchen können."

Im nächsten Moment fiel sie erschöpft in seine Arme.

Thomas holte tief Luft. Das war nun das Ende seiner Suche nach Dorothea, zumindest für diesen Augenblick. Er hielt Inge in seinen Armen. Was sollte er jetzt mit ihr machen? Am besten, er würde ein Taxi rufen.

Er hob sie höher, und ihr weißes Gesicht war dem seinen ganz nahe. Sie war ein wunderbares Mädchen. Er beugte den Kopf nieder und küßte sie zärtlich auf die Lippen.

„Tom!" flüsterte sie schwach.

Irgend etwas rührte sich in seinem Herzen.

„Inge!" rief er liebevoll und küßte sie noch einmal.

22

DAS ENDE DES WEGES

Dorothea Marmann hatte auch mit dem Sturm zu kämpfen, aber weit mehr mit dem Sturm, der in ihrem Inneren wütete, als mit dem Sturm draußen. Sie ging nicht direkt auf die Stelle zu, an der sie so oft mit Georg Felden gewesen war - doch sie wußte genau, daß sie früher oder später hingelangen würde; es war auch der Ort, an dem sie sich getrennt hatten. Der Ort, an dem seine sanfte Stimme so zärtlich „meine Prinzessin" zu ihr gesagt hatte und die dann in einem kurzen Augenblick so verwandelt gewesen war, daß man sie fast nicht wiedererkennen konnte; eine Stimme, die wie ein Messer ihr Herz durchschnitten hatte: „Ich bin fertig mit dir!"

Sie wußte nicht, wie sie in der vergangenen Nacht nach Hause gekommen war. Irgendwie hatte sie den mühseligen Weg bis zu ihrer Wohnung gemacht; irgendwie hatte sie es geschafft, sich zusammenzunehmen und Inge wie immer zu begegnen.

Lange hatte sie nicht schlafen können; doch zuletzt hatte sie ein Gefühl der Endgültigkeit und gleichzeitig der Freude überkommen, daß sie doch das Richtige getan habe. Bei diesem Gedanken war sie lächelnd eingeschlafen . . .

Schließlich war Dorothea in der Nähe ihres Treffpunktes angelangt. Völlig steif blieb sie stehen. Ihr Herz schien aufhören wollen zu schlagen, als sie in dem blassen Licht, das von Sand und Meer reflektiert wurde, die Gestalt eines Mannes stehen sah. Es war unmöglich, ihn aus dieser Entfernung zu erkennen; aber als sie näher kam, erkannte sie zwei Dinge: daß ihr dieser Mann bekannt war - und daß es nicht Georg Felden war.

Sie glaubte, keinen weiteren Schritt tun zu können, als sie sah, wie die Gestalt auf sie zukam. Ein wortloser Schrei entrang sich ihren eisigen Lippen. Dann trug ihr der Wind ein einziges kleines Wort entgegen; ein Wort - ach, wie lange war es jetzt schon her? - das sie nie hatte hören wollen. Nur dies eine Wort „Dorothea!"

Der junge Mann kam langsam auf sie zu, und das Wort „Dorothea" dröhnte in ihrem Kopf. Die Bedeutung dieses Namens kam ihr wieder in den Sinn: „von Gott geschenkt, von ihm geliebt . . . " Sonderbar, dachte sie, daß ihr in diesem Augenblick so etwas einfiel!

Aber war das wirklich so sonderbar? War das denn nicht auf die Gebete so vieler Leute zurückzuführen, die im Moment für sie gesprochen wurden - einige in Worten, einige in Gedanken - damit sie von ihrem alten Weg umkehrte und den geraden, schmalen Weg wählte?

Wenn es ihr auch komisch erschien, daß ihr dieser Gedanke gerade jetzt in den Sinn kam, so half er ihr dennoch, die verkrampfte Spannung in ihrem Inneren zu lösen; und als Stefan vor ihr stand, brach sie in eine Flut von Tränen aus. Er trat an ihre Seite und bot ihr mit seiner echten, herzlichen Höflichkeit seinen Arm.

Es war nicht die Haltung eines Liebhabers - obwohl er es sich so sehr gewünscht hätte, sie jetzt in seine Arme nehmen zu dürfen und jede einzelne ihrer Tränen zu küssen, die ihr die Wangen hinunterliefen.

„Komm, Dorothea", sagte er freundlich, obwohl er laut sprechen mußte, damit seine Stimme im Geheul des Sturmes nicht völlig unterging. „Ich werde dich nach Hause bringen; hier sollst du nicht länger bleiben."

Sie protestierte nicht, als er sie an eine Stelle führte, wo der Lärm des Windes nicht so groß war und man nichts mehr von dem wilden, aufgepeitschten Wasser sah.

Als sie gingen, fragte sie nur ganz leise: „Nach Hause, Stefan?"

„Ja", sagte er, „nach 'Karmel'."

Auch jetzt protestierte sie nicht. Er konnte kaum sein Erstaunen darüber verbergen.

Nach kurzer Zeit hatten sie schon die Straße erreicht. Er hielt jetzt ihre Hand, aber nicht wie ein Liebhaber, sondern mehr wie ein Vater, der sein verlorenes Kind nach Hause führt. Doch Dorothea überkam ein Gefühl des Glücks, als sie den warmen Druck seiner Hand spürte.

„Ich werde ein Taxi rufen", sagte er, als sie bis zur Landstraße gekommen waren.

Stefan hatte Glück, denn schon ein paar Minuten später kam ein Taxi vorbei. Er half ihr in den Wagen, zog seinen Mantel aus und legte ihn um sie.

Niemand sprach ein Wort; er fühlte, daß er nicht den Anfang zu machen hatte. Plötzlich brach sie wieder in Tränen aus, und sie spürte, daß dies am besten helfen würde, ihr Herz zu erleichtern.

Im dämmrigen Licht des Wagens schaute sie ihm dann offen und geradewegs in die Augen. Und tatsächlich brauchte sie kein einziges Wort zu sagen, denn ihre Augen sagten ihm alles, was er wissen wollte. Er versuchte nicht etwa, etwas von ihren Gefühlen für ihn in diesen Augen zu lesen; nein, es war die Bereitschaft zur Umkehr, die er so lange ersehnt hatte und die er darin fand. Es war, als ob in diesem Augenblick die Dorothea der letzten paar Monate verschwunden und ein ganz anderes Mädchen an ihre Stelle getreten wäre.

„Stefan", flüsterte sie, „glaubst du, daß es irgendeine Möglichkeit zu einem neuen Anfang gibt – für jemanden, der so töricht, so - so böse gewesen ist - wie ich? Glaubst du das?"

„Das glaube ich nicht nur, Dorothea", antwortete er und sprach in tiefer Überzeugung, „da bin ich ganz sicher; diese Möglichkeit gibt es für jeden, der ehrlich bereut. Erinnerst du dich, was die Bibel sagt - ich weiß es nicht ganz wörtlich, aber ungefähr so heißt es: 'Er ist treu und gerecht, uns unsere Sünden zu vergeben und uns von all unsrer Schuld zu reinigen' - vorausgesetzt natürlich, daß man von ganzem Herzen bereut. Ach Dorothea, wie wunderbar ist es, daß du dies fragst!"

Sie schwieg; und seine Augen starrten auf den Fahrer vor sich, während er sehnsuchtsvoll und betend auf das wartete, was sie nun sagen würde. Er wollte sich endlich gewiß sein, daß die Gebete derer, die Dorothea liebten, erhört worden waren. Er wünschte jetzt nichts sehnlicher, als daß sie umgekehrt wäre und die ersten Schritte auf dem schmalen Weg, der zum Leben führt, gehen würde.

„Ich - ich kann jetzt nicht viel sagen, Stefan - aber ich weiß - du mußt es jetzt erfahren - ich war am Ende, am Ende meiner Kraft, als du mich am Strand sahst. Die Hoffnung schien in meinem Herzen erloschen zu sein. Der Sturm draußen war unbedeutend gegenüber dem in meinem Inneren. Ich danke dir, Stefan, ich danke dir, daß du gekommen bist. Und - und ich glaube, ich sollte jetzt dem Gott danken, den ich abgelehnt hatte, daß er dich geführt hat. Ach, Stefan, ich -"

Sie streckte ihre Hand aus und legte sie in die seine, aber von Liebe wurde kein Wort gesprochen. Im nächsten Augenblick schon waren sie bei „Karmel" angelangt; Stefan bezahlte den Fahrer und brachte Dorothea bis zur Tür.

„Zu Hause, Dorothea", sagte er, als er die Tür öffnete.

Sie war sehr erschöpft, und es schien, als ob sie die Stütze seines Armes nicht entbehren könnte.

„Du - du kommst doch mit mir hinein, nicht wahr?" fragte sie zaghaft, und er nickte.

„Wenn du das wirklich möchtest, Dorothea", antwortete er mit unermeßlicher Freude in seinem Herzen.

„O Stefan, bitte!" flehte sie ihn an.

Die große, schwere Eingangstür von „Karmel" war aufgelassen worden; Stefan klopfte kräftig an, um ihre Ankunft anzukündigen und geleitete Dorothea dann durch den Flur ins Wohnzimmer.

„Hier sind wir!" begann er eifrig. Und dann hielt er plötzlich inne.

Irgend etwas war nicht in Ordnung. Herr Marmann war da, Miriam und Jürgen, Thomas - ja, und sogar Inge Deiger - und alle schauten sie sie mit bleichen, betroffenen Gesichtern an. Was konnte nur geschehen sein?

David Marmann sprang von seinem Sessel auf, als er seine jüngste Tochter erblickte. Mit ausgestreckten Armen kam er auf sie zugeeilt, während Tränen ihm die Wangen hinunterströmten.

„Dorothea!" rief er mit gebrochener Stimme aus. „Mein liebes, liebes Mädchen!"

„Ach - Vater!" Und sie warf sich in seine Arme und weinte, während er sie liebevoll an sich drückte.

Doch plötzlich bemerkte sie die sonderbare Atmosphäre, die das Zimmer bedrückte und wandte den Kopf um und schaute unsicher umher.

„Wo ist Mutter?" fragte sie schließlich.

Auf ihre Frage folgte Schweigen.

„Wo ist Mutter?" fragte sie noch einmal; eine plötzliche Furcht ergriff ihr Herz. „Wo ist sie denn?"

„Dorothea - "

Herr Marmann versuchte zu sprechen, doch die Stimme versagte ihm.

In panischer Angst blickte sie von einem zum andern.

„Sagt es mir!" rief sie atemlos. „Irgend etwas ist mit Mutter geschehen! Wo ist sie? Was ist los?"

Mit großer Anstrengung brachte Herr Marmann sein Gefühl unter Kontrolle.

„Deine Mutter - es war ein Unfall heute abend - "

„Wie?" Eine furchtbare Angst ergriff das Mädchen. „Wo ist es passiert? Und wie ist es dazu gekommen?"

David Marmanns Stimme klang heiser. „Dorothea, mein Kind - deine Mutter war fortgegangen, um dich zu suchen und dich nach Hause zu bringen."

„Und?" Das Wort war kaum hörbar, so leise und zaghaft hatte sie es ausgesprochen.

„Und dann ist der Unfall geschehen - "

Das Mädchen schaute ihn mit ängstlich fragenden Augen an: „Und wo ist sie jetzt? Ich muß zu ihr gehen und ihr sagen, daß ich wieder zu Hause bin!"

Langsam schüttelte der Vater den Kopf. „Sie ist nicht hier, Dorothea", sagte er mit unsagbar trauriger aber fester Stimme. „Sie ist aus unserer Mitte gegangen. Der Herr hat es für recht befunden, unsere Mutter zu sich in den Himmel zu nehmen."

„Du meinst - ?"

Er nickte, denn er konnte die Worte nicht mehr sagen, die sie als Antwort von ihm erwartete.

Aber Dorothea Marmann hatte verstanden. Und mit einem betroffenen Schrei rief sie an seiner Stelle: „Sie ist tot!"

Dann warf sie sich vom Schmerz überwältigt nieder.

„O Mutter - Mutter!" schluchzte sie. „Jetzt bin ich nach Hause gekommen - aber zu spät!"

23

MICHAELS PREDIGT

Die Kirchenglocken läuteten zum Gottesdienst, als Stefan Weller seinen Wagen an der Hauptstraße des ruhigen Städtchens abstellte. Es war ein malerisches, aus Basaltsteinen erbautes Kirchlein, das ein wenig abseits von der Straße stand.

Eine ganze Menge Autos standen schon da, und viele Leute waren noch unterwegs. Dies war ein wichtiger Tag im Leben dieser kleinen, ländlichen Kirche. Der neue, junge Pfarrer aus der Stadt, den die meisten Leute noch nicht mal gesehen hatten, würde heute seine Antrittspredigt halten; und es sah aus, als ob es eine große Versammlung werden würde. Einige von den Leuten wären sowieso gekommen, auch wenn es kein besonderer Tag gewesen wäre. Aber eine ganze Menge kam nur wegen des besonderen Anlasses. Wie in jedem Gottesdienst, gab es hier natürlich auch Leute, die allein Gottes Wort hören wollten, ganz gleich, wer auf der Kanzel stand; einige kamen aus Gewohnheit, weil es eben Sonntag war, weil sie von Jugend an gewohnt waren, mindestens eine Stunde dieses Tages in der Kirche zu verbringen. An diesem Morgen waren einige auch aus Neugierde gekommen, um den neuen Pfarrer zu sehen. Andere führte das Mitgefühl hierher, denn die Nachricht hatte sich schnell in der Stadt verbreitet, daß die Mutter des jungen Pfarrers erst vor kurzem bei einem Verkehrsunfall ums Leben gekommen sei. Sie wollten ihn fühlen lassen, daß sie an seiner Trauer

Anteil nahmen. Oder wollten sie nur sehen, wie er sich nach dieser Tragödie verhalten würde? Ganz gleich, aus welchem Grund sie gekommen waren - die Kirche war jedenfalls voll besetzt. Stefan und Dorothea konnten gerade noch einen Platz finden.

Dorothea, begleitet von Stefan, war als einziger Vertreter der Familie Marmann bei diesem wichtigen Anlaß zugegen. Als Michael von dem Tod seiner Mutter erfahren hatte, fiel es ihm trotz seines tiefen Schmerzes nicht schwer, sich zu entschließen, bei seiner Kirche und Gemeinde seine Pflicht zu tun, auch wenn es ihn große Anstrengung kosten würde. Er wußte, daß dies im Sinne seiner Mutter gewesen wäre, und es hatte für ihn auch wenig Sinn, zurück in die Stadt zu hasten. Der ganzen Familie war es natürlich unmöglich gewesen, zu diesem Festgottesdienst zu erscheinen. Nur Dorothea hatte darum gebeten, gehen zu dürfen; und als Stefan sich bereit erklärt hatte, sie hinzufahren und Michael den Tag über ein wenig zu entlasten - denn Stefan war ein recht erfahrener, wenn auch nicht offiziell eingestellter Prediger - wurde dieser Vorschlag von allen dankbar angenommen.

Stefan wartete nicht, bis ihnen einer der Türhüter einen Platz anweisen würde, sondern er führte Dorothea selbst in die dicht besetzte Kirche und suchte nach einem Platz. Sie mußte auf jeden Fall einen Sitzplatz bekommen, dachte er.

Er schaute sich um und sah einen freien Platz in einer der hinteren Bänke. Er würde gerade für zwei groß genug sein, wenn die Leute ein wenig zusammenrückten. Einen Augenblick später saßen sie dort nebeneinander.

Stefan beugte den Kopf und betete, während Dorothea nur geradeaus starrte. Ihre Gespanntheit aber ließ etwas nach, als die Orgelmusik ertönte und sich ihre Augen an das warme Licht gewöhnt hatten, das durch die Buntglasfenster fiel und einen sanften Schein über die ganze Versammlung legte. Es war schon lange her, daß sie das letzte Mal einen Gottesdienst besucht hatte; dennoch fühlte sie sich gar nicht so fremd. Diese kleine Kirche, zu der Michael als Pfarrer berufen worden war, erinnerte sie an ihre Kirche zu Hause, die sie so viele Jahre lang besucht hatte, zusammen mit ihrem Vater – und mit ihrer Mutter . . .

Langsam und bedächtig kam Michael Marmann herein und nahm hinter der Kanzel Platz; eine Woge der Sympathie schien ihm von der Gemeinde entgegenzukommen. Man sah ihm seinen tiefen Schmerz an; und dennoch ging von seinem Gesicht eine Ruhe aus, die vom Frieden Gottes, Seinem Trost und Seiner Liebe Zeugnis gab. Als er seine Augen über die vielen unbekannten Gesichter gleiten ließ, war es deutlich zu sehen, daß Gottes Kraft ihn in seinem Leid aufgerichtet hatte; irgend etwas an der Erscheinung dieses jungen Pfarrers ließ die Leute mit Spannung seine Botschaft erwarten. In seinen Augen brannte ein glühendes Feuer . . .

Seit Michael Marmann am vorhergehenden Abend vom Tod seiner Mutter gehört hatte, hatte er die meiste Zeit im Gebet verbracht. Je näher die Stunde des Gottesdienstes gekommen war, desto mehr war in ihm die Überzeugung gewachsen, daß er predigen mußte – daß vielleicht irgend jemand in der Gemeinde war, den er mit dem Wort Gottes persönlich ansprechen sollte. Michael erkannte seine eigene Unzulänglichkeit und war deshalb um so mehr abhängig vom Herrn; sein Predigtkonzept hatte er weggeworfen, denn die sorgfältig gewählten Worte, die er an diesem Morgen hatte sagen wollen, erschienen ihm jetzt unnütz und leer, da ihm das Herz voll war von Gedanken an seine Mutter. Sie hatte diesen Gottesdienst besuchen wollen, sagte er sich noch einmal, bevor er anfing zu sprechen. Sie war sicher da, nur hatte der Herr sie zu einem höheren Gottesdienst abberufen; dennoch schien sie ihm in diesem Augenblick ganz nah zu sein, ihre Gebete schenkten ihm Kraft und Stütze.

Er öffnete die Bibel und begann zu lesen - einen Psalm, der so oft bei ihnen zu Hause gelesen worden war - sie nannten ihn gewöhnlich „Mutters Psalm", weil sie ihn so sehr liebte. Die Worte legten sich wie ein Segen über ihn und seine Zuhörer: „Herr, du bist unsere Zuflucht für und für. Ehe denn die Berge wurden und die Erde und die Welt geschaffen wurden, bist du, Gott, von Ewigkeit zu Ewigkeit . . . Denn tausend Jahre sind vor dir wie der Tag, der gestern vergangen ist und wie eine Nachtwache. Du lässest sie dahinfahren wie einen Strom; sie sind wie ein Schlaf . . . Wir bringen unsere Jahre zu wie ein Geschwätz. Unser Leben währet siebzig Jahre, und wenn's hoch kommt, so sind's achtzig Jahre, und wenn's köstlich gewesen ist, so ist es Mühe und Arbeit gewesen; denn es fähret schnell dahin, als flögen wir davon . . . Lehre uns bedenken, daß wir sterben müssen, auf daß wir klug werden . . . Zeige deinen Knechten deine Werke und deine Ehre ihren Kindern. Und der Herr, unser Gott, sei uns freundlich und fördere das Werk unsrer Hände bei uns; ja, das Werk unsrer Hände wolle er fördern."

Mit der offenen Bibel in seiner Hand begann er zu sprechen.

„Meine lieben Freunde - wie wahr sind doch die Worte des Psalmisten! Wie kurz und wie zerbrechlich ist unser Leben, verglichen mit dem ewigen Gott! Wir leben - und wir sterben. Diese Tatsache ist mir in den letzten Stunden sehr deutlich bewußt geworden - wie Sie alle wissen."

Er hielt einen Moment inne. Tiefe Stille. Verständnisvolles Schweigen.

„Ich hoffe, Sie werden Nachsicht mit mir haben, wenn

ich jetzt von meiner Mutter spreche."

Aller Augen waren mit Spannung auf ihn gerichtet. „Herr, Gott, du bist unsere Zuflucht für und für. Ja, Er war die Zuflucht meiner Mutter in all ihren Erfahrungen, ihr ganzes Leben lang. Ich denke daran, wie sie sich in all ihren Schmerzen und Sorgen zu Ihm kehrte, wie sie Trost und Frieden in Seinem Wort fand. Und jetzt, in meinem großen Schmerz, ist der Herr meine Zuflucht, denn der Glaube meiner Mutter ist mein Glaube - ihr Gott ist mein Gott."

Noch immer hafteten ungezählte Augenpaare auf ihm. Manche sahen ihn nur undeutlich, durch einen Schleier von Tränen.

„Meine früheste Erinnerung an meine Mutter geht sehr weit zurück. Ich war noch ein kleiner Junge und kniete an ihrer Seite, während sie mich beten lehrte. Und sie erzählte mir die Geschichten vom Herrn Jesus und seiner wunderbaren Liebe. Meine Mutter war es, die mir das erste Mal in meinem Leben sagte, daß Gottes Sohn mich liebt und für mich am Kreuz gestorben ist. Ich danke Gott für eine solche Mutter."

Seine Stimme wurde ausdrucksvoller, denn seine Erinnerungen wurden immer lebendiger.

„Sie hatte immer sehr viel Arbeit - wir waren eine große Familie -, doch niemals war sie zu beschäftigt, um sich hinzusetzen und uns aus der Bibel vorzulesen, oder um unsere kindlichen Fragen nach Gott und dem Himmel und allem anderen, was wir nicht verstanden, zu beantworten. Und dann, als wir älter wurden, war sie nie zu beschäftigt, um für uns zu beten. Ich weiß das genau, denn es ist die Antwort auf ihre Gebete - und die meines Vaters -, daß ich heute morgen hier stehe. Der Glaube meiner Mutter und ihr Vertrauen zu Gott werden mir mein Leben lang in Erinnerung bleiben. Sie betete für uns, und sie betete in festem Glauben. Einige ihrer Gebete haben bis heute noch keine Antwort gefunden. Aber sie werden eine Antwort finden; so wahr Gott treu ist, werden sie beantwortet werden."

Und dann fuhr er fort, über die Liebe Gottes zu sprechen, von der sogar die Liebe der hingebungsvollsten Mutter nur ein bruchstückhaftes Abbild ist.

„Ich glaube, daß Gott uns die Mutterliebe gegeben hat, damit wir Seine Liebe besser verstehen können. Opfert sich eine Mutter aus Liebe für ihre Kinder? Gott tut es, denn: 'Gott hat seinen einzigen Sohn für uns dahingegeben, auf daß alle, die an ihn glauben, nicht verloren gehen, sondern das ewige Leben haben!'

Steht eine Mutter bittend da, wenn ihr Kind eigenwillig und böse ist und einen schlechten Weg geht? Gott tut es, denn: 'Gott hat die Welt in Jesus Christus mit sich versöhnt', und Er steht an der Tür unseres Herzens; bittend, anklopfend und flehend, daß wir Ihn einlassen.

Folgt uns die Liebe einer Mutter, wenn wir vom rechten Weg abkommen, versucht sie, uns zu retten und auf den rechten Weg zurückzubringen? Dann tut Gott unendlich mehr für uns, denn 'Gott schenkte uns Seine Liebe; als wir noch in unserer Sünde verhaftet waren, starb Christus für uns'. Nie hat es eine solche Liebe gegeben, die mit der Liebe Gottes vergleichbar wäre."

Michael Marmann machte eine Pause und ließ seine Augen über die Gemeinde gleiten; doch dann erhob er seine Stimme von neuem und fuhr mit der eindringlichen Bitte fort, daß die Zuhörer sich mit ihrem ganzen Leben dem Herrn Jesus anvertrauen und übergeben sollten.

„Vielleicht ist heute morgen jemand unter uns, der die Liebe von Vater und Mutter verächtlich zurückgewiesen und sich von dem abgewandt hat, was er in seinem Elternhaus gelernt hat. Wenn das so ist, dann möge Gott

Ihnen gnädig sein! Aber die Liebe Gottes in Christus abzulehnen, kann nichts anderes als die ewige Verdammnis bedeuten. Denn wie sollen wir gerettet werden, wenn wir Seine Erlösung mit Füßen treten? Denken Sie gerade jetzt daran, daß der Herr Jesus Christus Sie geliebt hat und sich für Sie dahingegeben hat. Vielleicht ist jemand hier, der jetzt an sein christliches Zuhause denkt, an die Liebe von Vater und Mutter, die nur ein schwacher Abglanz von Gottes ewiger Liebe ist!"

Sicher wird Michael Marmann durch Gottes Gnade noch viele Predigten an vielen Orten halten - kluge und eindrucksvolle Predigten vielleicht, Predigten, die ihm den Beifall einer großen Gemeinde einbringen werden. Aber niemals wird es eine Predigt sein, die die Herzen seiner Zuhörer tiefer berührte, als es dieses einfache Zeugnis der Erinnerung an seine Mutter getan hat.

Und sicher wird der Geist Gottes ihn in der Zeit seines Dienstes dazu gebrauchen, noch viele Menschen zu Jesus zu führen, aber nie wird er darüber größere Freude empfinden können als an diesem Morgen; denn als er seinen leidenschaftlichen Aufruf beendet hatte, war es niemand anderes als seine eigene Schwester, die als Antwort auf diese Einladung mit ehrlichem Herzen und Tränen der Reue zum Fuße des Kreuzes kam.

Ja, Elisabeth Marmanns Gebete waren wirklich erhört worden.

24

DANACH

Es war schon spät an diesem Sonntagnachmittag. David Marmann saß allein im Wohnzimmer. Michael war nach einem langen Gespräch mit seinem Vater erst dann hinausgegangen, als Dorothea ins Zimmer kam. Sie erschien bleich und rührend im dämmrigen Licht, das durch die halbverdunkelten Fenster hereinkam.

Herr Marmann war tief in Gedanken versunken und hatte sie anscheinend gar nicht bemerkt, denn sie war sehr leise hereingekommen.

„Vater – " begann sie zögernd und unsicher.

Rasch wandte er sich ihr zu: „Was ist denn, Dorothea, mein liebes Kind?" Seine Stimme war väterlich und voll zärtlicher Zuneigung.

Sie ging hinüber und setzte sich neben ihn auf die Couch. „Ich – ich wollte mit dir sprechen, Vater", begann sie etwas nervös. „Darf ich?"

„Aber natürlich, mein Kind!" antwortete er sofort. „Ich hatte gehofft, daß du zu mir kommen würdest."

„Dann – wirst du wohl davon gehört haben, Vati?" Sie schaute ihn ein wenig befangen an, doch nichts in seinem Gesicht sagte ihr, daß er etwas von der Geschichte wüßte, die sie ihm erzählen wollte.

„Was soll ich denn gehört haben, Dorothea?" fragte er in sanftem Ton zurück.

Bewegt erzählte sie ihm von dem schönen Gottesdienst, den Michael an diesem Morgen in seiner neuen Kirche gehalten hatte, und von der Predigt, die trotz seines tiefen Schmerzes so wunderbar gewesen war. „Er sprach in einer so lieben und herzlichen Weise von Mutter - und was er über das Weglaufen vor Gottes Liebe sagte und den Gebeten unserer Mutter, die alle beantwortet werden würden - dies alles schien wie für mich gesagt zu sein!" Sie schluchzte tief erschüttert auf, und ihr Vater wartete geduldig und mitfühlend, bis sie sich wieder gefaßt hatte.

„Michael wußte nicht, daß ich da war - das hat er mir nachher gesagt. Aber er hätte nichts sagen können, das besser auf mich gepaßt hätte, auch wenn er die Predigt extra für mich vorbereitet hätte!"

Der Vater nickte. „Gott wußte, daß du da warst, und Er kannte die Not deines Herzens - und Er dachte an unsere Gebete für dich."

„Ja, Vater!" rief sie, während ihr die Tränen die Wangen hinunterströmten. „Alle eure Gebete für mich sind heute morgen beantwortet worden - Mutters Gebete."

„Lobe Gott dafür!" sagte David Marmann mit ernster Stimme. Und seine Tränen mischten sich mit den ihren. Er küßte sie zärtlich - sein eigensinniges, ungehorsames Kind.

„Heute morgen habe ich dem Herrn meine Sünden bekannt - ich habe Ihm gesagt, wie töricht und böse ich gewesen bin - und ich habe Ihm gesagt, daß ich Seine Vergebung gar nicht verdiene."

„Aber der Herr sieht unsere Sünde nicht an und vergilt uns nicht nach unseren Missetaten", warf ihr Vater ein. „Er behandelt uns vielmehr nach Seiner unendlichen Gnade."

„Ja", flüsterte sie. „Ja, ich weiß! Meine Sünden sind mir jetzt vergeben, denn ich vertraue auf den Herrn Jesus - gerade so, wie du es mich immer gelehrt hast, Vater - ich habe nur bisher nicht auf dich hören wollen!" Sie verbarg ihr Gesicht an seiner Schulter. „Ach, Vater, ich wünschte, ich hätte auf dich gehört!" schluchzte sie leidenschaftlich.

Es dauerte einen gewissen Augenblick, bis David Marmann sich ganz unter Kontrolle hatte und ihr antwortete. Als er sprach, war seine Stimme noch verhalten und heiser.

„Mein liebes Kind - was vergangen ist, ist vergangen", sagte er tröstend. „Vergangen und vergeben. Du mußt jetzt sein wie der Apostel und 'die Dinge vergessen, die hinter dir liegen'."

„Aber all die Sorgen, die ich dir bereitet habe, Vater! Kannst du mir das jemals vergeben?"

Sowohl die Wärme seiner Worte als auch die Worte an sich überzeugten sie davon, daß er es wirklich so meinte.

„Es hat nie auch nur einen Augenblick gegeben, wo dir nicht vergeben gewesen wäre, mein Kind", sagte er ernst. „Wir haben nur darauf gewartet, daß du nach Hause zurückkommst - und die Vergebung annimmst, die dort für dich bereit ist."

Sie atmete tief und schluchzte dann heftig auf. „Das klingt fast - wie - wie Gott!"

Er schüttelte den Kopf. „Keiner von uns kann vergeben wie Gott", sagte er gedankenvoll. „Aber weil Er uns so viel vergeben hat, bemühen wir uns, auch zu vergeben."

„Aber - du hast Mutter verloren! Und das ist alles nur durch mich gekommen!" Voll Verzweiflung vergrub sie ihr Gesicht in ihre Hände. „Ach, ich habe nie geglaubt, nie gedacht, daß es einmal so enden würde!"

David Marmann seufzte. „Gott allein sieht das Ende schon vom Anfang, wir sehen immer nur Teile." Er machte eine Pause und fuhr dann fort: „Dennoch ist dies alles nicht umsonst geschehen; 'denn denen, die Gott lieben, müssen alle Dinge zum besten dienen'. Gott hat auch hiermit etwas Gutes bezweckt. So sind seine Wege."

„Du meinst - ?"

„Ja, ich meine, daß Gott dich auch durch dieses Leid wieder zu sich zurückgebracht hat."

„Ja - aber wenn Mutter das nur gewußt hätte!" rief sie.

„Mein Liebes." David Marmann konnte einen Augenblick nicht sprechen. „Deine Mutter hat es gewußt, die ganze Zeit."

Sie hob ihr tränennasses Gesicht und schaute ihren Vater überrascht an. „Aber Vater, wie konnte sie das wissen?"

„Sie hat für dich gebetet, Dorothea. Ich habe auch für dich gebetet, wir alle haben es getan. Manchmal, so glaube ich, hat jeder von uns gezweifelt, nur deine Mutter blieb zuversichtlich. Sie wußte, daß Gott antworten würde."

„Aber sie - sie konnte die Antwort nicht mehr erleben!"

„Nein, trotzdem wußte sie die Antwort so genau und sicher, wie du und ich sie jetzt wissen." Mittlerweile war seine Stimme wieder ruhiger und fester geworden. „Sie starb 'im Glauben' - ihre Gebete waren noch nicht erhört worden. Aber sie wußte, daß sie erhört würden; sie wußte es durch ihren Glauben."

Dorothea Marmann trocknete sich die Tränen vom Gesicht. Dann sprach sie ruhiger und gelassener: „Vater, sag mir, was ist 'Glauben'?"

„Glaube, mein Kind?" Er schaute auf, und über seinem Gesicht lag ein Glanz, als ob er das Unsichtbare sehen könnte. „'Glaube' ist unser Vertrauen auf Gott, daß Er das ausführen kann und wird, was Er uns verheißen hat. 'Der Glaube' gibt uns den Grund für das, was wir hoffen; 'der Glaube' zeigt uns die Dinge, die man nicht mit dem Auge sehen kann. 'Glaube' ist der Sieg, der die Welt und das Schlimmste, das die Welt uns tun kann - sogar den Tod, überwindet."

Sie atmete tief. „Sprich weiter, Vater, bitte", flüsterte sie.

„Gott gibt uns den 'Glauben', um uns zu führen und zu halten, wo wir nichts sehen können. Aber eines Tages, wenn alle Dinge deutlich und klar sein werden, werden wir 'Glauben' nicht mehr nötig haben."

Er griff nach seiner Bibel, die jetzt noch mehr als bisher sein ständiger Begleiter war; er blätterte und las dann: „'Denn unser Wissen ist Stückwerk, . . . aber wenn das kommen wird, was vollkommen ist, wird das Stückwerk aufhören. Denn jetzt sehen wir wie durch ein trübes Glas, aber dann werden wir sehen von Angesicht zu Angesicht. Jetzt ist mein Wissen noch Stückwerk, aber dann wird es vollkommen sein . . . '"

Gestärkt durch diese Zuversicht, gab die Familie Marmann ihren Nachbarn und Freunden ein lebendiges Zeugnis des Glaubens nicht nur während des unvergeßlichen Gottesdienstes, als Elisabeth Marmann beigesetzt wurde, sondern auch in den Tagen, die folgten, als dem Schock des Verlustes allmählich eine unvermeidbare Einsamkeit und Öde folgte. Dennoch waren sie in ihrem Schmerz niemals ohne Hoffnung; und die, die David Marmann und seine Familie kannten, gaben zu, daß sie nichts anderes erwartet hätten.

Als Michael hier getan hatte, was er konnte, ging er zurück zu seiner kleinen Kirche, um seinen Dienst weiterzuführen, den Gott ihm dort angewiesen hatte. Durch das Leid, durch das er selbst gegangen war, konnte er nun die bedrückten und unglücklichen Menschen, die seinen Weg kreuzten, besser trösten.

Thomas war beim Tod seiner Mutter die Ungewißheit und Unberechenbarkeit des Lebens erneut bewußt geworden; so stellte er nun seine ganze Zeit ungeteilt in den Dienst des Herrn. Er und Inge beteten ernst und vertrauensvoll, daß Gott ihr Leben auf Seinen Wegen und nach Seinem Willen lenken möge.

Allein Dorothea blieb zu Hause und zeigte die zärtlichste Fürsorge für ihren Vater. Sie übernahm die Pflichten im Haushalt mit viel Eifer und Freude. Die sorglose leichtsinnige Zeit mit den "Großen Fünf" war endgültig vorbei; obwohl Inge oft die Mädchen mit nach „Karmel" brachte, wo sie manchen glücklichen Abend verbrachten – Abende, denen etwas gefehlt hätte, wenn Dorothea nicht immer nach dem Abendessen ihrem Vater die Bibel gereicht hätte, um einige Verse daraus vorzulesen und danach um Gottes Segen für sie alle zu bitten.

Dorothea lernte die Bibel so zu lieben, wie ihr Vater es tat. Nichts schätzte sie mehr, als wenn er aus der Bibel las und ihr praktische Erklärungen gab, wenn sie allein waren, während sie die Stopf- und Näharbeit und die zahllosen Aufgaben erledigte, die zuvor ihre Mutter getan hatte.

Stefan Weller war oft bei ihnen, wenn sie so ihre Abende verbrachten. Ja, er war in diesen Tagen ein häufiger und gern gesehener Gast in „Karmel" geworden. Obwohl er nichts von dem sagte, was er in seinem Herzen fühlte, so beobachtete er doch mit immer größerer Freude, wie sich Dorothea Marmann entwickelte. Das Mädchen, auf das er immer gehofft und für das er immer gebetet hatte, würde eines Tages seine Frau sein. Er beobachtete ihre Besorgtheit um ihren Vater, ihre stille Tüchtigkeit im Haus, ihre Freude in der Nachfolge Jesu; und er wußte, daß sie jetzt anders war. Auch seine Gebete waren erhört worden.

Regelmäßig besuchte sie den Gottesdienst und übernahm sogar eine Gruppe im Kindergottesdienst. „Nicht, daß ich selbst so sehr viel weiß", gestand sie Stefan, als sie zusammen nach Hause gingen, denn jetzt lehnte sie seine Begleitung nicht mehr ab, „aber ich will versuchen, ihnen zu helfen, auf dem rechten Weg zu bleiben, ehe – ehe sie von ihm weichen. Es ist viel besser, auf dem rechten Weg zu bleiben, als ihn zu verlassen und dann wieder versuchen zurückzukehren."

Es war das erste Mal, daß sie das Vergangene erwähnte, und er drückte herzlich ihre Hand, um ihr zu zeigen, daß er sie verstand.

Das war etwas von dem, was sie an Stefan so lieben gelernt hatte: er war so verständnisvoll. Gewöhnlich sagte er nicht viel, aber er zeigte seine Gedanken auf andere Art, die oft mehr auszudrücken vermochten als Worte. Sie hatte erfahren, daß Worte täuschen können.

Aber an Stefan war nichts, das täuschen konnte. Er war so offen und ehrlich, daß sie ihn schon bald durch und durch zu kennen glaubte. Und lange bevor er ihr seine Liebe erklärte, hatte sie sie in seinen Augen, seiner Stimme und seinem Tun gelesen; und wenn er sie fragen würde, ob sie ihn jetzt heiraten würde, dann hatte sie ihre Antwort bereit.

„Nein, Stefan", sagte sie entschlossen, „es geht nicht, jetzt noch nicht."

„Aber warum nicht, Liebste?" protestierte er, „ich habe doch schon so lange gewartet!"

Sie schüttelte den Kopf. „Es ist wegen Vater, Stefan. Ich kann ihn jetzt nicht allein lassen, er braucht mich zu sehr."

Er nickte verständnisvoll und nahm ihre Hand. „Das weiß ich, Dorothea, und ich verlange ja auch nicht, daß du ihn allein läßt", sagte er sanft. „Können wir unser Glück nicht mit ihm teilen?"

Sie schaute ihn erstaunt und glücklich zugleich an. „Du meinst - ?"

„Ich meine, daß das Haus deines Vaters auch unser

Haus sein soll", sagte er, „wenn ich dich als meine Frau nach 'Karmel' zurückführen darf!"

„Oh, Stefan!"

Mit glücklichem, dankbarem Lächeln ließ sie sich von ihm umarmen.

25

DAS LEBEN FÄNGT WIEDER AN

Es war früh am Morgen. Stefan Weller ging durch den Garten und schaute von Zeit zu Zeit ängstlich und besorgt zu dem alten Haus.

Es waren genau zwölf Monate her, da er und seine junge Braut in „Karmel" eingezogen waren; Stefan hatte dieses Haus immer mehr lieben gelernt, denn sie hatten seitdem eine glückliche Zeit zusammen verbracht. Aber jetzt wirkte es irgendwie teilnahmslos. Es stand so massig und ernst da wie immer und zeigte nichts von der Krise, die sich innerhalb seiner Mauern abspielte - einer Krise, die unauflöslich mit Stefans eigenem Leben verbunden war, doch zu deren Ausgang er nicht das Geringste beitragen konnte. Er mußte so lange auf die Nachricht warten!

Aber das alte Haus mit seinem grauen Schieferdach, seinen großen Erkerfenstern und seinem überhängenden Dach schien ganz und gar nicht beeindruckt. „Karmel" hatte die gleiche Krise schon früher erlebt, als David Marmann in den längst vergangenen Jahren ebenso besorgt auf die gleiche Nachricht gewartet hatte - die Nachricht, die für das junge Paar so viel bedeutete. Es war das gleiche Zimmer im gleichen Haus, von dem Stefan Weller jetzt die Nachricht der Geburt ihres ersten Kindes zu hören erwartete.

Mit großer Erwartung hatten sie sich auf dieses Ereignis gefreut und mit immer größerer Verwunderung das werdende Leben beobachtet. Zusammen hatten sie gebetet, daß Gott sie zu verantwortungsvollen Eltern machen solle.

Während Stefan jetzt wartete, dachte er über das vergangene Jahr nach. Sein Herz war voll Dankbarkeit. Es war genau ein Jahr her, seit Dorothea Marmann seine Frau geworden war. Und es war auch ein schöner Tag gewesen wie heute: die Sonne hatte hell von einem wolkenlosen Himmel geschienen. In aller Stille hatten sie in der Kirche geheiratet, in der sie zusammen aufgewachsen waren. Inge Deiger und Thomas waren Trauzeugen gewesen. Michael hatte den einfachen, aber feierlichen Gottesdienst gehalten und die Worte der Bibel gesprochen, die ihrer Ehe das göttliche Fundament gaben. Und nachher hatte David Marmann ihnen seinen Segen gegeben: „Möge der Herr euch beiden Seinen Frieden und Seinen Segen geben, möge Er euer Leben mit dem Glück wahrer Liebe krönen und den Früchten der Gerechtigkeit – mögen eure Herzen sich in den kommenden Jahren immer enger miteinander und mit Ihm verbinden . . . "

Stefan würde immer an diese Worte denken; und jetzt konnte er schon allmählich erkennen, wie sich dieses Gebet erfüllte. Ihr erstes Ehejahr war natürlich nicht nur eine Folge von glücklichen, sorgenfreien Tagen gewesen. Es gab Probleme und Ängste, und so mancher Fehler mußte berichtigt werden; aber sie hatten immer nach ihrem Entschluß gehandelt, jede Schwierigkeit im Gebet vor den Herrn zu bringen. Jede Erfahrung hatte sie heiterer und zielbewußter gemacht und ihre Herzen immer enger miteinander verbunden. Und viele Male hatte Stefan im vergangenen Jahr Gott gedankt für sein großes Glück – dafür, daß er denjenigen Menschen behüten und beschützen durfte, den er mehr liebte als sein eigenes Leben. Und es schien ihm, daß all diese gewöhnlichen und alltäglichen Dinge, die ihn Geduld, Verständnis, Zuversicht und Hoffnung gelehrt hatten, von Gott dazu benutzt worden waren, ihn auf seine jetzige Verantwortung vorzubereiten: eine Familie aufzubauen, in der Gott geehrt wird und wo kleine Kinderfüße schon den Weg der Wahrheit und des Lebens zu gehen lernen.

Einst hatte Stefan gehofft, daß auch er einmal in besonderen Aufgaben des christlichen Dienstes eingesetzt werden würde - wie Michael zum Beispiel, dessen Arbeit als Pastor die erlesensten Früchte trug; oder wie Thomas und Inge, die dem Ruf des Herrn gefolgt und in der Mission tätig waren. Aber Stefan war zu der Einsicht gekommen, daß Gott auch die Männer brauchte, die in den stillen Winkeln des Weingartens arbeiteten - Männer wie David Marmann, deren Leben daraus bestand, ein Bollwerk gegen das Eindringen des Bösen zu errichten, ein christliches Zuhause aufzubauen, in dem Menschen geformt wurden, ihre Seelen gerettet und ihr Leben zu Gott geführt wurde. Stefan wußte, daß ihm jetzt diese Aufgabe zufiel, denn mehr und mehr übernahm er die Verantwortung in diesem Haus. So betete er nun, daß er und seine Frau fähig sein möchten, diese Aufgaben zu erfüllen.

Für David Marmann war sein Schwiegersohn ein großer Trost. Jetzt, da seine große Liebes- und Lebensgemeinschaft zerbrochen war, wandte er sein Herz immer mehr himmelwärts; und er lebte beständig in der Hoffnung, sie einmal in der Gegenwart des Einen wiederzusehen, den sie ihr Leben lang gemeinsam verehrt hatten. Aber das Haus, in dem sie diese Jahre verlebt hatten, war ihm sehr lieb und wert; und die Gewißheit, daß „Karmel" auch bei Dorothea und Stefan das bleiben würde, was es bis dahin gewesen war, erfüllte ihn mit großer Freude. Er wußte, daß der Spruch, der über dem Kamin hing, nichts von seiner Bedeutung für dieses Haus einbüßen würde. „Christus ist das Haupt dieses Hauses" würde in der Zukunft unter Stefans Leitung so wahr sein, wie es unter seiner eigenen gewesen war . . .

Jetzt erblickte er Stefan, und sein Herz wurde mit einer frohen Erwartung für die Zukunft erfüllt. Bald, so Gott wollte, würde das alte Haus erneut widerhallen von Kinderlachen und dem Trappeln kleiner Kinderfüße.

„Stefan, mein Junge."

David Marmann kam auf den jungen Mann zu und legte ihm seine Hand auf die Schulter.

Und im gleichen Augenblick wurde die Tür aufgerissen, und Miriam rannte mit strahlendem Lächeln quer über die Wiese zu ihnen. Miriam war ihnen in den letzten Wochen eine starke Stütze gewesen.

„Sag mir – " begann Stefan, der ihr entgegengeeilt war.

Miriams Gesicht allein schon sagte ihnen, daß es eine gute Nachricht war, die sie ihnen zu bringen hatte.

„Alles ist gut gegangen, Stefan."

„Gott sei Dank!" rief er inbrünstig.

„Du hast eine kleine Tochter. Der Arzt hat gesagt, du darfst sie für ein paar Minuten sehen."

Stefan konnte sich an nichts anderes mehr genau erinnern, bis er sich an dem Bett seiner Frau fand. Mit strahlendem Gesicht schaute sie ihn an und hielt ihm ihr Kind – sein Kind – entgegen.

„Dorothea!" rief er voll Zärtlichkeit.

„Stefan!" flüsterte sie. Im selben Moment fiel er neben ihr auf die Knie.

„Wir wollen Gott danken!" sagte er nur.

Ihre Hand legte sich in die ihres Mannes. „Unsere Tochter, Stefan", sagte sie, als sie beide auf das schlafende Kind blickten. „Meinst du, wir können sie 'Elisabeth' nennen – als Erinnerung an Mutter, und vielleicht noch 'Inge' hinzufügen, damit wir diese Sache nie mehr vergessen?" sagte sie mit versonnenem Lächeln.

Der warme Druck seiner Hand sagte ihr, daß er sie

verstand. „Eine wunderbare Idee, mein Liebstes - und wunderbare Namen", sagte er zärtlich.

„Und Stefan", ihre Stimme zitterte ein wenig, „du wirst für mich beten, damit ich all das für meine Tochter werde tun können, was meine Mutter für mich getan hat?"

„Und daß ihre Füße den geraden und schmalen Weg gehen mögen, der zum Leben führt!" Stefan Wellers Augen ruhten auf seiner Frau und seinem Kind, und er dachte an die heilige Aufgabe, die sie zusammen zu erfüllen hatten.

„Ja, Dorothea", sagte er ernst, „ich werde dafür beten."